Une somme humaine

Du même auteur

La Douleur de l'étreinte, poésie, Deschamps, 2007.
Sans ailleurs, poésie, Arche Collectif, 2009.
À l'aube des traversées et autres poèmes, poésie, Mémoire d'encrier, 2010.
Les Immortelles, roman, Mémoire d'encrier, 2010 ; rééd. Zulma, 2012 ; Points, 2014. Prix Thyde Monnier de la Société des Gens de Lettres.
Les Latrines, roman, Mémoire d'encrier, 2011.
La Nuit des terrasses, poésie, La contre allée, 2015.
L'Ombre animale, roman, Zulma, 2016 ; Points, 2017. Prix Littérature-monde, Prix Louis Guilloux, Prix Ethiophile.
Caverne, suivi de *Cadavres*, poésie, La contre allée, 2017.
Le Chant des collines, poésie, Mémoire d'encrier, 2017.
Miwo Miba, poésie, Legs Édition, 2017.
Maître-Minuit, roman, Zulma, 2018.
Une boîte de nuit à Calcutta, roman, Robert Laffont, 2019.
L'Empereur, roman, Rivages, 2021.
Pur sang, poésie, La contre allée, 2021.

Makenzy Orcel

Une somme humaine

Rivages

Retrouvez l'ensemble des parutions
des Éditions Payot & Rivages sur

payot-rivages.fr

Collection dirigée par Émilie Colombani

Pour ce projet d'écriture, l'auteur a bénéficié
d'une bourse du Centre national du livre
et du département de la Seine-Saint-Denis,
d'un séjour à la Cité internationale des arts de Paris
et à la Villa Séguro à Lomé, il les remercie.

Légère est ma démarche,
– Ma conscience est légère –
Légère est ma démarche,
Ma chanson est sonore –

Dieu m'a mise seule,
Au milieu du monde ;
– Tu n'es point femme mais oiseau,
Alors – vole et chante.

Marina TSVETAÏEVA

à ma mère, toujours
à Nyl

à Malick

de l'instant
seulement l'impact

IMPASSE-MIROIR

D'accord pour l'au-delà

il y eut l'ombre
au chevet du voyage
le temps ruminant ses graffitis
au lieu d'errance

il y eut des matins mouillés
l'aube sale et lourde
les toits crachant leurs poumons
à côté d'un ciel ailleurs

il y eut l'âme des marins
nuée de mouettes
au-dessus du lit
corps sans âge plié sur ses gouffres

il y eut l'oiseau sombre
aveuglant les vitres

puis la mort

tout s'éclaircit à partir de la mort... le temps, sitôt dépouillé de ses mystères et de ses métamorphoses, baigne dans un océan de pur jour, on dirait qu'il retourne à sa source intérieure, je ne sens plus sur ma nuque sa langue rêche et fiévreuse, son souffle irrépressible, le passé, le présent et le futur se déroulent parallèlement dans leur situation et leur continuum respectifs, unis dans un même miroir, entre l'imminence et l'absolu, le tréfonds du ciel et le plus infime élément dans la composition humaine, je passe de l'un à l'autre comme on feuillette un livre... l'éternité, n'est-ce pas la même colline vue depuis une autre fenêtre, pour nous autres simples d'esprit c'est le flou, la mort, pensait grand-mère, l'insondable, la fin, toutes nos actions s'épuisent dans une quête folle d'immortalité, d'infini... la mort, disait jadis sa mère qui reprenait les mots de sa grand-mère qui reprenait les réflexions du patriarche qui fut bon élève, la grande Roue est la seule et l'unique certitude, mais la certitude n'est-elle qu'un possible accéléré, surestimé, une hypertrophie du réel, mourir c'est se métamorphoser, puis renaître, loin de toutes formes de souffrance ou, mieux, accéder à un cycle nouveau, inconnu, qui nous libère de la vie, de la mort, de tout, quoi qu'il en soit, le vivant est trop insensible à ce qui échappe au réel pour comprendre l'immense satisfaction éprouvée par une âme qui n'est plus soumise au calcul du temps...

un chemin implicite au milieu d'une forêt dévastée, une comète folle et saignante, la vague n'a ni commencement ni fin, elle reproduit la valse du vent, mais je vais commencer – au risque d'opacifier ou complexifier la compréhension de certains épisodes du flux qui va suivre – par mon arrivée à Paris d'un village lointain, presque onirique… en moins de six heures de train, ce nouveau monde s'offrait à moi, l'opposé du premier, les comparer serait un crime, j'étais libre, loin de l'enfance, de ces nuits interminables et confuses, de l'angoisse que le condor resurgisse dans le clair-obscur de la chambre pour se repaître de ma chair et de mon sang, mes cris étouffés de douleur et de répulsion, loin de cette éternité où je voyais mon bourreau tous les jours, flânochant dans la maison, prenant parti pour cette salope de mère, par exemple, qui jurait que jamais elle ne m'autoriserait à fermer la porte de ma chambre la nuit, tant que tu vis ici, tirant la langue, me clignant de l'œil avant de se tourner vers les autres d'un air normal, tandis que son insidieux venin gagnait de plus en plus mon corps, les limites de mes rêves… Paris, je ne pouvais pas espérer mieux, je m'estimais chanceuse, surtout parce que je m'étais dit qu'ici c'était le lieu idéal pour tout réparer, oublier, j'y croyais en plus, jusqu'à l'affreux creusement du vide, l'inévitable miroir déformé du temps, le sentiment que je n'étais nulle part à ma place, que n'importe où ailleurs serait une effraction dans la mauvaise existence, alors je fis demi-tour et claquai la porte derrière moi, c'était bien réfléchi, juste une étoile qui s'effondrait sur elle-même…

ma vie avait été l'objet d'une lente (auto)destruction, on peut déjà en sentir les relents à travers les premières notes de ce cahier, à son lecteur j'ai envie de dire, *voici la passerelle, ne crains pas le vertige...* ce n'est pas simple à surmonter – on devrait pouvoir faire barrage au moulinet exalté de la mémoire, lui interdire l'accès à ces zones étouffées, bannies, ces trous qui cachent d'autres trous et qui n'hésiteraient pas à nous avaler, rien qu'en les approchant – bourdonnent en moi des mouvements de foule violents, des fleuves fulgurants, des météores furieux, des orages perdus, qui ne demandent qu'à se révéler, foncer vers le jour... je me regardais sombrer avec une indifférence indescriptible et silencieuse, comme si personnellement cela ne me concernait en rien, quelqu'un m'aurait-il fait plus de mal que de bien, l'aurais-je envoyé brûler éternellement dans la géhenne ardente de tous les enfers... s'il avait cherché à me sauver, refermer la terre ouverte sous mes pieds, apaiser mes mers intérieures, ces torsions, versants dont nous sommes faits... mais n'est-ce pas le destin de toute vie, s'en aller, simplement... ma descente aux enfers, pour ainsi dire, débuta longtemps avant que je m'en rende compte, que je prenne conscience que ma chute était irréversible, en courant après des rêves qui ne se réalisent pas justement parce qu'on leur court après, mais conformément à un jeu qui souvent nous échappe, parmi ces rêves, celui d'être heureuse, difficile de dire à quel moment cette idée éclatait dans mon esprit, grandissait, puis se métamorphosait en une véritable obsession, avoir une maison, un jardin, un chien, un mari qui se respecte, des enfants, etc., comme si tout à coup le cours de mon existence ne tenait qu'à ce fil, ce bonheur banal ça existait, était possible avant la mort, ce n'est pourtant pas ce que je pense que devrait avoir une femme pour s'accomplir, loin de là, mais ce que j'ai compris finalement, c'est qu'il est difficile d'échapper au juge intérieur, ou devrais-je dire ces impasses intérieures, et qui au moindre écart nous rappellent à l'ordre, une sorte d'hétéronomie dont les forces influentes et pernicieuses sont paradoxalement ancrées en nous, un peu comme être possédé par un dieu qui ne nous tend que des pièges, dont on aimerait désespérément se débarrasser, aussi je crois que j'avais peur que la petite fille que j'avais été revienne pour se trouver face à une femme impuissante, plus seule que jamais, avec ses failles, incapable de se projeter autrement, j'étais prête à tout, je voulais cette vie-là, et au fur et à mesure que le temps passait, à force de m'obstiner, d'insister pour que le miroir me renvoie une image de moi non inversée, j'avais perdu le sens du réel, le sens de tout, mes démons réveillés me traquaient jour et nuit, tout un escadron, avec à sa tête la petite fille perdue, brisée, je déployais des efforts surhumains pour les repousser, les jeter aux oubliettes de l'inconscient, du moins les filtrer, en concentrant, par exemple, toutes mes pensées sur mon rêve, en me faisant croire qu'il était déjà réalisé, et à bout de forces, ou au moment où je m'y attendais le moins, je m'enfonçais à toute vitesse dans le noir…

nos mots sont plus forts que nous, c'était aussi une phrase de grand-mère – elle disait toujours ce qu'elle pensait, n'en déplaise à mes géniteurs et à leurs invités – moi je voudrais que les miens soient plus forts que le temps, la perspective littéraire de ce cahier, je pourrais dire de ce chaos, se nourrit de cette impulsion déceptive, de son inépuisable évanescence… tout est là, incontestable, ignoble et vrai, l'autobiographie c'est comme une pute qui montre ses nichons et ça n'étonne personne, ou si, au contraire, à tel point qu'on la traîne au bûcher au nom de la bonne morale, j'assume entièrement cette indécence, je suis désormais le miroir dans lequel je me vois

Première tentative

… s'accapara subitement mon corps, ma tête, puis me remplit entièrement quelque chose comme une terrible chaleur, une conscience démesurée, stérile des platitudes existentielles, quelque chose auquel je tentai vainement de résister, il aurait suffi de trouver un reliquat de lumière quelque part en moi et m'y accrocher de toutes mes forces, laisser passer la tempête, mais cette chaleur devint de plus en plus insoutenable, je ne respirais plus, il fallait que ça s'arrête, et tout de suite, sans réfléchir, je bondis vers le balcon pour me jeter dans le vide, PAUVRE TYPE, PAUVRE TYPE, j'avais crié ces mots tellement de fois, et si fort, à en vomir, lisez ce cahier jusqu'au bout et vous comprendrez peut-être pourquoi, parfois comme une bête blessée, pour exprimer un rien, ce n'était pas moi, ça ne me ressemblait pas, ce n'était pas normal, j'aurais bien voulu pouvoir me contrôler, exprimer avec justesse ma pensée, mes envies, mes conditions, mes incertitudes, mes sentiments, mes fantasmes, je savais pourtant le faire auparavant, j'avais appris, mais depuis ma rencontre avec Makenzy, du jour au lendemain, tout en moi avait fondu, j'étais devenue une source, une rivière, un fleuve, puis une mer de cris, je voulais sauter du quatrième étage pour cette raison aussi, pour éteindre ce volcan dans ma tête, la rage d'être vide, de n'avoir aucune prise sur moi-même, sur lui, sur rien, couper court à l'adversité, qu'aurais-je pu faire d'autre, on n'a pas une définition nette de soi-même, comme on ne peut être positivement à l'origine de tout ce qui découle de notre existence… Makenzy, celui que je prenais pour l'homme de ma vie, venait de me faire comprendre (je le soupçonnais déjà, pour tout dire, à sa manière de parler, de se comporter parfois comme une merde avec moi) que notre relation n'allait nulle part et qu'il fallait qu'on y mette un terme avant que ça devienne toxique, pour reprendre ses propres mots, tu me fais chier, tu inventes plein de choses, tu perds la raison, ça ne marchera jamais entre nous, qu'est-ce qui s'est passé, rien de plus étonnant que ce qui se passe d'habitude dans ce genre de relation, au début tout va bien, le monde se réduit à l'autre, son visage, son sourire, ses yeux, ses bras, ses jambes, son absence, ses pas, son sommeil, son réveil, il y a ce qu'on pourrait appeler une distorsion de la perception de l'autre, il est tout le temps beau, génial, ainsi que tout ce qu'il fait, ses pets, ses ronflements, son attitude médiocre, c'est encore parfait, c'est l'amour, c'est ça le bonheur, et un beau jour tout redevient visible, perceptible, nu, percutant, dégoûtant, on en a marre de cet enfant maudit, ce mirage oublié peut-être par sa mère au fond d'une poubelle, on a son content de frustrations et d'amertumes, on se demande comment on a pu accepter ça, s'abrutir à ce point, on se rend compte souvent trop tard que l'autre ne faisait que se servir, et puis vous mentir, vous mentir, sans scrupule…

je ne cache pas que j'avais le don d'exagérer mes sentiments, qu'ils soient réels ou fallacieux, pour faire valoir à mes yeux mes mensonges (Dieu sait que je me suis raconté des histoires, et des bien connes) pour des vérités inexpugnables ou me pervertir dans une posture qui était loin d'être la mienne (*viens et sois l'un de nous*, dit le Prophète), si j'avais embrassé un mec dans le couloir de l'école par exemple, en évoquant la scène avec Toi (ma regrettée amie) des jours après, je disais mon copain, mon amant, ou mon amoureux du couloir… celui ou celle qui met la même part de lumière dans la contemplation d'un oiseau que dans le rêve impossible à maîtriser le langage de la forêt, dans un plan cul que dans une véritable histoire d'amour, s'ouvre à l'intemporalité de la vie… j'avais quelquefois une fâcheuse tendance à abuser des maximes, à la manière de ces écrivains qui se font l'éducateur de leurs lecteurs, telle une irrésistible inclination, par ailleurs j'avais mis trop longtemps, et peut-être toute ma vie, à comprendre que le couple était une mauvaise blague, comme le péché, la culpabilité, le pardon, le bonheur, et toutes ces plaisanteries, que le monde tournait encore en son sein grâce à ces mensonges auxquels les gens croient dur comme fer, et ce n'était pas plus mal que si on se mettait tous à avouer la vérité, toute la vérité… il était évident que quelque chose dont j'étais incapable de mesurer l'impérieuse détermination m'avait ravie à moi-même…

le vase débordait déjà depuis un moment, entérinant une odieuse affirmation, celle de ne pas être suffisamment regardée, reconnue, aimée par l'autre, larguée, perdue, c'est comme si je reprenais connaissance dans une autre vie que la mienne, disons dans une vie où j'étais à la fois actrice et spectatrice d'un même cirque ridicule, une vie qu'on pourrait conditionner ainsi : l'actrice joue, vit, vibre, la spectatrice (qui est aussi l'actrice) la regarde faire, partage ses corps et ses ailleurs, puis toutes les deux finissent par accéder à une forme d'absence, un lieu complexe comme un mélange de pensées, de sentiments et de leur sens, mais aucune n'est le point de départ ou le point final de l'autre, elles façonnent leur propre déchéance… ivre de désespoir, je me regardais péter un câble, glisser sur la mauvaise pente, jusqu'à fouiller dans les affaires de Makenzy, pour comprendre ce qui ne s'explique pas forcément, pourquoi quelqu'un t'aime mais veut quand même garder sa liberté, telle qu'elle était avant de te connaître, pourquoi les histoires ne sont pas faites pour durer (celles qui durent sont de vieilles catastrophes), le pire ce n'était pas le fait de fouiller dans sa *vie privée* pour découvrir ce qu'après tout il n'était pas nécessaire de chercher à savoir, franchement, c'est ridicule de s'épuiser à vouloir être la seule femme dans la vie d'un homme (la seule personne dans la vie de quiconque), mais d'y avoir cru depuis le début de notre relation, de m'y être investie pleinement, devant cette nouvelle évidence je me sentais pitoyable, nulle, réduite, vide, je perdais pied, je ne respirais plus, ma poitrine se gonflait, déboussolée, je fonçais dans la rue, au premier bar venu je commandais un whisky Coca, mon cocktail préféré quand j'allais mal, puis un autre, puis un autre, la première fois que j'avais bu autant c'était pour fêter mes dix-huit ans seule dans mon salon à Paris, et la dernière fois c'était le jour où j'ai rencontré Orcel… le vacarme de la rue m'était insupportable, quand je revins à l'appartement, Makenzy était assis sur le canapé dans ce qui tenait lieu de séjour, complètement distant, détaché, comme à son habitude, malgré mes déboires, je lui demandai qu'est-ce qu'on fait – j'entendais par là est-ce qu'on reste plantés là comme des cons ou bien on oublie tout et on reprend normalement notre vie –, il maintint sa position ferme, ce serait mieux qu'on se quitte avant que ça devienne trop moche… c'est à ce moment-là que j'avais été arrachée à moi-même par cette terrible chaleur, une force intérieure, absolue, oui, la seule chose qui me venait à l'esprit c'était d'en finir avec moi, l'alcool avait renforcé cette idée… même si pour être tout à fait honnête, je n'attendais pas forcément de cet enfoiré qu'il m'aime pour la vie, pour le meilleur et pour le pire, enfin pas lors de cet épisode, ça faisait quelques mois qu'on vivait ensemble, je voulais qu'il m'aime autant que je l'aimais, je me mentais à moi-même, je crois…

mon cœur est une île sauvage
mille saisons se succèdent et complètent l'ennui
mille animaux ruminent tranquillement leur démence
le sang implosé gémissant derrière les barreaux d'un
temps dont le cadavre est mon gouffre

son inépuisable pestilence
la mémoire des aubes et des soirs

depuis des rêves du grand large
mon cœur pleure des torrents

la moitié de mon corps était penchée dans le vide lorsqu'un bras m'avait subitement tirée et poussée sur le canapé, la chute était plus qu'imminente, je l'avais entamée, Makenzy m'avait rattrapée de justesse, sans lui c'était fait, je passais clairement de l'autre côté, puis on se regarda intensément, j'étais essoufflée, il était rouge de saisissement, ses yeux me détestaient, je plongeai dans ses bras malgré moi, on commença à s'embrasser, il me bouscula, *espèce de folle*, je revins à la charge en remontant ma robe, puis tirant ma petite culotte sur le côté, je me penchai, il me prit de toutes ses forces, je n'avais jamais joui aussi fort de toute ma vie... la fin de notre relation commença ce soir-là, une comédie de rupture qui avait duré un peu plus de quatre ans au bout desquels je comprenais que je n'avais aucune pitié pour moi en me forçant à croire le contraire, en faisant des efforts, et en me convainquant que ça en valait la peine, j'avais du mal à accepter que je pouvais vivre sans certaines choses, même les plus belles, les plus sécurisantes, les avoir sans qu'elles soient un poids, leur imposer mon propre rythme... au fond, je voulais qu'on me sauve ou sauver quelqu'un, je ne sais pas, on s'était trompés de passion, ou de moule, l'union libre se porte mieux, peut-être, qui sait, quatre années de lassitudes, d'hypocrisies, de rancœurs, de mensonges, pendant lesquelles remontait forcément à la surface le souvenir de ma tentative de suicide, chaque fois que quelque chose n'allait pas, que je sortais de mes gonds en criant comme une folle, et vu comment je m'y prenais, tel un animal en feu se jetant à l'eau, Makenzy devait croire qu'il y avait sans doute eu d'autres tentatives dans le passé, et qu'il y en aurait d'autres, que j'avais un truc avec la mort... qui saute dans le vide parce qu'un connard fait passer d'abord sa liberté, sa petite personne

Le métro

… j'en garde l'image d'un amphisbène fougueux qui se déploie, serpente, se perd, monte, descend, fonce, perdu, condamné à traquer son ombre à travers des couloirs sombres et infinis, surgissant sur les quais comme d'une effrayante solitude, d'une longue continuité de miroirs aux alouettes, d'énigmes incitatives, parlantes, amères, marines, polluées… leurs déflagrations, *voici le roman qui changera votre vie, entêtant, percutant et particulièrement envoûtant, impossible de ne pas adorer ce film, soyez intelligents, essayez cette crème éclaircissante, le parfum des jeunes hommes beaux et musclés, l'art haïtien au Grand Palais, phénoménal, époustouflant, puissant, plein d'humour, la comédie qui ose tout, le progrès c'est sortir de sa zone de confort et répondre à de nouveaux enjeux, le cœur de tout ce qu'on fait c'est vous, profitez d'un entretien de trente minutes avec un naturopathe certifié, une immersion dans les profondeurs de la lumière et de la musique, laissez-vous entraîner par la danse, surtout ne spoilez pas la fin, ce serait criminel de la manquer, l'enfant terrible des lettres africaines, cet été je ne veux pas de relou, j'essaie la relation libre, la vraie version du réel…* la déferlante exhibitionniste des lourdeurs, des mirages amorphes, l'infini alignement de prose richement extrapolée, incestueuse, irréductible dans sa quête de visibilité, son expressivité – *rhaan* (léger ronflement émis par trois Français sur quatre en parlant, utilisé ici pour désigner l'opinion publique, les ragots, les rumeurs…), nous déplorons ces éclaboussures de soupe, ces lumières nécessaires sous des collines d'ordures, écrasées par des parfums d'égouts, par la phobie séculaire de l'immobilisme ambiant des terres nouvelles, des rêves nouveaux, sans étiquettes ni périphéries, des âges insoumis, des océans fous, nous, locataires des marges, les malheureux à vie, les sombres, privilégions les choses de l'ombre sur la niaise clarté de la complaisance, le récitatif des morts… devant cette surenchère d'images molles, fuyantes, surchargées, violentes, j'avais envie de vomir, et de fuir à la fois… je m'exaltais secrètement à l'idée de mon projet, enfin le grand jour, il n'y aura personne pour m'en empêcher cette fois, nulle présence humaine pour m'arracher au vide, j'avais l'impression d'avoir toujours existé, déambulé vers cet unique but, j'étais prête, en y repensant aujourd'hui, depuis l'autre côté du temps, l'autre côté de tout, du plus loin que je me souvienne, je n'avais jamais été aussi en accord avec moi-même… gracieuse, souriante, la mort m'attendait dans une robe blanche debout au milieu des rails, d'aucuns parmi vous étaieront que mon geste est une réaction pure et simple à tout ce dont je vais vous parler, l'oncle, mes géniteurs, la vie et la mort d'Orcel, l'infernal Makenzy (et ces années pendant lesquelles j'espérais avoir le courage de me séparer définitivement de lui), et aussi Paris qui avait fini par pulvériser mes espoirs, me vider... Paris s'incruste dans notre ventre, grandit, s'embellit en se repaissant de notre jus, de nos viscères, comme toutes les grandes villes d'ailleurs, pour survivre elles ont besoin de boire le sang, de manger la chair de leurs habitants, l'humain n'est qu'un pion dans la terrible mécanique d'une modernité moribonde... aucune de ces chutes n'avait directement motivé ma marche vers l'au-delà, ou alors, peut-être toutes à la fois, unies dans une seule et même impulsion, l'être est aussi profond et insaisissable que l'océan, il suffit qu'un séisme dévastateur se produise dans une marge intérieure, nous attire dans un puits sans fond et c'est fini, j'en avais marre, je l'ai dit, de poireauter en dehors de la bonne existence, du bon corps, des bonnes pensées, m'effriter, être la proie de l'ombre, des lointains profonds et antinomiques... pour y mettre un terme, le métro me paraissait la voie royale, ah, difficile de se rater, debout devant les rails, cette foire de veines tressées à perte de vue, déterminée, animée d'une volonté animale mêlée d'un immense sentiment de liberté...

je fermai les yeux, pendant une minute, avant de mourir, on voit défiler tout le film de sa vie, m'avait expliqué grand-mère après s'être remise d'une crise cardiaque, de la naissance à l'instant de vérité, une sorte de feu d'artifice neuronal, le déroulement de la mémoire autobiographique est le spectacle le plus fabuleux auquel il puisse être donné au mourant d'assister, la splendeur variant selon la quantité et la nature des expériences passées, un souffle inédit nous accompagne dans une gorge lumineuse au bout de laquelle nous attend dans les nuages un navire ailé, l'équipage aussi est ailé, on embarque, le navire se précipite au cœur de l'espace, traverse des mers, cordillères agitées, champs de rêves, visions interstellaires, patchworks d'astres transfigurant des métamorphoses, d'autres ascensions, tout est à la fois si irréel et si vrai, soudain le navire s'approche d'un immense ponton couvert de brouillard auquel il accoste, le capitaine, un homme anormalement grand, tout de blanc vêtu, nous invite à descendre, il faut suivre ce ponton jusqu'au pied d'un escalier immaculé et infini, puis grimper jusqu'à la vie éternelle… je gardais les yeux fermés, non sans penser à mes disparus les plus chers, grand-mère, Toi et Orcel, mais je ne voyais rien de tout cela, du fond de la nuit du métro s'en venaient des sifflements de plus en plus aigus et assourdissants, je fixai intensément les rails, tu vas enfin tirer ta révérence, me dis-je en moi-même, émue…

Terminus

n'est victorieuse aucune aventure humaine, la mort, plus que le prolongement naturel d'un processus inévitable connu depuis le plus lointain passé (ce cliché a la force, la fraîcheur d'une pensée innovante), est une rupture radicale avec le mensonge du monde, on ne meurt ni bien ni mal, on passe une porte vers une élévation personnelle complète, qui l'a déjà vue, la mort, pour de vrai, je suppose que tout un chacun s'est déjà au moins une fois posé la question, pourtant sans la moindre certitude qu'il s'agit de quelque chose de l'ordre du mesurable, du représentable, qui saurait fournir des clés à notre entendement humain et qu'on pourrait utiliser pour accéder à des zones existentielles suprasensibles qui nous étaient jusque-là indétectables... non, personne ne peut se vanter d'une pareille révélation, la mort est là, devant vous, et vous vous regardez les yeux dans les yeux, crépusculaires, complices, séducteurs, émus... pour ma part, j'imaginais une forme très belle et redoutable, dont le temps est un des visages, l'espace les cheveux diffus, chaque pensée l'écho nu de son prolongement, une sorte de matière noire qui agit sur le comportement de la vie, sans qu'on sache d'où elle vient ni sa nature réelle… là-dessus le point de vue de grand-mère n'avait pas changé, on ne sait pas ce que c'est, qu'elle insistait, on n'en saura jamais rien…

en partant de chez moi, je me suis regardée dans le miroir, suis-je le personnage d'un rêve fait par quelqu'un d'autre, demandai-je, perplexe, un soir pendant le dîner, à grand-mère, plus pour couper la parole à mère qui avait tendance à la monopoliser que pour transmettre une certaine leçon de morale (elle était bien là pourtant, la leçon, cachée sous une bonne couche de subtilité), elle avait raconté l'histoire d'un homme qui disait connaître tous les gens de son quartier, mais qu'aucun d'eux ne semblait connaître, ils passaient devant lui sans le saluer, comme s'ils ne l'avaient jamais vu auparavant, jusqu'au jour où celui-ci décida de se mêler à eux et se rendit compte qu'il était en fait victime de sa propre projection, une hallucination qui paraissait si réelle… j'avais posé cette question au miroir qui, en dépit de mes efforts pour me prouver le contraire, ne me renvoyait pas mon image, mais celle d'une autre, une illusion d'existence cramponnée à mes os – j'avais maigri au point qu'on aurait pu croire qu'une abominable maladie me dévastait silencieusement

pour le dernier jour d'une vie, il faisait beau, le ciel était bleu clair, picoré d'oiseaux, abondamment fleuris et délicatement alignés le long de la voie, les arbres et les arbustes retrouvaient leur allant, leurs gestes gracieux, les espaces gazonnés, les squares étaient à nouveau investis, les passants, les badauds, les enfants, et même les chiens, comme portés par une énergie neuve, une magie simple, marchaient sans toucher le sol, ravis, les épaules et les traits détendus, aucun trouble ne se lisait sur leur visage, au contraire l'illuminait un sourire que mon éternelle méfiance avait pour une fois du mal à qualifier de fabriqué, mensonger, j'avais cru rêver (ah, mes rêves et leurs collines, leurs chants noirs arrachés à d'autres, mon sommeil était trop étroit pour les contenir), il y avait une lumière inhabituelle même sur les façades des immeubles (certains qui se dégradaient patiemment, tout en gardant leur charme, avaient été requalifiés, d'autres accusaient une cohérence esthétique entre l'ancien et le nouveau, mi-haussmannien mi-Art nouveau), les immeubles parisiens racontent un tas d'histoires, les plus douloureuses, comme les plus passionnantes… une lumière semblable à une renaissance… au milieu de la place Gambetta, l'eau de la fontaine, chose très rare, jaillissait tout à coup à travers les lames de verre enchâssées, étreintes par son bassin circulaire, sa chevelure ondulait, s'enroulait, gerbes fines, vapeurs de pluie, puis s'évasait en chandelle, retombait en cascades, fusait à nouveau… le temps faisait halte dans cette partie du 20e arrondissement, comme pour saluer mon ultime départ…

de chez moi au métro, il fallait compter huit minutes – cinq en pressant le pas –, je longeai l'avenue lentement, j'avais bien conscience que c'était ma dernière fois dans ce quartier, que je ne le reverrais plus, un des plus charmants de Paris, auquel je suis restée fidèle depuis mon premier jour dans cette ville... mon téléphone sonna, c'était Makenzy, l'affreux menteur, le monstre, c'était étrange qu'il m'appelle à ce moment précis, comme s'il pressentait que j'allais faire une *bêtise*... ce qui me paraissait incroyablement fou, affligeant surtout, c'était l'automatisme avec lequel j'avais décroché voyant que c'était lui (alors que si ma volonté avait été solidaire de mes sentiments les plus profonds, c'est le contraire qui se serait produit, et j'aurais ignoré cet appel)... ce n'était pas sa vraie voix – je l'avais assez subie pour ne pas la reconnaître dès les premiers accents –, mais celle de sa culpabilité, avait-il pris le temps de réfléchir à la différence entre le bien et le mal, entre la sincérité et l'hypocrisie, entre la fiction et la réalité, que pouvais-je attendre, exiger d'un tel animal, il n'y a rien à réparer, on ne répare pas ce que les Makenzy nous font subir... sa voix trahissait une sorte de crainte renflouée à chaque mot, à chaque respiration, à chacune de ses questions, auxquelles je devais répondre, *réponds-moi, dis-moi, allez*, au bout d'une minute, agacée, je lui raccrochai au nez – il n'appelait pas pour moi, il appelait pour vérifier que ce qu'il avait laissé derrière lui n'était pas un cadavre, qu'il pouvait continuer tranquillement sa route...

je marchais si lentement que je pouvais sentir en moi cliquer le temps, tic tac, tic tac, je fis halte pensivement devant ce restaurant qui m'évoquait un souvenir particulier, un déjeuner, le premier avec Makenzy, après une fin de matinée passée à faire l'amour, à glander dans le lit, puis sur le canapé, à se raconter ces choses qu'on raconte sans raison particulière, ou parce que cela nous donne l'impression de combler efficacement ce moment à deux, ce jour ressemblait en plusieurs points à celui de ma mort, parce que non seulement il faisait beau, mais aussi parce qu'un nouvel horizon s'ouvrait devant moi… le restaurant était rempli, après un hiver pluvieux et particulièrement capricieux, la chaleur plus ou moins revenue, les gens avaient l'air détendu, ils bavardaient, pleins d'une douce assurance, un homme bedonnant riait à chaque phrase de sa jolie interlocutrice, une jeunette assise en face de lui, et qui devait avoir la moitié de son âge, sans doute sa fille, ou une fille qui se tapait un vieux, c'est courant, un petit garçon refusait de s'asseoir avec ses parents, il courait entre les tables, dérangeant les autres qui faisaient comme si ce n'était pas grave, une vieille souriait au petit garçon en lui tendant un morceau de pain, les parents intervenaient, non il ne va pas le manger, mais c'est gentil, le petit garçon s'appelait Gaston, assieds-toi Gaston, maman ne plaisante pas, Gaston viens ici, maman va se fâcher, et papa va se fâcher aussi, disait la mère en toisant le père sur son portable… une femme dans la trentaine profonde mangeait seule, elle portait une robe qui lui arrivait jusqu'aux chevilles et un chapeau qui lui cachait une bonne partie du visage, mais on pouvait quand même voir qu'elle était triste, qu'elle mangeait sans joie, et n'arrêtait pas de regarder le petit Gaston avec envie et un faux sourire, le genre si évasif qui ressemble plus à une grimace, une question cruciale, aura-t-elle un jour elle aussi son propre enfant, son propre bonheur, puis détournait brusquement le regard, comme pour pas qu'on voie qu'elle pleurait, peut-être se sentait-elle tout à coup si insignifiante en se comparant à la mère de Gaston qui caressait maintenant les cheveux de son fils en lui faisant des bisous, peut-être cette scène invitait la trentenaire à se bouger enfin, à prendre un nouveau chemin, à savoir ce qu'elle voulait réellement faire de sa vie… presque en face de ce restaurant, il y avait un petit square avec un kiosque et des arbres autour, jouxté d'un hôpital, je disais à Makenzy si un jour on décide d'avoir un gosse, j'aimerais qu'il naisse dans cet hôpital et qu'il grandisse dans le quartier… dans ce souvenir, il portait un jean bleu serré et une veste marron, moi une robe trop grande, quand je marchais le vent me caressait les fesses, telle une main très large et fluide, j'aimais cette sensation, c'était aussi agréable qu'un début d'orgasme, j'avais pris un steak tartare, Makenzy une salade niçoise, après le déjeuner, je ne me souvenais plus de ce qu'on avait fait, on était allés au ciné au MK2 ou boire un café sur la place Martin-Nadaud, peut-être non… Makenzy devait absolument rencontrer quelqu'un pour un projet dont je n'avais plus jamais entendu parler

en marchant, je pensai, y a-t-il un monde après la mort, est-ce la mort, ce monde, tout à coup j'étais comme hantée par cette pensée, il fallait que je sache, comment faire, le temps était suspendu, oscillant de la détermination au renoncement, et vice versa, mais je retrouvai aussitôt mes esprits… avant de descendre dans le métro, je fixai un moment la rue menant au cimetière du Père-Lachaise, d'autres souvenirs émergeaient, entiers, aigres-doux, je me disais que je n'aurais pas pu vivre ailleurs qu'à Paris… debout sur le quai, il était dix-sept heures trente, tandis que je me concentrais sur le plan que je devais mettre à exécution dans exactement trois minutes selon le panneau SIEL, les gens se ruaient, autour de moi et en face, perdus dans un bouquin, ou aveuglés par l'écran de leur Smartphone, écouteurs dans les oreilles, indisponibles, réduits, puis une foule pressée sur les deux quais, je pensai encore, ben non, il n'y a aucune chance que quelqu'un te retienne de sauter, ça arrive rarement, pour ne pas dire jamais, comment pourrait-on savoir que tu es là dans cet unique but, et si, par impossible, une âme parvenait à briser l'ordre des choses en empêchant qui que ce soit de se retirer, certains diraient que c'est le hasard, d'autres soutiendraient que c'est un miracle, et c'est parce que le hasard et le miracle n'existent pas que chaque année des dizaines de gens avaient la même idée que moi : sauter c'est de plus en plus courant sur les lignes de la RATP… quoi qu'il puisse advenir, je devais aller au bout de mon plan, même si la foule serrée autour de moi tentait de me retenir comme un seul homme… *saute, sauve-toi*

j'imaginai déjà la réaction des spectateurs de ma chute phénoménale, l'ultime crash, putain de merde, oh mon Dieu, se cachant la bouche derrière des mains tremblantes, choqués, transis, détournant les yeux, et d'autres plus familiarisés à ce genre de drame, du matin au soir, pour qui, sans aucun doute là-dessus, le métro parisien est un raccourci vers la mort, un cimetière agité, on va tous être en retard à cause de cette pouffiasse qui sait bien choisir le jour et l'heure pour se foutre en l'air et perturber le trafic, mais très peu d'entre eux avaient déjà vu un vrai cadavre, ou beaucoup de sang… moi-même, je n'en avais jamais vu avant que mon âme quitte mon corps, réduit en bouillie par le train, qu'elle le fixe pendant un moment depuis le plafond, puis s'envole vers l'au-delà, abandonnant mes restes sur les voies, rien que ça… je me rappelle la première fois, et toutes les autres, que j'avais entendu cette voix hors champ, perchée à mi-chemin entre la fuite imparable du temps et le corps foudroyé du réel, *le trafic est interrompu entre la station X et la station Y en raison d'un accident grave de voyageur…* en serais-je capable, me demandais-je à l'époque, couper court à sa vie me paraissait la chose la plus extrême qu'on puisse faire, je venais d'arriver à Paris, j'étais jeune et libre, mourir ne faisait pas partie de ma liste, mourir c'était pour ceux qui n'avaient aucun plan, moi j'en avais un : être heureuse… j'avais des raisons de penser que j'étais une force de la nature, mais il n'empêche, chaque fois j'étais traversée par la sensation désagréable de perdre pied rien qu'à l'idée de disparaître un jour, ou vieillir… tandis que, derrière moi, se précipitait un reste de foule vers le quai, je sentais déjà la mort se propager dans mon corps, comme une douce vague, elle me remplissait entièrement, de la tête aux pieds, le train pointait son nez, clignotant, nerveux, inouï, quelle transe, je sautai sans hésiter, c'était parfait…

PASSÉ CONTINU

Mes géniteurs

égoïstes, méchants, insignifiants, il n'y avait pas d'autres mots pour qualifier mes géniteurs, comme tous ceux qui faisaient partie de leur cercle si restreint qu'on aurait dit que le reste du monde, les autres, n'était qu'un fantasme, fruit de leur imagination, une affaire à élucider, mais que ce n'était ni le temps ni le lieu, ce qui m'avait paru le plus absurde dans leur histoire (celle de mes géniteurs), c'était moi, née à terme, à la peau blanche, taille cinquante centimètres, poids trois kilos cinq, bercée, nourrie pour la forme, plus tard recroquevillée sous ses couvertures, ou tapie quelque part dans la maison… tout portait à croire que j'existais uniquement pour justifier le chemin qu'ils avaient pris ensemble, ils pouvaient dire qu'ils avaient une fille, en me poussant devant eux, regardez, elle est là… si j'étais tombée malade je ne suis pas sûre que mère se serait occupée de moi, père non plus, c'est comme ça avec les gosses, elle va s'en remettre, ils ne seraient même pas foutus d'appeler le docteur, ce vieux Godot moustachu dont la voix dégradée par l'alcool et la cigarette effrayait les enfants, vous auriez le temps de mourir puis de ressusciter, ce traînard ne serait toujours pas là… en dépit de ses nombreuses visites, on ne pouvait pas dire que c'était grâce à lui si grand-mère était encore en vie… à la vérité, père et mère m'avaient conçue sans trop savoir pourquoi, du moins pour combler un manque de suite dans leurs idées, ou peut-être par devoir, pire, mimétisme, conformément à un ordre social, comment l'expliquer, c'est comme si vous étiez invité à dîner chez quelqu'un, et que lorsque vous arrivez, vous vous rendez compte qu'il ne vous attendait pas, il est même très surpris de vous voir vous présenter comme ça chez lui sans prévenir, mais étant donné les circonstances – vous avez fait la route, vous êtes déjà là, il ne faut pas, en vous renvoyant, que les autres invités soient témoins d'un tel manque de civilité, ni se sentent gênés par cette présence inattendue –, alors il vous fait un peu de place en ajoutant un couvert, mais à une table séparée… la primo-parentalité ne laisse pas les concernés indifférents, ces derniers sont submergés par un tas d'émotions qu'ils ne savent pas toujours gérer, encaisser, c'est une nouvelle vie qui est là, avec ses mystères et ses besoins, comment l'accueillir, lui accorder la place qu'elle mérite, l'aimer… j'étais forcée de constater que pour mes géniteurs c'était juste une formalité, un passage gênant obligé, un couple sans enfant est comme un arbre sans racines, la risée du village, dit un jour grand-mère pour répondre à cette question qui me revenait sans cesse et que j'avais fini par lui poser, pourquoi j'existe, pourquoi je suis là… il m'a été donné de me demander la même chose aussi quelquefois, continua-t-elle, tant de chemins s'offraient à moi, mais aucun ne me paraissait le bon, j'avais l'impression de vivre à côté de mon existence, jusqu'à ce que je comprenne qu'il s'agissait de choisir de monter dans le train ou pas, alors j'ai choisi le voyage, voir le monde, fonder ensuite une famille et m'en occuper... tu existes, tu es là, ma petite, parce qu'une harmonie exceptionnelle l'a voulu, comme il existe des rivières, des collines, des arbres et des milliards d'étoiles dans le ciel, la question est quelle quantité de soi-même est-on prêt à engager vers la métamorphose des tessons de rêve en un véritable halo... elle me regarda en souriant, passa sa main lentement dans mes cheveux, tout ira bien, ma fille, ne t'inquiète pas, puis regagna sa chambre d'un pas lent et appliqué... elle était d'une écoute précieuse, grand-mère, mais en ce qui concerne mes géniteurs, il valait mieux m'adresser à mon ombre que de les aborder, à une poutre, à n'importe quel objet non identifié, car si leur corps voguait dans la maison, d'une pièce à l'autre, comme des étincelles détachées d'une flamme invisible, leur esprit se confondait avec le vide qui enserrait mon existence comme une camisole de force, et pourtant je devais me soumettre à leur regard, leurs certitudes, leurs peurs, sinon je n'étais pas digne d'eux, j'étais un arbre crochu, j'appartenais à leur distance, à l'absence, pour ainsi dire, à quelque chose d'encore plus mystérieux, dès le moment où je commençai à penser, à agir par moi-même...

ils se sont rencontrés un dimanche d'automne devant la petite église, après une messe en mémoire d'un illustre défunt, tous les gens du village étaient présents, cette cérémonie avait lieu tous les ans, et tous les ans il y avait eu de nouvelles rencontres, des éphémérides d'amour qui s'arrachaient deux par deux jusqu'à ce qu'il ne reste plus qu'un seul homme célibataire, parce qu'il y était obligé en faisant le vœu de chasteté ou de continence parfaite et perpétuelle : le Drôle de Curé… et puis il y avait ceux dont ce serait bientôt le tour : les ados… cette année-là à eux deux ils avaient quarante ans, deux jeunes Blancs cathos promis à un bel avenir… une certitude financière, surtout du côté de père, confortait cette grande décision (celle de s'unir) qui aurait pu être difficile à prendre à cause de leur jeune âge et de leurs maigres connaissances des choses de la vie, mais, comme la mort, on en saura toujours très peu de la vie, disait grand-mère, leur mission maintenant c'était d'agrémenter tout ça avec une cérémonie qui avait de la gueule, inscrire leur nom dans le registre des plus beaux mariages de ce village au charme pittoresque, une merveille architecturale à peine perchée, formant un triangle scalène avec La-Ville-la-plus-proche et la mer, puis des enfants faits maison et sur mesure… leur rencontre ne fut pas fortuite, puisque les deux idiots sont nés dans le même village, baptisés le même jour, se gavaient de l'œuvre des mêmes morts découverts dans la bibliothèque familiale, ou recommandés par leur prof de français – Racine, Hugo, La Fontaine, Baudelaire, Zola, etc. –, assistaient aux mêmes spectacles de cirque d'hiver proposés par cette compagnie italienne dont grand-mère oubliait toujours le nom, aimaient les mêmes chansons qu'ils écoutaient en boucle, les mêmes alcools, voyaient depuis leur fenêtre les mêmes enchevêtrements de ruelles pavées entre les maisons serrées entre elles, la colline qui semblait regarder tout de haut, le grand chemin en terre battue traversant la plaine, la route moderne au loin, la mélancolie… qu'est-ce qu'un village, sinon le temps ratatiné, perdu dans ses pensées

nul besoin d'inutiles faire-part, d'en faire tout un foin, il suffisait que le vent vous arrache les mots de la bouche, les répande dans l'air, pour que tout le village se gonfle d'enthousiasme, prêt à la bringue, les précédentes unions chrétiennes n'avaient pas échappé à la soif populaire, mais ce fut bien différent pour le mariage de mes géniteurs, d'abord il s'agissait de celui du fils de l'Homme, comme on appelait grand-père, *l'Homme, le seul et l'unique*, ainsi la fièvre qui souleva le village fut totale et imparable, ça s'annonçait mémorable, à l'approche du grand jour, à travers rues et allées, cette fièvre inconnue se transforma en une sorte de passion intransigeante, une belle lumière qui illuminait les visages, grimpait les lampadaires pour s'immiscer dans les veines des vieilles ampoules mortes, ignorées de la municipalité… complètement étourdi, le village bénissait ce jeune couple comme il n'avait jamais rien béni auparavant, des courtoisies conventionnelles, des caisses de vin, des passementeries de soie chamarrées d'or, d'éclatants ustensiles, des fleurs et des victuailles, la bassine du courage dans laquelle les époux devaient boire les restes des boissons servies pendant la soirée s'ils voulaient réussir leur première nuit de noces, et autres présents, d'aucuns y voyaient la plus belle expression de l'amour, ou du voyage qui engendre les êtres, puis les rend à leur propre humanité… c'était que tout d'un coup on avait l'impression que tout le monde se bloquait sur la même note, tandis que l'emballement collectif clouait un écriteau sur le fronton de l'église, *longue vie aux nouvelles étoiles*, mère pleurait, elle n'était plus sûre de vouloir se marier, ça lui paraissait exceptionnel, mais aussi comme un bien pour un mal, une fenêtre ouverte sur rien, une mauvaise action, un mirage dans le désert, un gouffre dans lequel on finit par disparaître complètement… père la rassura comme il put et regagna sa confiance, il n'était pas question qu'il se ridiculise devant tout le village, tout était fin prêt pour la messe hommage, l'amour avait un goût de fruit de saison, rien n'était laissé au hasard, la petite église accueillait leur mariage exagérément, et puis encore des discours à ennuyer une statue… la fête fut belle, ce soir-là mère avait dansé pour la première fois de sa vie, une branche sèche s'agitant dans une robe blanche, cela n'avait aucune importance qu'elle ne sache pas danser, car tous les autres dansaient pour elle, et bien, c'était le plus beau jour de sa vie, ravie, enivrée de toutes ces vérités inutiles, et des interminables prévenances, enveloppée de poussières d'étoiles, on aurait dit qu'elle flottait dans les bras de son homme, ou dans les airs, le banquet poussa jusqu'à l'aube, d'éloquents épithalames accompagnèrent les époux jusqu'au seuil de la porte nuptiale, il y a quelques années de cela elle avait rêvé que cette porte cachait un fleuve rempli de tous les animaux dont elle avait peur… un an plus tard, le Drôle de Curé accueillit la famille, non sans fierté, pour mon premier sacrement, en présence de mes deux parrains et mes deux marraines, un de mes parrains était l'oncle – le frère de mon père –, le charognard, qu'il aille brûler en enfer, propriétaire de vignobles et d'appartements luxueux dans La-Ville-la-plus-proche, il était le plus riche de la famille, une de mes marraines était assistante sociale, et son mari, grand et très mince, passait un concours pour devenir prof, pour ma marraine être prof c'était le pire métier du monde, oui mais regarde bien autour de toi, rétorquait le mari, il n'y a personne qui a l'air d'avoir besoin de ton assistance… il était facile de le comprendre, en les écoutant se chamailler, ces filières leur permettaient d'affirmer à la première occasion venue qu'ils participaient activement au bien-être social et spirituel de leur village… je me souviens de cette marraine, et pas de l'autre, parce que quelques mois après mon baptême elle avait perdu sa fille aînée d'une manière étrange, le papa poussait trop fort la balançoire avec la *pitchoune chérie* qui s'est envolée et a atterri sur la tête, crac, elle est morte sur-le-champ

mère, devenue orpheline très tôt – elle n'en parlait jamais, je le savais grâce à grand-mère qui disait aussi que c'est parce qu'elle en avait un peu honte, que ce n'était pas très important, *ça se crée une famille*, elle l'avait toujours estimée, surestimée même, selon moi, sans jamais lui montrer la moindre désobligeance, mère en était reconnaissante… quand père avait voulu placer grand-mère en maison de retraite, elle s'y était catégoriquement opposée et avait proposé qu'elle vienne vivre avec nous à la maison et promis de s'en occuper dans la mesure de ses possibilités… grâce à l'héritage de son père, mère avait été reçue dans un pensionnat catholique, où en dehors des heures de cours elle s'était intéressée à certains métiers, afin de pouvoir aspirer plus tard à une vie digne de ce nom, en exerçant une activité professionnelle non agricole par exemple – à cette époque, très peu de femmes travaillaient en tant que salariées, une prime était instituée pour la femme au foyer, et les milieux dits proprement féminins n'évoluaient pas en termes d'effectif, cette courbe (ainsi que celle de la perception genrée et unilatérale des métiers) continuait de stagner au cours des années suivantes… c'était une décision courageuse, affirma grand-mère, mais en fin de compte la réputation de mère s'était faite comme excellente cuisinière, son cassoulet au confit de canard et à la tomate, sa sauce d'aïoli avec des petits légumes et des patates douces, son rougail de saucisses, elle balançait deux trois trucs dans l'eau bouillante, les plongeait ensuite dans une sauce, et c'était incroyable, tu es une magicienne, la louangeait père en se resservant, et il advint un jour, tandis que mon père la félicitait, qu'on échangea elle et moi un regard bref et énigmatique, elle se leva brusquement en renversant sa chaise, quitta la table et alla pleurer sous la véranda en fumant… ce geste n'était rien que la partie visible d'un mal-être profond, *j'en ai marre de cette vie, de tout*, semblait-elle exprimer, *c'est tellement affreux de voir le destin en face*, une histoire dont on ne pourra jamais dévier le cours, le fond et la finalité, ce matin-là elle avait dû se réveiller, regarder autour d'elle et se rendre compte qu'elle avait raté son train, comme toutes les autres femmes du village, que sa passion pour la gastronomie française s'était arrêtée sur la table familiale, pas dans un restaurant étoilé, comme elle l'aurait voulu, dont elle serait la cheffe, où des clients distingués et avisés diraient aux serveurs et aux serveuses de la complimenter, qu'elle était une vraie artiste, qu'ils s'étaient régalés, elle aurait vécu librement son rêve et décidé de se marier un jour si elle en avait eu envie… mais, d'une part pervertie par les impératifs familiaux, maintenue à flot grâce à la fortune de son mari d'autre part, elle avait laissé ce rêve à l'abandon, dérogé à elle-même, en incarnant à la perfection le rôle de femme au foyer, avec tellement d'implication qu'elle s'oubliait parfois, qu'on aurait dit qu'elle était taillée pour ce rôle, qu'elle ne savait faire que ça et n'aurait pu être rien d'autre, un enchaînement de pis-aller non conformes à ses espoirs, corollaires nécessaires à sa survie… et une autre fois, pareil, elle quitta la table en repoussant sa chaise, avec encore plus de violence, j'essayais de lire dans ses pensées, à quoi sert un mariage, une grande maison dans un bled paumé avec un mari approximatif, quand on peut se forger une vraie place ailleurs et s'enivrer de sa passion, quand elle était revenue s'asseoir à table, accompagnée par père qui l'avait suivie sous la véranda pour la rassurer, elle tremblait légèrement, ses mains se crispaient, je ne me rappelais pas l'avoir déjà vue dans un tel état d'angoisse, ça va aller, lui avait dit grand-mère, elle avait secoué la tête affirmativement, puis saisi ses couverts, et recommencé à manger très lentement, elle avait fini par retrouver son état normal, c'est-à-dire son état de femme récif, volcan, fossé, imperméable… père regrettait qu'elle n'eût aucune fréquentation, ce qui lui donnait l'impression de vivre avec une ombre, plus qu'une épouse, il suffisait à mère de passer le seuil de la porte pour devenir la créature la plus seule sur cette terre, mais cette idée ne semblait pas la terrifier plus que ça, le fait d'avoir personne d'autre que nous dans ce monde, c'était pourtant tout sauf une vie…

la première et dernière fois qu'elle avait quitté la France remontait à un voyage scolaire en Allemagne, avec son groupe, elle avait visité plusieurs villes de Bavière, sans doute n'imaginait-elle pas qu'elle allait découvrir un pays très beau et joyeux, les écorcheries des deux grandes guerres exposées par les bonnes sœurs du pensionnat avaient inhibé dans son esprit toute image de beauté, de bienveillance dès qu'il était question de l'Allemagne, elle s'attendait à des paysages insipides et froids, mais c'était tout le contraire, du moins dans les endroits où elle avait été – le château de Nymphenburg, la fameuse Route romantique de Wurtzbourg jusqu'aux contreforts des Alpes, en passant par des petits villages magnifiques et des villes médiévales –, elle ne comprenait pas l'empressement des filles du groupe à rencontrer de jeunes Allemands qui, toujours selon les récits un peu étourdis des religieuses, étaient tous prétentieux et déshydratés... jusqu'à ce que son regard croise celui d'un stagiaire dans un musée de Munich, le jeune homme était visiblement sous son charme, il ne trouvait pas ses mots pour expliquer comment allait se dérouler cette visite pendant laquelle ils n'arrêteraient pas de s'échanger des regards discrets, mère se rappelait qu'ils avaient réussi dans un moment inattendu à se caresser la main, Dieu sait ce qui se serait passé entre eux, s'il ne s'était pas agi d'un voyage de groupe prônant le respect des règles collectives, avant ce jour-là personne n'avait suscité chez elle autant de désir, et elle ne pensait pas que cette lumière que ses mains cherchaient à attraper à travers les nuits désertes du pensionnat, c'était l'amour, ou peut-être le corps de l'autre... l'Allemand lui avait raconté une anecdote pour le moins bizarre, depuis deux siècles tous les hommes de sa famille avaient choisi des filles nettement moins âgées qu'eux, vierges, et sans péché, Jésus est né de cette fille-là, tandis qu'il essayait, dans un français drôlement frelaté, de la convaincre d'accepter qu'il lui rende visite en France, mère repassait dans sa tête certaines règles de vie au pensionnat : toute absence exceptionnelle, activité extérieure, sortie annuelle, devait faire l'objet d'une demande d'autorisation écrite (fournie en début d'année, ou déposée au bureau du conseiller principal d'éducation au moins vingt-quatre heures avant, aucune dérogation de principe ne serait accordée) des parents, ou tuteurs légaux, les orphelins dépendaient de l'humeur de l'administration, y compris les élèves majeurs, au-delà de vingt heures, les communications téléphoniques internes n'étaient plus transmises, sauf en cas d'extrême urgence, les garçons n'étaient pas admis dans l'internat... non ce n'est pas possible, disait-elle à l'Allemand sans donner d'explications, tu me plais beaucoup, mais tu ne pourras pas venir me rendre visite en France... c'est à partir de ce moment-là qu'elle avait compris et décidé de se mettre à l'abri de cette monstrueuse bête qu'on appelle la solitude, de ne plus observer leurs règles, être la petite orpheline qui se faisait traiter comme un torchon par les filles de son âge... pour tout dire, ces idées d'horizons neufs l'habitaient depuis ce matin d'hiver où elle s'était réveillée et s'était rendu compte que les Anglais avaient débarqué (quand j'avais eu mes règles pour la première fois, elle avait utilisé cette même expression, sans prendre la peine d'en expliquer le sens ni l'origine, tu es une femme maintenant ma fille, c'était tout), cloîtrée, programmée, comment ne pas trembler devant le moindre remous du monde quand on a eu cette éducation... il fallait attraper une branche sûre et sortir de là le plus vite possible, à dix-huit ans elle était prête, et même impatiente d'envoyer un message clair à ses anciennes détractrices du pensionnat, ainsi qu'à tout le village, Sainte-Catherine allait devoir trouver quelqu'un d'autre à coiffer

ce dimanche après la messe, en croisant les yeux de père sur l'esplanade de l'église, quelque chose – auquel elle tentera de trouver une explication plus tard, c'est-à-dire trop tard, et sans succès, comme si l'y avait poussée une pulsion obscure – lui disait que c'était lui, et c'était réciproque, elle trouvait toutes sortes d'excuses pour ne pas se convaincre du contraire, et continuer à s'enfoncer dans ce mariage, à tuer ses rêves, s'ouvrir au monde lui paraissait au-dessus de ses forces, elle avait oublié entre-temps où elle voulait aller, pris goût à l'attente, l'inertie, l'insignifiance, pour en arriver à la conclusion qu'elle n'avait jamais été heureuse avec père, qu'ils ne s'aimaient pas plus que ça, qu'elle n'aurait été heureuse avec personne d'autre d'ailleurs, et qu'elle ne le serait jamais, quinze ans de mariage c'est pire qu'un suicide… et en même temps elle était la femme d'un homme issu d'une des plus grandes familles du village, on pouvait croire qu'elle était restée pour le prestige, la maison, les frusques de luxe qu'elle pouvait s'offrir librement avec l'argent de son mari, le jazz des ragots, *rhaan*, hier je l'ai croisée à La-Ville-la-plus-proche, la pauvre, elle fait pitié, qu'est-ce que tu veux, ce n'est pas avec des mœurs bourgeoises qu'on forge le bonheur, tu crois qu'elle couche encore avec son mari, fais-toi inviter à leur apéro, et tu lui poseras la question… quand on veut une autre vie que la sienne, on devient méchant et complexé, je me rappelle nettement cette fois où, par mégarde, j'avais pensé à voix haute, quelque chose comme *toutes les amours sont tristes*, elle avait entendu mais n'avait rien dit, elle avait juste laissé ce qu'elle était en train de faire pour venir d'un pas décidé me gifler de toutes ses forces, petite insolente, j'ai cru avoir été frappée par la foudre, j'étais complètement sonnée, j'avais très mal à la joue, mais au lieu de pleurer, j'ai ri de bonne foi en la fixant droit dans les yeux, cette pensée n'était pas plus insolente ou révolutionnaire que ça, d'autant qu'elle ne lui était pas destinée, elle avait dû aller chercher dans l'innocence de mes mots une vérité qu'elle ne supportait pas et qu'elle croyait désamorcer en me frappant, je pouvais lire en elle comme sur un écran, un simple regard suffisait, elle m'enviait ma liberté, ma jeunesse, j'étais ce qu'elle n'avait pas su être, une fille qui ne demandera à personne son avis lorsque viendra le jour de partir à la conquête des soleils roses et bleus qu'elle dessinait enfant sur les murs de sa chambre… les replis de l'horizon, ce besoin viscéral de voyager, se nourrir de nouvelles choses, je trouve qu'on est de moins en moins nombreux à le ressentir, peu désireux de s'entourer de gens, de paysages qu'on ne connaît pas, expliqua grand-mère en feuilletant ses vieux albums photo, en commentant chaque image, on la voyait sur un quai de gare, le corps affirmé, penché dans le vide, le bras accroché à la porte d'un vieux train, dans un parc, entourée de ses amis, en robe d'été à Manhattan regardant droit l'objectif de la caméra, tirant la langue depuis une terrasse à Berlin, déguisée en épouse de pape au carnaval de Paris sur la place de l'Opéra, etc., pour mère c'était trop tard, comme toutes les femmes en domesticité chez un homme elle était épuisée, le village s'était refermé sur elle comme une malédiction, elle sortait ses plus beaux habits pour aller faire ses emplettes, ou seulement prendre l'apéro avec des habitués de la maison, ces robes qui coûtaient une petite fortune au portefeuille de père, mais elle y mettait un point d'honneur, tout ça devait lui donner l'impression de briser le plafond de verre qu'elle représentait pour elle-même, et de devenir pendant une heure ou deux, ou le temps d'une soirée, la femme qu'elle avait toujours rêvé d'être, une femme du monde alliant l'élégance, le savoir-faire, la fortune, l'éducation et autres mensonges…

mère ne l'avait pas vue venir, cette fille sur laquelle elle n'avait aucun contrôle, la moque-famille, sa fille qui ne sera jamais sa fille, cette étrangère qui ne partageait presque rien avec elle… ce n'était pas par hasard qu'elle n'avait pas trouvé mieux que de me gifler, il était évident que le bref regard – et bien d'autres plus tard – échangé avec elle cet autre soir au-dessus de la table avait été interprété comme un signe de provocation de ma part, oui, c'est tout ce que tu es pour papa, pour grand-mère et moi, une femme au foyer, une cuisinière, une bonne à tout faire, tu n'auras jamais la place que tu mérites, ni rien d'autre… j'étais une cible désormais, elle me traquerait jusqu'au bout, elle ne me laisserait aucune chance, c'était évident, je n'étais plus en sécurité du tout chez moi, je ne l'avais jamais été, je crois… et puis, au-delà de ça, la maison ressemblait à un beau navire rescapé des dernières intempéries du siècle, autant que je me souvienne, l'esprit de celui que les villageois appelaient l'Homme, le seul et l'unique, planait sur tout, à travers les chambres, la véranda, le jardin, on n'avait nullement besoin de parler de lui, puisqu'il occupait la place qu'il avait toujours occupée : celle du maître incontesté, l'image de Dieu… sa photo était accrochée au-dessus de la cheminée, ou sur le mur dans la chambre de mes géniteurs à l'emplacement de leur photo de mariage, ou encadrée sur la table de chevet de grand-mère, ou dans la cave où on ne mettait presque jamais les pieds, si une feuille était portée par le vent, j'imaginais qu'elle était cueillie par sa main d'outre-tombe, yeux marron discrets, autoritaires, moustache fournie, épaules parfaitement alignées, buste large, redingote sombre, une nuit je crus avoir rêvé de lui, mais à la place de son visage c'était celui de l'oncle, le lendemain à l'apéritif je regardai l'oncle bizarrement, et lui ne sembla pas gêné du tout, il dit même : ma chère nièce me trouve de plus en plus beau, on dirait… grand-père avait travaillé dur toute sa vie, ourdi toutes sortes de plans, pour que sa famille, ses fils ne manquent de rien, au nom de sa fameuse théorie selon laquelle la vie comporte un ensemble de règles qui, si on les suit de manière formelle, mènent immanquablement aux résultats escomptés, dans ce même ordre d'idées, si on lui avait demandé d'aller vendre à la guerre du pinard et des Philip Morris pour atteindre son objectif, il l'aurait fait (une façon de dire qu'il ne reculait devant rien, si ça lui permettait de s'enrichir davantage), expliquait grand-mère qui parlait de son défunt mari avec une légèreté troublante, caractéristique des femmes de sa génération, il était exceptionnellement courageux, c'était un bon vivant, un vrai, un amoureux du grand vin, le genre aussi qui ne disait pas grand-chose sur ses activités, sur l'origine de son argent, de temps en temps il enfilait un costard et disparaissait au bout du monde, parfois pendant des semaines sans donner de nouvelles, il n'avait jamais su ce que ça voulait dire « manquer », jamais (on avait suffisamment d'argent pour faire vivre le village entier), ni saisir la différence entre aimer une femme et la domestiquer, comme ses cons de fils d'ailleurs, je suis restée aussi longtemps avec lui, continua grand-mère, parce que je l'aimais, je l'avais domestiqué aussi à ma manière ha ha ha, au fond on était tous les deux pareils, pervers et amoureux...

grâce aux fruits obscurs du travail de cet homme, père était censé devenir quelqu'un hors du commun, à l'instar de l'oncle, c'était évident aux yeux de tous, les membres de sa famille, ses profs et ses amis de lycée, matériellement vous ne manquez de rien, mais une intelligence ça s'affûte en la mettant à profit, répétait le patriarche à ses deux garçons, mais en vérité il s'adressait à père, le faible, l'impuissant, il aurait fallu que père prenne ses études au sérieux, qu'il arrête de se comporter en Monsieur Tout-le-monde, d'être incessamment là où on l'attendait, mais il n'avait rien compris, même en grandissant, en devenant un homme fait, jusqu'à ce qu'on finisse par le ranger parmi les cancres auxquels on veut bien montrer un peu de respect du fait de leur nom et de leur situation, mais pas au point de voter pour eux aux prochaines élections municipales si l'idée de se présenter leur venait à l'esprit, si cela était le cas, je suis persuadée que le maire de l'époque, un vieux retraité agricole presque totalement figé par l'arthrose, n'aurait rien eu à craindre car, sur les quatre-vingt-dix habitants du village, environ dix seulement auraient voté pour père, parmi eux le Drôle de Curé, l'oncle (pas sûr), mère, les gens de l'apéro, quoi… il y a certaines choses que ni le nom ni le milieu ne peuvent garantir, alors à défaut d'une vie politique ou professionnelle bien remplie, pour laquelle il se serait battu, père avait opté pour la facilité en devenant le ridicule second, le sous-verge de son frère réputé intelligent, habile, l'enfant terrible des affaires, de la gestion de la fortune familiale, il ne laissait rien se dérouler hors de son contrôle, même ce qui ne le regardait pas ou qu'à moitié, père le laissait faire, prendre des décisions à sa place, par exemple l'oncle n'éprouvait aucune gêne à tout payer, hôtel, billets de train, toute une batterie de gâteries, pour que les nouveaux mariés acceptent de passer leur lune de miel à l'endroit qu'il avait choisi, rien que pour affirmer son autorité, c'était leur mariage, le début de leur nouvelle vie, c'était à eux de décider, l'oncle n'avait pas à s'en mêler, son opinion il n'avait qu'à se l'enfoncer où on sait, il fallait le remettre à sa place, ce gros lourd, mais au lieu de s'indigner mère se confondait d'emblée en remerciements, il paraît qu'elle avait même pleuré, père, lui, n'y voyait pas d'inconvénients, que sa volonté soit faite, grand-mère n'avait pas pu empêcher cet affront, la reconnaissance des époux envers le bienfaiteur était si intense que la moindre ingérence défavorable de sa part l'aurait fait passer pour la pire des rabat-joie, père se serait mis dans tous ses états, son frère avait toujours raison, et lui était comme né pour lui obéir – on aurait pu croire qu'il n'avait pas d'autre passion dans la vie, non seulement il ne cessait de le vanter, *il est génial dans tout ce qu'il entreprend*, de rabaisser ses propres mérites devant lui, *mille fois plus que moi j'avoue*, de rire à toutes ses blagues, même celles sur mère et moi, ou sur la manière dont notre maison était décorée, gérée, c'est crade chez vous, en entendant cela, *illico presto* mère bondissait avec un torchon et se mettait à épousseter, avec beaucoup de gravité, alors qu'elle venait de passer plusieurs heures à faire le ménage, à astiquer partout, éliminant la moindre trace, justement pour que celui-ci ne trouve rien à redire en arrivant à la maison pour l'habituel apéritif dont il était l'initiateur et le financeur... quand ce n'était pas une blague choquante qui ne choquait personne outre mesure, c'était un souvenir incommodant pour lequel le moment était mal choisi... je ne saurais dire à quoi tenait l'admiration de père pour cet enfoiré de frère, était-ce un miroir qui lui renvoyait une image améliorée de lui-même, son super héros, ou un délire de cadet pour qui, sans le regard, la voix, l'intuition de l'aîné, rien n'a de sens, tout s'effondre, mais le pire c'est que mère aussi riait honteusement aux inepties de son beau-frère, ils allèrent jusqu'à trouver très drôle cette histoire qui remontait au lycée : dans les toilettes de l'établissement, on avait trouvé un garçon complètement assommé, il avait le nez et une côte cassés, ainsi qu'un œil poché qui ne s'ouvrait plus, c'était bien l'oncle le coupable, mais c'est père, la tête de foin, le pain sucé, qui avait tout avoué, vous êtes sûr, avait demandé le proviseur adjoint à l'élève pas brillant mais qui, d'aussi loin qu'il s'en souvienne, n'avait jamais fait de mal à une mouche, ni eu aucun mot déplacé, un retard, une absence, et qui dans toute sa carrière ne se rappelait pas avoir déjà vu un coupable se présenter et avouer son fait la tête baissée, je sais que vous n'êtes pas capable d'une telle action, pourquoi protégez-vous votre frère, vous vous trompez monsieur, c'est bien moi qui ai tabassé ce jeune homme, répondit père, mais c'est la voix débilement féminisée de l'oncle qu'on entendait, grand-mère avait toujours détesté ce côté vilain chez lui, si on m'annonçait que tu avais été échangé contre un autre à la naissance, je ne vois pas ce qui pourrait m'empêcher de le croire, dit-elle une fois à son fils qui ne la portait pas non plus dans son cœur – il l'appelait *la vieille*, et si cela n'avait dépendu que de lui, il l'aurait déjà oubliée dans une de ces maisons pour vieux… c'était loin d'être fini, après cette histoire au lycée, l'oncle avait recommencé à abuser de la crédulité de son frère, et c'était *marrant* à chaque fois, pour reprendre son propre mot, l'influence qu'il exerça sur lui fut sans limites : imaginez une marionnette manipulée par un infatigable pervers…

à la vérité, la seule chose qui me paraissait pour ainsi dire réfractaire chez père était en fait assez banale, c'était même un peu comique, il fréquentait secrètement (c'est-à-dire sans mère) un cabaret populaire situé en périphérie de La-Ville-la-plus-proche, un week-end sur deux il allait y boire et danser, croquer des pouffiasses, et autres saloperies de mari solitaire, ce qui aurait pu laisser croire qu'il avait plusieurs vies avec plusieurs femmes, d'autres enfants, il attisait la curiosité du village jusqu'au non-sens, *rhaan*, la bite publique, il avait dû être dépassé par les métamorphoses subies par son couple… quant à mère elle était devenue une autre, silencieuse, de plus en plus distante, elle envoyait promener père, lui faisait un tas de reproches, parfois en présence de l'oncle qui réagissait à peine en caressant son toupet, connaissant la passion de celui-ci pour se mêler de ce qui ne le regardait pas… enfin plus rien n'allait dans le mariage de mes géniteurs, les jours passaient, les semaines, les mois, mère ne retrouvait pas ses esprits, si on venait à demander à père comment allait sa femme, on pouvait être sûr qu'il répondrait, ben, elle cherche ses esprits, on peut imaginer combien les journées de cette femme étaient mornes et insipides sans ces scènes qu'elle provoquait parfois, rongée par l'ennui, comme pour se requinquer, sa vie avait été réduite à la seule fin de mépriser son mari, ou s'en préoccuper jusqu'à l'évanouissement, j'exagère peut-être mais je ne voyais pas ce qui aurait pu l'occuper sinon, en dehors du jardin, la cuisine, et grand-mère, elle s'était mise subitement à écouter les chansons de Brassens, dans la somnolence de ces longs après-midi, elle semblait y trouver les mots qui allaient à son blues, *laissons le chant libre à l'oiseau, nous serons tous les deux prisonniers sur parole,* mais rien de plus, une étoile serait tombée du ciel juste à côté d'elle, elle ne l'aurait pas vue, ou elle l'aurait confondue avec une pierre, ou une crotte de chien… une chose est certaine, Dieu l'avait punie en lui faisant croiser le regard de ce jeune homme, voici une faute que le Tout-Puissant avait commise et ne pourra jamais corriger, tous les dieux ont la boutanche triste, elle n'avait pas dit oui à cet amour, mais à l'idée d'avoir quelque chose à elle, une histoire, une maison, si père avait subitement arrêté de se comporter comme un idiot, d'aller ramasser des morpions à la guinguette, pour la regarder comme avant, essayer de l'écouter et la comprendre, bref, reprendre son rôle de bon mari, irréprochable et câlin, finis les silences, les frustrations, les disputes, les cris, sa vie aurait malgré tout été ennuyeuse, car il était trop tard pour qu'elle redevienne électrisante et douce, mais elle n'aurait aucune raison de détester père et de désapprouver ce mariage, elle avait sans doute réfléchi à la question et compris à quel point elle était devenue une énigme pour elle-même, pire, une impasse, c'est seulement quand elle buvait qu'elle avait l'air d'aller mieux, d'être à sa place, de retrouver son corps, sa voix, son sourire, l'enfance, les chemins qu'elle emprunterait un jour, elle buvait pour être seule, belle, comme elle ne l'avait jamais été, elle n'avait aucun doute quant au fait que dehors on jugeait sa détresse d'épouse *mal tombée*, oui mais on ne sait pas où on tombe, et puis si c'était réellement ce que pensaient les gens, ça restait leur opinion, qu'elle soit triste ou pas ce n'était pas ça la vraie question – qui n'a pas son lot de misère –, la vraie question c'est que mère n'avait nulle part où aller, et ça pour une femme c'est terrible, alors elle buvait pour oublier qu'elle n'avait nulle part où aller, qu'elle était mariée, et à quel point c'est ennuyeux, oublier le village, ce trou perdu, et ses commentaires à la con… souvent, mue par un tas d'idées contingentes, inexprimables, ses mots volaient en éclats, s'éparpillaient en s'engouffrant dans les lointains de sa conscience au point qu'il lui était impossible de les rattraper, elle se forçait, se brouillait, passait d'une période à l'autre, sans transition, sans respecter l'ordre chronologique, au pensionnat c'était dur, mais elle pouvait encore rêver, la lucarne au-dessus de son lit lui offrait le ciel, cet immense nid de voyages, de possibles, ses ailes étaient verrouillées, mais elles n'étaient pas coupées… ce jour-là, sur l'esplanade de l'église, il aurait suffi de tourner la tête pour éviter le regard de père, en croiser un autre, plus attentif et compatible avec ses chimères, avec lequel elle aurait sans doute été plus heureuse à présent, ou de se contenter de sa solitude, on ne trouvera pas mieux…

naturellement, ça lui était déjà arrivé d'avoir envie de gifler son mari, de le frapper encore et encore, et le faire disparaître pour toujours, lui n'aurait rien fait pour l'en empêcher, le Drôle de Curé avait l'air d'en savoir quelque chose, on ne lève pas la main sur sa femme, s'écria-t-il, c'est le plus vile de tous les péchés – tous les autres moyens pour la rabaisser, l'humilier, la réduire à rien sont bons, mais on ne frappe pas, non pas ça –, et puis, père, il savait qu'il était lui aussi devenu un autre, quelqu'un qui n'avait plus sa place dans cette histoire, il était ailleurs, *basta*, il leur fallait l'insouciance des longs soirs arrosés pour avoir l'impression d'exister l'un à côté de l'autre, de se supporter, ces apéros n'étaient rien qu'une sorte de *no man's land* à la fois joyeux et hypocrite où chacun semblait puiser un regain d'humanité, sinon Dieu sait quelle connerie un des deux aurait été amené à regretter – le drame familial ici est un sport national –, la possibilité de revenir en arrière, au temps des fleurs et des beaux jours, était infiniment mince, leurs traits affirmaient ce non-retour de la manière la plus plate, la plus catégorique qui soit, et le pire dans tout ça, c'est que personne ne semblait se rendre compte que j'étais là, au milieu, une jeune adolescente avec des seins, des règles, des poils, des humeurs, etc., j'étais comme une ombre pour eux, non, une ombre on la voit au moins se glissant sur le mur ou sur le sol, elle surgit, surprend parfois par son intensité ou par sa pâleur fantomatique, et invite à la curiosité, elle peut faire peur, tapie derrière le rideau de ma fenêtre par nuit de pleine lune et de drôles de vents, elle provoque une réaction, moi je ne déclenchais rien du tout, combien de fois avais-je bougé, changé de place, en passant des escaliers au salon, dans un coin de la véranda, à la cuisine, au couloir, à n'importe quel autre endroit où tournait leur attention, mais rien, ils ne me voyaient pas, je n'existais pas, du moins comme une chose comme qui dirait larvée, délétère, et quand j'avais l'impression d'être là, de faire partie du réel, c'était si éphémère qu'on aurait cru à un mensonge… seul l'oncle me voyait, hélas, de son regard sinistre couvant un sombre projet, et qui semblait déjà exulter à l'idée d'assouvir bientôt sa soif, sa rage… le danger qu'on voit venir sans pouvoir rien faire pour l'éviter… dans la psyché collective, le prédateur ourdit son plan derrière son masque, mais le regard de l'oncle allait droit au but, un projectile, et je me doutais que je n'étais pas plus qu'une proie facile, une gamine, une chair fraîche, une page vierge, une âme immaculée, une brindille prise dans un vortex… et lui un esprit envoûté, une bête excessivement déterminée et intransigeante qui s'approchait lentement, avant de bondir…

mère continua de s'éloigner, elle ne retrouvera pas ses esprits, c'était foutu, de plus en plus rongée par le sentiment de n'être pas à sa vraie place, d'avoir été *recrutée* pour remplir une mission, elle pouvait disparaître pendant des heures dans ses pensées, ou dans celles de Brassens, *s'il faut aller au cimetière, j'prendrai le chemin le plus long, j'ferai la tombe buissonnière, j'quitterai la vie à reculons…* et puis – à peine le soleil avait-il fini de traverser la véranda, laissant dans son sillage une lumière orange, une douce chaleur et des ombres bleues – elle se levait, montait dans sa chambre, se faisait belle, revenait ensuite s'installer dans un fauteuil avec un verre de cognac, en attendant le Drôle de Curé, l'oncle et d'autres, pour l'apéro, la perspective de recevoir du monde à la maison la rendait pour le moins vivante, jamais elle n'essayait de se dérober, Brassens grattait rigoureusement ses cordes aussi pour atténuer l'attente, la rendre soutenable, raccourcir le chemin jusqu'à cet îlot enchanteur, il y avait dans ce passage direct de la tristesse à la joie de quoi avoir peur, du moins se demander si ces gens n'étaient pas sous l'emprise de forces occultes, car père, qui, d'une certaine manière, subissait la même métamorphose, ne semblait pas le remarquer, il enfilait son plus beau costume et rejoignait sa femme sous la véranda avec son plus beau sourire, salut mon amour, et ça finissait toujours par ressembler à un suicide collectif ou quelque chose du genre, ils buvaient tous comme s'ils avaient une pensée insubmersible à noyer en eux, un trou noir à remplir, *auraient-ils voulu s'oublier tout à fait, oublier tout, et ensuite se réveiller et commencer une nouvelle vie*, finement endimanchée pour aller nulle part, une rose dans les cheveux comme une plaie, la plus visible, jusqu'où cette silhouette présomptueuse, triste et neurasthénique, comptait-elle continuer à se mentir, à jouer la comédie, je ne la lâchais pas des yeux, j'aurais voulu lire davantage la profondeur de ses pensées, ces voyages qu'elle ne ferait jamais, ces quais où personne ne l'attendait, ces rêves immobiles, cet air de cadavre raffiné qu'elle affichait en buvant à une vitesse fulgurante, en estimant (à haute voix) que ce village était un nid de pedzouilles, en traitant de vulgarité provincialiste toute attitude qui ne correspondait pas à son petit monde, endurcie par la frustration et la colère… à la fin de la beuverie, quand tout s'effritait, les invités prenaient congé, le réel retrouvait sa couleur naturelle, elle retournait à son amertume, comme si tout ce qui venait de se passer n'était en fait qu'un beau rêve où elle aurait aimé vivre pour toujours… la nuit dans mon lit, en pensant à elle, je voyais à chaque fois l'image d'un chien solitaire traversant la nuit froide du village à la recherche d'un endroit où mourir tranquille, et ce chien devait encore traverser des années de rêveries, car il ne restait pas un seul endroit au monde où mourir, ou aimer… je parie que tu ne la baises plus, ta femme, dit une fois l'oncle, faisant complètement fi de ma présence, à père qui haussait les épaules, et avec quelle tristesse, elle a l'air en manque de tout, ça se voit à des kilomètres... les rares fois que j'entendais mes géniteurs s'envoyer en l'air, je trouvais ça pathétique, deux corps enlacés dans une flamme refoulée, presque absente, mère faisait *hmm hmm* en continu, comme si elle encaissait des coups et qu'elle ne tenait pas à ce qu'on le sache, père, lui, rien, aucun son, puis un sourd grognement, puis le silence... ces mots de l'oncle me venaient immédiatement à l'esprit ce jour-là – en revenant de l'école à une heure complètement inattendue –, où je me trouvais face à ce que je n'aurais pas dû voir (j'en parlerai), parce que non seulement cela a énormément contribué à dégrader ma relation avec mère, mais il y a des choses qu'on préférerait ne jamais voir, des souvenirs, si on pouvait, qu'on effacerait... cette pitoyable découverte pour moi confirmait l'étendue du mal-être de mère et l'avenir obscur de cette famille, l'idée de prendre un aller simple pour Paris commença à germer dans mon esprit...

les soirs où père s'oubliait dans la brume alcoolisée du vieux cabaret, où le faucon d'oncle s'éloignait dans l'espace pour mieux peaufiner son attaque, en traçant des cercles qui se resserraient autour de sa proie facile de nièce, où la maison ressemblait à une sinistre grotte, j'affrontais seule le regard de mère, une haine intense se lisait dans ses yeux, prête à l'avaler, l'ennui ne semblait lui accorder aucun choix, elle venait m'arracher du lit et m'entraînait dans la cuisine, je devais manger, l'écouter cracher son fiel, ses regrets, ses peurs, elle s'assurait en même temps que je ne laissais rien dans mon assiette, mange, mais j'ai déjà mangé, rétorquais-je, on s'en fout, mange, ses foudres, et les mêmes rengaines, que c'était une erreur d'entrer à l'église avec père, de me mettre au monde, de n'avoir pas empêché ça par tous les moyens, que sa réalité était celle de plein de femmes qui se marient pour se rendre compte qu'en fait c'est comme aller en prison de son propre chef, ou se pendre, au moins quand on est mort il nous reste les flux de l'éternité et ses somptueux miroirs, ou la face cachée du temps… à vouloir faire comme tout le monde, on crève pitoyablement, et suce sa propre décomposition, piégé dans l'interminable et infernal couloir de la lumière à l'obscurité, à l'interdit, c'est l'abattoir, tu deviens un morceau, oui, les restes de toi-même, pas moyen de te recomposer, de retrouver cette nature animale qui pousse à l'aventure, à l'émerveillement, une charogne dévouée au bien-être d'un mari, une charogne aux ailes coupées, et qui, en dépit de tout, doit s'efforcer d'être attirante, désirable, irrésistible, et bien à sa place… j'avais compris qu'elle nous détestait, père et moi, en avait marre de cette existence qu'elle se sentait obligée de vivre parce qu'elle n'avait rien d'autre en dehors de cela, quant à père c'était cette femme qu'il voulait épouser, la première venue, pour se prouver qu'il n'était pas moins un homme que les autres, et celle-ci devait faire son bonheur, mais les choses ne se passent pas toujours comme on l'espérait : à peine revenus de leur lune de miel, les jeunes époux commencèrent à s'engueuler pour un rien, *connard, salope* – même en mettant une histoire à l'abri de tous les vents, en la tournant à l'envers, elle continuera de ne raconter qu'elle-même, c'est-à-dire une éclipse –, *va te faire foutre,* l'orage continuait ainsi, c'était devenu normal, le lot quotidien, je comprends les enfants qui rêvent que leurs parents divorcent, et repartent chacun de leur côté, pour ne plus avoir à assister à leur déchéance, ça devait arriver de toute façon, il était évident qu'ils vivaient tous les deux à côté d'eux-mêmes, à côté de leur rêve... oui, j'aurais mieux fait de continuer seule, sans mari, sans enfant, ça reprenait, sur le même ton dur et impétueux, je me pliais sous la tempête... puis, tout à coup, comme soulevée par un éclair de lucidité, ou prise de folie, elle était sortie en coup de vent de la cuisine, avait pris sa voiture, avait foncé dans la nuit, freiné à grand bruit devant le cabaret, traversé la piste de danse fleurie de vieux couples, était allée voir le chanteur vedette, octogénaire exagérément tiré à quatre épingles, à qui elle avait demandé sur un ton autoritaire d'arrêter la musique, puis s'était tournée vers père, l'avait arraché des bras d'une *vieille pute*, l'avait giflé

à peine sortis du berceau, nous sommes allés faire un saut au boulevard du temps qui passe en scandant notre « ça ira », continuait la voix claire, dépouillée du chanteur sétois... mère ferma les yeux, se laissa attirer vers le fond – là où les mots de Brassens puisaient leur justesse, leur au-delà –, le visage baigné d'une triste lumière, j'aimais à penser qu'elle était morte

je revois encore nettement l'image de cette femme désespérée, perdue, ramenant au domicile familial un mari à moitié ivre, tatoué de la tête aux pieds de parfums d'inconnues, un mari qu'elle n'aimait plus, qu'elle n'avait jamais vraiment aimé... plus tard dans la soirée, grand-mère et elle, toutes deux assises dans le salon, grand-mère, qui n'avait pourtant pas suivi cette affaire de près en raison des soucis de santé qui l'obligeaient à rester au lit, tenta de rassurer mère, du moins de la calmer, tu sais, expliqua l'aïeule, une vie sociale épanouie se révèle souvent indispensable pour le couple, du moins elle peut lui donner du piment, du punch... mes grands-parents, continua la vieille, étaient présents en chair et en os à l'ouverture du premier restaurant français, rue des Poulies, et ont dégusté par la suite le bouillon de la plupart des nouveaux restaurateurs, ils disaient qu'ils n'avaient jamais mangé aussi bien et librement à la fois, c'est-à-dire à leur rythme et à leur convenance, ils avaient juré de ne plus manger comme avant, comme leurs ancêtres, c'était leur Révolution française à eux, et mes parents étaient allés danser dans les jardins de Versailles, ils m'ont conçue un soir après le bal, bref, crois-moi, ma fille, pour aimer il faut être vivant, il faut vivre, ça m'étonnerait pas que ton mari raffole de ce type d'ambiance, sachant qu'il a été lui aussi conçu au milieu des sons et des plantes hallucinogènes, dans l'une de ces grottes festives où j'ai rencontré son père, j'y dansais presque tous les soirs, tu n'aurais pas croisé plus folle que moi, j'avais soif de tout, et cette soif ne s'est pas tarie même après la naissance de mes fils, à l'époque la France était loin d'être cette misère engourdie qu'elle est devenue, poursuivit-elle sans vérifier si mère l'écoutait ou pas, ça s'amusait à fond, il n'y avait pas encore de boîtes de nuit à proprement parler, les jeunes bourgeois fréquentaient les *basses catégories*, comme ils disaient autrefois des guinguettes, de tout lieu dansant clandestin, et ces salles enfumées, baignées d'une lumière écarlate, étaient gorgées d'ouvrières qu'ils considéraient comme des femmes faciles, et ces dernières allaient avec ces gros lourds parce qu'elles voulaient changer de situation, il y en a qui en avaient même fait un métier – ainsi sont apparus les nouveaux bordels, ces espaces autant recherchés que honnis, qui ont pullulé clandestinement avec l'arrivée des Allemands, des Anglais, des Américains… je suis assez vieille pour te dire, ma fille, que les époques où l'on danse beaucoup sont les plus tristes, mais rien ne justifie qu'on arrête de sortir, de profiter de la vie, de rêver… en regardant mère qui écoutait à peine, les yeux perdus dans un ailleurs voilé (elle parut si vieille tout à coup que c'en était flippant), une lueur grise traversa les yeux de grand-mère, ne t'en fais pas, ma chérie, dit-elle, ça va aller, ça finit toujours par s'arranger…

Le drôle de curé, les apéros et la mauvaise apparition

le Drôle de Curé, ami intime du village entier, un vrai guide, glosait l'opinion publique, ah l'homme de Dieu, qu'est-ce qu'il nous fait du bien, on peut dire qu'on a de la chance, *mmm*, t'en as déjà vu un aussi humble, qui vient prendre l'apéro au moins une fois par semaine, ah ça non, sa seule présence est une bénédiction pour nous, un dévouement spirituel sans égal, grand connaisseur de vins aussi en passant, faut le dire, tout à fait, il presse un peu trop sur l'alcool, mais bon on presse *tous* un peu trop sur l'alcool ha ha ha, *ouais*, c'est comme ça... les villageois vivaient paisiblement au pied de la croix du Christ au centre du village, et cette certitude générale fut pour le Drôle de Curé une sorte de planche de salut, car il est terrible de ne pas avoir pour un berger la confiance de ses agneaux, très peu de temps après le voyage de noces de mes géniteurs, il rendit visite aux nouveaux mariés, et il continua à venir, toujours à la même heure, à boire, fumer des cigares et à se plaindre du fait que les jeunes ne s'engagent plus sur le chemin de la foi, ne cultivent pas l'amour du prochain, le suprême dévouement, les hommages de reconnaissance à Marie la bienheureuse, ne viennent plus à confesse, ni même au concert annuel de musique sacrée, un des moments forts de la vie du village, il en profitait pour souligner qu'il trouvait dommage que je fasse partie de ceux-là, puis citer sur un ton déclamatoire, presque sentencieux, ces mots de je ne sais plus quel apôtre contemporain, et dont je ne comprenais que dalle, *les yeux du corps sont merveilleusement constitués pour capter la lumière, comme les yeux de la foi perçoivent la présence de Dieu en toutes circonstances, notre salut en dépend...* mère faisait une grimace pour s'excuser, les enfants ne nous font plus honneur, je ne sais plus lequel avait dit ça, mais ils en avaient parlé un bon moment encore, et d'autres choses, le Drôle de Curé était plus bavard qu'un pot d'échappement... après son ministère, ces apéros, c'était ce qui le tenait en vie, on n'avait jamais vu un homme de Dieu boire et fumer autant, et il était tellement vieux qu'on l'aurait cru immortel, il s'intéressait aux grandes mythologies (la romaine, en particulier) depuis son plus jeune âge, la divination, l'astrologie, la philosophie orientale, juive, après son bilan de personnalité réussi, validé par le Prélat, il avait beaucoup étudié, voyagé – être prêtre, ce n'est pas un métier, disait-il, son pouvoir n'était pas politique, il était appelé aux besoins de la communauté dont il était le chargé d'âme, pour lui montrer la voie vers son salut, en lui enseignant la vie et la bonne parole de Jésus-Christ, rendre celui-ci présent parmi nous, ses années de propédeutique et de séminaire, dans un établissement d'enseignement supérieur, furent les meilleurs moments de sa vie, il était sûr de son choix, dans ce genre d'établissement seuls les futurs prêtres suivaient des cours de théologie, ainsi que certains cours de base comme la prédication, le catéchisme, la direction de conscience, la confession, etc.

l'éducation cléricale est rigide, commence tôt et ne se termine pour ainsi dire jamais, les expressions personnelles sont assujetties aux vertus sacerdotales, l'isolement affectif, parfois social, avait souvent failli avoir raison de sa foi, mais il priait Dieu pour lui demander la lumière, lisait des ouvrages édifiants, et sa famille (une des plus puissantes de la région, les rats du parfum, du vin et du transport maritime, qu'on disait) lui écrivait souvent pour l'encourager, ces lettres, au moment où il picolait, étaient liées avec une ficelle et soigneusement rangées dans un tiroir de son cabinet, *des marques ineffables d'affection et de soutien...* comme tout le monde, il lui arrivait de douter, délirer, n'y a-t-il pas plus d'étoiles dans l'Univers que de grains de sable sur toutes les plages de la Terre, il est où Dieu au milieu de tout ça, serait-Il le résidu d'une supernova, serait-il caché dans le fond noir et vide de l'infini, ou la face cachée d'un trou noir, l'Univers serait-il une boule de cristal entre Ses mains, autant de questions qui lui ôtaient le sommeil pendant des mois, bousculaient ses études, jusqu'à ce qu'une voix intérieure vienne lui rappeler que de telles interrogations ne pouvaient que lui noircir l'âme et le perdre, il se reprenait en main en faisant tout pour améliorer la qualité de sa foi, la semaine sainte lui apportait beaucoup de joie, car elle était relativement animée avec la présence de plusieurs confrères qui arrivaient d'Italie, d'Espagne, pour la commémoration de la passion du Christ, et en profitaient pour savourer les bienfaits de la région… il paraît que, pendant de nombreuses années, le saint homme aurait eu une vie sexuelle clandestine très active, et même des enfants secrets éparpillés dans la région et ailleurs, il faut imaginer un tas de silhouettes fines et élégantes qui se bousculaient du matin au soir pour aller avouer leurs péchés au jeune arrivant qui, groggy devant tant de beautés et de grâces, n'hésitait pas à leur proposer la bonne pénitence et un passage dans son lit, avant de les inviter à repartir dans la paix du Seigneur, il excellait sans doute aussi dans le chatouillement des gosses, lesquels s'étaient bien gardés d'en parler pour ne pas froisser le papa bon Dieu, Ses anges, le Père Noël, bref tous les habitants du Royaume des cieux… des activités pédophiliques connues, murmurées, sans plus, vous vous rendez compte, on s'arrangeait pour que ça reste couvert aussi longtemps que possible, notre bon Drôle de Curé, représentant de Dieu au village, pourquoi on le salirait, pourquoi on ferait de son nom un paillasson sur lequel tout le monde s'empresserait de s'essuyer pour gagner sa place dans le débat sur les faux drames de village, ce sang valeureux, médiateur infaillible, une vie parfaite, exempte de péché dans un monde nouveau de la justice, *rhaan ouais…*

une éthique personnelle le contraignait à respecter certains codes de comportements et certaines préoccupations du village sans se prononcer ouvertement sur leur source et leur nature, non seulement certaines libertés dépassaient sa mission, mais, en dehors de l'espace sacré du confessionnal, il n'était pas indiqué de les commenter, ce jour-là où mère avait bu plus que d'habitude et s'était mise à danser, crier, comme une folle, comme la fois où l'oncle dans un accès de colère avait traité père de résidu d'homme, ou encore quand une violente bagarre avait éclaté au bar à vin pour une histoire de foot, notre curé s'était contenté d'observer, réfléchir… presque toujours avant de s'installer dans ce fauteuil capitonné en cuir ultraconfortable que l'oncle avait fait apporter pour rendre les visites de l'homme de Dieu plus agréables, et qu'on vienne déposer devant lui une bouteille de vin rouge ou son whisky préféré et un cendrier, il félicitait mes géniteurs pour leur véranda-salon joliment aménagée, je ne m'en lasse pas de cette vue plongeante sur votre jardin, on voit de ces couleurs ici qu'on ne voit pas ailleurs, et presque toujours il faisait remarquer que j'avais encore grandi, alors que cela faisait à peine quelques heures qu'il était parti de chez nous, complètement ivre, aidé par père ou l'oncle pour passer le perron d'entrée… la scène se répétait et, malgré ces cuites carabinées, notre saint homme trouvait tout de même le temps d'aller lever le coude ailleurs, confirmaient les ragots qu'il colportait çà et là, mélangeait, dénaturait narquoisement, ne respectant plus rien, après deux verres de Sauvageonne, elle a dit à son mari, ce soir je veux que tu me colles une tribu dans la base ha ha ha, oh la bouillante, alors qu'elle était normale après, deux jours plus tard mon cœur battait encore là-dessus, ou, ils s'habillent mal, ils parlent mal, ces mots sortaient de sa bouche sans aucune difficulté, comme si c'était un vieil instinct chez lui, c'était normal, sans provoquer la moindre gêne chez l'un ou l'autre, non ça n'avait l'air de faire tiquer personne, au contraire, ça riait bien à gorge déployée, et unanimement, le Drôle de Curé, ils trouvaient qu'il était *cool* pour un homme d'Église, qu'au-delà des sentiers de la foi ils se ressemblaient beaucoup, père et son frère étaient d'accord pour dire à haute et intelligible voix que le vieux faisait partie de la famille, c'est-à-dire implicitement que celui-ci pouvait venir à la maison autant qu'il lui plaisait, notre porte lui serait toujours grande ouverte, ses suggestions et conseils seraient les bienvenus, et à juste titre il pouvait aussi prendre part aux réunions de famille, donner son avis, critiquer, s'enivrer, puis finir dans l'une des chambres d'amis… *leur fille, on dirait une ombre*, je n'avais aucun doute que le Drôle de Curé allait aussi raconter chez les autres ce qui se passait chez nous, pourquoi, quelle était son intention, quoi qu'il en soit, si mes géniteurs n'y trouvaient rien à redire, pour moi, il n'y avait aucune éthique qui tienne en ce qui concernait cet homme, c'était un connard (comme l'oncle, son meilleur ami), une langue de pute, la haute opinion qu'il avait de lui-même avait été jusqu'à réduire ce qu'il vivait au fil de ses visites à une série de circonstances inhabituelles, sauvages…

un après-midi, à l'apéro, mes géniteurs eurent l'honneur de recevoir monsieur le maire lui-même, vissé dans son fauteuil roulant, sa femme, une grande blonde grasse, debout derrière lui, garda pendant au moins une heure sa main posée sur son épaule, on aurait dit qu'elle avait peur que monsieur le maire s'envole, jusqu'à ce que quelqu'un lui dise vous êtes sûre que vous ne voulez pas vous asseoir madame le maire, elle accepta, mais collée à son mari dont elle caressa les cheveux, puis le dos puis la cuisse où elle laissa finalement sa main sans la bouger, monsieur le maire nous quittait dans un tel état d'ivresse que son épouse en voulait au monde entier… une autre fois, à la surprise générale, s'était pointée sans prévenir la femme de l'oncle, cette bégueule fade, une Française avec tout ce que ce mot charrie de misère, de tristesse, de pruderie et de dysphorie, accompagnée de sa fille anorexique qu'elle avait eue d'un premier mariage avec un homme d'affaires mort à Athènes dans un accident d'avion en provenance de Genève… elle (la fille) enchaînait les séjours à l'hôpital en vain, tout le monde était au désespoir, ils n'osaient pas le dire, mais ça se sentait dans leur regard, leurs soupirs, que pour sa mère, pour mes géniteurs aussi, c'était sa faute, en devenant une enveloppe d'os, une feuille sèche, le squelette d'une ombre, elle était sur le point de gâcher leur vie de famille, ils vivaient sa descente aux enfers comme une sorte de trahison, c'est comme si elle crachait sur tout ce qu'on lui offrait, ou était prêt à lui offrir, pourquoi elle nous fait ça, s'enferme dans les toilettes après les repas pour se forcer à vomir le rien qu'elle mange en enfonçant un doigt dans sa gorge, et pour qu'elle accepte de se nourrir, on lui montrait un tas de photos d'enfants qui crèvent de faim à travers le monde, une en particulier sur laquelle on voit une fillette recroquevillée, derrière elle, un vautour attend sa mort pour la dévorer…

la femme de l'oncle s'installa et se fit servir à boire, on était surpris du fait qu'elle soit là, parmi nous, bien réelle, avec un verre de whisky dans la main, et on pensait aussi que quelque chose n'allait pas, premièrement parce qu'elle ne venait à la maison qu'une fois par an au traditionnel repas de Noël si l'oncle y tenait, et deuxièmement parce que normalement elle ne buvait plus, elle avait eu de gros problèmes d'alcool, après la mort de son premier mari, ce qui lui avait valu un séjour dans un centre de désintox… pour sortir de sa gentilhommière et ses quatre hectares de jardin, quelqu'un avait dû lui parler de la richesse des conversations tenues lors de ces réunions : « je ne sais pas comment font les pauvres pour vivre, pouvait-on entendre lancer ces ivrognes par exemple, des étrangers, ça parlait aussi de l'islamisme radical, l'immigration, le grand remplacement, la bouffe, tout ce qui est, n'est pas français, hier on a vu un Noir traîner autour de notre maison, on se demande pourquoi on paie ses impôts si c'est pour qu'on ait peur chez soi, j'ai un voisin qui s'est fait piquer ses poubelles, la prochaine fois je parie que ce sera le fauteuil roulant de monsieur le maire ha ha ha, un fauteuil roulant c'est une bonne affaire, ils sont tellement différents ces gens-là, ils sont capables du pire, on ne peut quand même pas se permettre de dire que monsieur le maire fait du travail d'arabe, heureusement que son autre moitié l'accompagne partout et qu'elle a de gros bras, elle prendra sa défense si jamais hi hi, pauvre maire, pauvre homme, se coltiner sa dame comme un fardeau, il y en a qu'ont vraiment pas de chance, on lui a confié les clés de la mairie, c'est déjà pas mal, non, rien à voir avec son handicap, pour ma part je trouve que ce serait dégueulasse de l'élire uniquement pour ça, non, non, on a beau dire, mais il y a des peuples et des cultures qui ne devraient jamais se rencontrer, mais tu as tellement raison, la France est devenue la poubelle de l'Afrique, de tous ces pays de merde, on pouvait entendre l'oncle affirmer qu'adolescent un de ses passe-temps préférés était d'accompagner ses copains à la chasse aux homosexuels dans tous les endroits, éclairés ou discrets, où ces *dégoûtants* se trouvaient, puis en rentrant, fiers, les mains pleines de sang, ils se racontaient leurs exploits… il m'arrivait de rester pendant des heures, assise dans un coin, pas trop loin ni trop proche, à écouter leurs papotages fétides, ces propos n'éveillaient aucun sentiment de honte chez eux, vous savez, ce sentiment qui nous surprend parfois et nous fait nous demander si c'est la bonne façon de penser, d'agir… vous l'aurez compris, j'ai grandi parmi les pires animaux qu'on puisse trouver sur cette terre…

et il y eut cette soirée exceptionnelle, à laquelle prirent part des notables du village et des inconnus venus de Paris, sur l'invitation de l'oncle, son rêve de sauver l'Afrique, disons mieux sa conquête, dépendait en partie de ces messieurs, quelles que fussent sa forme et sa portée, c'était comme s'il avait mis toutes les chances de son côté, car de cette façon il avait à la fois le feu vert et l'argent des plus capables, il savait que sans eux le rêve qui le portait n'était que feu de paille, une lumière fragile, les inviter et en profiter pour sortir ses vins les plus rares fut pour lui la moindre des choses, après une journée particulièrement longue et rude pendant laquelle mère se défonça pour que ce dîner soit parfait – la certitude que ces messieurs ne manqueraient pas de la couvrir de compliments, dès la première bouchée, enflammait chacun de ses gestes, elle cuisinait avec une dextérité naturelle, inédite, on aurait dit que sa vie avait un sens tout à coup –, vers vingt heures elle s'assurait que grand-mère avait bien pris ses médicaments, et que j'étais dans ma chambre où je passais le plus clair de mon temps après l'école – le reste de la maison me paraissait vide et hostile –, où aurait-elle voulu que je sois d'autre, on vivait dans un trou perdu, je m'en serais bien évadée mais j'étais trop jeune, j'avais surtout peur, je crois, la vie est plus dure ailleurs, disait-on autour de moi, ça faisait réfléchir… mère me borda, comme si elle n'avait que ça à foutre, j'avais plus l'âge, mais c'était sa façon de m'infantiliser, me rabaisser, puis elle se pencha vers moi, elle exhalait une agréable odeur d'alcool et de parfum de luxe, ton père est une calamité, dit-elle avant d'aller se montrer dans sa robe de mousseline faite sur mesure, trapèze col plongeant sans manches longueur ras du sol, lourde de tous ses bijoux et fla-flas, mais derrière la beauté de ces étoffes elle tremblait surtout sous le poids de son être, si tant est que celui-ci ne soit pas qu'une coquille vide et fermée à la magie, mère tenait à peine la mort à distance, elle devait y penser tout le temps, particulièrement lorsqu'elle se sentait belle, assez belle pour remarquer une lueur étoilée dans les yeux de son mari, ou des pensées animales et incorrectes dans ceux de son beau-frère, la beauté et la mort se complètent, c'est une très vieille histoire, je pensai à ce qu'elle venait de me dire, elle avait raison, on n'épouse pas un homme comme père, à moins d'être aussi perdue que lui, sans aucun espoir de se retrouver… au bout d'un moment, je me dégageai de dessous la couette, quittai mon lit sur la pointe des pieds et allai m'asseoir dans le couloir reliant les chambres à coucher et les escaliers, et là, tapie dans le noir, je pouvais plus ou moins écouter tout ce qui se disait autour de cette table

avant d'entamer le repas – un régal, elle ne savait faire que ça de toute façon, mère –, à la demande du Drôle de Curé, les convives se tenaient par la main, la tête légèrement courbée, observaient un court silence en respirant profondément, *amen*, les échos de leurs voix mêlées aux bruits des couverts remplissaient l'espace, et quelques silences qui, de temps à autre, tant bien que mal, venaient couper le fleuve effréné de cette bataille de bouches, puis ça reprenait de plus belle, à travers le rideau clair de la fenêtre le ciel montrait toutes ses dents, je m'imaginais le traverser jusqu'au point le plus éloigné de notre galaxie, j'avais vécu plein de fois le contraste entre le crépitement des flammes dans la cheminée, l'expression crépusculaire des lampes, l'aura des cache-pots géants abritant la lumière, les senteurs atypiques des bougies et le blues nasillé par le tourne-disques, les murs semblaient appartenir à un autre temps, lourds d'une mémoire à travers laquelle je flairais de drôles de choses, d'effroyables non-dits, comprimés derrière d'hypocrites bienveillances, murs difficiles d'accès, bâtis sur d'autres murs, dont aucune pensée n'égalait la profondeur, c'était triste à mourir, il m'était aussi difficile d'imaginer à quoi ressemblaient les invités, mais ce dont j'étais sûre, ils étaient tous obsédés par l'Afrique, et n'avaient pas été choisis à tort et à travers… tandis que l'oncle s'exprimait, plutôt se justifiait sur sa mission de sauveur du continent, à laquelle avait été associé aveuglément père, mère assurait le service à table, ensuite père prenait la parole pour répéter et confirmer tout ce que venait d'expliquer l'oncle, et en profitait pour aborder un point qu'il trouvait nécessaire et qui était aussi censé être prémonitoire, ça tournait autour d'une certaine affluence chinoise, *ils vont se répandre et se servir partout en foutant la merde : braconnage des espèces menacées, prédations sur les ressources minières, trafic de bois précieux, présences clandestines de groupes criminels et mafieux plus ou moins structurés qui exploiteront tout ce qui peut être exploité pour le marché chinois, tous les coups seront permis, les contrebandiers vont se régaler, ça ne va pas se voir tout de suite, car ils vont offrir cette mort aux autochtones sur un plateau gagnant-gagnant en cachant bien leurs griffes, et quand ces pauvres gens vont se réveiller, s'ils se réveillent un jour, il sera trop tard, ils auront les pieds et poings liés dans une merde impossible à nettoyer*, père était inspiré, comme on dit, parlait avec conviction, comme si la providence lui avait déjà tout montré en songe, il n'empêche que l'oncle pensait que ses actions là-bas étaient assez probantes pour conserver sa place au premier rang parmi ceux qui travaillaient à apaiser la souffrance de ces peuples malchanceux… père continua, *j'en mets ma main à couper, les Chinois ne sont pas moins pourris que les gens d'Amérique, ah ces putains de perfides, ils viennent en amis et repartent avec ton cœur tout saignant, les plus beaux, les plus puissants, les plus étoilés des oiseaux de proie, leur esprit est entièrement tourné vers le mal, et l'inhumanité de leur regard, ils mettent des pièges jusque dans nos lits, dans nos rêves, des pièges qui nous privent de nos ailes qu'ils rognent méthodiquement, l'aigle aux serres redoutables et tranchantes, ils en ont à revendre, à couper le monde en petits morceaux, et du sang d'étranges guerres dégoulinant de leur bec, à croire que le Diable leur Dieu leur en demande toujours plus, sous peine de voir s'éteindre leur gloire, ils se prennent pour le commencement et la limite du monde, c'est marrant, comme dans leurs films où des mecs embrassent leur femme et promettent de rentrer pour le dîner, avant de se précipiter au secours de la planète, empêcher l'Armageddon, et…* bon, l'interrompit l'oncle, visiblement soûlé par le petit numéro exalté de son frère, et si on revenait, dit-il, au cœur de ce qui nous concerne…

je retournai dans mon lit, barque glissant sur des flots imaginaires, chargée de visions, au milieu de la tempête elle allait au-devant de la vie et de la mort, un équipage d'ombres se remuait de la cale au pont, hurlait la mer, cette bête blessée, ses rumeurs se cognaient contre la fenêtre, elles étaient accompagnées d'autres forces de la nuit, silences tendus, confidences atroces des bois, feulements d'obscurs animaux, tous contre la fenêtre à cogner encore et encore, je concentrais tant bien que mal mon attention sur les murmures provenant d'en bas, on se sent moins seule avec des voix à côté, réelles ou pas, et quant à ces nobles invités, j'étais trop loin maintenant pour les comprendre, et savoir où ils se plaçaient par rapport à ce que venaient de dire père et l'oncle, j'imaginais bien qu'ils avaient un tas de choses à dire, des choses pour le moins essentielles, il est rare que des personnalités pareilles se déplacent pour rien, mais tout ce qui parvenait à mes oreilles, c'étaient des bourdonnements confus, des bribes de mots que je n'arrivais pas à inscrire dans un ensemble, pour en extraire une idée plus ou moins compréhensible, c'était à douter de leur existence, ou de la mienne, leurs voix s'éteignaient aussitôt qu'elles s'animaient pour laisser la place à celles de leurs hôtes, ça avait l'air d'une sorte de pacte, du moins une énigme qu'eux seuls pouvaient déchiffrer, je devais me résoudre à ne pas en savoir plus sur leur présence chez nous, je dois dire aussi que, moralement épuisée, je n'avais plus le courage de quitter mon lit, m'approcher, et puis mère se serait fait un plaisir de me coller une ou deux gifles si je faisais craquer le plancher à une heure pareille…

il n'y avait pas à rappeler à mère qu'on n'avait nullement besoin de son jugement, c'était déjà assez étrange qu'on la laisse assister à cette réunion, disons que son rôle de servante lui avait permis d'être au cœur de tout ça, qu'est-ce qu'elle aurait bien pu raconter sinon, je me le demandais, pour le reste elle était impeccable, j'imaginais qu'aucun verre ne restait vide assez longtemps pour qu'on ait à s'en plaindre, infatigable, elle contournait la table en les remplissant un à un, en faisant bien attention à ne pas commettre d'erreur en versant du vin rouge par exemple dans ceux qu'elle devait remplir de blanc, vice versa, ou un vin de la même couleur mais différent du précédent, ou du cognac pour du whisky, du pastis pour du gin, elle n'avait pas arrêté, se dépassait, mais c'est à peine si ces messieurs la regardaient (elle n'eut même pas un maigre compliment sur sa robe qui était pourtant magnifique), absorbés par leurs charmantes discussions, leurs nobles ambitions pour le continent noir, c'est bien connu, le syndrome du bon sauveur ayant les moyens et l'intelligence nécessaire pour agir, porter secours, nettoyer la merde de l'autre, prendre des décisions à sa place, sans que celui-ci sache vraiment ce qui se passe ou la nature de l'aide qu'on lui apporte, rien, mais à la vérité le bon sauveur panse ses plaies égoïstes, sa mystérieuse culpabilité l'invite constamment à se dépasser, se valoriser, montrer sa puissance, héros incontestable, félicité, applaudi, il vit cruellement dans la peur que le misérable, dont la triste réalité crève les yeux, ne se laisse plus sauver, ce n'est pas possible, qu'est-ce qu'il deviendrait, comment pourrait-il s'en sortir, trouver un sens à sa vie, à son prestige, car le bon sauveur est certain de savoir mieux que l'autre qu'il a besoin d'être sauvé, alors il va l'aider à trouver et formuler ce qui l'empêche d'adhérer à son point de vue et d'avancer dans le sens prescrit, il se charge de tout, il maîtrise la situation, rien ne lui échappe, il ne supporte aucune remarque, aucune critique, la vie commence par lui, après il n'y aura plus rien, dans une logique d'enrichissement personnel il n'y a aucune morale qui tienne… le meilleur d'entre nous, *rhaan*, faut être plus qu'un héros pour partir au bout du monde dans l'unique but de soulager des pauvres gens…

il y en eut d'autres soirées comme celle-là, dont la configuration et la teneur demeuraient inchangés, ces messieurs donnaient libre cours à leur chiasse intellectuelle, tandis que la fumée de leurs cigares et leurs postillons millésimés s'alliaient dans l'air alourdi de la véranda, mère faisait de son mieux pour les régaler, grand-mère était clouée au lit dans sa chambre, à moitié paralysée, et moi je priais pour qu'une catastrophe se produise : un affreux tremblement de terre, un tsunami frappant la maison de plein fouet, uniquement la nôtre, précipitant tout dans le chaos… que le temps perde soudain le contrôle, dix minutes désormais équivaudraient à dix ans ou un truc du genre, vieillissant les choses et les êtres de façon hyper-accélérée et moléculaire… des mercenaires armés surgissent et déchargent leurs armes sur tout le monde… que l'air naturel tout à coup devienne irrespirable…

que les dix plaies d'Égypte recouvrent tout, l'eau du robinet se transformerait en sang, tandis que des millions de grenouilles affolées coasseraient à tout rompre, en sautant dans tous les sens dans les chambres, dans les placards, dans la cuisine, sur les baies vitrées de la véranda, plus les moustiques, les taons, les sauterelles, l'ulcère, la peste, les ténèbres épaisses enveloppant la maison, et le froid le plus vif jamais ressenti sur terre... une apocalypse dont je serais la seule survivante... je regrettais que de ces terribles malheurs ne pussent se produire grâce à la seule force de mon imagination... s'il suffisait de vouloir la disparition de ces gens pour en finir avec eux, à part grand-mère, il n'y aurait plus personne dans cette maison depuis longtemps...

la *parole*, quelle idée, au commencement était la peur, elle contenait l'Univers ou ce qui fut destiné à l'être, et s'évertuait à s'étendre bien au-delà, rien ne l'épuisait, ne lui échappait, et cet état de choses devait être la norme à l'échelle de la biodiversité animale, régir les principes de conquête et de fuite, de pouvoir et de liberté... pour moi, ces hommes réunis à la maison avaient simplement peur, et cherchaient à faire de cette peur leur force, en ne la perdant pas de vue, cela me paraît d'autant plus évident que les actions humaines n'en sont que de pâles résidus... il faut se révéler un lieu étrange pour soi-même, à l'encontre des lois de la nature, pour vouloir se sauver, ou échapper à la mort, *a fortiori* se donner pour mission de sauver l'autre, le monde, un continent...

le meilleur d'entre nous est celui qui ne met pas en application de façon systématique le vieil adage qui dit que la fin justifie les moyens...

je m'assoupissais quand soudain j'entendis des pas dans le couloir vers ma chambre, la poignée de porte tourna en grinçant légèrement, elle est bourrée, me dis-je pensant que c'était ma connasse de mère qui revenait pour me soûler avec ses conneries, la porte s'entrouvrit doucement, et laissa apparaître la stature herculéenne de l'oncle, son profil vulturin, derrière lui au rez-de-chaussée résonnaient encore des éclats de voix et d'incroyables quintes de toux, un courant d'air traversa la pièce, me fit frissonner, me revinrent aussitôt à l'esprit ses récentes gentillesses envers moi, et je pris peur, bonne nuit ma petite, susurra le gros serpent, puis il referma la porte après environ dix secondes, j'ai souvent repensé plus tard à ces dix secondes intenses et définitives, à quel point elles me torturaient, me tatouaient l'âme de leur encre carnassière, préfiguraient une chute à laquelle la petite fille n'était pas préparée, à laquelle personne n'est préparé, au cours des longues minutes qui avaient suivi cette drôle d'intrusion sur le seuil de ma chambre, pour vaincre les étranges pensées qui m'accaparaient je pensais à mon amie Toi, je nous imaginais elle et moi au kiosque du moulin, assises à l'endroit habituel, en train de penser à rien, lire le ciel, parler du monde, de tout ce qu'on aurait aimé faire et être plus tard... happée par ces voyages imaginaires, j'avais raté la fin de la soirée, c'était pas si grave, j'avais déjà franchi la nuit, échappé à la peur qui cherchait à m'engloutir, ma barque de chambre avec, il n'y a aucune raison pour que ça finisse mal, que je me disais, mais le lendemain matin dans le salon en présence de grand-mère, mère affirmait qu'elle avait regretté d'avoir cuisiné pour cette bande de..., sans dire pourquoi, puis elle avait juré qu'elle ne cuisinerait plus jamais dans cette maison, si ce n'est pas toi ce sera qui alors, demanda père, t'es gonflé de me parler ainsi, s'écria-t-elle, je me défonce tous les jours... et c'était parti, ils se sont rentrés dedans pendant au moins une heure, en se suivant et se hurlant dessus dans presque toutes les pièces, le lendemain, ils s'étaient encore disputés en présence de l'oncle qui entre-temps n'y allait pas de main morte en reluquant mes petites jambes, ma poitrine, en caressant son bidon et en se léchant les lèvres, m'attrapait au passage et me forçait à m'asseoir sur ses genoux, me serrait dans ses bras, me tripotait adroitement, c'était écœurant, je me débattais sans appuyer mes gestes pour ne pas être *insolente* (pendant tout le reste de ma vie je perpétuai cet état d'esprit à mon insu en me défendant toujours à moitié), et je lui disais de me laisser tranquille, que je n'aimais pas qu'on me touche, à peine émergée de ses scènes avec père, mère trouvait ça mignon, toute cette attention de l'oncle à mon égard, je devrais être reconnaissante, elle souriait en me fixant méchamment, désavouant mon attitude, la haine est mille fois plus dure dans les yeux d'une mère, par son caractère délictueux, notre conscience bascule dans le chaos le plus total, figurez-vous qu'un jour elle m'avait demandé, oui celle qui m'avait mise au monde, *rappelle-moi ton nom déjà*, on aurait dit que le seul moyen d'apaiser les frustrations de sa vie conjugale était de m'étouffer, me réduire en miettes, me faire perdre toute confiance en moi-même, plus tard, seule à seule dans la cuisine par exemple, elle me traitait de sauvage, de petite conne, ton oncle il a beaucoup d'affection pour toi, il t'aime, mais toi tu n'as aucun respect pour lui, pour personne d'ailleurs, tu n'as donc aucune limite, elle me parlait ainsi pour que je me sente ridicule, mais ce n'était pas le cas, c'est au frère de père qu'elle aurait dû s'en prendre, je n'avais rien fait, sinon être une jeune adolescente sous les projecteurs d'un vieux dégoûtant, j'avais du mal à imaginer qu'elle n'avait rien compris, ou qu'elle faisait semblant, quel oncle serre sa nièce aussi fort et aussi longtemps dans ses bras, quel parent assiste à ça sans se demander ce qui se passe et redoubler de vigilance… le pire était à venir…

Le temps et l'église

un village est un tas de tombes au milieu de rien, gênant les routes et les tendances libertaires, le nôtre avait cette étrange particularité de ne faire qu'aller et venir entre le mythe et le réel, la vraie place des choses, leur vanité et leur sens, l'allure du temps et son œuvre... quoi qu'il en soit, c'était pas une chance d'y être né, et ç'aurait été absurde d'y mourir... la place de l'église était calme et paisible – microcosme humain où la vie privée était aussi publique, et où la sphère publique se réduisait à la messe, aux fêtes annuelles, aux mariages, aux enterrements et aux apéros –, les fenêtres la fixaient intensément jour et nuit, rien ne leur échappait, les fouinardes, elles voyaient même dans le noir, il fallait toujours s'en éloigner, autour de cette place se groupait à peu près tout ce dont on était censés avoir besoin pour se dire que notre monde en fin de compte n'était pas si perdu... l'église était une construction du XIIe siècle, ravagée par un incendie au XVe siècle, reconstruite avec l'aide de je ne sais plus quel pape, classée monument historique au début du XXe siècle, ses chapiteaux à feuilles d'eau ressemblaient à des bras musclés maintenant le temps en équilibre, ses vitraux, trois grands yeux multicolores, inextinguibles, de ma chambre je voyais le coq-girouette tout au sommet, face au vent, symbole de la France, annonciateur du soleil levant, et son clocher à flèche de pierre, c'est l'un des plus vieux outils de communication de masse en Occident, expliqua le Drôle de Curé, un verre de whisky à la main, les sonneries, aujourd'hui encore, jouent un rôle de régulateur de la vie collective, elles emboîtent le pas au temps, annoncent un couvre-feu, le temps du travail, la prière, l'agonie, la mort, Noël, mardis gras, la Toussaint, le passage du train, un enfant abandonné, elles imposent le silence, etc., il avala une gorgée, elles ont une finalité précise, continua le saint homme, et n'ont jamais été une source de perturbation, sauf pour certains vacanciers qui trouvent insupportable tout ce qu'ils ne connaissent pas, et vont même jusqu'à demander qu'on décale la sonnerie afin qu'ils puissent profiter de leur grasse matinée (cela me faisait un peu penser à cette histoire abracadabrantesque que m'avait racontée grand-mère, le coq chanteur devant le tribunal, poursuivi par le voisinage jugeant l'animal trop beuglard), ce que je refuse bien entendu, c'est notre patrimoine, il n'est pas question qu'on la muselle, c'est ce que je leur ai dit, là-dessus avec le maire on est d'accord, je ne veux pas être désobligeant vis-à-vis des visiteurs, mais parfois ils abusent, regardent le monde à travers le prisme de leur égoïsme, voilà tout, le Drôle de Curé se resservait un verre – en ce qui me concerne je ne l'avais jamais vu sobre –, dernièrement, continua-t-il, il y en a un qui se plaignait que ça enrageait à mort son chien, au point que l'animal croquait dans tout ce qui était à sa portée, l'homme jurait que ça n'arrivait que lorsque le clocher retentissait, encore une fois je ne pouvais rien y faire, on n'allait quand même pas se priver de Dieu parce que son chien n'aimait pas ça, m'enfin, n'importe quoi…

je ne me souviens plus du nom du saint auquel était dédiée l'église, pour tout dire, depuis ma confirmation – soi-disant mon entrée dans la vie active chrétienne sous la pression de mes géniteurs –, je n'y étais pas retournée, même à l'occasion des grandes cérémonies réunissant tout le village, mais je me souviens de ma totale stupéfaction devant cette pluie d'anges torse nu tombant de la profondeur du ciel peint sur le plafond mouluré d'or, je n'avais jamais été auparavant face à quelque chose d'aussi somptueux, captivant, j'avais l'impression d'avoir accès à un coin d'un autre monde où tout tenait de la magie, parmi cette multitude d'êtres ailés, à moitié couverts, musclés, charnus, vifs, à travers un ciel ennuagé, sur fond de lumière éternelle, il y en avait un, androgyne, entouré de petits enfants grassouillets barbotant dans des nuages éclatants et multicolores, des gouffres bleus, vêtu d'une large tunique, la tête auréolée d'étoiles, il semblait me tendre la main, son geste était plein de grâce et me paraissait franc, une force sauvage et quasiment incontrôlable était sur le point de s'emparer de ma main et de tenter la réciprocité, c'est-à-dire lui tendre la main à mon tour, mais ça n'allait pas jusqu'au bout, tout retomba si vite, comme quand on vient de se rendre compte qu'on s'est trompé au sujet de quelque chose, en effet l'être androgyne regardait ailleurs, comme s'il essayait d'attirer l'attention de son voisin sur le serpent écrasé sous son pied, *tu vois, c'était pas compliqué*, cette nuit-là dans mon rêve l'être androgyne continuait à me tendre la main, mais en me regardant cette fois, la lumière venant du fond du ciel était si réelle, elle rendait ces images encore plus gracieuses et superbes, ainsi que d'autres émergeant délicatement du néant, tandis que je m'évertuais à étreindre cette lumière, pour vérifier qu'elle était vraiment ce qu'elle paraissait être, l'être androgyne me disait un tas de choses, des messages importants pour le futur de l'humanité, mais j'avais tout oublié au réveil, ainsi que son visage qui avait changé aussi, sans avoir l'air de quelqu'un de terrestre, pourtant malgré cette vision et le sentiment ou ce qui en restait de n'avoir pas tout vu, tout pigé dans ces peintures, les territoires cachés de leur exubérance, les non-dits symboliques, autant que les récits fantômes qui les ranimaient depuis le fond des âges, je ne ressentais aucune envie de retourner dans cette église, ce n'était pas un endroit pour moi, bref, j'avais les yeux collés au plafond pendant presque toute la durée de la confirmation, qui consistait à renforcer la grâce du Seigneur dans les jeunes âmes du village, j'en avais rien à cirer, d'autant plus qu'on m'y avait forcée pour plaire au Drôle de Curé, moi je n'étais fidèle qu'à mes doutes inadmissibles et à mes questions, ces choses dont les garçons et les filles de mon âge ne se préoccupaient pas d'habitude, vous les auriez vus les autres, de père en fils, ils avançaient tête baissée, coopératifs, dociles, on aurait dit qu'ils avaient déjà un pied au paradis, que Dieu n'avait d'yeux que pour eux, tu vas arrêter de regarder là-haut, murmura mère entre ses dents serrées, tu ne peux pas juste faire comme tout le monde parce qu'on te le demande, parce qu'on pense que c'est bon pour toi, pourquoi faut-il toujours que tu te comportes comme une vermine, elle m'avait aussi pincée, mais je faisais comme si de rien n'était, je ne pleurais pas, je restais égale à moi-même, si je voulais la rendre encore plus furax c'était exactement ce qu'il fallait faire, ne pas donner suite à ses emportements, la Tartuffe, elle voulut me faire avaler que les valeurs chrétiennes renforçaient notre aspiration à un monde meilleur, que tout ça avait un sens pour elle, alors que c'était faux, elle n'y croyait pas, j'avais suffisamment de preuves de sa mauvaise foi…

la place de l'église avait souvent été le théâtre de toutes sortes d'étrangetés à plus d'un titre, des dizaines de récits – connus, d'autres tombés dans l'oubli, ou appartenant au domaine très répandu du tabou et de l'implicite – formaient ce qu'on pourrait appeler *des temps forts du village*, une hécatombe d'oiseaux, des racines émergées qui ne correspondaient à aucun arbre, le corps sans vie d'un adolescent qui n'avait aucune idée de qui était son père, etc., mais le plus frappant selon moi, le voici, tel qu'il m'a été conté par grand-mère : un samedi d'hiver, jour de marché, eut lieu un fait pour le moins inhabituel, un cheval fougueux surgit devant l'église, *hiiihhiiihuuu brouuu*, comme sorti de nulle part, ou d'un autre âge, il tourna plusieurs fois sur lui-même, comme pour déjouer un danger imminent, puis traversa la Grande Rue au galop jusqu'à la mairie, fraya un chemin au milieu de la foule d'acheteurs ébahie, c'était le fantôme de l'Enfant-Cheval, ou le cheval qui fut un enfant avant, ou l'enfant dans le corps d'un cheval, s'élevaient des murmures en crescendo, *putain je dois rêver tout haut, c'est lui, rhaan, qui donc, l'enfant maudit, je te jure que c'est lui, on dirait qu'il n'a pas changé d'un iota*, ceux qui ignoraient encore l'histoire demandaient de quoi il s'agissait, si ce cheval avait un problème, s'il n'était pas comme les autres, à qui appartenait-il, *non, c'était un gentil garçon, il n'avait pas eu beaucoup de chance, mais ce n'est plus tout à fait lui maintenant, il nous voit depuis un autre monde, une autre dimension, pourquoi est-il revenu*, quelqu'un se mit à pleurer, *hier en voyant sa tombe au cimetière j'ai pensé aux souffrances qu'il a endurées et me suis dit qu'il était bien là où il est, pauvre garçon, même la mort n'aura pas réussi à l'arrêter, c'était déjà un fantôme bien avant ça…* l'Enfant-Cheval bondissait dans tous les sens en renversant des tréteaux, des tables et des parasols, il n'avait pas l'air méchant, plutôt désorienté, tantôt il fonçait dans une direction, puis se ravisait et se dirigeait dans une autre, comme s'il cherchait une issue, tantôt il laissait glisser son regard sur la foule massée autour de lui, puis il commençait à taper le sol du sabot, de plus en plus vite, puis, sous les yeux médusés de tous le jeune garçon émergea à moitié de l'animal, il était beau, une sacrée robe, l'avant-main était couvert d'un pull gris épais, l'arrière-train un pantalon en laine, l'encolure enveloppée dans une écharpe pourpre, ses sabots de chaussures usées et pleines de boue, *oui c'est lui, Dieu du ciel, rhaan*, les villageois regardaient la scène, interdits, distants, interrogateurs, *comment est-ce possible*, au bout de quelques minutes, le fantôme disparut… il ne partira jamais, pensa grand-mère, il est des âmes que la mort ne peut pas séparer de la vie… parfois je pensais si fort à l'Enfant-Cheval que je croyais le voir, l'entendre traverser la nuit, *cataclop cataclop*, sentir sa présence dans ma chambre…

Le bureau de poste

coincé à l'angle de la Grande Rue et de la rue de l'Église, avec sa façade jaune et bleue, son fameux logo, symbole de sa mission de messagers universels, représentant un oiseau, une flèche, une fusée, un pli postal, ou peut-être tout ça à la fois, le service public préféré des villageois, selon grand-mère, ça a quand même pas mal changé en très peu de temps, pensait-elle, pour s'adapter aux nouveaux besoins du village, combattre les distances, l'isolement rural, on se sent disons connectés au reste du monde… une somme d'histoires individuelles, collectives, poétiques, douloureuses, il lui revenait un tas de souvenirs, parmi lesquels celui d'écrire à la main, d'ouvrir une enveloppe qui arrivait de très loin, l'odeur de l'encre sur la feuille, la musique des phrases hypersoignées, on s'envoyait des cartes postales, de vœux, des lettres d'amour, on se les lisait entre filles en buvant du thé et en rigolant, parfois c'était triste, quand il s'agissait d'une rupture, d'un départ au service militaire ou à la guerre, ou parce que l'amant avait été forcé d'épouser une autre… il fut raconté qu'une histoire d'amour épistolaire était à l'origine du timbre-poste pour compatir au grief d'une lady qui a dû se résigner à laisser repartir le facteur avec une lettre de son amoureux, faute de pouvoir régler le port, mettant potentiellement fin au service de Port payé qui était fixé à vingt centimes de franc, bref, tout ça était assez élégant et très précis, l'automobile postale ressemblait à une sorte de carrosse électrique, le chariot postal qu'on l'appelait, une jolie boîte noire montée sur quatre roues, les hommes à bord étaient bien habillés, avaient la moustache, une barbe fournie et un chapeau, tous très beaux, il y en a aussi qui livraient à dos de cheval, pour les jeunes filles célibataires c'étaient des aubaines ambulantes, des occasions inespérées qui se répétaient presque tous les matins dans notre belle rue de la République, entre 8 h 30 et onze heures, parmi les odeurs de café fumant, de pain, de fruits et de légumes frais, en attendant le chariot postal, certains villageois en profitaient pour se retrouver entre voisins devant leur maison et causer un coup… la vision romantique et optimiste de grand-mère de la Poste, du monde en général, était articulée avec une force fascinante, et presque à chaque fois, en l'écoutant, j'avais la même pensée, je me disais que j'aurais aimé vivre à cette époque-là, car même les énormes difficultés qu'elle évoquait étaient vite oubliées grâce à cette magie qu'elle imprimait sur chaque moment, et qui le rendait simple et beau…

de toute ma vie j'avais dû envoyer une dizaine de courriers, pas plus, et à des fins strictement administratives, le monde avait bien changé, il entamait une nouvelle chute folle vers des imaginaires plus innovants, qu'on nous racontait à l'école surtout, plus fiévreux, je ne voyais pas l'intérêt d'écrire sur du papier à quelqu'un ce que je pouvais lui dire au téléphone et en quelques secondes seulement, mais des lointains où vivait grand-mère, il était difficile d'imaginer la vie des villageois sans leur bureau de poste, ce serait la mort, pour accueillir la modernité et multiplier les compétences au service de la communauté ils se sont déplacés un peu plus loin dans la Grande Rue, mais ça restait quand même une toute petite agence – grand-mère m'avait montré une photo de la première, implantée au village au tout début du siècle –, avec un effectif réduit au strict minimum, un directeur (il venait aussi prendre l'apéro à la maison), deux employées, une dame antillaise fort remarquable pour sa gentillesse (exagérée parfois) et sa candeur, elle était la seule personne noire dans le coin, et on savait peu de chose d'elle, mère disait la femme de couleur lorsqu'elle en parlait avec dédain, la femme de couleur, on peut dire qu'elle fait comme chez elle, hein, depuis ici on sent les odeurs persistantes de sa cuisine, comme quoi, il y en a qui trouvent leur destination, ça l'agaçait, mère, par exemple, le samedi au marché qu'elle (la dame antillaise) dise bonjour à tout le monde, toujours de bonne humeur, accessible, discute avec les commerçants, à l'occasion offre une partie de ses courses à quelqu'un dans le besoin, c'est la femme du boucher, *rhaan ouais*, rebondissaient les vieilles langues, on raconte qu'il l'a ramenée de Guyane, c'est possible ça, oui bien sûr, à croire qu'on n'est pas assez bien pour les hommes d'ici, chacun ses vices ha ha ha, *rhaan*, elle au moins, contrairement à certaines de ses sœurs, elle ne se blanchit pas la peau, et maîtrise plus ou moins notre langue, j'avoue que ce n'est pas toujours le cas avec les gens de ces pays, faut être conciliant sinon on pige que dalle… et il y avait la grosse malade blanche qui ne manquait pas une occasion de rembarrer sa collègue, la prendre de haut, et lui parlait comme à son chien, parfois en présence des gens, comme pour lui apprendre à bien faire son travail, apparemment cette mégère ne supportait pas qu'il n'y ait entre elles aucun lien de subordination hiérarchique acté, où elle serait l'heureuse supérieure et l'autre le décrottoir accrédité, la dame antillaise subissait sa mauvaise foi tous les jours, du lundi au samedi, sans parler de ces clients tout aussi malades qui refusaient de se faire servir par elle à cause de la couleur de sa peau, quitte à patienter très longtemps…

c'est étrange comme on revient parfois, des années plus tard, à certains endroits de sa vie, recroise des personnes qu'on connaissait à peine mais qui à notre insu ont compté, qu'on n'avait pas forcément oubliées en dépit du temps écoulé, je ne la connaissais pas plus que ça la dame antillaise, mais j'avais gardé un très bon souvenir d'elle, une fois (je devais avoir dix ans) j'accompagnais père qui devait retirer un colis, elle nous avait accueillis, salués comme si elle nous attendait, nous étions des amis, elle souriait franchement et me disait que j'étais une magnifique jeune fille, cela m'avait un peu gênée mais j'étais contente, on ne m'avait jamais dit avant que j'étais belle, car la seule personne qui était censée être belle à la maison c'était mère, après avoir remis le colis à père, et elle lui avait dit une chose pour le moins inattendue, monsieur, sans vouloir me mêler de ce qui me regarde pas, vous devriez ouvrir un compte bancaire au nom de votre fille, un livret A, si ce n'est pas encore fait, heu enfin quoi, bredouilla père, interloqué, c'est très important, monsieur, continua-t-elle, qu'est-ce que tu en penses jeune fille, je contemplais la rose dans ses cheveux en guise de réponse, si mère savait ce que *la femme de couleur* venait de conseiller à père, elle la détestait déjà, oui mais elle sent un peu mauvais quand même, ce serait alors la catastrophe, puis la dame antillaise avait carrément insisté en plongeant habilement ses yeux dans les miens, comme si elle était en train de m'exhorter moi, tout dépendait de moi seule, mais en fait c'est à père qu'elle continuait de parler, vous devez vous demander pourquoi cette bonne femme vous parle de compte, qu'est-ce qui lui prend tout à coup, eh bien je dis la même chose à tous les parents qui passent dans ce bureau, on ne sait jamais ce que le futur nous réserve, celui d'une si jolie petite fille commence dès maintenant, pour ne pas dire dès la naissance, de petits montants en petits montants on arrive à quelque chose hein, pas vrai, le temps ne nous pardonne pas, ah bon, fit père d'un ton interronégatif, je l'ai fait pour les miens, reprit-elle, j'en ai deux, une fille et un garçon, des sous plus tard ils en feront ce qu'ils voudront, la fête, se payer des études, un investissement, on ne sera peut-être plus là pour les guider mais ce sera déjà ça, modeste certes, mais ça reste un point de départ, suivez mon conseil, jeune fille, et vous vous souviendrez de moi un jour... elle avait eu raison, à chaque fois qu'il avait été possible de gérer une galère à Paris grâce à ce livret A je pensais à elle, je la revoyais en train de défendre cette idée comme si j'étais sa propre fille, tandis que la grosse malade blanche sa collègue la regardait comme une punaise qu'elle regrettait de ne pas pouvoir écraser, mais dans son regard tout était dit, tôt ou tard elle trouverait le moyen de l'évincer, ça lui apprendrait à être une femme noire et fière, père frotta sa calvitie du bout de son index, puis passa la main sur sa moustache, puis pinça les lèvres, demeura un instant immobile, je le connaissais assez pour savoir qu'il était en train de réfléchir à la problématique de l'ambiguïté entre l'argent que pouvait coûter cet effort et le fait que ça n'allait rien lui rapporter personnellement, en bref à l'utilité d'une telle transaction, les avantages et les inconvénients, cela dit il aurait préféré trouver cette idée et décider par lui-même, mais pas parce qu'une employée de la Poste la lui suggérait sur un ton professoral, limite arrogant, de quoi je me mêle, mais pour qui elle se prend putain, qu'il ronchonna pendant tout le reste de l'après-midi en présence de ses invités, offrant donc à mère le loisir de dégueuler sur la pauvre femme...

La pharmacie

affreuse, acariâtre, suffisante, cette teigne de pharmacienne tournait le dos à tout le monde, les hypothèses comme les observations, les plus fines des affirmations s'adressaient à ses fesses, et elle ne lâchait pas un prout en guise de réaction, il y avait sa vision des choses contre tout le reste, elle avait marqué l'histoire du village par sa manière d'imprimer son caractère dans tout ce qu'elle entreprenait, pour plus d'un c'était une personne dangereuse, pleine d'ego et de ressentiment, avec qui on ne devrait pas avoir affaire, l'évidence de la nature diabolique de la pharmacienne sautait aux yeux, dès qu'on passait l'entrée de son officine on avait l'impression de la déranger, de l'arracher à ses bonnes pensées, elle vous regardait comme si vous n'existiez pas en vrai, vous étiez une image, avant de passer à autre chose, personne n'échappait à son humeur de cochon, la bougonne, elle disait que le sourire c'était pour les neurodégénératifs, les pauvres débiles qui cherchent à se donner pour ce qu'ils ne sont pas, leur occupation de la journée se réduit à ça, et pourquoi sourirais-je, disait-elle la face déformée par une moue de psychopathe, je suis pharmacienne, pas pute, pose tes yeux ailleurs gamine, je jetais simplement un œil à l'intérieur de la pharmacie en passant, et elle m'a lancé ça, pour vous dire à quel point elle pouvait être méchante, tout le monde se souriait plus ou moins au village, sauf elle et la grosse malade blanche du bureau de Poste, et encore celle-ci y arrivait en prenant un peu sur elle, c'est-à-dire en réussissant à dominer ses émotions négatives, dans un mouvement presque imperceptible du zygomatique tandis que la partie supérieure de son visage restait totalement inerte, ainsi que le muscle orbiculaire, en prenant bien soin de cacher les dents du bas, ce que j'appellerais un sourire social, faux, hypocrite, destiné qu'à ceux qu'elle estimait le mériter suivant le jour de la semaine, s'il faisait beau ou moche, la pharmacienne quand elle vous souriait c'était pour vous gêner, vous coincer, vous piéger, et c'était clairement défini dans son apparence, elle agaçait ses clients au plus haut point quand elle disparaissait dans la pièce du fond où selon toute apparence se trouvait le gros stock des produits pour resurgir une éternité plus tard avec un article en moins, ou à la place d'un autre, alors soit elle y retournait, soit elle demandait à sa jeune stagiaire d'y aller, qui s'exécutait illico, flattée – le corps de celle-ci était très mince, et flottait dans une robe dans laquelle dix autres de plus comme elle auraient pu se planquer sans difficulté, ses cheveux étaient trop longs, trop noirs, et naturellement il lui était interdit de parler trop, de sourire, décrasser ses ongles, etc. –, cette petite victime, on se demandait comment elle faisait pour la supporter, cette démone, était-elle au courant de ce qu'elle avait fait à son mari, partageait-elle les mêmes idées qu'elle, en d'autres termes était-elle là pour finir ce que sa recruteuse avait commencé, il en faut peu pour créer un monstre…

celles et ceux qui connaissaient la pharmacienne affirmaient qu'en effet celle-ci avait toujours été impitoyable, le genre à tourner une situation en sa faveur quelles que soient la façon d'y arriver et les conséquences, qui était censée être au sommet de l'intelligence collective, réduisant le monde au comptoir de sa pharmacie, jamais auparavant quelqu'un lui avait ressemblé, ni en pensées ni en actes, même le Diable a des enfants, elle en avait trois, vivait dans une grande maison non loin de la nôtre et, contrairement à la bienséance, c'était elle le chef de famille, tout le monde devait l'appeler par son prénom, pas maman ou ma chérie, son défunt mari s'alignait sans broncher sur ses règles dont le non-respect pouvait entraîner des réactions absurdes et dramatiques pendant plusieurs jours, ses enfants étaient grands, mais à la vérité c'étaient des enfançons face à cette mère militaire, en les voyant on aurait dit qu'ils avaient grandi ensemble, main dans la main, d'un coup, je les avais croisés une fois ou deux autour de la place de l'église, tels des coupables, ils pressaient le pas, cou tendu, épaules contractées, les yeux baissés, comme s'ils craignaient de tomber sur quelqu'un que leur mère ne souhaitait pas qu'ils reconnaissent, ils ne disaient pas bonjour, et ne répondaient pas à autrui, des zombis téléguidés, et puis bonjour on ne le disait jamais assez fort pour que ça devienne une note obsédante, une sorte de certitude sur laquelle on ne transige pas

pour cette mégère, la pharmacie c'était plus qu'un monde de rigueur, un métier polyvalent qui lui demandait d'être en contact avec les gens, leur vendre des médicaments, les orienter vers les professionnels de santé compétents si le besoin s'en faisait sentir, assurer le suivi des soins de ceux atteints de maladies chroniques, commander des produits, gérer des stocks, tenir la comptabilité de l'officine, etc., mais un appel du divin, le genre de devoir auquel on ne se dérobe pas, elle avait réussi à mystifier, et affoler plusieurs générations de villageois en leur faisant croire que cet appel venait de ses ancêtres paternels éloignés, tous d'éminents pharmaciens et chimistes, et que, grâce à ce patrimoine, cette somme de connaissances dont elle se nourrissait depuis l'enfance, elle incarnait l'esprit du serpent d'Épidaure autour de la coupe d'Hygie, la maîtresse plénipotentiaire régnant d'une main de fer sur le temps-brouillard entre le poison et le remède, entre la vie et la mort, elle corrigeait les ordonnances sans façon, allant de l'orthographe à la posologie, ou au remplacement systématique d'un médicament par un autre, elle contre-indiquait à tout-va en traitant les médecins de médiocres, d'insignifiants oisifs, lequel d'entre eux pouvait se targuer d'en savoir davantage qu'elle en santé publique, pas un seul, elle en était complètement persuadée, ces pensées et la légitimité fermement acquise par la proximité avec les patients lui donnaient au début l'impression, et ensuite la certitude, grâce à ses talents de pharmacienne, d'avoir un réel droit de vie et de mort sur les autres – qu'elle avait parfaitement illustré par cette fameuse phrase : je vous donne ce qui est bon pour vous –, sur tout le monde, non moins que sur son mari, ce *bon à rien* dont la seule occupation dans la vie était de se servir dans la caisse de l'officine, pour aller picoler, s'empéguer en plein cagnard avec les autres ploucs de son espèce, tous les jours, dès l'ouverture jusqu'à la fermeture du bar à vin, comme si c'était son commerce à lui, prendre du bon temps avec des putes de bastringue, etc.

elle et son mari s'étaient connus au lycée, elle avait juré qu'ils ne finiraient pas ensemble, le village n'était pas près d'oublier jusqu'où elle était capable d'aller pour se distinguer, affirmer qu'elle n'était pas une épouse aliénée, qui avalait toutes les couleuvres que son mari voulait mettre dans sa bouche par peur de crever seule, il paraît qu'elle fut belle jadis, mais que les démons de son mariage l'avaient grignotée, diminuée, réduite en peau de chagrin, il n'y a pas d'autres vérités qui tiennent, sa vie avec cet homme fut une erreur, mais il n'était pas trop tard pour la corriger et acquérir son indépendance, pour la scientifique qu'elle était ce ne fut pas très compliqué, elle avait mis trois jours et trois nuits à composer le poison, un élixir mi-liquide mi-vapeur qui, tout de suite après l'avoir avalé, vous donne soif, vous assèche inépuisablement et vous inflige une mort naturelle, insoupçonnable, un poison pour lequel il n'existe pas d'antidote et dont les conséquences sont intraçables dans le corps de la victime, une simple dose et le voyage est définitif, aucune force céleste ou terrestre ne peut vous faire revenir à la vie...

trois jours après la mort subite du mari – les gens continuaient à aller à la pharmacie, sans poser de questions, sans demander à savoir ce qui s'était passé, rien –, apparut une forme blanche et transparente qui faisait la navette entre le bar à vin et la pharmacie, je m'en souviens comme si c'était hier, je dessinais sur une petite table sous la véranda, les roses du jardin se donnaient en spectacle, ça se voyait qu'elles comptaient pour quelqu'un (j'enviais la lumière du jour et la pluie dont elles se nourrissaient, la terre où elles étaient plantées, la cétoine dorée se régalant de leurs étamines, mâchouillant leurs pétales...), père lisait le journal, ça lui arrivait rarement, assis sur le fauteuil réservé au Drôle de Curé, les pieds posés sur le rebord d'un divan, c'était un dimanche, la cloche de l'église venait de sonner les douze coups de midi, mère surgit brusquement, laissa tomber ses courses et alla se jeter dans les bras de père qui ne comprenait rien à ce qu'elle disait, je viens de voir la forme, c'est lui, c'est horrible, elle tremblait, il me fallut plusieurs minutes avant de comprendre qu'elle ne parlait pas de l'Enfant-Cheval, mais d'un autre fantôme... bref, à l'aîné de ses trois enfants qui avait trouvé que la forme blanche dehors ressemblait drôlement à son père, la pharmacienne avait passé la raclée de sa vie, sous les yeux des deux autres de sorte que plus jamais on ne répéterait cette bêtise, *votre bon à rien de papa est bien mort, rien ne saurait le faire revenir...*

si pour certains la solution de la pharmacienne était on ne peut plus compréhensible, *rhaan*, les hommes sont mauvais, oui, tous des paresseux, pour d'autres, on arrivait à notre dernier degré de barbarie, cette créature sans cœur méritait de brûler en enfer, ici on fait fleuve avec l'alcool, cela ne signifie pas pour autant qu'on est des victimes, des noyés que le temps est incapable de ramener à la surface, à la raison, un homme s'il ne boit pas c'est tant mieux, mais il est fait pour ça, c'est comme ça, on n'y peut rien, *rhaan*, depuis quand on se fait empoisonner par sa propre femme pour qu'on arrête de picoler, pour qu'on devienne la meilleure version de soi-même, c'est absurde, ça dépasse notre compréhension, tu dis juste, une jobastre de sa trempe ça finit seule dans son coin, avec une retraite modique et des enfants dérangés, si c'était pas assez navrant pour justifier sa mauvaise humeur chronique, etc., des commentaires amers et bien arrosés dont le but était de cracher sur l'empoisonneuse, de la décrier sans autre forme de procès, même la grande gueule de l'oncle ne trouvait pas plus méchant à dire, quoi qu'il en soit, cette femme était maligne, prête à tout pour s'affirmer, du moins satisfaire sa folie personnelle, et, évidemment, pour trouver une autre pharmacienne digne de ce nom il fallait aller à La Ville-la-plus-proche, bien trop loin si une urgence venait à s'imposer, comme c'était souvent le cas avec grand-mère…

la forme blanche et transparente, si elle demeurait un véritable défi pour le Drôle de Curé dont les prières et les aspersions d'eau bénite se révélaient sans effet, elle continuait son errance sans faire de mal à personne, elle faisait partie du paysage, on finissait par s'y habituer, on passait à travers elle sans faire attention, les enfants tendaient leurs petites mains tout en essayant d'empoigner la brume, et cette âme indécise, piégée entre la pharmacie et le bar à vin, entre l'espace et le temps, entre la vie de famille et la liberté, servait aussi de point de repère, alors écoute-moi, en quittant la place de l'église tu prends la première rue à gauche, cent mètres plus loin tu vas tomber sur une forme blanche et transparente, c'est l'âme perdue d'un ami de vieille date, elle ne veut de mal à personne, elle ne fait que chercher son chemin vers l'au-delà, tout de suite après c'est la maison… la jeune femme, plutôt la girouette, pour dire les choses comme elles sont, qui avait remplacé la dame antillaise à la poste (cette révocation était survenue quelques semaines après qu'elle eut été bienveillante de mettre à l'esprit de père d'ouvrir un compte bancaire à mon nom – on l'avait assez vue celle-là, se réjouissait mère en apprenant la nouvelle), affirmait qu'elle avait déjà vu ce type de fantôme dans le village où elle vivait avant, et pour répondre à la question comment avait-on fait pour le chasser elle expliqua que tous les villageois l'ignoraient, n'en parlaient jamais, et interdisaient à leurs enfants et leurs invités d'en parler (dans cet autre village ignorer une réalité, un fait, c'était lui enlever son pouvoir d'influence et de subversion, l'annuler en un mot), ça avait mis un peu de temps, mais ça avait fini par disparaître, ce qui rassurait les derniers froussards qui la remerciaient d'avoir partagé cette histoire avec eux, elle avait même entendu dire qu'elle était plus brillante que l'autre là, qui occupait ce poste avant, *rhaan*...

naturellement, les voies de la mort dépassaient l'entendement de notre curé, je l'imaginais certaines nuits, quand toutes les lumières du village étaient éteintes, dehors en train de regarder profondément cette lumière de forme humaine ou cet humain devenu lumière errante, insaisissable, *grand Dieu, c'est quoi cette chose*, certes on ne pouvait pas lui en vouloir de n'avoir pas su trouver une explication à cette présence, mais plus que jamais on avait besoin de son intelligence, sa connaissance des choses élevées, face aux attentes sourdes des villageois il était désarmé, coincé, il lui fallait une issue de secours, se rabattre sur quelque chose, mais rien n'est explicable, tout le monde cherche à se tirer d'affaire, rien de plus, rien de moins, feignant d'avoir été illuminé par l'anecdote de la jeune femme, il alla jeter l'éponge en quelque sorte, en demandant à sa paroisse de laisser le fantôme en paix dans son errance, l'oublier, lorsque s'amena l'homme qu'on appelait naguère « le fou du village », ça faisait des mois qu'on le gardait enfermé à l'asile d'aliénés pour éviter des dérapages, car non seulement il disait tout ce qu'il pensait à haute voix, ce qui était contraire aux convenances, à la morale collective, mais il avait une drôle d'apparence qui faisait peur aux enfants et aux animaux domestiques, il n'était le bienvenu nulle part, on le méprisait, souhaitait pour tout dire qu'il crève, il faisait chier tout le monde avec sa franchise, il avait même osé devant l'oncle, les yeux dans les yeux il lui avait dit vous par exemple vous avez tout ce qu'il faut, de l'argent, des maisons, des entreprises, des putes, une famille, mais vous continuez malgré tout à escroquer les pauvres gens, à les écraser pour paver vos rêves, pour une bouchée de pain dont vous n'avez pas besoin, c'est plus fort que vous, ça doit rendre vos nuits blanches plus agréables, et au Drôle de Curé, vous irez droit en enfer, sale profiteur d'enfants… c'était spectaculaire, on ne se rappelait pas avoir déjà vu quelqu'un parler de cette manière aux plus puissants du village, dès lors on s'attendait à une punition sévère, et en effet, deux jours plus tard, un fourgon était venu et avait emmené « le fou du village » de force, son hospitalisation avait été commanditée, le frère de père n'avait eu aucun mal à l'avouer un soir à la maison (avant ce jour-là je n'avais jamais entendu parler de lui), ce chien a eu ce qu'il méritait, qu'il reste là où il est, renchérit mère, le Drôle de Curé, que l'homme en question était le premier à traiter de faux prophète, de pervers, d'obsédé sexuel, était du même avis, ce fou il fallait le garder le plus longtemps et le plus loin possible de la communauté… mais soudain il était là, c'était bien lui, en chair et en os, devant cette étrange apparition qu'il examina avec le plus grand soin comme si c'était une nouvelle passion – on se souvint qu'il était plus tapageur avant et moins énigmatique, moins détaché – sans faire cas du monde autour de lui, il venait tous les jours marcher à côté de la forme blanche et transparente avec un grand cahier et un stylo, et tout en marchant il plongeait sa tête dedans, prenait des notes, dessinait, il pouvait passer des heures comme ça, c'était étrange, d'autant plus qu'on commençait à s'en désintéresser totalement de cette image, *cette allure insignifiante et inoffensive, vous pouvez y aller, vous ne risquez rien*, s'il devait se passer quelque chose ce serait déjà arrivé, le fou du village continuait de prendre des notes, il suffisait de voir ses yeux, mystérieux, lointains, éblouis, l'hystérie avec laquelle il écrivait dans son cahier, pour être convaincu qu'au fond du fantôme il devait bien se dérouler des histoires incroyables, alors, sur un ton onirique et mesquin, un des messieurs du bar à vin finit par l'interpeller, hé vous faites quoi là, qu'est-ce que vous avez à regarder dans ce machin, content de partager sa découverte avec quelqu'un, l'homme expliqua à l'ivrogne qu'il y voyait, tel qu'il le voyait là devant lui, réel, sans filtre, des mondes absolument fabuleux, des miracles, le fœtus de l'Univers, la grande explosion, l'âge sombre, les échos fossiles de la formation des mondes, les composantes de la matière noire, les premières étoiles et leurs voyages, expansions de nouveaux mondes les uns plus mystérieux, plus brillants, et leur singularité gravitationnelle, les limites quantiques de l'espace, des millions de traductions de la mort, de la vie, des infinis interstellaires irrévélés, de couloirs indécouvrables, de naissances et de fins unies dans un même flux à la fois harmonieux, contradictoire et inédit, d'époustouflantes spaghettifications de corps célestes divers, des disques d'accrétion semblables à de larges autoroutes en feu tournant sur elles-mêmes à une vitesse indescriptible, cadavres stellaires, des constellations qui ne ressemblaient à rien de ce qu'on avait déjà vu, des soleils morts métamorphosés en géantes rouges, nébuleuses astrales, débris de supernovae vers la naissance d'autres cités d'étoiles, des ponts spatio-temporels, de grandes migrations lumineuses, des galaxies enfouies dans des marges…

la nouvelle traversa le village à une vitesse fulgurante, le Drôle de Curé n'avait pas du tout apprécié ces élucubrations dévoyées, ces suppositions coupables d'un fou qui semblaient vouloir invalider non seulement la Vérité selon laquelle les Cieux et la Terre ont été créés en six jours, par conséquent l'existence de Dieu, mais plonger ses serviteurs dans la plus grande confusion, plusieurs personnes s'étaient portées volontaires pour aller jeter un œil à l'intérieur de la forme blanche et transparente, ils sortaient tous la tête de là en affirmant, il n'y a rien à voir monsieur le curé, à part le trottoir, la famille de l'homme fut forcée de détruire les centaines de pages de notes sur la représentation de l'Univers et de le reconduire au plus vite à l'hôpital psychiatrique, où, pour le punir de ses visions vésaniques, on le nourrissait quotidiennement de cassoulet, d'un tas de saloperies indigestes, en plus des neuroleptiques ultra-forts qui le plongeaient dans des rêves lointains, l'Univers serait-il tout ce qui se produit après notre mort, ou avant notre naissance, la face cachée de tout, pouvait-on l'entendre se demander plusieurs fois et à haute voix par ces nuits de mistral, on racontait que les autres patients de cette lugubre maison ne s'approchaient pas de lui, ce n'était plus le bougre tranquille qu'ils avaient connu et qui se baladait amicalement dans les couloirs avec eux, en leur racontant des histoires, en leur disant des vérités sur eux-mêmes comme aucun autre, même les soi-disant médecins qui étaient censés s'intéresser à leur sort, ils avaient perdu leur ami, il s'était fait happer par l'insondable, jour et nuit ses yeux étaient remplis de phénomènes célestes, de tressaillements de lumières venues de très loin du fond du passé, de plus en plus, jusqu'à ce qu'il n'appartienne plus au monde que nous connaissons, l'avis tranché du village, d'après lequel la décision de l'oncle d'envoyer ce *gêneur* à la mort était un mal pour un bien, trouvait écho dans les villages avoisinants, car l'histoire du *fou qui lisait l'Univers à travers le fantôme du mari de la pharmacienne* était racontée dans tous les foyers, les bars à vin, les pharmacies, les bureaux de poste, les boulangeries, les terrains de pétanque, les écoles, les associations, dans une version erronée, puis excessivement éloignée de la première… un mois après le jugement clérical contre lequel aucune objection n'avait été émise, tous ceux qui avaient regardé à l'intérieur de la forme blanche et transparente sont tombés malades (certains même décédés) les uns après autres… la dernière fois que j'étais allée à la pharmacie – une semaine avant mon départ à Paris – pour acheter des protections périodiques jetables, la vieille pharmacienne n'était plus là, elle avait pris sa retraite, je souhaitais qu'elle ne fût plus de ce monde, il n'était pas étonnant que sa remplaçante ne souriait pas non plus, tout d'elle me rappelait son ancienne patronne dont la brume de son mari poursuivait son voyage dehors, peuchère

Boulangerie-pâtisserie

le boulanger-pâtissier ressemblait à un oiseau blessé, impatient de se tirer du monde des hommes, une démarche chaloupée, une lumière particulière sur la face trouée de deux petits yeux noirs, instables et fuyants, sa distance était sans pareille, à chaque fois il fallait qu'on répète plusieurs fois une baguette tradition s'il vous plaît monsieur sinon il captait que dalle, comme piégé dans une autre vie – au village on se ressemblait tous sur ce point je crois –, vous savez, cet air qui accuse une blessure qui nous empêche de briller, dissimulée sous des couches de tissus et de rires forcés… des mille et une histoires que racontait grand-mère, il y avait celle de cet homme à trois vies, une vie dans le passé, une dans le présent et une autre dans le futur, il se promenait à travers elles comme on passe de la chambre au salon, tout en sachant qu'on va devoir, à un moment donné, revenir dans la chambre, puis dans le salon, ou la cuisine, il est impossible d'empêcher ça, et ça ne représente aucun danger, mais ce qui était, pour ainsi dire, frustrant, c'est que le flâneur intertemporel ne pouvait pas être présent dans ces trois vies en même temps, comme on ne peut l'être dans toutes les parties de la maison, la mort seule nous permet d'exister partout à la fois, pensait grand-mère, quand l'homme à trois vies avait un problème dans le présent, par exemple, il allait naturellement chercher la solution dans le passé ou dans le futur, il effaçait, bougeait, ajoutait, reformulait des chapitres entiers dans tel registre du temps, pour mieux supporter, rendre plus agréable une autre, parfois il s'absentait pendant des lustres, ce qui représentait en fait une poignée de minutes, ou inversement, il partait un court moment, et il avait eu le temps de prendre des rides et tout, entre deux dimensions il lui arrivait de faire une pause dans un couloir dont l'extrémité représentait une sorte de bouche dans laquelle s'engouffrait un essaim d'astres, un jour il avait prolongé sa pause et longé le couloir, sans doute pour aller voir ce que devenaient ces lumières filantes, il n'en était plus revenu, il avait passé le reste de sa vie assis dans un fauteuil à bascule, la bouche ouverte, les yeux écarquillés, le regard coincé dans l'au-delà…

le boulanger-pâtissier me faisait beaucoup penser à ce personnage, parfois on se demandait s'il n'allait pas disparaître pour toujours dans ses réflexions, mais la raison était loin d'être intergalactique, sa femme l'avait quitté puis était revenue plusieurs fois, comme une balle de ping-pong, il avait tout fait, jusqu'à lui offrir des robes et des bijoux avec le peu d'argent qui lui restait pour la maison et l'éducation des enfants, afin qu'elle reste, mais elle avait fini par s'envoler définitivement avec un conducteur de poids lourds, des années après, notre boulanger-pâtissier ne s'en était toujours pas remis… maintenant en y resongeant, je ne peux m'empêcher de l'imaginer en train de se masturber en pleurant comme un con sur une photo de sa femme, il vivait avec un de ses deux fils, l'autre s'était marié et avait trouvé du boulot à Toulouse, il méritait le respect qu'on accordait à son travail, il le faisait plus que bien, mais c'était loin d'être sa passion, sa passion c'était sa femme, son premier amour, le seul et l'unique, même ses gestes étaient tristes, la nonchalance avec laquelle il tendait cette baguette, ensuqué, montrait bien qu'il n'était pas là, on aurait cru aussi qu'il n'avait pas envie de prendre notre argent… j'ignorais qu'il avait été au lycée avec père, il me l'a appris en me tenant le crachoir pendant environ deux minutes, un record pour le taiseux qu'il était, oui, on se connaît lui et moi, l'imbécile, quand il a décidé de se dénoncer à la place de son frère auprès du proviseur j'étais là et le seul à lui dire non mec ne fais pas ça, tu n'as pas à endosser les conneries de ce type, même si c'est ton frère, tu vois bien qu'il fait le malin, il m'a poussé violemment en m'envoyant me faire foutre, occupe-toi de ton cul, sale gros, je suis revenu à la charge, putain lâche-moi, qu'il hurlait de toutes ses forces, métamorphosé, il fallait qu'il aille faire cette connerie pendant que l'autre ne regardait même pas dans sa direction, et ce jour-là j'ai compris quelque chose, son frère l'avait complètement envoûté, il suffisait qu'il fasse exprès de marcher dans la boue, pour que son esclave se précipite et nettoie ses chaussures, je lui ai répondu très bien, tu te souviendras un jour de ce conseil d'ami… un mois après, le boulanger-pâtissier avait quitté l'école, parce que son père avait décidé qu'il devait l'aider à la boulangerie et reprendre l'affaire familiale lorsque viendrait le moment pour lui de partir à la retraite ou pour l'éternité, depuis cette histoire, les anciens camarades de classe ne s'étaient plus jamais adressé la parole, la seule fois où j'avais entendu père évoquer le nom de ce monsieur, sous la véranda, au milieu des effluves envoûtants de l'apéro, c'était pour signaler qu'il était en pourparlers avec le propriétaire du local qui logeait la boulangerie-pâtisserie, pour le louer et proposer quelque chose de plus moderne… ton père est un lâche, un hypocrite, m'avait-il dit, sans se gêner, mais toi tu m'as l'air d'une fille de caractère, tiens, je te rajoute une part de flan avec la baguette, bonne journée

Le bar à vin

pour ce type de commerce il est important que les clients soient désespérément cons et alcooliques, je ne sais plus lequel entre père et mère avait tenu ces propos aussi arriérés que profondément discriminants, engoncés dans leur posture de beau monde, ils exécraient la compagnie de ceux auxquels même le plus drôle des hasards, le plus étonnant des accidents n'ouvrirait leur salon, leur bel intérieur, mes géniteurs ne s'arrêtaient jamais au bar à vin, ne serait-ce que pour changer un peu, le faire une fois, juste comme ça, un verre ou deux, discuter brièvement… les fils de Gitans, de paysans, de colporteurs ou de militants anarchistes, socialistes, communistes italiens, portugais, polonais, maghrébins, antillais, ils voyaient bien qu'ils gênaient les racistes et les xénophobes dans le genre de mes géniteurs, mais au même titre qu'eux, ils étaient chez eux, ils avaient aidé à construire ce pays de leurs mains nues, *rhaan*, de quoi ils parlent, n'importe quoi, des étourdis, s'ils pensent qu'on en a quelque chose à foutre, ils peuvent aller boire la Méditerranée… ils boiraient autant de bière qu'ils pourraient, et quel que soit le jour… comme tant d'autres, mes géniteurs avaient beau essayer, leur attitude conventionnelle ne faisait pas pour autant d'eux des gens moins alcooliques ni moins cons que leurs voisins honnis, mais ça pétait encore plus haut que son cul, haussait les épaules, se donnait pour paon blanc, devant son poêle à bois de merde, ses bouteilles qui coûtaient le prix d'un loyer, son tas de trucs à grignoter superbement préparés par mère, bonne à tout faire à la maison, redoutable bourgeoise dès qu'elle mettait le nez dehors, ils buvaient dans une bulle, rigoureux et bornés, comme si l'alcool prenait la forme du cadre et ajustait sa finalité à celui-ci, sinon une chose dont j'étais sûre, c'est que mes géniteurs et leurs invités buvaient surtout par tristesse, une tristesse à laquelle ils trouvaient des excuses, qu'ils cherchaient à égayer par tous les moyens possibles… le propriétaire du bar à vin était un Français d'origine italienne, du sud de la Sicile plus précisément, qui avait trempé dans plein de trucs bizarroïdes dans le temps, un soir d'été quelque part dans les dédales du Panier de Marseille, un de ses frères avait été égorgé, celui-ci faisait partie de la bande de faux pirates qui avaient pillé le *Combinatie* – cargo néerlandais qui transportait des cigarettes de contrebande depuis Tanger vers la ville du soleil –, et des premiers à cafter quand ça avait commencé à chauffer, plus tard, sa femme et leur enfant avaient été retrouvés flottant non loin de l'île de Riou, bref, c'est un ancien malfrat, persistait père, la plupart des membres de la famille étaient connus des gendarmes pour plusieurs implications dans des histoires louches… après avoir fait son temps en taule il était revenu monter son affaire, on ne pouvait pas dire qu'il n'avait pas changé, même s'il avait encore l'air méfiant, comme si quelqu'un le recherchait pour l'abattre, on ne pouvait pas dire non plus que son affaire c'était n'importe quoi, s'y retrouvaient, tous les jours de la semaine, amateurs de vins, connaisseurs ou néophytes, agriculteurs, artisans, ça picolait jusqu'à l'hémorroïde, commentait la vie courante, reprenait des discussions qui dataient de l'an pèbre, haussait le ton quand la vague commençait à leur retourner la bobèche, à grignoter leur enthousiasme et leur bon sens, remplacés par une impulsion sauvage qui semblait être à l'origine de chacun de leurs gestes, de leurs éclats de rire, et prête à absorber leur présence entière, souvent à des moments où rien ne justifiait ces énormités, je n'exagère pas en avouant qu'il y en a qui n'étaient presque jamais chez eux, n'avaient pas vu leurs enfants naître, grandir, leur femme les tromper, donner des enfants à d'autres qui ne se montraient pas, il y en a qui avaient carrément oublié le chemin de leur foyer, des pères absents à quelques mètres de la maison, ce n'était pas sans raison que les mères au village connaissaient par cœur cette célèbre parole du Drôle de Curé, tout passera, la pétanque, l'alcool, la famille seule est éternelle…

pendant et après le marché qui se tenait deux fois par semaine devant la mairie, pour l'habituelle dégustation de fromage et de vin, le Franco-Sicilien sortait tout ce qu'il fallait, son humour vache, des tables, des tabourets, la musique, c'était fort sympathique, mais ça finissait toujours par déraper, et tout y passait, les politiciens, la pègre du Sud, les bonnes femmes, les canards, le cul de la bombasse antillaise, putain le cul de celle-là, vous avez vu, ça me rend fou, ça te donne pas un coup toi, cette nuit j'ai rêvé qu'elle me criait des insultes en créole pendant que je la prenais comme un sauvage, *kraze andidan mwé connard guettemaman w*, attention elle arrive, bonjour mademoiselle, excellente journée mademoiselle, parmi eux il y avait le palefrenier du centre équestre et le plombier, pourtant tous deux hyper-respectueux dans leurs boulots respectifs, ces vieux gamins, est-ce qu'ils vont se décider à grandir, s'écria une vieille dame indignée, car la dame créole avait à peine disparu au bout de la rue que ça se remettait à cailleter de plus belle, aussi sur des épopées individuelles ou campagnardes, les terres qui allaient à vau-l'eau dans d'incompréhensibles projets de développement local, sur la supériorité de la cuisine du Midi par rapport à celle des Bordelais, ces mangeurs d'huîtres aux haleines de chacal, Olympique de Marseille, Paris Saint-Germain, Toulouse Football Club, les Girondins, oui les Bordelais tous des salauds, on va les taper au prochain match, on ne les aime pas, on ne les aimera jamais, leur vin c'est de la pisse, leurs femmes sont moches, j'ai dit à grand-mère que je les trouvais vulgaires ces messieurs, non, j'ai dit que je les trouvais dégueulasses, elle a répondu ceci, ma chérie, la France c'est un pays, et dans un pays, les pratiques sociales, les habitudes, les événements peuvent prendre des formes très différentes d'un coin à un autre, certaines peuvent se révéler parfois très surprenantes, les rituels liés à la naissance, au mariage, aux funérailles, les serments d'allégeance, le langage, les jeux, les modes d'habitat, les traditions culinaires, les saisons, les usages propres aux hommes ou aux femmes, etc., ces messieurs sont peut-être un peu cons, et ivres par-dessus le marché, mais ils ne sont pas plus vulgaires et dégueulasses que le jeune Blanc parisien suffisant et arrogant qui refuse de se laisser servir par une serveuse noire, scène à laquelle elle avait assisté et qu'elle n'était manifestement pas près d'oublier…

Le fleuriste

ses grands-parents, des Gitans, ils menèrent pendant longtemps une vie nomade, errèrent un peu partout en Europe, au rythme des persécutions, des expulsions ou de leurs pulsions de survie, perpétuant la tradition de la bonne aventure, hostiles à toutes sortes de limites, on ne sédentarise pas l'aventure, la plupart d'entre eux – c'était le cas des ancêtres du fleuriste – étaient artisans, musiciens, vanniers, chaudronniers, étameurs, mangeurs de hérissons, mais surtout libres, sa mère était fileuse et lavandière, son père prof d'escrime et maître de flamenco, des familles entières, grand-mère les avait vus arriver avec leurs roulottes, leur cirque, leur langue étrange, leurs chants et leurs traditions qui remontaient très loin, ils n'avaient pas d'autre patrie, discriminés, pour certains les hommes étaient des bandits de grand chemin, les filles des vaches laitières, les mères des sorcières, puis elle les avait vus, grand-mère, reprendre la route au bout de quelques mois, ou quelques années, guidés par Sara la Noire, la sainte servante de Marie

Salomé et Marie Jacobé, la déesse des pauvres, des délaissés, qu'ils vénéraient au cours des derniers jours de mai où qu'ils se trouvassent dans le monde, mais la beauté atteignait son apogée aux Saintes-Maries-de-la-Mer, en Camargue, au moment du pèlerinage, la beauté est une mer couverte de fleurs, de chevaux blancs, et de sincères dévotions, une foule ivre de toute son histoire, son respect et sa reconnaissance envers sa sainte patronne (j'ai toujours rêvé d'y assister, mais c'est trop tard maintenant), bref, tout au long de leur histoire, transfigurés par le clair de lune mêlé au feu de bois, ils avaient bu, dansé sur tant de terrains vagues en claquant des mains, dans des clairières, s'étaient tant de fois éparpillés puis retrouvés, avaient traversé tant de pays, mais le seul qui avait plu c'était la France, au mitan de ces nuits froides et esseulées du village, enflammés par l'alcool et un vrai sentiment d'admiration, on pouvait les entendre crier *vive la France*, qui en pleurant à chaudes larmes, qui en criant *olé olé*, en hommage aux frères et sœurs de sang dévorés par l'Espagne franquiste et par l'Europe nazie – pendant la seconde boucherie mondiale plusieurs milliers ont été exterminés, d'autres avaient survécu de justesse à la Shoah des Tsiganes, aux camps de Montreuil-Bellay et de Linas-Monthléry où la honte avait triomphé, sites aujourd'hui protégés au titre de monuments historiques, en passant, j'avais lu quelque part qu'*un monument historique est un témoin de l'histoire d'un pays et le reflet de sa personnalité*, j'étais choquée en arrivant à Paris de voir des familles roms qui dormaient dehors en plein hiver, méprisées, victimes d'agressions et de menaces –, éparpillés encore, puis s'étaient retrouvés, et dans le sud de la France où ils décidèrent de poser définitivement leurs valises, de ranger leurs charrettes, pour se contenter d'une vie conformiste et tranquille, sans aucune attente, sans aucune action des autorités municipales à visée intégrative, formant une minorité significative qui avait réussi à se fondre plus ou moins dans la masse, tout en restant au cœur des préoccupations locales… les parents du fleuriste avaient travaillé très dur, au-delà de leurs forces, pour permettre au *petit* de profiter encore longtemps de ce nouveau départ, de cette vie fixée dans un lieu à peu près sûr, le fleuriste avait grandi ici, il aimait ce village, il était chez lui, comme nous tous, parlait un français impeccable, mangeait français, vendait des fleurs cent pour cent françaises et de saison, aimait discuter avec les gens, appelait toutes les femmes de la même manière, ma petite dame, bonjour monsieur, bonjour ma petite dame, mère (elle avait du mal avec ces gens-là) jugeait cette attitude sexiste et humiliante, ma petite dame, je suis censée répondre quoi à ça, d'autant plus que c'était un homme musclé, imposant, avec une vraie gueule, ce qui lui supposait une indiscutable virilité, c'est un homme extrêmement gentil, le fleuriste, opposa père qui s'approvisionnait probablement chez lui avant d'aller voir ses dames de guinguette, il lui arrive parfois d'être un peu maladroit, comme tout le monde – ce que père n'avait pas dit, c'est que notre fleuriste allait devoir partir contre sa volonté, pour la tranquillité de l'opinion publique

… *rhaan*, les Gitans, ils viennent au monde pour voler, propager des maladies, ah bon, tu crois, ah çà oui, sans manque, qu'il se barre, point, avec ses fleurs, pour sûr, qu'est-ce qu'on en avait à foutre de ses fleurs, qu'il reprenne en main son destin de nomade, de pieds poudrés, la maudite créature, *rhaan*, on ne l'a jamais vu avec une femme, pas une seule, il a une voix légèrement sirupeuse, des manières peu habituelles, genre il essayait de se comporter comme un homme mais de temps en temps ça glissait vers quelque chose de curieusement féminin, androgyne, trouble, rhaan, et t'as remarqué aussi les yeux qu'il fait aux hommes, *putaing de con*… presque tout le village était unanime, ouvertement ou au plus profond de son cœur, pour qu'on se débarrasse de cette *mauvaise vie*, contraire à la morale, le Drôle de Curé était catégorique, en s'appuyant sur l'enseignement du Seigneur, l'oncle était en première ligne, je me souviens bien, c'était un peu plus d'un mois après mon viol, il avait signé la condamnation du pauvre homme à la maison en plein apéro, comme une bombe, une chose de la plus haute importance, écoutez-moi tous, on vient de m'apprendre que le marchand de fleurs est un dégoûtant, en effet quelqu'un l'a vu dans un café à La-Ville-la-plus-proche en train de prendre un verre avec un autre homme, ils se touchaient la main et tout, en se regardant dans les yeux, mère recracha sa gorgée de vin de saisissement, *grand Dieu, deux hommes ensemble*, le Drôle de Curé baissa la tête, père posa son verre et quitta le salon en direction du jardin, monsieur le maire est dans l'impossibilité de se joindre à nous, à cause de ses problèmes de santé, mais il est d'accord avec moi pour dire qu'on ne veut pas de ça chez nous, continua l'oncle en hurlant, pendant le reste de la soirée qui se déroulait comme si de rien n'était, on ne venait pas de chasser un être humain de chez lui à cause de sa supposée orientation sexuelle, personne ne revenait à la raison, je n'ai aucun souvenir en tout cas d'avoir entendu s'élever une voix contraire pour défendre le pauvre fleuriste, et si c'était leur fils, et si c'était leur frère, et si c'était leur père, merde

L’adolescence

… cette nouvelle vie, sans queue ni tête, sans envers ni endroit, je la subissais comme si je transportais une montagne sur le dos, une impitoyable certitude à laquelle il était impossible de mettre un terme, rien que pour un instant, car elle me collait, ne voulait plus me lâcher, je me cloîtrais donc dans l’absence, l’effacement, et même avec cette allure de fumée, de courant d’air que j’adoptais comme une seconde peau, je ne ressentais aucune paix intérieure, je n’étais pas du tout tranquille, incomplète, je n’arrivais pas à m’éloigner de ce sentiment, du moins m’en méfier, même en pensant aux mots de grand-mère, nous sommes tous une lumière inachevée, disait-elle, un chantier prometteur, je consacrais à ce sentiment plus de temps qu’à moi-même, à m’aimer, à m’occuper de moi, aussi à force de trop rêver, de penser à la mort… ma mort, *la belle affaire*, elle a commencé dans les yeux de mère, puis continué dans ma chambre, ensuite ça a pas mal traîné, comme on fait durer le plaisir, il fallait que je me démerde avec les bruits de mon âme, ces émois qui parfois ont l'air de rien mais qui nous minent, nous réduisent en petits morceaux, chaque petit morceau se désagrège, ainsi de suite, jusqu'à ce qu'il n'en reste plus rien… on ne rate pas sa mort, on s'y prend mal, c'est tout…

le passage à l'adolescence était, comment dire, la pire chose qui me soit arrivée depuis ma naissance, c'est justement à cette période que la mort m'a repérée, apparue pour la première fois sur le seuil de la porte de ma chambre, qu'elle s'est mise à me mater les seins, les jambes, les fesses, à tirer la langue… à l'époque de grand-mère il paraît qu'on s'en moquait, la scolarisation, l'hygiène, et quoi encore, l'enfance n'était pas éternelle, on sortait du sein de sa mère à midi, sans initiations ni épreuves particulières, à treize heures on était déjà assez mûr pour se responsabiliser soi-même, fonder une petite famille, enchaîner les chantiers, se tailler une bavette au bistrot du coin, la cotte couverte de boue, en fumant des gauloises… à la nuit tombée, dépêché par sa mère, un petit gadjo s'approchait, il devait soutenir le père ivre et le ramener à la maison, si la nouvelle se répandait dans les grandes villes, expliqua grand-mère – immense mémoire piégée dans un corps de plus en plus défaillant –, et principalement dans les milieux intellectuels aisés, qu'on avait découvert une île entre la puberté et l'âge adulte, où fleurissaient de nouvelles vertus et des règles à respecter, l'envahissement des hyper-parents infantilisant à tout-va des êtres formés et complets, cette île, on l'appelait ridiculement « adolescence » – *adolescere* en latin, ce qui signifie « grandir » –, pour nous au village, continua grand-mère, c'était une vaste plaisanterie, encore aurait-il fallu qu'on nous la raconte sans en occulter la moindre parcelle, un caractère adulte se gagnait dehors, au travail, face à de réelles difficultés de la vie, il a fallu une grande guerre pour tomber la tête en bas dans le panneau, sous un ciel gris cendre elle avait vu défiler dans les rues de la République toute une procession de jeunes habillés et armés, des soldats, des réquisitionnés en route pour aller passer un savon à l'ennemi, contribuer à un certain effort antifasciste, soudain elle avait entendu une voix s'écrier, voyez-vous comme ils sont beaux, ce sont nos valeureux *jeunes*, ils vont se battre pour la France, nous sommes fiers d'eux, il y en avait partout, le monde avait changé, c'était la fin de *l'âge d'or*, puis le mensonge devint une vérité indiscutable, quand on avait mon âge, mon corps, mon langage, on était un adolescent, un fruit qu'on devait aider à mûrir, point, si seulement mes géniteurs avaient voulu pratiquer ce lieu commun qui courait les rues, gonflé de toutes les ailes dont se nantit une bêtise vers son aboutissement, sa légitimation, un vent nouveau, certains littérateurs, ayant grand goût pour l'innovation et l'immortalité, ne tardèrent pas à s'en emparer, à pondre d'encombrants pavés qui aveuglaient les vitrines des librairies et devenaient des best-sellers, à chaque époque sa soif, une passerelle décisive et inévitable que devait désormais traverser l'enfance vers des métamorphoses, comme se réveiller dans les rapides sans avoir le souvenir d'y avoir été plongé, mais mes géniteurs regardaient volontairement ailleurs, oscillant dans un espace inaccessible au fond du ciel…

pourtant je ne m'attendais à rien, je ne cherchais pas à comprendre plus que ça les raisons de leur distance, de leur méchanceté à mon égard, ni de leurs pathétiques déchirements conjugaux, je n'aurais pas voulu qu'ils me collent impitoyablement aux basques, tout le temps, qu'ils décident à ma place, comme il nous arrive parfois de le constater dans certains foyers où des parents cherchent à réguler même les rots et les pets de leur môme, faire leur lit en choisissant la bonne couleur de drap, fabriquer des bons petits Français qu'ils gavent de leurs mensonges, de leurs lourdes passions, de ces choses qu'on ne refuse pas, indubitablement faites rien que pour eux, le petit déjeuner, le déjeuner, le dîner, ne jamais finir leur assiette ou bien la nettoyer avec du pain, ne jamais regarder le fond de son verre, le fromage, le jambon, la glace, les fruits, les légumes, l'eau plate ou pétillante, la sieste, les vacances, la morale religieuse, l'avenir, l'idéal, l'assurance vie, l'assurance décès, le mariage, les enfants, la retraite, la peur de la mort, étrange mission que celle de préparer l'autre à vivre à grands coups de manichéisme et de valeurs irréversibles… quant à moi, je devais gagner ma simple existence comme le poète arrache ses mots à l'oubli, bien sûr, c'était déjà arrivé que mes géniteurs se rapprochent, cherchent à renifler dans ma vie, m'utilisent comme on bouge un pion dans un but unique et précis, ils ne savaient pas être présents autrement, ou peut-être étais-je trop hargneuse, trop paumée, pour me rendre compte qu'ils s'intéressaient à moi, qu'ils cherchaient à me comprendre, mais au plus profond de moi, dans ce lieu proche du rêve, je ne les voyais pas, j'en faisais qu'à ma tête, je fuyais sans relâche pour qu'ils finissent par n'avoir d'autre choix que de m'ignorer, autrement je n'avais pas eu l'impression d'avancer, de m'appartenir, oui, j'aurais tout donné pour qu'ils m'oublient, me laissent partir, acceptent leur défaite, pour que ne viennent plus s'abattre sur moi, au moment où je m'y attendais le moins, leur ennui, leur angoisse, leur chute sous la forme de regards incisifs, d'une indifférence glaçante ou de coups aveugles et saillants, telle une averse brûlante, il m'arrivait de me sentir un peu perdue, comme une barque qui s'est aventurée trop au large, alors je faisais quelques pas vers eux, mais c'est à peine si mes pieds avaient effleuré le sol, effort simple, insoupçonnable, presque indescriptible, qui n'avait aucune chance d'être récompensé, du moins compris, car, devrais-je le rappeler, ils avaient mis au monde une ombre et une ombre ça s'oublie, plus vite que n'importe quoi, l'ombre est l'autre nom de l'absence, l'aube de l'amour et de la confiance s'était éteinte dans le premier regard que mère avait posé sur son nouveau-né, un regard qui se réveillait et ne voulait pas croire à ce *non-sens* (moi), ni en être responsable, elle aurait voulu tout effacer, faut pas lui en vouloir, ma petite, me dit un jour grand-mère en me caressant les cheveux, même une mère distante aime plus que le monde entier…

la terre se dérobait sous mes pieds, alors que mes questions et mes inquiétudes se multipliaient par rapport au sens et à la nature des changements qui s'imposaient à mon corps, mon image et mes nouvelles envies, à mes dilemmes entre celle que j'étais et l'adulte que j'aurais voulu devenir, j'avais bien conscience qu'il était en train de se passer quelque chose de fondamental dans ma vie, une profonde transformation, j'avais peur de ne pas être à la hauteur, avaient contribué à cette peur les aventures de jeunesse de grand-mère qui semblaient tenir du merveilleux, loin d'être faites pour une pauvre fille comme moi, les frustrations et le mépris de mère à mon égard, la tristesse qu'elle dissimulait sous des fringues coûteuses, sa flagrante incapacité à s'extirper de ce mariage, de ce village, de cette vie qui n'était rien qu'une autre version de la mort, la présence inutile de père, l'image anthologique et totalement inattendue de sa main crispée tirant sa ceinture des passants de son pantalon pour me punir d'avoir porté une jupe trop courte – on voyait ma culotte –, pour un écart de langage ou une odeur de tabac qui persistait dans ma chambre, il me frappait avec rage parfois, c'était étonnant, ça ne lui ressemblait pas, père ne m'avait pas frappée une seule fois avant, et tout à coup, comme investi d'une mission ou écrasé par un certain mal-être, il s'en donnait à cœur joie, puis l'instant d'après c'était un autre homme, qui m'appelait pour me dire qu'il était désolé, qu'il m'aimait, et que j'étais sa petite fille chérie, le serai toujours, s'il y avait quelque chose qui me ferait plaisir que je n'avais qu'à le demander, *allez dis-moi*, ainsi parlait-il – avec une telle douceur que j'avais envie de le croire –, pour se remettre, deux jours ou même deux heures après, à perdre son apparence humaine, à tomber bien bas, c'était lui, et ce n'était pas tout à fait lui, et tu réponds quand je te parle, tu t'égosillais d'une manière affectée, ton comportement est inadmissible, nous sommes une famille respectable, il y a des gens qui nous regardent, me suis-je bien fait comprendre, une ombre se repent-elle, s'excuse-t-elle d'être une page arrachée du réel, je sentais bien que mère était derrière tout ça, mais je n'arrivais pas à mesurer son niveau d'implication, à quel point avait-elle contribué à faire naître, à alimenter, puis à dresser père contre moi, ni à définir quelle était la nature de cette violence, vers quoi elle tendait, parce que j'avais remarqué que les jours où père me battait étaient ceux où ça avait l'air d'aller mieux entre mère et lui, c'étaient les jours où ils semblaient trouver un sens à leur couple, ils se trouvaient plaisants et tout, depuis ma chambre je les entendais chanter, rigoler, baiser, alors que ça faisait un moment que ça n'était pas arrivé… deux imbéciles empruntant des chemins étourdis pour tromper leur solitude, et ne pas l'affronter…

il n'est rien de pire que d'être une adolescente dans un monde perdu dont la vie se résume à l'école et à la maison avec des parents défaillants et autocentrés… putain d'école – logée dans un ancien couvent à mi-chemin entre notre village et un autre qui avait été utilisé pendant longtemps comme lieu officiel de villégiature d'un ancien président de la République –, jamais personne ne m'avait demandé comment ça se passait pour moi, si je m'y sentais bien, si les cours étaient intéressants et les autres élèves sympas avec moi ou pas, si j'avais des copains, des copines, des choses normales qu'on demande à son enfant quoi, mais voilà, si tu veux tout savoir, on était dix-neuf dans la classe, garçons devant, filles derrière, celles-ci pouvaient en placer une quand les jeunes mâles avaient fini de brailler, *sans déconner*, et moi tout ce que j'étais à l'école, père, c'était une sale petite pute, une salope, ils ne trouvaient pas d'autres mots, les garçons, que des insultes, c'était leur *méthode*, leur langage, une sorte d'énergie immanente à laquelle ils ne pouvaient pas échapper, pour rigoler ils me poussaient dans la boue, me crachaient dessus, passaient un savon à n'importe quel autre camarade qui osait prendre ma défense en leur demandant d'arrêter leurs conneries, je ne sais pas si c'est quelque chose qu'une adolescente raconte à ses parents, si ces derniers peuvent imaginer les impacts d'une telle violence, mais c'est ce que je vivais tous les jours, et ça a duré longtemps, au point que j'avais l'impression que c'était ça ma vie, qu'il n'existait rien d'autre au-delà, et que, le pire, c'est que je devais m'y faire, je me rappelle, une fois, à la sortie d'une école des petits sauvages avaient attaqué une fille à l'acide et l'avaient horriblement défigurée pour la punir de « faire la fière », c'était dans les journaux, la République avait condamné cet acte, et le proviseur avait pris les décisions qui s'imposaient, mais cela n'avait pas empêché mes détracteurs de continuer à m'insulter, à m'humilier, à me faire siffler, talonner, hé chochotte, hé pssst, tu fais une pipe à papi, si t'as une chatte elle doit bien miauler non, fais voir, je parie que ça ne sent pas bon du tout, ha ha ha, pour ces petits chiens qui faisaient leurs premiers pas dans l'art du machisme et de la veulerie, j'étais la petite nana bourgeoise catho et anorexique, un torchon, un paillasson, une merde qu'il fallait faire payer, comme s'ils avaient un honneur à sauver, toute une meute face à une âme seule et sans défense, souvent, de manière tout à fait incompréhensible, je me laissais faire comme une vraie salope, une coupable, sans rien dire, sans aucune résistance, figée, pétrifiée, et les mois suivants ça continuait à tourner encore et encore autour de ma chatte, de mes seins que je devais montrer, laisser pétrir, embrasser, coincée dans les toilettes, sale suceuse, tu ne nous mérites pas, les Post-it cochons sur le dos de mon pull, la merde de chien qu'on étalait sur mes cahiers pendant que j'étais au tableau, ou un tampon souillé qu'on me proposait d'avaler, les éclats de rire, telle une pluie brûlante, me frappaient de plein fouet, j'étais perdue, je n'avais pas les outils pour analyser les mécanismes de cette vague de violence (tant à la maison qu'à l'école) qui se déchaînait contre moi, ses ressorts inavoués, d'autant plus que le monde dans lequel ces petits scélérats grandissaient n'était ni plus ni moins bourgeois catho que le mien, nous étions partis du même point, censés tout au moins se respecter, mais ce n'était pas du tout le cas, ils avaient fini par m'imposer une vision négative de moi-même, ce qu'aucune de nous, à ma connaissance, n'avait réussi avec un mec, inoculer à celui-ci le sentiment qu'il n'est rien qu'une apparence, rien que ses muscles, son cul, et que ça ne sert qu'à être manipulé, avili, un ornement…

la seule de l'école qui méritait respect et courbettes, qu'on lui lèche les pieds, c'était Marilyn Monroe, la *superfunkycalifragisexy* gardienne du temps vénérée par tous, la perfection en chair et en os, sacrée tous les ans la plus belle, la mieux vêtue, la reine des bals, la reine des parents riches et trop cool qui laissaient leur fille adorée organiser un week-end sur deux des soirées dans leur magnifique maison, auxquelles étaient invités les amis proches de celle-ci, les plus méritants et les professionnels de la flagornerie, tout le corps professoral était à son écoute, la trouvait exceptionnelle, si elle pénétrait dans une salle en plein cours pour faire passer un message quelconque, ce n'était pas grave du tout, le prof l'accueillait avec une déférence insensée, c'était pour lui un grand honneur, tandis qu'une grande partie des élèves se bousculait pour être dans le champ de vision de la fée, *c'est Marilyn, qu'est-ce qu'elle est jolie*, dès le premier jour de classe, les filles et les garçons accouraient devant l'entrée du bâtiment, dans les couloirs, pour l'admirer comme un beau coucher de soleil, figés, la bouche ouverte, Marilyn entrait en scène, je devais faire un effort pour ne pas me persuader qu'on était dans une mauvaise fiction, et c'était en faisant ce même effort que je réussissais parfois à ignorer ce film bien réel qui se déroulait sous nos yeux, à l'époque je n'avais aucune idée de qui était vraiment Marilyn, ni que celles et ceux qui l'admiraient étaient prêts à tout pour qu'elle le sache et leur dise merci, comme d'autres, supposé-je, je voyais une fille avec un franc-parler surprenant, inadmissible pour son âge et son statut d'élève, peu à peu on s'habitue à une situation quand elle se répète, mais nul ne pouvait prédire si Marilyn allait venir, répondre à la question du prof, manger à la cafétéria ou pas, imaginer à l'avance le modèle et la couleur des vêtements dans lesquels elle allait se présenter, jamais les mêmes deux fois de suite pendant toute l'année scolaire, du lundi au vendredi, et lors des différentes manifestations parascolaires, elle nous surprenait à chaque fois, c'est vrai qu'elle était impressionnante, d'une autre espèce, je me disais que j'aurais aimé pouvoir l'approcher un peu, on déteste ce genre de filles superficielles et méprisantes, on voudrait qu'elles crèvent pour que nous autres, sacs à patates, on ait enfin le droit d'exister, d'être soi-même, mais aussi, au fond, on aimerait bien faire partie de leur cercle d'amis, quand j'y repense, ça devait demander une sacrée application pour rester toujours au top, j'étais curieuse de savoir comment elle s'y prenait et se voyait dans dix ans, le soir allongée dans mon lit je pensais à tout ça, et le jour suivant la chanson reprenait, c'est Marilyn, qu'est-ce qu'elle est jolie, tu crois qu'elle nous invitera chez elle un jour, être invité à une soirée chez Marilyn c'était quelque chose, mes oppresseurs ne feraient rien pour perdre ce privilège, dans les couloirs jamais ils n'osaient lui barrer le passage, la coincer, ils se contentaient de la reluquer discrètement et à distance de leurs yeux de loups impuissants, il faut dire aussi qu'ils avaient tous peur du Joe de Marilyn, grand, musclé et déterminé à écrabouiller avec sa batte de base-ball la gueule du premier qui oserait insulter sa petite amie, la réputation de celui-ci était faite, ses victimes finissaient sur un brancard à l'infirmerie, dans tous les lycées du monde il y a une Marilyn et son Joe, beaux et sans défaut, parfois deux, et là c'est l'enfer, parce qu'ils se battent d'une manière odieuse pour occuper la meilleure place dans l'estime des autres cancres… après tout ce que je viens de dire, si vous vous posez quand même la question, non, je n'avais jamais été invitée à une soirée chez Marilyn Monroe, ce n'était pas possible, elle ne me voyait pas, elle aurait éclaté de rire, été horrifiée, putain mais c'est quoi ça, elle n'avait pas besoin de connaître des filles comme moi, crispées et pas à la mode, j'étais rien qu'une blèche dans cette arène peuplée de chiens enragés, et puis c'est toujours les autres qui venaient à elle, l'admiraient, jamais l'inverse, et ça ne tenait qu'à son apparence, à son look et à l'argent de ses parents, oui, on vivrait mieux si elle mourait, l'extinction d'une étoile, un soulagement

bref, face à ces violences verbales et physiques dont j'étais victime et qui se répétaient à longueur de journée, le laxisme du proviseur et des profs était flagrant, cette société, comme ils aimaient à le dire, s'abrutissait sous leurs yeux dans une atmosphère de plus en plus étouffante et dysfonctionnelle, ces animaux chahutant le maître ou la maîtresse qui devait garder son calme, le genre de calme auquel on n'arrive pas sans antidépresseurs, ou sans une parfaite maîtrise de soi, comment survivre au milieu de tout ça, envisager une construction personnelle, j'étais larguée, soit j'acceptais d'être la poupée amoureuse de l'un d'entre eux et j'avais ma licence pour aller et venir sans me faire embêter, soit je devenais un garçon manqué, cette dernière idée s'était subitement imposée à moi, comme si elle avait toujours été là enfouie quelque part et attendait le bon moment pour surgir, oui un garçon manqué, c'est-à-dire une fille échouée dans le mauvais corps, la mauvaise image, très peu désirable, qui ne mérite même pas qu'on la calcule, une espèce très loin en dessous de celle admissible, homologuée dans l'échelle des valeurs masculines, dans ce troupeau de sauvages, il faut bien le dire, les garçons aussi étaient dominés par les plus virils, les gros bras, ceux qui occupaient le haut de l'échelle, et les *vraies nanas* menaient une guerre sans merci contre celles qu'elles rangeaient dans la catégorie des moches, des mal habillées...

je devais me protéger à tout prix, mais j'avoue que ce n'était pas l'idée du siècle, de passer du jour au lendemain de la jeune adolescente normale, plus ou moins attirante, à cette créature ambiguë, intersexuée, située à mi-chemin du jour et de la nuit, c'était comme pénétrer dans une grotte sans avoir la certitude de pouvoir revenir en arrière, il me fallait beaucoup de courage et, comment vous dire, tous les moyens étaient bons pour échapper à tout ça, mais plutôt crever que de me rapprocher de mon oppresseur, lui donner raison, alors j'optais pour la farce, le soir à la maison je m'entraînais devant le miroir à jouer à être moitié moi moitié mâle, une dure à cuire, ces séances d'entraînement intensif consistaient à perfectionner un air mystérieux crédible avec des lunettes de soleil, en faisant la moue de diverses manières, les jambes écartées ou croisées, avec un cure-dents ou une cigarette, des bottes ou des baskets, très peu de paroles, si on ne pige rien de ce qu'on dit c'est tant mieux, ce qui compte ce n'est pas le mot, mais l'état d'esprit, une assurance complète, et d'être prêt à passer à l'action à n'importe quel moment, j'avais lu ça quelque part, mes oppresseurs savaient que c'était de la farce, on ne peut pas se transformer autant en l'espace de quelques jours – je portais des baskets, le capuchon de mon pull rabattu sur mon bonnet, je marchais droit, ou le corps un peu penché sur le côté, les mains dans les poches de mon jean trop large camouflant mes fesses, un bandage pour aplatir mes seins à peine visibles, une sacoche en bandoulière –, c'est juste qu'ils ne savaient pas comment aborder, traiter ma nouvelle image, c'était troublant, et l'impact immédiat, ils me tournèrent autour pendant un moment, vautours étourdis, avant d'aller chercher ailleurs une proie qui correspondait mieux à leur fureur, ils arrêtèrent de me coincer dans les couloirs pour prendre la température de mon corps, je pouvais aller tranquillement aux toilettes, je n'étais plus bandante, source d'aucun plaisir, c'est-à-dire que je ne méritais plus qu'on m'écrase, qu'on me fasse mal, il m'arrivait même de taffer sur leurs gauloises, de leur taper sur l'épaule, comme ils faisaient entre eux, ils semblaient s'être convaincus de ce que je leur donnais à voir de moi, tout cela était désormais possible parce que j'avais l'air de pouvoir me défendre, riposter, donner coup pour coup, juste l'air, un mensonge à découvert auquel on veut quand même croire… mais jusqu'où peut-on aller dans la marge, avant que ça perde ses contours et devienne une errance à haut risque…

à la maison, j'étais la même, la vraie, il fallait tout faire pour, il n'était pas question de laisser mes géniteurs se rendre compte que j'étais aussi une autre – pour passer de moi à la vilaine créature, ce n'était pas compliqué, je prenais mes vêtements de rechange dans mon sac de cours, des vieux pulls et des jeans de père que j'avais trouvés au grenier, et me changeais à mi-chemin à l'aller et au retour, au lycée, à part les profs et quelques camarades qui, surpris par ce changement inattendu, me regardèrent au début avec des yeux inquiets ou railleurs, tout allait bien –, les jours suivants, et plusieurs fois, sans cesse ballottée entre deux rives, allongée dans mon lit, je me répétais ces mots afin que mon cerveau puisse bien les enregistrer, *je suis moi ici, je suis l'autre à l'école*, tout en me remémorant les images récurrentes d'humiliations dont j'étais l'objet des deux côtés… un ordre moral rigide, car il ne fallait surtout pas que j'oublie que je m'étais coupée en deux, et que la continuité d'une telle démarche requérait de l'habileté et de la constance, à chaque instant, surtout à la maison, mais le péché découle d'une force incontrôlable, disait le Drôle de Curé, il ne fait pas la différence entre le jour et la nuit, il finit toujours par s'emmêler les pinceaux et devenir une passion normale, à notre insu, parfois jusqu'à un point de non-retour, quoi qu'il en soit, un matin en traversant le salon dans mon nouveau look de garçon manqué, comme si de rien n'était, sans avoir pris soin de feutrer le bruit de mes pas, je fus saisie par la voix de mère – contrairement à père qui recourait à la violence physique, elle c'étaient les mots, des coups de mots qui t'arrachent le sol de sous les pieds, le soulèvent au-dessus de toi puis te tambourinent le crâne de toutes leurs forces, mais les deux réactions à des proportions différentes produisaient le même effet, les mots de mère comme la ceinture volante de père étaient, au moment ô combien fragile où ils se déchaînaient, la confirmation qu'il y avait quelque chose qui ne tournait pas rond chez moi, que les mecs de l'école avaient peut-être raison de me traiter comme ils le faisaient, je culpabilisais – c'est quoi cet accoutrement de merde, s'écria-t-elle en posant sa tasse de café et en me toisant depuis les pieds jusqu'à la tête, tu es un mec maintenant, hein, c'est ça, un salaud, un gros dur, tu picoles, tu prends de la cocaïne, petite pute, tu retrouves tes esprits rapidement, tu fais comme tout le monde ou ton père va se jeter sur toi à bras raccourcis (le mot père sonnait dans sa bouche comme le mot bourreau, genre ton bourreau de père va t'écraser), tu nous fais honte, elle parlait même de me mettre dans un pensionnat si je continuais à piétiner l'honneur de cette famille, elle ne voulait rien savoir, c'est toujours moi qui avais tort, qui étais impolie, une ingrate qui ne mesurait pas sa chance d'avoir des parents qui faisaient en sorte qu'elle ne manque de rien, je n'en avais rien à foutre du bon Dieu qu'ils avaient mis dans mon berceau, sa théorie selon laquelle j'étais une fille perdue (les divagations du Drôle de Curé n'y étaient pas pour rien) venait en grande partie de là, si elle avait été au courant de mes malheurs à l'école (encore aurait-il fallu qu'elle me croie), rien ne l'aurait empêchée de penser que je l'avais un peu cherché, elle m'aurait attribué quelques bêtises, parfois j'avais trop envie de la gifler, mère, de les gifler tous, à l'exception de grand-mère que j'aimais par-dessus tout, comment évoquer mes géniteurs sans sentir cet ouragan de colère gronder en moi… plus qu'une adolescence, c'était une véritable lutte pour exister dans le noir

Viol et trahison

ensuite j'ai été violée, père (souvent, dans le noir de ma chambre, mes mots, à bout, dégoulinants de sueur et de sang, cherchaient ton regard, une main tendue, une bouée, grimpant sur les murs, le plafond, un quai où amarrer mon lit-barque, une île, une terre ferme, pleurant, pourquoi ne m'as-tu pas protégée, père, pourquoi ne m'as-tu pas sauvée)… tu étais absent de la maison depuis plusieurs jours, en mission en Afrique pour le compte de l'association de ton frère, je me rappelle, ce jour-là c'était comme un nouveau départ pour toi, un moment dont tu as rêvé toute ta vie, et les jours précédents, tu en parlais, jubilais, comme un enfant à qui le Père Noël avait offert son cadeau tant rêvé, tu avais l'air tellement content que je l'étais moi aussi bêtement, que j'avais envie de partir avec toi pour découvrir ces choses singulières qui t'attendaient à l'autre bout du monde, j'avais toujours cru que l'Afrique c'était plus loin, plus dur, plus nécessiteux que tout ce qu'on pouvait imaginer, par paresse ou par mimétisme, je ne cherchais pas à en savoir plus, à démêler le vrai du faux de ce qu'on disait à la maison ou au village au sujet d'un continent où aucun de ces minables prétentieux n'était allé, je me rappelle que c'était ton premier voyage à l'étranger, cela expliquait sans doute cette explosion de joie sous laquelle je décelais quand même une sorte de fuite, un non-dit, une écharde qui compromettait tes gestes, tes rires, la quantité d'alcool que tu t'envoyais soi-disant pour fêter ça, tu étais comme un comédien mal à l'aise dans un rôle mais qui fait ce qu'il peut pour être crédible, il aura fallu des années pour que la vérité sorte de ta propre bouche sous la forme d'une longue lettre…

grand-mère dormait profondément, à cause d'une maladie dont je n'ai jamais su le nom, elle passait plus de temps dans sa chambre que dans n'importe quelle pièce de cette maison qui était quand même grande comparée à celles – très peu – que j'avais déjà vues à l'époque, avec quatre chambres à coucher, deux bureaux, un immense séjour ouvert sur une grande cuisine, la véranda-salon, une terrasse, un petit bois sauvage, un jardin maraîcher… mère était partie faire les boutiques dans La-Ville-la-plus-proche, à vingt kilomètres du village, elle en avait pour au moins quatre heures, mon violeur avait du temps devant lui pour recommencer si par hasard l'idée lui venait à l'esprit de s'offrir un supplément de plaisir, c'était un samedi, j'avais treize ans, ou peut-être quatorze, j'avais décidé ce jour-là de changer un peu, d'être à la hauteur des nouvelles émotions qui m'habitaient depuis quelques mois, j'ai pris un long bain, je me suis rasé la chatte et sous les bras, j'ai mis du rouge à lèvres, des boucles d'oreilles pendantes en or blanc (elles appartenaient à mère), j'ai attaché mes cheveux en queue-de-cheval haute, enfilé une petite culotte en dentelle et un crop top léger sans manches qui laissait transparaître mes seins nus et drôlement pointus, je me suis installée en lotus sur le canapé avec un bol de céréales, la croupe légèrement relevée, j'avais vu dans un magazine la photo d'un mannequin dans la même tenue et dans la même posture, j'avais envie d'être aussi belle qu'elle, de me sentir dans un vrai corps de femme, et c'était le cas, je n'étais pas une Marilyn, mais j'étais bien...

il suffit parfois d'un rien pour atteindre ce qu'on croit être la meilleure version de soi... cette nouvelle moi-même me plaisait, je l'admirais comme un songe soutiré à la mer, une flamme au plus profond des désirs, je dessinais dans ma tête d'adolescente le chemin le plus court, le plus juste, vers la façon de l'habiter pour de bon, la faire durer, quand tout à coup, derrière moi, se révéla une présence, je me retournai brusquement, mon cœur vola en éclats, c'était le condor, il me matait depuis tout ce temps, j'en étais convaincue, avec une expression grave, le genre d'expression qui n'augure rien de bon, oui, ton frère, j'avais peur, mais lui et moi on savait que c'était une question de temps, que derrière l'oncle affable se cachait un affreux serpent, depuis le soir où cet animal venimeux était apparu sur le pas de la porte de ma chambre je savais que j'étais condamnée, dès que l'occasion se présenterait, il n'hésiterait pas à me sauter dessus et à m'inoculer son inextirpable poison, cette cuisante obsession, cette maladie qui le rongeait, il avait tant de fois pris soin de l'exprimer par un ensemble de gestes et de paroles suffisamment inappropriés et pernicieux pour qu'on soit fixés… d'une seule main, l'oncle écrasa ma figure contre le cuir du canapé, de l'autre il sortit sa bite par sa braguette tout en gardant mes jambes coincées fermement sous les siennes, puis une fois son membre dégagé, il utilisa la même main pour déchirer ma culotte, avec tellement de force qu'il m'écorcha la peau du pubis de ses ongles longs et tranchants avant de me pénétrer, sa main pressait mon cou, j'essayai de m'en dégager mais c'était comme si je poussais un immeuble, il savait gérer ses proies, c'était un vrai professionnel, tandis que ses coups de reins m'aplatissaient sur le canapé, me tronçonnaient les entrailles, m'anéantissaient, il me forçait à le regarder, pour vérifier que j'avais suffisamment mal, tout en martelant là où il fallait pour en être sûr, ses yeux étaient d'une noirceur effroyable, les mâchoires crispées, on aurait dit qu'il cherchait à déraciner quelque chose dont mon corps était l'origine, le point culminant, qu'à lui tout seul il n'arriverait pas à bout de ce mal, il accéléra, tout en se délectant de la fragilité et de l'impuissance de sa proie trémoussant d'horreur, puis dans le même élan, retira sa bite de ce qui n'était plus une chatte mais une blessure béante, l'agita sur ma figure pour m'asperger de son jus brûlant, *tu aimes ça hein, dis-moi que tu aimes ça*, l'ensemble a duré quelques minutes, mais c'était une éternité pendant laquelle une jeune adolescente se faisait violemment fourrer, humilier par un cinquantenaire… je me demande ce qui se serait passé si quelqu'un – le Drôle de Curé ou toi, par exemple – était arrivé au moment où l'oncle me violait… le commencement de la mort

ça aurait pu être quelqu'un d'autre, un inconnu, il vous saisit et c'est fini, le poison est en vous, jusqu'à la mort j'en ai bien peur, ici le travers de chien c'était quelqu'un de la famille, je lui ai accordé trop de place dans ce cahier, on devrait effacer les noms de ces criminels de toutes les archives connues, pour qu'on n'ait plus jamais à parler d'eux, malheureusement ça n'arrivera pas de sitôt, au contraire, pour qu'on la prenne au sérieux, on demande à la victime de maîtriser le contenu de son exposé, de trouver les mots justes pour décrire les faits, et surtout d'être précise et convaincante, mais il n'y a rien à expliquer ni détailler, il m'a violée, je l'ai dit, c'est suffisamment inadmissible, injustifiable, mais la preuve que ce monde est pourri, se range du côté des répugnants, c'est qu'après son acte l'oncle était tranquille, libre de ses mouvements, rien n'avait changé pour lui, rien à se reprocher, alors que pourtant j'avais tout raconté à mère quelques heures après, j'avais eu le courage de le faire, peut-être parce que je ne souffrais pas encore, ne faisais pas encore ce rêve dans lequel j'étais emportée par une mer déchaînée, j'avais des douleurs aux bras, au cou, au bas du ventre, je me sentais un peu vidée de moi-même, je n'avais pas compris ce qui s'était passé, disons que je n'avais pas encore saisi l'ampleur et la profondeur du gouffre dans lequel on venait de me précipiter, la souffrance commence avec la compréhension plus ou moins nette du mal qui vous a atteint, mes questions étaient nombreuses (il y en a beaucoup qui restent encore pendantes), c'est un phénomène courant, dès que la proie se rend compte de ce qui se passe, elle arrive en quelques secondes à sortir complètement de son corps en créant consciemment ou non un avatar pour le violeur, et à s'en éloigner dans les lointains d'un abysse intérieur, se désubstancialiser, échapper à elle-même jusqu'à l'absence en attendant que le prédateur termine sa sale tâche, j'aurais aimé en être capable, laisser mon corps à l'oncle et tout ignorer, mais la question est, est-ce que j'aurais eu la force de revenir vers ce corps souillé, avili, couvert de honte, de le nourrir, l'habiter, l'aimer… j'avais tout raconté à mère – c'était une très mauvaise idée – en espérant trouver des réponses, parce que j'avais peur, aussi parce que tout à coup je ne supportais plus le silence, il menaçait de me noyer, de me jeter en enfer, comme s'il pouvait me réserver un sort pire que l'odeur pourrie du jus de l'oncle dans le nez, la sensation que son corps écrasait encore le mien, alors j'ai repris l'histoire depuis le début, depuis le soir où l'animal était apparu sur le seuil de ma chambre, et les où est passée ma nièce adorée, ses regards discrets et obscènes, ses va-et-vient, les compliments, les cadeaux sans raison particulière, les câlins gênants, sans parler des week-ends à la mer qu'il imposait en réglant tout de sa poche, afin d'avoir plus d'occasions de me tourner autour, de m'étudier des fesses aux épaules, et cette fois où, en rentrant du collège, je l'avais trouvé dans ma chambre, il alléguait qu'il cherchait les toilettes, comme s'il ne connaissait pas la maison par cœur, elle est belle, ta chambre, disait-il, je pourrais t'aider à l'améliorer, à la rendre fantastique, comme celle d'une star de cinéma… ah le serpent, le chien, je m'étais pourtant promis de me débarrasser de son venin, de son souffle, de tout, mais qui sait comment y parvenir…

à la vérité, elle n'aurait pas pu m'aider, mère, quand on passe sa vie à rater son train, hachurer des souvenirs, s'en inventer d'autres, des faux meilleurs, on n'est rien qu'un cadavre qui respire, le malheur de l'autre, même celui de son propre enfant, n'est à ses yeux qu'un fleuve qui suit son destin vers la mer, l'inconnu, le néant… pourquoi tu nous fais ça, c'est la première chose qu'elle m'avait dite, avant de s'enfermer à double tour dans le déni, persuadée que j'avais inventé tout ça parce que – elle me l'avait déjà dit et répété un tas de fois – je n'aimais pas cette famille, je voulais leur fin, les détruire, j'ai tout de même continué à lui raconter ce qui s'est passé, il s'est raclé la gorge puis a craché dans mon cul, mère, ensuite il a remis son truc dans son pantalon, puis est sorti tranquillement de la maison, regarde, des ecchymoses et des griffures, tu crois que je me suis fait ça toute seule, ferme ta gueule, a-t-elle crié, sale petite manipulatrice, j'en ai suffisamment entendu, écoute-moi petite garce, si tu racontes ces conneries à qui que ce soit je te jure que je te tuerai de mes propres mains, tu comprends ce que je te dis, je te tuerai, mais je n'avais pas envie de me taire, je voulais que tout le village soit au courant, du simple badaud au maire, que ça devienne un scandale national, je ne sais pas d'où me venait ce courage que j'ai perdu au fil du temps, je dois l'avouer, sans doute à cause de certains mécanismes psychiques qui m'échappaient, mais il était plus qu'évident que la réaction de mère préfigurait quelque chose de presque aussi terrible que le crime de l'oncle, si j'ouvrais ma gueule elle n'hésiterait pas à opposer un démenti formel aux *stupides allégations* de sa fille, ce qui m'exposerait d'emblée, en plus de sa haine, au mépris social, aucune eau ne pourrait plus me laver, je pouvais déjà imaginer les commentaires particulièrement atroces des radoteurs du bar à vin me concernant, à l'école certains murmureraient dans mon dos, d'autres crieraient assez fort pour que je puisse entendre que j'étais une salope, regarde, c'est la fille qui a raconté à tout-va qu'elle a été violée par son oncle, pourtant sa mère dit que c'est faux, qu'elle a inventé ça pour qu'on la considère un peu, la tristounette, tout le monde me trouverait détestable, si ma propre mère disait que c'était faux, qui d'autre me croirait à part mon amie, Toi, et je regrettais amèrement de ne pas lui en avoir parlé, pourquoi était-ce si difficile…

comment avais-je pu me laisser abattre par la voix désobligeante de ma connasse de mère, c'était mon corps, ma dignité, elle n'avait pas le dernier mot, pendant les jours, les semaines, qui ont suivi mon agression, en rentrant de l'école, elle m'attendait sur le pas de la porte, elle voulait s'assurer que tout allait bien, que je n'avais pas déconné, elle avait peur du qu'en-dira-t-on et pour sa réputation, j'espère pour toi que tu n'as rien dit à personne, ferme-la, arrête de mentir, regarde-moi quand je te parle, j'obéissais et je voyais une rombière en soie, dont les yeux étaient durs et à la fois d'un pathétisme étudié, éminemment agile autour de sa cible, tu sais très bien que tu mens, disait-elle sèchement, c'est impossible, c'est ton oncle, un humaniste, un philanthrope, un écologiste, il apporte son soutien aux Restos du Cœur, au Secours catholique, au Secours populaire français, à Emmaüs, aux Petits Frères des Pauvres, il a fondé le CISA, Comité international des sauveurs de l'Afrique, pour venir en aide au continent africain, il vient de faire une donation pour la construction d'une nouvelle crèche dans La-Ville-la-plus-proche, tu entends ça, c'est un grand monsieur, un élément important et valeureux pour notre communauté, et puis c'est le frère de ton père, comment tu peux l'accuser d'une chose aussi grave, tu ne manques de rien, on te donne tout ce que tu veux, mais ça ne fait pas de toi le centre du monde, qu'est-ce qu'il y a, tu veux me punir, c'est ça, de n'être pas une mère comme les autres, parce que… (naturellement, on avait toutes les deux complété cette phrase dans notre tête), eh bien vas-y, punis-moi, va tout raconter, mais personne ne va te croire, personne, tu sais pourquoi, parce que tu n'es qu'une menteuse, tu crois que c'est facile pour moi aussi de jouer constamment à l'épouse heureuse qui n'a rien à reprocher à son mari, de devoir dire bonjour, supporter le regard de ces putes de guinguette qui se croient mes rivales, de me culpabiliser tout le temps de mal faire les choses, chercher le regard de ton père, vouloir qu'il me trouve belle, attirante… il ne s'agissait pas de toi, mère, mais de moi, de ta fille violée par ton beau-frère dans notre propre salon…

il y a des parents qui n'ont rien vu venir, qui ne se rendaient compte de rien, mais qui par la suite font tout, par tous les moyens, pour aider leur enfant victime à traverser cette épreuve, à se reconstruire, et la protéger contre d'autres crimes du même genre, mais toi, non seulement tu ne m'as pas crue, mais tu n'as jamais voulu prendre conscience de la gravité des faits, tout le reste passait avant moi, avant cette plaie profonde que j'étais devenue à un âge où j'aurais dû être une fleur épanouie, même les roses du jardin tu les préférais à moi, tu les avais minutieusement choisies, selon des variétés et des coloris différents, rouge, jaune, orange, blanc, tu prenais soin de bien drainer le sol et de les planter en automne, et pour les fortifier tu les nourrissais avec du compost en les humectant régulièrement en retirant les feuilles mortes et les fleurs fanées, depuis la fenêtre de ma chambre je te regardais t'adonner à cette tâche, pareillement entichée à chaque fois, comme quand tu t'occupais de ton corps, tous les jours, assise face au miroir, armée de ta gamme très large de soins naturels et sensoriels, anti-âge pour une peau ferme, douce, hâlée, les moindres parties de ce corps de trentenaire avancée étaient chouchoutées, les premières rides autour des yeux, des lèvres et sur le front empêchées avec une déconcertante méticulosité, mais les soins pour réparer les dégâts intérieurs il n'y en a pas, bref, qui s'intéresse à une fleur fanée,

au cours d'une de vos disputes, père te reprochait entre autres de ne m'avoir jamais vraiment aimée, considérée comme le fruit de tes entrailles, j'appris que j'étais un bébé secoué, méprisé, c'est le propre des avarices, ils font de leur demeure leur potence, pour reprendre les mots du poète, c'était clairement dit, pour toi je n'étais qu'une intruse, un élément gênant, et en dépit de tout cela, vois-tu, j'avais gardé notre petit secret, respecté le silence que tu m'avais fait te promettre, car si tout le monde savait ce que je savais (l'histoire derrière la phrase incomplète), cela aurait déclenché un tel scandale que tu aurais été obligée de quitter le village, alors pour t'éviter un tel déshonneur, d'être au centre de toutes les critiques, je n'en avais jamais parlé avant à personne, je le mentionne dans ce cahier par nécessité intérieure, ce jour d'avril, un peu avant midi, père, encore une fois, était parti une semaine en Afrique dans le cadre des actions du CISA à la demande de l'oncle qui prétendait que des affaires urgentes étaient à régler sur place, tes yeux foudroyés de me voir apparaître sur le seuil de ta chambre à cet instant même et pas un autre, j'y voyais des eaux troubles, le chaos, des lignes sombres, déchirées, des bêtes éblouies, meurtries par la lumière, comme dans un miroir dans lequel on pouvait lire l'avenir, j'y voyais père, mortifié, blessé, ce jour-là, tu as commis l'impardonnable, et ta fierté s'était étiolée d'un seul coup, remplacée par le brûlant désir que le coq de guinguette ne revienne pas, qu'il reste en Afrique, qu'il quitte l'Afrique, parte en Asie, en Amérique, qu'il oublie la France, et tous les chemins menant à la maison, oui, qu'il meure si c'était le moyen pour qu'il n'apprenne pas la cruelle vérité, tu as osé, on pouvait entendre les gémissements et les grognements de l'homme depuis le salon, il n'y avait aucun doute que grand-mère avait été immergée dans les profondeurs du sommeil, mais pour qu'elle ne se rende compte de rien on avait dû lui faire avaler une forte dose de benzodiazépines pilées dans son lait ou dans son jus, ce n'était pas possible, tu prenais vachement ton pied, tu miaulais de plaisir, j'aurais pu faire demi-tour et te laisser trahir père tranquillement avec cet inconnu, mais je tenais à savoir qui c'était, j'enlevai mes chaussures, montai doucement les escaliers, poussai la porte, tu sursautas, faillis tomber du lit, interdite, glacée, et tiras aussitôt la couette sur tes seins et sur le corps immobilisé de l'homme, entre cet instant et celui où tu allais ouvrir la bouche pour tenter de m'embrouiller je te regardai dans les yeux, puis par un mouvement simultané, à la fois si naturel et si intense, nous jetâmes toutes les deux un coup d'œil sur les vêtements éparpillés sur le plancher, j'avais compris… je m'en doutais bien qu'il y avait un truc entre vous deux, depuis cette fois où (lors du premier voyage de père), je vous avais surpris dans le salon, l'un en face de l'autre, trop proches, complices, je m'arrêtai net en bloquant ma respiration, vous veniez de vous embrasser, ou vous alliez vous y mettre mais vous vous ressaisîtes en me voyant, j'en croyais à peine mes yeux, l'imprévisible a ceci d'absolu qu'il démonte les masques et les certitudes, une sale expression gagna ton visage, la peur que je comprenne, que tu dévoiles tout, une peur bête, qui se croit capable de se distancer d'elle-même, s'annihiler, ah ma fille, comme tu vois (tandis que le traître et puant nabab ajustait sa cravate), ton oncle était en train de m'expliquer comment et où placer de l'argent sans risque, en d'autres termes, je me trompais, ce n'était pas du tout ce que je croyais… qu'est-ce tu fais là, s'écria mère, je la trouvais tellement débile, pitoyable, avec ce plumon auquel étaient agrippées ses mains pétrifiées comme des noyés à une bouée, pour couvrir la honte, tu devrais être en classe, elle consulta sa montre, il est onze heures, en effet, mais en raison d'une simulation d'incendie qui avait mal tourné on avait fait évacuer l'école, on l'avait appelée plusieurs fois sans réponse, finalement c'est la mère de Toi qui m'avait déposée à la maison, c'est bien ce qui s'était passé, mais je ne lui dis rien, ce n'était pas le moment, ce n'était pas le sujet, et alors, répondis-je, agacée, en continuant de la fixer, puis, ayant perdu ses moyens, sa notable capacité à imposer sa domination et la reconnaissance de celle-ci, elle hurla qu'elle m'avait demandé de ne jamais mettre les pieds dans la chambre des parents sans leur autorisation, tu viens de faire quelque chose d'assez grave, pour lequel tu mérites d'être punie, n'ayant pas respecté cet ordre et ayant découvert qu'elle couchait avec un autre en l'absence de son mari et dans leur lit, avais-je commis un péché plus condamnable que le sien, ma réponse est non, ensuite pleinement revenue à la réalité du moment, et aux enjeux susceptibles d'en découler (il est plus facile de se contrefoutre des allégations de sa fille violée – la chair fraîche adoucit les nuits du berger, avait déclaré le Drôle de Curé lui-même lors d'une de ces soirées à la maison – que de vaincre les rumeurs d'adultère commis au domicile conjugal, pire, avec son beau-frère, et de regagner la confiance de tous), elle se mit à me supplier comme une pauvre rechignarde, en enroulant prestement une serviette autour de son corps, en m'attirant hors de la chambre, ne dis rien à ton père, il ne doit pas le savoir, il en mourrait, tu ne diras rien à ton père pas vrai, c'est notre petit secret, viens là ma fille, mère me prit dans ses bras pour la première fois à ma connaissance, elle me remerciait déjà, elle dit même qu'elle m'aimait, que j'étais sa fille, qu'elle était fière de moi, etc.

comment pouvait-elle être sûre de ma loyauté, qu'une jeune adolescente puisse porter un secret aussi lourd, aussi sinistre, je tournai la tête vers le lit, l'oncle était toujours dans la même position, on aurait dit qu'il n'y avait personne, juste un vulgaire gonflement de la couette, un trompe-l'œil, indépendamment des précédentes suspicions, je savais que c'était lui parce que tous les détails sur le sol le confirmaient, je les reconnaissais un à un, et sur-le-champ, le jean marron, la chemise blanche, le gilet en coton bleu, le chapeau feutre noir, et la fameuse Rolex Daytona prudemment posée sur la table de chevet, la petite culotte en satin de soie au pied du lit et le soutif sur le banc de coiffeuse étaient pour moi la preuve que mère avait choisi de coucher avec l'oncle, qu'il ne s'agissait pas du tout d'un viol – car ça aurait pu l'être, et j'y aurais cru, cet homme était capable de tout, si vous aviez vu l'oncle en vrai, c'est la première chose que vous auriez pensé –, en effet, ces indiscutables détails ajoutés à leur véritable manque de discrétion (ils auraient pu au moins aller à l'hôtel, La-Ville-la-plus-proche en regorgeait) n'avaient aucune importance, le plus important pour mère c'était d'éviter une catastrophe, et c'était à moi de décider si je la déclenchais ou pas, j'étais une menace à laquelle il fallait faire très attention, en plus de ces petits mots doux, mère se mit à me caresser le visage, c'est notre petit secret d'accord, elle avait répété cette phrase au moins trois fois en tremblant, une chose est sûre (néanmoins tragique), à ce moment précis, elle me détestait comme elle n'avait jamais détesté personne, si elle pouvait me supprimer d'un coup de lampe de chevet et s'arranger avec l'oncle pour m'enterrer dans un endroit désert, alléguer ma disparition et jouer le jeu jusqu'au bout, jusqu'à ce que père, fatigué, et encouragé par les deux vicieux, se résolve à stopper les recherches et à passer à autre chose, elle l'aurait fait sans hésiter, quant à l'oncle, vous l'avez sans doute deviné, son plan était simple : j'envoie mon frère se promener au bout du monde, et j'en profite pour baiser sa femme et violer sa fille…

à son retour d'Afrique, père glissa dans un drôle de silence, certains soirs, dessinée par la faible lumière d'une lampe en contre-jour, sa silhouette frémissait, traversée de soubresauts accompagnés de pleurs, ivre, pliée, la tête encerclée par la fumée de son cigare…

père m'évitait, comme envoûté ou interdit, il se contentait de me regarder, mais je voyais bien que ce n'était pas moi qu'il regardait (le jour de mon départ à Paris, je cherchai ses vrais yeux une dernière fois, mais ils étaient encore ailleurs), longtemps après, je me demandai comment c'était possible de perdre ses yeux sans être aveugle, mère, que lui avait-elle raconté, à quel point était-il affecté, ne l'aurait-il pas dit s'il savait quelque chose... je repensai aux mots du boulanger-pâtissier, ton père est un lâche, un hypocrite, le zombie de son frère...

trois jours à peine après mon viol, mère me fit savoir que le Drôle de Curé demandait à s'entretenir avec moi dans son cabinet qui faisait aussi office de confessionnal, tu as intérêt à bien te comporter et écouter ce qu'il a à dire...

Miséricorde

chemin faisant, derrière mes yeux lourds et chauds foisonnait un tas de pensées et de questions, si certaines émergeaient puis disparaissaient sans laisser d'empreintes particulières, d'autres m'éblouissaient, me répugnaient, comme si elles venaient d'une autre, et de très loin, ai-je le droit d'avoir du désir pour un vieux, de le susciter chez lui et de profiter de sa fascination pour le dominer, d'être une fille fatale qui ne recule devant rien, maniant tout à son avantage, combien de temps cette force aveugle et animale de l'oncle passait-elle à me tourner autour, se ronger, attendre le bon moment pour sauter, était-ce une douloureuse attente, quelle joie a-t-il éprouvée, peut-on appeler ça joie ou satisfaction, pendant un instant avait-il songé à mon âge, à mes géniteurs, qu'avait-il à se prouver à lui-même, le crime est-il (vraiment) au criminel, et retourne à lui, lui arrive-t-il d'oublier le visage de sa victime, est-ce possible, le crime a-t-il une mémoire propre qui se construit, s'épanouit malgré les protagonistes, les questions n'obéissaient pas aux ordres de passage, le bordel qu'elles créaient dans mon esprit me rappelait ces villes dont parlait grand-mère où même l'air qu'on respire était chargé de conflits… les magazines érotiques dont je me gavais en cachette m'aidaient seulement à m'évader, en me donnant accès à un monde qui n'avait rien à voir avec le mien, ma réalité, toutes ces choses caractéristiques du langage physique et psychique d'une fille qui n'avait pas encore la sève mentale et idéologique pour les saisir, les nommer, les assumer, bonjour ma petite dame, m'arracha le fleuriste à mes réflexions, comment ça va aujourd'hui, une fleur pour passer une bonne journée, non merci, dis-je, vous êtes bien triste ma petite dame et une fleur ça ne se refuse pas, allez, tenez, je vous l'offre, la vieille pharmacienne, toujours entre deux eaux, entre sa pharmacie et les histoires de la rue, se racla rudement la gorge pour attirer mon attention, puis me lança un regard en biais, hostile, les messieurs du bar à vin éclatèrent de rire, je remarquai que leurs dents pourrissaient de plus en plus, rongées par le sucre, la cigarette et l'alcool, ils me regardaient bizarrement aussi, en chuchotant, les oiseaux chantaient faux exprès d'un air railleur, même ce héros au milieu de la place de l'église gonflait la poitrine en faisant de drôles de bruits avec sa bouche, *plop plop fizz fizz*, la cloche mourait de rire, *ding ding ding*, il me semblait que j'étais la seule à constater tout ce raffut autour de moi, c'était un des pires jours de ma vie, j'étais tendue, brisée, tout me remuait à un point, me ramenait au crime que j'avais subi, la moindre sensation, la moindre image qui finissait par entrer de force dans ma tête et s'installer, se muer en questions auxquelles je n'avais pas les réponses, pourquoi devrais-je aller voir le Drôle de Curé, cette langue de pute, ce colporteur de ragots, Toi est-elle au courant, que va-t-elle penser de moi, le rôle du curé est de propager la parole, et il peut se permettre de se moquer du caractère et de l'emploi de cette prérogative, et avec qui la partager... j'avançais lentement, comme pour imposer un nouveau rythme à mes pensées, oublier que j'étais en route vers la dernière personne que j'aurais voulu voir à cet instant, une douleur atroce me rongeait encore le bas-ventre, mon vagin me démangeait horriblement, on aurait dit que des bestioles pullulaient là-dedans, mes jambes me portaient à peine, j'avais l'impression d'avoir marché pendant une éternité pour parcourir les quelques mètres seulement de la maison à l'église, et ressentais également une sorte de précognition qu'on allait bien se foutre de ma gueule, je n'avais pas tort...

le Drôle de Curé était habillé comme d'habitude, soutane noire, cague-braille de la même couleur, col blanc, pendentif de croix en or, le cabinet, une chartreuse attenante, était meublé avec soin, beau et lustré, c'était une cellule de prison dans le temps, une sale mémoire retapée, la pièce exhalait une odeur agréable, un parfum que je n'avais jamais respiré avant, confinant à une sorte de quiétude, il y avait des dossiers parfaitement empilés sur un secrétaire, une bibliothèque encastrée dans le mur, des bougies allumées sur un meuble de coin en bois massif, et naturellement le corps de Jésus accroché au mur, jouxté d'un vitrail, une énigme à la fenêtre s'ouvrant sur un petit jardin bien entretenu, et la rue à portée de main, une vue prenante pour le fin observateur de la vie courante, son cabinet ne pouvait pas être mieux situé, tout ça paraissait calculé, plus loin à l'horizon on apercevait le moulin à vent qui était partiellement caché par une chaumière, petit bonhomme de pierre muni de quatre ailes métalliques, et seul au milieu du paysage, depuis là où j'étais, le kiosque, où on se retrouvait Toi et moi, ressemblait à une cage remplie de brouillard, je n'avais rien dit à Toi à propos de ma convocation chez le Drôle de Curé, elle m'aurait demandé pourquoi (elle comparait l'homme de Dieu au sirocco, du vent chargé de sable qui pique les yeux et fait tousser), plusieurs fois, et je ne pourrais pas lui répondre, car cela intégrerait d'autres questions, si je comprends bien, tu as été violée par ton oncle qui couche avec ta mère qui, elle, après avoir été informée de cet acte barbare, se range à l'avis de ton bourreau, cela paraissait inconcevable, et un tantinet tiré par les cheveux, à vrai dire je n'aurais pas supporté que Toi me prenne pour une sale mytho, une cinglée, qu'elle pense que j'avais inventé cette histoire pour attirer l'attention sur cette colère refoulée dont je lui avais fait part quelquefois lors de nos discussions, si mes géniteurs et ma seule amie refusaient de me croire, cela suffirait pour m'envoyer à l'asile d'aliénés, *rhaan*, une telle menteuse n'a pas sa place dans la société, au village pour un rien, un simple désaccord, votre santé mentale pouvait être remise en question, et c'était fini, rappelez-vous l'histoire du « fou du village », mais à la fois j'étais persuadée que Toi m'aurait crue, et jamais elle n'aurait décidé de ne plus me fréquenter même si j'avais menti, elle aurait cherché à comprendre ce qui m'arrivait, pourquoi tout à coup la mort était définitivement présente dans chacun de mes mots, chacun de mes gestes... qu'on me juge, qu'on ne comprenne pas, que cela recommence, se normalise, sans pouvoir sortir la tête de l'eau et me défendre, la peur et le silence, le sentiment insurmontable d'avoir été irrémédiablement animalisée, on reste une petite fille violée à vie, et l'église du village, de gré ou de force, prend fait et cause pour les criminels, elle est elle-même une sacrée criminelle, et pour preuve, en arrivant au cabinet du curé je croisai l'Enfant-Cheval qui en sortait, *cataclop cataclop, hiiihhiiihuuu brouuu*, il faillit me renverser dans son élan, étant donné les inconduites notoires du petit commandeur des croyants, ça ne m'étonnerait pas qu'il invite le jeune fantôme dans son lit en lui promettant de le ramener à la vie, ou encore un royaume dans le ciel...

bref, en m'envoyant voir le curé, mes géniteurs savaient très bien ce qu'ils faisaient, et pour que celui-ci accepte cette mission, le sujet avait dû être longuement discuté, retourné dans tous les sens, l'oncle avait été informé et avait sans doute pris part à cette réunion, le méchant décide quel type de réparation (mot très grossier au demeurant) mérite sa victime, mais il n'y avait pas de criminel ni de victime, puisque, selon mère, il n'y avait pas eu de viol, il était donc surtout question de me raisonner, de me faire dire que je mentais, et de présenter mes plates excuses à l'oncle et à mes géniteurs d'avoir inventé un truc aussi monstrueux et indigne d'eux...

le Drôle de Curé m'accueillit avec la fougue hypocrite qu'on lui connaissait, il était imbattable à ce jeu, bonjour mademoiselle, mais quelle beauté tu fais, en se levant de son siège il dissimula d'un mouvement rapide son verre de whisky dans un tiroir, j'avais envie de lui rappeler que je vivais dans la maison où il picolait chaque jour, que tout le monde savait qu'il était un cuitard, qu'une voix invisible et maudite lui criait presque tous les soirs ces mots tandis qu'il rasait les murs, *courage votre Sainteté, le Ciel est au bout de la rue*, même s'il était bourré il n'en était pas moins un homme de Dieu, du coup c'était un peu gênant de le voir dans cet état, la vie il faut la supporter, disait grand-mère, et ce n'est pas simple... c'est moi qui ne vois pas le temps passer ou c'est toi qui grandis trop vite, continua la vieille dépouille en se donnant une contenance convenable, j'eus une moue perplexe, il se reprit aussitôt, se racla la gorge, alla maladroitement au but, en blablatant, s'appesantissant sur les merveilles de la création, les insaisissables travers de l'adolescence, l'importance de la famille, le sens du sacrifice, l'intérêt commun, soutenant au bout du compte d'un ton miséricordieux, tu sais, ton oncle est un être extraordinaire, ô combien aimant et sensible, mais ça reste tout de même une créature, malheureuse et imparfaite, le Très-Haut nous a ainsi faits, il n'est pas réservé à l'homme de décider du sort de son semblable,

Dieu est justice, et Il ne se trompe jamais, Il a dit dans Sa parole… je n'ai jamais su ce que Monsieur Jéhovah a dit dans Sa parole, parce que le Drôle de Curé avait oublié la leçon, pendant un court instant il parcourut sa mémoire, chercha partout dans sa bobine rouillée par l'alcool, rien, mais quoi qu'il en soit pour moi ce n'était pas important, Sa parole, Sa justice, je n'en avais rien à foutre… et nous voilà dans le vif du sujet, le curé, le vendu, le pourri, il voulait me parler de mon rêve, celui que j'avais fait récemment, lequel monsieur le curé, demandai-je avec une naïveté feinte, j'en ai fait un tas ces derniers temps, je voulais l'entendre le dire lui-même, que mon viol n'était qu'une scène onirique, délirante que j'avais trop prise au sérieux, il l'avait dit sans le moindre scrupule, tu devrais me croire, ma fille, il y en a qui ont l'air si réels, des images combinées entre elles, une histoire, parfois drôle, parfois terrifiante, dont on est l'acteur principal ou spectateur en suivant un scénario qui reprend fidèlement nos expériences personnelles, nos folies, nos fantasmes, nos peurs, et d'autres qui déforment complètement la réalité, ou la montrent dans une tout autre dimension, quoi qu'il en soit, c'est une expérience intime, ce n'est pas fait pour être raconté, et le Seigneur seul peut corriger ce qui se déroule au fond de nous, puis il me demanda de me détendre et de me concentrer sur ma respiration, je ne sais plus, m'imaginer en train de descendre un grand escalier, et commença à déclamer ces mots comme une prière, une litanie, ses yeux hypnotisants plongés dans les miens :

mon oncle n'est pas venu à la maison, non, pas venu, à la maison, non, il n'est pas venu, l'oncle à la maison, j'ai fait un cauchemar, ça avait l'air réel, si réel, mon cauchemar, oui, réel, un cauchemar, mon oncle n'est...

tandis que le curé continuait à répéter ces phrases sur un ton monocorde et solennel, mes pupilles se dilataient, des larmes involontaires coulaient de mes yeux, mon cœur battait à une vitesse anormale, et j'avais la nette sensation que je planais dans un espace intersidéral, mais subitement ranimée par une force inconnue, ça suffit, criai-je, je n'en peux plus, je quittai son cabinet sans plus attendre en courant, il pleuvait des cordes, ce soir-là je me couchai plus tôt que d'habitude, et je rêvai qu'il y avait un procès devant la cour d'assises du tribunal de première instance de La-Ville-la-plus-proche, l'oncle était accusé d'avoir commis un crime, tout le village était présent, le Drôle de Curé était dans le rôle de mon avocat commis d'office, le juge d'instruction avait écouté mon récit du début à la fin, je me souviens du silence qui glaçait l'assemblée, un silence absolu, pollué, il n'était pas possible de savoir si elle était horrifiée par ce qu'elle entendait ou par l'impertinence de cette gamine vis-à-vis de son oncle, le procès n'avait pas duré longtemps, et c'est moi qui avais gagné, l'oncle avait émis un chèque de quarante mille francs à l'ordre de la victime, avant de retourner à la vie normale, en chantant *je t'ai niquée, ça t'a plu, allez, fais pas ta chochotte, arrête de pleurer*, quand la rhétorique de l'agresseur se veut pire que son crime, même dans le rêve il était trop puissant, trop important, l'oncle, pour laisser une petite pute l'envoyer en prison, mère était dans tous ses états, ça y est, t'es contente, c'est pas ce que tu voulais, de l'argent, maintenant que tu en as, qu'est-ce que tu vas faire, tu me dégoûtes, père était seulement soulagé que cette affaire soit terminée, il avait passé son bras autour du cou de sa femme, et tous les deux s'en étaient allés vers le rayon de soleil provenant de la fenêtre

Germination

un mois après cet épisode honteux chez le Drôle de Curé, je me réveillais encore en pleine nuit en pleurant, j'aurais voulu tout donner pour oublier, j'ignorais où était ma place, tout avait changé, et je n'avais aucune envie de vivre cette nouvelle période comme une situation ordinaire, une évidence, de m'y conformer, car moi aussi j'avais changé, il vaut mieux que chaque récit déroule son propre réel et non une sorte d'imbroglio, une lutte permanente pour apprivoiser les ténèbres de l'innommable, pour exister, en un mot, je n'avais plus rien à faire dans ce village où ils continuaient à me cracher dessus dans leurs conversations, à m'esquiver en tirant leurs gosses par le bras pour qu'ils ne se fassent pas contaminer par cette abominable menteuse (les ragots vont plus vite que la lumière), la fille qui cherche à détruire sa famille, alors hantée par l'idée qu'il pouvait m'arriver pire encore, que les gorilles du bar à vin pouvaient à n'importe quel moment me sauter dessus, pourquoi pas, après tout, si mon propre oncle n'y voyait aucun inconvénient… il fallait que je parte, je pensais si fort à ça qu'il m'était parfois presque impossible de respirer, à la fois remplie par cette idée et par la difficulté de la réaliser, ensuite, je n'avais rien compris du tout à ce qui commençait à m'arriver, j'avais la nausée, je vomissais le matin en me réveillant et le soir, au bout de quelques jours on m'emmena voir le médecin qui avait mis ses gants et m'avait demandé de m'allonger sur une longue table, je devais replier les jambes, me détendre et respirer normalement, je ne me souviens pas de tous les détails, mais d'après l'analyse il n'y avait pas de danger, tout allait bien, ah une bonne nouvelle, s'exclama bizarrement mère, hein, ma fille est en pleine forme, merci docteur, je la fixai, au fond de ses yeux était peint en plus de son cynisme habituel un terrible aparté, une joie enrobée, indicible, pendant les jours, les semaines, les mois qui avaient suivi cette visite chez le médecin, pour s'assurer, vous l'avez compris, que je n'étais pas enceinte (autrement ça n'aurait rien à voir avec l'acte odieux de l'oncle, elle nettoyait la merde d'une traînée qui s'ouvrait à tous les mâles de son école…), sa conscience, en dépit des résultats (une gastro), s'aiguisait davantage par rapport à la menace que je représentais pour cette famille, j'aurais voulu ne pas baisser les bras, me défendre jusqu'au bout, comme devant le tribunal dans mon rêve, la pousser au moins à me jeter dans un pensionnat dans une grande ville ou à l'étranger, mais elle n'évoqua pas cette option, au contraire, elle avait plus que jamais besoin d'avoir sa fille sous les yeux, la contrôler, anticiper ses pensées et tout ce qui sortait de sa bouche…

presque toutes les nuits, je ne pensais qu'à faire mes bagages, foncer vers la gare et demander un aller simple pour Paris, n'importe où, loin de ce foutu village, ou de cette foutue famille, j'avais envie de dormir très longtemps et de me réveiller dans un autre monde, cela me paraissait compliqué de foutre le camp comme ça sur un coup de tête, sans aucune préparation ni connaissance du monde, comme un pauvre poisson d'aquarium lâché au beau milieu de l'océan parmi des animaux impitoyables et ténébreux, des tempêtes transportant des immeubles d'eau, et des nuits démesurées, faites d'imprévus, au fond desquelles le pauvre inconnu flotte, en proie aux transes captieuses, lugubres du large, thaumaturge dont on ne sait rien, la face mussée dans les lointaines contrées de l'immense, ses chants ruminés racontent la même histoire, celle du recommencement de la solitude, soudain un silence, éblouissant, telle une éternité entre deux battements d'ailes, le pauvre poisson espère, mais reprend le leitmotiv apocalyptique, la danse cruelle des eaux dures, l'invincible perversité de la mort, le pauvre poisson se laisse porter, il n'y a nulle part ailleurs où aller, partout c'est pareil, partout c'est l'océan, l'indépassable, nuits et batailles de vagues incisives au milieu du ciel, déployant toute leur puissance factice, coincé entre ces murailles moutonnées, il n'a même pas la force de verser les larmes que ses souvenirs dans l'aquarium lui arrachent, cette eau calme, harmonieuse, surtout bien paramétrée, où il a toujours vécu en sécurité, jamais il ne choisirait un autre écosystème à celui-là, pour tout dire, c'était une vie monotone, un peu morbide parfois, mais il y était chez lui, heureux, n'avait aucun mal à voyager puisque l'imagination est faite pour ça… bref, ce genre d'incertitudes liées à l'ailleurs, à l'inconnu, me faisaient très peur parce que, à l'instar du poisson, je ne connaissais pas d'autre monde que mon aquarium de village, et très envie parce que toutes les raisons étaient bonnes pour quitter ce trou pourri avec ces rustres qui chiaient dans leur plat, rotaient, puis se remettaient à boire, à baiser la femme de leur frère et violer leur propre nièce, mais je me disais que c'était peut-être plus judicieux d'attendre…

le temps passa, et l'idée de partir n'arrêtait pas de me tourmenter, je pensais sans cesse à fuguer, m'enfuir, ça me travaillait tellement la tête que c'en était devenu insupportable, j'en avais déjà entendu parler des gens de mon âge, ou plus jeunes, qui disparaissaient subitement, dans les parages ou très loin, et dont on n'avait plus eu de nouvelles, c'était très courant, parfois certains finissaient par rentrer, d'autres jamais, comme si leur famille et le passé n'avaient jamais existé, aujourd'hui ils se radicalisent sur Internet et partent prendre les armes contre leur pays, leur enfance, contre toutes ces choses qui rongent notre société dans le noir, on ne pouvait que les imaginer dans une autre vie, avec d'autres gens qui correspondaient mieux à leur cœur, à leur rêve, et c'était ni bénin ni rare… putain il faut que je parte d'ici, répétais-je, hystérique, avant de revenir à la raison, c'était trop tôt pour me jeter en pâture au monde, sans être sûre de rien, je devais attendre encore un peu (cet *encore un peu* me paraissait une éternité, une torture), être patiente, fermer ma gueule, supporter les malveillances de mère, le regard de l'oncle, bah oui, les apéros continuaient à la maison comme d'habitude, toujours aussi emphatiques et interminables, c'était déjà le début de l'été, la véranda s'ouvrait sur le jardin, les roses diffusaient leur doux parfum, mère se pavanait dans ses magnifiques robes, le dos au feu et le ventre à table, le Drôle de Curé remerciait encore une fois l'oncle pour ce fauteuil capitonné en cuir ultra confortable, *vous êtes des gens bien, la justice de Dieu est sur vous*, père se réfugiait de plus en plus dans le silence et l'alcool, apparemment il avait voulu mettre un terme à ces réunions qui, il faut bien l'avouer, ne consistaient qu'à boire, s'abrutir et se convaincre que tout allait bien, alors que... écoute, lui disait mère, on ne va rien changer, détends-toi, ton frère est du même avis, on pourrait croire que c'est vrai si la petite va tout raconter, etc., j'écoutais, cachée derrière la porte de leur chambre, j'eus donc la confirmation que père avait été informé de la tragique histoire dans le salon, mais – au lieu de chercher la vérité, de simplement me questionner – il se laissa manipuler par sa perfide épouse... ma colère décupla

jusqu'à la date des résultats du bac, je flottai entre l'horizon et la maîtrise de tout instant de mes sentiments de plus en plus noirs pour qu'on ne me retrouve pas un matin pendue au bout d'une corde dans le jardin, et en ce qui concerne grand-mère, c'était une période particulièrement difficile, elle était quasi tout le temps clouée de douleur dans son lit, je me demandais comment elle réagirait si elle était au courant pour moi, elle me défendrait de toutes ses forces, j'en étais sûre, elle était la seule personne en qui j'avais confiance dans ce panier de crabes qu'on s'acharnait à appeler famille, je l'aimais, si son fils m'avait violée, salie, craché dessus, ce n'était pas de sa faute, je ne crois pas à la transmission génétique du mal, ça se cultive comme un champ, se nourrit longtemps avant l'explosion, viens ma fille, on va causer, sa voix, son sourire, ses récits de voyage étaient ma gloriette cosmique dans la nuit de l'ennui, mon évasion, elle me manquait terriblement, mais à chaque fois que j'essayais de m'approcher de sa chambre je me faisais rembarrer direct par mère, sortie de nulle part, casse-toi, laisse-la se reposer, tu veux encore raconter tes mensonges, c'est ça, allez savoir comment elle faisait pour être toujours là au bon moment et s'interposer, l'oncle avait dû lui demander de faire en sorte que mes inepties ne tombent dans les oreilles de la vieille, mes moindres mouvements étaient étudiés avec une attention grave, soutenue, le jour où j'ai pu tromper sa vigilance – elle s'occupait de ses roses –, je me faufilai sur la pointe des pieds dans la chambre de grand-mère, on savait toutes les deux que j'allais finir par y arriver, il est impossible d'avoir indéfiniment quelqu'un à l'œil, à moins d'être investi d'un don d'ubiquité, grand-mère était réveillée mais j'avais très peu de temps, tandis que je lui racontais l'essentiel de l'histoire, elle se contenta de regarder dans le vide, sans ciller, les mains immobiles, complètement désincarnée, on aurait dit que son esprit était en train de tomber dans ce vide sans fond, soit dit en passant père avait relancé l'idée de la placer en Ehpad (antichambre de l'oubli) afin qu'elle puisse côtoyer d'autres personnes de son âge dans un environnement adapté, mère avait trouvé que c'était une bonne idée finalement, à ce stade oui, mais ça ne s'était jamais fait, sans doute à cause du montant exorbitant de la facture de ces séjours de fin de vie, sachant qu'avec la guinguette (le tango argentin, le swing, la musette, la salsa, *ay caramba*) et les apéros le portefeuille de père n'était plus ce qu'il avait été, il aurait préféré que sa mère soit morte, l'oncle aussi attendait ce jour avec impatience, pour se pencher une bonne fois pour toutes sur la question de l'héritage, pour les deux frères c'était une façon objective de voir les choses, on ne jette pas par la fenêtre, pour conforter la fin d'une histoire, ce qu'on pourrait utiliser pour en commencer une autre, je ne vous apprends rien en vous disant que cette vision était largement partagée et accréditée, on devient vieux pour crever, c'est tout, je me rappelle l'avoir dit au début, c'était grâce à mère que père et l'oncle n'avaient pas jeté grand-mère aux oubliettes comme une vieille chose, mais il m'était impossible d'y croire, de considérer cette femme comme un être capable de générosité, une telle action de sa part ne pouvait être qu'un moyen pour atteindre un objectif personnel, j'ignorais ce que c'était, mais il n'aurait su en être autrement…

en quittant discrètement la chambre de grand-mère, j'éprouvai une grande tristesse, j'étais désespérée, je regrettais que ce soit souvent les bonnes personnes qui partent en premier, je pensais que je n'allais plus jamais la revoir vivante, je m'étais même préparée à cette déchirante éventualité, mais un soir où j'étais forcée de dîner avec la bande de drôles d'animaux qui composaient ma famille – alors que tout ce que je voulais c'était m'enfermer dans ma chambre, loin de leur boulimie, de leur ivresse, et c'est peu dire qu'ils avaient de plus en plus perdu l'habitude de remarquer mon absence –, soudain, à la surprise générale, grand-mère apparut en haut de l'escalier, elle voulait dîner, père alla l'aider à descendre puis à s'asseoir, mère, décontenancée, se hâta d'ajouter ce qu'il fallait, une assiette et des couverts, ravie, je me précipitai pour aller l'embrasser, la prendre un peu dans mes bras, l'oncle dit simplement d'une voix neutre, bonsoir maman, le Drôle de Curé, comme soucieux de son élégance et du respect dû à une aussi vieille dame, y mettait les formes appropriées, tout un ramassis de flatteries… tous avaient l'air détendus, à l'aise, comme avant son arrivée, mais au fond ils flippaient, retenaient leur souffle, troublés par cette femme qui les fixait, l'un après l'autre, d'un regard intense et dur, personne n'était préparé à ce qui allait se passer, il était évident que cela avait demandé un effort énorme à grand-mère d'aller de sa chambre jusqu'à la salle à manger, après s'être convenablement habillée, son visage livide, son regard profond, presque sans expression, ressemblait à celui d'un être revenu de la mort pour réparer un oubli, si je ne la connaissais pas j'aurais eu très peur et quitté la table en courant, en admirant ses mains fripées ressurgissaient ces souvenirs d'elle ingambe, souriante, sa voix résonnant depuis mille lieux du monde, me venaient à l'esprit ces vers de Racine que j'avais péniblement appris à l'école pour une représentation théâtrale, « nul espoir d'adoucir un mal si grand, cette flamme insensée n'aura point de fin, une brûlante ardeur la dévore intérieurement, malgré ses efforts pour la cacher, cette passion concentrée s'échappe de son sein et se montre sur son visage, le feu brille dans ses yeux, et ses paupières abaissées fuient la lumière du jour, capricieuse et troublée, rien ne lui plaît longtemps… » je me retenais de toutes mes forces pour ne pas chialer… je ne me rappelle plus ce que mère avait cuisiné, mais c'était bon, je dirais même très bon, le repas continua dans un silence de bombe à retardement, on n'entendait que des bruits de bouche, des raclements de gorge, l'embarras était à son comble, il parcourait la pièce en long et en large en vrombissant comme une mouche à viande, il prenait aussi de temps à autre la forme d'une phrase incomplète, *un peu de sel merci, peut-être encore un morceau de pain, délicieux*, ou une vraie phrase, sujet verbe complément avec un rapport de coordination ou de subordination, mais à laquelle on réagissait précautionneusement, car une phrase en amène une autre, puis une autre, et grand-mère finirait par en placer une…

le Drôle de Curé et l'oncle semblaient avoir pénétré une bulle au-delà du réel pour échanger en aparté, conciliabuler, qu'est-ce qu'elle vient foutre là, la vieille, cette grande gueule, elle n'était là pour rien, ça c'est sûr, elle est descendue pour une raison bien précise, je ne sais pas, depuis que cette petite pute m'a accusé de l'avoir violée elle n'a rien dit, la connaissant c'est pas normal, t'aurais préféré qu'elle parle, oui au moins on saurait ce qu'elle en pense, je comprends, mais prépare-toi à un séisme, elle ne fait pas dans la dentelle, ne t'inquiète pas, ça va aller, aucune chienne ne mord son petit jusqu'à l'os... quant à mère, elle avait compris, je ne pouvais pas la gifler plus fort, la présence de grand-mère à cette table lui confirmait que j'avais été jusqu'au bout, que j'en avais rien eu à foutre de ses sommations, elle se gonflait sur sa chaise, sa lèvre inférieure tremblait comme une feuille frappée par la brise, elle avait envie de m'étrangler, elle avait peur aussi, car il faisait nuit noire dans ses yeux, et elle déglutissait bruyamment, transpirait et s'essuyait inconsciemment avec sa serviette de table, tantôt elle se tournait vers grand-mère pour lui adresser un faux sourire, tantôt vers moi avec une expression amère, son expression habituelle depuis mon viol, genre sale petite pute, pour qui tu te prends... père lui demanda d'aller chercher le dessert, alors qu'on était encore loin de terminer le plat, visiblement celui-ci voulait écourter le dîner, sans doute tenaillé lui aussi par le pressentiment que grand-mère venait expressément pour faire ou dire quelque chose qui ne leur ferait pas du tout plaisir, la vieille femme connaissait les pensées de ses fils et savait de quoi chacun était capable, en y repensant plus tard j'en conclus que mes géniteurs et l'oncle savaient tous qu'elle finirait par être informée de ce qui s'était passé, seulement ce que je prétendais avoir subi sur ce canapé, cette garce qui ne sait pas faire la différence entre un viol et un câlin, oui monsieur le juge je lui ai simplement fait un câlin, c'est ce que l'oncle avait expliqué entre autres dans mon rêve pour se défendre, on parle quand même de ma nièce, poursuivait-il, sans aucune vergogne, une enfant que j'ai vue naître, grandir, jamais je n'aurais été capable de lui faire du mal, si faire un câlin à quelqu'un de sa famille est un crime, je veux bien qu'on me lise le texte de loi qui le stipule et j'accepterai ma condamnation… je sais ce qu'on a fait à ma petite-fille, lança grand-mère de but en blanc, une foudre tombée au milieu de la table, cette image est assez juste pour résumer l'effet provoqué par ces mots, on lui a inoculé la mort, continua-t-elle, et le criminel est mon propre fils, mon Dieu, ma petite, oh ma petite, je suis tellement désolée… elle pleurait, et c'était atroce…

Rêverie

l'absolue nécessité du temps de triompher de tout... j'étais devenue une jeune adulte, pas assez pour négocier avec mon corps, jongler entre ses exigences et ses besoins réels, par mégarde ou immaturité, je n'étais pas sûre d'être prête, ou bien je me précipitais sans regarder, seule avec mes questions, mes blessures secrètes, je ne trouvais ni à la maison ni à l'extérieur un modèle de comportement à adopter, je ne connaissais aucune fille qui voulait ressembler à sa grand-mère, aussi belle et parfaite que celle-ci puisse être, et mère n'en parlons pas, c'était pas possible, j'étais venue au monde pour qu'elle me déteste, ne me soutienne pas... la mère de Toi la préparait à devenir une vraie femme, m'expliquait mon amie, c'est-à-dire à trouver un homme quand elle aurait l'âge de se marier, elle lui avait appris toute une manière de parler, de se comporter, quand Toi l'imitait c'était à mourir de rire, *elle ferait mieux d'essayer de quitter papa*, étant une jeune adulte, je ne me cachais plus pour fumer, par exemple, ou pour embrasser un garçon si j'en avais envie, je piquais des clopes dans le sac de mère ou dans la poche du manteau de père, mais les garçons n'étaient pas nombreux au village, et c'étaient souvent les mêmes qui me terrorisaient au lycée, moches et cons, mais surtout répugnants, on avait envie de les taper pour les réveiller, hey, vous portez les mêmes chaussettes, vous faites les mêmes blagues, vos cheveux sont négligés, vous avez des boutons, le charisme d'une huître, vos dents sont tachées, vous puez l'huile de foie de morue… l'été, c'était la bonne saison pour embrasser, ou se faire doigter par des mecs normaux, les touristes arrivaient par grappes dans le village, en T-shirt et bermuda, de vrais bustes, de vraies jambes, et des cheveux propres, soigneusement coiffés, ils étaient de Paris, de Toulouse, de Montpellier, de Marseille, de Nîmes, du Portugal, d'Allemagne, du Canada, de Chine, des États-Unis, etc., notre bar à vin d'à peine quinze mètres carrés devenait un bordel cosmopolite, ça débordait presque au milieu de la rue, il y avait la queue devant la pharmacie, devant la poste, devant le fleuriste, mais surtout devant la mairie où se trouvait aussi l'office de tourisme, une foule disparate, munie de plans, de bâtons de marche, de caméras, tout faisait peau neuve, visible, admirable, le moulin, une vieille façade, ou une rivière asséchée devenue une légende, la mer en personne l'aurait bue… Toi comparait les touristes à des fourmis émotives ou à des patients échappés de l'hôpital psychiatrique

entre septembre et mai, il y avait quelques promeneurs hors saison, mais ils étaient discrets, c'étaient des chercheurs, des scientifiques, ou simplement des gens qui n'aimaient pas trop suivre la marée, on pourrait mettre fin à ses jours tranquillement en plein jour dans n'importe quel arbre de la place, on ne s'en rendrait pas compte, mais dès juin et jusqu'à fin août c'était une autre ambiance, pire que les journées du patrimoine où on laissait volontairement sa porte ouverte aux inconnus en étant sûr qu'ils ne toucheraient à rien, enfin presque sûrs, les touristes s'invitaient et faisaient carrément comme chez eux, surtout les gens de Paris, nous on était rarement là à cette période de l'année, mes géniteurs nous emmenaient en vacances en bord de mer, en général c'était triste et ennuyeux, mais je ne pouvais pas dire non, l'oncle venait une année sur deux avec nous, mère m'avait même forcée de faire la route avec lui dans son cabriolet bleu, j'aurais voulu mourir, je ne savais pas ce qui me retenait de sauter de cette voiture pour me fracasser le corps sur la chaussée… je n'avais jamais vraiment été attirée par les sorties, au sens frivole du terme, j'avais une trop grande expérience de la solitude pour m'y intéresser et considérer que c'était un moment privilégié pour se retrouver – l'unique fois, avant mon départ pour la capitale, que j'avais pris le train c'était pour participer à un séjour de vacances, en m'y inscrivant, ma mère voulait me punir, mais quand elle a vu que j'avais adoré l'expérience je n'y avais plus eu droit, c'était fini –, observer le paysage, le déplacement des nuages dans le ciel ou des canards dans une mare m'apportait plus de joie que ces activités soi-disant normales auxquelles s'adonnaient les gens, et puis des vacances avec des parents qu'on déteste et qui se détestent entre eux ne sont qu'une longue torture, et on s'étonne que des gens se suicident dans les campings ou dans les bungalows sur les plages en plein mois d'août… au moins, je passais du temps avec grand-mère, on jouait aux cartes, j'admirais ses petits yeux rieurs et lumineux, cette lumière débordait sur le reste de son visage, fleuve strié, les rides sont des sourires gravés, disait-elle pour citer je ne sais plus qui, m'allonger par terre et poser ma tête sur ses jambes pendant qu'elle me racontait des histoires, toujours en me caressant les cheveux, tandis que père et mère se cramaient la carcasse au soleil, je pouvais imaginer la tristesse de grand-mère si je n'avais pas été là pour lui tenir compagnie au milieu de tous ces abrutis qui ne profitaient de la vie qu'en été, j'en ai vu des vieux vacanciers seuls dans leur coin, parfois invalides et très fatigués, morts d'ennui, en regardant sans les voir leurs enfants, gendres, brus et petits-enfants qui s'éclataient et s'en foutaient de savoir si tout allait bien pour eux, s'ils avaient besoin de quoi que ce soit, ne serait-ce que s'ils avaient envie d'être là où ils étaient, on n'avait pas les moyens de les abandonner dans une maison de retraite alors on les embarquait de gré ou de force dans la voiture vers la mer, c'est tellement dur d'être vieux dans ce pays… enfin, l'Enfant-Cheval avait grandi à sa manière, dans une autre vie il aurait pu être un de ces jeunes touristes (entièrement soumis à leur certitude d'aller voir un lieu, un monde auquel ils étaient étrangers), il aurait pu être mon petit ami, plus tard mon mari, le père de mes enfants, on aurait fini tous les deux comme mes géniteurs, en nous maîtrisant tous les jours pour ne pas nous entre-tuer…

L'Enfant-Cheval

j'avais toujours été curieuse de savoir ce que tu voyais lorsque tu te regardais dans un miroir par exemple, un cheval ou un garçon, grand avec un visage légèrement arrondi, des cheveux courts bouclés et un peu en bataille, un garçon cheval, un cheval dans la peau d'un garçon, ou les deux en devenir, chacun à son rythme dans un même corps, entre le cheval et le garçon lequel préférerais-tu être définitivement, y a-t-il une part émancipée de cet être hybride donnant à voir une autre facette de ta vie, un ailleurs inaltérable, y a-t-il d'autres animaux en liberté parmi d'autres garçons timides inconnus de toi… je fumais une clope assise sur un banc en pensant étrangement à ces étés que j'aurais peut-être aimé passer au village, chez moi, peinarde, ou ailleurs, sans mes géniteurs, quand l'Enfant-Cheval traversa au galop la place de l'église, la tête altière, le buste droit, les vêtements trempés de sueur, *cataclop cataclop, hiiih-hiiiihuuu brouuu*, c'était exactement comme je l'avais vu cette nuit-là dans un de mes nombreux rêves, à la seule différence qu'il était devenu un homme (ou un cheval) mûr, il venait de remporter la coupe du monde de saut d'obstacles, c'était notre champion, le premier, debout dans les rues, tout le village l'acclamait, agitait des mouchoirs aux fenêtres, c'était si émouvant… l'Enfant-Cheval fit halte à la fontaine pour se désaltérer, il n'y avait aucune réaction particulière de la part des gens autour, peut-être des allures gênées, mais pas plus que ça, il était difficile de ne pas éprouver la sensation d'être nu, fragile, en voyant ce jeune homme, de ne pas penser à ses propres enfants, à un être cher, on se disait c'est pas une vie quand on est humain de tout faire comme un animal, quel qu'il soit, qu'il n'aurait jamais dû venir au monde, c'était triste, mais les villageois avaient fini par s'habituer à cette présence – comme ils avaient fermé les yeux sur les va-et-vient du fantôme du mari de la pharmacienne jusqu'à ce que surgisse ce fou avec ses *obsessions quantiques* qui dissonaient complètement avec l'évangile du curé, bref –, à la voir surgir au moment où ils s'y attendaient le moins, et à n'importe quelle heure du jour et de la nuit, inoffensive, libre et intense, ça faisait quand même plusieurs années depuis la première apparition de cet *enfant dévié* devant l'église provoquant une effervescence collective sans précédent…

mon enfant, où vas-tu dans la nuit
quel pays crois-tu pouvoir traverser
j'ai mal à ta métamorphose

les parents de l'Enfant-Cheval descendaient d'une des plus anciennes familles du village, l'arrière-grand-père, le grand-père, le père étaient connus pour être de grands ébénistes et menuisiers, portes, fenêtres, boiseries, bancs publics, tous les meubles dans les maisons et bureaux furent des œuvres de leurs mains, grâce à ce système traditionnel de transmission de connaissances et de compétences, ils ne ressentaient aucunement l'obligation de quitter le village pour une grande ville, en quête de mieux, d'une meilleure qualité de vie, ç'aurait été surprenant, à l'opposé de ce qu'on racontait, qu'ils avaient une peur bleue des villes, où ça grouille dans tous les sens, où des gens amassés dans un espace restreint et sale se prennent pour le centre du monde, rien que d'y penser ils demandaient à Dieu mille grâces et pardons, l'amour commence par son appartenance à une terre qu'on chérit, dans laquelle se nourrissent les rêves, les plus ordinaires comme les plus intimes, disait grand-mère qui avait beaucoup voyagé mais toujours fini par revenir et reprendre son histoire avec ce village… les parents de l'Enfant-Cheval se sont mariés sous une pluie battante, signe de bénédiction pour certains, de désagrément et malchance pour d'autres, ensuite la mère avait abandonné ses aspirations personnelles pour devenir une excellente femme au foyer, quelques mois plus tard, ils ont accueilli leur nouveau-né avec bonheur et reconnaissance envers la Providence, mais ce que les *influences célestes* avaient fécondé dans le ventre de cette femme ne tarda pas à se transformer en source d'inquiétude, vers l'âge de cinq ans s'est déclarée une rare maladie chez l'enfant, des difficultés à s'adapter au monde extérieur, on se demandait de quoi il s'agissait, personne ne comprenait, c'était inimaginable, assez douloureux, sans déconner, un enfant complètement à côté de tout, qui secoue la tête au moindre bruit en criant *blaaaaaa, blaaaaaa*, quand on l'appelait ou lui tendait un objet, il poussait le même cri, si violemment parfois, en se tapant le crâne contre le mur, contre tout ce qui était à sa portée, et il n'y avait aucun moyen d'arrêter ça, *le Diable est dans cet enfant, rhaan, il n'y a rien à faire*, il commençait sérieusement à faire peur, on évitait de l'approcher, l'enfermait, jusqu'à ce qu'un spécialiste, venu exprès de Paris pour le voir, ait proposé le « plan cheval », une équithérapie, l'homme racla sa gorge, chercha un endroit pour éteindre sa cigarette, expliqua sur le ton de partager une lumière de la plus haute importance que les Grecs de l'Antiquité furent les premiers à se servir des animaux pour soulager les esprits tourmentés, notamment les chevaux, une interaction suffit pour relever le caractère de quelqu'un…

deux ou trois fois par semaine on accompagnait le petit au centre équestre où il devait s'occuper d'un cheval, le brosser, le soigner, lui parler, le monter, histoire d'évoluer à son contact, etc., mais cette méthode n'aboutissait pas au résultat escompté – c'est-à-dire susciter des échanges plus ou moins convaincants entre le patient et le monde extérieur, au contraire, son cas s'était aggravé de façon totalement imprévisible, du jour au lendemain l'enfant se mit à galoper partout, dans le salon, dans les chambres, dans le jardin, dans la rue, il était devenu une bête sauvage, mystérieuse, musclée et dotée d'une force surhumaine, un vrai Camargue, *hiiihhiiiihuuu brouuu,* après avoir lamentablement échoué avec sa méthode qu'il avait vendue au prix fort à cette pauvre famille, on n'avait plus revu le génie parisien, cette suffisance dans laquelle il patouillait depuis des semaines ne convainquait plus personne, si désormais pour les villageois l'Enfant-Cheval était, plus que toute autre chose, une gêne, une malheureuse dérivation, les parents de celui-ci n'avaient pas les mots pour décrire ce qu'ils avaient vécu, leur garçon avait des habitudes impossibles à gérer, le jour, par exemple, il courait pendant des heures à travers rues et champs, le soir il quittait le dîner pour aller faire un dernier tour complet du village, puis retournait s'asseoir et continuait à manger, ses nuits étaient intenses et pleines de dangers, pour un enfant comme pour un cheval c'est terrible, mais il faisait preuve d'une grande virtuosité dans ces scènes imaginaires où il était à la fois l'acteur principal et ses nombreux adversaires, tandis qu'il galopait dans une savane sèche et aride, jonchée d'ossements d'humains et d'animaux, *hiiiii haaaa*, ses ruades et ses tirs à ricochets cinglaient les murs, partout dans la maison, quand il avait vidé son barillet et épuisé sa ceinture de balles, il achevait ses adversaires avec un long couteau, la souffrance et les cris des victimes semblaient si réels (au même titre qu'un silence inattendu, un arrêt brutal du tournage), échauffourées picaresques allant parfois jusqu'à provoquer d'impressionnantes chutes dans les escaliers soulevant les parents de leur siège, ils ne se rappelaient plus la dernière fois qu'ils avaient pu dormir pendant toute une nuit, car l'ennemi se faisait massacrer depuis dix ans par leur fils qui se relevait toujours de ses chutes et se remettait à tirer, galoper, tirer, *hiiiii haaaa*, infatigable, immortel, la mère, meurtrie, à bout, avait cessé de l'approcher en pleurant, écoute-moi mon grand, tu n'es pas un cheval, tu n'es pas un cow-boy, viens dans mes bras, le cheval se cabrait, l'air confus, *hiiihhiiiihuuu brouuu,* fixait la pauvre femme de toute la lumière que contenait son être, avant de retourner dans le *Far West*, le père ne se bourrait plus la gueule pour oublier – comme il l'avait fait pendant des années chez lui, au bar à vin, et quelques fois à la maison, invité par mes géniteurs qui le prenaient en pitié –, il se prêtait de temps en temps à ce jeu triste qui consistait à se rouler par terre en se grattant partout, parce que ça faisait rire l'Enfant-Cheval, hi hi hi paahapa tombé, paahapa rigolo, et l'enfant une fois calmé, le père l'accompagnait jusque dans sa chambre, même s'il n'obéissait pas toujours…

je frottais le bout de ma clope au sol pour l'éteindre quand l'Enfant-Cheval s'arrêta net devant moi, secoua sa crinière, me fixa un moment en bougeant bizarrement son bout du nez, c'est vrai que tu es une fille maudite comme on le raconte, qui raconte ça, répondis-je, je ne suis pas une fille maudite, fais comme moi alors, dit-il, cours, avant qu'ils t'attrapent et te fassent du mal, qui va me faire du mal, lui demandai-je, eux, montra-t-il du doigt les maisons et les passants, les anges pourpres, impossible d'échapper à leur vilenie, leur haine, il faut partir… pendant un instant, je crus que c'était un rêve, mais le beau fantôme était bien là, debout, face à moi, il virevolta ensuite vers on ne sait où, remuant l'air de tout son corps, c'est la dernière image que je garde de lui…

Toi

tu choisis d'offrir à la mort
un visage emmuré, précieux
le visage d'un fou et d'un dieu
rejoignant dans l'inéluctable
la part occulte de ton corps…

Grisélidis RÉAL

je nous revois comme sur l'écran neuf de la vie, deux jeunes pousses unies par un jour de grande lumière, nos tiges rameuses s'élevaient à peine, nos fleurs pétiolées d'un vert pur, égayées de magnifiques folioles, s'épanouissaient, infusaient de belles aubes, les couleurs et les odeurs délicieuses de l'avenir, ramifications d'une culture particulière portant en elle le germe nécessaire au développement des autres, la plus petite la plus lointaine unité de la faune et de la flore… on s'approchait de la fin de l'été, l'air était doux, la gare bondée, la foule sur le quai bougeait dans tous les sens, et dans ce tas pressé, impatient, surgit un éclair, tu te frayais un passage tout en étudiant les infos sur les écrans bleus, tu portais un T-shirt et un short, et n'avais presque pas de bagages, tu étais très belle, mince, un nez précis au milieu d'un visage lisse et triangulaire, le doigt perdu entre les pages d'un livre, je n'avais jamais vu une fille aussi à l'aise dans sa peau, à la fois libre et simple, je t'aimais déjà, j'étais tout ce que tu aurais voulu que je sois, tu méritais les confidences que je n'avais jamais eu le courage de faire, j'étais prête à te suivre au bout du monde, sans qu'on se présente, qu'on se parle, que je te l'exprime, que tu le saches, on était dans ce train, assises l'une en face de l'autre, et le départ était imminent, c'était un signe suffisant, une certitude que le destin avait voulu nous unir, une invitation à la beauté advenue comme une conséquence indéfectible du temps, au terme de ta course, tu rangeas ton sac à dos dans le compartiment au-dessus de ta tête, je remarquai que ton index si fin et blanc en signet dans le livre ne bougeait pas, tel un lieu d'où il n'était pas question de partir sans en avoir fait plusieurs fois le tour, puis tu t'es littéralement jetée sur le siège, on s'est regardées, le sourire que tu m'as adressé était franc, absolu, le premier qu'on m'ait offert depuis très longtemps, on n'habitait pas très loin l'une de l'autre, on allait à la même école, revenait de la même colonie de vacances, mais bizarrement on n'avait aucun souvenir de s'être déjà croisées avant cet instant-là, pour vous dire à quel point j'étais effacée (même en dehors de l'univers familial), bref, en guise de bonjour tu as voulu savoir si j'aimais la poésie et les balades nocturnes, j'ai dit oui, mais, à la vérité, à l'époque je n'étais une mordue ni de poésie ni de balades nocturnes, m'emballait plutôt l'idée de partager une passion avec toi, les mots sont la patrie des orphelins, des chiens, des sans-personne, me dis-tu plus tard, les yeux remplis de cette chose dont je n'avais jamais su percer le mystère, tant elle brillait, tant elle venait du plus profond de toi-même, un monde ancré dans sa distance et proche, instantané, anomique, immarcescible, ondulant autour de ton doigt, hordes de comètes que tu poursuivais aveuglément, au bout de leur infinitude, *une poudre d'or sur les pas de la nuit…* c'était suffisant pour déclencher en moi ce fracas disruptif qui s'est transformé quelques années plus tard en une véritable hantise, persuadée que le langage avait le pouvoir de réparer un verre brisé, une plaie illimitée…

les yeux pleins du ciel et de la terre
le corps pris dans une musique
unique
de l'aube
à l'enchantement des sources
Toi émerge
se déploie
une douce éternité

le train nous berçait à travers des paysages magnifiques, d'une incroyable diversité, je les admirais avec cette mélancolie qu'on éprouve devant ces images qui nous paraissent à la fois tangibles et éphémères, à peine surgis, plongeant d'une traite vers le néant, vue depuis cet engin furieux, à vive allure, tu n'aurais été qu'un point quelconque sur un immense tableau impressionniste, quand je me tournai vers toi, au bout d'un moment, le livre serré des deux mains sur ta poitrine, tu somnolais, ton visage prenait une expression apaisée, tandis que tes lèvres remuaient légèrement – je n'avais pas encore acquis le courage des femmes qui ont déjà traversé l'enfer, ni pu échapper à l'étreinte des mers, moi je n'étais qu'une adolescente seule sur un chantier identitaire particulièrement épineux, se répétant au fond de son lit cette phrase de grand-mère qui n'arrangeait pas ma situation : on ne se construit pas seul –, je te trouvais encore plus belle endormie, je t'embrassais tendrement dans mon imagination, le train était un chalet avec une grande cheminée perdu au fond d'une campagne enneigée, le temps brûlait dans l'âtre, témoin infatigable de nos corps nus, endormis, emmêlés, une vie ailleurs, et rien que nous deux, les sachant irréalisables, du moins inexprimables, mais surtout tributaires d'un amour interdit, ces pensées me firent mal, je me tournai à nouveau vers la fenêtre pour les laisser s'envoler vers le passé, vers la mort… un thème sonore annonça le prochain arrêt, tu ouvris les yeux, te les frottas doucement, je t'aimais déjà

à la gare de La-Ville-la-plus-proche, avant de partir chacune de son côté, toi dans la voiture de ton père, moi dans celle de mère, on s'était promis de se revoir très vite… au cours de cette période (je vous en ai déjà parlé), il y avait eu pas mal de chamboulements dans ma vie, ma colère m'étouffait, une amie, une vraie, manquait à ma vie, c'était toi, je m'impatientais de te revoir, les rares filles que je connaissais, elles, s'affolaient sur les bricoles d'une modernité mal naissante, toi, tu planais loin, vers des espaces inconnus, cryptiques, j'aimais l'idée que tu te nourrissais des mots pour grandir, puiser ta lumière de l'ombre, chaque moment passé ensemble était pour moi une source d'inspiration, j'aimerais tellement que tu puisses lire ce cahier, réparer le temps rompu par l'inénarrable folie humaine, et continuer le voyage ensemble… je t'aimerai toujours

certaines nuits ta main me secouait pour m'arracher à mon sommeil, comme si une catastrophe était sur le point de se produire, ça avait l'air si réel que j'allumais toutes les lampes pour voir le visage de ton fantôme, mais j'avais simplement rêvé, tu es revenue plusieurs fois à la suite, tu m'as parlé de la mort, de l'absence, de l'avenir, de toutes ces choses qui échappent aux mortels, tu m'as dit que les âmes qui ont compté pour un vivant se retrouvent dans l'au-delà, que c'est aux disparus de ne pas oublier les vivants, pas l'inverse, etc., je ne comprenais pas toute cette distance du village par rapport à ta disparition, ces regards détournés, ces voix enveloppées, à la maison, par exemple, tout le monde, même sous l'emprise de l'alcool, se gardait d'évoquer les fouilles (inabouties) pour retrouver ton corps, les messieurs du bar à vin évoquaient de jeunes adolescentes qui, de plus en plus, abandonnaient le foyer familial pour aller s'inscrire et se confiner dans des maisons secrètes où elles travaillaient comme *filles à numéro* ou *filles soumises*, ils connaissaient un médecin qui avait son cabinet dans La-Ville-la-plus-proche, il avait un contrat pour recevoir ces filles (flanquées d'un dangereux marlou) tous les mois pour la consultation de routine, son affaire marchait en grande partie grâce à ces fréquentations interdites, ils ne l'avaient pas clairement exprimé, mais pour ces ignobles cafards, ma chère Toi, tu étais partie à coup sûr faire carrière dans la prostitution, aucune autre raison ne saurait être liée à ton absence, selon ce médecin sans vergogne, poursuivaient-ils, certaines familles participaient consciencieusement à ce trafic en donnant leurs filles par-ci, par-là, à qui en veut pour arrondir leurs fins de mois, un vrai fléau… s'estompait peu à peu le visage lumineux que j'avais vu dans le train en rentrant de cette colonie de vacances, tu souriais avec parcimonie, ce n'était presque pas sincère, au début j'avais pensé à une fugue, vu que cette idée nous avait tant de fois traversé l'esprit toutes les deux, rongées par une tristesse sans larmes, mais nous avions été tristes trop souvent et sans raison justifiable pour croire qu'on pouvait disparaître à cause de ça, ce que j'allais découvrir dans ta chambre après plusieurs semaines de recherches inutiles confirmerait la nature de cet ailleurs qui dévorait tes yeux…

c'était une de ces journées désespérantes où il faisait gris, humide, et pleuvait à la fois, le village pataugeait dans une poisseuse inertie, un temps à foutre le camp, comme tu disais, ton père était absent, ta mère me fixa pendant quelques secondes de ses yeux vides, les baissa, son corps était anormalement maigre, elle remuait tant bien que mal sa mâchoire inférieure de gauche à droite et de droite à gauche, ses paupières gonflées de larmes ne battaient pas, ses doigts semblaient chercher vainement à s'étirer, ankylosés, puis elle me demanda si je voulais du thé, j'ai dit non merci, elle insista, elle aimait le thé à la menthe et aux myrtilles, disait-elle d'une voix pleine d'un mélange de colère et de souffrance, j'acceptai, je bus en tenant la tasse avec mes deux mains, me rendant compte que je n'étais jamais venue chez Toi avant ce jour-là, la question pour ainsi dire ne s'était pas posée, on avait le kiosque, le grand air, notre liberté de parler, rire, rêver… j'aurais bien entendu aimé me retrouver là dans des circonstances différentes, et je me disais que le moment était peut-être mal choisi… la maison était simple, bien entretenue, avec tout ce qu'il fallait, et ce minuscule jardin dont tu m'as tant parlé, qui était ton coin favori, pendant un moment je t'imaginai assise dans ce petit salon en résine tressée, plongée dans un de tes livres de poésie en buvant du thé… j'aurais aimé tout te raconter au sujet de mon viol, sans avoir peur de te faire peur, de créer un malaise ou réveiller une faille, autrement il aurait suffi de regarder plus loin, dans les imprévoyants glissements du langage qui nous attirent parfois, à notre insu, vers l'indicible et le dévoilement de soi, et tu la verrais peut-être cette chose qui me tourmentait, dont je n'avais jamais su le nom, ou que je m'interdisais de nommer… j'aurais aimé que ce minuscule jardin se trouve ailleurs dans une autre vie où tu pourrais encore t'y asseoir pour lire…

je me retenais le plus fort possible pour ne pas éclater en sanglots, tandis que ta mère parlait toute seule en bougeant des objets, en cherchant leur vraie place dans l'espace, des gestes machinaux et alternatifs qu'elle répéta plusieurs fois sur le même rythme, sans la moindre dissimilitude, mon unique enfant, ma vie, murmurait-elle, c'est comme si elle pensait à haute voix dans son sommeil, j'ai perdu mon combat pour te protéger, on ne pardonne pas à une mère une telle faute, puis, éjectée de ce sommeil qui aura duré quelques secondes, elle demanda si je revoulais du thé, elle en buvait toujours deux tasses, ma fille, j'ai dit non merci, elle me fixa et dit en souriant, ce n'est pas grave ma chérie, tu en prendras ce soir avant d'aller au lit, je te ferai un bon dîner, et demain j'irai t'acheter des fruits, tous les fruits que tu aimes, ta mère délirait, elle se mettait à me prendre pour toi, puis à pleurer en s'excusant, je voulais partir, après tout qu'est-ce que je foutais là, chez toi, tu n'y étais plus, et il n'y avait rien à faire pour qu'il en soit autrement, et soudain j'eus comme un glaçon au niveau du sternum, j'étouffais, j'avais besoin de prendre l'air, je posai ma tasse sur la table de la cuisine et me dirigeai vers la sortie, ta mère constata mon désarroi, on ouvrit la bouche en même temps, moi pour dire je suis désolée je dois y aller, et elle, tu ne veux pas voir sa chambre, une proposition intéressante et totalement inattendue qui venait invalider chez moi le sentiment que ton absence était liée à quelque chose de l'ordre de l'implicite, de l'inexplicable, quoi qu'il en soit, quand elle a parlé de ta chambre j'ai tout de suite pensé à ce trou que tu m'avais dit avoir creusé dans ton matelas pour cacher tout ce que tes parents n'avaient pas le droit de savoir, en effet la vérité était là, vivante, cruelle, comme au fond d'une grotte, tu voulais que je la trouve, que je sache ce qui s'était passé, l'origine de cette tristesse qui était venue du jour au lendemain se nicher au fond de tes yeux, je me permets de partager ici un court extrait de ton journal, « … je me suis réveillée au milieu de la nuit, et il était sur moi, j'ai cru avoir fait un cauchemar, mais c'était bien lui, ma bouche écrasée sous sa lourde main, et sa queue me fracassant… on ne survit pas à ça, je n'ai même pas voulu essayer, ce n'est pas possible (…), au revoir ma belle amie, ma sœur féale… et rappelle-toi toujours que la familiarité, la gentillesse n'est pas une qualité, il n'y a aucune raison pour que quelqu'un soit gentil avec toi, tout est truqué, méfie-toi des hommes, ce sont des animaux sauvages, malheureux, irrécupérables, rôdeurs dissimulés derrière leur bonhomie, leur cordialité, en attendant de passer à l'acte, ils sont là autour de nous, dans notre salon, dans notre famille parfois, leur objectif : nous briser, nous pousser dans la nuit, on l'oublie trop souvent, ça… », on était toutes les deux pétrifiées par le même silence, la même peur, en te lisant j'eus le sentiment que j'étais moi aussi une disparue qu'on ne retrouvera jamais, que les batailles que j'allais devoir mener en tant que femme étaient perdues d'avance, et encore une fois je regrettai de n'avoir pas eu assez de courage pour te parler, on aurait pleuré et essayé d'être fortes ensemble… je ne suis pas retournée à notre kiosque, ne serait-ce que pour partager ton absence, chercher dans le ciel deux étoiles côte à côte, ou te dire au revoir avant de prendre le train pour Paris, ta mère s'est suicidée deux jours après ma visite, ton père écourta son deuil et se remaria avec une jeune étrangère

Départ

La-Ville-la-plus-proche croupissait dans sa banalité et son indifférence, comme une jeune vieille qui n'avait plus rien à espérer, plus rien à gagner ni à perdre, à l'instar des statues érigées sur les places en hommage à des personnages historiques, elle était là, et c'était ça sa vraie vie, il n'y avait pas d'université, pas de grand cinéma, de stade de foot ou de festival de musique, l'offre culturelle, en plus d'être pauvre, tournait autour des mêmes choix et dans les mêmes cadres, la galerie d'art contemporain, la médiathèque municipale, la courageuse petite librairie indépendante et la braderie du dimanche, rien d'exaltant, un mauvais récit, et c'était censé être ça la ville, quoi, un endroit ouvert à tous et en perpétuel mouvement, un vivier de possibles, de concentrations de savoirs... le village n'en était qu'un lointain écho, une minuscule et médiocre copie, j'y étais venue au monde pour partir comme tous les autres après le bac, je m'y étais prise discrètement et quelques mois à l'avance, j'avais obtenu mon admission en licence de lettres modernes à la Sorbonne, pour le logement j'avais pris contact avec une femme fort sympathique et généreuse – c'est en écoutant plus tard les récits d'autres étudiants, qui vivaient pour la plupart en colocation ou dans une minuscule chambre de bonne ou d'un logement universitaire, sur la quantité de mensonges qu'ils avaient dû glisser dans leur dossier pour convaincre certains propriétaires et les agences immobilières qui, pour se prémunir contre les risques d'impayés, allaient parfois jusqu'à demander des choses insensées et interdites par la loi, comme les données bancaires du postulant, une foule de garants et autres casse-tête qu'on ne peut résoudre qu'en fraudant, et les petits boulots cumulés pour pouvoir survivre au-delà du loyer, que je m'étais rendu compte que j'avais vraiment eu beaucoup de chance de tomber sur cette femme –, elle n'exigeait rien de tout ça, je devais seulement lui fournir les documents qui prouvaient que j'étais bien une étudiante, la caution et un mois de loyer, c'était tout, vous pourrez emménager quand vous voudrez, me dit-elle, et je vous souhaite bonne chance, mademoiselle, j'avais déjà un pied à Paris, il ne me restait qu'à annoncer mon départ de la maison…

je ne m'attendais pas à ce que mes géniteurs fussent autant choqués par ma déclaration au point de reporter leur apéro et de s'excuser de cet imprévu auprès de leurs invités, notamment du Drôle de Curé, pour en discuter avec moi, lorsque je leur ai dit que je partais, comme si c'était la dernière chose dont ils me croyaient capable, ça dépassait leur entendement, ce n'était pas possible, partir pour aller où, basculer dans le vide, et pour les contrarier davantage, je dis que je voulais devenir musicienne, en entendant cela père se servit un verre de whisky qu'il avala d'une traite, le tapa sur la table, avant de gueuler eh bien voilà qui est formidable, ma fille, enfin une bonne nouvelle, tu t'éloignes de la parentèle, de tout ce que tu connais, pour aller faire le clown à Paris, mener une vie de clodo, etc., oui mais il était incapable de me donner une bonne raison de ne pas le faire, et pour tout dire, ce n'est pas ce que j'espérais entendre de sa bouche, il s'était trompé de colère, ça devait cesser, il y a des villes magnifiques et plus accessibles, me dit-il plus tard pendant le dîner, pourquoi Paris, pourquoi la musique, pourquoi tu nous fais ça… quant à mère, elle fit semblant en jouant la femme effondrée de voir partir son unique enfant, elle n'avait pas prononcé un seul mot pendant le dîner, ni dans les heures qui ont suivi, la comédienne, elle donnait à lire dans ses yeux une tristesse si travaillée qu'on aurait eu envie de la prendre dans nos bras et de lui dire des choses bienveillantes, mais je savais très bien qu'au fond elle était soulagée de me voir quitter enfin cette maison, cette famille, ce village, il ne faut pas oublier que je détenais l'information à la fois privilégiée et dangereuse qu'elle couchait avec le frère de son mari, avant elle avait déjà du mal à considérer que j'étais sa fille, depuis cette découverte j'étais son ennemie, mon départ lui offrait deux certitudes, celle que son secret avait encore de beaux jours devant lui, et celle de pouvoir jouir d'une liberté absolue, changer de vie, *cette petite pute, qu'elle s'en aille et ne revienne plus jamais…* grand-mère m'a dit, envole-toi, mon ange, et profite de la vie, j'ai pleuré longtemps dans ses bras… avant de monter dans le train, je plongeai mes yeux dans ceux de mère, et lui dis tu n'auras pas à t'inquiéter, je ne reviendrai pas…

PARIS

Arrivée

le point de vue de Toi sur les deux mondes était éminemment juste : « Paris est une autre planète, caravansérail inextinguible, boulevards, bus, trains, rues, passages étroits, immeubles, maisons, ponts, foules, boutiques, parcs, bars, restaurants, ville pleine, transe, urgence, ville escale vers des rêves plus doux, plus soutenables, l'histoire recommence à l'aube et s'étire jusque dans ses plus improbables replis, on dirait un tas de machins jetés çà et là en attendant qu'on apprenne à faire mieux, ou bidouillés à la hâte avant la tombée de la nuit et qu'on ne sache plus distinguer une chose d'une autre, un monstre de petits carrés, petits placards où les gens vivent serrés et verrouillés, certains sont plus grands que d'autres mais, à la vérité, c'est pareil, comparé à nos maisons au village, les citadins, ombres froides et superflues, se rentrent dedans sans se voir, se disent machinalement bonjour, le visage déformé par un faux sourire, en respectant la bonne distance, puis continuent à grands pas chacun vers leur solitude, ici et là-bas, deux natures, deux horizons, deux pourquoi, et des réponses qui ne suffiront jamais, je suis tellement d'accord avec toi, la vie rurale est glauque, une fosse commune où le temps cherche à attraper sa queue, certes, plus encline à l'interaction, à l'échange, on cousine ensemble, on sait plus ou moins qui est qui, etc., mais ce sont ces demi-certitudes qui la rendent encore plus insipide, cafardeuse et souvent digne d'un film d'horreur : le vent s'affole dans le noir, les arbres entrent en transe, la fenêtre s'ouvre avec fracas, comme poussée par une main invisible et furieuse, un loup apparaît au milieu de la lune, la moitié de son visage est celui du curé regardant de travers, son cri rejoint les chœurs d'oiseaux nocturnes, et d'autres bêtes inconnues, tu te dis que cette fois c'est fini, Freddy Krueger ne te ratera pas, il m'arrive parfois d'imaginer l'Enfant-Cheval caché sous son lit, mort de peur, lorsque la bête s'endort et laisse l'enfant l'emporter, et enfin le ciel se retourne, ramasse une à une les fuites du réel, puis laisse éclater sa joie, pénétrée par la houle claire, la chambre cesse d'être un antre sombre au milieu d'une forêt secrète pour briller à son tour, comme les dehors repeints de la vie, il n'y a que quand on regarde le ciel qu'on peut croire que le monde est le même partout, c'est le seul mensonge qui me rend heureuse, mais là-bas, à Paris, ils ont l'air de ne pas y songer, de l'oublier, le ciel, aveuglés par l'hystérie des lumières trafiquées, les tours et leurs balcons, et tous ces étranges animaux en béton figés dans l'espace, pour maîtriser le temps, le dévier, s'élever plus haut pour que la tour Eiffel puisse les voir aussi, s'offrir une vue dominante sur la distance de ceux d'en face… »

j'ai beaucoup pensé à Toi, à ses mots, en arrivant à Paris, le choc était réel, une vie à vive allure, et si tout s'arrêtait brusquement, toute cette convulsion fébrile vers on ne sait où, serait-ce ça le vrai chaos, le silence, la fin des rythmes, des flux, des senteurs mêlées, des voix indistinctes, de ces premières images : depuis le balcon d'un immeuble haussmannien un jeune chanteur transportait les passants avec sa guitare… un danseur s'en donnait à cœur joie dans la vasque vide d'une fontaine… sur l'esplanade d'un musée un vieux accroupi avec un sac de pain au milieu d'une agitation de pigeons… un jeune homme me faisait sursauter en demandant une pièce (je n'avais jamais vu de mendiant avant ce jour-là)… des chiens promenant leur propriétaire… au comptoir d'une brasserie un vieux monsieur buvait du thé en lisant le Coran… tandis que les portes du métro se refermaient, une femme s'est fait arracher son téléphone par un type qui continuait de marcher normalement, j'étais tellement choquée de ce qui venait de se passer que je ne pouvais pas m'empêcher de partir dans un sacré délire en imaginant que ça aurait pu être un enfant à la place de l'objet (j'avais vécu, vu des choses assez terrifiantes et invraisemblables pour me laisser croire qu'il y a une frontière étanche entre ce qui est possible et ne l'est pas), sans déconner, c'était trop facile, les gens sur le quai ont toujours tout vu, et ils n'ont rien fait, certains ont même détourné les yeux, les poules mouillées, bah, c'est comme ça, il y a quelques années c'était les téléphones et les sacs, maintenant c'est les enfants, *chers parents, nous faisons appel à votre vigilance face au vol à l'arraché d'enfants sur les lignes de la RATP, gardez-les serrés dans vos bras ou tenez-leur bien la main et éloignez-vous des portes tout le long de votre trajet*, tous les jours des dizaines de parents regardent leur gosse s'envoler dans les bras d'un inconnu, sans rien pouvoir faire, empêchés, enfermés, le temps de tirer sur le signal d'alarme, que le train s'arrête et que les portes se rouvrent, le filou est déjà bien loin, les forces de sécurité intérieure sont totalement dépassées par la situation, Paris est mené par des forces irréductibles… *putain d'enfoiré de merde, fait chier*, m'arracha à mes rêveries la colère de la propriétaire du téléphone volé…

au métro Gambetta je prenais la sortie 1, Mairie du 20e-Hôpital Tenon, surgissaient deux jeunes gens arborant une chasuble aux couleurs d'une ONG bien connue, l'un d'eux tendait sa main vers moi et me demandait si j'aurais une minute à lui accorder, implorant sérieusement, *s'il vous plaît, nous avons besoin de vous*, comme s'il faisait face à une affaire très compliquée et qu'il n'y avait que moi qui pouvais l'aider à la résoudre, tandis que ses acolytes partaient à la chasse dans tous les sens, et comme lui imploraient, suppliaient, se faisaient envoyer bouler, j'étais surprise, je ne savais pas quoi lui répondre, j'ai dit je ne sais pas, enfin, oui, si vous voulez, une minute ça ne me paraissait pas énorme, je l'écoutais attentivement parler des enfants affamés d'Éthiopie, plus de mille femmes violées par jour en RDC, la misère en Haïti, au Liberia… jusqu'à ce qu'il m'apprenne que j'avais le pouvoir de participer aux côtés de l'ONG pour laquelle il travaillait, en lui accordant un prélèvement automatique, à améliorer les conditions de vie de ces gens que je ne connaissais pas, j'ai compris en fait que c'étaient des recruteurs de donateurs, de drôles de naïfs qui collectaient des fonds pour enrichir des types comme mon enfoiré d'oncle… un grand monsieur noir tout sourire accueillait les gens à l'entrée de la mairie, un groupe de jeunes courait pour rattraper le bus remontant l'avenue Gambetta vers Saint-Fargeau, après cinq minutes de marche, me voilà arrivée à destination, chez moi, pour découvrir le soir même que ma voisine de palier était une grosse fêtarde…

Chez moi

chez moi, c'est trop dire, je n'avais jamais eu le sentiment de l'être, d'être à l'abri, ou de m'approprier totalement ce lieu, car il n'y avait pas eu grand-chose qui pouvait témoigner d'une relation entre mon corps, disons mes empreintes personnelles, et ces murs, j'étais loin du village, loin de mes géniteurs, j'étais heureuse, c'est tout, ce que j'appelais chez moi en fait, c'était une escale, un à-propos, ce n'était pas faute d'avoir voulu, espéré mieux, mais la vie va où elle veut… situé au quatrième étage, l'appartement faisait environ vingt mètres carrés, deux minuscules pièces avec petit balcon exposé plein sud, j'aimais bien prendre mon café à la fenêtre, avec une clope, ou un verre de vin, elle donnait sur une poignée d'immeubles, avec au milieu une petite rue sans prétention, mais que je trouvais très belle dans cette distance qu'elle s'imposait avec le reste du quartier, durant les premiers jours de mon installation, quand la solitude me pesait trop, je lisais, ou j'essayais de décortiquer les bruits provenant de chez ma voisine, certains soirs je sortais me promener sans but, si longtemps parfois qu'en rentrant je n'avais même pas le courage de prendre une douche, je pouvais à peine enlever mes vêtements avant de me laisser tomber sur le lit, je recommençais le soir suivant, car je ne connaissais personne à Paris que je pouvais aller voir pour discuter, j'avais très envie de découvrir la ville dans ses moindres recoins, ses moindres frémissements, seule, telle une ombre assortie à la lueur du temps, je me réveillais autour de neuf heures du matin, je prenais un petit déjeuner, avant de sortir à travers les dédales de la ville, ou m'installer dans le canapé et étudier ce morceau de ciel visible depuis mon salon… juste en face de ma fenêtre vivait un jeune couple, je pouvais voir tout ce qui se passait chez eux, à sept heures, pas avant, pas après, qu'il fasse beau ou pas, le jeune homme allait courir, prenait sa douche à 8 h 30, sortait à neuf, rentrait à dix-huit, embrassait sa copine en pleine correction de copies, allait se changer avant de se servir un verre de vin blanc, puis un deuxième, au bout de quelques minutes, la copine prenait un verre de vin aussi, elle abandonnait ses copies qu'elle n'avait pas finies, pour papoter avec son amoureux, ils riaient de bon cœur, s'embrassaient pour confirmer la sincérité de leur flamme, c'était le plus souvent elle qui cuisinait, ils dînaient au plus tard à vingt et une heures, se couchaient une heure ou deux après, un vrai feuilleton…

mes géniteurs ne m'avaient pas tout de suite coupé les vivres – c'est-à-dire ma part de l'héritage de grand-mère qui était encore vivante, ou de l'argent que celle-ci avait mis de côté pour moi, ou une maison qu'ils avaient vendue, située je ne sais où, dont je n'avais jamais entendu parler, quoi qu'il en soit, il était convenu qu'au lieu de l'intégralité de la somme qui me revenait j'allais recevoir 700 euros par mois sur une période indéterminée, pour ne pas tout flamber d'un seul coup dans cette ville folle et inconsciente, avait argué père sur un ton de directeur d'école – évidemment, j'avais fait une demande de prestations auprès de la CAF, il est impossible de vivre avec 700 euros à Paris, mais j'étais persuadée que même s'il voulait m'ôter le pain de la bouche en jacassant d'indignation, *elle n'existe plus*, mère l'en aurait empêché, par peur de représailles, que notre petit secret explose comme une bombe nucléaire, si vous voyez ce que je veux dire, en un mot, je fermerais ma gueule, je ferais semblant, pour assurer ma survie, et du même coup je récompenserais une abnégation qui n'en est pas une en réalité, mais le calcul débile d'une femme profondément mauvaise, encore une chose impossible : réussir à mesurer l'ampleur de la souffrance chez l'ennemi qui, pour un instant et des raisons faussement éthiques, se trouve obligé de mettre sa haine de côté dans une guerre qu'il veut absolument gagner… bref, je vivais juste un peu au-dessus de la pauvreté, au besoin, je pouvais toujours piocher dans le compte que père m'avait ouvert quand j'avais dix ans, grâce aux conseils bienveillants de la dame antillaise… certains soirs, animée par la simple envie de faire partie de la marée, du corps de la ville, j'allais au cinéma ou m'arrêtais à la terrasse d'un bar, à part mes cours à la fac, mes projets étaient encore flous, j'étais un peu perdue, j'avais peur, et je n'étais pas sûre de quoi exactement, d'échouer peut-être, ou de ne pas échouer mieux, pourtant je n'avais pas un but bien précis, je n'avais que l'ambition d'une vie dégagée, dépouillée de tout ce qu'on m'avait appris dans le passé, je n'étais pas le premier être humain à débarquer dans une ville inconnue, par ailleurs j'étais fière d'avoir eu le courage de partir et de commencer une nouvelle vie, un choix déterminant dont la fin m'importait peu, je m'en foutais de la tournure probable des événements, c'est mauvais pour les rêves, disait grand-mère, c'est les empêcher d'éclore, se déployer et atteindre leur paroxysme, je ne m'attendais pas à ce que cette nouvelle vie soit simple, quoi qu'il en soit, elle ne pouvait pas être pire que celle d'avant, c'était ma vie, et je relativisais à tort même dans des situations comme celles-là… le jour de mon arrivée, je me rappelle, en sortant de la gare, j'avais du mal à lire le plan des lignes, alors je me suis approchée d'une femme très bien habillée et qui m'avait l'air plus accessible par rapport aux autres personnes autour d'elle, bonjour pourriez-vous s'il vous plaît m'indiquer la ligne de métro pour aller à la place Gambetta, cette connasse m'a répondu en me demandant si j'avais vu RATP écrit sur son front, c'est-à-dire qu'elle aurait pu m'aider, mais qu'elle n'en avait pas envie, ou alors elle ne voyait pas pourquoi je l'avais interrogée elle et pas une autre, et pourquoi elle m'aiderait moi et pas une autre, je ne sais pas, et cette autre fois où je me faisais salement insulter, j'avais vécu ça une dizaine de fois déjà, tu rentres tard, il y a un mec bourré qui te crache toute sa misère à la gueule, ce n'est pas vraiment toi, ça pourrait être n'importe quelle nana, et c'est pas vraiment lui, une de ses ombres a pris le dessus, c'était d'une violence, sale pute, sale grosse, chatte pourrie, je sais que ton enfoiré de père t'a niquée, oui des putes comme toi leur père les nique, moi j'te ferais mieux, j'te chierais dans la bouche, oui c'est ça, casse-toi, va t'occuper de la morve qui coule de ta chatte, il me suggérait comment je devais crier quand mon enfoiré de père m'enculait en faisant des bruits horribles avec sa bouche… j'avais remarqué que cela n'arrivait que quand j'étais seule, jamais quand je rentrais avec quelqu'un… avec un homme

souvent en sillonnant cette ville folle, autant, voire plus que belle, distante, je ne pouvais m'empêcher de t'imaginer, l'Enfant-Cheval, passer d'un arrondissement à un autre, galopant à l'allure d'une comète, étalon napolitain sur la lave du Vésuve, *hiiihhiiiihuuu brouuu*, le rituel tue l'imagination, j'aurais voulu que tu puisses un jour goûter à cette liberté, ces folies, ces errances consubstantielles à la vie parisienne, te fondre dans la masse, t'enivrer de cette vaste anthologie d'instants, de bruits, de visages, d'éternités…

Histoires à mourir debout

on ne saura jamais les vrais noms de ces étourdissants extrêmes, ces zones sombres, ces enfers qui squattent l'humain, on se lamente, on pleure, on voudrait que ça soit une sorte de vue de l'esprit, une chose de l'ordre du possible, un terrible roman que personne ne pense à écrire, n'écrira jamais, jamais, du temps d'aujourd'hui jusqu'à la dernière génération du futur, même sous la pression du plus pervers, du plus puissant des dieux, mais hélas, tout cela est bel et bien arrivé, innommable, irréversible, et gravé pour toujours dans la mémoire universelle... j'y repensais des jours durant, hantée par chaque détail, chaque conflagration de violence, chaque gouffre, chaque perte prodigieuse, isolée, inconnue... j'avais aidé la propriétaire à monter les escaliers jusqu'à son appartement situé au quatrième étage, et c'était à peine croyable ce qu'elle m'avait raconté ce jour-là et surtout les mots qu'elle avait choisis pour le faire, on en a marre des vieux bâtiments parisiens sans ascenseur, se plaignait-elle, épuisée, sa voix douce et bien articulée malgré sa vieillesse, le jour de mon arrivée elle m'avait simplement remis les clés, sans me faire visiter, elle n'allait pas très bien, *vous venez me voir s'il y a un problème*, la deuxième fois, je l'avais croisée devant la porte cochère, je la trouvais plutôt gaillarde, dans une robe élégante et parée de bijoux discrets, bonjour l'étudiante, ça se passe bien, l'appartement vous convient, j'ai dit oui, c'est parfait, merci madame, cela dit votre voisine immédiate est une vraie noctambule, vous verrez personnellement avec elle si c'est trop pénible hein, j'ai dit ça va pour l'instant, mais oui je n'y manquerai pas si jamais, puis elle détourna les yeux, en avançant, cahin-caha, ses jambes la portaient à peine, scintillait dans son regard cette perspective pluvieuse propre aux âmes déchirées, tellement habituées à l'ombre qu'elles ne pourraient plus jamais en sortir, mais certaines urgences la poussaient en bas, ensuite pour regagner son fauteuil en haut c'était galère, j'étais là au bon moment, j'avais souvent vu ça, moi, les gens éviter les vieux en pressant le pas ou en regardant ailleurs, calculer habilement la distance qui les sépare d'eux pour ne pas leur tenir la porte, les bousculer carrément parce qu'ils marchent lentement, etc., même si je n'avais pas habité dans l'immeuble, même si elle n'avait pas été aussi gentille et arrangeante avec moi au téléphone au sujet du bail, je l'aurais tout de même aidée, elle en avait besoin, c'était évident…

c'est par là, m'indiqua-t-elle une fois en haut, elle ouvrit la porte au montant de laquelle était imprimée l'étoile de David sur un long tube doré qu'elle embrassa avec sa main, une *mézouza*, avant de m'inviter à entrer, je devais aussi l'aider à s'asseoir, et c'est à ce moment qu'elle commença à parler, je ne regarde pas la télé, dit-elle, je ne lis pas les journaux, ils mentent tous, parce que c'est plus facile, parce que ça arrange bien leur jolie petite vie, laquelle, croyez-moi, est aussi un mensonge, un fruit pourri à l'intérieur, il n'y a pas besoin de creuser, ils n'ont jamais été capables d'être différents, alors pourquoi se mettraient-ils tout à coup à l'être, à défendre la vérité contre vents et marées, les blessures de la mémoire, c'est trop douloureux, ma fille, et on n'y gagne rien pour sa survie, un peu de hauteur d'âme, rien de plus, au contraire, on aimerait pouvoir tout effacer comme on tire la chasse d'eau, certains ont essayé, mais c'est loin d'être simple, personne n'a jamais rien effacé, encore moins le jour, avec une gomme, ou un point d'interrogation…

je sentais bien qu'elle était partie pour un long couplet, il paraît que parfois tout réémerge d'une façon étonnante à la conscience des vieilles personnes qui tiennent à les raconter, à cracher leurs poumons, rien ne peut les arrêter, pour tout dire, au début je n'avais aucune envie de l'écouter jusqu'au bout, seulement pour ne pas me montrer grossière je m'assis face à elle, l'air intéressé, et derrière le fauteuil, accrochée au mur, il y avait la photo d'une jeune femme, elle avait le visage fermé, fier et intransigeant, tel un ange déchu, la propriétaire lut dans mon regard, c'est Lepa Svetozara Radić, dit-elle, il devrait y avoir plus d'âmes comme celle-là dans ce monde pourri, où l'on valorise la soumission aveugle à des systèmes mafieux plutôt que le bons sens, puis j'eus la nette impression d'avoir été téléportée dans une autre partie du temps où l'horreur était partout, normale, judicieuse, irréfragable… *tu ne tueras point*, décréta la bonne parole, premier témoin de nos sales pulsions, mais on n'y peut rien, on va à la vie comme à la mort, c'est le même bord… quand la guerre commence l'enfer s'ouvre, mon Dieu, quel gâchis, les bruits sont toujours là, déterminés, absolus, impossible de les arrêter ou de s'y dérober, elle s'en souvenait comme si c'était hier, un air toxique obombrait la ville ouverte, toute tentative de résistance était supprimée dans l'œuf, chaque Français recevait une carte nominative de ravitaillement, pour le pain, les œufs, la viande ou la charcuterie, des vêtements, ainsi que des bons de chauffage, valables un certain délai à dater de leur délivrance, avec un peu de chance on pouvait acheter des faux bons au marché noir, les bottes odieuses de la Wehrmacht et celles des tontons macoutes du régime de Vichy faisaient la pluie et le beau temps, la loi de fer de l'occupant, interdiction de circuler à partir d'une certaine heure, punitions infligées à quiconque dont la tenue à l'égard des Allemands présentait quelque imperfection, en cas de rébellion des listes d'otages étaient exigées des autorités municipales, pour chaque soldat allemand assassiné dix otages étaient fusillés, parfois plus, ce qu'il faut dire, c'est qu'aussi déterminés qu'ils étaient, les Allemands, à éradiquer systématiquement ma *sale race* et à continuer à faire tourner fluidement l'appareil du mal, ils ne pouvaient pas avoir les yeux partout, fournir l'assistance matérielle et financière, et à la fois le *désir* de tuer, si vous voyez ce que je veux dire, il aurait fallu des larbins, des nervis extrémistes radicaux, mieux que ça, une foi intacte, compulsive, indéfectible, une passion innée, un besoin vital d'authenticité incarné, personnifié par le pays occupé… le temps s'est perdu, ou il nous perd, entre la date de la signature de cette crémaillère assimilationniste de Crémieux (mes parents étaient parmi les heureux élus) et celle de la disparition de celui qui a mis au point la solution finale il s'était passé soixante-quinze années, trois quarts de siècle seulement, ça donne à réfléchir, mais à qui, et si le fait que les deux fervents instigateurs de ces hautes idées, toutes proportions gardées, portaient le même prénom c'était un détail pour le moins curieux, mais dans cet intervalle de temps la bêtise avait pignon sur rue, irréductible, voluptueuse, invitée partout, elle dansait avec tout le monde, et faisait tourner la tête du continent qui finit par l'engrosser et la prendre pour légitime épouse, j'avais peur…

ah, je ne voudrais pas abuser de votre temps et vous soûler avec mes histoires, je dis ne vous inquiétez pas, je vous écoute attentivement, vous êtes admirable, oui en effet, on avait peur, continua-t-elle, on n'avait nulle part où aller avec ma famille, et l'étau se resserrait autour de nous chaque jour encore plus, la peur, pire, la certitude de se trouver dans la ligne de mire d'un redoutable chasseur et qu'il n'y avait aucune chance qu'il rate son coup, la promulgation d'octobre 1940 sur *notre* statut confirmait la législation antisémite, la fureur absolue de l'animal français, sa haine de plus en plus appuyée de tout ce qui est juif, l'autre, etc., les chacals tapis dans l'ombre depuis des lustres pouvaient mordre librement maintenant et au grand jour, en très peu de temps l'hitlérisme et le maréchalisme furent à leur comble, il n'y avait pas de mots pour décrire ce climat sociopolitique, la vie s'éloignait, jour et nuit on invitait les Français à être intransigeants, à ne pas oublier de dénoncer, à se radicaliser davantage contre le juif, cette abominable vermine, on veut qu'elle crève, qu'ils crèvent tous, gueulait le régime, qu'il ne reste aucune trace d'eux, qu'ils aillent en enfer, qu'ils brûlent, purifions notre pays, martelaient les sauvages, les cagoulards, les gardiens d'immeuble, les mains pleines de sang, collaborons ensemble, dénoncer était devenu une seconde nature chez l'animal français, un signe, un mot suffisait, n'importe qui pouvait t'envoyer crever juste parce qu'il n'aimait pas ta tête, ta façon de boire ton café, ou parce qu'on lui avait dit que tu draguais sa fille, un patron balançait son employé pour ne pas le rémunérer, des milliers de courriers anonymes traversaient Paris comme des nuées d'oiseaux vers la place des Petits-Pères pour le bonheur du sieur Vallat, une infinité de petites solutions finales décrétées par des tiers gestapistes, petits pourvoyeurs des charniers de la haine, selon leur fantasme, leur plaisir personnel, si les raflés présentaient des caractéristiques sémites évidentes, s'il faisait beau ou pas, si…, ces fervents serviteurs du crime organisé, imperturbables, prodigieusement possédés par leurs abjectes convictions, on aurait dit qu'ils étaient venus au monde pour ça, pour le vider de ces pus, l'homogénéiser, le purifier, qu'ils se bousculaient pour attraper le même lièvre empoisonné, l'étoile absolue décernée par le chef suprême en personne, le fameux ordre de la francisque gallique, afin de rappeler cette triste France renaissant de ses cendres, faire don de sa personne à l'horreur, s'engager à le servir et à rester fidèle à son œuvre, pour le pauvre juif, chaque seconde comptait, chaque minute une fin du monde, la vieille *doxa* antisémite se ranimait et brillait de tous ses feux, il aveuglait le jour et la nuit de ses frappes lâches et définitives, le crime devenait une sorte de nécessité nationale, synoptique d'une France honteuse, misérable, et mon Dieu ça puait à plein nez, rien n'échappait au déchaînement de la fureur, cette inconcevable monstruosité contre des millions de gens, du seul fait de leur judéité, tandis que beaucoup d'autres étaient ce qu'ils étaient, il faut le dire, riches et puissants, grâce à cette France pétainiste et nauséabonde…

la vieille dame fit une pause, fixa le jour à travers la fenêtre, la vue n'était pas terrible, mais elle avait aussi un morceau de ciel, il faisait beau, sans détacher ses yeux de l'ailleurs, il n'y avait pas que des hommes et des femmes, des enfants aussi se faisaient rafler, poursuivit-elle, les policiers français les attendaient à la sortie de l'école ou du parc et les approchaient avec gentillesse, bonjour vous allez bien, vous avez passé une bonne journée, soyez gentils, venez avec nous, s'il vous plaît, nous avons quelque chose à vous montrer, vous allez aimer, tandis que les enfants avançaient deux par deux et main dans la main vers les convois, la police continuait à leur sourire, continuez de marcher, ça allait au-delà de la facilité ou de l'indifférence, c'était d'un diabolisme absolu…

elle me demanda gentiment d'aller à la cuisine et de lui apporter un verre d'eau dont elle ne but qu'une petite gorgée, nous étions cinq dans un appartement de vingt mètres carrés dans le 4e arrondissement, reprit-elle, nous n'avions rien à manger, nous vivions dans le dénuement et la crasse, dans une misère noire, comment pouvions-nous prévoir un tel déchaînement de haine contre nous, je ne l'aurais jamais cru si on ne l'avait pas vécu, pour nos bourreaux il était indispensable, de quelque façon que ce soit, qu'on nous anéantisse, parce que nous n'avions rien à faire sur cette terre, notre présence leur était trop insupportable, on les empêchait de respirer, d'exister, et à mesure que le *vent printanier* soufflait sur l'Europe, sur Berlin, Varsovie, Bratislava, Iaşi, Paris, Amsterdam, Belgrade, Bruxelles, un vent funèbre, entier, primitif, entraînant la mort à travers les couloirs les plus étroits du continent, une mort folle, extravagante, longue, inépuisable, on trouvait de nouvelles épithètes au juif, ce n'était pas une personne humaine, c'était un nez lourd, un œil de crapaud, une mâchoire de bouc, un truc, un microbe, une erreur, une souillure, une odeur particulièrement fétide, une sale apparence, un rat, un résidu de Nègre, la pire chose dans la vie, exterminons-les, on n'en parlera plus, on recommencera à zéro, oui, une nouvelle naissance sans la moindre trace d'eux, sans le moindre petit détail qui puisse rappeler leur existence, justifier leur passage sur terre, rien de leur vie, rien de leur mort, *massacre qui, pour le nombre de ses victimes, pour le hasard de ses coups, pour l'horreur de ses épisodes, n'est comparable à rien de ce qu'on a déjà vu*, quel oubli peut noyer un tel océan de haine, les questions, comme les réponses, n'ont pas de sens, la vie n'a pas de sens, des membres de ma famille, mon copain, une de mes meilleures amies étaient arrêtés (j'étais partie faire des courses, en rentrant un voisin m'a tirée par le bras, il m'a enfermée chez lui et m'a fait des gestes pour me dire de ne pas bouger ni parler, tandis que des bottes cognaient au-dessus de nous, je ne savais pas ce qui se passait) et éparpillés entre les camps de Drancy, *l'antichambre de la mort*, Royallieu, des Milles et Beaune-la-Rolande, puis déportés vers Auschwitz dans un train de la SNCF, vers l'ignorance de leur sort, d'insignifiants disparus que l'opinion brocardait allègrement en parcourant *Le Pilori*, *La Terre française*, *Comœdia*, *Je suis partout*, ou un de ces pamphlets de l'Occupation, en chantant, *Maréchal nous voilà, devant toi, le sauveur de la France, nous jurons, nous, tes gars, de servir et de suivre tes pas*, la puanteur fasciste et collaborationniste remplissait leurs poumons, et ils la recrachaient sous une forme plus abjecte encore, rien ne pouvait les arrêter… je m'en suis tirée, affirma-t-elle, grâce à un inconnu qui m'avait vendu un faux certificat de non-appartenance à la race juive, j'avais des sueurs froides malgré tout, car ce certificat, en vérité, me mettait seulement à l'abri de moi-même, l'avoir sur moi, dans ma poche, apaisait l'envie de m'égorger, de rien d'autre, ce certificat de non-appartenance à moi-même, à mon corps, à mon enfance, mon histoire, mes ancêtres, aux ancêtres de mes ancêtres, établi par le Commissariat général aux questions juives, constatait que je ne devais pas être regardée comme juive aux termes de la loi de je ne sais pas quoi, mais il suffisait que le premier des salopards crie, hé, mais regardez, elle est foutrement juive celle-là, et c'était bon, à la vérité, la distance qui me séparait de ce morceau de papier, numéroté et cacheté TRÈS IMPORTANT avait la taille d'un océan…

je regardai l'heure, ça faisait un long moment que je l'écoutais, elle porta à nouveau le verre à sa bouche, but deux gorgées, sa main tremblait, continua, après l'Occupation je me suis renseignée sur l'homme qui m'avait sauvé la vie, il habitait dans le quartier des Ternes, il s'appelait Michel de Heredia, fils d'un ancien dreyfusard et ami de Jean Jaurès, franc-maçon, il avait rejoint la Résistance au mépris de quelques-uns de ses collègues qui avaient renié sans aucune honte le serment, leur engagement solennel, pour embrasser la collaboration, Michel avait sauvé beaucoup de gens comme ça, en leur fournissant des cachettes ou des faux certificats, jusqu'à ce qu'il soit arrêté du côté de Nantes et exécuté par les Allemands, il y avait aussi un certain Tony Boncœur ou Bloncourt, fusillé au Mont-Valérien…

croyez-moi, il y a vraiment quelque chose qui ne va pas avec les humains, ils sont pourris et irrattrapables, et il faut particulièrement s'en méfier quand ils prétendent connaître Dieu… en avril 1947, continua-t-elle, une de mes amitiés d'après-guerre me raconta une chose terrible, une jeune femme mince, gentille, qui n'avait pas l'air d'avoir le crayon bien taillé, je ne sais plus comment on s'est rencontrées elle et moi, ni la raison qui l'avait un jour poussée à me parler en chuchotant de son frère aîné, un fervent religieux qui, dépassé, étourdi par les nouvelles affaires qui se tramaient, avait rapporté à leurs parents l'existence au sein de son couvent d'une filière souterraine d'assistance et d'évasion au profit des anciens nazis ou d'anciens collaborateurs, un réseau d'aide très important et parfaitement structuré, mis en place au lendemain de la guerre, ces hébergés, venus pour la plupart d'Allemagne et considérés (injustement) comme des réfugiés, étaient soutenus matériellement, se voyaient octroyer une nouvelle identité le temps d'organiser leur départ, des convois partaient dans la discrétion la plus totale, et, de l'autre côté de l'océan Atlantique ou de la Méditerranée, ils étaient accueillis, nourris, logés, blanchis, grâce à ces religieux (certains par intolérantisme, d'autres soi-disant par esprit de charité), que le diable les emporte, ces criminels de guerre ont pu gagner l'Amérique du Sud ou le Moyen-Orient, véritables terres d'accueil pour eux, d'autres étaient secrètement recrutés par les services secrets occidentaux, américains, soviétiques, etc., le père supérieur, pour les réconforter et les protéger, fabriquait tout ce qui pouvait être fabriqué, notamment de faux documents, des habits franciscains… le frère aîné de mon amie (morte de tristesse, sur elle la paix) n'en revenait pas que l'Église, le corps de Dieu, ait pu basculer dans une telle ignominie (la même Église, le même corps, qui a tant de fois contribué à sauver des juifs de la haine nazie en leur procurant un faux acte de baptême, en leur offrant la possibilité de fuir la France), il n'était pas le seul impuissant, démuni, découragé, ils étaient plusieurs à pester dans le noir, ou dès que le prélat avait le dos tourné, contre cette très curieuse orientation, le matin où les policiers de la DST et des renseignements généraux sont arrivés pour perquisitionner le couvent et questionner le prélat, on a retrouvé le corps du frère aîné au bout d'une corde, apparemment on a signalé des ecchymoses sur son corps et la présence d'éraflures supposant qu'il avait été traîné, dans la pièce, d'une hauteur sous plafond de deux mètres cinquante, il n'y avait ni bureau, ni chaise, qu'il aurait pu utiliser pour monter accrocher sa corde, tout portait à croire que c'était un cadavre pendu…

puis un silence pendant lequel, assommée par tant de mots et d'images, je ne trouvai rien à dire, à la vérité, il n'y avait rien à dire, j'étais figée, sa présence, son salon, le morceau de ciel à sa fenêtre, tout me paraissait obscur et absurde… puis elle sembla perdre le fil de ses pensées, mélangeait les dates, les situations et les personnages, ça pataugeait dans les bas-fonds soixante-huitards, leurs noirs confettis, libération mon œil, s'emporta-t-elle un peu, concert d'amphigouriques bla-bla, fille de pitoyables passions, branle-bas des braguettes, libération bon dos, fusion parfaite des hommes et des bêtes, au-delà des certitudes admirables et des folles aspirations, atelier de honteuses odyssées, en novembre 1968, pendant que la liberté triomphait encore dans les rues, en rentrant chez moi mon voisin de palier m'a violée, j'ai porté plainte, il a simplement argué que j'étais consentante, et le dossier était clos, basta, des victimes comme moi il y en avait à revendre, mais à l'époque, malgré ce renouveau républicain, ce type de criminel n'existait pas aux yeux de la loi (on se demande encore quand ce sera vraiment le cas), je ne réduis rien à rien, loin de moi cette idée, le corps collectif est fait d'une multitude d'histoires qui ne se ressemblent pas (et c'est tant mieux), pas plus que celles et ceux qui les portent ou les subissent, il est fait aussi de zones d'ombre, de mémoires, d'imprévus, je ne dis pas que c'est cette vague de possibles se voulant nouveaux qui m'a heurtée de plein fouet, mais peut-être un des monstres qu'elle avait réveillé et armé en quelque sorte, un malade mental dont je ne serai jamais l'égale, contre lequel je ne me battrai jamais pour être son égale, on ne met pas tout dans la même poubelle, mieux vaut mourir plutôt que d'être la victime qui négocie avec le bourreau, qui lui demande de comprendre, de poser un regard humain sur son agonie, il a toujours été question pour moi d'être entière et indestructible dans les choix que je fais, il n'y a pas mille moyens de vaincre le mensonge, ah là là, je suis désolée ma fille, j'en dis toujours trop, je vous laisse partir…

la dernière fois que je l'ai vue, la vieille dame, elle était assise dans les escaliers, épuisée, j'ai dit attendez, tout en étant certaine qu'elle allait encore me couper le souffle avec ses histoires, je vais vous aider madame, ah mais c'est encore vous, s'exclama-t-elle avec un grand sourire, c'est tellement gentil, elle parut soulagée, vous pouvez vous relever au moins, lui demandai-je, ah, difficile à dire, ma fille, je me sens achevée, vieillir c'est s'effondrer, aïe, hop là, on y est, merci ma petite, avant de vous laisser vous en aller puis-je vous demander une petite faveur, je dis oui bien sûr, ne vous inquiétez pas, je ne vous retiendrai pas longtemps, heureusement car j'avais cours à la Sorbonne et, il faut l'avouer, jamais je n'avais approché d'aussi près une inconnue, au village, à part Toi, je n'étais l'amie, la confidente de personne, ça ne vous embête pas de nourrir Mimi, dit-elle, c'est qui Mimi, ah vous ne le connaissez pas, il aime bien disparaître puis réapparaître au bout de quelques jours, Mimi c'est mon chat, au même instant l'animal sortait de dessous le fauteuil sur lequel je venais d'aider la propriétaire à s'asseoir, il était assez gros, avec une tête de poisson étonné, il me faisait un peu peur, et ça ne vous embête pas d'arroser aussi mes fleurs à la fenêtre, ranger ces livres dans la bibliothèque, Mimi les a fait tomber, il fait tout tomber, me passer aussi mes médicaments, hier mon fiston a oublié et les a remis dans le placard, une pochette bleue, il y a tout dedans, vous savez, je me sens tellement isolée ici, je m'ennuie, sans parler du sentiment de ne plus servir à rien, je sais que j'embête les gens avec mes histoires, vous en avez fait les frais, mais vous voyez c'est le seul moment où j'ai l'impression d'être vivante, c'est bizarre, d'avoir besoin de revenir à de telles horreurs, mon petit-fils, le pauvre, il fait ce qu'il peut, ce n'est pas simple pour lui, il travaille beaucoup et il a une famille, quand il vient me voir je ne trouve rien de mieux à faire que lui toucher le visage, il est si beau, si gentil, mon Dieu je parle trop, vous êtes tellement jeune, vous avez quel âge, j'ai dit dix-neuf ans, un âge plein de lumière, dit-elle, malheureusement on n'est pas tous libres de diriger cette lumière dans le sens de notre conviction, de notre foi, vous avez sans doute entendu parler de cette jeune femme, elle a le même âge que vous, qui a été moquée, humiliée et harcelée en raison de sa confession juive, quand une chose pareille vous arrive, croyez-moi, vous êtes secouée au plus profond de vous-même, soit vous abandonnez et vous laissez mourir la lumière divine en vous, la plus juste de toutes, soit vous la faites briller encore plus fort, en allant puiser plus loin dans l'infini intérieur, cette jeune femme ne représente qu'un cas (le plus visible et visibilisé) parmi tant d'autres, oh non, ma fille, ne me croyez pas sur parole, allez voir comment ils aboient sans arrêt, s'élancent en tirant de toutes leurs forces sur leur chaîne, il devient de plus en plus évident que la mort furieuse est toujours là, elle fait les cent pas derrière les rideaux, les poings fortement serrés, les yeux rouges de haine, en attendant le moment propice pour éclabousser le jour…

pause… la vieille dame ferma les yeux en respirant profondément, accusant l'angoisse que cette éventualité avait fait naître en elle, silence… je me suis donné pour objectif pendant plusieurs années de compter jusqu'à six millions, je n'y suis jamais arrivé… nouveau silence… enfin, fit-elle en tournant son regard ému vers moi tout en m'adressant un sourire, le genre qui invite, contraint à changer de note, à la manière dont vous regardez mon Mimi, ça se voit que vous aimez les animaux, je me trompe, j'hésitai à dire non pas vraiment, finalement je ne dis rien du tout, je n'aime pas les animaux, enfin j'aime les animaux mais je trouve ça cruel de les enfermer dans un appartement exigu pour bénéficier des avantages de leur présence, sans quelque chose à maltraiter certaines personnes ont du mal, elle avait compris mon silence, ce n'est pas grave, dit-elle, croyez-moi, ils n'ont pas tant besoin de nous que ça… j'ai fait tout ce qu'elle m'avait demandé de faire et je suis partie, soulagée

Nathan

dans le mois qui a suivi ma dernière visite chez la propriétaire, je fis la connaissance de son petit-fils, il avait tout de suite reconnu celle qui avait été affable et pleine d'attention envers sa grand-mère, la vieille dame avait dû lui en parler, elle avait raison, il était beau, musclé, pas très grand, je n'avais jamais vu un homme aussi bien habillé, au bout de quelques minutes de discussion, il m'invita à boire un café, soi-disant pour me remercier, je ne me suis pas fait prier, le peu de temps que j'avais passé en compagnie de sa grand-mère me donnait la nette impression que j'avais connu cette femme depuis toujours – elle me rappelait grand-mère en certains points, ses mots rigoureusement choisis, et sa grande liberté de ton, je n'en avais vu que peu d'exemples dans ma vie –, donc cela me paraissait presque naturel de répondre positivement à l'invitation de son petit-fils, je dois aussi avouer que c'était la première fois que ça m'arrivait, qu'un homme se comportait ainsi à mon égard, il me parla un peu de lui, il avait une femme et deux enfants, il était agent de sécurité de nuit au cimetière du Père-Lachaise, le jour il se reposait, s'occupait des mômes, passait dès qu'il pouvait voir sa grand-mère à qui il disait vouer une admiration sans bornes, et évidemment il n'avait pas les moyens de la mettre en maison de retraite, ce serait bien pour elle, pensait-il, au moins il y aurait des gens pour écouter ses histoires, mais le loyer que versait leur locataire (moi) permettait à peine de faire vivre la vieille, la vie à Paris devenait de plus en plus chère, il parlait sincèrement alors qu'on ne se connaissait pas, les hommes, les vrais, se livrent facilement, disait grand-mère, moi je pense que c'était sa façon de draguer les nanas, en s'apitoyant sur la vie de sa grand-mère et sur la sienne, s'il n'avait pas de boulot pour payer son loyer et nourrir ses gosses, et que sa femme lui cassait les couilles par-dessus le marché, je comprendrais, mais c'était loin d'être le cas, il y en a qui éprouvent un besoin compulsif de se plaindre, de mettre leur petite misère en avant, pleurer à côté de sa gamelle pleine, c'est très français ça, bref, moi je viens d'un petit village, lui expliquai-je, et ça fait un peu plus de dix mois que je suis à Paris, je fais des études de lettres à la Sorbonne, il me posait plein de questions et se montrait très intéressé par ce que je lui répondais, mon premier vrai échange avec un homme, depuis l'histoire de mon viol j'étais pour ainsi dire bloquée à chaque fois qu'un homme pénétrait dans mon périmètre vital, Nathan ne brusquait rien, je ne me sentais pas du tout oppressée, comme c'était souvent le cas avec les mecs, c'est moi qui ai précipité les choses, une heure après on était tous les deux dans mon lit, c'était agréable, l'occasion de sentir autre chose dans mon ventre que les atroces reliquats du passage de l'oncle, ça vasouillait au début, mon corps fuyait malgré moi, pendant quelques secondes, à la place de celui de Nathan, je crus voir le visage du condor se moquant de moi, m'insultant, *je vois que tu commences à aimer ça, hein, une belle salope comme sa mère, ha ha ha*, je me concentrai de toutes mes forces pour tenter de surmonter ces lugubres ricanements, je ne m'en croyais pas capable, je chuchotai va te faire foutre, fumier, casse-toi, sors de ma vie, sors de mon corps, quoi, fit Nathan, éberlué, qu'est-ce que t'as dit, tu viens de me traiter de fumier, je dis non, pas du tout, pardon, ça n'a rien à voir avec toi, ne te fâche pas, reviens, s'il te plaît, baise-moi…

je m'arrangeai pour ne plus croiser la propriétaire, pour être honnête, sa solitude me faisait flipper, et tous ces paysages intérieurs lugubres où elle était comme qui dirait coincée, toujours les mêmes litanies, une mémoire blessée que son petit-fils (que j'ai revu deux jours après notre partie de jambes en l'air) écoutait ruminer sans l'entendre, elle continuait, parfois sans se rendre compte que celui-ci était parti depuis longtemps, je l'imaginais tourner en rond dans cet appartement entourée de souvenirs (remontant d'une enfance lointaine, de la guerre, de ses amours…) qu'elle touchait de sa main qui ne savait plus toucher, regardait de ses yeux froids, épuisés, aimait d'un cœur qui n'avait plus de mots pour élever dans ses prières l'âme de ses chers disparus, elle tremblait des jours durant, envoûtée, morte de peur, persuadée qu'ils étaient là les monstres de la Wehrmacht, les chasseurs de *cafards*, leurs bottes résonnaient dans les couloirs, les escaliers, sur le toit, dans sa tête, *traquons-les, éliminons-les*, tout était rempli par cette nécessité absolue, un corps n'est pas fait pour contenir autant d'ombres, de fins du monde, elle parlait à ses morts, je pleurais aussi en pensant à elle, en pensant à grand-mère, j'aurais voulu qu'elles se rencontrent, qu'elles deviennent les meilleures amies du monde dans une autre vie, dans n'importe quelle vie autre que celle-là, il devrait y avoir une vie à part pour les âmes immaculées, pour les mamans et leurs nouveau-nés, pour les hommes de bonne volonté, quand je pensais au paradis il me venait à l'esprit l'image de ce monde-là, peut-être que je devrais retourner la voir, me disais-je, avant de me rendre compte que j'avais mille autres choses à faire

Nathan et moi nous sommes revus, perdus de vue, revus, son humeur s'assombrit quand je lui expliquai, un jour après qu'on a longuement fait l'amour, qu'on ne devait plus jamais se revoir, *tu as ta vie, Nathan, une femme et des gosses, ce n'est plus possible pour moi*, à vrai dire j'en avais rien à cirer qu'il soit marié, avec une famille, ou qu'il fasse une escale dans mon lit ou pas avant ou après son boulot, je n'en étais pas encore au stade de me sentir seule comme un mort dans sa tombe, une âme noyée dans une mer sans surface, après notre discussion, je dois même avouer que je ressentis une sorte de pincement au cœur, pire, de la tristesse, il me faisait l'amour comme un exalté, et toute la nuit parfois, c'étaient les seuls moments où j'aurais pu importuner ma voisine, mais souvent elle aussi se faisait bourrer en même temps en miaulant, bref je l'aimais bien, Nathan, un homme d'une rare finesse, avec un grand cœur, mais j'avais peur de tomber dans une routine meurtrière, alors que j'avais dix-neuf ans, à cet âge on ne fusionne avec personne, on s'ouvre, on multiplie les expériences… si vous lisez ce cahier jusqu'au bout, vous conviendrez avec moi qu'une femme ne devrait jamais fermer la porte et s'abandonner entièrement à un homme, jamais… en partant, Nathan me dit une chose assez surprenante, *si un soir l'envie te prend de faire un tour dans mon cimetière, sache que c'est possible…*

Ma voisine rousse

il était à peu près dix-sept heures quand quelqu'un sonna chez moi, c'était ma voisine, elle était déjà bien pintée, vous auriez une clope pour moi, me demanda-t-elle... jeune, corps émacié, regard hautain et fatigué, le genre de tête qu'on n'oublie pas, je l'entendais rentrer presque tous les soirs avec ses gueulards de copains, étirer la nuit dans son trente mètres carrés, pourrir celle des autres, on pouvait facilement imaginer la quantité d'alcool et de drogue qu'ils s'envoyaient à la manière dont ils hurlaient avec la musique pendant des heures, une véritable torture... j'ai dit je suis désolée, je viens de terminer mon dernier paquet, merci quand même, fit-elle avec une moue vaguement déçue, elle paraissait avoir oublié notre brouille – pour elle, c'était clair j'avais voulu lui gâcher sa soirée en toquant à sa porte, car c'était très vite parti en couille, elle m'avait parlé comme si j'étais une image insignifiante, la pire des chieuses, non je ne suis pas une pauvre nana, avais-je rétorqué, je veux juste dormir tranquillement, et je ne crois pas être la seule dans cet immeuble, je m'en fous de votre nom et de qui vous êtes, j'habite ici moi, j'ai tout à fait le droit de m'exprimer, comme vous d'ailleurs, si quelqu'un du voisinage croit pouvoir tout se permettre et dépasse les bornes, mais pour qui vous vous prenez, allez vous faire foutre vous aussi –, une fois que tout cela était dit, je m'étais fait une ennemie c'est sûr, cette dispute n'aurait pas eu lieu, je n'aurais même pas eu besoin d'aller frapper si cette hurluberlue avait eu un brin de bon sens et de bienveillance, hé les gars, parlez moins fort maintenant, il est une heure du matin, il y a mes voisins à côté, non on ne s'en fout pas, je vous le demande gentiment, sinon vous dégagez, je ne plaisante pas, c'est vous qui faites chier là, bon puisque vous n'êtes pas capables de faire un effort, la soirée est terminée, allez, foutez-moi le camp d'ici… il aurait suffi de presque rien, mais il n'en avait pas été question…

avant de la rencontrer, je voyais déjà qui c'était, ma voisine, elle avait eu son portrait dans je ne sais plus quel journal, il y a quelques mois, quatre colonnes bien serrées, et des photos, à la hauteur d'un hommage, c'était pas n'importe qui, tout le monde n'est pas dans le journal, avec des appréciations élogieuses d'un journaliste, sur ces images on la voyait énervée, exhibant une pancarte au milieu d'une manif, *non aux violences faites aux femmes*, ou pleurant sur une scène, se pliant sur elle-même comme pour amortir sa douleur, remerciant son public levé pour l'applaudir, la distance entre mon univers et celui de ces photos s'était raccourcie d'une façon étrange une fois que je m'étais retrouvée face à elle, j'avais l'impression d'avoir longtemps vécu avec cette image d'elle, debout, impatiente, au milieu de ses sacs qui débordaient pour la plupart, essayant vainement d'ouvrir sa porte en tournant la clé dans tous les sens dans la serrure, au lieu de lui proposer mon aide, j'ai dit bêtement, mais c'est vous, c'est moi quoi, fit-elle, en affichant cette mine de quand on se fait aborder par un lourdingue, bonjour, oui, vous, continuai-je sur le même ton, il y a quelques mois vous étiez dans le journal, lequel, me demanda-t-elle avec cet air instinctif, suffisant des gens fameux, vous êtes journaliste, ah non, fis-je, pas du tout, je suis étudiante, c'est mieux qu'un tas de choses, moi je suis comédienne, bravo, dis-je, bravo pourquoi, elle arrêta de fatiguer la serrure pour me fixer droit dans les yeux, déstabilisée, je répondis eh bien bravo parce que vous êtes comédienne, c'est bien non, en plus vous êtes connue, non c'est pas bien, s'écria-t-elle, je fais du théâtre, je ne raconte pas des blagues, qu'est-ce que vous avez tous à prendre les comédiens pour des clowns, mais c'est pas ce que j'ai dit, le théâtre c'est vivant, oui je trouve ça bien aussi, enfin, très bien, on pouvait constater ma maladresse à des milles à la ronde, elle s'en était rendu compte, car je restais plantée là comme une conne, elle recommença à agiter la clé dans la serrure, mais celle-ci ne cédait pas, putain qui peut m'aider à ouvrir cette satanée… je m'exécutai illico, comme si une force mystérieuse avait soulevé et poussé mon corps vers elle, il m'a fallu deux secondes pour ouvrir la porte qu'elle me claqua au nez sans dire merci, je compris plus tard à quel point cette fille était déchirée, et aussi l'énorme capacité qu'elle avait à tourner une situation à son avantage…

à vrai dire, le court mais dense extrait que je connaissais de sa vie s'arrêtait au journal, à notre dernière conversation dans le couloir et à ses bringues nocturnes, il faut vraiment être malheureux pour faire autant la fête, pensais-je, j'avais raison, un soir, j'avais entendu sa porte claquer furieusement, si fort que j'avais cru qu'elle s'était envolée, puis, au bout d'un moment, elle s'est mise à parler toute seule en appuyant sur ses mots… *abattre la cerisaie, pardon, mon cher, vous n'y entendez rien, s'il y a dans toute notre province quelque chose d'intéressant, de remarquable, c'est notre cerisaie…* un silence suivi du bruit d'une bouteille écrasée contre le mur mitoyen, je sursautai, ne m'y attendant pas, un autre silence, aussi indescriptible et incisif que le précédent, puis elle reprit, allons, il faut prendre notre café, je suis si heureuse de te retrouver en vie… sa voix était à la fois si proche et si lointaine, elle polissait la nuit, déchirait le temps, rassemblait mille instants dans sa discontinuité, un poème atroce, *est-il possible que je sois ici…* (elle rit) *je voudrais sauter, battre des mains… est-ce que je ne rêve pas… Dieu le sait, j'aime tendrement mon pays…* j'ai compris qu'elle lisait un texte, elle lui parlait plutôt, à ce texte, lui confiait ses creux, ses secrets, c'est le sentiment que j'avais eu, je ne connaissais pas grand-chose au théâtre, bordel de merde, cria-t-elle soudain, avant de se mettre à pleurer, pleurer, pleurer, balancer encore des choses contre le mur, la déferlante intérieure, trop longtemps comprimée, elle pleurait encore, j'imaginais l'appartement fiché là, indifférent à ses hoquets, rectangle autour d'un matelas posé à même le sol, ses vêtements éparpillés, et des livres, beaucoup de livres, là où il n'y avait eu jusqu'alors que musique, discussions enflammées, cris et coups à boire venait de s'abattre la tristesse, et je commençais à avoir peur que ses idées deviennent noires et insurmontables, qu'elle se fasse du mal, dans un premier temps j'hésitai à aller toquer chez elle, principalement à cause de notre dernier affrontement, sa porte venait d'être claquée à nouveau, je tendis l'oreille, ils étaient deux maintenant, ils parlaient un peu fort et en même temps, je n'arrivais pas à choper un traître mot, mais j'avais reconnu la voix de l'autre personne, c'était son copain, ou son amant, un garçon élancé, maigre, artiste et amateur de vie nocturne, je savais que c'était lui, car une fois je l'avais entrevu tripotant ma voisine dans les escaliers, en croisant mon regard il m'avait demandé si je voulais les rejoindre, qu'ils n'y voyaient pas d'inconvénient, tais-toi, connard, lui avait répondu sa chérie…

encore des éclats, et des cris, ce n'était pas possible, qu'est-ce qu'il se passait, j'avais peur, j'étais inquiète (il fallait faire quelque chose avant qu'il ne soit trop tard), le copain, lui, avait l'air plutôt serein, trop serein, c'est lui qui vint ouvrir se retrouvant nez-à-nez avec moi, un sourire confus déformait ses lèvres, après tout ce qu'avait dû lui raconter sa copine à mon sujet – la chieuse, la gâcheuse de soirée, celle qui empêche les autres de s'amuser parce qu'elle ne s'amuse pas –, il aurait pu avoir une attitude irrespectueuse à mon égard, du moins méfiante, on ne va pas chez les gens sans y avoir été invité, à Paris comme ailleurs, le copain avait donc une bonne raison de m'envoyer chier, mais il ne le fit pas, ah c'est vous, dit-il ironiquement, notre chère voisine qui prend tout à cœur, alors dites-moi, vous ne vous êtes pas trompée de destination par hasard, que nous vaut l'honneur de votre visite, tout en s'écartant, mine de rien, pour me laisser entrer, il était défoncé à la *weed*, ça se sentait, j'hésitai, je n'étais pas là pour disons violer leur intimité, mais juste pour m'assurer qu'une catastrophe n'était pas en train de se produire, la même force mystérieuse, qui m'avait intimée de lui arracher la clé de la main, à ma voisine, m'attira – en tirant sur une corde invisible attachée à ma ceinture – de l'autre côté du mur qui était encore plus bordélique que je l'avais imaginé, même la lumière émanant du lampadaire contre la façade semblait vivre ses derniers instants, le sol était jonché de bouteilles de bière vides, de bris de verre, de mégots, d'assiettes sales, etc., dans un coin, posée sur une valise, il y avait une énorme poupée aristocrate, des livres étaient empilés de part et d'autre, un espace était laissé vide au milieu de la pièce… qu'est-ce que tu fous ici bordel, me demanda ma voisine d'un ton faussement calme, puis à son copain en criant, bordel de merde pourquoi tu as laissé cette pouffiasse entrer ici, il a dit oh t'énerve pas, elle a sans doute un truc à te dire, pourquoi t'es là en fait, je dis je ne sais pas, j'ai cru comprendre qu'il y avait un souci, alors… alors quoi, m'interrompit-elle, quel souci, vous voyez un souci là, non, maintenant rentre chez toi, et ne t'avise plus jamais de revenir me déranger, dit celle qui faisait trembler les murs avec sa musique horrible, ici c'est mon trou, je fais ce que je veux, mais calme-toi, lui dit son copain, tu as cassé des trucs, elle s'est inquiétée c'est tout, et moi j'étais plantée là à chercher dans les yeux dévastés de la voisine les réponses à sa colère, à en savoir plus qu'elle n'aurait voulu révéler, mais je n'avais rien à faire dans cette pièce, j'en étais parfaitement consciente, j'étais tout ce qu'elle ne voulait pas voir à cet instant précis, une voisine, une inconnue, au moment où ça n'allait pas pour elle...

le regard de la poupée était à la fois distant, passif et illuminé, mais j'avais l'impression qu'elle souriait par moments, suffisante, moqueuse, reliquat d'une ancienne époque, ses habits étaient d'une remarquable somptuosité, toute cette élégance filiforme, corsetée, étoffée, perlée, ciselée, déployée dans cet endroit me paraissait inconcevable, le copain alluma une clope, me proposa une bière, il en avait rapporté des fraîches dans un sac en plastique, volontiers, dis-je, puis à ma voisine : laisse tomber ton bouclier, crois-moi, je ne voulais pas t'embêter, je t'ai entendue pleurer et je suis venue... et tu t'es dit, la pauvre, que tu vas la sauver, la sortir du pétrin, pourtant, autant que je me souvienne, je n'ai pas crié au secours, non pas du tout, je ne veux sauver personne, j'ai déjà beaucoup de mal à trouver un équilibre dans ma propre vie (je ne sais pas pourquoi je disais ça, c'était bizarre)... je pleurais, je pleurais, s'écria-t-elle, et alors, c'est interdit d'écouter de la musique, c'est interdit de pleurer aussi, hein, mais ça ne regarde personne, elle prit un livre sur une des piles, le feuilleta machinalement, pensive, les yeux perdus dans un rêve de fumée, puis se mit à déchirer les pages avec une rage contenue, *voilà, voilà, voilà*, avant de balancer ce qu'il en restait au milieu de la pièce parmi les tessons de bouteilles, calme-toi, lui dit encore son copain, dis-moi ce qui se passe enfin, je ne t'ai jamais vue comme ça, elle le fixa d'un regard intense, dur, elle avait une drôle de manière de s'adresser à lui, était-ce à cause de ma présence inconvenante dont il était en partie fautif, ou quelque chose qui s'était installé dans leur relation par le biais des non-dits, de la jalousie maladive et de l'obsession, une pluie de reproches, faut être vraiment un bel enfoiré pour me dire ça, te dire quoi, à chaque fois que j'essaie de te parler tu me coupes la parole pour me raconter tes conneries, tu ne sais pas écouter, ce qui compte c'est toujours ce que toi t'as à dire, désolé ma chérie, j'avoue que parfois je suis vraiment à côté de mes pompes, surtout en ce moment, j'ai l'impression de faire des études pour rien, et je suis fauché comme c'est pas possible, après ces mots le copain alluma une autre cigarette, les nuages emplissant la pièce la rendaient encore plus asphyxiante, la poupée n'avait pas l'air gêné, au contraire madame ne se départait pas d'un poil de son prestige d'ancien temps, j'avais encore soif, j'acceptai une autre bière, putain j'hallucine, reprit ma voisine, j'te parle de moi, et toi tu me dis que t'es fauché, c'est quoi le rapport, je ne me fiche pas de tes soucis, ma chérie, qu'est-ce que j'en sais après tout, tu n'en finis pas de beurrer le pot depuis tout à l'heure, je ne suis pas du tout aidée, je ne m'attendais pas à ça non plus, vu le sale égoïste que tu es, tu ne dis jamais nous, c'est injuste de dire ça, rebondit le copain, si j'étais un égoïste, un bel enfoiré, je ne serais pas là avec toi, personne ne te retient ici, lui dit sa copine, va-t'en, je ne veux plus revoir ta gueule, tu es là mais t'es pas là, je ne peux pas compter sur toi, t'es tout le temps défoncé, t'es horrible avec moi, alors que je fais tout pour que ça marche entre nous, tu me fais chier, je suis fatiguée, j'en ai marre, et elle commença à se cogner la tête contre le mur, très fort, plusieurs coups avant que le copain la retienne, ça me fit mal de voir ça, la poupée, quant à elle, n'en avait rien à cirer... tout ça se déroulait sous mes yeux, mais c'est comme si je n'étais pas là, ou qu'une simple ombre, bordel, qu'est-ce que tu fais encore là, toi, qu'est-ce que tu me veux, pourquoi ne retournes-tu pas tranquillement à ta petite vie parfaite, je sais ce que pleurer veut dire, dis-je pathétiquement, ces mots m'étaient sortis de la bouche comme ça, presque à mon insu, oh c'est mignon, fit-elle, et ça veut dire quoi, écoute, je comprends ta colère, je suis désolée pour l'autre fois, c'était un peu exagéré, je n'aurais pas dû te traiter de pute, mais vous avez quand même continué votre soirée en faisant encore plus de bruit, ah ça oui, fit le copain que la rousse toisa vivement, tu es sûre que tu es venue pour t'excuser, c'est fait, voilà, maintenant casse-toi... ça suffit, cria le copain à son amie, dis-moi ce qui ne va pas, tu débloques complètement là, ta gueule, répliqua-t-elle, je le dis si je veux, et à compter de ce soir je considère qu'on n'est plus ensemble, elle se retourna pour regarder la poupée perdue dans ses buées abstruses, puis elle se remit à pleurer, sans vouloir la juger, elle se comportait vraiment comme la comédienne qu'elle était, en cherchant à capter l'attention et maintenir l'intérêt de son public, il y en a qui ont du mal à vivre autre chose que ce qui les rend odieux et vulnérables, et dont ils sont incapables de s'affranchir, le copain posa sa bière et sa clope, s'approcha d'elle, la prit tendrement par les épaules, mais qu'est-ce que t'as, parle-moi, c'est quoi tout ce mystère, c'est chiant à la fin…

je dois vous laisser, désolée de vous avoir importunés, dis-je en déposant ma bouteille vide, pas tout de suite, s'écria-t-elle en me tirant par le bras, tu n'iras nulle part, tu vas rester là et écouter ce que j'ai à dire, je te le demande gentiment (après un court silence), tu as déjà lu *La Cerisaie*, m'interrogea-t-elle, je dis non, mais j'avais bien compris que le tas de pages froissées, déchirées, éparpillées au sol en était un exemplaire, débris d'une frustration apparemment profonde, sur ce qui restait de la couverture on pouvait voir un bout de visage blanc, barbu, appuyé sur une main dont l'index pointait vers le haut, les lunettes reliées à un cordon, Tchekhov, ce nom ne te dit rien non plus, je dis oui mais je n'ai rien lu de lui, *La Cerisaie*, poursuivit-elle, c'est une pièce de théâtre, j'ai travaillé sur la mise en scène pendant deux ans, maintenant que tout est prêt, le directeur du théâtre, cet enfoiré, il me dit que ce n'est plus possible de la programmer, ha ha ha, entendis-je s'esclaffer la poupée, oh le bâtard, dit le copain pardessus le rire traînant de la dame de chiffon, il t'a dit pourquoi au moins, la ferme, j'ai pas fini, hier il m'a invitée au salon à l'étage du *Père Tranquille* pour discuter de tout ça autour d'un verre, tandis qu'il détaillait les fausses raisons de ce revirement, que la production est trop lourde, que ça va coûter trop cher à son théâtre, etc., et les éventuelles possibilités d'y remédier, il a commencé à me tripoter sous la table, d'abord légèrement, puis sérieusement, j'étais… (elle pleurait) j'étais stupéfiée, incapable de réagir, on aurait dit que j'étais consentante, que je n'avais aucune raison logique de m'opposer à cette main, mais c'était tout à fait le contraire, mon estomac se remplissait d'une mer boueuse, j'arrivais seulement à me retenir pour ne pas dégueuler, en gros, il était en train de me proposer un marché, si je repoussais cette main irrévérencieuse, sa décision de directeur était maintenue, il n'y aurait pas de représentation, ni rien, et si j'acceptais, c'est-à-dire si je me laissais traîner *stricto sensu* dans un des hôtels du coin, alors tout irait bien, la pièce serait jouée, tournée, mais cela voudrait dire aussi valider avec mon cul deux ans de travail acharné, d'élaboration, de dramaturgie, de recherche, vers une matière, un angle, un point de vue, il continuait mine de rien de me tâter, forçait mes cuisses à s'écarter, pourquoi pas, ah bah oui, ce n'est qu'une comédienne, une chatte, une petite salope, on va la sauter, et alors, elle a bossé comme une folle, mais ça ne suffit pas pour qu'on la programme ni pour la rémunérer correctement, c'était calculé, le fumier, il a attendu que j'arrive à un point déterminant de mon travail pour m'inviter à boire un verre, ne pas me donner le choix… elle dit aussi cette phrase qui me toucha beaucoup : *je pleure depuis mon enfance, j'en ai marre, je suis fatiguée*, je la comprenais tellement, je baissai la tête et eus une pensée pour toutes ces femmes auxquelles on demande de se donner ou qui n'ont pas d'autre choix pour survivre, mériter ou garder leur place, le milieu de la culture est empesté de nombrilistes et de mafieux qui exploitent le courage et le talent des autres, affirma le copain, c'est connu, ne t'inquiète pas ma chérie, ça va aller, après un silence particulièrement gênant, se tournant vers moi, son visage reprit déjà cet air insouciant qui semblait vraiment le caractériser, car comment a-t-il pu, en un si court laps de temps, passer de l'histoire tragique que venait de raconter sa copine à ça : j'ai vu comment tu matais la poupée, dit-il, elle s'appelle Ranievskaïa, elle te plaît, je peux t'arranger le coup si tu veux, ha ha ha, je plaisante, c'est pour détendre l'atmosphère, puis voyant que cela ne me faisait pas rire du tout, il m'a dit ce qu'on dit d'habitude à quelqu'un quand on a (presque) la certitude qu'on ne le reverra plus jamais : à bientôt j'espère, il me parut comparable à ces gens qui excellent dans l'art de l'effacement, agonisent derrière leur masque enjoué, une face dedans, une face dehors, emmurés dans leur écartement, au fond de ses yeux se nichait une tristesse contre laquelle il semblait lutter en vain, une tristesse anonyme, ineffable, sans début ni fin, parfois inconnue de ceux qui la portent, ça fait des yeux qui vous regardent mais qui en réalité ne regardent nulle part… en sortant de chez ma voisine (ça se remettait déjà à gueuler), je dévalai les escaliers et me précipitai dehors, j'avais besoin de respirer, marcher, réfléchir…

Décalage

aussi loin que je puisse remonter dans mes souvenirs, l'école m'a toujours soûlée, mais malgré tout ce qui m'y déplaisait (l'incivilité et l'usage de la violence de mes camarades – masculins – comme mode d'expression et d'affirmation de soi, le décalage océanique entre la performance des maîtres et notre discernement d'élèves...), j'avais fini par aimer y aller, car c'était le seul lieu vivant au village, et ça m'éloignait de l'ambiance pourrie à la maison... mais qu'est-ce qu'on s'ennuyait putain, en classe on n'était pas autorisés à parler, à s'exprimer – en d'autres termes participer –, le maître radotait de tout son soûl, et on devait suivre avec beaucoup d'attention ce cours magistral autant qu'on s'impatientait du providentiel retentissement de la sonnerie annonçant la recréation ou la fin de la classe, pour se soustraire à cette inépuisable torture... en y repensant aujourd'hui, on n'était rien qu'un tas de rejetons sous la botte d'une dictature scolaire qui nous maintenait dans une léthargie proche de la mort de l'esprit, jamais ne sortait de nos bouches d'élèves une parole qui n'avait pas déjà été dite, reprise par le maître de manière fastidieuse… bref, l'idée de tout plaquer s'imposa naturellement à moi au cours de mes trois premiers mois à la Sorbonne, les efforts fournis par la suite ne furent que l'élégant dénouement de la manivelle de la routine, certains cours me montaient à la tête comme un mauvais alcool, donnés par des profs, disons des psittaciformes doués pour l'imitation des sons et de la parole, excellents dans l'art de raconter n'importe quoi sur un ton assuré pour avoir l'air brillant, de clore des débats qui n'avaient pas eu lieu, je m'y faisais un peu chier, c'était certain, mais, pour tout dire, je ne savais pas vraiment ce que je voulais faire de ma vie, par ailleurs je lisais beaucoup, des classiques en grande partie, des lectures obligatoires ou recommandées, souvent pénibles, et pendant mes temps creux je voyais des amis, des sorbonnards, un peu bobo, je dis des amis, j'exagère un peu, disons des accidents plus ou moins enthousiasmants, environ deux semaines après la rentrée universitaire, s'étant découvert quelques apparentes affinités entre étudiants, on avait créé un groupe, composé de six ou sept membres et caractérisé par une certaine hétérogénéité sociale, qu'on avait baptisé du nom de LAC, Les Alcooliques Consensuels, on se faisait appeler lacistes, après les cours, si on ne trouvait pas plus judicieux de les sécher, on se posait au bord de la Seine avec tout ce qu'il fallait, du café-thé-whisky, notre cocktail emblématique, un quart d'un verre de café, un quart de thé, et du whisky pour compléter, le goût métallique de cette boisson matchait parfaitement avec le cannabis ça picolait raide, papotait, défoncé, parfois jusqu'à pas d'heure, les lumières de Paris battaient des paupières d'une façon proche de la poésie, elles nous faisaient ressentir toute leur présence, et le miracle d'être ensemble à cet instant précis, les croisières sur la Seine me rappelaient l'histoire des grandes migrations européennes que m'avait racontée grand-mère, au XIXe siècle, environ soixante millions d'Européens ont participé aux migrations de masse vers des pays lointains, paysans, anciens insurgés, juifs fuyant le pogrome, tous espéraient une vie meilleure, le reste du groupe ne comprenait pas pourquoi je faisais un signe d'adieu de la main à chaque fois qu'un de ces étranges bateaux passait, rempli de gens qui, contrairement aux migrants entassés dans la cale et sur le pont, mangeaient, buvaient, dansaient, tribord, bâbord, non sans se délecter de ces vues uniques sur Paris, j'agitais ma main pour dire au revoir à tous ces déplacés du monde et leur souhaiter bonne chance, et je pleurais au plus profond de moi-même…

comme tous les autres membres du LAC, j'accumulais les conneries, les amants, les cuites, les amendes dans le métro – Paris est infesté de sous-flics, contrôleurs, larbins, concierges, agents de sûreté, videurs, vigiles, voisins, toutes sortes d'amphibies qui surveillent, filtrent, répriment, férus de fiches –, tout allait si vite, je n'avais pas le temps d'aller au bout des choses, je ne poursuivais rien en particulier, je voulais tout essayer, tout vivre, comme si tout à coup je me révélais à moi-même, se réalisait une sorte de synergie entre mon corps et mon esprit, ça ressemblait à une crise, j'avais même fantasmé sur la possibilité de me faire entretenir par des grands-pères en échange de prestations sexuelles, je me suis dit que ça pouvait être marrant, je l'avais raconté au groupe comme j'aurais raconté ce que j'avais fait la veille et avec qui, on prenait l'habitude d'unir nos désinvoltures, nos excentricités à la vie parisienne, de nous livrer à des expériences tant insolites que normales pour notre âge, celle-ci rêvait de se marier sur une île lointaine, celle-là de partir se faire adopter par une tribu en Afrique, celui-ci d'acheter une ferme et d'y vivre seul avec ses animaux, celui-là d'investir dans la restauration gay, produire que des artistes noirs, se faire refaire le visage pour ressembler à un Chinois, on rigolait de bon cœur de tout, jamais au sein du groupe on ne faisait passer les fantaisies de l'autre avant lui, jamais on ne mesurait ses capacités humaines et intellectuelles à l'aune d'une pitrerie lancée dans une ambiance alcoolisée entre étudiants qui étaient censés être animés par un esprit de liberté et de tolérance, en tout cas en ce qui concernait le cercle qu'on avait formé, mais à ma grande surprise, la révélation de mon fantasme de me prostituer avec des vieux fut mal reçue, éclaboussure provoquée par l'explosion d'une bombe, je me sentis jugée, mes *délires* les horripilaient, tu ne devrais pas t'en faire, ils font semblant de vouloir en finir avec la morale, mais c'est tous des coincés au fond, me dit une autre fille de la bande, elle s'appelait Colombe, et je l'ai revue après dans un cadre plus personnel, ça lui faisait si drôle aussi qu'ils réagissent de la sorte à une blague, néanmoins une parole décalée, pour reprendre son expression, ça ne devait pas être la première fois qu'ils me trouvaient vulgaire, schizophrène, je les regardai l'un après l'autre, leurs yeux abondaient presque tous dans le même sens, même pour rigoler, comment peut-elle penser à des situations aussi glauques comme coucher avec des vieux, elle est trop mystérieuse, qui est-elle vraiment, ce qui l'intéresse ce n'est pas forcément nous, elle ne recherche pas de relations particulières, elle aurait pu faire partie de n'importe quel groupe, ça ne changerait rien pour elle, ses motivations, si elle en a, ne sont pas claires, leurs yeux soutenaient que ce que je disais à propos des vieux ce n'était pas un jeu, mais une sorte de vérité voilée qui avait fini par trouver son chemin vers le grand jour, et si c'était le cas, de quel droit, en vertu de quoi, me jugeraient-ils, devais-je avoir honte, tout à coup j'étais réduite à une énigme qui échappait à toutes les explications qu'on pourrait lui donner, le café-thé-whisky avait un goût amer, ça n'intéressait plus personne de continuer à boire cette saloperie, c'était n'importe quoi, qui avait eu cette idée pourrie, ils prenaient le large, chacun retournait à sa vraie place, à côté du fait qu'ils dépensaient beaucoup d'énergie à dire, faire des choix qui n'avaient aucun intérêt à mon sens, et que ça m'agaçait sans le laisser transparaître sur mon visage, en passant tout ça en revue aujourd'hui, il m'apparaît clair que je n'appartenais pas vraiment à ce groupe, pour cela il aurait fallu que je partage avec les autres membres certaines idées ou traits communs, me reconnaisse dans leur vision du *consensus*, que je puisse être acceptée, reconnue, sans rien modifier dans ma manière d'être, d'agir ou de penser, ça en avait l'air globalement, mais au fond ce n'était pas le cas, ce n'était rien qu'un ridicule jeu de rôle, une vaste comédie, ces petits comédiens anthropomorphes étaient déjà mûrs dans l'art du tri, maîtrisaient parfaitement les stratégies les plus visqueuses de cooptation, frottis-frottas et branlettes préjugeant au millimètre près la valeur de leur avenir, incapables d'une immersion profonde et respectueuse dans un univers différent du leur, en un mot, sans vouloir être parano, je faisais partie du groupe simplement parce qu'ils l'avaient voulu, point barre... je retournai alors moi aussi à ma solitude, au camp des isolés, ceux qui arrivent et repartent seuls, quoi qu'il en soit, le groupe, la vie en bande est une fosse commune, il faut traîner seul, loin de leurs certitudes, leur suffisance, leur moi guindé et ultracrépidarien, leurs monologues, impossible d'en placer une, non, votre histoire, votre enfance, votre bled, tout ce qui n'est pas Paris, ça ne compte pas, ça ne sert à rien de lever la main, d'élever la voix, de crier, LE VILLAGE D'OÙ JE VIENS est classé au patrimoine mondial de l'Unesco, un amphithéâtre d'authenticité, avec son allure pittoresque, ses vieux murs, ses rues paisibles, son moulin à vent, son magnifique vignoble, son chêne vieux de trois siècles, ils écoutaient sans écouter, tapis à l'intérieur de leur propre petit monde, mes curiosités provinciales étaient loin d'être passionnantes, le village c'est la brousse, un côté écarté, pré-cartésien, trop loin, où il n'y a ni musée, ni cinéma, ni théâtre, ni opéra, ni boîte de nuit, bien, mais pour les vacances, une virée vite fait, si j'avais rétorqué il y a un cinéma par exemple, ils auraient trouvé mille autres choses qu'on ne trouve qu'à Paris, pour sauver l'écart spatio-temporel

pourquoi préférerait-on l'autre à soi-même, devrait-on excuser certains d'entre eux (les lacistes), du moins essayer de comprendre, leur délire d'occulter, de renier leur origine rurale ou étrangère pour adopter la mentalité courante, ceux qui allaient jusqu'à prendre des cours, travailler dur, jour et nuit, afin de maîtriser les manies, les façons dites proprement parisiennes, histoire de construire une image sociale acceptable, mais ils étaient gauches et ronflants, parce que ce n'étaient pas eux, leur vraie nature ils l'avaient éclipsée, noyée dans les chichis du « parisien », leur nouvelle langue, leur nouvelle peau, plus convenable, plus recherchée, qu'ils reproduisaient sans faille, et grâce à laquelle ils essayaient de se maintenir à bord le plus longtemps possible, et se sentaient bien meilleurs, tout cela était bien clair, tandis que la Seine fuyait sous les ponts, je les regardais, non sans une certaine perplexité, entrer de plus en plus dans leur rôle, ils jouaient à se perdre, c'était marrant, des têtes brûlées et des faiseurs d'illusions, il y en a toujours eu, d'autres avant eux vendraient leur âme au diable pour s'en sortir gagnants, dégrossis, costard cravate et bling-bling, riches de dix mots, il fallait les voir jouer aux hypocondriaques hystériques personnalistes, irrécupérables mômes qui chialaient rien que pour s'occuper, c'était à mourir de rire, d'interminables et ridicules acrobaties que je ne pouvais pas m'empêcher de mettre sur le compte d'une lutte acharnée contre la mort (sociale, politique, intérieure, etc.), il y avait aussi ce que j'appelais les authentiques Parigots, suprême expression du *pater familias*, des vides autocentrés, distingués, biberonnés à toutes les sources susceptibles de faire briller leur petit moi, si on voulait échapper à leur ironie, leur jugement, soit on n'ouvrait pas la bouche, soit on ne faisait entendre aucun accent, les « bieng » les « e » muets prononcés, les « r » roulés, et les expressions inconnues ou non parisiennes, ça les amusait énormément, et ce n'était jamais grave, *ça va, franchement, on va pas s'chipoter pour ça*, mais fort heureusement, Paris, ce n'était pas que ce petit monde de sorbonnards, de prétentieux, suffisants… c'était aussi des gens de plein de nationalités différentes, parfois invisibles, effacés, qui l'aimaient, déambulaient dans ses rues, remplissaient ses cafés, ses commerces, ses boulots de merde, ses soubassements…

je suis restée une étrangère dans cette ville jusqu'à ma mort, Orcel aurait été surpris de m'entendre dire ça, lui qui a connu les souffrances réelles de l'immigration, les absurdités administratives et l'insécurité la plus totale auxquelles se confrontent les nouveaux arrivants, plus qu'une étrangère, une âme en suspension dans l'air, ne sachant pas où se poser, une dépaysée, une inadaptée qu'on ne voit pas dans les clubs incontournables et ultra-fermés auxquels on n'accède pas facilement par soi-même, le monde de la nuit, le vrai, celui des vraies beautés, des vrais seins, des vraies jambes, des vraies robes, des vraies liesses… enfin bref, en abandonnant mes études à la Sorbonne (c'était du temps jeté par la fenêtre) pour retourner à ma solitude, hors de tout cadre privilégié de sociabilité, de cette absence dynamique qu'était devenue ma vie parisienne, et en restant trop longtemps à mijoter ma vie seule dans mon coin, j'avais fini par perdre goût au charme de la copinerie, j'étais devenue une sauvage, laissant peu de place au monde extérieur, mon mijotement avait duré environ un an pendant lequel j'appris, souvent en pensant très fort à Toi, un tas de poèmes par cœur, que je récitais par la suite, allongée sur le canapé ou dans mon lit, je faisais le ménage (tous les jours), je regardais se dérouler en commentant la vie du jeune couple d'en face, je comptais les oiseaux qui passaient devant ma fenêtre, presque toutes les nuits pendant environ un mois je fis le même rêve dans lequel j'étais enfermée dans une pièce avec deux cadavres, j'étais convaincue d'être la meurtrière tout en me demandant à quel moment j'avais pu commettre ce crime et les raisons qui m'y avaient poussée, et enfin, mon passe-temps principal, j'enregistrais à l'aide d'une application sur mon Smartphone les bavardages parisiens, les conversations les plus hilarantes, les plus tordues, les plus insipides, comme les plus touchantes, après en les réécoutant, j'avais l'impression d'avoir accès au cœur exultant de la ville sans avoir besoin d'y être physiquement, ses exclamations, ses éclats de rire, ses cris, les klaxons des voitures, les sirènes, tout, c'était simple, je m'installais dans un café, ou en terrasse à côté d'un couple, d'un groupe, je commandais à boire avant d'actionner discrètement mon appareil, je passais des heures ensuite à tout retranscrire dans un cahier, répertoire que j'avais à juste titre nommé *une somme humaine*, des voix qui s'ouvrent, se déploient, s'écoulent à travers de prodigieuses ramifications dessinées par des fleuves inconnus, des réseaux d'imaginaires fluides et sinueux… en faisant ce travail minutieux de retranscription, je m'approchais au plus près d'elles, car il me semblait qu'elles s'adressaient désormais à moi, au-delà de toutes considérations éthiques, morales, nous ondulions comme qui dirait dans le même espace-temps, les embruns de nos vagues communes se heurtant contre les rivages rocheux du réel furent des étincelles de jour, leurs fracas, cette pétillante éternité, ce corps possible partagé par tous les vivants, je vous les donne volontiers à lire ici, à mes risques et périls[1]

---

1. *Est puni d'un an d'emprisonnement et de 45 000 euros d'amende, le fait, au moyen d'un procédé quelconque, de porter volontairement atteinte à l'intimité de la vie privée d'autrui en captant, enregistrant ou transmettant, sans le consentement de leur auteur, des paroles prononcées à titre privé ou confidentiel*

Article 226-1 du Code pénal

UNE SOMME HUMAINE

Je tiens une tige à la main. Je suis moi-même la tige.
Mes racines s'enfoncent dans les profondeurs du monde,
à travers l'argile sèche et la terre humide, à travers les veines
de plomb, les veines d'argent. Mon corps n'est qu'une fibre.
Toutes les secousses se répercutent en moi ;
et le poids de la terre presse contre mes côtes.
Là-haut, les yeux sont d'aveugles feuilles vertes.

Virginia WOOLF

Audio 001

« … il est intelligent, papi, mais il a des idées très complexes, à moi il me l'a fait cent mille fois son discours, être royaliste, oui, je vois très bien, ça peut être cohérent sur la vie politique, la pérennité et tout, mais attention, les traditionalistes c'est quand même des gens chelous, homophobes, islamophobes, anti-renois, anti-avortement, anti-liberté, il faisait partie de l'Alliance royale, des Scouts de France, cette France rédemptrice de l'humanité, intellectuelle, disciple de Maurras, tout ce courant de pensée, la dernière fois par exemple il m'a dit qu'il n'était pas sûr que la science soit faite pour les Africains, je lui ai dit bah oui, puis je lui ai parlé d'un tas de trucs exceptionnels que l'Afrique a apportés à l'humanité, il entend mais reste quand même collé à sa vision vachement stéréotypée, si on autorise le mariage gay pourquoi on ne va pas autoriser à ce qu'on se marie avec un chien, c'est pas qu'il en est capable, il le dit carrément comme si de rien n'était, après c'est toute la différence entre ce qu'on pense et ce qui est, ou ce pour quoi on se bat, si t'as un transgenre dans ta famille tu ne vas pas le rejeter au nom de tes convictions, je ne sais pas, il ne va jamais faire une réflexion à quelqu'un, mais quand on lui pose la question de la colonisation française par exemple, ou de la guerre d'Algérie, il répond qu'il faut placer les choses dans leur contexte, sans daigner expliquer en quoi ce contexte serait plus à considérer que la vérité du fait, il dit qu'il n'est pas un sale facho, mais il vote pour l'extrême droite, manifeste contre des droits sociaux pour lesquels ce pays s'est battu, je pourrais continuer longtemps encore à énumérer toutes ces choses qu'il est mais qu'il dit qu'il n'est pas… »

Audio 002

« … je lui ai dit non, une autre fois, mais il a insisté pourquoi pas ce soir, j'ai dit j'ai mes règles, on va pas se noyer quand même, t'es bête et comment tu le sais, je le sais c'est tout, allez j'ai envie de toi, j'ai dit c'est vraiment la mer rouge, tu me lécheras quand même, oui, ben vas-y, quand j'y pense, c'était tellement bon, et sa voix qui murmurait j'aime quand tu cries tandis que sa langue slalomait en moi, ça m'excitait encore plus, *oh my God*, tu me suces trop bien, je te déteste, vas-y, oui, putain je vais jouir, si je crie ça va leur donner des idées aux voisins, prends-moi par-derrière, poitrine contre le lit, genoux écartés, croupe copieusement offerte, je jubilais, me tortillais, ronronnais de plaisir, la bouche pleine de l'oreiller pour m'empêcher de hurler, je l'adore, ce mec, il sait trop comment me prendre… après, tu sais, on a parlé de notre relation, je lui ai dit j'espère tu me pardonnes, je ne t'ai pas quitté parce je ne t'aimais plus, je n'avais pas d'autre choix, mes parents ne transigeaient pas là-dessus, ils ne t'aimaient pas, tu cesses de le voir ou tu quittes la maison, c'était ça l'ultimatum, quelqu'un leur avait raconté que tu étais poète et alcoolique, un dérangé qui traîne dans les bars et qui organise des partouzes, c'est quelqu'un qui a confiance en lui, il l'avait pas du tout mal pris, disons qu'il s'en fout de ce que les autres pensent de lui… et la semaine dernière, grosse surprise, ma mère m'a demandé de ses nouvelles, elle l'a entendu sur France Culture, il passait à une émission littéraire, elle a trouvé que c'était passionnant, elle veut nous inviter tous les deux à dîner, c'est incroyable, non… »

Audio 003

« … rappelle-toi, dans l'affaire Tonglet-Castellano, les deux jeunes nudistes belges violées par trois hommes dans le sud de la France, lorsque leurs avocates avaient obtenu le renvoi de l'affaire devant une cour d'assises c'était déjà une grande victoire, un viol c'est un crime, il devrait être jugé en tant que tel, mais ils le font en tribunal correctionnel, souvent sous prétexte que c'est trop engorgé, même si normalement c'est illégal, et pour que ça puisse être fait ils vont raconter n'importe quoi à la victime, ils vont lui dire par exemple que ce sera moins traumatisant, plus humain, bla-bla-bla, du coup ils reclassent le dossier, pas en viol, mais en agression sexuelle (même s'il y a eu pénétration par le sexe ou par un objet), et les peines sont plus petites, pas plus de dix ans, ensuite il va y avoir toute une enquête sur la victime, sur sa vie, son passé, qui est sûrement violente pour elle, et paradoxalement, en raison du peu de temps imparti, très peu de choses sont abordées, le passage au tribunal est difficile, mais ce qui précède est encore pire, parce qu'il y a l'obligation de prouver ce qui est arrivé en partant d'une présomption d'innocence, c'est comme si on te demandait de sortir de toi-même, d'être normale, tranquille, pour retracer le fil des événements, si tu es une pute, ou si ton violeur avait mis un préservatif, comment tu étais habillée, si tu es sûre que tu ne le voulais pas, pourquoi est-ce que tu n'as pas dit non, pourquoi est-ce que tu t'es laissé faire, bref tu es décrédibilisée, ensuite, comme tu dois avoir la preuve que tu as été violée, il faut que tu ailles à l'hôpital pour une expertise médico-légale, la moitié des policiers, stoïques, ne le disent pas à la victime, elle prend donc une douche, elle attend vingt-quatre heures ou plus, et c'est trop tard, sans parler des récidivistes qui ne sont pas vraiment condamnés pour viol, en s'appuyant sur des critères comportementaux, et des fonctionnaires de police, des magistrats qui ne sont pas formés à cette fin… »

Audio 004

« je prie souvent, je demande à je ne sais quel Être suprême, le Maître Architecte de la Grande Harmonie, d'accorder à ma mère une vraie vie là-haut, une vie où elle aura un peu de pouvoir quand même, pour qu'elle puisse décider de son propre sort, de la forme que doivent prendre les matins et les soirs de ses journées, du sens à donner à ses rêves, des lois auxquelles obéir… la mort je l'imagine comme un monde où tout existe en deux exemplaires et à l'envers, deux ciels, deux Terres, deux jours, deux nuits, deux Soleils, deux Lunes, où les hommes, les femmes et les enfants marchent à côté de leur double, à côté de leurs destins qui ne sont pas forcément diamétralement opposés, ni identiques, ni continus, ni éphémères, le feu, à l'instar du vin rouge, son acolyte, nous le ferons danser dans des verres à pied, il nous consumera de ses derniers songes, nous suivrons leur piste au bout d'une des deux nuits, la plus proche de la mer où l'eau sera brûlante, puis bannie, la mer, quand elle aura trop soif, elle épousera les dunes jusque dans leurs débordements les plus obscurs, elle se passera des saisons, des passions, des signes, des sens… mourir, c'est surtout quitter cette misérable peau, se tourner vers l'immense, les âmes sont d'un côté spectatrices, et de l'autre comédiennes, elles jouent à habiter à la fois tous les infinis dont elles sont faites, l'avenir est leur quotidien…

qui peut s'empêcher de penser à l'après de cette poubelle dans laquelle on s'agite depuis des milliards d'années, on y pense tous à sa manière et à des degrés différents, d'abord on met une main, si ça brûle juste comme un soleil de juillet, on ajoute un pied, puis tout le corps, qui ne voudrait pas vivre un bon miracle, mais pourvu que ça ne ressemble pas à un point privé de lumière où tout s'arrête vraiment, un lieu très loin sous terre ou perdu vers je ne sais quel au-delà dont le commencement, la raison d'être et la finalité sont régis par les flammes d'un feu éternel sans pitié, d'innombrables grottes en éruption d'où giclent, mêlés aux larves effervescentes, les cris effroyables et confus des âmes qui, parvenues à l'extrémité de leur souffrance, deviennent des ramifications autonomes et dotées d'une puissance particulière accumulée depuis leur premier contact avec le purgatoire, processus s'étalant sur des milliards d'années dont chaque jour comporte une quantité inépuisable de terreurs, chaque heure des millions d'océans d'épreuves, chaque seconde un abîme sans fond où se précipitent des torrents d'arrivants condamnés à passer le reste de l'éternité à brûler…

que le Maître Architecte de la Grande Harmonie exauce ma prière, ici je l'ai vue souffrir, ma mère, trimer, ici, j'ai vu des gens l'humilier, parce qu'elle avait la peau très noire, parce qu'elle ne savait ni lire ni écrire, parce qu'elle n'avait pas de nom, c'était personne, les gens comme elle, c'est personne, alors qu'elle était riche, ma mère, d'un cœur grand comme le jour, une héroïne qui a élevé un enfant seule dans une cité difficile où la violence et la barbarie faisaient partie de ces choses auxquelles il fallait s'adapter, qui regardait en face avec des yeux fiers un monde qui lui refusait tout, une héroïne debout dans la tempête au milieu de la nuit veillant sur le sommeil de son fils… toutes les conditions étaient réunies pour que je crève avant mes quinze ans, mais elle m'a sauvé, ça avait l'air d'une mission, elle est venue, elle l'a fait, ensuite elle est partie, au beau milieu de la nuit, sans dire au revoir, sans faire de bruit, le jour de sa mort je suis tombé du ciel, je chute encore, je ne sais toujours pas quoi faire de moi, je ne sais plus qui je suis, je voudrais tant pouvoir prendre ses mains dans les miennes, ses vieilles mains fatiguées de travailleuse infatigable, rire avec elle, comme avant, rire encore, pour conjurer le mauvais sort…

les projets et les projecteurs du monde se désintéressent de la dernière image de la loyauté, du sacrifice, de l'intégrité, les pieds emmêlés, perdus entre le réel et le possible, ils la plongent dans le noir en passant leur chemin vers le triomphe solitaire, à l'écart du réel, à moins qu'ils soient tous le fruit d'une malheureuse collision entre deux objets célestes non identifiés, ils semblent n'avoir rien de terrestre, rien du temps commun des hommes, contrairement à mon héroïne qui a aimé au-delà de ce qu'on peut imaginer, j'assume entièrement le fils à maman que je suis, resterai, donc le fils de la meilleure d'entre vous… combien de temps me reste-t-il à vivre, aujourd'hui je m'en fous, mais je donnerais dix ans de ma vie, si c'était possible, pour la revoir pendant une minute, rien qu'une minute, une seule petite minute, j'aurais tellement de choses à raconter, je ne dirais rien, j'en serais incapable, je ne ferais que pleurer, une minute pour prendre dans mes bras toutes les étoiles du ciel, toute l'éternité, entre les larmes et mille mercis je la regarderais longtemps, je voudrais que son être tout entier s'imprime en moi, la force de son regard, sa fierté, les battements de son cœur, la fermeté de ses bras au fond desquels s'unissent la musique sauvage des forêts, des vols d'oiseaux, des fruits juteux, des jours meilleurs, les transes du fleuve, les secrets de l'océan… le jour de sa mort, je suis tombé, elle aurait voulu que je me relève, je le ferais bien pour elle, mais je ne peux pas, je n'ai plus la force, pourquoi le jour se lève…

elle a vaincu la mort ici, il n'y a aucune raison qu'elle devienne sa chienne là-bas, alors je prie, je supplie l'Être suprême, l'Architecte de la Grande Harmonie, faites qu'elle soit bien de l'autre côté, dans une grande maison avec tout ce qu'il faut, mon héroïne à la peau très noire, désormais la gardienne plénipotentiaire de l'arbre de la connaissance du bien et du mal… »

Audio 005

« j'y comprends rien moi à Dieu, et Ses nombreuses reproductions en carton, en céramique, en fer-blanc, ou en peau de vache, pathétiquement érigées à la gloire de je ne sais quoi… quand j'étais petite j'ai tout le temps été à l'église avec ma mère, oui, je priais et tout, je croyais que c'était la réalité, logique, c'était une petite église, le curé était un très, très vieux monsieur proche de la mort, c'était tellement singulier à chaque fois, ce vieux parapluie en robe blanche, avec les bras écartés, les mains ouvertes vers le ciel, que le Christ sur la croix derrière lui passait pour un bouffon, le son du micro était ajusté de manière à ce que la voix du berger résonne comme résonnerait celle de Dieu, bref, une sacrée mise en scène, une fois j'ai posé la question à ma mère, pourquoi tu y vas, pour réfléchir, répondit-elle, pour avoir un moment pour moi, ben si tu veux un moment pour toi pourquoi tu prends ta fille avec toi, c'est absurde… après cette conversation, j'ai continué un peu à l'accompagner à la messe, une fois sur deux, puis une fois sur trois, jusqu'à ce que je puisse lui dire non je ne veux plus… elle ne le prenait pas mal, elle avait l'air triste, mais elle est triste depuis que mon père est parti, elle m'a dit puisses-tu trouver ta voie, ma chérie, ces mots sonnaient bizarrement dans sa bouche, j'ai dit maman, tu sais, ça va hein, je vais bien, je ne veux juste pas retourner à l'église, j'ai mis trop longtemps à le dire, voilà, ça ne m'intéresse pas, mais c'est tout… »

Audio 006

« … elle est très simple, elle écrit très bien, pour moi c'est ça, la qualité de l'écrivain, c'est celui qui sait agripper d'emblée son lecteur sans en faire des caisses, rien qu'une parole, un rythme, sans avoir besoin d'exister par ailleurs, son écriture suffit… et quand on l'entend parler, elle est d'une simplicité totale… après, je ne sais pas comment elle fait pour travailler avec l'éditeur qu'elle a, il est réputé difficile et dépressif… en tout cas, je suis contente qu'elle soit là, je l'aime beaucoup, elle a dit oui pour venir, alors qu'elle ne savait même pas avec qui elle venait, ensuite m'a demandé si je pouvais lui en dire plus sur la tenue de l'événement, je lui ai envoyé le programme, elle a dit j'en reviens pas, c'est éblouissant ce que vous avez fait, je suis honorée d'être associée à tout ça… demain quand on aura rencontré Monsieur P., on va lui emmener deux livres, celui de S. et celui de cette fille, on va leur demander de faire une petite dédicace, j'espère qu'on va le croiser, Monsieur P., c'est un homme influent, mais assez lunatique apparemment, c'est pas sûr qu'il vienne, en tout cas, il faut surtout qu'on pense à la manière dont on va lui présenter notre projet, on ne va pas lui dire qu'on est venus ici parce qu'on ne pouvait pas aller ailleurs ha ha ha, on lui dira qu'on est là parce que c'était prévu, et qu'on est très contents, voilà… »

Audio 007

« … on va chercher à manger, fait chier, merde, j'ai faim, mère a insisté pour m'envoyer 200 euros, je suis payé le 1er, je peux tenir jusqu'au 1er quand même, c'est dans pas longtemps… ah tiens, elle vient de m'appeler quatre fois en deux minutes, elle me laisse tout le temps plein de messages, et tout ce qu'elle demande c'est si je vais bien, s'il y a un truc qui me manque, elle aime bien s'occuper de moi, elle est marrante… ça sent la pisse ici, ça faisait un moment que j'étais pas venu à Châtelet, et si ça se trouve on ne va pas pouvoir retirer l'argent, on va attendre pour rien, sinon on aurait pu aller à gare du Nord, on aurait pris un taxi, je lui aurais demandé de nous attendre, et toi tu serais restée dans la voiture, c'est quand même pas mal pourri aussi, hein, gare du Nord… Western Union, j'savais même pas que ce truc existait, mère me faisait des mandats cash à la Poste, mais apparemment ils ont supprimé ce service, maintenant elle me fait ça, d'habitude elle m'envoie 700 euros pour une semaine, faut le faire déjà pour dépenser tout ça en un temps aussi court, après elle m'appelle pour me demander si ça va, elle sait que je suis un gros fêtard, c'est pour ça que j'ai demandé à ma banque de ne plus permettre de découvert, la dernière fois je me suis retrouvé avec 3 000 euros de dette, ah putain, regarde, mère m'a envoyé 500 euros… »

Audio 008

« … on était à la campagne, à une soirée, il y avait Vincent, Alice et d'autres gens, on avait un peu bu et tout, et le gars me dit bon Christie je veux bien te ramener… parce qu'il habitait… enfin, mon appart était sur son passage, j'ai dit OK je veux bien que tu me ramènes tout de suite, il me ramène et il me dit… en plein milieu des bois… je ne sais plus exactement comment il a dit, il m'a dit bon Christie, là, j'ai envie de te tuer… un truc de fou, ensuite je lui ai dit mais qu'est-ce que tu racontes, il s'est mis à rire, il a fait ha ha ha, un rire normal, un rire de plaisanterie qui a bien fonctionné… puis il me dit il faut faire attention quand même, non… toi tu ne peux pas savoir ça, tu n'as pas peur quand tu rentres le soir de n'importe où… je ne pense pas tout le temps à des trucs comme ça, mais être enfermée dans une voiture avec quelqu'un que je ne connais pas, ça m'angoisse… je vais souvent voir une amie à Vincennes… elle me dit Christie prends un taxi, je refuse, j'ai pas confiance… »

Audio 009

« … ma mère vient de se marier pour la troisième fois, la cérémonie a eu lieu sur une minuscule île exotique, c'était magnifique, tandis que tout le monde applaudissait depuis la plage en poussant des cris de joie, les mariés sont arrivés sur une espèce de bateau-araignée avec plein de petites barques qui tanguaient autour, il faisait beau, des buses et des merles tournoyaient dans le ciel limpide, l'air avait une odeur fruitée, de l'île on pouvait voir les montagnes magnifiques du pays-ancêtre, une lumière rosée scintillait au fond de l'eau, bref un jour parfait pour fêter quelque chose, mais une histoire incroyable quand même, ma mère est Tutsie, son nouveau mari est Hutu, se marier avec l'assassin de son ex-mari, je m'en fous de ce qu'on disait avant et qu'on ne dit plus maintenant, chacun son histoire, moi ce que je viens de dire c'est la pure vérité, point barre… »

Audio 010

« … quand tu dis c'est quoi le problème avec toi-même, je ne suis pas sûre que je peux changer grand-chose dans ce que je suis, je ne suis pas théoricienne de quoi que ce soit mais j'ai l'impression qu'on peut frôler des zones qui peuvent être dangereuses pour sa stabilité mentale, ça n'empêche pas que… l'enfant ou l'adolescente que j'ai été… ait compris ce qui lui arrivait, tu sais, c'est pas toujours évident, et ça m'a l'air carrément infernal de courir après son propre être, de vouloir le saisir, l'embrasser, devenir un et indivisible… quand j'étais à l'école de théâtre, c'était très dur parfois, parce que, aussi, être comédien, c'est être en partie dans le désir de quelqu'un d'autre, de ton metteur en scène, dans ce qu'il projette justement sur toi comme image, ce que tu peux incarner sur un plateau, et quand t'es jeune, sensible, fragile, c'est assez déroutant… tu dis OK j'ouvre toutes les portes, vas-y, dis-moi ce que je fais, ce que je suis, ce que je dois incarner, ou vois et prends en moi ce qui te plaît, et ça, c'est une position qui rend hyper vulnérable, et si t'es pas assez solide à l'intérieur, c'est fini, bref, ces années n'ont pas du tout été faciles, mais je pense que j'ai jamais autant appris, il y a rien qui m'a autant formée artistiquement, parce que c'est tellement un non-lieu, le théâtre, j'ai rarement vu ailleurs, pour ne pas dire jamais, des gens qui peuvent se permettre de dire des choses, d'aller dans des zones de toi (sans pouvoir te défendre), si loin, au point qu'ils puissent te blesser, te ravager, te réduire en miettes, si on me demandait de coucher avec mon pote de promo je devais le faire, au nom de l'œuvre qu'on construisait ensemble… et on s'rend pas du tout compte que c'qu'on veut ça n'existe pas dans une vie normale… »

Audio 011

« … aujourd'hui, je réalise des films, je travaille avec les producteurs les plus connus, et je gagne super bien ma vie, mais mon histoire, mon parcours, ça va très loin dans le romanesque, mais surtout dans le dramatique… je suis arrivée à l'école de théâtre, comme je t'avais dit, je ne savais pas ce que je voulais, je faisais le ménage dans un hôtel de passe, et à côté je perdais mon temps à la fac de sciences du langage, j'y allais tous les jours du lundi au vendredi, et je me disais mais qu'est-ce que tu fous là, Amiante, je n'y comprenais que dalle, c'était pas vraiment ça le problème, j'ai toujours été hyper bonne élève, c'est que je ne comprenais pas le sens que ça avait pour moi d'être à cet endroit, alors il faut savoir que j'étais à ce moment-là déjà en couple avec le mec avec qui je suis restée longtemps, parce qu'il va être beaucoup question de lui dans cette histoire… un jour j'ai donc décidé d'arrêter la fac, comme j'avais un boulot, je gagnais ma vie, je me suis dit que j'allais consacrer mon temps à mater des films, lire des biographies de réalisateurs et des essais féministes, voilà, et je me suis inscrite dans un atelier de théâtre, parce que j'ai toujours fait du théâtre dans mon enfance, j'y vais, ça se passe bien, et à la fin du deuxième ou troisième cours, le prof, d'une trentaine d'années, me dit est-ce que tu peux rester deux secondes, OK, tu fais quoi dans la vie, le ménage dans un hôtel de passe, ah bon, mais j'imagine que tu as d'autres envies de vie, j'avais quoi, dix-neuf ou vingt ans, il continue en me disant, tu sais, là tu es dans des cours d'amateurs, mais on est une école qui dispense une formation d'art dramatique professionnelle, et de ce que j'ai vu sur la scène je pense que tu devrais aller te renseigner, etc., on était au mois de novembre, le cycle était commencé depuis septembre, il revient, il insiste, prends rendez-vous avec le directeur, ta place elle est sur la scène, ça me paraissait tellement improbable, je me dis, qu'est-ce qui se passe, qu'est-ce qu'il veut ce mec, il me drague ou quoi, je ne comprenais rien en fait, je suis rentrée chez moi, j'en ai discuté avec mon mec qui travaillait dans le cinéma, évidemment il connaissait cette école, et un paquet de monde, il me dit que c'est le temple du théâtre, la plus convoitée, la meilleure, donc je commence un peu à m'y intéresser, à contacter des gens, à me renseigner par connaissance de connaissance, et je finis par appeler, j'explique que je suis un cours amateur avec telle personne qui m'a conseillé de vous contacter, au bout du fil c'est le directeur, il me donne rendez-vous, j'arrive, et je te jure, en une minute c'était réglé, il me dit oui le prof m'a parlé de toi, de ce qu'il avait vu, ici normalement on rentre sur audition, mais on a une place… c'était quatre jours après, le prof, quand il m'en a parlé est-ce qu'il savait qu'il y avait une place libre (ou un trou qu'il fallait boucher), je ne sais pas, je garde en tête que c'était dans l'ordre des choses… le directeur m'a présenté l'établissement, il m'a montré tous les lieux, c'est comme ça que je suis rentrée dans une formation professionnelle de théâtre, sans passer par la case audition, mais dès que j'y ai été, je me suis dit en fait c'est exactement à cet endroit que je dois être, après les hasards vont jouer encore plus, et l'histoire va vraiment devenir un roman…

j'arrive dans cette promotion deux mois après tout le monde, on est quinze ou seize dans un cours, les gens se connaissent, ils sont hyper proches, ils ont passé ensemble les auditions d'été, donc ils se sont rencontrés en juillet, là on est en novembre, moi je débarque comme un cheveu sur la soupe, mais c'est le théâtre, on bosse tous ensemble nos scènes, les profils sont différents, dans tout ce lot il y a une nana qui a l'air d'être… dans ce qu'elle dégage… on voit bien qu'on n'est pas des mêmes milieux sociaux… hyper sympa, bref on discute pas mal, je lui propose qu'on bosse ensemble, on devient potes, et en discutant elle me dit qu'elle a grandi au Togo, parce que son père était prof de droit, qu'il avait un poste là-bas, qu'elle était au lycée français de Lomé et tout… les liens vont pas arrêter de se créer… je dis ah OK, c'est hyper drôle, les cousins (y en a d'ailleurs un qui a un restaurant juste à côté, dans la rue Lamarck) de mon copain ont ton âge, ils ont grandi au Togo, parce que leur père était je ne sais pas quoi, et ils allaient eux aussi à ce lycée, et là elle me dit en écarquillant les yeux, ah ouais, comment ils s'appellent, je lui donne leur nom, sans rire, mais c'est la folie, s'écrie-t-elle, c'est des potes à moi, la mère de l'un d'entre eux, donc la tante de mon mec, c'était sa marraine, ils ne s'étaient jamais rencontrés, mon mec et elle, mais se connaissaient par personne interposée, car ils avaient quasiment le même réseau d'amis qui partageaient les mêmes intérêts pour le théâtre et le cinéma, etc., bref, on devient hyper proches, on fête les cinquante ans de ma mère qui venait de décider de quitter le Suisse pour s'installer en France, j'ai monté un spectacle avec elle spécialement pour l'occasion, c'était trop bien, la nana était contente, elle m'a remerciée et tout… car c'était trop dur, parallèlement, sa vie au sein de la promo, c'était très compliqué pour elle de s'engager sur une scène, elle avait zéro confiance en elle, à chaque fois qu'on disait un truc elle croyait qu'on parlait de son être profond, elle piquait une crise, la vérité c'est qu'elle devait se battre contre un tas de fantômes, à force de boire et de mal faire, elle était devenue rapidement une sorte de cible, parce qu'il n'y a pas de zone de discussion, c'est elle qui fait chier, qui n'est pas à l'heure, qui est à la bourre, qui n'est pas pro, elle n'a même pas appris son texte, ça murmurait dans tous les sens, sans rien vouloir entendre, c'est aussi une réalité, il est difficile d'avancer sur un projet avec un gros boulet au pied, mais elle était elle-même dépassée par sa propre existence, ces dérapages intérieurs qui venaient tout chambouler, parfois à son insu, c'était trop étrange, comme si une force dépravée prenait sa volonté en otage et agissait pour son compte, elle aurait été, je ne sais pas moi, autrice, traductrice, ou n'importe quoi dans son coin, ça n'aurait fait chier personne, mais comme le théâtre demande un nombre d'interactions interminables, de communications, de possibilités d'écouter, d'être présent, c'était compliqué…

j'ai quitté mon copain, et trois semaines après il était en couple avec cette nana, ma soi-disant meilleure amie… après cinq ans et demi de relation, d'amitié… il y a eu plusieurs moments, comment te dire, pour l'art surtout, que je trouve essentiels et exploitables, tout ce que je te dis par exemple par rapport aux hasards qui m'arrivent, ou l'attention que je porte à certaines associations de circonstances plus ou moins imprédictibles…

à la fin de la première année… ça faisait deux ans que j'étais avec mon mec, on a organisé une petite fête avec les collègues de la promo dans une maison à la campagne qu'on avait louée, je me suis couchée je ne sais plus à quelle heure, cinq ou six heures du mat, je me suis réveillée, lui n'était pas dans le lit à côté de moi, s'il y avait encore la musique à fond et les cris, je n'aurais pas bougé, j'avais énormément bu, ça tanguait un peu dans ma tête, mais la maison était calme, je suis sortie dans le jardin, il y avait des gens qui dormaient dehors dans l'herbe et tout, comme dans un film, j'ai fait le tour de la maison, et là il y avait elle, oui, ma meilleure amie, en petite culotte, presque à poil, avec mon mec en slip, face à face, sur le coup je ne comprenais pas, je te jure, je ne romance rien, mon cerveau a fait un truc très étrange, je m'entendais me dire il ne se passe rien, t'inquiète, retourne dans la chambre, j'ai obéi, et j'ai sorti leur image de ma conscience… l'année suivante commence, deuxième année de formation, elle se faisait de plus en plus rejeter par l'ensemble des collègues, je passais beaucoup de temps à essayer de réorienter la discussion pour pas qu'elle devienne le bizut complet de la promo, et lui faciliter la vie au sein du groupe, comme tout le monde trouvait qu'elle n'était pas à sa place, j'avoue que c'était vraiment dur de travailler avec elle, mais c'était pas une raison pour la casser, pour abuser comme ils l'avaient fait, elle avait même pensé au suicide, si tu n'avais pas été là, je l'aurais fait, m'avait-elle confié en pleurant… l'année d'après, pour mon anniversaire, on avait présenté une pièce, ensuite on a fait la fête sur place, toute la classe était là – attention, ce que j'avais vu l'année précédente dans le jardin n'existait toujours pas dans ma tête, comme si ce n'était jamais arrivé, en dépit du fait qu'elle (ma meilleure amie) continuait à traîner chez nous très tard après les cours, même le week-end, à se comporter avec mon mec d'une manière très expressive –, on habitait à côté du théâtre, pareil, il était un peu tard, j'avais un coup de barre, je leur ai dit bon moi je bouge, je suis fatiguée, mon mec avait l'air d'avoir encore envie de faire la fête, elle aussi, restez si vous voulez, moi je rentre, ils ont répondu ben non c'est quand même ton anniversaire, on ne va pas te laisser rentrer toute seule, comme vous voulez, de toute façon je vais me coucher, tous les deux sont rentrés avec moi, je vais donc me coucher, même scène, même configuration, je me réveille, je vais dans le salon, elle dansait sans son haut, lui était assis en slip en train de l'admirer, par contre là il y a un truc qui commençait à bouger dans mon cerveau, seulement un an après, et ce truc me disait peut-être que cette situation ne te convient pas, Amiante, et un tas d'autres associations s'étaient mises plus ou moins à surgir dans ma tête, à s'expliciter...

cette expérience m'a permis de constater à quel point l'individu est fragile, n'est qu'une toupie, un yo-yo dans la main du collectif, du groupe auquel il appartient, dont le pouvoir de désamorçage ou d'exacerbation des sentiments, qui lui sont souvent étrangers, peut nous conduire à la lumière de la vérité, ou nous plonger dans le pire des gouffres... j'ai parlé à mes potes de ce que j'avais vu dans mon salon, car j'avais bien compris cette fois qu'il se passait quelque chose de pas très sain, et je n'étais pas bien, il fallait que je trouve une issue à tout ça, j'en ai parlé aussi au principal concerné, mon mec qui me dit il n'y a rien entre elle et moi, on est juste de bons amis, on était un peu bourrés, voilà c'est tout, et les autres qui étaient là aussi me disaient la même chose – et ça rejoint cette image que les autres se font souvent de moi –, mais non, Amiante, c'est toi, ton rapport à toi-même, tu vas toujours chercher un problème là où il n'y en a pas, du coup je me dis comme eux, tu te racontes des histoires... la dernière année, fête de fin d'année, et pour nous fête de fin d'école, même contexte, même topo, c'était vraiment abusé, les collègues commençaient à changer de discours, à se dire hmm Amiante tu as peut-être raison, c'est vrai que c'est un peu bizarre… le coup de grâce, on rentrait ensemble, une de mes amies m'a saluée, elle s'était arrangée avec une autre pour dormir chez elle, ainsi nos chemins se sont séparés dans la ville, et comme un rideau qui s'ouvrait sur l'essentiel de l'espace-temps et de l'aventure humaine, ils étaient là, mon mec et elle, devant moi, sous mes yeux, main dans la main, deux amoureux, incapables de se quitter, c'était tragique et tellement beau, je n'avais plus ma place dans cette histoire, ça a été pour moi une vraie prise de conscience, mon mec continuait à me prendre pour une conne, en répétant mais non tu te fais des films, c'est rien qu'une bonne amie, etc., je savais qu'il me racontait n'importe quoi, je suis partie, et trois semaines après il s'est mis en couple avec elle, voilà, mais ce qui me paraît le plus dingue, c'est la manière dont mon cerveau a géré tout ça depuis le début… »

Audio 012

« … ma mère, ma sœur et moi, on a toujours vécu à trois depuis la mort de mon père, ça se passait plutôt bien, et là mon beau-père est arrivé, c'était clair, il voulait être avec ma mère, mais pas avec une famille, du coup on était comme un poids, tu vois, par exemple, il mangeait rarement avec nous, il n'était pas vraiment investi, alors que nous il fallait qu'on s'applique à toutes les règles de vie qu'il imposait, en remettant presque tout en question, c'était un peu dur pour nous en tant que gamines, déjà c'est jamais facile à accepter, quand ta mère se met tout d'un coup avec quelqu'un, en plus elle ratifie tout, jamais une observation pour nous défendre devant ce tribunal sur pattes, on n'avait même pas le droit de dire que c'était notre beau-père, on devait dire Vincent, sinon il n'était pas content, il était hyper maniaque, franchement c'était pas l'idéal de vivre avec lui au quotidien, pour que les enfants de Vincent puissent venir dormir à la maison, ils avaient coupé la chambre de ma sœur, il y avait des trucs au frigo auxquels on ne devait pas toucher parce que c'était réservé à ses enfants, c'était un peu genre tout faire pour qu'eux ils soient bien à la maison, mais nous on ne comptait pas, récemment j'en ai rediscuté avec ma mère, elle disait qu'en fait elle n'aurait peut-être pas dû s'installer avec lui, mais continuer à se voir, bref, je suis loin de tout ça maintenant… »

Audio 013

« … tu sais, je me suis réconciliée avec mon père, il m'a envoyé une première lettre, puis une deuxième, puis je lui ai répondu, c'était un peu obligé, surtout que mon rapport avec lui était devenu toxique, carrément pas possible ces derniers temps, ses écrits étaient tragiques, comme une sorte de dramaturgie iranienne, j'ai déprimé pendant une semaine, ensuite j'ai pris mon courage à deux mains, je lui ai écrit à nouveau, histoire de se fixer un rendez-vous, et là devine ce qu'il m'a écrit : où, quoi, comment, pourquoi, OK, donc euh, pourquoi nan nan nan, pfff et du coup bref fait chier je l'ai vu hier, j'ai eu l'impression d'être en rencart avec mon propre père, un délire, bon c'était super, on a parlé de plein de choses, à la fin des deux heures de déjeuner il a sorti mes lettres et m'a fait une analyse syntaxique de tout, voilà, c'est marrant, non, c'était chouette, mais bon j'étais contente, parce que j'ai pu le regarder droit dans les yeux sans pleurer, et lui dire, écoute papa, on ne pense pas la même chose, je ne m'intéresse pas à l'argent, je suis contente de là où j'en suis et de tout ce que je fais, puis il m'a fait euh oui mais t'as pas l'impression d'avoir raté quelque chose, de pas avoir… mais papa t'as pas compris à la racine que c'était pas ça qui me faisait bouger… non, non, c'est clair, c'était vraiment bien, ensuite je lui ai envoyé une musique iranienne et une musique d'opéra, magnifique, le chanteur s'appelle Mariano, Luis Mariano, il est aussi fan de Bourvil, Dalida, Dalí… mon père est un grand romantique, il aurait pu être poète, je ne vivrai jamais avec quelqu'un qui n'a pas sa romance, c'est le complexe d'Électre à fond la caisse ha ha ha, c'est vrai, on est très beaux tous les deux, c'est incroyable l'amour platonique entre nous, on aurait pu faire une grande carrière dans le cinéma, enfin je suis très contente d'avoir un père comme lui, en plus il s'y connaît très bien en relation propriétaire et locataire, je te jure, il met tout le monde à l'aise, le roi des réponses aux problèmes, quels qu'ils soient… son rêve : avoir une maison qui ferait la taille du parc Thabor, avec plein de petits-enfants, mais moi je ne sais pas si j'ai envie d'en avoir, je suis jeune, je veux encore profiter de la vie, tous mes amis parents disent ça, un enfant c'est du boulot à plein temps… mon père adore aussi la pêche sportive, c'est marrant, capturer et ramener le plus rapidement possible à la surface des gros poissons, disons des trophées, puis les relâcher… et les compétitions de lancer de haches… je me rappelle, je devais avoir dix ou douze ans, il rentrait souvent tard à la maison et complètement bourré, il se dirigeait dans ma chambre et se mettait à pisser sur mon lit, aujourd'hui il m'est difficile d'imaginer l'angoisse d'une petite fille attendant dans le noir que son père se pointe et fasse ce qu'il a à faire, avant de pouvoir s'endormir tranquillement, le lendemain il ne se rappelait rien du tout, maintenant il est clean, il ne boit plus une goutte… j'ai beaucoup parlé en fait, j'adore parler, et toi alors, comment ça va, tu travailles toujours à la BnF, je suis sortie avec un gars qui était documentaliste là-bas, c'était horrible… »

Audio 014

« … la Bretagne c'est romantique, la nature quoi, une terre de légendes, un soir il faisait nuit noire, j'avais éteint les phares de la voiture, j'étais tout seul avec les arbres, le ciel, et tout, j'ai mis une chanson, les paroles c'était parfait, j'étais là en train de chialer et j'étais bien, t'es vide à la fin mais t'es bien… quand tu sors du boulot, et que tu vois les panneaux autoroutiers, et tu te dis en fait dans deux minutes là si j'ai envie de me barrer c'est possible, c'est difficile à expliquer à quelqu'un qui n'a pas le permis, dès que j'ai eu ma première caisse à vingt ans je me suis barré de Lille direct, porté par un sentiment de liberté que je n'avais jamais eu avant, je pouvais aller où je voulais, même une fois en osmose avec une nana dans le trou-du-cul de Brèves, je conduisais de nuit sous la pluie, on a traversé plein de petits villages, en perdant volontairement des heures et des heures, si tu voyais ces routes paumées, tortueuses, on aurait dit qu'elles nous menaient loin du temps, de tout, quand je suis arrivé, j'étais épuisé, j'avais du mal à me garer tellement j'en pouvais plus, le lendemain on a visité des chapelles, des églises en granit, c'était vide, il n'y avait personne, je ne sais plus pourquoi je te raconte ça… »

Passion éphémère

l'idée de faire des performances poétiques s'est imposée à moi inopinément, comme si je finissais par me rendre compte que j'étais née pour ça, ma santé physique et mentale en dépendait, j'essayai de résister, mais en vain, puis je me laissai glisser, je me suis acheté une guitare, ensuite il fallait prendre des cours, m'y atteler, m'oublier, vivre que pour ça, puis me réveiller, sortir un peu de ma chrysalide, au bout de six mois de pratique non-stop, pour rencontrer des gens dans le milieu de l'événementiel et parler de mon nouveau délire, rien ne me retenait, je devais être terriblement paumée pour me lancer dans cette guignolerie, peut-on devenir artiste du jour au lendemain, comme ça, parce qu'on l'a décidé, ça me paraissait difficile et ennuyeux, une folie inutile – je le répète, j'avais dit à mes géniteurs que je voulais être musicienne simplement pour leur faire comprendre que désormais c'était moi la propriétaire de ma vie, je n'avais en fait aucune idée de ce que je pouvais apporter dans ce domaine –, mais il suffisait de regarder de plus près comment certains se trouvaient une passion et s'extirpaient de leur trou du jour au lendemain, je m'étais bêtement dit que c'était peut-être mon tour, au moins pour le fun, pour rire, pourquoi pas, sait-on jamais, juste y croire, vu qu'à Paris, comme ailleurs, les ambitions se fabriquent et trouvent grâce aux yeux du temps, leur place en un tour de main, des fabricants de génies, ce n'est pas ça qui manque, balaises, ils ont leurs propres moules et ça ne peut pas louper, le vin ou la boue il y a toujours moyen de s'arranger pour que ça revienne au même, s'il venait à manquer un incomparable génie, une lumière aveuglant le siècle, ils le feraient naître à coups de burin sur la voûte du ciel s'il le faut, à coups de bains d'éternité… ce sont de vrais professionnels à Paris, de vrais pourvoyeurs d'immortalité, sur un coup de tête, quand ça leur chante, et *bim*, la boue changée en vin, millésimée à volonté… je ne trouve pas les bons mots pour expliquer le fond de ma pensée, mais ce que je sais, j'en suis convaincue, sans cracher ses boyaux, s'installer dans la nuit, impossible de remonter à la source de l'infini, en plein dans le mille, mélanger le jour et la nuit, diluer le soleil dans un verre d'eau, museler les océans, on en sort bleu de tous ses maux, c'est la plus heureuse des morts, loin des frimes de la légitimation, ce qui fait un artiste ce sont les battements de son cœur…

allongée sur mon canapé, un carnet posé sur mes jambes et un stylo à la main, je me répétais ces clichés, en traversant des régions de la mémoire… au matin de chaque miroir, de chaque vol d'oiseau… il était certain que mes convictions artistiques étaient plus fortes que ma disposition à créer, à foutre la pagaille, le domaine de tout créateur qui se respecte, déchirée, ma colère me montait aux yeux, le redoutable fleuve du dedans, la danse sanglante de l'étoile rendue irréversible, iconique par son seul surgissement, l'ultime geste… même le canapé se prenait pour une métaphore en faisant dire au voyage qu'il n'est rien qu'un port qui rêve face à l'horizon… là, sur ce quai en coussin, ma rage en poupe, toutes voiles dehors, je mugissais comme une bête blessée, je crachais sur ma vie, sur les moindres particules de mon être, sur la nuit enfermée dans mon ventre, sur l'enfance, cette ville excessivement folle et distante, sur les salles où je ne serai jamais invitée à performer, inaccessibles au cri, aux pierres d'aucune galaxie, sur ce public imaginaire qui viendrait peut-être m'écouter pour tuer le temps, se désennuyer de son vide… les jours suivants, je continuai, fidèle aux lignes de ma voix brisée… j'étais en train de devenir poète, ha ha ha, je ne pouvais pas m'empêcher de rire, car l'idée même me semblait ridicule, risible, poète de quoi, poète comment, quand est-ce qu'on l'est, qui l'est réellement, tous les dieux sont morts, cet état psychique justifiait simplement pour moi quelque chose de plus concret, dont les contours s'effacent à force de sous-entendus, d'implicite, mais qui restait de l'ordre de l'explicable, je descendais d'une lignée obscure, écartelée entre la folie, le rêve et le réel, ça a du bon, mais très rarement, chez moi le mouvement fut très bref, comme si soudain j'avais trouvé le moyen de lui échapper, c'est-à-dire d'échapper à mes égarements, mes dérives, mes vertiges, aux mers enflammées de la beauté, pour retourner vers les choses simples, vers le temps…

j'avais regardé sur Internet, slameuse française, il n'y en avait pas beaucoup, pour ne pas dire pas du tout, ou elles étaient toutes d'origine étrangère, au lieu de me questionner là-dessus, de chercher à comprendre, je me suis mise tout de suite au boulot – lire, prendre des notes, écrire, améliorer ma technique à la guitare – en me disant naïvement voilà un espace à conquérir, voilà un monde à changer, je dis naïvement parce qu'en vrai, que je sache, le slam, la poésie, ça n'a rien changé du tout, ça sert à quoi, enfin je ne sais pas, sinon Toi serait encore vivante, tant d'autres seraient moins malheureux, faut arrêter de se mentir, et une femme qui s'y adonne se fait gentiment mettre dans une boîte à côté, ou taper sur la gueule, ce qu'on prédilectionne à tout-va, en veux-tu en voilà, c'est des voix de mecs, ça gronde, chiens sans aboiements, vendeurs de trémolos puérils, des arracheurs de larmes, des livreurs de confettis, des amuseurs de galerie, et c'est d'un embarras, à la vérité il n'y a rien à conquérir, aucune place à occuper, sinon sa voix, peaufiner sa mort, la chérir inlassablement… pour être tout à fait honnête, je n'étais pas fière de mes premiers textes, dans un style plan-plan, un peu trop confessionnalistes – je m'apitoyais sans cesse sur mon sort dans une langue pauvre –, car ils avaient été écrits justement par la jeune femme dans le miroir, belle et pleine de santé, alors que je me sentais si vieille à l'intérieur, à la fois vide et remplie d'une colère infinie, il fallait tout retravailler contre le mensonge de la glace, en tournant mon regard vers l'intérieur, parfois des nuits entières, à l'écoute de la vieille femme en moi, en puisant dans ses expériences, ses larmoyances comme sa grande liberté de ton…

chaque matin raconte la même histoire
les reflets éteints en pleine croissance
la folie muée

vers une étincelle d'utopie
la mémoire tourne en rond
dans un corps qui se cherche

aucune route ne mène à l'aube d'une simple joie

mes mots s'ouvrent à la nuit
serrée contre mes seins
tel le dernier instant du souffle…

la poésie, ou ce que je croyais l'être, apportait à ma vie quelque chose d'incroyablement nouveau, prophétisé et attendu depuis longtemps, quelque chose comme le meilleur endroit où aller, j'y consacrais un temps fou, dans une transe dont je mettais parfois des heures à émerger, à la manière du plongeur en apnée qui aspire à la surface argentée sans aucune certitude d'y parvenir, mais il fallait manger, et je commençais sérieusement à manquer d'argent, je ne recevais plus de virements de mes géniteurs depuis un moment, tout compte fait, j'étais préparée à cette éventualité, je ne serais pas étonnée que père, ce con, ait pensé, en me coupant les vivres, que ça pourrait me décider à revenir sur mes choix d'*enfant gâtée*, et peut-être à rentrer à la maison, en enfer, ignorant jusqu'où j'étais prête à aller pour cesser d'être leur fille, entretenir mon acharnement, inventer mes propres fictions…

dans un café-concert à Ménilmontant géré par un jeune homme d'Europe de l'Est, j'étais disons engagée pour faire la première partie d'un slameur camerounais plus ou moins connu, son nom m'échappe, c'était ma première scène, aujourd'hui en y repensant, j'en rigole, je me suis bien foutue de ma gueule, en croyant que j'avais du talent, et pas pour n'importe quoi, pour la poésie, cette profondeur que seule une poignée d'entre nous a déjà atteinte, Al-Khansâ, ou Rimbaud… les autres et les éloges de leur singularité me font rire, imaginez la mer qui raconte à tout bout de champ qu'elle est salée et brillante, sa cosmique exceptionnalité… monter sur scène pour faire quoi, ça aussi me parut ridicule, il n'y avait qu'à foutre le camp de là, et laisser le monde poursuivre son ombre, mais au lieu de cela je branchai ma guitare, posai mes feuillets sur un vague pupitre, pris un air inspiré, devant moi des regards de toutes sortes, je m'en souviendrai toujours, ce n'était pas une simple vue d'esprit, ils me regardaient, énigmatiques, estourbissants, des regards de si tu n'es pas à la hauteur je te flingue, de quoi qu'il en soit je vais applaudir pour ne pas montrer aux autres que je suis un public horrible, surtout avec les débutants, les petites bourgeoises, là, qui feraient l'impensable pour que leur existence ne leur soit plus un obstacle, un vide à remplir, mais après ta performance à la con, avec mes amis on va commander de la bière ou du vin et on va passer le reste de la soirée à te tailler, tu peux me croire, oui, tandis que je lisais tout ça dans ces yeux rivés sur moi telles des flèches arquées, d'autres continuaient leurs petites affaires à côté, tapaient leur verre sur le comptoir, sortaient, rentraient, s'esclaffaient, pourquoi s'obligeraient-ils à se taire, à la base ils étaient là pour autre chose, pas pour moi, non, vrai, c'est qui cette nana, tout le monde s'improvise poète maintenant, à croire que c'est devenu une maladie, si mes géniteurs ou mes anciens amis de la Sorbonne, les chiants du LAC, me voyaient là, sur cette scène qui n'était pas une scène mais un petit carré aménagé dans le prolongement de la salle, les yeux fermés pour ne pas me laisser déconcentrer par ceux du public, avec ce micro à la main, ils n'en seraient pas revenus, en même temps c'était pas pire qu'être une pute au coin de la rue, c'est qu'il aurait été difficile pour eux de comprendre comment on peut en arriver à abandonner des études de lettres à la Sorbonne pour devenir slameuse et quémander des pourboires en faisant passer le chapeau, quel gâchis…

le slameur camerounais en question, l'invité d'honneur, il n'était pas si bon que ça mais les gens avaient applaudi à fond, s'y étaient même mis ceux qui visiblement, pendant tout le spectacle, n'étaient pas convaincus, c'est à la fois étrange et gênant, quand la reconnaissance globale ne correspond pas à la qualité du don, bref, après la soirée, les congratulations, les selfies, les flatteries, les calinous, le slameur camerounais est venu me voir pour me féliciter – on ne se connaissait pas du tout, cette première partie était une idée du Jeune-homme-d'Europe-de-l'Est, qui avait trouvé mes textes claquants, cash, on s'en prend plein la gueule, pour reprendre ses propres mots au téléphone quelques jours après m'avoir entendue lors d'une audition –, et en profiter pour me donner quelques conseils, fermer les yeux, disait le slameur camerounais, pourquoi pas, pour s'imprégner totalement de son texte et tout, mais il ne faut pas oublier le public, il faut essayer d'établir un contact avec lui, c'est à lui que le texte s'adresse, faites en sorte qu'il soit avec vous, qu'il vous écoute, vous suive, et patati et patata, j'ai dit merci, mais au fond je m'en foutais, si le public savait écouter ce que leur disaient les artistes, les écrivains, les poètes, il y a bien des choses qu'on ne verrait pas se (re)produire dans ce monde, alors laissez-moi faire comme je veux, merde… ma deuxième scène se passa au même endroit – le Jeune-homme-d'Europe-de-l'Est et moi avions trouvé un accord, tous les mercredis je ferais les premières parties des artistes ou groupes qui passaient dans son café, et à la fin, ce qui se trouvait dans le chapeau était à moi – avant un concert de jazz, à partir de là je crois que c'était plus ou moins lancé, le Jeune-homme-d'Europe-de-l'Est me proposa de jouer seule, carte blanche, toujours les yeux fermés, mordicus, pour le même public d'un certain âge majoritairement, si le gérant avait formulé quelques réserves quant à la guitare, c'est un peu ringard, disait-il, mais c'est toi qui vois, les yeux fermés ça ne lui posait aucun problème, je les bandais carrément parfois, et découvrais le public après avoir craché mon texte dans le noir sur un simple phrasé instrumental, ça se voyait que ça leur paraissait un peu médiocre au début, mais, à la longue, ils avaient fini par trouver ça novateur, vous nous avez fait voyager, vos mots nous donnent de l'espoir, qu'ils voulaient me faire croire, c'étaient des gens plutôt distingués qui mangeaient bien et à satiété, buvaient et payaient leurs consommations sans le moindre souci, sans se gratter la tête, ce qui reste un luxe encore pour plein de gens dans ce pays, je ne voyais pas du tout de quel « espoir » ils parlaient, avaient-ils touché le fond au point d'avoir besoin des mots de quelqu'un comme moi pour sentir la vie vibrer autour d'eux… et il fallait voir comment ils bavaient de bonheur, quand je me prêtais à cette comédie maladive, à laquelle on demande aux artistes de jouer, qui consiste à se mettre à nu, raconter comment j'étais arrivée au slam, à la poésie, si j'arrivais à en vivre, pourquoi les yeux fermés, est-ce que c'était de la timidité ou alors ça me permettait d'être en harmonie avec mon univers intérieur, si je leur disais que je fermais les yeux pour porter ma voix, mes mots jusqu'à la petite fille que j'avais été, pourchassée par la nuit, ils m'écouteraient sans doute en prenant une expression de chien battu, ils ne comprendraient pas, les gens préfèrent qu'on leur raconte ce qui fait du bien, il leur faut du mirage, avec de la bonne sauce, et pas n'importe laquelle, toute une mer archi-pimentée, la vérité, c'est que ça leur fout la frousse, bref, je devais me vendre, dire ce que je n'aurais jamais dit s'ils m'avaient laissée parler franchement, mais il n'y avait pas moyen qu'on me laisse être moi-même, et j'ai joué le jeu en espérant les revoir le mercredi suivant, ainsi que tous les autres

ils sont revenus, je faisais mon show, trouvais ensuite d'autres « n'importe quoi » à leur raconter, très vite je m'étais familiarisée avec leurs drôles de manies, le sens du mot « espoir » pour eux, plus qu'un besoin, un sentiment engendré par les affres du monde, quelques noirceurs existentielles, c'était la peur, plutôt la certitude de n'avoir pas vraiment réalisé les rêves dont ils étaient en train de tirer avantage, la certitude que leur vie tournait à vide, cette puérilité typiquement française dont la teneur m'avait été révélée jadis, lors de ces apéros sous la véranda familiale, tels que je les voyais, ponctuels et engagés comme à une cause, j'en venais à croire que leur monde s'effondrerait si le Jeune-homme-d'Europe-de-l'Est, pour x raison, décidait de fermer son café-concert… un soir, tandis qu'ils jérémiadaient de plus belle, clairement beurrés et rébarbatifs, genre tout était mieux avant, même pendant la guerre, s'écria un très vieux monsieur, au moins on était libres de mourir, je les revois, la tronche sceptique, boire plus que de raison pour tenter de noyer je ne sais quoi, ou d'être heureux, dépouillés du poids de leur vie, discrètement moqueuse, je leur servais ce bon vieux cliché : l'espoir fait vivre mais l'attente fait mourir, vous n'en reviendriez pas, c'était un succès, sacrément bien dit mademoiselle, acquiesçaient-ils, graves, comme revenus tout à coup à la réalité après un trop long temps d'absence, ou à attendre que quelqu'un leur confirme qu'ils n'étaient pas morts, qu'ils ne s'en sortaient pas si mal que ça… à la suite de ce succès sémantique, ils insistaient pour que j'accepte qu'ils me paient à boire, on trinquait à la bonne franquette en se racontant tout un tas de trucs, parfois un peu salaces, ça toussait de rire, dépassait les bornes, sans méchanceté ou intention de blesser l'autre, parmi eux il y avait une ancienne régisseuse, elle m'avait expliqué comment fonctionne le régime des intermittents du spectacle et comment obtenir une ouverture de droits au chômage, et ce monsieur qui me parut si intrigant au début, si désemparé parfois qu'il me faisait pitié, il ne buvait que des alcools forts et zieutait les allées et venues du Jeune-homme-d'Europe-de-l'Est comme un vieux pervers, il aurait été difficile d'arriver à démêler l'énigme qui enveloppait sa présence régulière dans ce lieu si quelqu'un ne rapportait pas à qui veut bien l'entendre tu vois cet homme là-bas, c'est le père du barman, il vient presque tous les jours et s'assoit à la même place, il veut se racheter de n'avoir pas été présent dans la vie du fils, mais il va de soi que ce dernier ne bouge pas, qu'il refuse de lui pardonner, il passe devant lui comme devant un mur, lui répond vite et froidement sans le regarder dans les yeux quand l'homme l'interpelle pour commander par exemple, tu as bien remarqué que le petit ne se joignait pas à nous en fin de soirée après ton slam (ce que fait pourtant le vieux, même s'il ne dit pas grand-chose), c'est pour ne pas avoir à lui parler, allez voir à quel point l'étranger se foutait de tout le monde, menant tranquillement sa petite vie de vagabond, et soudain il sort d'on ne sait quel néant et cherche mordicus à calfater les fissures du passé, il raconte qu'il est arrivé à Paris dans les années 1970, et se rappelle qu'il passait son temps à traîner avec ses compatriotes aux Buttes-Chaumont, le parc c'était comme une deuxième maison pour eux, c'est lors d'une de ces journées à discuter longuement dans leur langue maternelle en arpentant les allées qu'il a croisé le regard de la mère du jeune homme, une beauté comme on n'en faisait plus, pour reprendre ses propres mots, il l'a épousée six mois plus tard, l'arrivée du nouveau-né lui donnait une étrange sensation d'être tombé dans un piège, partir, tout quitter, il n'avait que ça à l'esprit, ce qu'il fit finalement, enfin bref on est tous bluffés par sa persévérance, on essaie de l'aider comme on peut, mais bon Dieu qu'il est dur le môme, ce qui est fait est fait, il va falloir un jour qu'il mette son orgueil de côté et accepte d'écouter le vieux, apparemment il a d'autres enfants d'un second lit, deux filles, qu'il aimerait bien lui présenter, mais encore une fois, le fils ne comprend pas ce que cet *enfoiré* lui veut après toutes ces années… il paraît que la mère du jeune était la fille d'un ancien nazi, murmurait un autre, quel rapport avec ce qui s'est passé avec le père, s'interposa aussitôt l'ancienne régisseuse qui demanda qu'on change de sujet sans doute pour éviter que cette imprudente révélation cause des dégâts qu'ils ne pourraient jamais réparer, alors l'artiste, au village t'y retournes souvent ou pas, j'ai dit non, pourquoi, je ne sais pas, je n'ai pas envie d'en parler, je comprends, dit la régisseuse en secouant la tête d'un air compatissant, on a tous un village, un trou d'où on aimerait s'enfuir pour toujours…

un vendredi soir, pour me faire un peu de thune, j'avais accepté l'invitation d'une espèce d'andouille à performer quelque part dans le quartier de Montparnasse, juste un petit quelque chose pour rendre la soirée agréable, j'ai dit OK, mais putain qu'est-ce qu'il m'avait soûlée, ce cornichon en costard, une vraie machine à paroles, c'était horrible, bonjour, bienvenue, ça va, content que vous ayez pu venir, vous voulez vous asseoir, boire, grignoter, aller aux toilettes peut-être, j'adore ce que vous faites, c'est génial, je vous ai vue une fois à la Maison de la poésie, ah ce n'était pas vous, mince alors, dommage, j'aurais parié, vous êtes de Paris, ah oui de ce village, mon père connaît ces gens-là, c'est pas étonnant que vous soyez poétesse, Pagnol le maître aurait aimé votre langue, vos tournures hyper justes, vous voulez boire quoi, j'ai dit un verre de rouge s'il vous plaît, il connaissait la carte des vins par cœur, je devais en choisir un, et avant même que j'entame mon verre il reprit, bon je vous montre la scène, enfin là où ça va se passer et je vous laisse voir avec le technicien, vous ne voulez pas autre chose, vous êtes sûre, un autre verre de vin peut-être, ah oui vous n'avez pas fini celui-là, plus tard alors, je veux dire après celui-là je vous en offre un autre, mais de rien, sinon on a du whisky, du rhum arrangé des Antilles, de la vodka et des cocktails… non merci, c'est gentil, répondis-je, cette réponse était toute une performance, vous avez sûrement déjà fait ça au moins une fois, alors que dans votre tête vous recadrez quelqu'un, *mais fermez votre putain de gueule*, vous vous arrangez pour que l'expression de votre visage et ce qui sort de votre bouche dise le contraire, jour dehors, grosse nuit à l'intérieur, on se déguise tous, si tout le monde montrait son vrai visage, vous ne pouvez pas imaginer le bordel que ça serait, bref, vu comment ce colibri me tapait sur le système, cette soirée ne pouvait qu'être pitoyable, aussi, à cause de mon manque de professionnalisme, j'aurais dû au moins lui demander des détails sur le lieu, j'avais juste pris l'adresse, et une fois sur place, je me suis rendu compte que c'était un restaurant, une énorme salle, elle était presque remplie, ambiance normale de brasserie un vendredi soir, des rires, des éclats de voix, concert de couverts sur les assiettes, allées et venues des serveurs, pleurs d'enfants, j'ai dit au colibri que ce n'était pas possible, même avec les yeux fermés, que je n'avais pas l'habitude de performer dans ce genre d'atmosphère, mais il insistait, ça va aller, lâchez-vous, gueulez vos mots, histoire de forcer l'écoute, imposer la toute-puissance de votre poésie…

tandis que je gueulais mon texte dans le vide, encore et encore, comme une timbrée, mais vous avez un problème putain, hurla soudain un homme, sa voix était tellement… comment dire, ça résonnait tellement fort que j'ai eu la sensation que le sol avait bougé sous mes pieds, le texte aussi m'avait quittée, j'ouvris donc les yeux et l'homme debout à l'entrée avec sa famille, une femme, deux jeunes garçons, une petite fille, vous avez un putain de problème en fait, poursuivit l'homme sur le même ton, nous sommes là depuis un moment, vous avez des tables libres, vous en avez attribué à d'autres clients qui sont arrivés après nous, si jamais cet endroit dans Paris, la capitale du pays des droits de l'homme, est interdit aux Noirs, dites-le-nous clairement et on arrêtera de vous importuner, le gérant du resto, la machine à paroles intervint, tenta de rectifier le tir avec des phrases alambiquées truffées de verbes au conditionnel, et des adjectifs plus insidieux et pourris les uns que les autres, c'était presque encore plus gênant, l'homme secoua la tête avec un mélange d'effarement et de vertige, puis invita sa femme et ses enfants à sortir devant lui, et s'en alla chercher un autre endroit où dîner

pour tout dire, au point où j'en étais, dégoûtée, mortifiée, j'espérais que la situation tourne au vinaigre, déraille complètement, rien que pour ne pas avoir à continuer à me ridiculiser devant ces ombres censées être mon public, genre l'homme scandalisé colle son poing dans la gueule de ce serveur méprisant qui dans sa chute entraîne au moins une table et ses occupants, le serveur revient à la charge puis chute à nouveau, quelques-uns parmi les hommes présents dans la salle essaient de maîtriser le grand Noir mais sans succès, ils s'en prennent à une tempête, d'autres s'en mêlent, ivres de colère, sa femme pleure des insultes, ses enfants baissent la tête, serrés autour d'elle, tétanisés, la salle devient un foutoir, les coups partent dans tous les sens, finissent dans le vide, ou charrient les corps auxquels ils n'étaient pas destinés, ce qui amène à entrer dans la bagarre celles et ceux qui se tenaient jusqu'à présent à l'écart, arriver à un point où il est impossible de revenir en arrière, en faisant tout pour séparer ces chiens enragés, mais arrêtez, fils de pute, connard, fils de Pétain, sale Noir, mais putain faites quelque chose, ils sont en train de s'entre-tuer, à travers leur téléphone portable une poignée de personnes regardent la scène avec beaucoup d'excitation depuis la rue, font des gros plans sur les moindres détails de cette incroyable opportunité de faire un carton sur les réseaux sociaux, avec ce type de vidéo les récoltes d'une carrière d'influenceur sont vite arrivées, en trébuchant le grand Noir attrape un tabouret, s'apprête à le lancer, à cet instant même surgissent deux policiers, les mains en l'air, que personne ne bouge, avant de se tourner vers les bagarreurs, ils constatent l'état affreux dans lequel est la salle, un lourd silence plane au-dessus des tables, des chaises renversées, des éclats de verres et d'assiettes, de la nourriture mélangée jonchant le sol, s'imprime sur les corps essoufflés, dans les regards confus, prostrés, comme un dur retour à la réalité, une prise de conscience des horreurs dont ils sont capables, puis pleuvent les questions, ce sont les hommes en uniforme qui les posent, d'abord qui est le gérant du restaurant, le colibri qui comme tout le monde a déjà les mains levées agite un bras, vient le tour des bagarreurs de donner leur propre version, les agents prennent des notes, puis repartent, et pour finir la machine à paroles me tend une enveloppe et me remercie… voilà ce qui aurait été parfait, mais l'homme noir n'avait pas jugé bon de faire plus que simplement hurler comme une bête blessée, depuis quand en France on refuse l'accès au restaurant à des personnes de couleur, il tourne le dos et laisse passer un acte aussi grave, je lui en voulais un peu d'avoir été si lâche, j'aurais aimé qu'il aille jusqu'au bout pour sa famille et, du même coup, pour moi, car aussitôt qu'il eut plié sa queue et disparu avec les siens, que le service et la salle eurent repris leurs esprits, le colibri me demanda de reprendre ma performance,

mais avant ça, certaines personnes voient le mal partout et s'en délectent, pontifia l'insoutenable phraseur, comme si j'en avais quelque chose à foutre, jour dehors, grosse nuit à l'intérieur, vous savez, la restauration est un milieu difficile, entre la concurrence sans pitié, les charges, les contrôles sanitaires, les réservations non honorées, les gâchis de nourriture, les journées folles où vous avez à peine le temps de respirer, vous voyez, je ne vois pas pourquoi on refuserait des clients ou privilégierait certains par rapport à d'autres, d'autant plus que c'est leur présence qui nous permet d'exister, personnellement je ne trouve pas que mon serveur ait eu une attitude déplacée vis-à-vis de cette famille, il ne faisait que suivre un plan de service, il fallait juste être patient, j'ai été très surpris que cet homme croie qu'on ne leur a pas attribué tout de suite une table à cause de leur couleur de peau, c'est ridicule, toutes ces intentions insensées, ces pensées malsaines qu'on prête aux gens, ça aurait pu mal finir pour rien, un profond malentendu, on a beau imaginer des manières de vivre ensemble dans ce pays, c'est compliqué, moi j'ai confiance en la poésie, elle casse les frontières raciales, identitaires, elle est au-dessus de tout… comme d'habitude, la machine était partie pour dérailler, alors je recommençai à gueuler mon texte face au public absent, concentré sur la discussion concernant *l'homme qui a perdu le contrôle*, sur je ne sais quoi d'autre, je pouvais brailler comme bon me semblait, une sorte de bruit de fond, voilà, c'est tout ce que j'étais, en me remettant l'enveloppe qui contenait mon cachet (250 euros) le colibri m'a dit qu'il avait adoré, vraiment, *si on écoutait les poètes, le monde irait mieux...*

ça faisait un an que j'étais poétesse-performeuse, je commençais à en avoir un peu marre, j'avais l'impression de vendre à des inconnus, des incultes, des mots qui étaient censés être dédiés à mon enfance, me consoler, en un sens je me prostituais... le deuxième mercredi qui suivit cette catastrophe à Montparnasse, lorsque j'annonçai au Jeune-homme-d'Europe-de-l'Est que je voulais tout arrêter, la poésie, le slam, je lui dis que je n'avais rien à lui reprocher, qu'il avait toujours été correct avec moi, que j'allais continuer à venir dans son café, mais comme une simple cliente, il ne me prit pas au sérieux, au début il pensait qu'il s'agissait d'un simple coup de blues, un besoin de plus de reconnaissance, c'est normal, me disait-il, mais c'était loin d'être le cas, je le rassurai, il était tout de même persuadé qu'il y était pour quelque chose... deux jours plus tard, au téléphone, il me parla d'un ami à lui qui venait de monter sa boîte de production et qui voulait faire des trucs avec des artistes *underground*, des vrais artistes comme toi, mais qui sont inconnus du marché, je lui ai longuement parlé de toi, va le voir s'il te plaît, insista-t-il, et pense aussi à publier tes trucs sur les réseaux sociaux, tout le monde fait ça aujourd'hui, et la plupart du temps ça marche, en plus toi tu sais y mettre du cœur, je ne connais personne qui manie les mots comme tu le fais... son ami m'avait donné rendez-vous au Café de Flore – la veille, j'avais assisté à un défilé de mode auquel participait Colombe, mon amie de la Sorbonne, tu es poète maintenant, s'écria-t-elle, mais c'est génial, tu écris sur quoi, je ne sais pas, répondis-je, sur moi, c'est tout ce que je connais, tu vas travailler avec ce mec, je peux te présenter des gens importants aussi, qui sont plus dans le secteur du luxe, mais on ne sait jamais –, ce café, sans doute pour m'impressionner, il parla de lui-même pendant plus d'une heure…

le Jeune-homme-d'Europe-de-l'Est avait organisé une soirée pour mon départ, j'étais très touchée par son geste, tout le monde était là, les habitués que j'avais côtoyés pendant ces douze mois qu'aura finalement duré ma carrière artistique, ils ne m'avaient posé aucune question sur les raisons de ma décision, ni sur le domaine dans lequel je souhaitais me reconvertir, ils se contentaient de passer un bon moment avec moi, j'avais joué tout mon répertoire pour leur faire plaisir, sachant au fond de moi que c'était la dernière fois qu'on allait se voir,

je pleure sur mes mots impuissants
incapables de me tirer de là
me sauver

les seuls qui savent pourtant
et me comprennent

le Jeune-homme-d'Europe-de-l'Est se joignit à nous, et nous offrit plein de tournées, *zdrowie*, il avait l'air moins tendu que d'habitude, on ne put pas s'empêcher d'applaudir en lançant des cris de joie lorsqu'il alla embrasser son père (apparemment ils avaient pris le temps de discuter, de vider l'abcès en buvant de la vodka jusqu'à l'aube, en chantant des chansons traditionnelles de leur pays d'origine, les larmes aux yeux…), la régisseuse pleura, on était tous soulagés, je crois, de les voir enfin réconciliés… c'était une très belle soirée…

LE GRAND FLEUVE DES SENTIMENTS
la crème du cinéma français

trois heures du matin, lourdement cuitée, je rentrais de ma soirée à Ménilmontant, en arrivant à la hauteur du restaurant asiatique en bas de chez moi me prit une folle envie de manger un bobun avec des nems, les deux sœurs vietnamiennes, trop gentilles, y ajouteraient gratuitement, comme d'habitude, pour me faire plaisir, une saucisse, une brochette de poulet ou une boule coco, en me souhaitant un bon appétit avec un fort accent de leur pays d'origine... je récupérai dans la boîte aux lettres un tas de pubs, de flyers, de brochures et le magazine municipal, parmi ce débordement de papiers il y avait un courrier de la part de père, une énorme surprise, je ne l'ouvris pas tout de suite, j'avais surtout envie de m'allonger, j'eus beau me cramponner à la rampe, les quatre étages me parurent insurmontables, un océan à traverser, être complètement torché c'est un peu comme être vieux, on n'a plus grand-chose à fournir, on vacille, résiste à la chute imminente, soudain la grand-mère de Nathan me vint à l'esprit, sans savoir pourquoi, j'allai coller mon oreille à sa porte, à une heure pareille elle dormait sans doute, pensai-je vaguement, ou était assise dans son fauteuil en ressassant l'apocalypse, imaginez que quelqu'un vous demande de monter dans un train, sans que vous sachiez pourquoi et ce qui se passe, imaginez que vous arrivez à destination et qu'on vous tend des habits de prisonnier, on vous enferme, on vous fait travailler dans des conditions inhumaines, et pour vous prouver qu'il ne s'agit pas d'un jeu, on tue des gens autour de vous, et on vous demande de transporter leurs corps sur des charrettes vers des fosses communes, vous vous croyez dans un rêve, ce n'est pas possible, vous avez très peur mais vous savez qu'à un moment donné vous allez vous réveiller, or vous ne vous réveillez pas, ce n'est pas un rêve, tout est réel, on ne peut plus vrai, et le pire c'est que vous ignorez totalement ce que vous avez bien pu faire pour qu'on vous maltraite ainsi, des images qui ne vous quittent pas, croyez-moi… ça lui ferait drôle, à la propriétaire, d'ouvrir sa porte et de tomber sur moi bourrée comme un as de cœur, tandis que dans ma tête je continuais à me demander pourquoi autant de haine entre les hommes, apparut soudain ma voisine, tu embêtes tout le monde en fait, t'es fêlée, c'est ça, pfff, tu devrais te faire soigner, je me rendis compte alors que je m'étais endormie, appuyée contre le mur, je rentrai chez moi… je me réveillai autour de midi, père ne m'avait encore jamais écrit, j'avais une vague idée de ce que ce texte pouvait contenir, quoi qu'il en soit, maintenant que je n'avais que faire des raisons qui avaient poussé mes géniteurs à se ranger du côté de l'animal plutôt que de celui de leur fille unique, j'ouvris l'enveloppe doucement, non sans quelques pincements de cœur, comme on avance dans un couloir face à un rideau derrière lequel on ne sait pas ce qui nous attend, je lus en buvant mon café, une lettre longue et tout aussi pathétique…

après quelques nouvelles qu'il jugeait utile de porter à mon attention – le corps de l'oncle a été retrouvé dans une chambre d'hôtel à Yaoundé, le Drôle de Curé a rejoint Dieu quelques mois plus tard d'une cirrhose, la mort semble avoir oublié grand-mère – il s'apitoyait, *[…] ma fille, j'ose encore t'appeler ainsi, parce que tu l'es, tu l'as toujours été et tu le seras toujours, c'est vrai, je n'écris pas pour me justifier, mais pour m'expliquer, tu as sans doute besoin de savoir, et je t'aime, c'est terrible pour un père de perdre son unique enfant – l'enfant qu'il a vue naître, grandir, devenir un vrai être humain –, sans aucune certitude qu'il la reverra un jour, mais ça doit l'être encore plus pour l'enfant de s'être sentie larguée toute sa vie, poussée comme un arbre seul au milieu d'une forêt tout à fait indifférente à son sort, seule dans les sombres profondeurs de l'amertume, tu as souffert, je suis tellement désolé…*, et moi qui croyais m'être suffisamment retirée pour qu'on ne me retrouve plus, pour que le passé ni rien ne puisse me rattraper, en laissant tout derrière moi, *en ouvrant cette lettre, parmi les questions qui s'agitent dans ta tête, il doit y avoir celle de comment j'ai eu ton adresse, j'ai donné ton nom et une photo de toi à un vieil ami qui a lancé une recherche, je lui ai dit qu'il pouvait se présenter de ma part, te proposer son aide si jamais, je ne t'apprends rien en te disant qu'il est réservé à une petite minorité d'entre nous d'avoir la chance de vivre à l'abri du besoin, je te l'assure, accepter l'aide de mon ami ne saurait être en aucun cas un acte compromettant la liberté que tu as choisie, le retour au passé, tu es partie, ta vie est ailleurs, je le sais, je l'ai accepté...*

ensuite il parlait de son père, de son frère et de leurs rapports qui furent une importante collection de mesquineries, de tensions, de non-dits *[...] le temps passa, mais la perception commune demeura la même, j'étais le pétochard, le faible, le mec qui n'ira pas loin, et mon frère le prodige, le génie, enfin tout le contraire de moi... à la fin de notre année d'hypokhâgne, je me rappelle comme si c'était hier, mon père a balancé à mon frère la clé de sa voiture, toi tu sauras conduire la famille, lui a-t-il dit avant de me tourner le dos sans un regard, ce n'est qu'un exemple parmi tant d'autres tous plus humiliants, plus injustes les uns que les autres [...] je n'avais droit à rien, parce que je n'étais capable de rien, de comprendre certaines choses, les plus essentielles, notre vie c'est comme un dictionnaire, un algorithme, disait mon père, un vaste ensemble de questions où chaque élément de la réponse apportée peut faire l'objet d'une nouvelle recherche, ainsi de suite, une succession d'infinis, jusqu'à la matrice primitive du temps... cette vision algorithmique de l'existence à laquelle justement je ne comprenais que dalle, après mon père, mon frangin était désormais le seul de la famille à l'incarner, à pousser l'idée plus loin en incluant des angles discutables, d'autres ambiguïtés, au point d'en faire une théorie personnelle, un trait de comportement... on l'écoutait, on le choyait, le génie du village, même Dieu, à travers notre curé, voyait en lui un type bien, plein d'esprit, doué d'une intelligence infaillible, qui peut oser contredire le Seigneur, remettre en question Sa parole, Il a dit que ce petit était le meilleur d'entre nous, c'était OK, Il n'avait pas à le répéter, à nous convaincre, qui a déjà vu Dieu prouver quelque chose, étaler des arguments, faire appel à des témoins pour corroborer Ses propos, personne, et ça ne risque pas d'arriver, ainsi, lorsque notre père est décédé, il était naturel que ce fût lui (le génie du village) qui le remplaçât et s'occupât de tout, de ma survie aussi, et de celle de ma famille, car il gérait une partie de l'héritage (notre mère avait reçu la propriété des trois quarts de la succession, la partie la plus importante, donc), tu l'as déjà compris, moi je n'avais rien, autrement dit mon frère était commissionné pour me prendre en charge, l'absurde de l'affaire ne se situait pas dans l'affaire même, mais dans mon silence, mon implacable inertie...*

quant à la question de s'il était légal ou non de procéder comme notre père l'avait fait, c'est-à-dire de déshériter un enfant ou le désavantager en attribuant totalement ou en partie sa part à l'autre, je ne cherchai pas y répondre, à l'aise dans ma condition d'inférieur, de frelampier, dans ma peau de chagrin, on ne manquait de rien à la maison et il me semblait, dans l'absolu, qu'il n'avait aucun mal, mon frère, à trouver le meilleur moyen de faire fructifier notre argent, et donc nous permettre de maintenir notre train de vie et de conserver notre prestige de gens respectables... tout cela se passait de façon presque imperceptible, au fond, je n'adhérais pas à l'idéal de mon frère qui se résumait à gagner encore plus d'argent à tout prix, quoi qu'il arrive, mais il m'était impossible de ruer dans les brancards, pour ça il aurait fallu que je gagne moi-même ma vie, que je devienne autonome et indépendant financièrement, que je devienne maire par exemple, ou je ne sais pas quoi [...] je rencontrai ta mère, puis il y eut notre mariage, puis ta venue au monde, dans notre maison où le temps ne ressemblait à rien ou ne servait qu'à picoler, tous les jours à peu près à la même heure, pour être capable de se regarder, se supporter, être heureux, pour tout, je me souviens de ces soirs où l'alcool nous soulevait et nous jetait dans les bras les uns des autres, on s'aimait vraiment, on riait, des caravelles de joies qui disparaissaient à l'aube, laissant la place à la méfiance et à la rancœur, le soir venu, nous nous remettions à flotter vers des rives où nous ne nous reconnaissions plus, nous n'étions plus nous-mêmes, ou alors une version erronée ou carrément effacée de nous-mêmes, la seule vraie distraction que j'avais en dehors de ces soirées hypocrites et redondantes c'était la guinguette, au moins dans ce lieu, considéré par la morale d'alors comme un cercle trop populaire où la débauche prenait des proportions odieuses, je faisais de véritables rencontres, je pouvais me lâcher dans le bon sens du terme, danser, laisser mon corps voguer dans les hauteurs bleues du passé et de l'avenir, dans ses insondables territoires, jubiler, donner libre cours à mes envies et à mes émotions, j'ai regretté d'avoir tiré un trait sur ce qui me faisait me sentir vivant, du jour au lendemain, sans qu'un quelconque motif insurmontable m'y contraignît, pour essayer d'intervenir, d'être présent là où il n'y avait plus rien à sauver, à part toi, il n'y avait plus rien à sauver, mais même ça je l'ai raté, lamentablement, c'est ma plus grande blessure, puis ça se gâta avec ta mère qui fit une étrange dépression, de plus en plus, jusqu'à un point de non-retour, puis notre mère commença sa longue et douloureuse agonie (si toutefois on peut appeler ainsi les derniers instants d'une vie remplie de voyages et d'histoires), couverte d'une singulière brume, ça ressemblait à du chagrin, une grande lassitude, ce fut le début de la période où il fallait mériter ce qui était au génie du village, à moi aussi ainsi qu'à ma famille maintenant d'une certaine manière, la période où celui-ci brûlait de fermer les yeux de notre mère sur ce monde pour pouvoir entrer en possession des fruits successoraux, quelle que soit la lecture du testament et la volonté de la testatrice, il ne manquait pas une occasion d'exprimer à sa manière subtile mais révélatrice son intention criminelle, oui il voulait la mort de notre mère, s'il fallait réaliser l'impossible, mettre tout le village et la moitié de La-Ville-la-plus-proche dans sa poche, il le ferait, cela dit, il y a eu de mon côté quelques réactions qui auraient pu donner l'impression qu'on était lui et moi sur la même longueur d'onde, mais c'était loin d'être le cas, tout ce que je voulais, c'était de la mettre dans une maison de retraite, ma femme s'y opposa, trop chers ces vestibules de la mort, pensait-elle, garder la vieille nous permettrait de faire des économies, dit comme ça, ça paraissait tout d'un coup moins pénible aux yeux du poulain de Dieu d'attendre que la mort fasse elle-même son travail, il était capable de se substituer à elle et provoquer le grand jour, le monde était comme à ses pieds, il gara sa voiture, passa la porte d'entrée, pénétra dans le salon, se servit un whisky, voulut savoir de quoi on parlait, ta mère lui fit part de son point de vue qu'il valida, OK, bonne idée, on fait ça, il était le chef de sa propre maison où il ne nous invita que très rarement, comme tu le sais, et de la mienne, son aire de repos, et moi j'étais comme qui dirait le boy à son service, son bouclier, comme en témoignaient mes nombreux voyages en Afrique, il m'acculait, était devenu de plus en plus impitoyable, ses priorités brassaient des ombres, en rajoutaient là où il y en avait déjà trop […] si la nouvelle de sa mort au Cameroun a fait couler de l'encre et des larmes au village, ta mère et notre curé l'ont pleuré pendant des mois entiers, ils parlaient de lui au présent, comme s'il était encore là, bien vivant parmi nous, lorsqu'ils eurent épuisé tout leur stock de ridicule, ils allumèrent des cierges et prièrent pour que le chemin de celui-ci le mène vers le seul et l'unique au-delà heureux : la maison du Père, je les regardais tous les deux, unis par cette peine, on aurait dit qu'ils avaient perdu la personne la plus importante de leur vie, le génie, le sauveur avalé par le continent qu'il a voulu sauver, quant à moi je ne ressentais aucune tristesse, j'ai bien dit aucune…

père était resté un lâche, un âne qui me frappait, je l'ai dit, lui non, il ne l'a pas mentionné une seule fois dans son vomi, en faisant l'impasse sur ce chapitre, il avait négligé le plus important, la tache qui ne se nettoie, ne s'efface dans le parcours d'aucune âme, la souffrance finit-elle par se retourner, sous une forme plus terrible encore, contre celui qui l'a initialement infligée, les mots de cette lettre alimentaient suffisamment le silence, l'océan qui nous a toujours éloignés l'un de l'autre, pour me le laisser croire, ou que, comme le temps l'amour, la mort, la violence il faut bien que ça existe, et que rien ne s'explique finalement, le vrai nom de la solitude, et si on en guérit ce n'est pas dans cette vie, bref, c'était le pire père, le pire de tous les lâches, c'est peut-être ça qui le tenait en vie (pas l'alcool, les fausses joies auxquelles il s'adonnait en compagnie de sa fausse famille, ou la guinguette qui ne fut, pour tout dire, qu'un bassin où il allait s'enfoncer jusqu'à ce que son souffle le quitte entièrement, et que le temps n'ait prise sur rien, suspendu, vidé...), que sa vie ne tenait qu'à cette excessive passivité, à sa morale en pâte à modeler, à l'écriture qui a souvent bon dos et l'air de toujours vouloir offrir une dernière chance de régler la question du temps, d'en finir avec la mort, la dépouiller, la dépiauter, la purger d'elle-même, de son bonheur de tout contenir, tout rejeter, tout manipuler... mon père n'était rien qu'un chien ajustant ses aboiements selon l'humeur du chef (l'oncle), qui a toujours regardé le monde à travers l'étroitesse de vue de ce dernier, même parmi les écrivains connus, encensés (bien qu'insipides et ennuyeux pour la plupart, Dieu sait que j'ai envie de citer des noms, ça prendrait une vie, et tous ces clichés sur l'écriture, les missions, les pouvoirs qu'on lui confère, *rhaan*, j'écris pour exister, laisser une trace, agir, parce que ça me rend heureux, c'est tout ce que je sais faire, réinventer le monde, et patati et patata, je pense, tu penses depuis ce que pensent les autres en fait, leur parole est une lampe à mes pieds, et une lumière sur mon sentier, la clé qui ouvre toutes les portes, ah petits cercles de la pensée commune, oh des chats qui se lèchent entre eux, c'est mignon), rares sont ceux parmi eux qui y sont parvenus, à résoudre la question de la mort, c'est-à-dire à étreindre l'absolu, à tenir le chaos en laisse… sans vouloir passer du coq à l'âne, en parlant de l'urgente nécessité pour le vivant d'annihiler les frontières qui le coupent de l'ailleurs (réel ou imaginaire), je ne peux m'empêcher de me rappeler ces mots de grand-mère, ma fille, un jour je m'en irai, c'est normal, on n'y peut rien, mais ne t'inquiète pas, quand tu voudras me parler, peu importe l'endroit du monde où tu te trouveras, tu n'auras qu'à entrer dans un cimetière et t'arrêter devant la première tombe, je serai là pour t'écouter…

je lisais la lettre attentivement – espérais-je innocemment y trouver du réconfort, un lieu humain, dénué de nos fractures respectives, nos luttes intérieures, nos silences, un lieu où je n'étais plus l'enfant, la fille, et où lui n'était plus l'homme le père, où il n'y avait plus rien à défendre, justifier, réparer, espérais-je contrarier le fleuve en crue, le déjeter de son lit, le grand fleuve des sentiments –, mais malgré cette lecture intéressée, indulgente, où je m'arrêtais sur chaque mot, chaque phrase, chaque tournure, chaque silence, j'avais du mal à ouvrir une brèche à travers les mots de père pour entrevoir ne fût-ce qu'une lueur de son âme, du moins où il voulait en venir avec ses mots travestis, obombrés empruntant mille chemins oiseux et confus… ton père décide de vraiment s'adresser à toi pour la première fois depuis ta naissance, c'est-à-dire d'avoir (finalement) la conscience absolue d'une proximité humaine entre lui et toi, proximité oscillante, complexe, certes, mais dont on peut quand même attester l'existence, ou au moins son reflet, j'avais imaginé des livres ouverts, leurs chants qui s'adoucissaient de plus en plus, tout en se livrant, tout en prenant la mesure de leur traversée jusqu'au tréfonds de mon âme, j'avais imaginé tant de possibles, de paroles informulables, car inertes, futiles, hors de leur néant, des ponts que nous traversons sous un temps neuf, et mille façons d'y croire, j'avais imaginé un ciel bleu, avec quelques nuages bas d'un blanc éclatant qui me caressaient les cheveux, me souriaient, et des collines vertes, et des mers ignorées du piètre voyage qu'aura été ma vie, quelle lettre, quelle parole, à peine murmurée depuis le vide et vers lui, résonnant hors de son propre signifié, de sa propre chair, résiste à la chute à laquelle elle s'est elle-même réduite, j'avais imaginé des aubes indéfinissables par le truchement de ces mots, les mots de père, d'un père qui avait toujours été absent et le restera à jamais, ces mirages s'étaient abattus sur moi si vivement que j'avais cru être capable de les attraper, les manipuler, les soumettre à mon autorité, une sorte de délire incontrôlable, ces rêves fous d'enfants giclant, précis, limpides, qui n'avaient pas complètement disparu, aucun passé, aucun voyage ne peut effacer le temps intérieur dont on ne soupçonne pas le travail, pas une ride, rien, seulement les convulsions de l'infini, l'oubli c'est ce qu'on invente, comme on pense fortement à la lumière du jour depuis son corps plongé dans la boue noire de la nuit, pour échapper à la tragique intériorité de l'instant, l'épine dans le souffle, la petite pirogue au fond de la vaste mer… ces rêves interdits, aussi parce que quand l'inconnu se révèle à nous, semble montrer son vrai visage, cela suscite, pour dire les choses simplement, une certaine reconnaissance de soi, un certain désir de poursuivre les dessous du monde… j'avais ouvert cette enveloppe avec au moins cette question en tête : savait-il pour son frère et sa femme…

[…] à chaque fois que je partais en Afrique, le cœur n'y était pas, comment pouvais-je ne pas avoir de doutes sur les activités et les vraies intentions de mon frère à travers une association qu'il avait lui-même créée, dirigée – c'est-à-dire préservée de toutes sortes de suspicions, d'ingérences de quelque nature que ce soit –, je l'ai dit, quand il voulait quelque chose, rien ne pouvait l'arrêter, quitte à éliminer tout ce qui se trouvait sur son passage ou à vendre son âme au diable […] toute relation maritale est vouée à être aspirée tôt ou tard dans un trou noir, pour se tirer de là il faut se battre, et être deux à le faire, mais au lieu de se serrer les coudes, ta mère et moi on s'est éloignés,

on s'ennuyait, on était fatigués, quand ta femme te regarde droit dans les yeux et te dit : au moins ton frère il prend les choses en main, il a des couilles, tu sais que si l'occasion se présentait pour coucher avec lui, elle ne se gênerait pas, ne serait-ce que pour nourrir l'illusion qu'elle a goûté au meilleur morceau de la famille, et c'était à moi d'avoir honte, de porter l'opprobre, c'est comme une prostituée qui vient chez toi dans le lit conjugal, et qui plus tard, déçue, hantée par l'idée que tu pourrais lui faire la même chose avec une autre, ou pétrie par la déception de ne pas t'avoir que pour elle, te traite d'infidèle, de chien, en ce qui la concerne, elle était juste venue te chercher, tandis qu'elle répand encore son venin, tu dois continuer à composer avec le lourd remords de l'avoir invitée et son pitoyable culot d'être venue, je ne dérive pas, j'aimerais comprendre pourquoi ma femme me tenait pour responsable d'une faute, d'une injustice, qu'elle avait commise [...] à partir de ce moment-là, et peut-être bien avant, notre amour, ou ce qui semblait nous lier, n'était qu'une illusion du réel, de nous-mêmes, un soleil mort dont les rayons rôdaient encore...

ses phrases étaient celles d'un homme qui regardait la vie sans y être... je l'imaginais vieux et remuant ses lèvres sans arrêt, le front plissé, les yeux remplis d'une ombre froide, on aurait dit qu'il regardait au-delà de ce qu'il écrivait, loin de son corps à l'allure d'un songe, il prenait ça très au sérieux, écrire et boire étaient les seuls loisirs auxquels il s'adonnait depuis des années, son corps flottait dans des habits qui autrefois lui allaient parfaitement, exhalait ce type d'odeur qui attire les charognards, excessive au point qu'il lui arrivait d'en chercher la source et de s'étonner que ça puisse venir de lui, si son physique et son esprit étaient encore connectés, il avait en revanche du mal à se rappeler la dernière fois que sa femme lui avait adressé la parole, depuis la nouvelle de la mort de l'oncle, elle le regardait comme s'il savait tout ce qu'il y avait à savoir sur cette histoire, était un témoin clé, oui, lui seul, soit, pour l'édification de tous, il détaillait la nature de ces nombreux voyages sur le continent, soit ils n'avaient plus rien à se dire… le silence cette drôle d'araignée avait tissé sa toile partout, certaines nuits, l'alcool (il n'en voyait pas d'autre raison) le plongeait dans des états hallucinatoires intenses, il se faisait engueuler par le fantôme de son frère pendant que celui du patriarche riait aux éclats, *ah le plouc*, mais les rumeurs du village lui parvenaient de façon presque nette à travers les interstices rouillés des portes ou des embrasures fleuries, les tapages de la rue, qu'advenait-il du bar à vin, de la pharmacie, du bureau de poste, du marché sur la place de la mairie, le monde avait-il changé, à quoi ressemblait-il maintenant, se demandait-il, cependant que le fantôme de mère passait d'une pièce à l'autre, vêtu d'indifférence, sa plus belle robe, elle était tellement maigre qu'on ne s'apercevait de rien, ses pas ne produisaient aucun bruit, une légère brise de femme, avait-elle oublié le jardin, ses roses qu'elle chérissait tant, qu'elle préférait même à sa fille… ils sont nés dans ce village et leur âme y reposera pour toujours, tandis que père se laissait remplir par les chants de la rue, des souvenirs lui revenaient, quelques brefs rictus suivaient les larmes, puis de très longs moments de méditation pendant lesquels si on se trouvait en face de lui, on aurait l'impression que son esprit avait complètement quitté son enveloppe, mais ça faisait longtemps que plus personne n'était venu frapper chez eux, pour prendre des nouvelles, ou par curiosité, à force de n'avoir vu ces portes et fenêtres que verrouillées, cette maison qu'enveloppée par l'absence, le néant, on finissait par croire que ses occupants avaient quitté le village, comme la plupart de celles et ceux qui les avaient connus autrefois, car il était inconcevable qu'on puisse vivre enfermés pendant toutes ces années…

d'autres nuits, les plus sombres, les plus longues, tout était plongé comme dans un sommeil inquiétant, une inertie absolue que rien ne troublait, sinon les battements de son cœur ou d'aile d'un papillon noir qui faisait les cent pas entre les poutres du plafond depuis son exil volontaire dans sa propre demeure, difficile de dire si c'était le même papillon – chaque famille avait le sien propre – dont s'accompagnait souvent le malheur comme pour rappeler que le visible n'est qu'une petite partie émergée de l'éternité, que toutes les métamorphoses sont à prendre en compte, ou une de ces hallucinations auxquelles était en proie le pauvre esprit de père, le seul moyen d'avoir l'impression d'échapper au vide qui l'entourait, à la pression que la mélancolie exerçait sur lui était de porter son regard vers la baie vitrée pour contempler les arbres s'agiter sous les pirouettes du vent, le ciel couvrant tout d'un blanc immaculé, la pluie écrasant les derniers reliquats de neige, le soleil revenu imprimant un éclat neuf sur les choses, les saisons passaient, la maison tombait en morceaux, et leur véranda, jadis véritable bastion de beuveries, de liesses, n'était maintenant rien qu'une salle ordinaire, crade, isolée du monde, coupée de la maison, de ce qui restait du jardin, un empilement de roses mortes (je les aimais comme ça, délaissées par la beauté), de branchages, de feuilles séchées, la nature avait repris le dessus, abrupte, animale, les mauvaises herbes débordaient, de plus en plus vivaces, les parterres envahis, méconnaissables, les arbres trop grands, les arbustes épineux abondant dans les pots, sur les clôtures, les murs, les baies vitrées, les fenêtres, le temps cognait dur, il ne lâchait rien, la magnifique villa d'autrefois était devenue une ruine perdue au milieu de la jungle où des ombres jouaient à recréer leur vie d'avant, les enchantements d'autrefois, à supporter le présent décrépit, immatériel, qui les encerclait désormais comme une cellule, et dans cette cellule mes géniteurs faisaient chambre à part, chacun mangeait dans son coin, il n'y avait pas besoin de couper la maison en deux, elle était assez grande pour les héberger confortablement, mais parfois par un mauvais concours de circonstances ils se croisaient dans l'escalier ou dans la cuisine, et se disaient à peine bonjour, père n'avait pas halluciné, il leur arrivait tous les deux et en même temps de sentir la présence de l'oncle et du patriarche, justifiée par des bruits inexpliqués, des portes, des fenêtres ou des placards s'ouvrant et se refermant tout seuls, des lumières, souvent plus intenses que d'habitude, qui s'allumaient puis s'éteignaient, des livres ouverts dont les pages tournaient follement, des ampoules sautées toutes en même temps, sans raison rationnelle, des objets disparus ou réapparus à un endroit précis, des ombres fuyantes ou figées, un regard dissimulé et insistant, un courant d'air, des parfums inconnus, des chuchotements, des variations anormales de température dans une même pièce, une main invisible leur frôlant l'épaule, certaines âmes, apparemment, ont du mal à quitter leur vie d'avant ou croient avoir des messages à délivrer, ça m'étonnerait qu'il (son mari) soit parti pour toujours, affirmait grand-mère, ce n'est pas son style, tout quitter définitivement, impossible… sans un bruit, ils disparaissaient chacun dans son coin, ils avaient oublié qu'ils vivaient ensemble, n'eût été leur irréfragable certitude qu'ils n'avaient pas dormi depuis des lustres, ils auraient cru rêver d'eux-mêmes qui se reconnaissaient ou pas dans l'escalier ou dans la cuisine d'une maison inconnue qui leur avait appartenu à une époque lointaine, très loin d'ici, dans l'au-delà, dans le monde en dehors de leur rêve, la fenêtre entrebâillée sous la plume de père était la jonction entre ces deux mondes, ou un accès à la mort, loin de cette morne existence, le hantait de plus en plus l'idée qu'il ne lui restait plus beaucoup de temps à vivre, c'est alors qu'il décida d'installer un petit bureau dans la véranda et commença le récit de sa vie, dont cette lettre ne fut qu'un court extrait, un grain de sable sur la plage infinie de son imagination, et à mesure qu'il avançait dans son écriture, qu'il reconstituait le fil de la mémoire, les saisons désertaient le calendrier, la maison et le jardin s'effritaient, le présent, l'avenir…

tout ça aurait pu être un plateau de tournage, un putain de film, pour de vrai,

IMAGINONS

coupez

la voix trahit une pointe d'irritation, mais elle ne quitte pas sa chaise personnalisée, d'habitude elle saute en hurlant coupez, en ajoutant ensuite bordel de merde, coupez bordel de merde, mais rien de méchant, juste un tic, nous ses complices de toujours, ses plus proches collaborateurs, on le sait, on n'y fait pas gaffe, on ne s'en rend même plus compte en fait, *Bonne nuit Paris*, le dernier film sur lequel nous avons travaillé avec lui, raconte l'histoire d'un chien dressé pour reconnaître les gens qui sont sans-papiers, c'était un peu hardcore… quand le réalisateur est sûr de quelque chose, il n'y a pas moyen de lui expliquer ça autrement, nous on le comprend même si c'est pas toujours évident, le mystère de la vie comme la profonde vérité des êtres et des choses devaient venir de lui, s'il perd ce pouvoir il perd son film, tout le monde peut avoir un avis, aux nouvelles recrues on le leur dit donc d'emblée, que le réalisateur a une manière bien à lui de dire les choses, qu'il ne faudra pas le prendre personnellement, une clause dans les contrats l'explique clairement, pour pas qu'on l'embête plus tard à cause de ça en l'accusant de harcèlement moral, ou quoi encore, sait-on jamais, les gens sont fragiles, ils pleurnichent pour un rien, et des conneries de ce genre, dans un contexte de boulot, peuvent atteindre des proportions dramatiques et mettre en péril tout un projet, une vie…

bordel de merde, comment dire, tente d'expliquer le chef d'orchestre à père, tout s'émiette, se désagrège autour de toi, l'époque des apéros, de la guinguette, des petites nanas que tu voyais en dehors de ton mariage et qui te procuraient une joie immense, te donnaient envie de t'accrocher loin de la tristesse et des écarts de conduite de plus en plus louches de ton épouse, bref, tout tombe en poussière, et tu vis cette déchéance partout, dans ton âme, dans ta tête, n'essaie pas de résister à ta chute, voilà, si tu pouvais aller dans ce sens-là, est-ce que c'est assez clair pour toi, parfait, maintenant ton épouse et toi, ou votre fantôme, vous allez vous croiser de temps à autre dans l'escalier, ou ailleurs dans la maison, mais vous ne vous connaissez pas, disons vous ne vous souvenez pas d'où vous vous êtes connus, vous jouez à la fois l'indifférence et vous donnez l'impression de chercher au fond de vous les circonstances qui seraient à l'origine de votre présence dans ce lieu… pendant tout le temps que le réalisateur s'entretient avec les deux comédiens, chaque corps de métier en profite pour corriger ce qui selon les chefs de poste n'allait pas dans la précédente prise : coiffure pas raccord, costume, accessoire, projecteur à réorienter, installation caméra à sécuriser davantage… et toi, l'épouse, poursuit-il, tu es à bout, fatiguée, ton mariage est un échec, tu voudrais avoir la force de partir, mais tu te dis que c'est trop tard, laisse-toi absorber par cette pensée, en même temps tu aimerais pouvoir tout oublier, tu penses à tout ça, et là, soudain, l'ombre du patriarche ou celle du Drôle de Curé (un comédien grand et mince, couvert d'un large tissu blanc) se manifeste en faisant tomber quelque chose dans la cuisine ou un pot de fleurs de la petite table là-bas, tu te retournes, te figes, comme pour vérifier si c'est bien ce que tu penses, ou attendre de voir si ça va recommencer, plus rien, tu reviens à tes pensées… alors j'insiste, ton personnage a besoin de toi pour exister, d'une vraie présence, une vraie âme, pour le reste on s'en occupe, et un autre truc capital à ne pas négliger, et là je m'adresse à vous deux, à l'épouse et au mari, vous n'avez pas dormi depuis des lustres, l'insomnie vous a rendus nerveux, à fleur de peau, mais vous essayez autant que faire se peut de rester connectés à la réalité, et ça passe par des changements de comportement et des attitudes inhabituelles, etc.

le cinéma français est à l'agonie, disons qu'il végète depuis un moment autour des mêmes débilités, avec les mêmes acteurs qui jouent comme des facteurs de chance, des machines, ou qui font semblant de jouer, et de temps en temps vient se fourrer dans la soupe un cheveu parachuté d'on ne sait où, du showbiz, ou carrément d'un club de comiques sans mérite, jouissant de l'incontournable dictature de l'unanimité, le *nous on l'a vu on a adoré toi tu fermes ta gueule*, il n'y en a pas un pour rattraper l'autre, et ça tourne en rond comme ça jusqu'à Cannes, jusqu'à l'apogée, des fastes déployés sur tapis rouge sang, le même cinéma reprend, les guinguettes-carnavals, la caravane des confettis et fla-flas, les plus beaux, donc les plus pantomimiques se tournant et se retournant dans leur grandeur, sous une pluie de flashs, jeunes pousses, matadors superbes, taureaux en costard, poules postmodernes, hippopotames vigoureusement amaigris, cadençant dans des robes à sequins et paillettes, lions anciens, sereins, gloires flétries, vieilles de plusieurs décennies de paraître, virage sur l'aile, vol régulier, stationnaire, puis un demi-tour gracieux en marquant un léger arrêt face aux inlassables caméras placées de tous côtés, puis montée magistrale, toujours en cadence, élancées, les libellules vivent leur plus beau conte de fées, gros plans sur un grand moment dans le temps humain où les récits accusent des fêlures, des creux tout aussi mouvants, paumés, mal enracinés quelque part entre l'intime et l'obscène, un déluge narcissique qui se surpasse à tous les coups, une terre après la chute de l'homme, à ces animaux accros aux fleurs, aux bravos, aux bisous, on causerait le plus grand tort, la vie ne vaudrait plus la peine d'être vécue, l'art de quelque domaine qu'il soit d'être pratiqué, si on ne les mettait pas en première ligne, ne les invitait pas à faire leur petite compétition avec eux-mêmes, leur petite course mélodramatique après un trophée, une utopie en bronze qu'on peut soulever d'une seule main, et sur laquelle il faut chialer, morver, hoqueter, un chaton souffrant coincé dans la gorge, merci à lui, merci à elle, à moi, à vous, à nous tous, j'espère n'avoir oublié personne, des sanglots trop longs, chacun y apporte son lot de démesure, *rhaan*, ça a le mérite d'être exceptionnel, tant qu'on n'a jamais rien fait pour, n'a jamais rien gagné, on ne peut pas juger, faut croire… c'est quand même fou comme on peut vivre fastueusement de sa médiocrité, rhaan, c'est à prendre ou à laisser, le capitalisme ne fait pas dans la dentelle… *Amour et musique*, l'un des derniers films selon l'auteur de *Bonne nuit Paris* qu'on peut qualifier de bon ou de pas mal, a été réalisé par une jeune militante issue de l'immigration, mais désormais considérée comme française, son film a remporté un grand succès, quelque chose qui correspondrait à l'exigence et la qualité de chez nous (effluves anachroniques d'une certaine Vague qui s'arrachait les yeux en quête de renouveau, d'avant-garde), alors on ne dit plus l'étoile montante de La Courneuve, qui a envie d'associer une ville oubliée à une telle réussite artistique… *Amour et musique* raconte l'histoire d'amour entre deux musiciens qui, en dépit de leur talent, n'arrivent pas à percer dans un milieu où l'homosexualité est le pire des crimes, ils se font cracher dessus, traiter de tous les noms, d'abomination, mais ils continuent malgré tout à s'aimer, à jouer leur musique, un hymne sans concession à la liberté, à l'ouverture, et reconnue presque un siècle plus tard, devenue l'une des plus appréciées au monde…

le réalisateur, à travers le film *Le grand fleuve des sentiments*, met en scène la déchéance de la mémoire et le désir inassouvissable d'échapper au temps, voudrait se démarquer, proposer une vision nouvelle, articulée dans une esthétique à la fois épurée et intense en émotions, pour reprendre ses propres mots, les deux protagonistes marginaux y assistent à leur dépérissement comme à celui de leur maison dans un village fantôme, leur survie dépend de leur capacité à sortir de leur torpeur et se reconnaître enfin…

on annonce au porte-voix que ça va reprendre, silence total sur le plateau, moteur demandé… tourne à l'image… tourne au son… cadré… action…

coupez, bordel de merde

le chef opérateur et l'équipe technique se réunissent avec le script, ils discutent sur un point dont l'intention artistique est à revoir, approfondir, ou passer au second plan, ils reviennent au bout de dix minutes environ…

… je ne me pardonnerai jamais de m'être trop éloigné du père que j'aurais dû être […]

action

…

coupez

le réalisateur allume une cigarette, en s'éclipsant, le dos légèrement courbé, la mine soucieuse, les yeux fixés au sol, ou plutôt au-delà de ce parquet dont l'indescriptible encrassement remonte à des années, comme s'il s'était persuadé à ce moment précis que les réponses aux questions qu'on se pose dans le réel se trouvent en dehors de lui, ou à travers les nuages de sa cigarette dont il ne tire qu'une bouffée avant de l'écraser dans un vieux cendrier en cristal, et d'en allumer aussitôt une autre, d'un geste quasi nonchalant, il tourne son index en l'air, pour faire signe à tout le monde de ne pas arrêter, on continue de tourner, les deux acteurs (père et mère) ne saisissant pas la subtilité du geste, ou ne le voyant simplement pas, retrouvent leur apparence naturelle en se désintéressant de tout ce qui les entoure, et engagent à leur insu un tournant plus inattendu, plus singulier, un brin au-dessus des consignes qu'on leur avait données : mère regarde le jardin où la nature avait pris le dessus avec cette nostalgie indescriptible, profonde, que seule la caméra est peut-être en mesure de raconter, et encore, tandis que le papillon noir mécanisé et téléguidé vient de se poser sur l'épaule de père, cet homme rompu, effacé

…

clap de fin

le réalisateur revient, simule l'enthousiasme en disant que c'était parfait, laissant perplexes les deux acteurs

[…] elle me rapportait systématiquement tes insolences, ou ce qu'elle avait jugé en être, prenait tout personnellement, alors que tu n'étais qu'une gamine, que rien ni personne ne devait t'empêcher de formuler ton point de vue, de te tromper, de reprendre le chemin parcouru, le parfaire… tu as dit que toutes les amours étaient regrettables, ou quelque chose du genre, ces mots avaient heurté ta mère si fort qu'elle avait dirigé toutes ses pensées vers la conclusion que sa fille n'était pas digne d'elle, que tu étais une créature maléfique venue au monde pour tout désavouer, improuver le moindre de ses froncements de sourcils, elle ne manquait pas d'en profiter pourtant, à chaque fois qu'elle jugeait que c'était l'occasion, l'avantage de dire qu'elle

avait une fille, un trophée, que Dieu merci elle ne finirait pas comme ces vieilles mules rasant les murs du village, acariâtres, rongées par la culpabilité et la certitude qu'elles ne seront jamais mères, et qu'elles ne valent rien… il m'a fallu du temps pour comprendre que la main qui avait frappé ta joue, pour t'arracher ces mots de la bouche, ne t'était pas destinée, mais plutôt à elle-même, oui, à ta mère, ta joue n'était qu'un tremplin vers son âme déchirée, abîmée par les vides incomblables laissés par une histoire familiale épouvantable, une éducation trop formelle qui l'emprisonnait dans une vision abrégée de la vie, par l'ennui, la certitude grandissante d'être malheureuse avec moi, d'être malheureuse tout simplement, tes mots enflammaient une blessure, de celles dont on ne se libère pas, elle ne t'a pas giflée, elle s'est punie en utilisant ton corps, ta chair comme une sorte de continuité, l'endroit le plus sensible d'elle-même, elle réclamait le droit de goûter aux saveurs inépuisables de l'enfance, je ne sais pas me l'expliquer autrement… j'ai arrêté d'être un (bon) mari en arrêtant d'assumer le pourrissement de ma femme à sa place…

ensuite père a fini par reconnaître que je disais la vérité à propos de mon viol, à propos du crachat de l'oncle dans mon cul, alors, à travers son honteux merdoiement, j'ai cru comprendre, ou lire, que trop d'intérêts le liaient à son frère pour envisager une rupture totale, il ne savait pas quoi faire, prétendait-il, ce n'était pas facile pour lui, il était coincé, pieds et poings liés, c'est terrible, savoir la vérité, la subir et faire semblant, écrivait-il minablement, il me demandait pardon, c'est comme s'il était assis à côté de moi en train de chialer, brisé, impuissant, une feuille d'homme… *j'ai longtemps pensé à t'écrire, mais j'ai fini par m'écrire à moi-même…* je n'avais jamais lu un truc aussi plombant, je passai une journée de merde, et la nuit suivante je fis ce rêve : je me retrouvais dans un bled paumé à la tombée de la nuit, je ne savais pas quel chemin emprunter pour rentrer chez moi, je m'approchais d'un vieil homme assis sur un trottoir au-dessus d'une falaise, au lieu de m'aider il me racontait n'importe quoi, je sais tout sur toi, me disait-il, je sais ce que t'as fait, et quand il a vu que j'allais m'en sortir toute seule, sans son aide, il a essayé de me tuer… le lendemain, je relus la lettre de père, je chialai

L'inconnu

depuis ma terrasse, station Gambetta-Mairie du 20e, sans saccade, fluide, je voyais une poignée de passagers se glisser du bus 61, tandis qu'une autre dehors se rangeait à droite et à gauche de la porte pour leur permettre de descendre avant de monter eux-mêmes, simple civilité, au village il y avait deux bus, l'un menait à la gare de La-Ville-la-plus-proche et passait tous les trois quarts d'heure en semaine, toutes les heures le dimanche, je l'avais pris une fois avec mère, c'était à moitié vide, tranquille, les gens se parlaient à peine, et à demi-voix, et l'autobus scolaire, c'était là que commençaient les emmerdements de la journée, l'enfer, l'arène roulante, tout tournait autour de cette petite bande d'animaux féroces et narcissiques (trois, parfois quatre petits mecs, les mêmes qui me coinçaient dans les toilettes, *sale suceuse*, et leurs soumises), ils s'arrangeaient toujours pour être là, les premiers à bord, et former un mur belliqueux pour empêcher l'accès, le plus brave qui essayait de les devancer ou d'affronter le mur était brutalement renvoyé dans la cohue, puis ça rigolait de sa propre connerie, en faisant des gestes débiles, il m'arriva maintes fois de craindre les malheureuses perspectives d'une violente bagarre entre élèves, car ce jeu pervers pouvait durer de cinq à dix minutes, une éternité pendant laquelle nous autres, coincés hors du véhicule, nous n'arrêtions pas de solliciter le chauffeur de toutes nos forces, *monsieur, monsieur*, c'était la même ritournelle tous les matins, *faites quelque chose*, mais il ne réagissait pas, l'air perdu, complètement effacé, avalé par une étrange nappe de brume, on parlait à un vide ignorant le monde qui l'entourait, ne soulevant aucune objection à la conduite de ces petits vauriens, comme s'il ne pouvait pas en être autrement, on se mettrait à s'entre-tuer qu'il ne dirait rien, la faible part encore émergée de lui était ses doigts tapotant sur le volant comme sur les touches d'un piano, et des hochements de tête marquant la mesure, quand venait le moment de démarrer, *fermeture des portes, attention au départ*, murmurait simplement l'insouciant, tout en remuant le nez de son engin vers le milieu de la chaussée, à ce moment-là, n'ayant pas d'autre choix, s'écartaient les fauteurs de troubles, on se ruait alors, soulevés par l'angoisse de rester sur le trottoir, et de devoir rebrousser chemin vers nos maisons respectives, c'était déjà arrivé, on courait, tapait du poing sur la carrosserie en hurlant, arrêtez-vous, monsieur, vous ne pouvez pas partir sans nous, monsieur, s'il vous plaît, mais celui-ci ne bronchait pas, il continuait d'accélérer en regardant droit devant lui, effacé… lorsque j'appris des années plus tard – j'étais en terminale – la façon dont ce chauffeur était mort, cela ne m'étonna qu'à moitié : grignoté par son Sahara intérieur, il se réduisit jusqu'à devenir une poussière fine qu'on enferma dans un bocal posé sur un buffet en bois d'acacia à côté des photos de famille, mythe de l'homme parvenu à la limite infinitésimale de l'existence auquel avait mis fin la maladresse d'un enfant à qui on avait dit grand-mère est dans le cimetière, mais dans ce bocal il y a grand-père, en essayant d'ouvrir le récipient, par simple curiosité, pour jouer ou s'adresser à l'aïeul, l'enfant le fit tomber, le bocal se brisa, répandant son fameux contenu sur le sol, le vent aussitôt s'engouffra dans la pièce, comme s'il attendait ce moment depuis toujours, exaltée, la ballerine invisible exécuta une série de tours fouettés, de sauts de chat, puis un grand jeté vers le néant, emportant avec elle la poussière humaine…

l'homme fut le dernier à sortir du bus, et à partir de là, comment vous décrire ce moment, il remplissait entièrement mon champ de vision, ma vie, oui à cet instant précis, je ne voyais, n'étais au monde pour ne voir que lui, tout le reste ne fut qu'ombres, vapeur d'ombres mêlées, reflets de barques sur une mer couleur arc-en-ciel, la rue, les hommes, les femmes, les enfants, les chiens, les chats, les voitures… il portait une veste marron sur une chemise blanche, un jean et des bottines, une allure à la fois simple et remarquable, une île surgie dans une marge du temps, Toi était persuadée que le look des gens les raconte, surtout les plus capables, ceux qui choisissent leurs habits selon leur goût, sous l'impulsion du feu inassouvissable d'un certain moi profond, et le goût est révélateur d'une mémoire, d'une recherche, parfois d'une inquiétude, mais quoi qu'il en soit vocation d'un miroir de plus en plus avide, instable, le triste épi de l'iceberg… aucun sujet n'échappait aux surprenantes métaphores de Toi, à son goût de la phrase bien tournée… au premier coup d'œil, renchérissait-elle, comme le jour, lourd de tous ses froissements nocturnes, de tous les effluves de ses rêves mouillés, de toutes ses murailles d'aube, s'étirant comme derrière la fantastique grossesse des collines, d'une simple pensée, on sait les restaurants où ils n'iront, les fêtes auxquelles ils ne participeront, les amours auxquelles ils ne s'adonneront, les quartiers où on ne les verra jamais, des « visiteurs », pensait Toi, astres concentrant l'intégralité de la lumière terrestre, émane d'eux une particulière éternité, etc., ces gens si singuliers, d'une autre santé, et constamment accrochés à leur importance, à leur hauteur, même devant les plus effroyables des naufrages collectifs, j'en ai connu au village et à Paris, j'ai même suivi de très près leur mentalité de jaguar, ils mourraient volontiers s'ils devaient être sauvés par les fréquentations en dehors de leur cercle, mais avant ça je n'avais pas vraiment réfléchi à la question, si Toi y associait une forme de fatalité, une donnée pertinente vers la compréhension d'autrui, pour moi, le paraître, son culte, sa tyrannie, ou sa quasi-impériosité, restait un argument, une zone de dialogue floue, un abîme non verbal, une vue plus ou moins dégagée sur sa propre existence, une assurance à la fois mystérieuse, inattendue, fuyante, une image arrangée, fantasmée de soi-même qu'on intègre, de l'autre on voit ce qu'on veut voir, et ce qu'on voit nous raconte aussi, ou une part de nous, car on le jauge depuis l'œil intérieur, c'est-à-dire depuis le voyage que nous imposent nos sens, nos scénarios enfouis, on construit, expose tous un *soi* en décalage avec ce qui nous rapproche des autres, au plus près du rêve, d'une certaine quête spirituelle, sociale, cognitive... l'homme s'avança vers moi, mimait-il un songe, l'incommunicable halo autour des êtres supérieurs, ses traits doux, impassibles, ses épaules fières parfaitement articulées avec le reste de son corps droit et détendu, son air pouvait aussi faire penser à un flic maladroit jouant mal son immixtion dans un monde inconnu... ce fut donc ma première pensée, avant qu'elle passe d'une chambre à une autre, d'un creux à un autre dans cette grotte qu'était soudain devenue ma tête, l'homme se tenait déjà devant moi, entier, dans toute sa splendeur et son étrangeté, soudain me saisit quelque chose comme une crampe, une décharge électrique qui me traversa le corps et me contraignit à l'immobilité, tandis que la comète intérieure continuait sa course, enflammant mes reins vers ma cage thoracique où elle se diffusait en ondes fuselées, puis vers des envergures neuronales, et quelque part dans cette pagaille intergalactique, l'astre percuta la face de l'homme, l'explosion acheva l'espace-temps, bonjour mademoiselle, dit-il d'une voix rauque dénotant une grosse addiction à la nicotine, vous me pardonnerez de me présenter à vous de manière aussi imprévisible, je suis un vieil ami de votre père, ne vous inquiétez pas, il ne nous observe pas, planqué quelque part, je vous le garantis, je suis venu vous voir seul, il m'a chargé de m'assurer que vous allez bien, et de vous dire que vous pouvez librement vous adresser à moi si jamais, un jour, vous avez besoin de quoi que ce soit, je vous laisse ma carte, excusez-moi, j'insiste, bonne journée mademoiselle…

l'homme s'en alla sans me laisser le temps de répondre quoi que ce soit, pendant le silence qui suivit, je crus émerger d'un songe, un ancêtre non identifié perçait la voûte de l'éternité pour venir me promettre que je ne serais désormais plus seule, qu'il veillerait sur moi, j'aurais dû l'appeler, le suivre au moins, pensai-je bien après, histoire d'en savoir davantage, ce qu'il avait vraiment en tête, monsieur qui êtes-vous, d'où connaissez-vous mon père, l'homme dont vous prétendez être un vieil ami, je veux des explications, mais il aurait fallu pour cela que j'arrive au moins à bouger, j'étais complètement tétanisée, je l'ai dit, incapable d'ouvrir la bouche pour prononcer la moindre parole, la langue empâtée, la gorge nouée, le cœur déchaîné, les jambes gelées, je me noyais dans mon souffle, ils me quittaient en fait mon corps et mon souffle, la seule part immergée de cet être coulant auquel j'étais réduite était mon regard, mon regard passif et confus constatant l'inconnu, le porteur de cette nouvelle tragi-comique et inattendue tout compte fait (il est vrai que dans sa lettre père avait parlé de cet ami, mais je ne pouvais pas m'empêcher d'être quelque peu secouée par cette apparition, il aurait pu l'écrire sans que ce soit vrai, pendant toute mon enfance je les voyais moi ces gens se mentir, et mentir aux autres, sans scrupules, en ne songeant qu'au bien-être de leur petite personne), comme si d'un seul coup le jour se mélangeait à la nuit... l'homme avait, selon toute apparence, accompli sa mission, il ne lui restait plus rien à faire, il n'avait qu'une parole et il l'avait donnée, oui je vais voir ta fille, et je lui dirai exactement ce que tu me demandes, oui j'ai bien compris, tu ne souhaites pas qu'elle en sache plus, qu'elle pense que tu veux t'immiscer dans sa vie, vu la façon dont il avait décampé, il était évident qu'il ne pouvait rien ajouter, pour engager une conversation, à Paris, m'expliquait Toi (est-ce que j'ai dit qu'elle avait une tante qui habitait dans le 12e arrondissement, à qui elle rendait visite une fois par an), tout se fait et se défait autour d'un café, et il y en a pour tous les goûts, expresso, allongé, moka, infusé à froid, filtré, glacé, percolé, ou décaféiné, etc., on a toujours le temps pour un café... mais pas cet homme, ses mots étaient bien choisis, précis, allaient droit au but, c'était parfait, il avait sans aucun doute préparé ce moment, répété ces phrases plusieurs fois afin qu'elles ne lui échappent pas, celles-là étaient les bonnes, et les bonnes c'est rare, elles sont fragiles, frileuses, la moindre brise les ébranle, et elles s'effritent, ne laissant derrière elles pas même le souvenir de leurs parfums, dès que les pensées de l'homme tentaient de s'évader, de se mêler à l'ailleurs, il s'empressait de les fidéliser à nouveau autour de son objectif, en reprenant sa répétition, ah, le soulagement de ne pas les avoir oubliées, puis de les avoir dites enfin une bonne fois pour toutes, c'était un nouvel homme qui était reparti par le métro, léger, libre de laisser voguer son esprit où il voulait, comme bon lui semblait, il retrouvait son temps, son ton, en effet, quel homme regarde le triangle du string d'une nana accroupie, participe à une réunion, regarde un film ou un oiseau, tout en répétant dans sa tête ce qu'un vieil ami lui a chargé de dire à sa fille qu'il n'avait pas vue depuis digue d'antan… elle est montée dans un train pour Paris, et c'était pour toujours, il n'y avait pas besoin de le dire, on le savait… parfois on prend les choses trop à cœur, plus qu'elles ne le méritent, mais il devait ce service au vieux, au Congo-Brazzaville il aurait été mêlé à une sale affaire, et c'est père qui l'aurait sauvé, alors qu'ils ne se connaissaient même pas à l'époque, sa promesse, l'homme tenait à la respecter : me retrouver, ensuite me communiquer le vœu de son bienfaiteur, maintenant que j'avais sa carte, je n'avais qu'à appeler si besoin, ce n'était plus son problème… il faut avouer que ce ne fut pas une tâche facile, après avoir rentré sans succès mes prénom et nom sur plusieurs moteurs de recherche généralistes, puis sur des sites spécialisés et sur les réseaux sociaux, il en a parlé à un copain qui travaille à la mairie de Paris qui lui a demandé s'il n'avait pas une photo de moi, avec ça l'expert a effectué une recherche plus approfondie et discrète, pendant le temps qu'avait duré cette opération, il ne pouvait pas s'empêcher de penser à l'énorme bordel auquel il allait devoir s'atteler si jamais cette pseudo-transfuge, cette petite ingrate née avec une cuillère d'argent dans la bouche, pour une raison ou pour une autre, avait déménagé ailleurs en France, ou dans un autre pays, mais finalement on lui confirma que j'étais bien à Paris, dans le 20e arrondissement, métro Gambetta, une certaine obligation de confidentialité interdisait au mec de la mairie de lui en dire plus, mais ces informations étaient suffisantes pour pouvoir atteindre la cible…

coupez

s'écrie la réalisatrice militante dont le dernier film, *Amour et musique*, avait fait un carton, il y avait eu quelques critiques acerbes, dénuées de fondement, qu'on pourrait facilement qualifier de frustrées, sexistes, car elles ont toutes été écrites par des hommes, mais ça n'avait pas empêché l'accroissement d'un succès couronné par plusieurs prix, dont le prix Un certain regard du festival de Cannes, prix du cinéma européen, etc., *La fille retrouvée* est le titre de ce nouveau long-métrage dont le tournage a débuté il y a quelques jours, et réunit quelques grands noms du métier contrairement à son premier où elle avait pris le parti de travailler avec des acteurs très peu connus, ou qui n'avaient aucune expérience avant ça… après beaucoup de réflexion, elle a décidé de tourner dans le 20e arrondissement de Paris où, plus jeune, elle avait pas mal traîné avec des copains, sans jamais y avoir vécu, pour tout ce que ça vaut en termes d'énergie, de charme, de cadre de vie, d'authenticité… ses repérages touchaient des extérieurs qui la ramenaient à des émotions particulières, chaque séquence doit participer de cette approche de rassembler en gerbes des instants de vie inoubliables, sans compromettre la beauté singulière de chacun d'eux, à côté de ça elle noue un système judicieux de rencontres fortuites, intergénérationnelles, car tous ses protagonistes traînent avec eux quelque chose à taire, à fuir absolument, par tous les moyens, que ce soit la fille qui veut être heureuse, et prête à tout pour faire mentir son enfance, le crachat de l'oncle dans son cul, ou le géniteur réduit en miettes par une vie de famille frustrante, ou le vieil ami d'un autre côté, l'inconnu hanté écartelé par l'indifférence, la violence paternelle, les affres d'un passé qui recommence chaque matin... ce quelque chose, aux airs de fatalisme, les convoquant au-delà du temps, constitue le schéma narratif et l'esprit de cette fiction, la réalisatrice militante tient absolument à ce point de vue, n'en déplaise aux pensées extérieures, dès qu'elle a l'impression que ça s'infléchit dans un sens ou dans un autre, elle demande qu'on arrête tout – on lui a souvent reproché sa pusillanimité, son manque de fermeté dans ses choix dans *Amour et musique*, par exemple, les amants se regardent en souriant délicatement, la tension sexuelle s'installe, on nous donne l'impression qu'il va se passer quelque chose, du moins s'embrasser, ils se rapprochent l'un de l'autre langoureusement, nous transportent dans leur transe silencieuse, brûlante, on se dit ça y est, depuis le temps qu'on attend qu'ils posent leurs instruments de musique et donnent libre cours à leur passion charnelle, mais au moment où ils vont se lancer, la caméra opère un mouvement circulaire, puis recule, et la scène se réduit à une décevante fenêtre vue depuis le ciel – *coupez*

… elle s'amène, pose une main amicale sur l'épaule du personnage de l'inconnu, comment t'expliquer ça le plus simplement possible, dit-elle d'une voix à la fois méditative et rassurante, alors, voilà, tu viens de rentrer chez toi, tu te sers un verre de whisky, tu t'installes dans ce fauteuil, et tu penses à ce qui vient de se passer à cette terrasse, à cette fille, aux mots que tu as prononcés, tu te demandes si tu as dit exactement ce qu'il fallait, si tu n'as pas oublié quelque chose, le plus important, quelle incidence pourrait avoir ce manquement sur la suite, tu vogues entre doute et disons une certaine satisfaction personnelle, le fond de l'affaire, on va ajouter des flash-back, c'est que, quoi que tu entreprennes, tu refuses de ne pas être parfait, impeccable, tu me suis, oui, répond l'acteur, c'est ta plus grande peur, continue la réalisatrice militante, quand tu étais gosse, ton père te traitait de nul, de bon à rien, il ne te faisait pas confiance, il voulait que tu grandisses un peu, *merde*, alors que tu avais grandi, il te traitait comme un enfant, bref, tu as tout fait pour lui prouver que tu étais capable de prendre des décisions seul et réaliser des choses, connaissant la grande passion de ton père pour le continent africain à travers lequel il a voyagé pendant une bonne partie de sa vie, au point de considérer qu'il était le plus africain des français, le continent riche-pauvre, si proche si loin, accessible et insaisissable… tu es donc allé jusqu'à te faire recruter par une mission humanitaire pour partir là-bas et participer à sauver des vies, polir le réel à coups d'utopie, on connaît la suite, le pétrin dans lequel tu t'es fourré, et l'intervention du père de cette fille qui t'a permis de t'en tirer, tu repenses à tout ça en regardant dans le vide, tu sais, ces drôles de cieux à travers lesquels notre esprit ne peut s'empêcher de vagabonder, car en dépit de ton âge mûr, de ton parcours exceptionnel, tu as encore l'impression de ne pas t'être complètement affranchi de la voix amère et injuste du paternel, soudain tu reposes ton verre, attrapes ton téléphone que tu regardes avec insistance et impatience, par ce simple geste tu nous inocules ton attente comme possibilité vitale, impénétrable, tu nous embarques dans un miroir à double tranchant, un lieu sur lequel est transféré l'essentiel de notre désir, ou le désir essentiel de savoir à tout prix ce qui va ressortir de ce miroir, par ce simple geste tu dois nous perdre, nous pousser à nous demander si c'est un jeu ou si tu attends réellement l'appel de cette inconnue, l'énigme se justifie, s'en échappe une lueur, tu deviens de plus en plus nerveux, telle une capture vide du temps, ou une violente coupure d'avec le réel, tu ne touches plus à ton verre, comme on dit, tu deviens une proie facile pour tes propres sens, car tu le sais, il y a une chance sur un milliard que cette fille ressente le besoin de t'appeler, pour que ta carte – correctement réalisée, avec les infos essentielles, prénom, nom, e-mail, téléphone, fonction, qui polarise votre rencontre et se dresse entre vous tel un long trait d'union – ne finisse pas froissée au fond d'une corbeille, tu voudrais qu'elle appelle, mais ce que tu voudrais en réalité, par-dessus tout, c'est de pouvoir t'arracher à ce fauteuil et retourner à la terrasse de la place Gambetta pour aller la voir et tout lui raconter, ta vie, tes choix, tes peurs, tes errances qui t'ont mené au bout de toi-même, d'une vie déplâtrée, essorée, loin des fureurs de l'enfance, etc., et tu serais prêt à l'écouter aussi, si elle tenait à te parler d'elle, mais tu ne trouves pas assez de force en toi pour suivre cette raison, c'est normal, enfin ça se comprend, parce que ce serait trahir la promesse faite à monsieur son père, ton vieil ami, et créer encore plus de confusion dans la tête de cette fille, elle est partie, elle a tourné le dos aux chemins menant à sa vie d'avant, l'étincelle insoumise dans cette mare triste et boueuse qu'est le monde, et c'est exactement ce que tu as fait aussi il y a plus de quarante ans maintenant, tu as dit va te faire foutre papa et tu t'es barré… cheminer entre les mailles noires des jours, comme on remonte vers la source d'un fleuve fantôme… quand tu as appris la mort de ton père, ça t'a soulagé plus qu'autre chose, cette fille et toi vous êtes deux inconnus dans deux équations, deux récits qui s'interpellent, s'interrogent, qui à deux époques différentes ont suivi leur voie plutôt que celle vers laquelle on s'évertuait à les pousser, ce qui fait d'eux, de vous, aux yeux de ce monde ordonné, uniforme que vous avez eu le courage d'abandonner, des égarés, d'affreux hérétiques, c'est-à-dire, ces mots pris dans leur sens le plus profond, ceux qui ont engendré un choix et risqué une préférence, tant d'abîmes se sont creusés sous vos pieds, tant de nuits dans vos yeux ont atteint des sommets étourdissants, et des chutes récurrentes inhérentes à l'absence, à la solitude, mais vous saviez les chevaucher, pour reprendre la formule du poète, et vous êtes là où vous avez choisi d'être, la lueur étant devenue un brasier, vous avez embrassé ce qui justement vous réunit, la grandeur du rêve – tant d'autres se sont au fil de ton errance insciemment tassés quelque part dans la brume intérieure… dès que tu as vu cette fille à cette terrasse, te regardant t'approcher sans broncher, d'un regard chargé du monde et de cette distance pleine, incontournable, propre aux solitaires, je suis sûre que je ne vous connais pas, avais-tu l'impression de lire dans ses yeux, si vous êtes là pour moi, sachez que vous perdez votre temps, je suis déjà trop loin, je suis morte, mes ancêtres sont morts, ce que vous voyez n'est qu'un rêve, une hallucination, ou une image déformée par le miroir… ta lecture rapide mi-vraie mi-fausse ravive en toi une mer d'ombres qui débordent, monts et vallées de cris, aujourd'hui et demain regorgent de possibilités magiques, d'horizons neufs, c'est le passé la mort… j'arrête de parler, voilà plus ou moins l'idée, c'est clair pour toi, demande la réalisatrice à l'homme, tout à fait, répond celui-ci,

parfait, on reprend

… cadré

action

Sans titre

en ce qui concerne les trophées, les statuettes, alléchantes miettes tombant de la table des seigneurs, la question qui obsède, certains de ceux qui connaissent très bien le réalisateur du *Grand fleuve des sentiments* vont jusqu'à penser que l'homme de cinéma connaît tous les couloirs où ramper, se faire marcher dessus, prêter sa femme à un Aye-Aye, rouler une pelle à un cadavre, pour être parmi les heureux lauréats, crouler sous les ovations, sous les pluies de larmes de la fierté publique, pour l'accro aux honneurs, tous ces épanchements sont bien sûr une lumière indispensable sur le difficile sentier de l'œuvre, du moins la page la plus éblouissante de cette dernière, mais la réalisatrice militante, quant à elle, dans un long entretien qu'elle a donné au journal *Le Monde*, elle explique que l'art n'a pas de dieu, ne cherche pas à être sauvé, pas plus qu'il ne cherche à nous sauver, les choses peuvent exister dans leur expression la plus radicale, ou la plus ouverte possible, en dehors des petits cercles de pouvoir… je ne dis pas que les honneurs sont inutiles, poursuit-elle, ce n'est pas du tout le sens de mon propos, m'interpellent les effets inégalitaires dont s'accompagnent inévitablement les actions de certains sanctuaires de légitimation, comment assumer jusqu'au bout la frontière rigide, nécessaire entre les cérémonies et la démarche artistique, la folie créatrice, ou la création de la folie... les deux ou trois prix que j'ai gagnés pour *Amour et musique* ont en effet permis à ce film de voyager et d'atteindre un public plus large, mais j'aurais pu ne pas en gagner, que serait-il advenu alors de toutes ces années de doute, d'angoisse, de tissage, de travail acharné, autant d'efforts finis à la poubelle c'est difficile à digérer, ignorés, parce que les dieux n'y adhéraient pas, ou ont simplement décidé de braquer leurs projecteurs ailleurs... si on veut, oui, il y a l'aspect marketing, la grosse boutique, un film sur-récompensé est un film que tout le monde est censé aller voir... et bien sûr, il n'y a pas assez de *chances* pour tout le monde, et tout ne peut pas être récompensé, mais la question qui se pose, que je me pose, est assez simple et juste, ne faudrait-il pas privilégier d'autres couloirs ou modèles de légitimation, à la fois savants et populaires, exigeants et ouverts aux nouvelles approches, histoire de déverrouiller les imaginaires, les affranchir des toiles d'araignées du formalisme, sortir de la roue vers plus de justice, je ne vous apprends rien – c'est toujours la réalisatrice militante qui parle – il s'agit d'une poignée de gens obscurs, arrogants et majoritairement de sexe masculin, qui décide de l'avenir d'un métier, en concentrant les moyens et les regards sur ce qui leur semble méritant, en abusant parfois ouvertement de leur petit pouvoir, il est fort regrettable pour ma part qu'un artiste sacrifie son art, son sentiment esthétique pour attirer la lumière, goûter un peu à l'éternité d'une certaine gloire souvent fugace… je fais confiance au public, aux gens qui vont au cinéma et qui savent apprécier un film pour ce qu'il est, ce qu'il porte… un film, je le redis, c'est du travail, du temps, une bonne équipe le cas échéant, né d'un tas d'oscillations, des oui qui deviennent des non, des il est trop tôt des trop tard, ne plus pouvoir revenir en arrière, remonter à la source, aux balbutiements de la première étincelle qu'on essaie tant bien que mal d'empêcher de disparaître dans cette foule d'endroits nouveaux, sous-entendus, improbables, absolus… un drôle d'exercice, tous ces apports techniques qu'on ne maîtrise pas et par lesquels on doit passer sans laisser les autres vous entraîner dans leur rêve… tant d'instants laissés sur le bas-côté, tant d'expériences devenues accessoires, barbantes, tant de pertes… rien n'est gagné d'avance, ça reste très compliqué de réunir des énergies différentes et diverses autour d'un même projet, d'une même intention vers l'aboutissement d'une ambition individuelle, celle du réalisateur, l'architecte…

« Le rêve c'est réel »

… je me suis glissée dans ce délire cinématographique, et j'en parle comme une sorte de prolongement, un miroir possible du récit de ma vie, au même titre que ces rêves qui m'ont longuement habitée, creusée jusque-là où il n'était plus possible de creuser, de se nicher dans un être, le rêve c'est réel, disait grand-mère, sans avoir pris la peine de m'expliquer, la vie serait-elle une des illustrations de cette affirmation, la vie ou le souffle inaltérable des mots auquel je m'en remets comme le pécheur plonge dans le bassin sacré pour laver son âme, pour une fois que je peux balancer les choses comme elles me viennent, sans artifice ni souci de plaire, tout ça est si bavard, si tortueux, pour tout dire, techniquement je n'y connais rien au cinéma, je dirais même que ça ne fait pas partie des domaines qui me passionnent réellement, après autant de temps à Paris, j'avoue que j'aurais dû en profiter plus, au début j'y allais pas mal, ensuite une fois tous les deux mois, quand je ne savais pas trop comment m'occuper, tuer le temps, ça me berçait grave, il m'arrivait de me faire réveiller par un agent d'accueil, *mademoiselle, vous devez partir maintenant, nous allons fermer*... il m'est difficile de me rappeler les premiers films que j'ai vus, ce qui m'avait le plus marquée, si ça m'avait déjà effleuré l'esprit de devenir actrice, mais les scénarios ou simplement la manière dont on fait un film, les effets spéciaux, les cascadeurs, les doublures, l'énorme machinerie liée au montage, etc., tout ça me paraissait absolument fascinant et étrange, une fois on avait transformé ma rue pour un tournage, j'avais l'impression d'avoir perdu tous mes repères, basculé loin de la réalité objective, dans un autre monde avec des camions partout, des tentes équipées, des dizaines d'extraterrestres en chasuble qui enroulaient et déroulaient des câbles, installaient des éclairages, des grues, des caméras, des micros, des ordinateurs, putain, tout ça pour le besoin d'un film, que je me disais, si ça se trouve notre monde n'est rien qu'un vaste espace occupé par une grosse équipe de tournage, nous naissons, grandissons, faisons des études, travaillons, aimons, faisons des enfants, décédons, se succèdent les générations d'après dans le même sens, la continuation du même tournage depuis des millions d'années du film d'un dieu pervers et exigeant...

La dame intense de la place Gambetta

à ma terrasse – la même où je fus approchée par l'inconnu, l'ami de père –, il y avait une vieille biche qui déblatérait à ameuter toute la rue, l'avenue entière s'il le fallait, on dirait qu'elle était partante pour une guerre, la grande gueule, elle frappait le sol du pied, la table du poing, me traitait de salope et tout, à cause d'un malentendu, d'un pauvre souvenir qu'elle était incapable d'oublier, j'aurais dû la gifler, la dépouille, quitte à aller m'expliquer ensuite au commissariat d'à côté, ce malentendu remontait à un moment déjà, pour être plus précise, quelques semaines après le drame du Bataclan, et peu avant que je reçoive le faire-part de mariage de Colombe (j'y reviendrai), c'était un bel après-midi ensoleillé, les Parisiens sortaient de leurs cages, histoire de profiter de la lumière, comme à chaque fois qu'un rayon de soleil, aussi chiche soit-il, perçait le ciel d'hiver, son mari et elle déjeunaient à une table presque en face de la mienne, j'avais commandé une bière, le vieux décati sitôt qu'il me voyait commençait à gigoter sur sa chaise, il n'arrêtait pas de tourner la tête pour me regarder pendant que sa femme lui parlait, cherchait son regard, je n'étais pas d'humeur à interpréter le regard et les gestes d'autrui, je faisais les cent pas dans mes pensées, mes souvenirs d'enfance, j'avais le cafard, juste envie de boire une bière ou deux et de réfléchir, respirer après des jours entiers pendant lesquels, recroquevillée, ivre, je me vautrais dans la cale noire et poisseuse d'une indescriptible tristesse, grand-mère avait rendu l'âme il y a dix jours, j'avais eu un message puis plusieurs appels d'un numéro bien entendu inconnu, je supposai que c'était celui de père, son vieil ami n'avait pas eu beaucoup de mal non plus à trouver mon numéro et à le lui communiquer (aujourd'hui avec les nouvelles technologies plus personne ne peut se cacher ni avoir une vraie intimité), je n'avais pas répondu, pas rappelé non plus, même pour alléguer quoi que ce soit, un certain motif, exprimer ma profonde peine, je pleurais, me lamentais seule, comme un animal blessé au fond d'une grotte, répondre, rappeler, cela aurait voulu dire faire naître une possibilité d'être présente aux funérailles, de les revoir, mes affreux géniteurs, redescendre dans les égouts puants du mensonge qu'on était une famille, mais surtout, le comble de la misère, revenir en arrière, à ce village que j'exécrais, sans vouloir me répéter, qui m'a enfoncée, enfoncée, je m'étais préparée à la mort de grand-mère depuis longtemps, telle une âme débuchée dans une sinistre forêt, elle se remettait d'une maladie pour se voir basculer peu de temps après dans une autre, profitant de l'îlot peu ou prou limpide entre les deux pour se souvenir du monde, j'entends encore sa voix comme un chant à l'aube d'une thébaïde, un coulis d'air frais giclant de la valse noire d'une maison pervertie, *viens ma fille, on va causer*, elle était belle, une beauté à la fois discrète et fulgurante tant par sa présence qu'à travers ses mots, son silence, son regard, sa générosité, oui tout ça dans un simple corps de femme, je n'ai pas le droit de t'oublier, grand-mère, je t'aimerai toujours, avant de retourner à la Vérité, ont défilé devant tes yeux, j'en suis sûr, les plus beaux et délicieux instants de ta vie, basculant le temps dans un joli moule, je sais que tu comprends pourquoi je ne suis pas venue te rendre un dernier hommage et que tu me pardonnes, que jamais je ne retournerai là-bas, pour rien au monde, si je ne l'ai pas fait pour toi, grand-mère, je ne le ferai pour personne d'autre, lui disais-je depuis le fond de mon lit recouvert de mouchoirs… ça me rassurait de voir que j'étais capable de rester fidèle à mes choix, à celui-là en particulier, aussi, pensai-je, ne faut-il pas être gonflé d'égoïsme pour tourner le dos à un mort cher, une vie levant l'ancre, pour s'éloigner par peur de réduire la distance rigoureusement entretenue entre le présent et le passé, ou pour je ne sais quelle autre raison…

il y avait un monde fou ce jour-là en plein air, le vieux gigotait de plus belle, finalement, sans doute pour confirmer ses soupçons, la vieille se leva pour aller faire un tour aux toilettes, ainsi elle pourrait en revenant étudier ma réaction face au comportement de son mari, un truc de femme, en un mot, voir si cette jeunette était là pour lui piquer son croûton, on peut dire qu'elle n'avait aucun doute quant à la tournure des événements, elle devait bien connaître son vicieux de mari qui, selon toute apparence, était incapable de flairer le piège, elle était à peine partie que l'homme s'approcha de ma table et me demanda gentiment si j'avais du feu, il me dit ensuite quelque chose qui me bouleversa, tout devint plus clair, excusez-moi de vous déranger mademoiselle, je ne peux pas m'en empêcher, vous êtes la synthèse parfaite de mes deux filles mortes il y a deux ans dans un accident de voiture, vous leur ressemblez beaucoup, c'est troublant, au moment où il me rendait mon briquet après avoir allumé sa cigarette surgit la mégère comme un éclair et tira violemment le pauvre monsieur par le bras en m'assassinant du regard, le reste de la terrasse nous dévisagea quelques secondes, haussant les sourcils, se demandant sans doute ce qui se passait, puis retourna à ses brumes, même à un âge si mûr il y en a qui prennent leur compagnon pour leur propriété privée, qui ont la passion triste, c'était étrange, pour le coup c'était vraiment un film, je survolai mon entourage d'un regard semi-circulaire, perdue, interdite, une femme tenant son nourrisson d'une main et fumant de l'autre me fit un signe de tête, plus une grimace, j'imaginais que cela voulait dire vous en faites pas, la vieille n'a pas toute sa tête, ce n'est pas la première fois, cette grenouille jaune est complètement borderline, il faut qu'elle se fasse soigner… pendant environ une minute la mère du nourrisson s'était étonnamment installée dans ma tête, sa voix était mes pensées, ou l'inverse, elle n'arrêtait pas de parler, pourtant, en vrai, elle était déjà passée à autre chose, après avoir écrasé sa cigarette dans le cendrier, elle avait rejoint son mari dans la salle avec son bébé, il s'ensuivit comme une terrible détonation intérieure, un étrange silence, et j'étais toute pénétrée d'un tas de rêveries, d'idées sombres liées en grande partie à la mort de grand-mère, tout ça avait dû chambouler mon environnement mental, j'avais besoin de respirer, je quittai la terrasse, abandonnant la vieille à sa rage sénile, c'était rien qu'une âme malheureuse qui ne méritait pas que je lui accorde mon attention, comme quand on vous bouscule volontairement dans le métro, ou dans la rue, vous laissez courir, vous n'allez pas vous battre avec un frustré de la vie, quelqu'un qui n'aime pas son boulot, qui n'aime pas sa famille, qui n'aime rien ni personne, la France est l'un des plus grands producteurs de dépression au monde…

je pensais que c'était fini, cette histoire, mais apparemment non, la dame intense m'avait reconnue après tout ce temps, elle avait gardé sa rogne, elle aboyait encore et encore sur cette terrasse, je distinguai sa voix, alors je me tournai vers elle, je n'aurais pas dû, la voilà mesdames messieurs la monumentale salope dont je parle, cria-t-elle en me pointant du doigt, ne lui demandez pas ce qu'elle fait là, elle cherche mon mari, eh bien vous ne le draguerez pas aujourd'hui, parce qu'il est mort, il est parti rejoindre ses filles qu'il aimait par-dessus tout, plus que le monde entier, ferme ta gueule, toi, on ne t'a pas sonné, dit-elle au gérant qui tentait d'intervenir pour la calmer, calmez-vous madame, pourquoi vous dites ça, cette jeune femme ne vous a rien fait, et vous l'agressez, le démangeait l'envie d'intimer à la fautrice de troubles de quitter les lieux, foutez-moi le camp d'ici, merde, jour dehors, grosse nuit à l'intérieur, mais jamais il ne ferait ça, le fiancé de la femme avec le nourrisson, il était trop gentil, disons plutôt qu'il avait peur – pour dire ça d'une manière triviale – de griller un feu rouge, et je comprenais tout à fait son attitude laxiste envers la folle, il était sans doute de ceux qui se laissaient embobiner par le statut de vieillard dans la société traditionnelle, son caractère sacré, l'image d'un individu responsable et socialement utile, une somme humaine, et quoi encore, y en a qui abusent sans vergogne de ce statut de peau usée pour faire chier, mais c'était tout à son honneur, il ne voulait surtout pas en chassant cette créature qu'on aille raconter après que les vieux ne sont pas les bienvenus dans son bar, c'était délicat, et très gênant, garder un organe pourri pour pouvoir sauver le reste du corps, bref, comme la dernière fois, je finis ma bière et ma cigarette, avant de traverser la place vers le cimetière du Père-Lachaise… la nuit tomba d'un coup, elle était fraîche, on pouvait voir son souffle fumeux sous les mirettes des lampadaires allumés depuis peu, les rues s'empourpraient, non moins que les fenêtres, liants diffus entre le dedans et le dehors, l'interdit et l'inavouable, témoins discrets et impénitents de nos vies, les unes invitant au mystère des autres, la ville sans leur regard serait une image détournée d'elle-même, morte…

Père-Lachaise la nuit

j'avais repensé à ce que Nathan m'avait dit, *si un soir l'envie te prend de faire un tour dans mon cimetière, sache que c'est possible*, je me rappelais aussi que Toi aimait les balades nocturnes, j'avais donc décidé ce soir-là – en quittant la terrasse où cette maudite femme n'arrêtait pas de gueuler – d'aller faire un tour au Père-Lachaise, j'étais déjà allée dans ce genre d'endroits, la première fois c'était bien sûr à celui du village, pour une cérémonie de réduction, on exhumait le corps du patriarche, et rassemblait les ossements dans une boîte afin de faire de la place dans la concession pour grand-mère, si elle venait à mourir, la deuxième fois c'était pour la crémation d'une vieille amie de mère, la troisième c'était à l'enterrement de ma soi-disant cousine anorexique, morte de faim, et la dernière fois, tous les villageois étaient allés déposer des fleurs et des cierges sur la stèle d'un certain vigneron, d'après les bouts de conversations que j'avais pu rassembler au moment des apéros à la maison, c'était un héros abattu dans une manif viticole, qui mettait dans toutes les sauces cette phrase devenue célèbre, *le soleil se lève pour tous, mais ce n'est qu'une minorité qui profite de sa chaleur*, bref, pour la petite fille que j'étais à l'époque c'était un moment riche en émotions, de me retrouver au grand dortoir, comme disaient les villageois, certains parlaient aux morts d'une manière telle qu'on aurait cru que ces derniers les écoutaient attentivement, d'autres tremblaient au moindre souffle du vent ou chuchotis de paille sèche, ils utilisaient le mot dortoir aussi pour celles et ceux qui ont rejoint l'éternité, *il est rentré dignement au dortoir*, on n'oublie jamais une visite chez les morts, un beau jardin, le porche de l'entrée principale était surmonté de la croix chrétienne, et d'une plaque sur laquelle on pouvait lire « Champ du repos », la rue de l'Église y menait sans détour, le monument aux morts était formé d'un socle en marbre avec au-dessus une statue de Poilu victorieux en pierre calcaire, il y avait une tombe de curé au milieu de l'allée centrale, orientée est-ouest, des très anciennes, et d'autres plus modernes en granit lisse empiétant de plus en plus sur les allées, mais toujours précises et alignées, y régnait une sorte de paix inconnue du temps, testament de toutes les solitudes, toutes les métamorphoses, tous les chemins empruntés par ces humains bienheureux désormais à leur vraie place dans l'Univers, j'avais trop souvent imaginé mes géniteurs allongés dans un cercueil, tandis que le corbillard roulait doucement sous une pluie fine et froide, suivi par une petite foule de noir vêtue, tandis que j'exultais au plus profond de moi-même, et d'autres morts comme l'oncle, ou le

Drôle de Curé avec son lot de légendes truffées d'effets spéciaux sur la vie et la mort, l'inénarrable courage de l'archange Michel se disputant le corps du prophète avec le diable, le destin des disparus, cette éternité luxueuse et abondante pour les justes, des flammes éternelles pour les récalcitrants, etc., a-t-on besoin de toutes ces pierres pour se souvenir des morts, demandai-je à père, pas nécessairement ma fille, répondit-il, mais elles sont une porte vers eux… par ailleurs je n'avais jamais su pourquoi il m'interdisait d'enlever les petits cailloux qu'on trouvait sur certaines d'entre elles, il les remettait systématiquement, arrête, c'est irrespectueux, me blâmait-il… Orcel, lui, disait qu'un cimetière c'est l'endroit où nos ancêtres dorment, c'est leur havre de paix après avoir tant souffert dans ce monde, on ne devrait les déranger sous aucun prétexte…

Le Père-Lachaise, c'est plus que ça, m'expliqua Nathan, c'est aussi un magnifique jardin, un célèbre site touristique, tous les jours on y voit défiler des foules à la recherche des dernières demeures de célébrités, faisant des selfies avec leurs morts préférés, en écrasant du pied les fleurs des autres, c'est assez glauque, mais la nuit c'est le moment idéal pour découvrir la beauté mystérieuse de cet endroit, ça fout la frousse aussi je te préviens, ça m'arrive d'y errer en mettant Brassens dans mes écouteurs, moi qui tous les jours que le bon Dieu fait tente de quitter la vie à reculons, j'en conviens qu'ici c'est loin d'être l'endroit idéal pour faire la *tombe buissonnière*, pour reprendre les mots du poète, je ne savais pas que tu aimais Brassens, lui dis-je, j'ai grandi avec lui dans mes oreilles malgré moi, et au fil du temps, en l'écoutant vraiment, il est devenu mon Français, mon dérangeant préféré, lui expliquai-je, mère était fan, pendant ces après-midi chauds de l'été, derrière les volets fermés, à l'heure sacrée de la sieste, elle activait le tourne-disques et laissait la voix du poète et les quelques rares accords de sa guitare sèche se glisser dans les moindres interstices des murs et des encoignures, je me rappelle maintenant combien c'était agréable, je suis sûre qu'elle se cachait dans les toilettes pour se branler sur *Le gorille* ha ha ha, chut, ris pas trop fort, m'interrompit Nathan en mettant une main sur ma bouche, sa main était douce et chaude, puis il voulut m'attirer contre lui, je reculai, pardon, je voulais juste t'embrasser, dit-il avec tendresse, tu es magnifique ce soir, vas-y, tout l'enclos est à toi, mais écoute d'abord cette anecdote, tu sais, ce site est unique, cela va sans dire, il faut une certaine force intérieure pour le fréquenter aussi souvent que je le fais depuis pas mal d'années maintenant, certaines nuits il m'arrive de passer des heures à balayer des yeux les allées espérant tomber sur le fantôme de quelqu'un, du moins l'entrevoir, tu sais, quand on passe autant de temps dans un endroit pareil, qui plus est la nuit, ce moment exceptionnel où la vie se tait, on s'enlise dans son plâtre, me semble un peu bornée l'idée selon laquelle la mort serait irréversible, définitive, ainsi tout être existerait en un seul et unique exemplaire, un seul corps, un seul esprit, une seule âme, une seule vie, cette histoire est l'une des plus singulières que je connaisse et qui se racontent sur ce lieu, à midi sonnant, une jeune touriste croisa un homme qui se promenait dans les allées, habillé d'une simple tunique noire à capuche et d'un scapulaire, les mains croisées dans le dos légèrement courbé, son calme était aussi froid que ces sépultures qui l'entouraient, tout en marchant l'homme semblait plongé dans une profonde méditation, intriguée, sans réfléchir, elle sortit son appareil, s'approcha, puis dit à l'inconnu timidement et en toute innocence, si ça ne vous dérange pas, je voudrais prendre une photo de vous, il accepta, elle en prit plusieurs, quelques semaines plus tard, la jeune femme fut contactée via son site Internet, on avait authentifié le portrait, et l'image était celle du fameux François d'Aix de La Chaise, tu peux imaginer la surprise de la photographe quand elle a appris que son modèle était le bon confesseur et ami de Louis XIV, le maître des lieux, le jésuite avait même pris la pose en affichant un rictus qui lui donnait un faux air de Monna Lisa, abstraction faite de sa kippa et de son nez imposant gâchant l'harmonie du visage, la photo a été montrée dans plusieurs musées d'Europe, d'Asie et des Amériques, et a fait couler beaucoup d'encre dans la presse nationale et internationale, on multiplia les colloques où intellectuels et savants péroraient à ventre déboutonné, épluchant les problématiques relatives au prestigieux revenant, parmi les thèmes abordés : *la mise en doute sur les vérités véhiculées sur la mort, sur ses paradoxes et sa nature insaisissable, les sources dichotomiques de l'enfer et du paradis à travers les labyrinthes du discours religieux, l'immortalisation de soi-même comme ultime garde-fou contre la déchéance du temps, les grandes civilisations et leur désir d'immortalité, la présence dans l'activité de la pensée humaine d'une aile autodestructrice, le caractère absolument unique de la vie et de la mort du Christ sur terre, l'importance et l'impact des dispositifs et des décisions politiques dans un processus de démocratisation des chances, l'immortalité comme objet de l'amour et du désir, les hiérarchies familiales et institutionnelles et leur implication dans la construction de la singularité et dans l'équilibre du collectif, la ludification des consciences sur les réseaux sociaux signe-t-elle la fin des luttes démocratiques réelles…* pendant des mois des gens vinrent de partout, à midi, explorant tous les recoins du cimetière, dans l'espoir de voir monsieur La Chaise de leurs propres yeux, et d'éventuellement prendre une photo avec lui, mais il n'est jamais réapparu, toi, tu auras peut-être la chance de croiser notre jésuite, qui sait, tu lui feras un bisou de ma part ha ha ha, promis, dis-je en riant…

je n'ai jamais vérifié l'anecdote de Nathan, il faut être un peu con quand même pour croire qu'un homme qui a vécu au XVIIe siècle peut réapparaître sur terre comme ça, sans crier gare, se faire prendre en photo, et commencer en quelque sorte une nouvelle vie dans les imaginaires, dans les musées, sans parler des univers exaltés de la contrefaçon et de l'art contemporain où il aura droit à un tas de versions de lui-même, en peignoir par exemple, avec des tatouages, fumant un joint, trinquant avec Lil Wayne et Snoop Dogg, twerkant, brandissant un doigt d'honneur, accompagnant un petit garçon vers le paradis… la mort part du point zéro des routes de France, disait grand-mère, et elle ne se retourne jamais…

le lendemain soir, je retournai au Père-Lachaise, puis le soir suivant, puis une fois par semaine, Nathan m'attendait toujours quelque part entre l'avenue transversale n° 3 et l'avenue circulaire dans l'avenue des combattants étrangers morts pour la France, et s'arrangeait admirablement pour que notre petit accord reste secret, non sans ajouter de nouvelles consignes à chaque fois, tu n'oublies pas de porter des vêtements sombres, tu attends mon signal, ensuite je te fais entrer, je n'ai pas l'assentiment de tous mes collègues, alors traîne pas trop dans les allées, marche lentement, ne fume pas, n'actionne aucune fontaine, si tu peux ne pas tousser aussi, une heure, pas plus, on ne lui pardonnerait pas cette faute grave, d'avoir laissé entrer quelqu'un la nuit, s'y multipliaient des actes de vol ou de vandalisme, mais Nathan, comme tous les cancres de la mairie de Paris, savait qu'il était impossible de surveiller efficacement le plus grand cimetière de Paris intra-muros, étant donné son étendue et sa profondeur, à moins de placer un gardien devant chaque tombe, il avait entendu de ses propres oreilles ces mots sortir de la bouche du sous-directeur du service des pompes funèbres et de je ne sais quoi d'autre, les consignes de Nathan étaient on ne peut plus claires et fermes, mais tu es une vraie tarée toi, me dit-il enfin en secouant la tête, tu es devenue pote avec les morts ou quoi, aucun agent de sécurité ne s'est aventuré autant la nuit dans ce maudit jardin, à quoi servent-ils alors, répondis-je…

à chacune de mes promenades, le Père-Lachaise me paraissait encore plus grand, plus dense, plus mystérieux, s'y concentraient là, sur ces quelque quarante-trois hectares de terre, toute la grandiloquence et la banalité de la vie et de la mort, une brume froide enveloppait tout, une sorte d'odeur indéfinissable, unique aux vies silencieuses, épaves entre deux mondes, je ne pouvais que m'émerveiller devant cette forêt de symboles, de signes, d'images superbement taillées, subtiles, grignotées par le temps, des bustes et stèles que la lumière parfois exagérait, remodelait selon ses fantaisies, ahurissante de vanité sculptée, figurée dans une attitude majestueuse, folie performative dont la portée débordait l'absolu, survivait à sa compréhension, supposait que ne se limite pas à lui-même aucun souffle, l'ailleurs, le commencement et la fin de tous les voyages rassemblés dans la même ombre, comme en vue de la transformer, répercussions de l'infini, au milieu de ces inconnus à la fois drôlement privilégiés et absorbés par le néant, je marchais sans but, pensive, sans m'émouvoir, en dépit de tout ce que j'avais lu au sujet des mystères, des histoires macabres dont ce lieu était parfois le théâtre, des secrets enterrés, des bras qui remuaient hors du merveilleux, revenants mi-morts mi-vivants, des dames blanches, des bagarres nocturnes dans les allées entre ossements ennemis dont les causes remontaient à une époque très ancienne, les croix penchées des cuitards, les conversations des arbres poussant sur les tombes, des cénotaphes qui finissaient par être habités d'obscurs locataires, des chats qui n'étaient pas de vrais chats, la visite des barons venant d'autres foyers, les femmes célibataires et psychopompes à la recherche de l'âme d'un bel absent, les échos d'outre-tombe de leurs ébats, ces soirs où tous les morts sortent dans Paris pour se mêler aux vivants, s'éclater, tous, ceux du plus vaste cimetière de France à Pantin au plus petit à Cahagnes, et ceux de Picpus, de la Madeleine, de Sainte-Marguerite, des Errancis, des Batignolles… avec ces récits en tête, j'avais l'impression d'errer dans un rêve, dans un monde fantastique, tous ces lieux où la vie s'arrête, vibrants de mémoire, de brumes, de vérités irrévélées… je n'avais pas osé le dire à Nathan pour de ne pas le froisser, mais je trouvais que c'était vraiment un boulot de merde, passer la nuit à veiller sur des ossements, à ce que personne vienne troubler leur sommeil, ou défoncer leur porte, pour leur piquer leurs bijoux…

lors de ces fréquentes visites aux morts, il m'arrivait de me comporter de façon étonnante, par exemple, je croyais les entendre me murmurer des choses, et pour nourrir ce dialogue qui était simplement le fruit de mon imagination, ou une crise inconnue, je formulais des réponses et essayais de me faire comprendre, comme si une question m'avait été posée et qu'on attendait de moi des explications claires et nettes, comme si j'étais l'un des leurs, ne faisais plus la différence entre leur monde et le mien… un soir – la lune enthousiasmait le ciel de Paris, majestueuse, absolue, aucun immeuble n'était assez haut pour la cacher, je pouvais facilement l'entrevoir entre les branches d'arbres, même les tombes semblaient toutes se tourner vers elle –, en me promenant, mon esprit voguait çà et là, d'une pensée à une autre, sans prendre le temps de me concentrer sur une en particulier, ça m'arrivait souvent quand j'étais angoissée, j'avais le sentiment de me désintégrer de l'intérieur, et qu'il n'y avait aucun moyen d'arrêter ça, je n'avais jamais réussi en tout cas, je ne me promenais pas, comme la lune, j'étais là, simplement, et soudain, au milieu d'une allée, surgirent trois formes blanches et transparentes (oui, comme celle du mari de la pharmacienne) et, en filigrane, des étoiles rouges qui se confondaient au pied du mur des Fédérés, je reconnus tout de suite les apparitions, c'étaient grand-mère, Toi et Orcel, debout à l'intérieur d'une pyramide lumineuse, elles paraissaient avoir le même âge, mais je pouvais quand même les distinguer, dans un premier temps, elles eurent l'air d'ignorer que j'étais là, que je les voyais, mais au bout d'un instant les complices se tournèrent vers moi, me fixèrent d'un regard plein de bienveillance, puis dirent en même temps et à l'unisson, ici on ne parle que de toi, rejoins-nous quand tu veux, quand tu te sens prête, leurs voix me parvenaient comme une bouffée tiède, puis elles disparurent dans une sorte de brouillard, les étoiles rouges du mur des Fédérés se réduisant en une, puis tout redevint réel, ce n'est qu'à ce moment précis qu'un frémissement me traversa le corps, j'avais la sensation que je venais de vivre plusieurs vies à la fois… tandis que je sortais de là, Nathan remarqua que j'étais fiévreuse, que je déparlais, ça va aller, me dit-il, il a très vite compris que c'était à cause des émotions provoquées par certaines forces cosmiques présentes dans ce lieu… j'avais été malade pendant une semaine

L'immigration
ou l'épreuve des corps sans tête

le lendemain de notre rencontre, tous les deux enlacés sur le canapé, Orcel me raconta sa vie, les yeux perdus dans le morceau de ciel à la fenêtre… à la suite d'une insurrection, la guerre a éclaté au Mali, parmi ces espoirs faisant feu de tout bois et au terme d'un voyage incertain et périlleux, Orcel s'est réfugié en France avec ses deux jeunes frères, N'Faly et Seydou, ils ont atterri à Clichy-sous-Bois, au milieu d'un tas de tours sales et décharnées, de façades à l'agonie, de halls tagués, de visages qui n'étaient plus des visages, des apparences humaines, mais des provinces de colère, d'amertume, de désespoir, des concentrés de cris, de nuits béantes, on ne nous donne pas de travail, on nous refuse même les sales boulots, *fuck* Paris, nique ta mère, ras-le-bol de cette France qui nous écrase, traitez-nous au moins comme vos chiens, des poubelles encrassées et débordantes, des rats aussi malheureux, aussi nombreux que les humains… vous êtes un migrant, rien qu'un parfait inconnu, un cheveu sur la soupe, vous arrivez dans ce trou, vous regardez autour de vous, et vous vous dites bordel de merde, comment est-ce que je vais m'en sortir… les bras leur en tombaient, les deux jeunes frères avaient du mal à le croire, tu nous as menti, frère, tu nous as bernés, tu nous as fait ramper jusque dans ce naufrage en sachant que ce n'est pas la France, Clichy-sous-Bois, *tchuips*, c'est quoi encore ce sale pays, on n'est pas partis de chez nous pour ça, franchement, en plus on est fatigués, on n'a pas dormi depuis une éternité, c'est une commune française, les gars, répondit Orcel, on est bien en France, je ne vous ai pas menti, vous pensez que ça me réjouit de voir qu'on n'est pas arrivés au paradis, dans ces images qu'on voit à la télé nous vendant une France ouverte, raffinée, mais surtout souriante, non ça ne m'amuse pas du tout, maintenant vous allez arrêter de me prendre la tête, calmez-vous, après un silence pendant lequel N'Faly et Seydou n'entendirent pas de bruits d'explosions, de tirs nourris, de cris de détresse, de fuites folles, leur lot quotidien depuis des mois, depuis le début de la guerre, et après avoir fait une rapide analyse des bruits et remous environnants, ils se dirent que leur frère disait peut-être la vérité, mais ça m'étonnerait tout de même, insista Seydou, incrédule, que ce soit ça la France, je ne vois pas l'intérêt d'être ici même si l'objectif est de s'en sortir, en parlant il poussa du coude N'Faly qui dit qu'il ne comprenait rien, on s'est peut-être trompés, ça arrive, oui, rebondit Seydou, je le pense aussi, on s'est trompés, à moins qu'il existe deux France, celle qu'on vise, la magnifique, là, et celle où on est, qui est une affreuse copie, une très mauvaise blague, mais putain arrêtez de vous comporter comme des gamins, s'écria Orcel, on a fait un long voyage, on a échappé à la mort, il n'y a pas pire que ce qui se passe en ce moment chez nous à Gao, on est ici, on va se débrouiller pour trouver notre chemin, Orcel disait ça, mais au fond de lui, honnêtement, il ne voyait pas comment faire au milieu de cette forêt d'abandons et de ténèbres, c'était comme fermer les yeux dans un monde violent, ravagé par d'horribles tueries, pour les rouvrir dans un autre qui ne vous voit pas, vous ignore… dépaysée à une petite heure de Paris, du bon Paris, du beau monde de Paris, cette cité accumulait les infections et les cauchemars, une déveine erratique et poisseuse, un trou, les faits divers émaillaient le journal municipal, coups de couteau, bastonnades, vols, viols, morts par balle, par pendaison, et autres liés à des affaires mystérieuses, à la tyrannie de la survie, les feux de l'enfer, jour et nuit, des heures et des heures perdues à tourner autour de l'ennui, à monter et descendre, déambuler, les trois frères avaient entendu parler et vu des gens repartir, chez eux ou ailleurs, ils répétaient tous la même chose, qu'ils ne pensaient pas que c'était ça la France, en effet ce n'était pas du tout le même pays, pas les mêmes avenues, pas les mêmes rues, pas les mêmes images, ils s'étaient tous fait avoir, leurs aïeux et maintenant eux, il faut vraiment arriver ici pour savoir la vérité…

c'est quoi un pays, continua Orcel comme en aparté, c'est son corps à soi, son sang, son enfance, ses souvenirs, ses rues, l'odeur du café dans le petit matin clair, l'odeur de la terre battue, c'est son bétail, ses animaux domestiques, le travail des champs, les oiseaux, leurs chants qu'on entend dès l'aube, ce sont les jeunes gens qui s'aiment et nourrissent des projets, la rivière où on va battre son linge, ce sont les camions sur les routes transportant des marchandises d'une ville à l'autre, un pays, son pays c'est son père et sa mère qui se prennent par la main, c'est la seule musique qu'on connaît, qui nous chuchote encore dans la tête, persiste malgré les distances et le mauvais temps, et quand toutes les autres musiques s'éloignent, nous échappent, c'est un grand nous, un pays, qu'il faut prendre le temps de rêver, nommer, un enfant qui nous tend ses bras dans un besoin absolu de tendresse, de grandir, pour construire un pays, l'habiter, il faut se brûler à sa flamme, se remplir de ses souffles les plus mystérieux, mais surtout il faut l'aimer, ensemble, beaucoup l'aimer, et être prêt à recommencer, qu'un corps commun soit irréalisable doit être une raison de plus pour le construire et l'habiter, dirait l'autre, et un pays qui souffre, se meurt, c'est un pays dont les populations ne l'aiment pas suffisamment pour reconnaître ses richesses, c'est la surface figée de la mer sur ses profondeurs infinies et peuplées, c'est un pays qui se laisse vivre au jour le jour, qui compte sur les animaux sauvages qui le dévorent pour l'aider à se relever, c'est un pays qui a perdu la mémoire, un pays, son pays, c'est plus grand, que soi, que nous, que nous tous, que le monde entier, un pays c'est un éternel chantier qui réclame toujours plus de bras perspicaces et conséquents, c'est un projet commun, une route commune, c'est fou un pays, et je le sais, jamais je n'oublierai la terre où se reposent mes ancêtres, ce que j'ai été, ce que je suis en fait, pourquoi il n'a pas su se protéger, mon pays, s'en donner les moyens, se battre, résister, quel pays se laisse vider de son sang, de sa terre, de sa mer, de son souffle, de ses enfants, de son avenir, de tout ce qu'il lui faut pour être debout, avancer, s'élever, quel pays se contente d'être une tombe, un cadavre dans la tombe qu'il a creusée, oui, une tombe remplie de nous, de tout un pays, où les morts ont la tête ailleurs, à l'opposé du soleil qui pleure sur les charniers, des enfants soldats, des femmes et des hommes brûlés vifs ou enterrés vivants, à l'opposé de la vie… tandis qu'Orcel partait dans cette tirade, pendant un moment j'ai cru qu'il allait sombrer dans la folie, dans ses propres mots, ou dans le morceau de ciel à la fenêtre – ce ciel si parisien, si froid, si loin – où ses yeux profonds semblaient partir pour un voyage sans fin, le corps plongé dans une complète immobilité, seulement le pouce de sa main droite bougeait, en légers soubresauts et de manière imprévisible, on aurait dit que ce doigt était sous l'emprise d'une certaine activité cosmique mystérieuse…

si vous voulez mon avis, rien n'est pire que d'en arriver au point où on n'a nul autre choix que de devoir vivre dans le pays de ceux qui avaient volé, violé, colonisé ses ancêtres, détruit ses langues, ses traditions, ses cultures… s'intégrer, s'assimiler, bref, être complice dans l'aménagement structurel de sa propre mort

… il devait être trois heures du matin, quand ils sont arrivés à la préfecture, on leur avait conseillé de venir le plus tôt possible, la file d'attente était déjà longue d'une centaine de personnes, un fleuve qui, en un rien de temps, s'amplifia, prit des allures de défi, en se tassant, se tortillant, la crue se portait au-delà des limites assignées, ça se ruait de plus belle, tous les déshérités du monde, des femmes avec leur bébé, des enfants, des hommes, pliés, tremblotants, en proie au souffle glacé de l'aube de janvier, on aurait dit qu'ils attendaient leur exécution, le jour tardait à se lever, on se demandait s'il existait, on rêvait de lui de toutes ses forces, un rêve qui se nourrit en soufflant dans ses deux paumes puis en les frottant très fort, dans la fumée de la clope, ou dans la brève et chaude éternité d'un café… enfin, le ciel tendait sa loupiote, dans le matin gris et maussade, chacun découvrait le visage et la forme réelle de l'autre, l'étrange foule, confuse, ravala sa langueur, on s'y remuait, se heurtait, non monsieur, vous venez d'arriver, vous ne pouvez pas vous mettre devant moi, je me suis levé à deux heures du matin pour être là, vous n'avez pas honte, monsieur, franche animosité, la plupart du temps provoquée par les vendeurs de rendez-vous ou de place dans la file d'attente, ils faisaient la navette de l'avant à l'arrière, dans tous les sens, continuant de proposer discrètement leurs services, et vérifiant si leurs clients étaient toujours là où ils les avaient placés, il était bruit que ce marché noir parallèle de la prise de rendez-vous en ligne – grâce auquel les trois frères avaient pu avoir leur chance, après des mois à essayer dans un cybercafé – s'était étendu dans plusieurs départements au su de tout le monde…

qu'est-ce qu'on attend bordel
pour descendre dans les rues,
pour exprimer notre colère,
nous révolter contre la houlette ignominieuse
de la légitimité préfectorale, tous les jours,
jusqu'à ce qu'ils arrêtent
de nous traiter comme du bétail…

– J'EN SUIS À MON QUATRIÈME RENOUVELLEMENT DE RÉCÉPISSÉ

– IL FAUT REVENIR ENCORE, ET ENCORE

– 3 HEURES DU MATIN, ON ATTEND DANS LE FROID L'OUVERTURE DE LA PRÉFECTURE PRÉVUE À 8 H 30

– CINQ GUICHETS OUVERTS POUR DEUX MILLE PERSONNES, ET DES AGENTS QUI N'ONT AUCUNE ENVIE DE FAIRE LEUR BOULOT

– JE VIENS AVEC MON COPAIN BLANC POUR ÊTRE SÛRE D'OBTENIR L'INDISPENSABLE, LE DROIT DE VIVRE CONTENU DANS UNE CARTE

– 225 EUROS LE TIMBRE

– À QUOI SERVENT DES PAPIERS, DES JUSTIFICATIONS, DANS DES MAINS COUPÉES, À UN CORPS DANS UNE TRAPPE…

– NOUS NE SAVONS RIEN DE VOUS, MAIS VOUS, VOUS AVEZ LA MOINDRE INFORMATION NOUS CONCERNANT, NOS NOMS ET

PRÉNOMS, DATE ET LIEU DE NAISSANCE, SEXE, ADRESSE POSTALE, EMPREINTES…

– NOUS SOMMES ÉTAMPÉS DE VOS INITIALES, SOUMIS, SODOMISÉS, ENGLOUTIS PAR LES TÉNÈBRES DE VOTRE TEMPS…

– SOMMES-NOUS LAIDS, IMPURS, INFÉRIEURS, UNE ERREUR, UNE ÉCHARDE, UN FARDEAU, DES CADAVRES…

s'ouvraient enfin les portes de la préfecture, les cieux de l'espoir, vaguement requinqué, le fleuve s'avança tout juste, vers la frontière entre la lassitude, la crainte et l'urgence, vers une relation chimérique, où ce cortège hétéroclite et nerveux fut contrôlé, fouillé, de haut en bas, avant d'être disséminé vers la salle correspondant à sa demande, au bout d'un couloir une voix hallucinée, putain, c'est fou, ils déboulent de partout, et sont chaque jour plus nombreux, une autre de réagir, on dirait une invasion, ça déboulait de plus belle pendant les heures qui suivirent, eux aussi avaient besoin d'un pays, d'un certain confort, d'eau propre dans leur gobelet, d'offrir un avenir à leurs enfants, si je viens chez vous, je brûle vos villages, vos institutions, je vous vole vos richesses, je me mets vos chefs d'État imbéciles et irresponsables dans la poche, je finance des conflits armés, je ne vous laisse aucune chance, qu'est-ce que vous faites, sinon fuir, pendant qu'il en est encore temps, par tous les moyens, avec vos femmes et vos enfants à travers la forêt, ou le désert, pendant des jours et des nuits, le plus loin possible, à la recherche d'une terre d'accueil, paisible et vivable, les trois frères avaient fui la mort, c'était leur seul péché, l'Occident fait des orphelins aux confins du monde et s'étonne de les voir arriver en si grand nombre, martelait Orcel, les cafards d'Afrique, cette énorme crasse qui ne finira pas de sitôt d'affluer, de se tasser et d'être inchassable… comment peut-on traiter autant de cas en une seule journée… il se souvenait de ce monsieur devant cet agent manifestement dépassé qui n'arrêtait pas de répéter, ce n'est pas moi qui fais les règles, je vous dis que ce n'est pas moi qui fais les règles monsieur, mais vous vous foutez de ma gueule, hurla le demandeur, j'ai publié une vingtaine de livres primés, salués, j'ai représenté votre mascarade de francophonie partout dans le monde, j'ai été fait officier de l'ordre des Arts et des Lettres, et maintenant vous me demandez de passer un test d'aptitude en français pour avoir ma carte de résident, vous rendez-vous compte à quel point vous êtes ridicule, calmez-vous monsieur ça va bien se passer, intervint un autre agent, une mère devait sortir son bébé de la poussette et le soulever pour montrer qu'il s'agissait bien d'un enfant et pas d'une poupée, *faites-moi voir ça, madame*, un autre ne présentait pas suffisamment de preuves qu'il était bel et bien parent d'enfants français, une femme pleurait atrocement, obligée de quitter le territoire français… la *connasse* qui reçut les trois frères à la préfecture balança d'une voix nonchalante et dédaigneuse, sans prendre la peine de les regarder ni de les renseigner, on ne s'occupe pas de ça ici, monsieur, il faut aller à l'Office français de protection des réfugiés et apatrides, l'OFPRA…

il vaut mieux crever dans son pays, écrasé par les sales ambitions de l'ennemi, que d'aller ramper, s'apitoyer, geindre à la porte, chien chargé de tous les maux possibles et imaginables, l'échine ployée, inhabile… Orcel et ses deux frères s'apercevaient que non seulement ils ne tombaient pas à point, mais que ce qu'ils demandaient – un médiocre titre de séjour, torchon scellé permettant d'avoir au moins un argument lors d'un contrôle de police – semblait être impossible, peu probable en tout cas, et le froid aigu, sans fin, comme si on l'avait chevillé au corps, il fallait des vêtements, des bien lourds, comme des excuses, et des bonnets, des gants, et toutes ces misères en peau lainée, plus le froid humain, le vide intérieur, la solitude et, pour ne pas flancher, la demi-baguette quotidienne décorée de feuilles vertes et de lamelles de fromage, ça laissait un goût d'échec dans la bouche, ils auraient tout donné pour que ça soit du foufou, du couscous, du tô, du garri, et des bananes plantains servies avec un ragoût… parfois la bière – pour se désembouteiller l'esprit – leur donnait envie de vomir… oui, crever dans son pays, sur la terre de son enfance, parmi les siens…

pour atténuer leurs pensées, les trois frères se promenaient sans but, ballottés sans cesse entre promesses et déchirements, entre espoir et inquiétude, du vent humain, devinant les lueurs de nouvelles traversées, de nouveaux défis, après quatre mois d'un redoutable périple, Algérie, Tunisie, Maroc, Espagne, puis la France, le commissariat, le conseil départemental, un court séjour dans un hôtel social, puis chez le marchand de sommeil, puis errer quotidiennement, entre la gare, la bibliothèque municipale et autres endroits chauffés, ils croisaient d'autres hommes et femmes, pères et mères de famille qui, comme eux, se demandaient où aller, dormir, commencer, oublier les épisodes de la traversée, les passeurs, les policiers, les grillages, rien que pour un rien, une parole, un geste, un rêve… *ô route, fille de nos corvées, conduis-moi chez le Blanc…* et parmi ces pensées la voix ferme et profonde des ancêtres : vous avez pris la route en mettant tout en haut de la pyramide l'Europe et ses lumières humides, mais ce qui vous attend c'est un néant où vous allez vous perdre, vous noyer, crever sous leurs yeux indifférents, vous faire encore traiter comme des inférieurs, des bons à rien, regardez comment ils vous regardent, ou plutôt comment ils vous ignorent, ils vous sourient, vous les gênez, vous êtes sales, vous puez, vous êtes de trop, dites franchement, vous sauriez sourire vous correctement à des corps, des esprits, portant encore les profondes cicatrices du fouet esclavagiste, aux miraculeux survivants de la cale négrière, ou du ventre infâme de la mer Méditerranée, à des plaies qui pleurent, qui ont envie que vous compreniez, que vous leur accordiez un peu d'attention, vous n'êtes que des chiffres en chute libre dans leurs statistiques, leurs rapports, qui font jaser à droite à gauche, *je dirais deux, trois, cinq millions, sans compter les femmes et les enfants, les cousins qu'ils projettent de faire venir, n'importe quoi, mais arrêtez, ils ne sont pas aussi nombreux, l'INSEE est clair, cher ami, c'est vous qui mentez en chiffrant…* et puis il faut vous dégrossir, vous purger de vos manières, de votre être, intégration, assimilation, domestication, prison…

devoir abandonner son enfance, sa maison, son pays, tout ce qu'on est, sans qu'on le veuille, c'est une sale façon de mourir, pensa Orcel, mourir de honte, d'asphyxie, un peu de tout ce qu'on a été et de ce qu'on voudrait devenir… depuis le début de l'intervention armée et des bombardements, expliqua-t-il, le nord du Mali était confronté à une sévère crise alimentaire provoquée par la fermeture des frontières et des routes entraînant un blocage des marchés, limitant l'accès humanitaire, des convois parvenaient à traverser la frontière, mais la plupart d'entre nous, en dépit de l'adversité croissante, hésitaient à se déplacer en raison des contrôles rigoureux et d'éventuels bombardements, parmi les prêteurs d'argent certains arrêtaient leurs activités, d'autres étaient devenus de vrais poignards sans pitié qui compromettaient l'avenir des plus vulnérables en leur prêtant à des taux scandaleux, quand la banque n'était pas fermée, l'accès était réservé à une très faible minorité, ce qui entraîna un énorme manque de liquidité dans toute la ville de Gao, sans parler des pompes à eau qui ne fonctionnaient pas faute de carburant, d'autres en panne depuis une éternité, des lignes téléphoniques coupées, des morts, des dizaines, des centaines… la catastrophe frappait la ville de plein fouet… mû par un mélange de vulnérabilité et d'impuissance Orcel avait décidé de quitter le Mali, il n'y avait pas d'autre solution, car les conséquences néfastes liées à la guerre étaient devenues ses plus belles armes : la faim, la soif, le désespoir… il avait réuni tous les documents exigés (une première victoire, car les démarches pour les avoir étaient on ne peut plus pénibles), mais au consulat de France à Gao, on lui a dit désolé monsieur, vous n'êtes pas *qualifié* pour partir, Orcel s'en souvenait comme si c'était arrivé la veille, les mots de l'imbécile endimanché frappaient son visage comme une gifle, bah, nous on est chez vous, on se la coule douce, mais vous n'avez le droit d'aller nulle part, bah, rentrez dans votre village, retrouvez votre pauvre famille et votre sale misère, bah, retrouvez cette guerre que vous n'avez pas demandée et dont vous ne savez foutrement rien, rentrez chez vous et mourez comme tous les autres, Orcel se souvenait même de la couleur du costume que portait cet idiot qui ajustait ses lunettes en grimaçant, il n'avait pas l'intention de s'arrêter là, son idée était de partir, travailler et envoyer de l'argent pour subvenir aux besoins de sa famille et reconstruire dans la foulée la maison familiale détruite par la guerre, mais quand cette dernière passa à un autre niveau, l'horreur se multiplia à la vitesse de l'éclair, il n'y avait plus rien à espérer, il abandonna son plan, cette fois il était prêt à tout, non seulement il ne laisserait pas ses frères derrière lui, mais rien ne les arrêterait tant qu'ils n'auraient pas atteint l'Europe, la France… il se rappelait avec une étonnante précision l'intérieur des mers et déserts qu'ils avaient traversés, c'était son idée de partir, fuir loin, aucun autre choix ne s'offrait à eux, je n'aurais jamais dû les entraîner dans ce périple infernal, disait-il, mais je crois que je ne me serais jamais pardonné si je les avais laissés périr dans cette guerre…

tandis que, au-delà de cette cité sale et poisseuse, le monde continuait de tourner, les trois frères erraient encore, sans-lieu, inclassables, égarés, invisibles, submergés par d'autres questions, toutes plus intenses, plus exigeantes, plus radicales, plus fuyantes les unes que les autres, ils avaient encore froid, faim, le blues, le seum, c'était à vous faire oublier votre propre existence, ou foutre votre vie en l'air… venait ensuite la nuit, la démone, la sadique qui lessivait de son immensurable langue glacée les halls, les quais, les cages d'escaliers et d'autres lieux vacants, le non-avenir des sans-personne, leurs souvenirs au bord du Niger, les légendes du désert racontées par leur père qui, signalait Orcel en passant, faisait partie d'un groupe qui apportait son soutien à la base arrière du Front de libération nationale (FLN) installée dans la région, lorsque ça avait vraiment commencé à chauffer sa femme lui a demandé de choisir entre la politique et sa famille, c'est à ce moment-là qu'il a décidé, à l'instar de ses ancêtres maîtres de caravane, de sillonner le désert pendant de longs mois, avec une dizaine de dromadaires, jusqu'au pied de la falaise du Kaouar, il se nourrissait de dattes et d'eau fraîche, appréciait le chant des dunes, leurs secrètes communications, leurs crêtes, leur douce chute, admirait au-dessus des villages fantômes les plus belles couleurs, les plus beaux paysages dont le monde puisse être fait, une aventure personnelle et commerciale importante, car en dépendait la survie de leur famille et de beaucoup d'autres… Orcel rêvait de faire seul ce voyage un jour, mais il ne s'était jamais senti prêt, un bon nombre de ses connaissances avaient été avalées par l'infini ou, ayant oublié le chemin du retour, s'étaient résolues à changer de vie…

un soir, ils jetèrent un coup d'œil par une fenêtre, tombèrent sur la guerre qui ravageait leur pays, elle n'était plus la même, ou disons la même mais dans une version adaptée au petit écran, la mata une famille qui, comme bien d'autres dans cette cité, n'avait que la télé comme passe-temps, sinon l'ennui ou la chasse aux rats… la guerre s'étendait au-delà de Gao, tout était mis à profit dans la défense des intérêts mesquins moyennant des méthodes (ingérence, chantage, invasion militaire…) visant l'anéantissement de l'autre, pour ça aucune action n'est injuste, aussi horrible et douloureuse soit-elle, et bien sûr, d'un point de vue plus personnel, n'est injustifiable, de trop, aucune cruauté, aucun mort, c'est mieux, au chaud, à la maison, sur un écran 4K de 262 pouces, vivez toute l'actualité de la guerre au Mali, en direct, sans filtre et en continu sur vos chaînes préférées dans votre salon, dans votre chambre ou sur votre Smartphone, parmi les options offertes, vous pouvez la mettre sur pause et la reprendre là où vous l'aviez laissée ou même depuis le début, comme il vous plaira, et n'oubliez pas qu'elle se passe très loin de chez nous, vous n'avez pas à vous inquiéter, à vous abriter, fuir au milieu des obus, affronter le désert, migrer, terminer votre course dans la Méditerranée ou de façon abominable sous les ponts, dans les campements de fortune aux abords des portes de Paris… on aurait dit que tout était calculé afin qu'ils aient conscience de leur chance, genre faut quand même pas déconner les gars, la cité est dure mais ce n'est pas le Mali, c'était tellement immédiat, flagrant, que les trois frères avaient l'impression d'être des témoins privilégiés de leur propre anéantissement, de celui de leur monde, ils pouvaient identifier sans problème la maison et les rues de l'enfance, l'école, le corps des voisins, tout ça partait en fumée… tandis que fusaient les témoignages et les précisions de la télé, le feu se remettait à tout emporter sur son passage, les ONG se ruaient, multipliaient leurs maladresses, le pays continuait de s'enfoncer dans la nuit la plus noire, sans cesser de rêver pourtant, d'un amour peut-être, d'une amitié, une relation saine et équilibrée entre les hommes, entre les cultures, c'est-à-dire où chaque partenaire prendrait en compte les préoccupations et les valeurs réelles de l'autre, en faisant des compromis afin que chacun puisse exister et se sente valorisé, oui, n'importe quoi, la proie amadouant le prédateur, le condamné à mort faisant les yeux doux à son bourreau, lui dessinant de jolies passerelles vers une possible et franche complicité, c'est quand la dernière fois qu'on a vu le ciel se mêler à la terre, les plus opprimés sont tellement cons… ses paroles épousèrent les formes du silence lourd, tendu tranchant, nimbant chaque chose, chaque parcelle du réel, une grande tristesse leur serra le cœur qui pleurait à torrents, perdu, largué, leur enfance s'en allait derrière eux, à chaque pas, au fur et mesure que s'épaississait la nuit… il fallait inventer de nouveaux chemins, se relever, mais souvent, comme cette fois, le réel empiète sur le rêve, on ne contourne pas la mort, pas plus qu'on ne l'affronte, car c'est affronter les forces invincibles et infinies qui la biberonnent, managent et en tirent un maximum de profit…

les anges existent, ils sont là, ils regardent et ils arrivent quand ils jugent que c'est le moment, un jour au beau milieu de leur désespoir surgit une femme, elle était élégante, ronde et fière, ne portant que des vêtements de marque pas chers, son parfum la précédait, elle leur dit, mais qu'est-ce que vous faites là tous les trois dehors dans le froid, rentrons à la maison, vous allez vous laver, et moi, pendant ce temps, je vous fais une bonne soupe, les trois frères ne la connaissaient ni d'Ève ni d'Adam, ils se regardèrent, dubitatifs, pour les rassurer, elle leur dit ne vous inquiétez pas, je suis votre tante éloignée, suivez-moi, « tante éloignée », ces mots sonnaient comme un mot de passe, ils éprouvèrent une sorte de méfiance vis-à-vis de cette femme, cela se justifiait, depuis leur arrivée du Mali, personne ne s'était intéressé à leur sort et ils avaient fini par se persuader que ça n'arriverait jamais, ils n'avaient pas le choix, cependant, ils se rappelaient qu'au pays (à l'époque ça s'appelait le Soudan français, devenu Mali après l'indépendance), compte tenu des départs massifs vers la France, parmi les milliers de récits qui circulaient on racontait que tout le monde avait au moins une tante ou un oncle éloigné là-bas, et pour pousser plus loin cette vérité dans l'humour noir certains allaient jusqu'à crier, c'est grâce à vous papa Faidherbe, et à vous aussi papa Gallieni, merci à vous, ainsi qu'à vos féroces soldats du matin, et vos zouaves sans merci qui viennent jusque dans nos bras égorger nos fils et nos compagnes, les hommes naissent et demeurent libres et égaux en droit, mon cul ouais, pensai-je en caressant le torse d'Orcel qui tenait à raconter toute l'histoire…

cette France se tenait devant les trois frères comme une schizophrène oscillant entre déni et cécité volontaire, entre oubli et générosité étudiée, comme une montagne de questions les unes plus absurdes, plus complexes, plus banales que les autres… après leur promenade habituelle (pendant des mois ils ne s'occupaient qu'à ça) ils rentraient chez la tante éloignée, dans un trente mètres carrés au quinzième étage d'un HLM, où les deux jeunes frère partageaient un canapé-lit tandis qu'Orcel dormait enveloppé dans une couette à même le parquet, parfois ils passaient des heures à s'observer en silence, à se poser un tas de questions, à avoir l'impression d'imposer leurs misères à cette bonne âme qui n'avait rien demandé, quand elle n'était pas trop crevée, après une rude journée de travail, la tante éloignée leur préparait un bon dîner, comme le premier soir, puis elle leur racontait un peu sa vie, comment elle était arrivée dans ce pays, les terribles galères qu'elle avait connues, comme eux elle n'avait eu nulle part où aller, comme eux personne n'en avait rien eu à cirer, comme eux elle avait été à la rue, et puis un jour, un homme lui a dit mademoiselle, ne restez pas là, venez avec moi, il lui a fait du thé, à manger, il lui a donné un vrai lit avec des couettes propres, ils se sont aimés, jusqu'à ce que la police débarque, emmène l'homme et le condamne à une lourde peine, quand je vous ai vus dehors, à traîner, leur dit-elle, ça m'a tout de suite fait penser à moi dans la même situation, et je me souviens combien c'était dur, ça m'a fait aussi penser à cet homme qui m'avait prise sous son aile…

pour la tante éloignée, c'était une mauvaise idée de venir en France, le Mali c'est votre pays, on a plus besoin de vous au bled, elle le leur avait répété plus d'une fois, mais lorsque les trois frères voulurent savoir pourquoi elle était encore là, dans ce deux-pièces à Clichy-sous-Bois, et pas à Gao, ou à Bamako, visiblement elle ne sut pas trop quoi leur répondre, Allah pourvoira, finissait-elle par dire, avant d'attraper le pot d'une crème étrange dont elle s'enduisait le visage, le cou, le dos de ses mains avec application, comme beaucoup d'autres femmes africaines dans cette cité, elle se dépigmentait la peau avec joie à coups de ces produits éclaircissants, Maximum White, Belle Peau, TopFée, Clarissime, L'Illuminée, de la javel mélangée à la pâte d'aspirine, etc., sans parler de ses perruques de toutes les couleurs, en crinières naturelles ou synthétiques, ses trousses de maquillage, ses faux cils, ses faux cuirs, ses gammes Coco Chanell, Christian Diom, GUCCHI, Yvres Saint L'Orient, ses lunettes Rayback, ses baskets Abidas, ses magazines de mode, etc., elle n'en était pas peu fière, elle s'en vantait au contraire en tournant sur elle-même pour qu'on la voie bien, je me sens mieux maintenant comme ça, la peau noire ne m'allait pas du tout, ce qui devait être à la base un problème lié à des complexes profonds était, pour elle et pour une grande majorité de femmes et d'hommes africains, la solution, le seul moyen vers une version plus acceptable, plus aboutie d'eux-mêmes, en un mot, un être humain noir qui ne se blanchissait pas la peau avait un souci, il ne comprenait rien à la marche du monde, la tante éloignée voulait absolument changer d'apparence, même s'il n'y avait aucune chance qu'on lui dise un jour, tu sais, tu es une vraie Blanche, elle le savait, mais elle n'arrêtera pas, malgré les conséquences évidentes sur son épiderme, brûlures, vergetures, eczéma… vous voulez essayer, non merci, avaient répondu les trois frères en reculant, vous êtes sûrs, oui nous sommes sûrs, dommage, pourquoi, parce que vous seriez encore plus beaux, on voit la différence au bout d'une semaine seulement… à quel point chez la tante éloignée, se demandait Orcel, la Blanche chimérique se croit-elle supérieure par rapport à la femme noire qu'elle pousse à grand-peine vers le néant, celle-ci quand elle se regarde dans le miroir voit-elle ce double insolite, arrive-t-il que les deux émergent en même temps et donnent à voir l'image la plus étonnante, la plus floue, la plus dingue à laquelle puisse se réduire un visage humain, un chaos… elle dépensait une petite fortune pour acquérir de nouveaux produits miracles à l'efficacité imbattable…

Orcel se rappelait que c'était une femme forte, d'un regard bienveillant et un peu triste aussi, elle n'avait pas d'enfant et jamais elle ne se plaignait, c'est toujours un peu difficile au début, mais ça va aller, la fratrie la remercia plusieurs fois pour sa générosité, bon allez, en leur souhaitant une bonne nuit, elle donnait un billet de 20 euros à Orcel, tenez, au cas où vous auriez besoin de quelque chose… les toilettes se trouvaient dans la minuscule chambre de leur hôtesse, pour ne pas l'importuner ou la réveiller, la pauvre, les trois frères sortaient faire leurs besoins dehors, et quand l'ascenseur tombait en panne, comme souvent, ils déféquaient dans un sac plastique dont ils se débarrassaient à l'aube, ou pissaient dans un pot ou dans le vide depuis là-haut, car ils avaient remarqué que des gens du dixième étage faisaient pareil, du cinquième aussi – le type au premier n'avait aucun mal à pisser dans la poubelle sous sa fenêtre –, et se gueulaient dessus, furieux, range ta bite, connard, si tu ne veux pas que je vienne te chercher et te pisse sur la gueule, lorsqu'on se soulageait en même temps depuis plusieurs étages on se prenait les embruns direct dans la face…

les choses se compliquèrent de plus en plus pour les trois frères, soumis à une condition sociale dégradée, un salaire pour quatre, une étouffante promiscuité, c'était intenable, les yeux fiévreux et lourds de nuits blanches, pulls rabattus sur la tête, les lèvres craquelées, brûlées par le froid, l'attente, assis, debout, l'ennui, le plus gris, le plus tourbeux des ennuis, ils croupissaient à perdre la raison dans cette prison à ciel ouvert qu'était Clichy-sous-Bois, la nuit, la mort venait leur causer, elle les attendait en bas, sur le trottoir, ils n'avaient qu'à sauter du quinzième étage, se défenestrer, et c'était bon, tous leurs péchés seraient pardonnés, venez mes chéris, murmurait la mort à leurs oreilles, sautez, je suis la solution à tous vos problèmes, je suis à vous, et à vous seuls, se levait enfin le jour, ils se remettaient à errer, autour d'eux, sous les regards crevés des immeubles, des mômes sautillaient dans des décharges publiques, jeunes pestiférés, des petites catastrophes s'inventant des mirages proches de la réalité, de la chance, voire de l'avenir, les enfants savent rêver, enfermer la Lune au creux de leur main, il leur en faut peu… la tante éloignée avait payé quelqu'un pour trouver à l'un d'entre eux un boulot de vigile dans un supermarché à Paris, Orcel était l'aîné, il avait quasiment le même physique que Seydou, mais celui qui avait le plus de chances d'être pris c'était N'Faly, le plus jeune, baraqué comme une forteresse, une allure à couper au couteau, la démarche de la tante n'avait malheureusement abouti à rien, c'est sans doute parce que tu n'es pas moche et n'as pas la peau assez noire, lança celui qu'Orcel avait appelé l'Homme-en-Colère – pour déconner, croyait-on au début –, c'est pour ça qu'ils t'ont refusé ce job, mec ha ha ha, il y a des niveaux, ils cloisonnent vachement tout, ils n'en veulent même pas des sous-flics de ton genre, pour surveiller leurs commerces il leur faut des vrais, bien gras, bien huilés, qui font peur, ta peau à toi elle tire trop sur du chocolat dans lequel on a mis un peu de lait, il y a des mecs qui vont jusqu'à s'enduire de la tête aux pieds de cirage noir, ou d'huile de vidange, ou changer carrément de nom, histoire de mettre toutes les chances de leur côté, pour des gens comme nous, continua l'homme, des cheveux sur la soupe, des éléments gênants, des corps étrangers, c'est souvent le prix à payer pour travailler, tu devrais essayer au moins un de ces stratagèmes ha ha ha, tu verras, ça marchera, ils ne se rendront compte de rien, ça passera comme une lettre à la poste, autrement mon frère c'est simple, tu vas faire le ménage dans le métro, sur leurs trottoirs, dans leurs monstres haussmanniens, t'occuper de leurs poubelles ou, attends, le top du top, tu loues un numéro SIRET, ça se loue facilement (celles et ceux qui offrent ce service considèrent qu'ils le font pour soutenir les étrangers, sauf que ça leur rapporte presque la moitié de leur loyer par mois), tu muselles ta faim et tu pédales comme un dératé, dans le froid, sous la pluie, pour livrer de la nourriture à des cons… en effet, l'Homme-en-Colère était loin de vouloir détendre l'atmosphère, personne n'avait l'air détendu d'ailleurs, au contraire, les trois frères trouvaient son humour de mauvais goût… que lui est-il arrivé à cet homme pour qu'il soit aussi obscur, se demandèrent-ils, mais tout cela n'était rien comparé à la suite

plus tard, expliqua encore Orcel, l'Homme-en-Colère avait présenté ses excuses, il était désolé de s'être laissé un peu emporter, quand je vois, dit-il sans se départir de son amertume, comment ce pays traite nos frères et sœurs, parfois je ne trouve rien de mieux à faire que des vannes à la con, des enfantillages, comme ces humoristes (la liste est longue) étrangers ou d'origine étrangère qui ruminent sur scène quantité de préconceptions sur leur origine sociale, leurs parents, leur enfance, leur religion, leurs manières, les bruits et les odeurs qu'on leur attribue, s'abrutir et abrutir les autres dans un but dénonciatif, pointer du doigt un problème, subvertir, attester un certain sens du tragique ou faire preuve d'autodérision, bla-bla-bla, même pas, ils trafiquent leurs charmes, en offrant à ce monde de quoi nourrir son ignorance, le conforter dans sa sale vision de l'autre, l'étranger, sous le seul prétexte qu'on peut se fendre la poire de tout, que l'art aplanit les frontières sociales et politiques, ma foi, que des conneries, ils ne font que rater des occasions de faire mieux et bien, c'est-à-dire de porter au sommet la voix des invisibles, des laissés-pour-compte, des oubliés, sinon, franchement, à quoi sert leur art s'il ne participe pas à la lutte pour la liberté, la justice sociale, le respect des droits de tout un chacun, tous des couilles molles, des vendus, des esclaves à talent, des Nègres d'intérieur, œuvrant dans l'unique but de remplir leur assiette, exhiber leur nombril, montrer leurs dents par lesquelles ils brillent plus que leur mérite, incapables d'avoir une pensée propre, libre, assumée, au lieu de celle qui les maintient dans leur zénith, et, de mon point de vue, je ne crois pas que c'est une question d'aimer ou de ne pas aimer une chose, d'écart entre la fiction et la réalité, de liberté d'expression, cette intouchable imposture, ou parce que je vieillis, comme quoi je ne serais plus dans le coup, ça ne fait pas rigoler, il y a quelque chose de pas très sain dans le choix de leur point de vue artistique, les considérations physionomiques, ethniques, linguistiques, et tout ça, sous couvert de l'humour, on croirait entendre l'ancien maître parler dans leur bouche de métèque, le rire a bon dos, moi je ne suis pas sympa, je ne suis le joujou, le divertissement de personne, je ne suis pas un bon étranger, je ne le serai jamais, je ne fais pas ce qui arrange tout le monde, je ne coche aucune case, aucune cellule de quelque nature que ce soit ne m'enferme… mais qu'est-ce que tu en sais, lança quelqu'un, coupant le moulin à paroles, es-tu déjà monté sur une scène ne serait-ce que pour la traverser, tu crois que c'est toi avec tes analyses à la con qui décides dans quel sens doit tourner le monde, quoi qu'on dise, moi je trouve untel par exemple talentueux (Orcel disait ne plus se souvenir du nom de l'artiste en question), il me fait beaucoup rire, voilà, et c'est déjà ça, ton problème est ailleurs à mon avis, tu résonnes comme un vieux jaloux, aigri, arrogant, et en plus tu te prends pour un intellectuel, l'Homme-en-Colère n'eut qu'une moue pour exprimer ce qui devait être pourtant une grande déception, écoutez-moi bien, s'écria le harangueur, qu'est-ce qu'on peut bien faire comprendre à ce Noir qui rit aux vannes d'un imbécile qui l'insulte, le traîne dans la boue, en le présentant comme un singe ignorant et grossier, devant des millions de téléspectateurs, les bras levés, les jambes arquées, se balançant, piaillant, soufflant : *oui, souiii afouicain, ah bah wouiii* (j'avais deviné maintenant de qui il s'agissait), il y a la mort à laquelle on est destiné, et celle qu'on se donne soi-même, Coluche, répondit une autre voix, il était excellent, il a marqué du monde, oui, approuva l'Homme-en-Colère, mais, à moins que tu sois bouché, je parlais de ces frangins, ces fils damnés de la terre, qui baissent leur froc sur scène, jouent le jeu, se prostituent, souvent par effet de mode, c'était clair pour lui, si les deux humoristes étaient blancs et français, sur le plan idéologique il n'y avait pas de comparaison possible entre les deux, le jour et la nuit, Coluche était un enfant meurtri, un homme courageux avec le corps et l'âme trempés dans ce que la vie offre de plus vrai, rageant et énigmatique, dans la vérité du réel, tu ne trouveras personne, mon ami, pour contredire ça, mais toi, avec ta tronche de singe, aussi talentueux, aussi virtuose, que tu puisses être, ou n'importe lequel d'entre vous, va faire la blague de la candidature à l'élection présidentielle et tu verras, elle ne durera qu'une minute, et on en rira à peine, sans les dents, sans comprendre comment une telle chose peut germer dans ton esprit de Nègre, même pour plaisanter, à la place des seize pour cent d'intentions de vote accordés à l'humoriste français, te pleuvront dessus de jolies intentions de crachat et d'expulsion, des menaces de mort, pourquoi, parce que la France est un pays pour lequel tu n'as pas la bonne peau, pour reprendre les mots du rappeur, dont nous les rejetons de l'immigration portons la langue, la culture, l'histoire, le passeport, le drapeau comme un déguisement, une faute… et pendant que vous riez, ou faites rire de tout, ça balance des bananes à une garde des Sceaux en la traitant de guenon, en lui demandant de rentrer chez elle dans sa cage à moustiques d'outre-mer, non, je n'adhère pas à leur cirque, à leur clownerie, l'expérience de la lutte est mon guide, ce qui fonde un être, et rien ne pourra changer cet état de fait, parce qu'il y a là la plus fidèle, la plus salvatrice des vérités, de même que nous les pauvres, les affamés, les migrants, nous sommes la preuve vivante et incontestable qu'ils nous extorquent de notre souffle même, qu'ils détiennent le ciel et la terre au détriment de notre sang, et qu'ils nous méprisent, nous chient sur la gueule, tout en continuant à nous saigner à blanc, Bordeaux et Nantes et Liverpool et New York et San Francisco… construire une maison pour se coucher dehors, dans la nuit froide, et mourir…

cette tirade radicale et désespérée de l'Homme-en-Colère ne manqua pas de heurter les trois frères qui l'avaient écouté jusqu'au bout, ils n'avaient pas tout compris, au départ il s'agissait d'une simple histoire de recherche de boulot à Paris qui n'avait pas abouti, ensuite ça a dérapé, mais des humoristes d'aujourd'hui y en a-t-il au moins un qui te touche, te parle, lui demanda N'Faly, oui, Raymond Devos, par exemple, pour son incroyable inventivité et son énergie, et bien sûr Fellag, Fe quoi, Mohamed Saïg Fellag, c'est le seul qui a su trouver les bonnes images, les mots justes pour me replonger dans mon enfance à Alger, dans les déchirements d'une société complètement livrée à ses désarrois et à ses démons… une voix incontestable… apparemment, l'Homme-en-Colère, il n'était pas du genre à prendre la parole pour la garder aussi longtemps, même si c'était nécessaire, on attendait à ce qu'il le fasse pour l'amour de Dieu, ou alors il le faisait rarement, juste pour des choses pratiques, par exemple tu as reçu ton chèque énergie, moi non, je peux te prendre une clope, tu connais un bon plombier, mais depuis quelque temps il était dans un état on va dire inquiétant, il buvait plus que d'habitude, parlait tout seul en marchant sans but, perdu dans ses loques, parfois on ne le voyait pas pendant des jours, des semaines, parfois des mois, et quand il réapparaissait c'était pour poursuivre son errance, les mains derrière le dos comme courbé sous le poids du temps, il m'avait l'air lucide, soutenait Orcel, enfin à peu près… on racontait qu'à une certaine époque l'homme avait eu l'idée de créer une association pour offrir aux enfants la chance de participer à des jeux sportifs, à des ateliers artistiques, de pouvoir partir en vacances, visiter d'autres villes, voir autre chose que la cité, apprendre le français aux nouveaux arrivants et les aider dans leurs démarches administratives pour leur régularisation, etc., mais ce projet n'a pas vu le jour par manque de moyens adéquats, à la mairie par exemple on lui a dit qu'il y avait des urgences plus importantes… bref, après un court silence, d'un ton calme cette fois, mélancolique, comme pour recentrer l'attention générale sur lui, l'Homme-en-Colère expliqua je suis arrivé à Paris en novembre 1972, dans un contexte très particulier, je n'avais pas de papiers ni rien, j'avais peur, on m'a dit fais profil bas, te montre pas, ou bien dans des habits respectables si tu n'as pas le choix, donc j'étais tout le temps sapé comme un clown, costume, cravate, chaussures bien cirées, une sacoche vide à la main, tout ça acheté au marché aux puces avec les derniers sous qui me restaient de ma longue et périlleuse traversée d'Algérie jusqu'à Paris, pour pas que les policiers me prennent pour un vulgaire Africain, je suis arrivé (comment l'oublier) une semaine avant qu'un certain Saïd Bouziri soit expulsé du pays des droits de l'homme à cause de ses activités militantes, après s'être engagé avec sa femme enceinte dans une grève de la faim, une grande manifestation – ils devaient être près de deux mille personnes – a pu permettre au militant de rester en France et de continuer à défendre les immigrés jusqu'à sa mort… je venais d'arriver, je ne connaissais pas grand monde, j'étais perdu, grâce à un marchand de sommeil qui voyait à quel point je galérais, je dormais plus ou moins seize heures par semaine, à raison de quatre nuits de quatre heures, sur un matelas dans la cage d'escalier d'un immeuble dans le quartier de la Goutte-d'Or, c'est tout ce que je peux faire pour toi, me disait-il en me tapotant l'épaule, où que tu sois aujourd'hui mon gars, merci… on parlait de la manif comme d'un événement majeur, il est temps que l'immigration, honteusement reléguée au rang de fait divers, devienne objet du débat politique, clamaient certains, les travailleurs immigrés sont une force avec laquelle il faut désormais compter, martelaient d'autres

si j'avais à peine conscience que j'assistais à un grand moment de l'histoire de France et des travailleurs français immigrés, continua l'Homme-en-Colère, je savais que ce pays voulait expulser injustement des frères, et de ce fait je n'étais pas à l'abri, demain ce sera mon tour, foutez le camp, vous n'avez rien à faire ici, ma présence entière et résolue à cette manif m'avait permis de me conforter dans l'idée que la lutte c'est tout ce qui reste au prolétaire dans un système qui le courbe, l'écrase comme le vent que nous ne voyons pas, tandis que j'avançais en brandissant mon poing au milieu de cette foule avec laquelle je faisais corps, en criant de toutes mes forces, NON AU RACISME, NON À L'EXCLUSION, en pleurant pour le frère Saïd et sa femme, pour tous les condamnés, en pleurant pour moi aussi, pour les miens laissés en Algérie, soudain une main encourageante, consolante, me secoua les épaules, je sens ta souffrance mais tu n'es pas seul, on est ensemble, on va les avoir ces enfoirés, il faut qu'ils acceptent la vérité, en entendant ces mots je levai la tête vers la voix qui les avait prononcés, tout de noir vêtu, crâne rasé, lunettes claires derrière lesquelles me fixaient des yeux remplis d'une infinie douceur, un mégaphone à la main dans lequel il n'allait pas arrêter de crier NOUS SOMMES LÀ POUR L'AVENIR, SAUVONS-LE, DES PAPIERS POUR TOUS, l'homme dit qu'il s'appelait Michel, Michel Foucault, il attira doucement vers nous un autre homme en lui passant le bras au cou, lui c'est Jean-Paul Sartre, j'ai répondu moi c'est Amir, enchanté Amir, dit Michel, le Jean-Paul Sartre en question me regardait à peine, il avait l'air ailleurs, on aurait dit que ses yeux, démesurément grands et profonds, cherchaient à tout éblouir, ou étaient constamment éblouis par la bêtise humaine, j'en avais rarement vu d'aussi suggestifs, vivants… quelques semaines plus tard, il m'avait semblé important de faire la connaissance du fameux Saïd à cause de qui je m'étais fait tabasser par les CRS, plus deux nuits en garde à vue… pour le retrouver ce n'était pas compliqué, continua l'Homme-en-Colère, je savais qu'il habitait dans le quartier de la Goutte-d'Or, un matin, à la station Château-Rouge, il y avait un homme en train de distribuer des tracts aux passants tout en les invitant à s'indigner, à se battre pour leurs droits et l'avenir de leurs enfants, c'était lui, il m'a accueilli comme un frère, comme si on se connaissait depuis toujours, invité chez lui où j'ai vécu pendant un an, Faouzia, sa femme, n'y voyait aucun inconvénient, au contraire, elle me traitait elle aussi comme un membre de la famille…

j'ai assisté à la naissance de leur enfant, accompagné Saïd plusieurs fois à la porte des usines dans le but d'approcher des ouvriers méfiants, insultants parfois, et de les conscientiser sur leurs droits et le pouvoir qu'ils ont d'améliorer leurs conditions de vie par la lutte, etc., pendant ces moments privilégiés (je m'en rends compte encore aujourd'hui) passés ensemble, Saïd en profitait pour me raconter sa vie, son parcours, il est arrivé en France, à la veille de mai 1968, pour des études, d'abord à Lyon, puis Paris où il a exercé le métier de comptable, il a participé à la création du comité Palestine devenu plus tard, peu après notre rencontre, le Mouvement des travailleurs arabes, il a aussi créé le comité de défense de la vie et des droits des travailleurs immigrés, et que sais-je encore, au cours de ces années fortement marquées par le racisme, la xénophobie, le rejet systématique du corps noir, arabe, Saïd fut jusqu'au bout une conscience lumineuse et fraternelle, je l'appelais mon Saïd, car il était le Saïd de chaque vie piétinée, meurtrie, un homme entier, un humaniste convaincu, qui était partout où il fallait défendre la cause des plus faibles, des laissés-pour-compte, ça n'a jamais été une partie de plaisir pour les étrangers dans ce pays, me disait-il en plongeant ses yeux dans les miens, afin que je ne l'oublie jamais, les gens comme nous doivent rester debout, se battre jusqu'au bout, jusqu'à ce qu'ils flanchent et nous laissent respirer, exister, nous émanciper, et apporter notre contribution à l'œuvre sociale et politique, si tu ne fais rien il ne se passera rien, personne ne lèvera le petit doigt pour toi, l'État est et doit rester un élément de la constitution des hommes et des femmes… Faouzia et lui passaient parfois des heures dans le petit salon à discuter passionnément en buvant elle du thé, lui des Celtia, en faisant passer le bébé de l'un à l'autre, des moments très riches témoignant d'une volonté, d'une colère commune, d'une complicité rarement vue… l'idée de créer une radio, un journal, de collecter des archives (on leur doit la première exposition sur l'histoire de l'immigration en France) était de Faouzia, nos luttes doivent être entendues, lues, martelait-elle, nos efforts ne doivent pas disparaître… tu ne la mérites pas cette femme, ai-je dit une fois à Saïd pour l'embêter, tu as tout compris, frère, répondit-il avec ce petit rire contagieux qu'on lui connaissait, discret mais franc…

en juin 2009, quand il est décédé, ça faisait quelques années qu'on s'était perdus de vue, je dérivais d'un refuge, d'un coin à un autre, constamment écrasé par ces questions nécessaires, vitales, auxquelles j'étais incapable de répondre, des vides incomblables qui se creusaient de plus en plus, bref, il m'était devenu impossible de vivre à Paris, de vivre tout court, quand le marchand de sommeil – que Dieu, dans son infinie bonté, accorde à cet homme, la longévité, une santé de fer et une joie sans pareille – m'a proposé un appart ici, à Clichy-Sous-Bois, une merveille de trente mètres carrés, pour presque rien, et dont je pouvais régler le loyer à mon rythme, j'étais l'homme le plus heureux de la planète Terre… voilà, depuis lors je suis là…

nous avons tous compris le message de solidarité, se rappelait Orcel avec un léger tremblement dans la voix, mais l'histoire de l'Homme-en-Colère avait particulièrement touché N'Faly, au point qu'ils étaient devenus tous les deux comme cul et chemise, presque inséparables, *et si on essayait de remettre sur pied cette association, et si on continuait l'œuvre de Saïd, et si, et si…*

… une commune confinée dans la crasse et l'abandon, dit-il Orcel, revenant au récit de son arrivée à la cité (j'aurais voulu qu'il continuât de me parler d'Amir et de sa colère, de tous les autres, mais ça l'aurait un peu écarté du véritable sujet : lui-même, sa vie), sans détacher ses yeux du ciel, tout y était encore, cru, exaspérant, la femme blanche et privilégiée que j'étais quand même (le mot privilège ici, pour moi, va au-delà de la question de droits qui vont dans un sens et non dans l'autre, il correspond à une vision établissant une hiérarchie entre les êtres humains, dont les racines remontent à un passé esclavagiste, inhumain) avait du mal à imaginer que le monde qu'Orcel me décrivait était là, à quelques stations de RER de mon canapé sur lequel on venait de faire l'amour, les squares n'étaient pas des squares, se répéta-t-il, mais des points de vente de drogue, propices la nuit au viol, à tous les sales coups, l'école n'était rien qu'un lieu hostile, un quotidien ponctué par des perquisitions, coups de filet, deals, cannabis, délinquance, armes, islamisme, la cité était réduite à ça… les trois traîne-misère revenaient à ces rêves d'enfance, étouffés comme des révoltes ou troubles à l'ordre public, morfondus, pliés, impuissants, ils regardaient le temps passer, raser les murs, s'encroûter, renaître, se remettre à mourir de la manière la plus spectaculaire qui soit, puis se réveiller au milieu du désespoir qui était partout, bien sûr que la puanteur de notre mort lente, renouvelée arrivait jusqu'à Paris, passait d'une bouche à l'autre, et pas à moitié, dans toute sa splendeur, ainsi que celle des autres zones de non-droit, la puanteur valsait sur le parvis de l'Élysée, tournoyait dans les couloirs et les bureaux, dans les tiroirs et les dossiers, participait à toutes les réunions, aux dîners privés, prenait la parole à l'Assemblée nationale dans un français impeccable, les velus des Lumières c'était rien à côté, elle était l'ingrédient secret et indispensable dans toutes les soupes de la République qui s'aveuglait volontairement sur notre sort, n'en voulait pas, on n'aurait pas dû être là, confessait presque Orcel, c'était une erreur de calcul, la République, la Majestueuse, le chantre des droits de l'homme et du citoyen, si Elle pouvait nous faire disparaître en un tour de main, Elle le ferait irrémédiablement, en attendant, Elle tentait par tous les moyens de nous couper de l'avenir, même des retombées, répétaient-ils, enorgueillis, les impacts de leurs chimères à gros budget, leurs mesures fumeuses et inadaptées à ces zones urbaines sensibles, ou quartiers-fosses-communes, tendaient vers cela, vers notre disparition, c'était de notre faute, c'est toujours de la faute des plus démunis, des écrasés, oui, pour eux ce serait tellement plus simple si on pouvait disparaître tous ensemble, d'une traite, vers la profondeur d'un passé (inhumain) dont les traumatismes, les blessures, ne sont pas près de s'estomper… *va te faire foutre Paris*, Orcel ne se rappelait pas combien de fois lui et les autres chiens de cette cité avaient aboyé cette phrase en brandissant un doigt d'honneur en direction des caméras de la bonne presse, en direction des keufs, en direction de cette tour Eiffel crochue qu'ils avaient dessinée sur le mur d'un immeuble et sur laquelle ils crachaient en l'insultant chaque fois qu'ils passaient devant

ceux qui s'aventuraient en dehors de la cité, histoire de voir au moins à quoi ressemblait Paris, le beau monde, la vraie vie, on leur disait, rentrez dans vos quartiers, on ne veut pas de vous ici, pas de racaille… Orcel avait compris, trois options s'offraient à eux, soit ils retournaient dans leur brousse lointaine, dans leur enfer, pour crever, soit ils se mouillaient dans l'illicite, dans ces choses noires pour lesquelles il n'y a pas de pardon mais qui font rentrer de l'oseille, soit ils continuaient à attendre, sauf qu'à Clichy-sous-Bois on attend qu'il se passe quelque chose, il ne se passe jamais rien, faut qu'on bouge d'ici, proposa Seydou, allongé dans le canapé-lit, rêveur, on va à Paris, là où ça tourne, avec des vraies rues, des vraies gens, des vrais cafés, des vrais restos, des vrais bus, des kiosques, des théâtres, des vrais centres commerciaux, des monuments, des ponts, des musées, des vrais parcs, des vraies lumières, des opportunités, des vraies filles, sauf qu'on n'y est pas invités, rétorqua N'Faly, incrédule, ils ne veulent pas des gens comme nous, pour se barrer de ce putain de merdier il faut une invitation, s'écria Seydou, écrivons une lettre au président de la République tant qu'on y est, pour lui demander de s'occuper de notre cas, je nous souhaite déjà bonne chance, parce qu'on va poireauter longtemps, mais très longtemps, jusqu'à ce que le rêve soit mort ou devienne un fantasme irréalisable, j'imagine qu'il y en a pour qui ça finit par marcher, mais qui sont incapables d'en profiter, brisés par le ressentiment et la vieillesse d'esprit, calmez-vous, frangins, leur dit Orcel, il n'y a pas de tunnel infini, on va y arriver, oui, on va y arriver, il leur raconta cette histoire qui continuait de l'inspirer et à laquelle il revenait toujours quand il sentait qu'il n'était pas loin de baisser les bras, le 2 octobre 1980, Mike Tyson est effondré, son idole Mohamed Ali vient de succomber sur le ring face à son adversaire Larry Holmes, le jeune Tyson a quatorze ans, il a juré de venger le maître, il va travailler très dur pour ça, six ans plus tard, il a mis Larry Holmes K.-O., il devient l'un des plus grands boxeurs que ce monde ait jamais connu, une rare démonstration de persévérance, d'amour et de respect… si tu veux voir un minable danser donne-lui quelque chose auquel il ne s'attend pas, offre-lui son rêve, mais nous on n'a pas le droit d'être ce minable-là, on va se battre pour s'en sortir, sans rien devoir à personne…

après maintes gymnastiques administratives improbables à l'OFII (Office français de l'immigration et de l'intégration), à la SPADA (Structure du premier accueil du demandeur d'asile), au GUDA (Guichet unique pour demandeurs d'asile), les trois frères se présentèrent à nouveau à la préfecture, la *connasse* qui les avait mal informés la première fois releva leurs empreintes digitales avant de procéder à un entretien individuel visant à retracer leur parcours depuis leur pays d'origine, puis à l'OFPRA où ils ne furent pas pris au sérieux par l'officier de protection (un jeune Blanc qui ne savait rien du Mali), apparemment, il n'y avait pas de cohérence entre ce qu'ils racontaient et ce qui était écrit dans leur dossier, il y avait des vides partout, inévitablement creusés par ces formalités impossibles à remplir, soumettre des documents qu'on ne peut obtenir sans avoir rempli préalablement les conditions faisant l'objet de ta demande, ou pour des démarches n'ayant rien à voir l'une avec l'autre il faut apporter les mêmes documents, le numéro d'une maison effacée, ou il aurait fallu que ton grand-père ou ta grand-mère eût prévu d'offrir la possibilité d'être français à leurs petits-enfants si un jour ces derniers se résolvent à naître, pour avoir des papiers il faut avoir un contrat de travail, sans papiers vous ne pouvez pas avoir un contrat de travail, et tous ces calculs, ces cauchemars, l'administration française est un véritable trou noir, soutint Orcel, on dirait qu'elle ne cesse pas de transgresser, d'ignorer les spécificités, les fonctions qu'elle s'impose, qui sont censées la caractériser, et pour la continuité desquelles elle existe, mais, à la vérité, elle est loin d'être crédule et inefficace, l'intentionnalité policière, expansionniste orientant ses moindres intrigues devrait pouvoir expliquer ce qu'elle n'inflige souvent qu'aux étrangers, c'est-à-dire qu'à des gens comme moi…

les trois frères sortirent de l'OFPRA avec la boule au ventre, et surtout l'envie de tout plaquer pour s'en remettre à Allah, on leur avait demandé de revenir encore, mais ils ne savaient pas à quoi s'en tenir, ils étaient surtout très fatigués et désolés, la tante éloignée avait claqué la moitié de son salaire pour acheter un *récit de vie rédigé en français*, texte manuscrit qu'on retrouvait dans deux dossiers de demandeurs d'asile sur trois, la même histoire, la même écriture, les mêmes fautes grammaticales, pour se procurer ce récit, que les trois frères devraient connaître par cœur avant le prochain rendez-vous, la tante n'avait même pas pris le tramway, elle n'avait même pas quitté son palier, les écrivains publics, autrement appelés dealers de récits de vie, qui portaient l'espoir des vraies victimes comme celui des bourreaux anonymes à l'attention de l'administration française, n'étaient pas des inconnus mais des gars de la cité qui du jour au lendemain s'étaient fait un nom dans le métier, on les entendait à longueur de journée vanter leur compréhension absolue et affinée de la convention de Genève, leur talent d'écrivains, de raconteurs d'histoires bien rodées, destinées à mettre K.-O. les détecteurs de mensonges de l'OFPRA, ils fournissaient aussi, à la demande, de faux contrats de travail, des fausses identités, des fausses factures d'électricité et de téléphone, etc., d'autres réseaux naissaient et s'élargissaient de plus en plus, jusqu'au déclenchement d'une véritable guerre entre ces pourvoyeurs de bons mots pour survivre ou dominer le marché plus qu'intéressant que constituaient désormais les demandeurs d'asile... les trois frères ne comprenaient pas pourquoi la tante éloignée avait eu besoin de recourir à ce stratagème, puisque leur histoire était vraie, et qu'ils pouvaient la raconter sans problème, sans buter sur un mot, sans l'aide de l'interprète ISM qui ce jour-là n'était pas d'humeur à interpréter, ils avaient insisté, on est en France monsieur (cette phrase, que sept d'entre eux sur dix avaient déjà entendue, et que Orcel considérait comme faisant partie de ce qu'il appelait les réflexes français, claquait tel un coup de fouet), avait hurlé une voix autoritaire et agacée depuis une salle secrète depuis laquelle elle étudiait sur des écrans reliés à des caméras de surveillance les moindres faits et gestes de chacun, pour leur rappeler qu'on n'était pas dans leur brousse africaine et qu'ici, en France, on faisait les choses selon la loi et consciencieusement... ils avaient fui une guerre dont ils ne savaient rien et qui n'était pas près de se terminer, n'était-ce pas un argument assez convaincant pour obtenir le soutien de ce pays...

quelqu'un de la cité voulut filer un coup de main en les mettant en contact avec quelqu'un qui les mettrait en contact avec quelqu'un qui connaissait le gérant d'un atelier de fabrication de faux documents, ça irait plus vite, affirma le premier quelqu'un, et puis ça n'a pas l'air faux du tout, on n'y voit que du feu, sur la tête de ma mère, je connais plein de gens qui trouvent du travail avec ça, c'était tentant, mais la tante éloignée trouvait ce raccourci un peu trop risqué, elle avait utilisé le mot suicidaire, les conséquences, dans le cas d'un contrôle de police, pourraient être absolument dramatiques, il serait plus intelligent de se démerder par tous les moyens pour avoir les papiers fournis par la République…

Rage racaille

j'ai vu les horreurs de la guerre mais le jour où j'ai perdu mon frère était le jour le plus noir de ma vie, continua Orcel, tandis que je lui caressais le cou et le torse nu, son corps était traversé par de légers soubresauts, son cœur battait très fort, j'ai dit passons à autre chose tu veux, c'est peut-être pas une bonne idée de te replonger dans tout ça, il m'écoutait à peine, ses yeux étaient ailleurs, ses mots des poignards s'affolant dans mes entrailles… Seydou est mort, percuté par un camion-poubelle, en tentant d'échapper à un contrôle de police, un an après avoir reçu leur titre de séjour de dix ans – grâce aux efforts surhumains de la tante éloignée – lorsque c'est arrivé, Orcel m'expliqua que Seydou avait sans doute fui parce qu'il avait peur de subir ce qu'on fait subir aux gens comme lui, avoir, par exemple, une matraque enfoncée dans les fesses, ou se faire bastonner, cracher dessus, *sale racaille*, Seydou lui avait parlé de cette peur et il disait qu'il préférerait y laisser sa peau que de se laisser humilier de la sorte, mais, comme un soldat mort à la guerre, la sienne, aussi tonitruante et formelle fût-elle, n'avait pas suffi à faire cesser cette triste réalité en Seine-Saint-Denis, mais, ailleurs dans d'autres cités, la vie de Seydou interrompue par ce camion-poubelle en fut un symbole, un des plus marquants, pendant plusieurs jours, la colère des chiens s'était abattue sur la ville, renforcée par le sentiment d'être de trop qui les démangeaient déjà depuis si longtemps, ils ont barricadé, cassé, brûlé, ils l'ont fait de toutes leurs forces pour toutes les fois où ils ont été outragés, insultés, foulés aux pieds, des sommets historiques, la mort du *jeune Malien* avait soulevé des cœurs dont on n'avait jamais autant senti les élans auparavant dans les affaires concernant *la racaille*, toute la presse française se masturbait là-dessus, la tragédie du *jeune Malien*, l'histoire des trois frères était connue de tous, ce qui amena l'actualité à s'intéresser à la guerre qui ravageait le Mali (car elle n'avait pas cessé), les tenants et les aboutissants, le rôle de la France... la guerre avait volé la vedette au *jeune Malien*... sur certaines chaînes, au lieu de montrer le visage de la victime, on montrait le camion-poubelle, on avait presque envie de croire que c'était lui le principal meurtrier, le pauvre camion, on montrait aussi une femme à la peau affreusement éclaircie, en larmes, brisée, qui traitait la France de tous les noms, en français et en bambara, c'était la tante éloignée, Seydou, se demanda-t-elle devant les caméras, a-t-il pris la fuite pour échapper à sa peau noire, à sa propre identité, à l'étiquette « mec de cité » qu'on lui collait, ou pour échapper au contrôle de police, qui établit les règles, c'est-à-dire décide de qui on laisse circuler tranquillement ou pas, qui permet tout et détruit tout, le « mec de cité » ou le couillon de policier, allez tous vous faire foutre, puis c'était le tour d'une femme politique, bien connue pour ses idées floues et nauséabondes, qui avait saisi l'occasion pour monter au créneau et demander à tous ces gens de rentrer chez eux en Afrique, vous nous submergez, râla la grosse poupée blonde, on s'occupe de vous en vous donnant du travail, la possibilité de vous construire, ce qui n'aurait pas été possible chez vous, et vous nous traitez, nous les Français, aussi indignement, les associations pour l'égalité et contre le racisme condamnèrent la mort du *jeune Malien* haut et fort en organisant plusieurs marches allant de Nation jusqu'à la place de la République – j'y avais pris part une fois, entraînée par tout cet élan collectif, et si ça se trouve, ce jour-là, je l'avais croisé pour la première fois, Orcel, plusieurs années avant notre rencontre, je me rappelais aussi que ça avait dégénéré entre les CRS et les manifestants, et les black blocs qui revenaient pour *casser du flic, ces fils de pute, ces enculés*… Seydou, comme tant d'autres, cherchait sa route dans cette ville distante, grincheuse, dans un monde où les convictions politiques égalitaires deviennent des moustiques tigres dans la nuit tropicale de la pensée ambiante…

Seydou voulait absolument aller à Paris, disait Orcel, il s'en tenait à l'idée que sa chance l'attendait là-bas, qu'il n'y avait qu'à prendre le tram sans se poser de questions, deux mois avant sa disparition, il avait pris contact avec un certain Cheikh Anta Diouf, jeune rappeur français d'origine sénégalaise qui habitait à Gare du Nord, et très vite ils sont devenus potes, et commencèrent ses va-et-vient à Paris pour voir son ami qui, au fur et à mesure, le présentait à d'autres artistes panafricanistes, tous faisant partie d'un cercle nommé *Les Brûlots noirs*, ils disaient qu'ils se rassemblaient pour appuyer où ça fait mal, lever le voile sur la vérité, la parole rappée doit être une boule de feu, un uppercut dans la gueule de la bien-pensance, à nous de crier, gueuler, nous unir, nous construire, personne d'autre ne viendra le faire à notre place, Cheikh Anta Diouf considérait Seydou comme son petit frère…

Orcel, mon amour

11 novembre 2015, il faisait quinze degrés à Paris, j'avais décidé de déposer un CV à la direction des ressources humaines dans une mairie en Seine-Saint-Denis, dans un premier temps je n'étais pas sûre de vouloir postuler pour ce boulot, dans un domaine étrange en plus (j'en reparlerai peut-être plus en détail), par la suite j'ai réfléchi, et me suis dit pourquoi pas – j'étais sur les rotules, j'avais peur de ne plus pouvoir payer mon loyer et de me retrouver du jour au lendemain à la rue, en guenilles, avec une main tendue dans l'espoir que quelque chose tombe dedans, une pièce, un fruit, un sandwich entamé, n'importe quoi, je pensais à ces nombreuses galères, le froid, la pluie, le vent, la chaleur, le mépris des gens, leur distance, leur petite charité, l'effronterie des enfants, à ces matins où je me demandais si je ne ferais pas mieux de me suicider que de continuer à mourir à petit feu sous les yeux du monde, dépendre totalement des autres (mais en vrai il n'y a que nous, avec nos indomptables

pensées, nos indécrottables misères) c'est être mort, pour tout dire, je savais qu'à un moment donné j'allais devoir faire un choix entre sauver ma peau, ma dignité si vous voulez l'appeler comme ça, ou crever sur le trottoir, alors j'ai appelé l'inconnu, le vieil ami de père, l'homme qui m'avait abordée à la terrasse du bar de la place Gambetta, il avait été gentil de parler de moi à son ami monsieur le maire en dépit de ma maigre formation universitaire

coupez

la réalisatrice militante avale une gorgée de bière, abandonne son verre au sol, répète ce geste plein d'attention et de respect qu'elle ne s'autorise visiblement qu'avec l'inconnu, tandis qu'elle pose sa main sur l'épaule de l'acteur reconnu, elle fixe le sol avec gravité, une théâtralité séraphique, non sans cette profondeur illuminant les traits de son visage, donnant souvent l'impression qu'elle rêve, tes multiples réflexions te mènent à la conclusion qu'il vaudrait mieux ne pas revoir cette fille, lance-t-elle à l'acteur d'une voix convaincue, mais juste répondre à son appel, pour honorer la promesse faite à son père, l'aider si elle en exprime le besoin, alors tu décroches, tu lui parles, mais surtout tu l'écoutes en gardant une attitude neutre, tu lui dis qu'au nom de ce sentiment de gratitude qui t'anime et d'amitié que tu portes à son père, tu feras tout pour l'aider, qu'elle peut compter sur toi, tu lui demandes de t'envoyer son CV par mail et de t'appeler si dans les deux semaines elle ne reçoit pas de convocation pour un entretien d'embauche… *action*

… j'avais mis un terme depuis longtemps à mes performances poétiques, logiquement je n'étais plus ni poète, ni intermittente, je ne cumulais plus d'heures, je continuais à toucher le RSA parce que l'État considérait que j'étais une personne précaire, toujours dans le rouge financièrement, je me nourrissais en faisant les fins de marché, à Télégraphe (les mercredi et samedi), à Pyrénées (les jeudi et dimanche), les marchands, avant de partir et pour ne pas avoir à jeter les produits périssables, les invendus défraîchis mais encore mangeables, les laissaient pour quelques centimes d'euros ou gratuitement, je pouvais remplir mon frigo pour une semaine en glanant comme ça concombres, avocats, oranges, pommes, poires, kiwis, fraises, tomates, ananas, cerises, framboises, melons, bananes, courgettes, nectarines, abricots, pamplemousses, pêches, poires, pommes, raisins, betteraves, aubergines, brocolis, carottes, clémentines, champignons, choux, laitues, épinards, maïs, poivrons, patates, radis, etc., le plus compliqué c'était le loyer, en ce qui concerne les arriérés qui n'ont pas encore été acquittés, Nathan se montrait très compréhensif, il ne me mettait pas la pression, mais je lui avais quand même écrit pour lui expliquer plus en détail ma situation, non sans lui renouveler mes condoléances et lui souhaiter du courage – quelques mois plus tôt, sa grand-mère avait été retrouvée dans son lit tout habillée, la bouche et les yeux fermés, bras contre flancs, couverte d'un drap blanc immaculé, avec Mimi le chat dormant en boule à ses pieds, tous les miroirs étaient couverts, une bougie brûlait sur la commode qui se trouvait près de l'entrée –, Nathan m'avait répondu rapidement, *j'entends, je comprends, rien ne presse, bon courage à toi surtout...*

un 11 novembre 2015 inoubliable, après avoir déposé mon CV, je retrouvai vers Bastille des amis qui m'invitaient à boire un verre, le RER était bondé comme à chaque fois que je le prenais, la voix cafeteuse de la RATP rappelait que des pickpockets pouvaient être présents à bord et sur le quai, nous vous invitons à faire attention à vos affaires personnelles... parallèlement, en filigrane, se lamentait un homme : « mesdames, messieurs, bonjour, pardonnez-moi de vous déranger, je m'appelle Jean-Marc, j'ai cinquante-neuf ans, si je suis parmi vous, c'est parce que j'ai un problème évidemment, au moment où je vous parle, j'ai juste de quoi fumer, je suis à la rue, je n'ai pas de travail, j'ai faim, je n'ai pas mangé depuis deux jours, je vous serais reconnaissant si vous pouviez me faire l'aumône d'une pièce, un petit billet, ou un ticket-restaurant, un truc dans votre sac que vous ne voulez pas manger, donnez-moi ce que vous pouvez, aidez-moi s'il vous plaît, encore pardon, vous êtes tranquillement assis dans votre train, je ne devrais pas être là à vous importuner ainsi, mais croyez-moi, je n'ai pas le choix, je suis désolé, voilà, c'est tout ce que j'avais à vous dire, désolé de vous avoir dérangés, en vous souhaitant une belle journée », un autre, ivre mort, exhibant le devant de son pantalon : « j'ai un gros et long arrosoir pour arroser les belles plantes, je donne des jumeaux aux femmes, tout ce qu'elles veulent, attention hein, je suis à la rue depuis dix ans, s'occuper de moi un peu petit peu, c'est ce qu'y a à faire », puis une femme qui me regardait spécialement de travers en parlant : « bonne nouvelle pour vous mesdames messieurs, aujourd'hui si vous avez un ticket-resto ou quelque chose à manger, je précise, à manger, pas jeter, je suis SDF, je ne suis pas votre poubelle »... elle m'examina des pieds à la tête... « ou un regard humain, sympathique, pas celui que vous me lancez quand je fouille dans les ordures, après vous vous demandez pourquoi des gens comme moi se défoncent, je vous sais hypocrites et très distants à l'égard des pauvres, mais sans vos miettes je ne mange pas, je suis foutue... » puis une autre femme avec deux bébés dans une énorme écharpe de portage, elle ne demandait rien, elle était juste là, les yeux rivés sur ses mômes, elle leur parlait de la mer en pleurant... un jeune homme en slip, la foule lui fit un couloir qu'il traversa lentement, un godet en main qu'il tendait à gauche, puis à droite : « suis à plat mesdames et messieurs, suis à plat, j'ai besoin de ressources, j'ai mal au ventre, j'ai mal partout, suis à plat, suis pas un tueur, juste un homme dans le besoin », un vieil homme noir de l'équipe propreté de la RATP lui tendit une pièce, « merci monsieur de m'avoir vu, suis pas un tueur, juste un homme dans le besoin... » une dame fouillait son sac, le regard plein d'une singulière inquiétude, sa main qui tremblait fit trembler le sac, on avait envie de l'aider à mettre la main sur ce sou enfoui, rien que pour la délivrer de sa compassion, enfin, elle trouva, elle accompagna ce don d'un beau sourire, tandis que les autres passagers continuaient à se naufrager dans leur téléphone ou leur bouquin, s'y perdaient, vers des rives incertaines, ils n'en émergeraient à aucun prix si ce n'est pour s'occuper de la misère du monde... le cœur fermenté, le sang fauve, d'une station à l'autre, Paris exhibait ses clochards, ses nécessiteux, ses catastrophes gravées sur d'innombrables morceaux de carton, j'ai faim, merci, j'ai soif, merci, je suis à la rue, merci... une femme blanche, laide et visiblement dépressive fixait une femme voilée et finit par dire avec une voix pleine d'indignation et de haine, on n'est plus chez nous en France, ils sont partout, ils n'ont pas de visage et ils font peur, s'ouvrirent les portes du métro, la femme voilée descendit, ouais c'est ça, dégage, fit la femme blanche...

soudain, le jeune pauvre en slip prit son ventre dans ses mains et commença à se tordre, son visage se déforma en une horrible grimace, il culbuta et manqua de tomber, un bras dégoûté le poussa violemment, puis un autre putain, accueilli par la barre de maintien, il cria aaaaah, un énorme pet fulgura de son cul, suivi d'un fleuve marron et puant le long de ses jambes, putain il s'est chié dessus, oh là là, les portes du train se refermèrent à l'instant, sur la suffocation générale, c'était la fin du monde, la fin de l'air, la fin de tout, on était tous coincés derrière les barreaux de cette odeur de caca, l'odeur du dénuement absolu, tandis qu'elle gagnait du terrain dans le wagon, aaaah, le jeune homme en slip continuait de se soulager de son mal, je ne pouvais pas m'empêcher de rire en observant la réaction des autres passagers, la main serrée en masque sur mon nez et ma bouche, les portes du train s'ouvrirent enfin, la rame se vida d'une traite, moi y compris… dans le suivant, une femme cette fois, elle était blanche et trop bien habillée pour la circonstance, on aurait dit qu'elle allait au bal, c'est vrai que je n'ai pas l'apparence de quelqu'un à la rue, expliqua-t-elle sur un ton drôlement théâtral, mais hélas, je suis une femme réellement pauvre, ne bénéficiant d'aucune aide, loin de moi l'idée de vous déranger, tout le monde peut se trouver dans ma situation, votre aide me sera précieuse, un homme lui a mis un billet de 5 euros dans la main, alors que j'analysais l'expression avec laquelle elle le remerciait, j'entendis derrière moi, mademoiselle vous avez fait tomber votre…, je me retournai, se tenait devant moi un homme, grand, beau et élégant, avec à la main l'écharpe fine en cachemire que j'avais achetée dans une brocante, rue des Pyrénées, je l'avais accrochée à l'anse de mon sac, tenez, il me la tendit en souriant, sans me quitter des yeux, puis il dit vous ne voulez pas que je vous suive, comme ça vous pourrez faire tomber ce que vous voudrez, je le ramasserai, j'ai souri, j'ai dit pourquoi pas, combien de nanas avez-vous déjà suivies comme ça, je ne sais pas, répondit-il, en tout cas, vous êtes la première à accepter, je peux dire que c'est mon jour de chance, ah bon, fis-je, en secouant la tête, confuse, vous pensez ça vraiment, oui, et puis vous êtes très belle, dit-il, toujours en souriant, merci, mais vous croyez qu'on puisse s'intéresser à quelqu'un juste pour sa beauté (je ne sais pas pourquoi j'avais dit ça, c'était nul), avouez que vous avez dit ça pour me faire tourner la tête, vous m'avez percé à jour, répondit-il, il serait temps de réviser ma bonne vieille technique de drague… on est allés au Coin Interdit, ce bar au plafond bas où le barman est bourré avant même de commencer le service, le verre de mojito on aurait dit une petite tour Montparnasse, vous en buvez deux et ça y est, c'est fini, je présentai l'inconnu à mes amis qui n'en étaient pas depuis longtemps, je vous présente… c'est quoi déjà votre nom, Orcel jusqu'à preuve du contraire, eh bien les amis, je vous présente Orcel, nous nous sommes rencontrés dans le RER il y a dix minutes, je peux déjà vous dire qu'il a un talent très particulier, il ramasse avec brio tout ce que fait tomber une femme, regardez, comme une mauvaise actrice dans une comédie américaine des années 1930 je fis tomber exprès mon écharpe, il l'attrapa immédiatement, avant qu'elle ne touche le sol, et la présenta à tout le monde comme un trophée, mesdames messieurs, Orcel pour vous servir, on éclata tous de rire, et ça continua à boire, parler de tout et de rien, jusqu'à minuit, on alla danser au *Bailamos*, puis je l'invitai à boire un dernier verre chez moi…

12 novembre 2015, on passa la journée ensemble, jamais je ne m'étais sentie aussi vivante, aimée, il était entièrement là, comme s'il avait toujours vécu dans cet appartement avec moi, personne d'autre ne l'attendait ailleurs, je lui demandai ce qu'il faisait dans la vie, il répondit comme dans un film qu'il rattrapait le temps perdu en faisant ma connaissance, il y mit du style afin que je comprenne bien que cette phrase n'était pas de lui, et plus sérieusement il me parla de

sa vie, vous l'aurez compris, c'était un homme sensible, plein d'humour et de bonnes intentions, tous les sujets étaient simples et on riait de bon cœur, j'avais quatre ans lorsque j'ai vu un Blanc pour la première fois, m'expliqua-t-il, tu ne peux pas imaginer ce que c'est pour un enfant dont les yeux s'étaient habitués à ne voir que des gens noirs, j'ai dit maman regarde cet homme n'a pas de peau, j'ai pris la fuite et je suis allé me cacher derrière un buisson, terrifié, puis d'autres Blancs sont arrivés, et sont devenus de plus en plus intrusifs, je les appelais les *Sans-peaux*, ils se sont mis à dicter, imposer, officialiser partout leurs façons de faire, vivre, penser, agir, aimer, mourir, certains les écoutaient et mettaient en pratique leurs *Lumières*, d'autres s'en battaient les couilles, et ça pouvait aller jusqu'à un génocide quand ceux qui observaient, prônaient les valeurs des *Sans-peaux*, s'en prenaient à ceux qui y voyaient une infantilisation élaborée des cultures locales… après un court silence pendant lequel le ciel se recroquevilla dans ses deux yeux, il continua, si ça se trouve, tes ancêtres ont vu les miens pour la première fois au zoo humain du Jardin d'Acclimatation ha ha ha, d'un côté les venus d'ailleurs, les êtres hors norme, les sauvages, de l'autre les authentiques civilisés, c'est fou hein quand on y pense… je lui avouai que ma réaction, toutes proportions gardées, était quelque peu étonnante aussi, la première fois que j'avais vu un Noir dans mon village, j'avais cinq ans, l'enfant noir en question aussi, j'étais choquée, je pensais qu'il était sale, je lui frottai la peau pour vérifier ha ha ha, puis me retournai vers mère et lui demandai si je pouvais inviter le petit étranger à prendre un bain chez nous, tais-toi, chuchota-t-elle, gênée, en souriant maladroitement à la mère de l'enfant qui était une Blanche, cette femme avait fini par quitter le village parce que tout le monde se mettait à lui sourire comme mère, en regardant son enfant avec des yeux confus, interrogatifs... je lui parlai de ma cousine emportée par l'anorexie, de l'Enfant-Cheval..., Orcel m'apprit à dire je t'aime en bambara, *n'bi fé*, moi aussi je t'aime, *n yere bi fé*, ou encore, *djin ye djigui ka yele ye*, la vie est un escalier, ou encore, *an ne na ye ni kabakolo djera*, on aura vu des choses sous le ciel bleu... il me parlait naturellement du Mali – je ne m'attendais pas inévitablement à ce qu'il le fasse, je n'osais pas non plus le lui demander, par crainte d'être maladroite, en m'immisçant dans des zones émotionnelles vulnérables, avec des mots qui récusent toute limite, qui remuent le couteau dans la plaie, je me souviens encore de ce moment à la fac où, devant toute une classe, le prof, un Occidental borné dans tous les sens du mot, s'adresse à un étudiant haïtien : *c'est comment là-bas, y a-t-il des vraies rues, des bibliothèques, est-ce que les gens lisent, ils mangent quoi, ta famille y vit encore, tu y retournes de temps en temps, c'est la merde apparemment, le désespoir absolu, l'enfer, beaucoup de morts, l'absence de l'État, on a vu à la télé, quel gâchis, en Afrique aussi ça atteint des proportions cauchemardesques, comment vous faites, vos pays sont définitivement maudits, rhaan* –, il parlait de son pays, Orcel, avec des mots et des images inconnus d'ici, des extrémistes de l'imposture et de la facilité, comme ce prof, pour qui, quoi que l'autre puisse être, faire, cela n'a aucune chance d'avoir le moindre effet sur leur perception, la certitude de leur supériorité, on les a vus maintes fois s'embourber dans des actions fumeuses, sans lendemain, dans le seul but d'adoucir l'oreiller de leur bonne conscience… des mots et des images qui n'appartiennent qu'à ceux qui les portent et les transmettent à ceux qu'ils aiment et qui les aiment, dont il faut préserver la valeur, l'intégrité… des mots et des images qui ont accompagné Orcel pendant toute la traversée, surtout dans les pires moments…

je lui parlai de mes géniteurs, de grand-mère, de Toi… le soir on est allés dans un bar qu'il aimait bien, rue du Faubourg-Saint-Denis, le genre de truc qui fait PMU (pari mutuel urbain) de tôt le matin jusqu'à dix-sept heures avec des Maghrébins, des Chinois qui boivent du café ou des bières et parlent fort, et qui change complètement d'ambiance à partir de 17 h 15, avec un vrai serveur, des néons rouges, et une atmosphère électrique, le client était autorisé à mettre sa musique, était prévu à cet effet un ordinateur branché à Internet sur un tabouret derrière le comptoir, après mes chansons trop mélancoliques, trop froides pour remuer une brindille, quelqu'un a tenté *Marcia Baïla*, ça n'a pas déplu du tout, *mais c'est la mort qui t'a assassinée Marcia, c'est la mort, tu t'es consumée Marcia*, les tubes afrobeat d'Orcel secouaient la salle qui se laissait naturellement porter par cette musique répétitive et enivrante, dans un mouvement de balancement maîtrisé, le dos légèrement courbé, les jambes pliées, Orcel remua le bassin en rejetant la tête à gauche à droite, à droite à gauche, de façon rythmée, tout en pivotant sur lui-même, se pencha en avant puis en arrière en agitant les épaules, sauta avec un splendide jeu de jambes qui le fit tourner sur lui-même presque sans effort en retombant, rejeta une épaule en arrière, on aurait dit que quelqu'un avait tiré cette épaule de toutes ses forces sans succès, il recommença ce mouvement plusieurs fois, avant d'enchaîner toute une série de figures avec ses bras qui lui donnèrent un air de possédé, je n'avais jamais vu quelqu'un danser comme ça auparavant, et ça avait encore plu lorsque s'éleva la voix chaude et grésillante de ce chanteur dont le nom m'échappe, un truc pas loin du nom de la pâte à tartiner, Nuttea, voilà :

...
la journée s'annonce claire et limpide
mais, dans ma tête, je dois faire le vide
le temps s'est arrêté, ici, depuis que tu n'es plus là

et puis ce magnifique morceau d'Aretha Franklin que j'écoutai en boucle les jours suivants :

...
people walk around everyday
playin' games and takin' scores
tryin' to make other people lose their mind
well, be careful you don't lose yours

imaginez une salle pleine chantant à l'unisson au beau milieu du firmament, j'appartenais complètement à la vague, je voguais, affranchie de mes effacements, de mes complexes de petite-bourgeoise, jamais je n'avais été aussi près de mon corps, aussi près de la vie…

…

oh freedom
oh freedom
hey! think about it
you! think about it

Orcel me regarda en m'adressant derechef ce sourire plein d'une bonté inconnue, je lui souris aussi, puis il y eut ce moment d'une rare tendresse où il prit mon visage entre ses deux mains et me dit en plongeant ses yeux dans les miens, tu es la beauté même, avant de me serrer contre lui pour me rassurer, m'empêcher de dériver, tandis que nos hanches prenaient le large, refluaient, s'abandonnaient à la profondeur de l'instant, à la fois à ces parages intimes, inattendus, mer houleuse, nous ondulions, nos lèvres unies, chaudes, fougueuses, chaque nouveau morceau plongeait les corps et le temps dans un nouveau et délicieux chaos, arrête ça tout de suite, hurla mère la première fois qu'elle m'avait surprise en train de danser librement, Orcel me serra encore plus fort contre lui, et je pouvais sentir son désir se durcir de plus en plus, je brûlais debout, tu te crois où là, pauvre mère, si elle savait à quel point la danse fait du bien, nos corps avaient quitté la musique et la salle depuis longtemps pour entrer dans un nouvel espace-temps où des mondes lumineux se formaient, se décomposaient au rythme de notre souffle, de notre transe, on ne saura jamais le nom de ce lieu né de l'alchimie entre deux êtres, ça devenait intenable, Orcel m'entraîna dans les toilettes, passa ma petite culotte sur le côté et me traversa de toute sa flamme... le bar se vida autour de une heure du matin, tu crois qu'ils ferment parce qu'on a tout bu, rigola-t-il, peut-être, dis-je, devine ce dont j'ai envie, quoi, du café-thé-whisky, mais qui ose boire une telle chose, moi, c'est la boisson qu'on buvait quand j'étais étudiante, oh non, fit-il en laissant tomber sa tête sur mon épaule qu'il embrassa plusieurs fois, le serveur nous offrit des shots, et nous dit ensuite, à Orcel et moi, qu'on formait un beau couple, le métissage c'est l'avenir, n'importe quoi, pensai-je d'emblée, nous sommes deux personnes qui s'aiment, c'est tout, pas un projet vers une nouvelle race déterminée, un croisement entre deux rives, entre la lumière et l'obscurité, entre ici et là-bas, ou c'est exactement ça, et nous sommes tous des métis, ce shot est vraiment bon, me tira Orcel de mes élucubrations, tu sais, ton histoire de café-thé-whisky, là, ça ne donne pas envie d'aller à la fac ha ha ha, on est rentrés vers deux heures et demie du matin...

13 novembre 2015, une journée à marquer d'une pierre noire, dans la presse locale et internationale, selon une enquête de victimation, plus de deux millions de Français déclarent avoir été victimes de violences physiques ou sexuelles durant l'année précédente... dirigeants européens et africains se réunissent à Malte lors d'un sommet extraordinaire sur la crise migratoire... deux explosions simultanées ont

secoué le sud de Beyrouth, la Croix-Rouge fait état d'un bilan au moins quarante et un morts et près de deux cents blessés… aux États-Unis, des enseignants s'entraînent contre les tueurs armés… un ministre africain répond aux questions du juge d'instruction de son pays concernant l'argent du Trésor public qu'il aurait coupé-décalé vers son look et vers celui de sa quelque centaine de femmes… à midi, Orcel devait aller chercher son frère à la gare de Lyon, c'était prévu, après la mort de Seydou, N'Faly avait déménagé à Marseille où il travaillait comme bousqueur sur divers chantiers, après avoir été dans le ramassage des melons aux alentours de Manosque, il nous raconta que c'était un travail très dur, sept heures d'affilée à transporter des tonneaux remplis, après il n'avait plus de force, même pour soulever une cuillère et la mettre dans sa bouche, il avait une femme et un enfant, ça faisait un peu plus d'un an qu'ils ne s'étaient pas vus Orcel et lui, N'Faly avait fait le voyage exprès pour passer du temps avec son frère et s'expliquer sur tout un tas de choses, et ayant préjugé l'atmosphère lourde de ces émotions que l'on peut ressentir devant les êtres qui nous sont chers quand certaines promesses n'ont pas été tenues, car en évoquant ce frère en début de soirée, les yeux d'Orcel s'étaient remplis d'une indescriptible tristesse, je lui demandai s'il voulait que je vienne avec lui à la gare, il m'a dit oui je veux bien, le train était à l'heure, les deux frères se ressemblaient beaucoup, après qu'ils se sont pris longtemps dans les bras au milieu d'une foule que le train n'en finissait pas de vomir sur le quai, tandis qu'Orcel essuyait ses larmes, N'Faly se tourna vers moi avec un large sourire, je suppose que c'est ma belle-sœur, heu oui, fis-je, ha ha ha, on éclata de rire tous les trois, il dégageait de ces deux hommes quelque chose que je n'avais jamais senti auparavant, une force tranquille, une foi infaillible en l'avenir, m'en avaient entièrement convaincue les péripéties des trois frères pour quitter ce Mali mis à feu et à sang, et les mois qui avaient suivi leur arrivée en France, mais rien que de les voir ensemble, tous les deux, tandis que se déroulaient encore dans ma tête les images des récits rocambolesques d'Orcel, ça m'avait touchée au point d'avoir envie de pleurer… bref, ensuite on a pris le RER D pour aller déjeuner dans un petit resto haïtien à Saint-Denis, on en a profité pour visiter la basilique, se promener, N'Faly nous parla de sa vie dans la cité phocéenne, ce n'est pas évident, dit-il, il galérait, mais aimait bien l'énergie de cette ville où on est constamment happé par l'inattendu, comme pour détendre un peu l'atmosphère, je ne sais plus qui des deux avait changé de sujet en évoquant le rap de Cheick Anta Diouf, l'inspirateur de Seydou, c'était de la merde, s'écria Orcel en portant son poing à ses lèvres et en écarquillant les yeux, putain, on riait jusqu'à n'en plus pouvoir, c'était impossible de s'arrêter…

on se posa quelque part dans un bistrot pour boire un café et continuer à papoter, à un moment donné, N'Faly était comme plongé dans une profonde méditation en regardant la rue, son frère baissa la tête, on aurait dit que le passé venait de s'imiscer entre nous sous la forme d'un silence pesant, coupant court à l'optimisme et à la volonté d'avancer… soudain mon téléphone sonna, il devait être quinze heures, je décrochai – je te demande pardon, Orcel, je n'aurais pas dû te rencontrer, te laisser me suivre, tu n'aurais pas dû ramasser mon écharpe, une écharpe c'est rien, rien qu'un bout de tissu, ça se perd, ça se rachète, pendant ces trois jours nos mains ne se lâchèrent pas, il y avait une telle douceur dans ton regard, dans tes moindres gestes, j'étais heureuse, une femme heureuse ne devrait jamais répondre au téléphone –, un ami avait prévu d'aller à un super concert, pour reprendre ses mots, mais un empêchement de dernière minute l'obligeait à donner son billet à quelqu'un, ça te tente d'y aller, me demanda-t-il, le groupe s'appelle Eagles of Death Metal, et c'est au Bataclan, crois-moi, ça va être génial, j'ai dit je ne connais pas le groupe, mais pourquoi pas, c'était tout… ce bref appel contenait la force d'un séisme, d'un coup mortel, mais je ne le savais pas encore…

vers dix-sept heures, j'eus un gros coup de barre, je n'en pouvais plus, contrecoup de la soirée au faubourg Saint-Denis, je suis désolée les gars, dis-je, je ne ferai pas long feu ce soir, et le concert, me demanda Orcel, je n'irai pas, lui répondis-je, vas-y toi si tu veux, comme ça je n'aurais pas dit oui pour rien, tu me feras des câlins en rentrant, t'es sûre, j'ai dit oui mon chéri va danser pour nous deux, je lui ai donné le numéro de cette personne afin qu'il puisse récupérer le billet, N'Faly devait voir un ancien pote à Clichy-sous-Bois vers vingt heures (c'était Amir, l'homme qui avait rencontré Michel Foucault et Jean-Paul Sartre sans savoir qui ils étaient, l'ami de Saïd Bouziri)… il s'était mis d'accord avec Orcel pour se retrouver après le concert et continuer la soirée ensemble, j'ai donné à N'Faly mon adresse, le digicode, l'étage, tout, au cas où… je me suis couchée vers 21 h 30, avec la fenêtre de ma chambre entrouverte, l'air frais de fin d'automne caressait doucement la couette dans laquelle je m'enveloppai, et m'offrait une sensation de bien être, je pensais à ces trois derniers jours avec Orcel, c'était parfait, pour la première fois depuis longtemps je souriais dans mon lit comme une gamine, je me sentais si vivante, comme a dit l'autre, *jamais béatitude pareille ne m'inonda de ses effluves*, dans le feu de l'action on avait fait l'amour sans protection, je venais d'arrêter la pilule et n'avais aucun contrôle sur moi, pourtant ça ne m'angoissait pas plus que ça, j'étais amoureuse, il m'avait raconté sa vie, il était honnête, je me sentais en sécurité avec lui, je pensais aussi à toutes ces choses que nous ferions plus tard, c'était peut-être trop tôt pour le dire, envisager une relation de couple, mais j'avais quand même envie de lui demander ce qu'il en pensait, j'étais convaincue qu'il voulait la même chose…

dehors, Paris flambait, bourdonnait, klaxonnait, sirénait, l'écho confus emplissait la chambre… je m'assoupissais… soudain, on frappa à coups répétés à la porte, la voix cria, c'est moi, N'Faly, je rejetai ma couette sur le côté, sautai du lit, allai lui ouvrir, il se précipita à l'intérieur, se jeta dans mes bras, effondré, je ne sais pas comment décrire l'orage qui secoua son corps, ses cris, mon frère putain, il ne décroche pas, il ne répond pas, oh mon Dieu, pourquoi, qu'est-ce qu'il y a N'Faly, lui demandai-je, qu'est-ce qui se passe, pourquoi te mets-tu dans cet état, parle-moi, il leva les yeux (je n'en avais jamais vu d'aussi dévastés), mais il ne me regardait pas, il lui était impossible de me voir, sa conscience avait déjà accédé à un lieu proche de l'effacement, ce terrible lieu quand le monde s'écroule et nous tombe dessus, et il dit en tremblant, belle-sœur, des mecs armés de kalachnikovs sont entrés au Bataclan et ont tiré sur la foule…

Premier crash

la mort d'Orcel avait été confirmée avec plusieurs dizaines d'autres, on les avait coincés et massacrés comme des poules, on avait du mal à croire que c'était arrivé aussi facilement… durant les jours qui suivirent l'affreuse nuit du 13 novembre 2015, j'ai eu besoin de retrouver la paix nuiteuse du Père-Lachaise, en dépit de mes supplications insistantes, Nathan (il n'était pas au courant pour Orcel) refusa de me laisser entrer, tu penses que c'est vraiment le moment d'aller profaner ces tombes, tu ne respectes rien, j'en ai marre de ces conneries, jamais avant il n'aurait osé me parler comme il l'avait fait, un peu comme nous tous, il était en proie à un mélange de tristesse et de colère, quand on connaît Paris c'est difficile de l'imaginer en train de cesser de respirer, de se distinguer, d'être ces mille et une petites choses qui font que c'est Paris, unique, il est battu par les flots mais ne sombre pas, quoi qu'il en soit, on ne tue pas la nature profonde d'une ville…

un mois après, à la suite des malaises évidents, j'achetai un test de grossesse, sans surprise, je contemplai pendant un long moment les deux barres nettes et bien foncées dans la fenêtre de réponse, le résultat était positif, à ce jour Orcel était le dernier mec avec qui j'avais couché, je décidai d'avorter sans hésiter, j'étais on ne peut plus convaincue d'avoir fait le bon choix, mais quelques minutes après l'IVG, je regrettai amèrement cette décision, je pleurai atrocement, je ne comprenais plus rien, était-il vraiment nécessaire de me séparer de ce bébé, oui c'en était un, l'aube, le fruit d'une merveilleuse rencontre, que je venais de gâcher, tuer dans l'œuf, je culpabilisais, je me sentais si cruelle et égoïste, j'aurais dû le garder et l'aimer jusqu'au bout, comme font la plupart des mères, jeunes ou pas, célibataires ou pas, aidées ou pas, c'est que j'avais peur, sans savoir de quoi exactement, de l'inconnu, de ma solitude, de ma jeunesse, de mon manque d'expérience, que cela soit trop difficile d'assumer tout, toute seule, m'empêche de faire les choix qui me tenaient à cœur, je ne m'étais jamais posé ces questions avant, maintenant c'était trop tard pour y répondre et agir de manière lucide…

cette naissance que j'avais écartée de mon corps, plongée dans les ténèbres à perpétuité, c'était un bout d'Orcel, oui c'était te donner la mort une deuxième fois, j'avais mal agi à cause de la peur, des incertitudes qui me consumaient, il était une synthèse de toi et moi, la trace vivante de nos souvenirs, le garder ce serait te garder, tu serais encore là avec moi, tout le temps, et je me serais occupée avec beaucoup d'amour de cette partie de toi, de nous, je l'aurais nourrie, aidée à grandir, en grandissant elle t'aurait ressemblé de plus en plus, de la couleur de ses yeux à sa démarche, son rire, ses longues jambes, ses bras, j'aurais eu l'impression de m'occuper de toi tout entier, de vivre avec toi, pardonne-moi mon amour, je t'ai abandonné, j'ai laissé ce médecin méprisant t'emmener là où personne ne pourra plus rien pour toi, en coupant court à cette naissance j'ai aussi supprimé notre amour, tout ce qu'on a été depuis notre rencontre dans le RER jusqu'à ce tendre baiser que tu avais posé sur mon front avant d'aller mourir à ma place au Bataclan…

la nuit emboîta le pas au jour, si naturellement qu'on aurait dit qu'entre eux il n'y avait eu aucun fil conducteur, aucune trame, rien, plus rien, trafiqués, perdus, ces crépuscules hivernaux tombant tel un couperet, tranchants, nets, avaient pour unique mission de m'enfoncer dans leur boue, achevant la moindre parcelle d'énergie qui me restait, oscillait ensuite le lit entre sommeil et réveil, un mélange des deux, des mers folles, immobiles, et autres sphères proches de la mort…

durant les semaines qui ont suivi l'IVG, je pensai à ce bébé comme jamais je n'avais pensé à quelqu'un, je ne m'attendais pas à ce qu'il prenne autant de place, laisse autant de traces, je l'entendais pleurer, comme depuis un autre ventre, seul dans la nuit de l'au-delà, sa voix était de plus en plus proche, mais il n'y avait aucun moyen d'intervenir et de le tirer de là, séparés l'un de l'autre par l'éternité la plus noire, la plus infranchissable qui soit, j'étais faite pour être sa mère et lui pour être mon bébé (de la même manière que tu étais fait pour être mon homme), ensemble le monde aurait été moins lourd, la vie plus supportable, je l'avais compris trop tard, maintenant qu'il ne restait que le souvenir d'une histoire qu'on n'avait pas vécue, ou à peine, d'un bonheur gâché, j'étais devenue une chute, la chute de tout ce à partir de quoi je pouvais prétendre exister, survivre, je n'imposais aucune résistance en espérant atterrir doucement, mais c'était loin d'être gagné… certaines nuits je me réveillais presque toutes les heures, incapable de respirer, la gorge sèche, perdue, comme si je revenais de la mort, je pouvais boire un litre d'eau d'une traite, la seconde d'après ma gorge se mettait à se dessécher, se ratatiner, grand-mère s'asseyait sur le bord du lit et me caressait les cheveux en chantant…

ils nous tirent dessus, putain, ils nous tirent dessus… j'en suis sûre, ils devaient être nombreux le soir de la grande exécution à sacrifier leur vie pour quelqu'un, cet homme rejoignant cette colline de corps sur le sol glacial de la salle, après s'être placé devant sa femme pour la protéger des rafales, celui-ci hurlant, cours j'te dis, va rejoindre les enfants, je t'aime, et cette jeune femme murmurant qu'elle se marie dans deux jours, tandis que d'autres corps venaient amplifier la colline, et celui-là guidant toute une bande vers une sortie dérobée, tenant la main d'une femme enceinte suspendue à une fenêtre au risque qu'un des assaillants surgisse derrière lui et mette fin à leurs tremblements, leur espoir dont le nom est dehors, ailleurs, à quelques mètres en dessous… – la vie que je vis, Orcel, elle est à toi, elle t'appartient, me répétai-je pendant des jours, je ne la mérite pas, je donnerais tout pour pouvoir te la restituer, pour moi, pour N'Faly, pour tout le reste, tes rêves n'étaient pas moins réalisables que les miens, tu as donné ta vie pour moi, pour me plaire, car avant ce soir-là tu n'avais jamais entendu parler du groupe californien, et ce n'était pas ta came en termes de musique, tu avais sans doute pensé qu'il fallait à tout prix utiliser ce billet, étant donné que j'avais dit oui à cet ami qui aurait pu (qui aurait dû) l'offrir à quelqu'un d'autre, un accent de générosité qui me recommandait une certaine gratitude, je ne sais pas pourquoi j'ai dit oui, et en ce qui concerne celui qui m'avait appelée, ce n'était pas vraiment un ami, juste un étudiant à la Sorbonne, du temps du LAC, que je n'avais pas revu depuis, j'avais repensé à tout ça plus tard et pour tout dire, ça me paraissait un peu étrange, de toutes les personnes que l'ancien sorbonnard connaissait dans cette ville et auxquelles il tenait sans doute bien plus qu'à moi, il avait fallu ce jour-là que cet oiseau de malheur, pour se décharger de l'idée qu'il avait acheté ce billet pour rien, pense à moi et à personne d'autre, supposons qu'il eût dressé une liste de camarades à appeler, en espérant qu'il y en aurait un pour récupérer son billet et aller à ce super concert à sa place, quelle était la probabilité que je me retrouve en tête de liste, en deuxième ou en dixième position, ou que tous les autres refusent, obligeant donc l'entêté à sortir du cercle intime, remonter vers ses années de sorbonnard, retrouver une foule de noms et de visages, quelle était la probabilité qu'il se fraye un chemin dans cette foule jusqu'à moi, qu'il me reconnaisse, qu'il se souvienne de mon nom, du numéro de mon portable, et se persuade que j'allais répondre à son appel et trouver intéressante l'idée d'assister à ce concert…

… le temps avait beau varier ses couleurs, dans ma tête il faisait éternellement nuit… tu fus un homme bon et aimant, et moi j'ai tué le fruit de cet amour, la seule chose qui aurait été capable de m'aider à tisser les fils dispersés de demain, je suis une mère qui s'est séparée de la naissance de son enfant, l'enfant qu'elle a eu avec l'homme qu'elle a aimé et qui est mort à sa place, sur une des vidéos amateurs diffusées après le carnage on entend encore les balles chanter à l'intérieur de la salle du Bataclan, et des gens crier, j'ai regardé cette vidéo des dizaines de fois, et un tas d'autres tout aussi indescriptiblement choquantes, à chaque fois j'espérais un miracle, te voir enfin apparaître sain et sauf, ou blessé, amputé, une victime de guerre, mais vivant, putain, qu'est-ce que je raconte, il n'y a plus rien à espérer, ils ont confirmé ta mort, mais comment ont-ils su que c'était toi, ils mentent, ils racontent n'importe quoi, les assaillants n'ont pas tué tout le monde, on le sait, on ne peut pas tuer tout le monde, c'est impossible, tu es probablement quelque part dans une autre vidéo qui m'a échappé, celle où ouf tu surgis enfin vers la rue, délivré, pourtant je les ai toutes regardées, étudiées, en m'attardant sur chaque visage, chaque détail, que celle ou celui qui a cette vidéo où apparaît Orcel la rende publique, je vous en supplie, vous apaiseriez une âme déchirée, mon amour, si tu as survécu au carnage du Bataclan, dis-le-moi, envoie-moi un signe, n'importe lequel…

assise à mes pieds, la mort, chienne fidèle, me léchait la main, mes idées noires stagnaient, une quantité de vides s'agrippaient à mon corps, ils voulaient tous se jeter en moi, me remplir, me posséder, mais le plus troublant, c'était ce rêve si particulier (encore un de ces rêves auxquels je n'échappe pas), une évidence reprenant son cours normal, impérieux, dès que je fermais les yeux… que raconte le rêve de nous, du monde, fait-il écho au miroir, chronique d'une autre forme du vivant, ou clairière où s'extirper des étreintes du destin, claire-voie d'où glissent des aperçus d'éternité… la passerelle la plus courte entre le ciel et la terre…

CE RÊVE SI PARTICULIER
ou les lamentations de l'homme nouveau

la même chose s'il vous plaît... où commence la chute quand on tombe amoureux... une véritable tornade, son contraire est souvent son but, une sorte de mer rappelant ses vagues, ah, ces drôles de lubies, réelles ou affirmées à coups d'artifices, de stratégies... depuis ce modeste vécu de copain, d'époux, d'amant attitré, gode pensant, coup d'un soir, ou cet âne que j'aurais pu être (l'intelligence nuit au désespoir, c'est connu), je vois des paysages vastes et brouillardeux, des âmes voler en éclats, perdues, après avoir connu leurs plus beaux frémissements, leurs plus belles ivresses... la mer émue du spleen... suscite quelque chose proche de la stupeur celle ou celui affirmant n'avoir jamais éprouvé le séisme dévastateur de l'amour, ou n'ayant jamais su mettre des mots sur son rapport à l'autre... oh l'étourdi, le fuyard, on a tout de suite envie de le ramener à la raison, à lui-même, en lui rappelant ces fameux débordements de sentiment qui ont traversé, remué des siècles, on a envie de lui demander de décliner l'identité de l'étrange planète d'où il vient, c'est impossible, personne n'a jamais mis ton cœur en feu, tu n'as jamais eu l'impression de fondre sous des caresses, de flotter dans l'espace, des milliers d'oiseaux n'ont jamais cherché leur route dans ton ventre, jamais une étoile ne s'est allumée dans ta tête et n'a cessé de grandir… non, enfin oui, ça m'arrivait de ressentir un ongle m'écorcher l'intérieur, mais seulement pour un aspect de l'autre, sa tenue, son sourire, sa démarche, sa coiffure, son regard, sa délicieuse présence, son odeur si particulière, une nuit d'amour, ses délicieux mots lorsqu'ils sont loin d'être des petits soldats agissant pour le compte d'un calcul secret lié à des urgences domestiques encombrantes, ou d'un déséquilibre mental… tout n'est pas à prendre, et puis moi j'ai besoin de dormir, je ne vois pas d'autre moyen de manquer un châtiment, quoi qu'il en soit, cette fascination est appelée à changer, malgré nous, c'est une bêtise de résister au changement, et ce qui ne change pas est inquiétant…

pour ma part, la chute commence dès les premières expressions du désir, le reste n'est qu'un long et infertile écho… la solitude est un besoin primaire, essentiel, faut pas s'en empêcher, quand elle nous manque c'est l'avalanche qui emporte tout… les femmes avec lesquelles j'ai été, elles me faisaient chier, être avec elles c'était m'asphyxier, sortir un peu de la vie, à un point où j'aurais pu ne plus croire à ma propre existence, j'étais une sorte de proie réparatrice qui, par-dessus le marché, devait correspondre à leur destin, rappeler, détrôner ce beau personnage de conte qu'elles avaient lu enfant, me laisser faire, glisser, devenir une âme évaporée, semblable à ces vieux qui vont tous les jours s'asseoir sur un banc dans le cimetière, comme pour s'habituer à ne plus être avec les vivants… la bête hétéronomique et absolue… et le problème aussi de ces donzelles – j'ai dû plaire aux pires – franchement, c'est qu'elles parlaient trop, d'une kyrielle de choses insensées à la fois, c'était abusé, une offense, tous ces bruits dans une bouche, une logorrhée fiévreuse et énervante, un insurmontable fleuve de mots qui me donnait le tournis, le cafard, ce déluge pourrait étancher un désert, d'une traite, à peine avais-je eu envie d'en placer une que cet océan de paroles remontait, s'amplifiait, encore et encore, jusqu'aux extrêmes limites de ma tête, comment une âme peut-elle être à l'origine d'autant de débordements… et ces non-dits, ces cris d'insatisfaction, aussi dévastateurs qu'un séisme, que mille confessions, mille évidences, ah, une pièce injouable, voilà, dont chaque mot, chaque séquence confirme un infini vide existentiel, le plus terrible des silences, le plus aveugle des miroirs, le cœur des océans fascine les rêves, surtout ceux qui n'ont pas eu lieu, n'ont aucune raison d'exister, ou qui se fourvoient en pleine aube, néantisant l'éclat miraculeux de la raison, ce qui reste du corps retiré de la vague, ah se tremper dans l'imperméable, l'insurmontable énigme de l'autre naissant, imité, déchiré…

les illuminés de l'amour maîtrisent parfaitement le jeu de l'hypocrisie et de l'effacement de soi, je me demande s'il y a d'autres moyens, et leurs merderies sont vite étouffées par leur mystérieux besoin de reconnaissance, d'occuper seuls le trône du lien… la vie seule fait fleuve, quête avec elle-même, on aura beau mimer la lune, ça finit toujours par s'éteindre, bistrot, le temps de le réaliser, c'est déjà bien rond, la conjugalité n'est pas normale, la majorité des Français en souffre terriblement, entre le besoin d'être avec l'autre sans lui, sans se sentir envahi par lui, et la construction d'une base commune, je suis bien placé pour en parler, l'individualisme le plus primaire qu'on puisse concevoir ne m'a pas raté, *bim*, de plein fouet, où il fallait, ainsi en tant que pur produit de cette génération d'enfants frustrés, élevés par des parents séparés, laxistes, antibourgeois, utopistes, accrochés à leur bonheur soixante-huitard, narcissiques, mais surtout faux, rien de ce qui m'arrive (dans ma relation à l'autre) ne m'étonne, ne me distingue de tant d'autres... on n'aime pas, on s'aime soi-même, on se sert, faut être con pour l'oublier... de cœur ou de cul, mes histoires aussitôt nées vacillent, s'abandonnent, et s'effondrent sur elles-mêmes, il y en a pourtant qui y arrivent, à vivre plus, voir ou déployer leur vie, pour qui tout est différent, sans aucune place pour la méfiance, la mesquinerie, sans aucune ambiguïté, mais ça ne me semble réservé qu'à de très rares humains...

la même chose s'il vous plaît... et ça parle encore, à en perdre le souffle, si tu te taisais, ce serait trop beau, non, tu te laisses aller, écoute-moi, bla-bla-bla, bla-bla-bla, j'en sais plus que toi sur toi, sur tout, sur le ciel et la terre... la vague increvable et égotique emportait toutes les voix sur son passage... ça caquetait encore, comme pour masquer une infection, un échec, parler est peut-être une maladie, faut voir, je ne vois pas sinon quelle aurait pu être la raison d'une telle avalanche, mais ferme ton clapet putain, ferme ta grande gueule, dans quelle langue faut-il qu'on te le dise, tes certitudes, tes pleurnicheries, tes petits drames, ta petite personne, on n'en a rien à foutre, à chaque fois j'étais pas loin de péter un câble, en tout cas de dire le fond de mes pensées, puis me tirer ailleurs, dans l'antre bleu de ma solitude, ma vraie place, plutôt que de me laisser écraser par l'ennui, la nausée... la décevante et imparable loi de la quête du bonheur conventionnel : toutes celles qui se donnaient pour foldingues de moi (pour les mêmes raisons qui les ont poussées à me détester, à vouloir ma mort) le criaient à tout bout de champ comme un feu d'huile, je ne les reconnaissais plus, à la fin, elles me regardaient comme un bourreau qu'on laisse injustement sortir de prison, leur cœur était devenu froid, une mer avide d'engloutir, quand elles ont compris que j'étais loin d'être ce personnage de conte, digne de ce destin judéo-chrétien, mélodramatique et urgent qu'elles avaient dessiné pour moi à mon insu, bref, que je n'étais pas à la hauteur de leur dictature...

la même chose s'il vous plaît, je n'y croyais pas moi à ces foutaises sur l'amour, jusqu'à ce que ce bel inconnu débarque tout à trac dans ma vie, ou l'inverse...

Mimi

qu'est-il advenu de Mimi, l'ami fidèle de la propriétaire, maintenant que celle-ci n'est plus, envolée pour l'Orient éternel, Nathan voudrait-il le récupérer et s'en occuper, en aurait-il le temps, est-ce important pour lui, important tout court, un chat c'est quoi en fait, ça bouge, bouffe, boit, se contorsionne, puis disparaît par la fenêtre, réapparaît quand ça lui chante, quel monde lui convient, celui du dedans ou celui du dehors, son coussin moelleux sous le fauteuil ou les rues agitées de Paris, se sent-il juif, ou protecteur de juifs, comme le voudrait la légende, a-t-il toujours été considéré en tant que tel par la vieille, pourquoi l'a-t-elle appelé Mimi et non Abisha, Abra, Bethsabée, ou je ne sais quel autre prénom hébreu… cela m'amusa presque de me poser toutes ces questions, allongée dans mon lit, les yeux collés au plafond, comme une chose allant de soi, et ça n'avait rien de particulier, puisque cet animal allait devoir accepter la mort de sa protectrice, lui survivre en donnant un nouveau sens à sa vie, j'ignore à quel point un chat peut être courageux, mais il fallait faire face, à moins de couper court au temps en se jetant sous un camion en marche, des questions qui étaient restées évidemment sans réponse, ç'aurait été inquiétant qu'il se préoccupe des interrogations humaines, néanmoins, j'aurais aimé savoir ce qu'il pensait de tout ça, Mimi, de la vie et de la mort de sa maîtresse qui était persuadée que l'Univers tout entier ondulait dans les yeux jaune d'or ou vert émeraude de son animal, d'avoir pendant des années partagé sa vie, été témoin de sa solitude, ses absences, ses délires, ses larmes silencieuses, il ne me restait qu'à imaginer la suite des événements, j'aurais aimé qu'il me raconte tout ça avec ses propres mots, les histoires sont plus vivantes, vraies, lorsqu'elles sont racontées par ceux qui les ont vécues, viens et raconte-moi tout, Mimi, mais il avait disparu dans ma songerie, pour commencer une nouvelle vie ailleurs, loin des souvenirs d'elle, du lieu de leur intimité commune, devenir un vagabond, un sauvage, livré aux mystères de l'inconnu… ses yeux habitués à ces paysages invisibles et captivants, immobilisés dans un coin de la pièce où, couché, il semblait admirer un voyage infini, se rempliraient désormais de toutes les convulsions du réel, son corps se déploierait à la vitesse de l'éclair, courageux, confiant, vers divers hasards… écrire les pages manquantes de son existence… plus jamais personne ne pourra l'arrêter dans sa course, on n'aime qu'une fois, et l'amour de sa vie, les câlins, la folie, la chaleur humaine, les jeux, le respect, c'était la grand-mère de Nathan, elle seule, plus jamais personne ne mériterait qu'il lui lèche les yeux, les cheveux, les oreilles, qu'il lui montre son ventre, ou dorme sur ses pieds… continuer seul, conjurer le blues… à lui les toits de Paris, les égouts, les soubassements les plus sordides, comme les coins les plus huppés, les plus discrets comme les plus populaires, le cadre magnifique et enchanteur du cimetière du Père-Lachaise, à lui l'aventure, son désir ne sera rien d'autre, rien de moins, que de respirer, découvrir, capter des ondes nouvelles, s'y perdre jusqu'à l'oubli… que restera-t-il de ce périple, de ces nuits esseulées pendant lesquelles la ville semblait se dérober sous ses pattes, se retirer sans crier gare, une distance brutale, inamendable, face à laquelle il se sentira désarmé, anéanti, sa maîtresse chantait, sanglotait dans ses souvenirs, *tu n'oublieras pas, hein, tu ne m'oublieras pas…* d'un pas lent, la truffe baissée, Mimi remontera le temps, jusqu'à la fenêtre au quatrième étage de notre immeuble, pour contempler le fauteuil sur lequel celle-ci passait le plus clair de son temps, qui ne sera désormais aux yeux de Mimi que l'empreinte d'une promesse non tenue, il repartira à l'aventure, en reviendra, mais un jour ce ne sera plus le chez-lui qu'il avait connu, tout changera, la couleur des murs, le tapis, les meubles, à la place du fauteuil et de son coussin moelleux se trouvera un canapé-lit sur lequel sera couché un doberman à côté du nouveau locataire en train de lire…

Retour sur les lieux

depuis quelque temps, je dormais très peu, j'avais peur la nuit, il suffisait de poser ma tête sur l'oreiller pour entendre N'Faly frapper à ma porte en pleurant, en me suppliant de lui ouvrir, les terroristes l'avaient poursuivi jusque dans mon immeuble, *lève-toi ou je te tue*, il fallait que je lui ouvre, il avait besoin de moi, ça tirait encore au Bataclan et ailleurs dans Paris, les corps atteignaient des milliers, une rivière de sang vers la Seine, le cauchemar continuait dans ma tête, les scènes prenaient une ampleur de fin du monde, le Bataclan devenait un grain de sable sur la plage de l'horreur, les terroristes entraient dans les maisons, abattaient leurs habitants à coups de fusil et de machette, l'indicible sortait soudain de la télé qui était devenue inintéressante et obsolète, pour faire irruption dans le réel, et chacun recevait sa part du grand gâteau amer de la mort, parmi les assaillants il y en a même qui se faisaient passer pour des militaires et se déployaient dans tous les lieux publics importants, les écoles, les gares, les stades remplis, les centrales nucléaires, avec des armes lourdes et d'importants explosifs, *Allahu akbar*, nous sommes une armée infinie et sans visage, qui est désormais partout dans votre vie, dans votre lit, dans votre couple, dans votre famille, dans vos rues, partout, vous ne connaîtrez jamais la paix, nous vous combattrons jusqu'au dernier de vos fils, et vous poursuivrons même après votre mort, nous enverrons des soldats faire sauter l'*As-Sirât* avec vous et vos proches, nous ferons toutes ces choses, et plus encore, au nom du Prophète, car votre place est en enfer, *Allahu akbar*, il n'y a pas de divinité à part Allah… la boucherie intégrale… il faisait très froid… je traînassais pour échapper à ces rêves assassins et ces mots du Drôle de Curé pour qui l'islam n'était qu'une aberration de plus dans un monde fêlé, quand la fatwa décrète immonde un monde qui propose, épouse d'autres manières d'être, expliqua-t-il en citant un auteur méconnu et en s'envoyant des shots du sodabi que père avait ramené du Bénin, l'assassin de ses habitants fait œuvre pie et ira droit au paradis, s'ouvrent d'emblée à lui les portes de l'éternité au nom desquelles sont permises, sont justes toutes les guerres, toutes les violences que proclament ceux qui se croient dans le droit chemin, porteur d'une vision tyrannique de la vérité, le paradis promis par Allah n'est qu'une terre d'impudicité…

dans la réalité, j'avais vraiment le sentiment que ce n'était pas fini, que ça allait recommencer d'un moment à l'autre, le drame avait imprimé en moi quelque chose de plus profond que la peur, que la souffrance, je me sentais constamment visée par un malheur imminent, une cible facile, une victime qui attendait d'être emportée par les flammes de l'ennemi, je ne me sentais plus en sécurité nulle part, dans le métro, dans les cafés, dans la rue, chez moi… j'avais même pensé à quitter la France… c'était devenu une obsession, j'étais à deux doigts de devenir folle, ça me prenait surtout la nuit, quitter la France, il faut que je parte, il n'y a plus rien à faire ici, ça craint, vas-tu m'aider, demandai-je à moi-même, ferme-la, répondis-je, il est deux heures du matin, je suis crevée, j'ai besoin de dormir, moi j'ai besoin de savoir, mais quoi, qu'est-ce que tu veux savoir, il n'y a rien à savoir, tu veux quitter la France, vas-y, va où tu veux, et laisse-moi tranquille…

Moi.1. impossible de dormir,
partons, partons ensemble
Moi.2. pour aller où
Moi.1. n'importe où, loin
Moi.2. ça ne va pas mieux ailleurs
Moi.1. *(presque agacée)* qu'est-ce que t'en sais
Moi.2. rien n'est plus vrai
Moi.1. supposons que t'aies raison, je fais quoi
Moi.2 *(ironique)* bah, tu essaieras de dormir
Moi.1. si je ne quitte pas ce pays, je vais devenir pire que le danger réel qui me guette, je pourrai me faire du mal
Moi.2. qu'est-ce que tu racontes
Moi.1. je ne suis plus moi-même, tu n'as rien remarqué peut-être
Moi.2. tu es bien vivante, ce n'est pas rien
Moi.1. justement, j'en ai marre de mesurer la

chance que j'ai d'être encore en vie, à quoi ça me sert si je ne suis pas libre
Moi.2. il manquerait plus que ça
Moi.1. quoi
Moi.2. tu débloques complètement, ma poule
Moi.1. tu te sens libre, toi
Moi.2. qui l'est vraiment, tu rêves les yeux ouverts
Moi.1. je veux et je vais l'être, j'ai le droit, non
Moi.2. mais oui, tu as tous les droits, même celui de faire revenir Orcel d'entre les morts…
Moi.1 *(un silence)* tu veux en parler
Moi.2. non, je préfère largement passer mon temps à t'empêcher de faire quelque chose que tu pourrais regretter
Moi.1. mon idée est si dangereuse
(l'air pensif)
Orcel, il penserait quoi de tout ça
y a-t-il quelque chose après la mort
Moi.2. on ne peut rien contre sa finitude, tu ferais mieux de profiter de la vie tant qu'elle dure
Moi.1. ça ne t'interpelle pas toi, l'après
Moi.2. il y a plus urgent
Moi.1. c'est humain
Moi.2. quoi
Moi.1. d'avoir envie de savoir
Moi.2. essaie de dormir maintenant
Moi.1. …
Moi.2. un autre jour est bientôt là
Moi.1. qu'est-ce que j'en ai à foutre, moi
je te parle de mon sentiment d'être piégée, et toi…

Moi.2. il n'y a rien de nouveau ici-bas...
(un silence)
mais il y en a qui pensent qu'à leurs petits problèmes
Moi.1. tu n'as pas cessé de t'éloigner de l'enfance, de tout, et maintenant...
Moi.2. c'est pas pareil, tu confonds tout
Moi.1. je...
Moi.2. chut, regarde, le ciel s'empourpre doucement, c'est merveilleux, comme si une main invisible, suprême, tirait nos questions, nos angoisses, nos peurs vers le néant...
Moi.1. pfff, partons d'ici
Moi.2. il est là, un jour de rien, un jour nouveau, une lumière neuve...
Moi.1. qu'est-ce...
Moi.2. tais-toi

... soudain je me rappelais que dans ces moments de désespoir, d'anxiété (pour ne pas dire que dans ces moments-là), la lecture ou l'écriture pouvait être une réelle source d'apaisement,

en deçà de l'aube
le sang
seule route connue du vent

loin de tes bras
mon lit prolonge la mer
l'esseulement des rues...

puis devinrent de plus en plus fréquents ces souvenirs heureux, ces moments où j'avais tout simplement envie de rejoindre Orcel quelque part, où tout serait différent, le jour, la nuit, même cette insurmontable envie de marcher sans but… un soir, au bar de la rue du Faubourg-Saint-Denis, cette bulle hors du temps où Orcel et moi avions dansé, conçu notre bébé qui n'a pas pu naître par ma faute (depuis, quand je pense à la danse je pleure, quand je songe à la naissance je l'attribue à la mort), je suis tombée sur Nathan, accoudé au comptoir, devant lui un verre de bière à moitié vide, en grande discussion avec le serveur, c'était étrange, lui qui voyait tout le temps le bon côté des choses, je lui trouvai l'air épuisé, se dégageait de lui une aura froide, drôlement parée d'une sorte d'allant qu'il surjouait comme un acteur en pleine décadence, le corps est incapable de mentir, on distingue clairement les éclats de rire pour cacher la noyade, les postures forcées des vraies joies, la vilaine maquillée qui rivalise avec la lumière diffuse et aveuglante des néons… Nathan était moins élégant que d'habitude, laisser-aller, je-m'en-foutisme, renouveau existentiel, je n'en savais rien, mais j'avais toutes les raisons de penser qu'il glissait sur une mauvaise pente, car l'image trouble que j'avais sous les yeux ne correspondait en rien à la personnalité de l'homme que je connaissais, le paraître n'a jamais été une donnée importante pour moi, il faut vraiment être con pour s'arrêter à ça, j'étais donc plus inquiète que surprise, en me voyant il leva la main et me fit signe de me joindre à lui, drôle de hasard un soir où je me sentais si seule et isolée… et c'était parti pour une folle soirée, j'ai bu une quantité anormale de bière, Nathan aussi, puis nous sommes rentrés ensemble... on commençait à s'embrasser follement ou mollement dans les escaliers, ensuite j'étais projetée sur mon lit, une plume, à moitié consciente, et là c'était trop bizarre, c'est comme si je rêvais que je faisais l'amour avec une ombre, ou qu'elle me défonçait de toutes ses forces, la chambre, ou notre piège, prise de vertige, se mit à tourner autour de moi, avec moi, à un rythme furieux, ma tête flocon au milieu de la tempête, la vague remontait mon estomac, je n'ai pas pu la retenir, j'ai couru vers les toilettes et vomi affreusement pendant plusieurs minutes, ensuite je ne me rappelais plus rien, en me réveillant à l'aube avec la tête encore aux fêtes, Nathan était toujours là, nu, allongé sur le ventre, un vrai dos d'homme, dur et large, j'avais envie de me glisser dans ses bras, d'enrouler toute ma tristesse autour de lui, de m'évader dans son corps, *pays sans substance ni poids, géographies dessinées par le soleil, effacées par le vent*, nos baisers seraient des dunes à perte de vue, son torse mer neuve où scintilleraient des voyages, il me caresserait les seins avant de les prendre dans sa bouche pulpeuse et appétissante, puis sa langue se glisserait au fond de ma fleur, jusqu'à ma source chaude de femme, je pleurerais de joie... je rêvassais, car le dos dans le lit n'était pas celui de Nathan, mais d'Orcel, le dos d'un beau souvenir, le dos d'une douloureuse perte, le dos du train qui quitte la gare, en revoyant les yeux de N'Faly comme s'il se tenait devant moi, j'éclatai en sanglots, Nathan se réveilla en sursaut, confus, qu'est-ce qui t'arrive, me demanda-t-il, j'ai dit rien, t'inquiète, j'ai la gueule de bois, pas toi, il secoua la tête, ça va, j'ai dormi un peu, je continuais à pleurer, il se redressa et me prit dans ses bras, dis-moi ce qui t'arrive, j'ai fait quelque chose qui t'a blessée, non, répondis-je, tu es si gentil avec moi, j'hésitai à tout lui raconter… avant de partir, Nathan m'embrassa et dit, préviens-moi lorsque tu auras envie de faire un tour au Père-Lachaise

coupez, bordel de merde

stop, stop

depuis sa chaise personnalisée le réalisateur lance ces mots comme une flèche, écoute-moi Freddy, pardon, Nathan, Nathan écoute-moi, tu ne l'embrasses pas, tu la serres très fort contre toi, c'est différent, tu la serres jusqu'à ce point où le câlin devient suspect, révélateur d'un mal-être ou d'une confusion des sentiments ou des sens, la raison est simple, il y a une semaine ta femme t'a annoncé qu'elle avait rencontré quelqu'un, qu'elle était amoureuse, et qu'elle voulait partir, c'est-à-dire quitter le foyer familial… s'il n'y avait que ça, mais vous avez deux enfants qui sont grands maintenant, mais qui ont encore besoin de vous, en plus tu risques de perdre ton boulot, la mairie est en train d'envisager de nouvelles stratégies pour soi-disant sécuriser les cimetières de Paris intra-muros, la plus gagnante est la vidéosurveillance, la maire pense vraiment et ne s'en cache pas que dans ce cas des caméras seraient de loin plus performantes qu'un humain, avec un champ de vision de trois cent soixante degrés et un détecteur de mouvement hypersensible, elles peuvent tourner en permanence, et puis c'est moins cher… dit comme ça, c'est très clair, plié, d'autant plus dommage que tout arrive presque au même moment : le départ de ta femme, et le fait de ne pas savoir si tu vas pouvoir garder ton boulot ou pas, cette situation te met dans un tel état psychologique que tu es incapable de voir la réalité en dehors des échecs qu'elle peut engendrer, une sorte de grillon n'arrête pas de vriller l'intérieur de ta tête, dès le matin au réveil, et ne s'épuise pas avant d'avoir trop bu, en voulant l'enfoncer, le réduire à néant, cette bestiole et la sensation qu'elle vise inexorablement ton émiettement, tu t'enfonces, tu ne prends plus soin de toi, tu as peur surtout, si ta grand-mère était encore là, elle te dirait en te caressant le visage, relève-toi, fiston, pour nous tous… à Paris, la probabilité de croiser une connaissance par hasard dans la rue, sur un quai de métro, ou dans un bar, est très faible, ça se fête, mais tu te rends compte, c'est fabuleux, on vient de se croiser dans Paris comme ça, complètement par hasard, allez, viens, on boit un coup, c'est moi qui t'invite, non c'est moi qui t'invite, non c'est moi qui t'invite, allez c'est moi qui invite, alors on fait moit' moit', OK go, alors que, quand on la compare à d'autres, on ne peut pas dire que cette ville soit si grande que ça, elle se tirebouchonne, elle triche, c'est son truc depuis toujours, on ne sait pas où elle va, comme ça elle peut aller n'importe où, à n'importe quel moment, on comprend la surprise de cette fille (avec qui tu as déjà couché, il faut le rappeler) de tomber sur toi dans ce bar qui désormais, quand elle y repense, lui arrache un sourire, des éclats de rire, des cris émerveillés, et aussi des larmes à n'en plus finir, pour elle ce n'est plus un bar mais le tison d'une prodigieuse urgence de vivre, pétrir l'instant et s'abreuver de ce qu'il a de plus pur, de plus infini, et un tas de brumes bien sûr qu'elle a du mal à raconter (son amoureux mort au Bataclan, son avortement un mois après, etc.), à oublier, disons qu'elle n'a pas envie de donner l'impression qu'elle a vécu le drame du siècle, y a pire, et elle a sa fierté, elle est contente de te voir, une belle occasion, pour se changer les idées, se dit-elle, échapper à ses rêves assassins, elle ne s'attend pas à ce qu'on lui offre la lune, mais au moins ce soir elle ne descendra pas seule, sans rire, sans joie, dans les fosses noires de l'alcool, en ruminant l'affreux souvenir d'un amour perdu, tu lui prendras la main et tu l'accompagneras à l'endroit le plus éloigné de sa blessure, de la tienne aussi, vous formerez un duo sanglant, une page qui ne sera jamais écrite, et tu connais la suite, vous avez beaucoup bu, ensuite vous êtes rentrés ensemble, le lendemain, au moment de vous séparer, tu la serres fort dans tes bras en jouant une tristesse rentrée, à la fois profonde et ambiguë, et tu lui dis : préviens-moi lorsque tu auras envie de faire un tour au Père-Lachaise, tu saisis, très bien, allez, on reprend…

… assise sur le lit, je repensai au déroulement de cette soirée, Nathan avait l'air plutôt joyeux, mais je n'y croyais pas, il suffisait de regarder la manière dont ses yeux se perdaient dans les méandres d'un ailleurs mystérieux, parfois ça ne durait pas plus qu'un instant, parfois je devais agiter une main devant lui, pour le ramener à moi, dans le monde d'ici, il reprenait aussitôt son enthousiasme, comme s'il ne s'était rien passé, il racontait des blagues, avec une justesse, j'ai envie de dire un talent que je ne lui connaissais pas jusque-là, particulièrement l'histoire du Pot Agile, le travesti de Montmartre qui commence à se gondoler, s'arrête et, par un charmant geste semi-circulaire de la main, demande à ses panégyristes de continuer à sa place... ce n'était pas tant l'histoire en elle-même qui était marrante, mais la manière dont Nathan la racontait, ses mimes ridicules, je riais à n'en plus finir, comme une vraie hyène, Nathan aussi, on s'esclaffait ensemble, ces rires (aussi communicatifs et irrésistibles qu'ils pussent être, comme le confirmaient les gloussements de plusieurs clients du bar) ne plaisaient pas au serveur, il me regardait depuis une certaine distance, je pouvais imaginer sa déception, *pouh*, cette nana est une vraie bécasse en fait, une tapine, une escort-girl, une femme au travail, une passe-partout, une collectionneuse de nuits, il n'y a pas longtemps elle s'affichait tout aussi haut et fort avec un autre homme (Orcel), il trouvait que nous allions bien ensemble, qu'il y avait une vraie magie, il l'avait même exprimé en nous offrant des shots, mais apparemment c'est fini, c'est tout Paris qu'elle veut dans son lit, pas l'amour... tout au long de la soirée fortement arrosée, j'avais ressenti une envie toute nouvelle, celle de construire une vraie amitié avec Nathan, une indéfectible amitié, mais malheureusement on ne s'est plus jamais revus jusqu'à ma mort... le matin de notre au revoir, j'étais un peu trop amochée de la cervelle, mon cher Nathan, pour trouver les bons mots et t'exprimer les pensées qui m'habitaient désormais, je le regrette, merci pour la première fois, et merci spécialement pour cette soirée, tu m'as fait du bien, et j'ai compris aussi à ce moment-là qu'une sale nuit venait de s'installer en toi, et que tu étais devenu un nouvel homme, un homme qui regarde désormais ailleurs…

la semaine qui a suivi cette cuite, je reçus le faire-part de mariage de Colombe…

… *la même chose s'il vous plaît*, tu n'as quand même pas l'intention de boire tout mon bar, me dit le serveur pour rigoler, rien à voir avec lui mais en général l'être le plus sérieux, le plus casse-couilles, à un moment donné, sans qu'on s'y attende, il va sortir un truc pour être sympa, et il voudrait que tout le monde l'atteste… je bois, je fume, l'air est doux, rempli d'une certaine allégresse, je recommence à penser, remonte d'un coup toute la sale boue intérieure, on voudrait que ce soit aussi simple que de tirer la chasse d'eau, ça doit être ça la liberté, tenir ses démons en respect, reculez, ou vous finirez dans la pipe d'évacuation, on ne voudrait plus avoir à les endormir à coups de passions à deux balles, de musique classique et de drogues dures… depuis quelque temps mes souvenirs me transpercent comme une lame, ils sont mes horizons, mes plus fidèles locuteurs, ils refont surface entre douze et seize pintes de bière, le début de la ligne infernale, ce sont des paysages, des rêves fous, des oiseaux aux ailes cassées tombant du ciel, ah cette mascarade piégée là-haut, gonflée d'énigmes blanches et mousseuses, l'horizon, à peine perceptible, le museau posé dans la brume, derrière un buisson hirsute, de menues ombres défraîchies, frémissantes de ce qui avait été des branches, replis de souffle, un talus en contrebas, des mers endormies, et des vestiges de voyages, d'histoires ignorées d'une vieille mémoire mais dont les pleurs ondulent encore, écorchés par les vents, moult visages étrangers, et d'autres traces répertoriées sur les parois du siècle, c'est dans ce fossé, à l'abri du ciel et de l'horizon, au milieu d'une nation de feuilles sèches et de pierres coupantes, que la forme réelle du temps aurait été révélée pour la première fois, avant ce jour triste et froid, il ne fut rien qu'une sorte de dieu, un mensonge ridiculement viril qu'on tronquait contre un morceau de pain, un peu de vin, une nuit d'amour, je bois avec la certitude que c'est le seul moyen d'abolir mes souvenirs, c'est qui l'homme à la télé, demandé-je au serveur, la réponse sera inutile, mais je la veux, tout de suite, il me regarde avec un drôle d'air, puis il me dit, tu m'as posé la même question pratiquement tous les jours de la semaine dernière, ah bon, oui, ainsi qu'avant-hier et hier, c'est quoi ton problème en fait, tu commences à être allergique à l'alcool, ha ha ha... il est seize heures, on vient de rire ensemble, le serveur et moi, je suis assis au comptoir, un peu trop haut quand même pour plonger, tu risques de te faire très mal, ha ha ha, s'esclaffent maintenant deux autres clients, déjà pintés eux aussi à n'en plus pouvoir, le serveur disparaît dans une petite pièce derrière le bar, ressurgit, je suis en nage, ma tête ne me sert plus à rien, presque tout est flou autour de moi, une envie irrésistible de reposer ma question, j'essaie de me concentrer en pesant chaque mot, l'homme à la télé, répond le serveur, c'est toi, c'est faux, rétorqué-je naïvement, ce n'est pas ce que tu m'as répondu la dernière fois, tu te fous de ma gueule, qu'est-ce que j'irais foutre à la télé, ben je ne sais pas, dit-il, eh bien moi si, je le connais l'homme sur l'écran, c'est l'assassin qu'on recherche depuis dix ans, il a assassiné toute sa famille, sa femme et ses enfants, et a abandonné les corps dans la mer, puis, le comble, je suis persuadé de l'avoir déjà croisé dans une boîte à Pigalle… plus le temps garde ses distances, plus je plonge en apnée, dans un puits dans lequel on tombe à l'infini, il est gentil le serveur, il me laisse lessiver mes peines comme je peux dans son bar, d'autres me foutraient dehors, ils ne veulent pas de mauvaises têtes, ils ne veulent pas d'embrouilles soi-disant, ces animaux qui font le service en costard…

Le mariage de Colombe

pour tout dire, j'en avais rien à foutre, ou disons plutôt que ça me faisait un peu chier d'y aller, je n'étais pas d'humeur à rencontrer des gens, à voir des gens tout simplement, à faire semblant… *Colombe et Jean-Michel ont l'immense joie de vous convier à leur union*, je retournai l'invitation dans tous les sens, comme je vous l'ai dit auparavant, Colombe était l'une des rares personnes du groupe de la Sorbonne avec qui j'étais restée en contact, ancienne mannequin, une bourgeoise de grand calibre à qui on imposait la faim pour correspondre aux bons critères de marcheuse à la mine renfrognée dont l'objectif restait une énigme, son père trouvait tout cela vraiment absurde, fais quelque chose de ta vie merde, qu'il hurlait à longueur de journée, et à chaque fois qu'il constatait la silhouette exagérément maigre et effrayante de sa fille, alors, pour plaire à ce père ou le tromper, elle s'était inscrite à la fac, qu'elle avait abandonnée quelques mois après moi, et retourna vivre à Lille… selon elle, je devais quitter Paris, ça devient trop soûlant à la longue, on ne se voyait pas beaucoup, quand elle passait à la capitale c'était pour régler des affaires précises, et rarement pour plus d'une journée, donc on avait à peine le temps de boire un verre, de déjeuner ensemble ou de faire un musée, c'est quelqu'un que je considérais, je n'aurais jamais voulu me fâcher avec elle, après le drame du Bataclan elle avait insisté plusieurs fois pour que je vienne passer un week-end avec elle à Lille, pour te changer les idées, me disait-elle, alors que je ne lui avais rien dit au sujet d'Orcel, bref, il était évident que ça lui ferait énormément plaisir que je sois présente à son mariage, je quittai Paris sous un ciel gris cendre, j'ai pris le métro à la station Gambetta, puis le train à Gare du Nord, je suis arrivée à Lille Flandres vers midi, il y avait de la pluie, il faisait très froid, pour me réchauffer j'ai pris un café dans un bistrot en face de la gare, je me souviens de cette femme avec un petit garçon qu'elle traînait derrière elle comme un chien, ils avaient tous les deux un visage très pâle, des joues creuses et deux vides à la place des yeux, le petit garçon pleurait, la femme tendit sa main dans ma direction, d'emblée je mentis, comme vous l'avez sans doute déjà fait, en disant désolée je n'ai pas de monnaie, et pour élargir davantage la distance entre ces pauvres âmes et moi, je sortis mon téléphone portable, envoyai un texto au cousin de Colombe qui devait venir me chercher en voiture devant la gare pour m'emmener au bled belge où se trouvait la maison qui devait accueillir l'événement, on était trois dans la voiture, le conducteur, grand, osseux, prononçait chaque phrase comme une réussite sociale, sa copine, grande, osseuse, dans une robe moche et probablement très chère, après s'être éternisée sur son boulot – maquilleuse de star –, sur ses plans vacances et voyages pour l'été prochain, elle insista pour que je lui dise comment j'avais connu Colombe, etc., elle m'avait soûlée… on a roulé pendant un peu plus d'une heure sur la chaussée, ensuite à travers tout un tas de routes bordées d'herbes, et en arrivant je croyais vraiment rêver, *putain*, c'était une immense villa au milieu d'un immense jardin, à l'entrée, sur une petite enseigne, était écrit *La Maison de la renaissance*

la même chose… soudain un miroir se brise, pour que s'immisce un de ces souvenirs ayant le cruel privilège d'être insupprimables, mon ex-copine, Julie, était assise dans le train, côté fenêtre, elle pensait sans doute à celui qu'elle venait d'embrasser avant de présenter son titre de transport au contrôleur et de monter dans le train sans se retourner, elle pensait à ces derniers mois pendant lesquels elle ne faisait rien d'autre que de rêvasser, les yeux dans le vague, de chercher une explication à tout, parce que sa vie était essentiellement faite de drames, de pépins familiaux, ses parents n'ont jamais compris pourquoi elle était partie vivre avec ce bon à rien (moi), des années après, ils lui chantaient encore la même chanson, reviens, on s'occupera de toi, pour cela il faudrait peut-être qu'elle s'éloigne un peu, en même temps, elle vivait ce moment comme une dernière chance, le train démarra, un sentiment de déchirement, elle pleurait, c'était la première fois qu'elle m'embrassait avec autant de distance, que je regardais son dos s'éloigner, je me disais que si elle se retournait ça voudrait dire que notre histoire avait compté, qu'aucun voyage, à commencer par celui-là, ne pourrait isoler, si je le pouvais, par on ne sait quel procédé magique, je le provoquerais ce bref regard en arrière, elle aurait vu l'état de mes yeux, je ne m'étais jamais senti aussi proche d'elle, mais c'était désormais tout ce qu'elle pouvait m'offrir ce baiser d'adieu, son éloignement… comment se défaire du sentiment que les rencontres sont des ponts empruntés (parfois trop vite) vers… que sais-je… je suis curieux de savoir quel avenir l'attend à Toulon…

la même chose, je ne peux pas continuer de boire à ce rythme, et il faut que j'arrive à chasser définitivement ces images-là… elle rentrait du boulot, elle ne s'attendait pas à trouver quelqu'un avec moi à la maison, elle avait été surprise et avait très mal réagi, mais c'était pas méchant, on ne faisait rien de cochon, la fille et moi, on discutait, c'est tout, on aurait dû aller le faire ailleurs, oui, c'est ce que je me suis dit après, ç'aurait été plus simple et moins soupçonneux, un autre soir, Julie m'avait suivi dans le métro, le bus, avait sonné à l'interphone de l'immeuble où elle m'avait vu entrer en prétendant être quelqu'un d'autre, dans un immense salon j'étais au milieu de deux filles, en train de boire et fumer, c'étaient des amies, je les avais rencontrées lors de la Nuit Debout sur la place de la République, on a gardé contact, et c'était l'anniversaire de l'une des deux, d'autres gens devaient arriver, mais Julie, effondrée devant ce spectacle, avait fondu en larmes, encore une fois elle se faisait des films, imaginait que ce n'étaient pas de simples copines, mais des putes payées pour se droguer, se tripoter, et je ne devais pas tarder à les rejoindre, pour former un cercle où chacun est au centre du plaisir de l'autre, ce qui la surprenait par-dessus tout, c'était la légèreté avec laquelle je vivais cette situation malgré sa présence, qu'est-ce que je devais faire, me lever et la supplier de me laisser m'amuser, elle n'avait qu'à se détendre et s'inviter à la fête, ça jamais, même si je lui avais proposé, elle laissait très peu de place à la fantaisie, rigide, elle notait tout dans un petit carnet, sa liste de courses (on aurait dit une ordonnance), avec le prix exact de chaque produit, le montant du loyer, les factures, des trucs comme des billets de train, des vêtements, déjà achetés, à acheter, elle notait les noms de nos invités, leur métier, leur âge parfois et l'heure à laquelle ils sont arrivés, repartis, et des moments précis de la soirée, je l'avais même surprise une fois en train d'enregistrer des conversations avec son téléphone, une vraie détective, bref, j'avais bien le droit de respirer, je ne disais rien, moi, quand elle partait dans sa famille, parfois toute une semaine, sous prétexte qu'elle avait besoin de se reposer, de passer du temps avec elle, ne répondant qu'à certaines heures (les mêmes) à son téléphone éteint le reste du temps, je ne cherchais pas, moi, à savoir ce qu'il y avait de si intéressant à faire à Toulon pour qu'on y retourne deux fois par mois, j'en savais foutrement rien, puisqu'on n'y était jamais allés ensemble, je connaissais l'adresse de ses parents parce qu'une fois elle m'avait demandé de leur poster un truc, bref, ça me soûlait de devoir m'expliquer tout le temps, en plus elle ne me laissait pas parler…

j'ai eu le temps de faire une petite sieste avant de me rendre à *La Maison de la renaissance*, on passait par une dépendance, une sorte d'auberge familiale, où tout le monde pouvait poser ses affaires et se changer, s'il le fallait, ainsi qu'y dormir après la fête… Colombe était aux anges, tout le monde la trouvait magnifique – elle l'était – mais connaissant un peu son histoire avec ce mec, je n'étais pas tout à fait convaincue par sa joie, il y avait dans son sourire une étonnante mélancolie, on aurait dit qu'elle luttait pour garder le plus loin possible un quelconque sentiment réfractaire, confus par rapport à tout cet étalage de fierté, de luxe, une mélancolie qui lui interdisait de se demander si elle n'était pas en train de faire la pire connerie de sa vie en épousant ce loser, il fallait bien la connaître, Colombe, du moins avoir déjà discuté avec elle de ses différentes relations amoureuses, toutes plus atypiques les unes que les autres, pour déceler ce genre de choses chez elle, ça faisait trois ans que Jean-Michel et elle sortaient ensemble, il la quittait et revenait dans son lit quand cela lui chantait, disons quand le temps était trop mauvais pour rester dehors à traîner, car sa passion dans la vie c'était le foot et ses copains qui étaient aussi cons que lui, ils se déplaçaient toujours en bande et se comportaient comme s'ils venaient d'avoir quinze ans, Jean-Michel faisait le malin, en se montrant à la hauteur du moment, mais aux yeux de la famille de Colombe, aux yeux du père surtout, Richard, qui avait financé toute cette mascarade, tout ce qu'il fallait, des voitures avec chauffeur, cette baraque, un traiteur, une vingtaine de serveurs, des centaines de bouteilles de champagne et de vin, des tables, des plateaux de service remplis d'un tas de choses délicieuses, le DJ (très moyen), etc., le connaissant, Richard, il n'éprouverait aucune gêne à murmurer à l'oreille de ses amis, mon gendre pfff, c'est pas un homme, c'est une béquille, une rambarde, et parier qu'il avait raison, je mets quiconque d'entre vous au défi de me prouver le contraire, le jour où il a appris que sa fille avait abandonné ses études à la Sorbonne, c'est comme s'il avait reçu le ciel sur la tête, il avait balancé son verre de whisky contre le mur et hurlé à sa secrétaire d'appeler cette petite idiote et de lui demander de venir immédiatement à son bureau, il était sûr d'avoir poussé vers la bonne voie la seule personne de cette famille à qui il aurait pu confier la direction d'une de ses entreprises, mais c'était foutu, elle préférait retourner exhiber son corps décharné dans des vêtements que personne ne porte en vrai, ou très peu, pour la gloire du ridicule…

Colombe ne manquait de rien, elle avait un appartement dans un quartier très prisé dans le Vieux-Lille, cent deux mètres carrés, un coupé noir, des économies personnelles, en plus d'être adossée à une fortune familiale s'élevant à plusieurs millions, mais il n'était pas question qu'elle finisse seule, sans mari, sans enfants, ou complètement con comme Pierre, le frère, qui faisait partie de la bande de Jean-Michel, ou comme Louise, une de ses deux sœurs, la rebelle de la famille, apparemment ils se sont bien trouvés, avais-je dit à Louise pour sonder son ressenti, pfff, fit-elle, on sait tous que c'est un enfoiré, ce type, mais c'est comme ça, ma famille est trop bizarre, je regrettai de l'avoir approchée, elle parlait encore et encore, sans pouvoir s'arrêter, la hippie, la transfuge, celle qui n'en avait rien à foutre, qui ne suivait pas les routes tracées par Richard, qui avait boudé la fortune familiale pour vivre comme une clodo, qui avait beaucoup voyagé, baisé avec des mecs de toutes les nationalités, elle en parlait comme de la plus écrasante des victoires, elle avait trois enfants, le père du petit dernier était un Sénégalais qui n'aimait pas la France, c'était à elle de faire le voyage deux ou trois fois par an pour permettre à son fils de se familiariser avec sa famille africaine, pour reprendre ses propres mots

Cathie, l'autre sœur, était une copie conforme de la mère qui fut, elle, une des servantes officielles de Richard… entre la mère suisse allemande, Plate, qui suivait le regard de son mari pour toutes les décisions qu'il fallait prendre, et Cathie qui validait tout ce que disait maman, et le père qui fumait cigare sur cigare avec un air de fosse septique, de je ne valide pas ce mariage mais ça m'offre une occasion de montrer que je suis bourré de thunes, et Pierre en mode je suis un rejeton de riche je déconne si je veux merde, le sourire de Colombe devenait de plus en plus énigmatique, évanescent, tout en la regardant dans cette magnifique robe blanche, des souvenirs émergeaient, ses textos inattendus, je suis à Paris, t'es où, faisons un truc, et cette fois où on s'est roulé une pelle pour voir ce que ça fait, ou lorsqu'elle m'avait montré sa chatte et demandé tu trouves qu'elle est belle, ma chatte, je la trouve hyper moche, ha ha ha, nos balades dans Paris, nos brèves folies, nos confidences, tu ne comptes quand même pas emménager avec un mec qui a envoyé à ton père une lettre de demande d'emploi truffée de subjonctifs et d'adjectifs lèche-cul dès la première semaine de votre relation, elle avait beaucoup rigolé, puis elle avait dit on verra, pourquoi pas, ou encore cette fois où elle avait insisté pour que j'accepte d'assister à un de ses défilés, elle avait repris ses activités, n'en déplaise à Richard, on n'avait pas pris le temps d'en parler sérieusement, mais je n'avais jamais compris le délire des mannequins, je me faisais trop violence pour ne pas éclater de rire devant cette procession de biches, on aurait dit qu'elles n'avaient pas fait caca depuis mille ans, elles avançaient selon un rythme réfléchi, chronométré, programmées pour s'arrêter, faire demi-tour, tourner sur elles-mêmes avec précision et finesse, tout cela me paraissait complètement épuisant, je me rappelle, une d'elles avait dérapé, chuté, et rampé comme une chenille jusqu'au vestiaire, la honte, sous les yeux impavides du public… en réalité, ce n'est pas forcément des vêtements ni des chaussures ou des bijoux destinés à être portés, m'expliqua Colombe, mais plutôt des expériences ou une vision artistiques mises en valeur à partir de ces corps…

évidemment, c'était trop tard pour aborder la question de ce mariage avec elle, je regrettais d'avoir loupé son appel qui faisait suite à la réception du faire-part, à la manière de ses textos, son message vocal était bref, *il faut absolument que tu viennes à mon mariage*, après ça avait été impossible de la joindre, son téléphone ne sonnait même pas, elle courait sans doute à droite à gauche, à fond dans les préparatifs… je n'avais qu'à traverser un bout du jardin indescriptiblement bien décoré pour aller saluer mon amie, la prendre dans mes bras au moins, mais j'avais un petit souci, je me trouvais moche, avec ce visage rond, empâté, ces bras lourds, ce ventre mou, ces seins tombants, ces hanches et ces fesses abondantes, aucune fierté n'émanait de moi, même si mes rondeurs me conféraient un certain charme, comme on le constate parfois chez certaines femmes bien en chair, je crois que j'aurais été incapable de l'assumer et le montrer, les autres invités, même en regardant ailleurs je sentais que c'était moi qu'ils regardaient, censeurs, pleins de préjugés, confus, alors je n'osais pas trop m'exposer, j'ai pu la saluer un peu plus tard dans la soirée, quand j'ai eu l'impression que personne ne calculait plus personne, elle pleurait, je lui ai dit que j'étais contente pour elle, non, je mens, honnêtement c'était plutôt le contraire, j'en étais incapable, son bonheur m'horripilait, avec sa magnifique robe, son beau sourire, sa famille omniprésente, sa petite fortune, son mec qui, en gagnant sa main, donnait l'impression d'avoir touché la voûte du ciel – je portais une robe à fleurs simple et assez large pour que je ne sente pas mon corps tirer sur les plis, déborder, je fumais cigarette sur cigarette, et avais le sentiment d'être seule, ou de n'être entourée que de gens mariés et de jeunes couples, et qu'on n'osait pas venir me parler comme pour que je ne me dise pas qu'on le faisait par gentillesse, ou je ne sais pas quoi, parce que j'étais non seulement grosse mais seule, il y avait un tas d'hommes (parmi lesquels Richard et ses amis) avec un gros bidon, qui penchaient même un peu, pour lesquels maigrir était un défi impossible à relever, pourtant ils ne se cachaient pas, ils se mettaient même en avant en parlant et en riant très fort, et leurs femmes étaient minces comme des brindilles, alors que moi j'étais gênée comme une plaie, d'autant plus que Colombe m'avait connue mince, du moins depuis la dernière fois qu'on s'était vues, elle devait se demander ce qui m'était arrivé pour prendre autant de poids, et sans doute arrondir les angles si quelqu'un, un homme, venait lui demander, par exemple, tu ne me présentes pas ton amie, c'est qui, je rentrais mon ventre mais au bout de quelques secondes je ne tenais plus, j'étouffais…

Cathie et Louise faisaient tout pour arracher Richard à ses amis en cercle autour de lui, mais en vain, comme s'il leur avait fixé rendez-vous dans ce lieu précisément pour peaufiner ses petites affaires… dans sa tournée inquisitrice pour savoir si le mariage de sa fille était le plus merveilleux mariage auquel ce parterre de beau monde avait jamais assisté, les yeux de Plate ont croisé les miens, on s'est saluées, moi avec une simplette considération, elle trop gentiment, avec le même sourire de vieille bourgeoise entretenue qu'elle servait à tout-va, mais quelle magnifique soirée, s'exclama-t-elle en secouant la tête, cherchant mon assentiment, je ne savais pas quoi lui répondre, vous êtes bien l'amie parisienne de ma fille, j'ai dit oui, mais j'avais surtout envie de lui dire tout ce que je savais de cet enfoiré de Jean-Michel, tout ce que sa fille n'oserait jamais lui avouer, à cette famille sans corps, sans muscles, quitte à passer pour l'amie jalouse et aigrie incapable d'apprécier le succès d'autrui… après le somptueux apéro sur la terrasse de *La Maison de la renaissance*, on nous invita à entrer dans une grande et magnifique salle, je suivis cette petite foule de privilégiés qui paraissait plus détendue tout à coup, moins arriérée, moins floue, sans doute à cause de l'alcool, que la fête commence vraiment, hurla Jean-Michel, Plate avait l'air satisfaite des résultats de sa petite enquête, tout le monde lui avait dit que c'était parfait, incroyable, mirifique, même le bouquet de la mariée avait atterri dans ses mains, gênée, elle l'avait renvoyé mais en direction du DJ ha ha ha… après les discours, les témoignages, les souvenirs, les compliments, j'ai enfin réussi à approcher Colombe, lui dire quelques mots, mais vite fait, elle devait rejoindre son mari, en me promettant qu'on prendra un moment ensemble avant mon retour à Paris…

en effet, la soirée passa à un autre niveau, le DJ mixait, tellement mal qu'on aurait pu croire qu'il faisait exprès, que c'était prévu, ça commençait à investir la piste de danse, mouvements de bras, de pieds, petits sauts, déhanchements… je ne me suis jamais autant fait chier, assise sur le coin de la table réservée aux amis de la mariée, la plus proche, à deux mètres, était réservée à ceux du marié, tout avait été pensé je crois dans cette logique dichotomique, ridicule pour ma part, bien trouvée pour d'autres, des enflammés allèrent jusqu'à la qualifier de brillante, Colombe, Jean-Michel, rive gauche, rive droite, à la table-Colombe on ne parlait que d'elle et à la table-Jean-Michel que de lui, une soirée à deux faces, deux points de vue, mais ce qui me paraissait le plus étrange, c'est qu'aucune des personnes assises à ma table ne parlait de la Colombe que je connaissais, moi, j'avais même l'impression qu'ils parlaient de quelqu'un que je n'avais jamais rencontré, d'une inconnue, tandis que je suivais des yeux la mariée à travers la salle, comme pour tenter de trouver une association entre elle et ce qu'on disait d'elle, entre la réalité et cette fiction qu'elle était en train de devenir dans mon esprit, et putain, ces questions fatigantes auxquelles chacun devait répondre avec emphase et bonhomie : où, comment, depuis quand connaissez-vous Colombe… quelle beauté hein cette fille, quel charisme, quel corps, quel sourire, oui, vous avez raison, on est tous d'accord… agacée, je quittai la table pour aller fumer une cigarette, tout ça me parut si long et ennuyeux, je fumai les yeux fermés

la même chose s'il vous plaît… coïncidence improbable, le serveur est toulonnais, il est né là-bas, y était allé au lycée et au collège, avant de gagner Paris, il est grand, mince, avec des petits yeux évasifs, un peu méfiants, il me dit qu'il trouve ça dommage qu'elle (Julie) soit partie aussi vite en refusant toute discussion, que je devrais aller la chercher, en faisant cette moue très française qui consiste à allonger les lèvres en penchant simultanément la tête sur le côté tout en haussant l'épaule… je bois contre la toute-puissance de la mémoire… il est midi, j'imagine, j'arrive à la gare de Toulon, il fait chaud, je ne sais pas ce qui m'attend, je veux seulement convaincre ma Julie de rentrer à Paris avec moi, pas parce que je suis (encore) amoureux d'elle, je ne l'ai jamais vraiment été je crois, disons qu'il fallait beaucoup de courage, ou parce que le serveur me dit que c'est une bonne idée, mais parce que l'exige une force inconnue, *va la chercher et ramène-la*, quitte à redevenir le jour suivant un personnage de ses films, en face de la gare, sur la terrasse ensoleillée du café-brasserie, je m'arrête pour boire une pinte ou deux, après la cinquième, je prends un taxi direction la maison familiale de Julie, on m'accueille bien, me propose quelque chose à boire, volontiers, dis-je, Julie n'est pas là, elle fait un tour avec ses copines, dit la mère, la conversation continue, cahin-caha, banale, soûlante, ça parle de la météo, de la bouffe, des travaux à faire dans la maison, des nouvelles responsabilités liées à la retraite, le père n'est pas très bavard, il me regarde d'un air sceptique, en fait, il ne comprend pas pourquoi je suis là, pourquoi maintenant, qu'il doit se demander, en quoi c'est plus urgent, plus décisif qu'avant, il finit par me questionner sur ma vie, rebondit à chacun de mes débuts de phrase pour m'expliquer ce qu'est exactement la vie, comment elle devrait être vécue, pour lui, sans l'ombre d'un doute je suis un raté, un bon à rien, un homme qui est là pour sauver une histoire qui ne lui convient pas, qui n'existe plus, quel autre motif justifierait un tel déplacement, de Paris à Toulon, sinon leur Julie, la prunelle de leurs yeux, en ce qui me concerne, dit la mère, je trouve que c'est très élégant de ta part de venir assister au mariage de notre fille…

… *mariage de notre fille*, la vieille peau, je ne lui souhaite pas longue vie, c'est comme si elle me poussait du haut d'un gratte-ciel, je suis dans un état de confusion extraordinaire, une grande tristesse s'empare de moi, bien que je n'aie pas été totalement irréprochable dans cette histoire, Julie fait ce qu'il faut pour elle, elle va vers son objectif, bref, Toulon bien trop distant, et plus détestable que jamais à mes yeux qui ont pleuré sur au moins sept pintes à la terrasse embrumée du café-brasserie de la gare, avant de reprendre le train… je rumine des sentiments préfabriqués, une barque fragile m'éloignant du moindre espace que nous avions habité, rêvé, espéré, aucune trace d'elle ne doit résister, maintenant que je sais que je l'ai perdue pour toujours, partie se perdre dans un mariage, dans un gouffre, comment défaire ces rues qu'on traversait ensemble, cette terrasse où l'on riait, riait, s'embrassait, s'embrassait, comment construire leur oubli, puis emprunter des rues nouvelles, se jeter dans un lit nouveau, enlacer des inconnues entre le mur et le canapé, entre la penderie et la bibliothèque, dans un fauteuil, nuit et jour…

la même chose s'il vous plaît… je rêve seul, je mérite son absence, je ne suis pas à la hauteur, elle aurait été fière d'entendre ces débilités, ces fuites voilées, qui sortaient parfois de ma bouche sans effort, d'avoir trop bu ou comme si elles avaient été crachées par un personnage de théâtre, j'étais loin de les penser, ça m'apaisait, Julie a beaucoup pleuré de m'avoir connu, aimé, d'avoir voulu prolonger la magie des premiers jours, elle m'a suivi comme on suit un chemin vers la mer, non sans buter sur des débris de chimères, d'un passé qui me poursuit encore de toutes ses forces, ce beau chemin nous a perdus tous les deux et la mer, cette mère nourricière n'a jamais existé… pourtant j'ai été fidèle, loyal, c'est-à-dire j'ai essayé du mieux possible d'être d'abord à moi, comment être à soi et à l'autre, aimer au-delà de ce qui se fait, de la morale et des tribunaux, voilà mon échec, je ne sais pas m'adapter, m'éloigner de moi, me prostituer… si Julie pouvait libérer sa vie de ces rigoureuses lourdeurs dont elle l'accablait, elle verrait que je suis le plus solidaire des hommes… maintenant qu'elle ne pleure plus, supposé-je, a toute l'attention qu'elle mérite, dans une nouvelle vie avec un nouvel homme, il ne me reste qu'à me torcher à sa santé…

Makenzy, le pire des hommes

… la nuit fut claire et l'air frais, j'étais bien, les rares fois où ça m'arrivait, depuis la tuerie du Bataclan, je pensais à Orcel, associer le mot bien à son nom me paraissait tout à fait naturel, les souvenirs nourrissent un territoire profond, concret… les bruits de la fête dévoraient la nuit, d'autres corps se mêlaient à la transe, je me rappelais que, en plus d'avoir été une très bonne cavalière, grand-mère connaissait par cœur le nom de toutes les danses régionales, il y a la bourrée auvergnate, la maraîchine, la sautière, la brioche, la java, la farandole, le rigodon, le congo, les basques, les bretonnes, y a-t-il une danse nationale, populaire, lui avais-je demandé, un truc dans lequel tout le monde se reconnaît, bonne question, attends, elle avait réfléchi en répétant mes phrases, une danse nationale, un truc courant, dans lequel tout le monde se reconnaît, peut-être le cancan, avait-elle dit, je ne sais pas, je ne suis pas sûre, elle aurait pu m'apprendre, mais elle était trop vieille et maladive… je tirais une dernière taffe quand surgit une voix, Mademoiselle, puis-je utiliser votre briquet, la silhouette se précisa, puis devint un homme, oui bien sûr, en allumant sa clope, il dit qu'il s'appelait Makenzy, l'écrasa après deux bouffées, regarda en direction de la piste de danse, se tourna vers moi, m'invita à danser, il était grand, beau, blanc, type Irlandais du Nord (je remarquai qu'il n'y avait pas un seul Noir au mariage, même parmi le service traiteur), il se dégageait de lui quelque chose de sauvage, comme l'intimité d'une forêt, le genre de mec avec qui tu sais que ça va se passer dès le premier soir, son prénom me paraissait à la fois vivant et lointain, tel un mensonge... *vous dansez,* des mots feutrés, subtilement prétentieux, comme toutes les questions affirmatives... en dansant (mal) avec lui, j'imaginais déjà la scène, on va aller dans sa chambre, non, dans la mienne, puis on fera l'amour jusqu'à l'aube, je sentais déjà sa bite contre ma robe, chaude et dure, je faisais comme si c'était normal, c'était plutôt rassurant, la grosse avait trouvé chaussure à son pied, et heureusement, je dois l'avouer, que ma chaussure était assise à une des tables réservées aux amis de Colombe, parce que pour rien au monde je me serais laissé sauter par un des mecs de la bande de Jean-Michel... Makenzy aussi avait fait le voyage depuis Paris, et cette fois-ci c'est moi qui lui avais posé la question-éolienne, il balbutia qu'il avait rencontré Colombe sur un tournage pour une pub de crème ou de parfum, alors que lui n'était ni mannequin, ni nez, ni réalisateur de pub, je n'y comprenais rien, mais ce n'était pas le moment de chercher à comprendre, et comme tout manipulateur il savait très bien déplacer ses pions, ayant vite compris que cette histoire de tournage sur lequel ils étaient censés s'être rencontrés, Colombe et lui, ne tenait pas bien debout, il s'empressa de me promettre qu'il ne s'était rien passé entre eux, qu'ils étaient juste amis, j'ai dit je m'en fous qu'il se soit passé un truc entre vous, ça ne me regarde pas…

comme l'avait exigé le binôme Colombe-Jean-Michel un mois à l'avance à toutes celles et ceux qui voulaient rester dormir sur place après la fête, Makenzy avait réservé une chambre, et pour être vraiment sûre que c'était pas un psychopathe qui se promenait dans les mariages pour choper des filles pour les violer et ensuite les découper en morceaux avant de les jeter dans un trou au milieu d'un bois, je l'y accompagnai, histoire de vérifier qu'il en avait bien une, et qu'il était en effet un invité de Colombe, ensuite on passa dans ma chambre, je titubais un peu, j'avais énormément bu, du champagne, du vin et des shots de whisky… je me souviens qu'il m'avait dit fais de beaux rêves, belle femme

la même chose s'il vous plaît, c'était une mauvaise idée ma relation avec Julie, *je vous demande pardon*, la voix n'était pas celle du serveur habituel, je lève la tête pour croiser le regard absolument incroyable de l'inconnu, une montagne a bougé en moi, mais c'est qui lui, je dis ça dans ma tête, bon...jour, dé... vous... je baragouine putain, tout ça me dépasse déjà, un rien, je pensais que... enfin, voilà, je suis un habitué du bar, dé...désolé, vous êtes nouveau, oui c'est ça, une pinte, je prends toujours la même chose, de quoi, ah oui, je suis bête, une pinte ça pourrait être de n'importe quoi, de Stella... une pinte de Stella... un éclair m'est rentré dans les yeux, et j'en perds mes moyens, ce n'est rien qu'un homme longiligne, visage sec, allongé, sourire franc, viril, c'est étrange, qu'est-ce qui m'arrive, je me tourne et l'observe se diriger vers le bar, puis revenir, briller, m'éblouir, musical, alerte, on dirait qu'il ne me quitte pas des yeux, non, c'est moi qui continue de l'étudier discrètement, mais lui, qu'est-ce qu'il voit, lui c'est lui, la beauté, la lumière même, je suis qui moi, quand on se regarde qu'est-ce qu'on ouvre d'horizon, d'inédit, l'un chez l'autre, quelle région chez lui nous accueille, quelle mer nous partage, ça va vite... la montagne a bougé à nouveau en moi, et tout tente de se redéfinir, reprendre la place qu'on a eu peur de lui reconnaître, un souffle nouveau, inquiétant, injuste, une émotion toute neuve... dans un mouvement gracieux et lent, le nouveau serveur pose le verre devant moi, putain qu'est-ce qu'il est beau, d'une beauté cruelle, un mêlement de vrai et de fiction, de flamme et d'innommable... je bois aussi à la santé de mes actes manqués... je suis troublé... la mer remonte, avec elle les souvenirs, elle me chauffe les tempes et les narines, elle s'enivre de ma lucidité, la blonde sous ce repli de vague, il n'existe pas de fond de verre qui connaisse la profondeur de son cœur, le nouveau serveur revient, son parfum, un délice, j'ai toutes les bonnes raisons de perdre pied, sans décoller mes yeux de l'îlot de mousse, j'ose une question, assez simple, les autres clients s'en foutent peut-être, moi non, je veux savoir, alors le premier serveur, je veux parler de celui que vous remplacez, il est où, ah c'est fini, répond le nouveau, il ne travaille plus ici, il est retourné à Toulon, on lui a offert du travail bien payé, je ne sais pas, un truc plus ou moins proche de ses compétences, qu'est-ce qu'il y a Toulon, lui demandé-je en repensant à Julie, le port, le soleil, les plages, ah ben oui, le bonheur, vous avez connu d'autres gens qui ont quitté Paris pour là-bas, peut-être, faut voir, le premier serveur, avait-il une femme et des enfants, pas que je sache, je ne le connais pas plus que ça, dit-il, on s'est croisés ici, c'était rapide, vous voulez que je vous resserve… non, enfin oui, la même chose, c'est de la légitime défonce, je me creuse les tombes qui me plaisent, cette blonde est vraiment ma préférée, un goût léger et fruité aux accents d'herbe et de malt avec un soupçon d'amertume… Paris c'est la foire folle, le péril heureux, la transe sévère, sans alcool tout a l'air si petit, si triste, piteusement vide, comme ma vie quand elle est privée des cruelles lampées du matin, des crus accompagnant le déjeuner, l'apéro, le dîner bien arrosé, les soirées *no limit*, ici, c'est presque toujours la même ambiance, car ce sont presque toujours les mêmes clients, des couples (rarement), des dépressifs notoires, des célibataires endurcis, des filles sans joie, des déglingués, des veufs, ils s'échangent des ragots en gesticulant, se gaussent de rien, de tout, s'engueulent, sacrilège, s'écrie une voix, qui a commandé le jus de tomate, c'est moi, quoi, toi tu ne bois plus, sérieux, moi je pourrais pas, enfin j'ai jamais essayé, même pas un verre, ça n'a jamais soûlé personne un verre, ah, ton père était alcoolique et violent avec tout le monde quand il buvait, il en est mort, tu n'arrêtes pas d'y penser depuis une semaine, en effet, ça marque, tu sais, très souvent en me réveillant le matin je me dis pourquoi tu te mets dans un état pareil, tu y gagnes quoi en fait, parfois j'entends une voix qui me supplie d'arrêter pour l'amour du ciel, mais le soir venu, je replonge, ça me dépasse… leur vie, les mêmes histoires, même la chanson dans l'enceinte fixée au plafond reprend mille fois, dans une voix grave, roulant les « r », détachant parfaitement chaque syllabe, qu'*elle cheminait sans parapluie…* je bois jusqu'à en avoir mal… j'en ai vu un tas de rigolos s'envoyer de ces quantités, deux jours avant, ils arrivaient, tout fringants et heureux, accompagnés d'une nana, élégante, à peine chaleureuse, surfant sur les eaux limoneuses de la trentaine, depuis mon point de vue sceptique et radical sur ce type de bonheur, ça me faisait sourire en pensant à la chute inévitable qui les attendait, et hop, avant même que j'aie eu le temps de cligner des yeux, que ça reprenait sa solitude, clope au bec, dodelinant de la tête au-dessus de son énième pinte, il n'y a pas de demain, on s'excave, se répète en tentant de survivre à soi, en submergeant le temps… les clients sont la continuité branlante de ces murs, ce comptoir, ces porte-verres, ces bouteilles remplies ou à moitié vides, des arcs-en-ciel pernicieux…

la même chose s'il vous plaît… d'autres souvenirs, d'autres paysages, je stagne dans ces possibles intérieurs, au bout de ce couloir mental surgit la silhouette de l'ancien serveur, drôle, détaché, dans une juste proximité avec le client, nos brèves discussions prenaient parfois l'allure d'une amitié en devenir, cette fois où, tandis que la télé fixée au plafond du bar à côté de l'enceinte – on éteint l'une pour allumer l'autre – logorrhait à mort, pour déconner ou attirer mon attention sur mes habitudes déliquescentes, il m'a dit même au Moyen Âge on ne buvait pas autant, j'en ai rigolé pendant au moins trois minutes, j'étais trop bourré pour ne pas trouver ça drôle… quelle ombre est-il devenu à Toulon, une ville peut-elle en absorber une autre, ou un homme, jusqu'à l'oubli de sa vie d'avant…

le matin, en me réveillant, c'était comme si quelqu'un tapait avec un marteau à l'intérieur de ma tête, j'étais nue, mal épilée de la chatte, je soufflai dans ma paume, c'était horrible, d'habitude j'avais une haleine légèrement alliacée, parfois un peu trop, mais là, *pouah*, il était presque dix heures, Makenzy dormait encore, à moitié couvert de cette lourde couette blanche, que je soulevai discrètement pour vérifier s'il avait une grosse bite, pas mal…

quelques semaines après, nous parlions déjà lui et moi de nous installer ensemble (je l'ai énormément regretté), sans se donner un temps de réflexion, il quitta Pantin sans regret et me rejoignit dans mon petit appartement, il n'eut qu'à régler quelques affaires, remettre les clés de sa sous-location, prendre le bus 249 jusqu'à Porte des Lilas, puis remonter l'avenue Gambetta pendant environ dix minutes jusqu'à chez moi, rue Orfila, ce n'était pas du tout compliqué, mais je suis quand même allée le chercher à l'arrêt de bus, arrivée un peu à l'avance, je portais une robe à fleurs, j'adorais les robes à fleurs, j'avais mis au moins une heure avant de décider que ça allait être cette robe-là, cette coiffure-là et pas une autre, et je vérifiais si tout allait bien plus d'une dizaine de fois devant le miroir, j'avais appelé je ne sais plus qui en vidéo pour lui demander si c'était pas trop ringard de porter ça pour accueillir mon nouvel amoureux, tu es très belle, ma chérie, me félicita Makenzy en descendant du bus, pour tout bagage, il avait deux sacs à dos qu'il a défaits une semaine après, parce que je lui avais ironiquement demandé s'il comptait retourner à Pantin, l'un rempli de ses fringues et d'une paire de chaussures, l'autre de son ordinateur et de quelques autres machins… le vieil ami de père était un homme de parole, on m'a appelée deux semaines après que je lui ai envoyé mon CV, j'avais réussi mon entretien d'embauche, maintenant que j'avais un travail avec un salaire raisonnable, j'ai cru que ma vie allait changer, pour tout dire, elle avait changé, mais pas dans le sens auquel je m'attendais avec Makenzy, en prenant un de ses deux sacs je lui dis que ça ne me dérangeait pas de prendre les deux, il m'a dit non merci, t'es trop gentille, qu'est-ce qu'on ne ferait pas au début, à cause de ce brasier intérieur qui nous abrutit, nous rend bons, invincibles, monstrueusement humains, je jetai les sacs dans un coin en rentrant, et nous fîmes l'amour tout de suite, sans nous déshabiller, debout, assis, dans le lit, à treize heures on déjeuna dans un restaurant non loin de la place Gambetta, il avait un truc à faire à quinze heures, l'attente fut longue, mais dès qu'il rentrait, tous les deux dévorés par une sorte de flamme inextinguible, on se jetait sur le lit, faire l'amour, puis une sieste, se réveiller, refaire l'amour, boire, aller chercher une pizza ou une bouteille de vin, chanter, danser dans la rue, fumer des joints, me prendre le visage avec ses deux mains, me dire tu es la plus belle femme de cette ville, de France, m'embrasser, reboire, fumer, écouter du jazz, rire aux éclats, vivre intensément, le monde avait cessé d'exister autour de nous, il n'y avait que nous, oui, que nos corps transpirant l'extase et l'insouciance, réaliser combien nous étions beaux et heureux ensemble, rentrer du boulot, plonger dans ses bras et y rester, me mettre à avoir peur que tout ça ne soit qu'un rêve, une passade, un bonheur éphémère, factice, que Makenzy se transforme en fumée, puis rien, le vide, le néant, ériger le plus magnifique des royaumes et tout brûler, m'était tout à coup insupportable l'idée de le perdre, de ne pas être à la hauteur, il avait apporté quelque chose d'inédit dans ma vie, une fraîcheur, je m'estimais chanceuse de l'avoir rencontré et m'étais arrangée pour vivre une vraie histoire avec lui, en faisant tout aveuglément pour que ça continue, s'il voulait un truc, quoi que ce soit, je voulais pareil, s'il changeait d'avis, c'était parfait pour moi aussi, la fameuse distorsion de la perception de l'autre évoquée au début de ce cahier, une sorte de dérèglement psychique majeur, ma volonté était complètement assujettie à la sienne, je ne sais plus qui a dit personne ne pourra jamais deviner en quoi peut se changer un être humain avec le temps, Makenzy, lui, profitait vachement de la situation, je m'abandonnais au point de ne pas prêter attention à ses propos ni au choix de ses mots, à son panégyrique de libertin, de sale gosse, son silence, son éloignement que j'avais, pour ainsi dire, trop relativisé, auquel l'idiote que j'étais croyait pouvoir remédier, et, de plus en plus, ses suffisances, ses redondantes lourderies, *je ne suis pas un cadeau, être amoureux c'est un état, et un état ça change, je ne sais pas ce que c'est, l'amour, la fidélité est le romantisme des chiens*, et d'autres circonlocutions à la con…

se hâta le destin… si je pleurais, ou exprimais une envie ou un mal-être il levait ses yeux vers moi, comme on lève la tête pour mieux penser à quelque chose, puis les baissait avec la même indifférence, ou me laissait en plan au milieu de la pièce, il faisait tout pour me blesser, me rabaisser, et ensuite m'apaiser, avec ces mots, ces gestes artificiels qui nous apaisent, alors que ça ne devrait pas, surtout après la blessure, je vous parle d'une créature exceptionnellement troublée, un prédateur doté de cette rare capacité à susciter chez l'autre à la fois le désir et la répulsion, l'admiration et le mépris, l'amour et la haine, la pitié et l'inclémence, irréprochable en public, affreux en privé, sans parler de ses puériles objurgations auxquelles toute résistance était considérée comme un lynchage dévirilisant, je ne me sentais pas à ma place, regardée, aimée, soutenue, et s'ajoutait à cela la méfiance de mon propre être, mon propre corps, et toutes ces choses difficiles à accepter ou dépasser quand on est une femme, je plongeais et il n'y avait rien autour de moi auquel m'accrocher, n'est-ce pas le propre de toute relation, se glisser inéluctablement vers son contraire, son essoufflement, son naufrage, certes, mais il n'y avait pas eu de relation, rien, j'étais amoureuse d'une ombre, une chimère, une naissance ratée, ou je ne sais pas quoi d'insaisissable, j'aurais tout donné pour savoir ce qui se passait dans la tête de Makenzy, à quoi il pensait, s'il ne s'agissait pas d'une caméra cachée ou d'une blague trop longue, pendant les cinq années qu'a duré cette lancinante mascarade, j'ai eu l'impression d'avoir disparu, annihilé ma personne, abandonné mes amis, mes habitudes, ma vie, pour devenir un bourreau d'un travail qui consistait à me battre, crier pour exister, m'extirper de l'obscurité sans fond dans laquelle je m'étais embourbée, être considérée par quelqu'un qui regardait ailleurs, qui me rabaissait et se nourrissait de ma tristesse, mes peurs, mes impasses, je pensais souvent à m'inscrire sur des sites de rencontres, avoir des aventures, histoire de me sentir vivante, désirée, me libérer de son emprise, à la mairie où je travaillais ou dans un cadre informel j'avais quelquefois été approchée par d'autres mecs, j'écoutais à peine ce qu'ils disaient, sans m'autoriser à plus, j'étais psychologiquement domestiquée, constamment poussée à mes limites, gonflée d'amertume, j'avais toutes les raisons de lui en vouloir, de souhaiter sa mort, si on m'avait enfermée dans une cellule avec lui, j'aurais été capable de passer le reste de ma vie, nuit et jour, à lui cracher à la gueule, cette colère (d'autres l'auraient juste foutu à la porte, CASSE-TOI PAUVRE TYPE, je n'en avais jamais eu le courage), à le traiter de tous les noms de pute, de chien, mes vides, mes failles, le sentiment de n'être pas à la hauteur de mes ambitions, mes efforts sous-valorisés dans ce boulot carrément plombant que je n'aurais pas dû accepter, au risque de ne pas pouvoir vivre à Paris, mon passé brutal, ma fracassante entrée dans la vie sexuelle, sans émoi, sans amour, toute ma merde existentielle retomberait sur lui dans cette cellule où, encore une fois, il finirait par trouver les bons mots, les bons gestes pour me détendre, m'attirer vers lui, vers sa bite, jouir, se laver en faisant une moue presque de dégoût, comme s'il venait de se tremper dans un truc sale, puis retourner à ses brumes… effacement contre lequel je ne pouvais rien, malgré mes efforts répétés, même dans le choix de mes petites culottes, au lit, ma façon de me donner à lui, de pousser des cris (en faisant semblant parfois), et toutes ces choses dont raffole le lézard dominant, renforçant la conscience de sa valeur…

je voulais d'un homme qui s'engage, qui prend les choses en main, s'occupe de moi, est heureux en ma compagnie, mais lui, Makenzy, n'arrêtait pas de cacher son vrai visage, d'afficher une posture ambiguë par rapport à notre relation, je me trouvais mille moyens d'aller de l'avant avec lui, mais il refusait, par exemple, que je dise qu'il était mon chéri, lui donne un surnom, mette des photos de nous ensemble sur les réseaux sociaux, il y en avait peut-être une ou deux, peu significatives, sur lesquelles on nous voyait parmi les quelques rares personnes qu'on fréquentait tous les deux ensemble, mais pas une seule qui laissait même soupçonner qu'on se connaissait, voire qu'on était un couple, il résistait à tout… des photos sur les réseaux sociaux, par les temps qui courent, qui n'en poste pas, pour exprimer une idée, partager un moment de sa vie, contrairement aux arguments qu'il avançait : la vie privée doit rester à l'intérieur, ce n'est pas parce que ça a l'air merveilleux aux yeux du monde que ça l'est en réalité, la raison d'être et l'avenir d'une relation sont au-delà de toutes ces mises en scène insipides qu'on voit sur Internet, il s'agit juste de reconnaître l'autre, l'inscrire dans le courant de sa vie, à l'entendre parler, se payer de mots, cet enfoiré, on aurait dit l'homme idéal, je me demande ce qu'on peut bien construire en fuyant, pour être heureux on a besoin de pratiquer son partenaire dans ses désirs les plus primaires, fabriquer avec lui un lieu de vie commune et pérenne, ce que Makenzy et autres dégonflards appellent urgences domestiques encombrantes, je ne vois pas où est le mal, la puérilité, la recherche d'une certaine validation sociale, le manque de personnalité, de jugeote, qu'on se crée un territoire commun, bref qu'on sache quelle place on occupe l'un dans la vie de l'autre ou pas, la vérité, c'est que refuser qu'on *se mette en scène*, pour Makenzy, c'était une manière de ne pas officialiser notre relation et d'ainsi laisser la porte ouverte à d'autres éventualités, d'autres aventures, d'autres culs, sans parler du fleuve de non-dits, de secrets, de ces questions qu'on aborde pour se précipiter dans un puits de colère et d'angoisses, parce que trop sensibles et ténébreuses, et l'impression de vivre avec un animal empaillé (un vrai ne m'aurait jamais rendue aussi malheureuse), tant il était mystérieux, absent, et tout à coup présent, impliqué, ses pénétrantes hypocrisies, c'était parfois si inattendu que je ne savais pas comment réagir, en profiter, j'étais déjà sur le point d'exploser… je lui en voulais aussi tellement d'avoir eu les yeux ailleurs quand j'avais besoin de lui, d'être revenu au moment où je ne l'attendais plus, une vie en clair-obscur dont j'étais la soubrette, la dinde, autant dire que je comptais sur lui pour être heureuse – le mythe de ce rêve, mon misérable rêve, se perpétuait dans son impossible obsolescence, son inconvertibilité, auxquelles j'avais fini par me résoudre, mais en fin de compte me fut plus supportable l'idée que je m'étais trompée de vie, de destin –, pour vivre le grand amour… ce qui nous restait en fin de compte, c'était un reliquat de nostalgie des délicieux moments déjà perdus aux confins de ma mémoire, cette force hargneuse qui n'en finissait pas de me dérober à moi-même, de me retourner l'estomac des mois après le coup de grâce (j'en parlerai), tout ce temps perdu pour rien, avec un sale égoïste, totalement dépourvu de cette légèreté, de cette joie de vivre que je lui trouvais au moment de notre rencontre, et qui était sans nul doute un précipice auquel je n'aurais jamais dû m'abandonner…

en plus, je me faisais chier dans mon boulot, je n'en ai pas encore parlé, j'ai été embauchée dans cette mairie pour gérer informatiquement tous les cimetières affectés aux inhumations sur l'ensemble de la ville, le choix des emplacements, le droit d'être inhumé, les permis d'inhumer, les concessions, le contact avec les opérateurs funéraires, le contrôle de la conformité des chambres funéraires et des crématoriums, les conditions d'accès dans les cimetières, le recensement des arbres et des arbustes, de la population des défunts, je travaillais dans le domaine de la mort, un autre monde, lourd et glauque, où ça ne se passait pas toujours comme je le voulais, avec parfois des urgences très difficiles à gérer, une famille envisageant, au lieu de l'habituelle cérémonie, d'organiser une fête funèbre à l'ancienne autour du mausolée, un mort dont les proches insistaient pour qu'on le fasse enterrer un dimanche, ou tout le système qui plantait en même temps, alors qu'il y avait toutes les compétences associées aux services funéraires à briefer, un boulot pas très réjouissant, si vous voulez, mais au moins moi j'en avais un, Makenzy passait le plus clair de son temps à glander, à critiquer tout ce que je faisais, sans jamais se remettre en question, c'était à moi de trouver une solution pour tout, le loyer, les factures, les courses, les restos, ses sorties sans moi, ses folies, c'était moi, oui, mes sous, mon sang, ma sueur, le fruit de mon travail, que récoltait cette sale créature, son égocentrisme m'exaspérait à tel point que je m'entendais parfois lui dire des choses si horribles, ne serait-ce que pour le secouer un peu, le faire bouger, réagir…

j'avais aussi remarqué une chose, depuis notre rencontre, Makenzy ne parlait jamais de Colombe, qui était une amie commune jusqu'à preuve du contraire, à chaque fois que j'évoquais le nom de celle-ci, il s'arrangeait pour changer de sujet, si j'insistais, il fuyait plus que de raison, jusqu'à ce que j'abandonne, toute question était de trop, remettait en cause sa liberté, et le mieux qu'il pouvait faire, en guise de réponse, c'était de sortir se bourrer la gueule dans Paris et me couvrir de honte en rentrant, en me traitant de chieuse, de pouffiasse envahissante, etc., ses mots étaient tellement durs parfois que j'étais comme bloquée, ne sachant pas comment réagir, sans parler de ses menaces de rupture, ses chantages au suicide pour que je le laisse tranquille, en ravalant mes questions, ma colère, ma lassitude, il était incapable d'être l'homme d'une seule femme, d'une seule histoire, libre à lui, au lieu de jouer au salaud ambigu et venimeux, pourquoi ne l'exprimait-il pas clairement, au moins je l'aurais su, c'est toujours moins ravageur que les suspicions, les doutes, les phrases méchantes, j'aurais eu le choix, enfin, je me souviens qu'une fois, il m'avait demandé quels étaient mes fantasmes, si j'avais envie de voir d'autres gens, que cela ne le dérangerait pas, dès lors qu'on restait solidaires du socle de notre couple, que plein de gens faisaient ça, essayons, j'ai dit non, ça ne m'intéresse pas, parce que j'étais amoureuse de lui et que, je dois l'avouer, ce qu'il appelait l'ouverture, un moment de respiration, était à l'opposé du point de vue de mon juge intérieur, de ma vision de l'amour, mais surtout parce que j'avais du mal à croire que ça partait d'un bon sentiment, de quelque chose d'intègre, de propre, qu'est-ce qu'il ne ferait, ne dirait pas, Makenzy, pour qu'on lui fiche la paix, pour qu'on arrête de lui poser des questions, où vas-tu, avec qui, à quelle heure tu rentres, veux-tu qu'on se retrouve, pour n'exister que pour sa gueule, tout ce que je demandais c'était de faire partie de ses priorités, de cesser d'être une option, un cœur acquis, une ombre recroquevillée, seule, rongée par l'angoisse et l'attente, je me demandais si on était vraiment ensemble, si je n'avais pas rêvé, grand-mère avait un mot très juste pour ça, « torchonner », quand on utilise une chose avec mépris et à un degré excessif, c'est ce qu'il faisait Makenzy, il torchonnait mes sentiments et ma confiance, de la tempête de la méfiance je n'avais qu'un pas à faire pour basculer dans la haine, et ça n'avait pas traîné, on pourrait facilement croire que je suis une femme blessée, esseulée qui, parce qu'elle n'a pas eu ce qu'elle voulait, cherche à justifier sa peur, son sentiment d'insécurité et d'abandon, en dressant un portrait à charge de son ex, en salissant lâchement son nom dans un récit ampoulé et puérilement bavard, etc., on pourrait même se demander si Makenzy a vraiment existé, s'il ne s'agit pas d'une crise profonde liée à des traumatismes, des pensées obsédantes, ou que sais-je encore, c'est facile de juger quand on ne s'est jamais intéressé passionnément à un être, n'a jamais été la victime d'un manipulateur, d'un pervers narcissique… avant d'arriver au chapitre « coup de grâce », en voici deux parmi les moments les plus cyniques et révoltants avec cet homme, pour vous donner une idée plus large de son mépris à mon égard…

1. Montréal

… j'avais une vision assez froide du Québec, laquelle avait été désavouée en sortant de l'aéroport Trudeau, Makenzy était déjà venu plusieurs fois, selon lui, la ville s'était un peu transformée depuis la dernière fois, et il avait raison sur certains points, à part les douaniers qui étaient trop fouille-merde, tout me paraissait plus simple, plus jovial, plus propre, la différence avec Paris sautait aux yeux, les taxis, les visages, l'espace, les conversations, la couleur du temps, les gens, les cafés, les magasins, les maisons, les rues, les parcs, les chiens, le métro, les boutiques, les immenses trottoirs, on se promenait facilement d'une rue, d'un quartier à l'autre, grâce à la disposition hippodaméenne typique des villes nord-américaines, m'expliqua Makenzy, à laquelle ils se sont juste contentés de donner un nom, parce qu'en vérité ce plan rationnel du paysage urbain remontait à très loin, était d'origine grecque ou romaine ou égyptienne, les Espagnols l'avaient adopté en Nouvelle-Espagne, l'actuel Mexique et une partie de l'Amérique centrale, il avait l'avantage, ce plan, de permettre une meilleure circulation de l'air et des habitants, etc., on avait pris une chambre dans un hôtel, rue Saint-Dominique, où on a posé nos affaires avant de se rendre au mythique Saint-Sulpice, situé à quelque dix minutes à pied, bâtisse abritant pas moins de onze bars répartis sur plusieurs étages, une sacrée ambiance, quand on est arrivés, le jardin-terrasse était bondé, étudiants, touristes, couples, groupes d'amis, il faisait très chaud, la serveuse était gentille et nous installa une table et deux chaises dans le dernier espace vide en plein air et à l'ombre, elle était vêtue d'un short et d'une simple chasuble rouge ou bleue, elle parcourait les tables environnantes et ramassait les verres vides à une vitesse impressionnante, les empilait ensuite jusqu'à former une tour, avant de nous demander si on savait ce qui nous ferait plaisir, ou si elle nous laissait regarder tranquillement le menu, Makenzy avait commandé la même chose pour nous deux, un pichet de sangria, un fameux mélange de jus d'orange ou d'ananas et de vin rouge, c'était frais, ça se buvait tout seul, j'aimais bien, Makenzy était comme chez lui, heureux, me parlait avec véhémence et longtemps de sa première fois à Montréal, et dans ce lieu, et de toutes les autres fois, sans doute avec d'autres nanas qui furent aussi idiotes que moi, il avait même inventé un slogan, *la ville où la vie fait peau neuve*, j'ai oublié de dire qu'on était censés faire ce voyage pour nous retrouver, panser nos derniers orages de couple, j'espérais vraiment pouvoir passer du temps et discuter avec lui, et peut-être accéder aux multiples tiroirs de son silence, de son éloignement, et comprendre pourquoi il était aussi insaisissable… le pire, c'est qu'à la base ce n'était pas du tout mon idée, subitement, comme réveillé d'un profond sommeil, il m'a dit et si on faisait un voyage, et moi, comme une conne, j'étais ravie, tout excitée et impatiente, j'ai posé des congés, pris les billets d'avion, réservé l'hôtel et tout, je me suis dit qu'il avait envie de passer du temps avec moi, mais ce n'était pas du tout ce que j'avais constaté une fois sur place, il m'emmenait dans les endroits qu'il connaissait déjà et où il était sûr de revivre des souvenirs, revoir des connaissances, combler sa nostalgie, je ne m'étais pas rendu compte sur le moment qu'il ne m'avait pas dit pendant combien de temps il avait séjourné à Montréal, pourquoi, comment, chez qui, je ne serais pas étonnée qu'il ait eu une autre vie, avec une femme et un enfant dont il dissimulait l'existence, comme celle de sa famille…

le lendemain, on a pris le petit déjeuner chez Juliette & Chocolat – j'avoue que c'était excellentissime, à faire saliver Dieu, exagérait Makenzy –, où il a croisé des potes qu'il me présentait en déclinant d'abord leur nom suivi de leur métier ou activité professionnelle, un certain Vieux-Loy, un petit gros avec des yeux de serpent qui ricanait comme une hyène, mauvais poète (j'avais lu dans la foulée quelques extraits de son dernier recueil sur le site de sa maison d'édition) et éditeur à plein temps, Noutch, militante autochtone, comme un acte manqué elle avait l'air naturellement perdu, confus, Monga, percussionniste, il se déplaçait comme une araignée sur une terre hostile aux créatures de son espèce : Sénégalais, musicien incompris, et Julia, maudite vierge, comédienne, qui embrassait Makenzy presque sur la bouche, en posant une main sur sa nuque, d'emblée, je sentis qu'il y avait quelque chose entre lui et cette fille, un mec normal, aimant, amoureux, aurait passé son bras autour de mes épaules pour m'attirer contre lui et dit à qui voulait l'entendre je vous présente ma chérie, on vit ensemble, il aurait même ajouté pour ma plus grande joie on va fonder une famille, mais à ces connaissances exceptionnelles et talentueuses Makenzy me présenta comme si j'étais une personne comme une autre qu'il venait de croiser par hasard dans la rue, et que l'éventualité que chacun reparte de son côté était à considérer, imminente, je n'étais qu'un prénom, une gueule surmaquillée pour faire bonne impression, une tristesse dissimulée sous des sourires forcés, rien de plus... ensuite on est allés traîner sur la Main, pique-niquer au parc La Fontaine, traîner à nouveau, vers seize heures il a insisté pour qu'on retourne au Saint-Sulpice, pour l'apéro, ensuite dîner dans un joli restaurant situé dans une rue qui portait le nom d'un administrateur colonial, célèbre tueur d'autochtones, cette race était une race exécrable qu'il s'était donné pour mission d'anéantir par tous les moyens, Amherst (rebaptisée rue Atateken qui signifie fraternité), je me souviens surtout du chef, P., grand, beau, sans façon, qui traitait trop bien les clients, à croire qu'ils étaient tous des amis de vieille date, il trinquait, rigolait de bon cœur avec eux, faisait tout pour les mettre à l'aise, et ça se voyait aussi qu'il était aimé de ces gens qui l'appelaient dans tous les sens, ce genre de disponibilité de la part d'un chef, on verra rarement ça à Paris, pour ne pas dire jamais, les serveurs se chargent de leur transmettre les compliments des clients satisfaits, c'est tout, P. nous parlait de son projet d'ouvrir son propre restaurant, son objectif : place des Arts, planter un soleil au cœur de la ville, plus jamais on n'aura froid, dit-il en partant d'un nouvel éclat de rire… bref, Makenzy avait déjà bâti son programme, moi je dus le suivre pendant toute la semaine qu'avait duré notre séjour à Montréal…

au Saint-Sulpice, il avait recommandé la même chose, un pichet de sangria, autour de nous les gens discutaient, riaient, c'était le fun, comme ils disent là-bas, en dépit de ses affleurements d'homme sans aucune morale et mes griefs contre son attitude, notamment dans ce restaurant-chocolaterie où il avait fait la part belle à la profession et au talent de ses amis, je commençais à me dire que c'était une bonne idée ce voyage, de pouvoir partager des moments privilégiés avec lui, quand soudain – comme s'il y avait une énergie noire et incontrôlable qui finissait par le pousser à me tourner le dos, car je pense sincèrement que Makenzy ne savait pas comment aimer une femme, ça devait être un truc de son enfance, pour avoir grandi seul et n'avoir eu aucun modèle d'homme aimant autour de lui, je ne sais pas – il a sorti son portable et s'est enfermé dedans, sa drogue dure, lieu sacré, indicible d'où il ne revenait jamais complètement, un bref instant sinon pour regarder dans le vide, comme s'il n'y avait aucune raison pour qu'il le fasse, il s'exposait à un danger réel, il avait besoin d'être plongé en lui-même à la recherche de quelque chose de vital et sur lequel il ne transigeait pas, quant à moi je n'existais pas, il me parlait sans lever les yeux, ou par de simples hochements de tête, tout ce que je devais faire c'était attendre qu'il se décide à émerger pour sauter sur l'occasion, avant que le vide ne le ravisse à nouveau, ah l'océan qui nous séparait, mon Dieu qu'il était vaste, bien plus vaste que celui qu'on venait de survoler jusqu'à Montréal, que tous les autres, dans la rue, de temps en temps quelqu'un passait à vélo, à pied, ou en voiture, j'aurais voulu que ce passant soit moi, une personne qui ne connaissait rien de Makenzy, n'en avait jamais entendu parler, et que la probabilité qu'ils se rencontrent, deviennent amis ou amants, représentait une poussière sur une plage, les Québécois et tous ceux qui étaient présents à cette terrasse m'avaient l'air sympa, et ils parlaient français, j'aurais mieux fait d'aller m'asseoir avec eux, de me faire de nouveaux amis et de les suivre n'importe où, qu'est-ce que j'avais à perdre, j'aurais voulu être cette rue traversée par je ne sais combien de générations de Québécois et d'étrangers, des hommes, des femmes et des enfants de tous âges, me sentir en contact, vivante, servir à n'importe quoi, j'aurais voulu être sans distinction, les allées et venues, les éclats de voix, les bruits de verres, jazz ininterrompu de la terrasse aux étages, de la plus grande à la plus petite et insoupçonnable vie présente dans cet immense bar, j'aurais voulu être ces chiens que les gens promenaient avec tellement d'amour et de gratitude… il n'était plus là, les yeux et l'âme absorbés par cet abîme sur lequel glissait son pouce, le reste n'avait aucune importance…

dans un roman injustement oublié, l'auteur avait écrit ces mots pour moi, rien que pour moi, « un chien, c'est moins que rien, si on se sert un peu de lui, à la saison des feux de brousse, c'est qu'il sait débusquer le gibier et qu'il excelle à le poursuivre, à part cela, comme il est inutile, on ne s'en occupe que pour le rosser », il était inutile d'imaginer ce qui pouvait rendre Makenzy heureux avec moi, en vérité, j'étais cette chienne à laquelle il s'intéressait pour lui faire du mal ou pour l'utiliser à son avantage, profondément déçue et seule, j'essayais vainement, avec le peu de forces qui me restait, de me concentrer sur le sens de ma présence sur cette terrasse à ce moment précis de mon existence, je cherchais autour de moi un regard, un signe, je rêvassais, m'effondrais intérieurement, seule au bout de cette table, de l'autre côté de son monde, soudain, Makenzy se leva, je passe aux toilettes, dit-il, en posant sur la table, oui devant moi, le portable qu'il emportait d'habitude même dans la salle de bains en alléguant que ça lui faisait un bien fou de prendre un bain en écoutant de la musique, c'était la première fois que je les voyais l'un sans l'autre, le portable sans Makenzy le serrant dans ses mains comme un trésor, s'assurant par plusieurs types de codes de sécurité que je n'y aurais pas accès, combien de fois, le lendemain d'une cuite, l'avais-je entendu s'écrier, inquiet, putain j'ai perdu mon téléphone, je l'ai oublié dans le taxi, et moi toujours aussi conne à me mettre en quatre, à chercher partout pour l'aider à le retrouver, j'avais toutes les raisons de me persuader qu'il avait fait exprès de le laisser là, à ma merci, pour pouvoir, encore une fois, me reprocher d'avoir dépassé la limite, violé son intimité et découvert ce dont je n'aurais pas été au courant autrement, un mal pour un bien, dirait grand-mère, depuis quand c'est un péché de penser un peu à sa gueule, oui, il aurait dû me dire les choses de vive voix en me regardant dans les yeux, au risque de me faire du mal, mais au moins j'aurais su à quoi m'attendre et me fixer, il l'avait laissé là exprès, son putain de portable, pour que je puisse trouver les réponses aux questions qui me taraudaient au sujet de notre couple, à mes doutes, c'était à peine croyable, il n'avait même pas pris soin d'activer le verrouillage de l'écran, le genre de truc qu'on fait uniquement lorsqu'on n'a rien à cacher… en fixant cet appareil, la porte secrète menant au vrai Makenzy, l'étui de son être profond, j'éprouvai l'inexplicable et triste sensation de passer de ce temps où je n'étais que bourbier, une vie enterrée, de la pire des ténèbres à la lumière, je me suis même entendue dire *ça y est, je le tiens*, j'étais incapable de me retenir, comme si le reste de ma vie dépendait de ce que j'allais trouver dans ce téléphone, alors que je savais très bien pourtant ce qui m'attendait, une terrible chute…

j'ai pris le téléphone calmement, sans aucune précipitation, afin que les gens autour ne se rendent compte de rien (ils m'auraient jugée je crois, pour cette faute qu'ils auraient eux-mêmes impudemment commise, si la situation ne tournait plus en leur faveur), j'allai direct dans les messages, l'un des plus récents avait été envoyé par le contact JuliaBelleFemme, la comédienne qu'on avait soi-disant croisée par hasard lors de notre petit déjeuner, j'étais convaincue que c'était elle, le message disait, *je ne bouge pas, viens quand tu veux, hâte…*

en rentrant de Montréal, blessée, dépassée, je tentai de me jeter du haut de mon balcon…

… j'ai souvent aussi l'impression d'être l'un des personnages dans le rêve que fait quelqu'un, ou une de ses lointaines vies… *oui, la même chose…* je n'ai pas tout dit, avant ma rencontre avec Julie, j'ai été marié pendant cinq ans, avec le temps, Martha en a eu marre de moi, de tout, elle me reprochait mon incapacité à nourrir la flamme de notre histoire, à être intéressant, me renouveler, ça se voyait clairement à sa manière de regarder ailleurs quand je m'adressais à elle, de ne plus me demander mon avis, où j'étais, ce que je faisais, avec qui, de la manière la plus douce possible afin que je continue de croire qu'elle n'était pas jalouse, que c'était juste parce qu'elle s'intéressait à ma vie… après nos fiançailles, sa mère était tombée malade, pour s'en occuper Martha avait délaissé ses études, pendant que son verrat de frère fumait du cannabis, enchaînait les soirées, lorsqu'elle avait tenté de lui expliquer combien leur mère avait besoin d'eux deux, et qu'ils devaient rester soudés dans cette épreuve, le gros fêtard avait répondu les médecins sont là pour ça, c'est leur mission, soigner les gens, alors maman va être soignée, et toi tu vas arrêter de me casser les couilles… après la mort de leur mère, il poursuivit son train-train habituel, comme si pour lui rien n'avait changé, se comporta avec sa sœur de la manière la plus malfaisante qui puisse se concevoir, tout en essayant de détourner à son profit leur héritage, quand leur père est décédé ils étaient jeunes, mais ils ont été témoins des luttes acharnées menées par leur mère pour sauver la face, son influence, et cette profonde beauté devant laquelle leurs convives ne cessaient de s'émerveiller, elle trouvait injuste que son frère ne montre aucun respect pour cette mémoire, parfois, comme deux chiens surchauffés, ils s'engueulaient dans le salon, tu vas arrêter de mentir, je sais ce qui se passe, je connais tes intentions, putain de merde, tu vas fermer ta gueule et me laisser faire oui, moi j'étais dans l'expectative de comment allait se terminer la partie, tout en connaissant déjà le grand gagnant… et encore une fois, elle me rebattait les oreilles avec son déluge, en reprenant tout depuis le début, pas parce qu'elle aurait aimé avoir mon avis ou un conseil, elle savait déjà ce que je pensais de son frère, mais parce que son être tout entier dégoulinait de partout de ces conneries… durant ces cinq années de mariage, nous avons vécu chacun d'un côté de ce miroir, de cette falaise de laquelle il ne fallait pas laisser l'un glisser par peur qu'il entraîne l'autre, une chose, disons une menace dont on se rappelait au moins l'importance partout, à la maison, au restaurant, chez nos amis, dans le lit, on se regardait mais nos yeux fuyaient, occultaient cette interminable fragilité : s'unir au-delà de nous-mêmes, nourrir un vide, notre vie conjugale était comme une case qui correspondait bien à notre situation mais qu'on refusait de cocher, et notre maison comme un terrain vague, on ne savait pas trop ce qu'on faisait encore là, à cette étape de notre vie, puis c'était la fin de tout, de la joie, des fous rires, des repas en amoureux, des soirées, des baisers, on s'est laissés emporter par cette énergie facile, impétueuse par la suite, on aurait tout donné pour que ça marche, qu'on puisse vivre ensemble, pour tout dire, je n'ai pas vu venir ce trou noir qu'on avait pourtant patiemment creusé, en partie à cause de son dégénéré de frère dont elle avait peur au point d'avoir été incapable de lui demander d'arrêter de conduire en état d'ivresse, il devrait se faire soigner ton frangin, lui ai-je dit, j'ai toujours su qu'elle regretterait un peu d'avoir été incapable de lui faire entendre raison…

2. Nouvel an

matin… le ciel offrait son abîme à la mer, incroyablement livré, on y voyait d'époustouflantes fresques gisant dans leur nacre, des univers déconstruits, narrés par des revirements, en lentes effusions de souffles, sous leurs surfaces inédites et tendres s'effilocheraient les corps (inconnus) de la lumière, parmi ce spectacle d'illusions vivaient des peuples d'oiseaux dont je ne savais pas le nom, pourquoi les nommer, laissez-les voler, ils avaient l'air d'être à l'agonie, piégés dans cette éminence laiteuse, lourde, froide, *l'exquise physionomie du ciel*, ce désert de brumes que rien ne semblait pouvoir pénétrer, souiller, et le vent, la fidèle escorte, cette misère soufflante… la Manche, on aurait dit qu'elle n'était pas à sa vraie place, une simulation de son existence réelle, qu'elle avait été transportée et posée là quelques millions d'années auparavant, c'est ce côté terrestre, artificieux qui fait son charme, selon Makenzy, il faut aller la voir tôt en hiver, plonger sans hésiter en fermant les yeux et la laisser vous étreindre les os, vous pénétrer jusque dans les anfractuosités de votre âme, pour mon affreux amoureux, c'était un plaisir indicible, une fusion à nulle autre pareille, lorsqu'il sortit de l'eau, c'était comme si son corps d'une extrême blancheur venait de mijoter dans la mort, la Manche, pour moi c'était une mer comme une autre, avec ses humeurs, ses distances mystérieuses, ses surprises, il fallait être un peu suicidaire quand même pour aller barboter là-dedans en plein hiver, il y avait quelque chose d'elle en Makenzy, ou l'inverse, un sombre univers sous une surface harmonieuse et douce… après la soirée qu'on venait de passer, et ce que j'avais encore une fois découvert, j'aurais voulu que Makenzy soit mort emporté par les flots, très loin, où on ne pourrait plus le retrouver, mais au bout de quelques minutes, il avait fini par réapparaître et s'était mis à vanter ses prouesses de nageur risque-tout…

comme beaucoup de Français, j'étais obsédée – je dirais même aliénée – par cette absurdité qui veut que la soirée du nouvel an soit un moment exceptionnel, se distinguant des autres, cela dit, je n'ai pas toujours été en bonne compagnie, parfois, quand je ne m'immisçais pas dans une soirée où je ne connaissais personne, j'allais me promener, ou je restais allongée dans le canapé avec une bouteille de vin, un paquet de clopes, en écoutant des chansons tristes, à minuit je pleurais, tandis que dans les environs fusaient des cris de joie, je m'endormais, et le lendemain tout redevenait comme avant, rien n'avait bougé…

Makenzy et moi, on s'était mis d'accord pour marquer le coup en dehors de Paris, j'eus une fin d'année particulièrement chargée au travail, beaucoup de gens, majoritairement vieux, étaient décédés, avec une hausse significative les deux derniers mois due aux tumeurs malignes, aux accidents de la route, aux suicides, et le problème c'est qu'avec les morts c'est aussi compliqué administrativement, je dirais même plus qu'avec les vivants, des dizaines de dossiers à traiter dans un délai très court, les déclarations de décès, pour transporter les corps dans une chambre funéraire privée, une chambre mortuaire ou au cimetière, les autorisations de crémation, le sort des cendres oubliées ou abandonnées par certaines familles, en plus du train-train habituel, le métro, le RER bondés le matin, puis le soir pour rentrer, l'humeur pourrie des gens, j'étais tout le temps fatiguée, je ne dormais pas beaucoup, je remballais injustement mes collègues, l'idée de donner ma démission, de tout plaquer, m'avait plus d'une fois traversé l'esprit, quitte à vivre de peu ou de rien, bref, pour souffler un coup, j'avais besoin de quitter Paris, et en dépit de mes griefs de plus en plus justifiés contre mon éternel chômeur de copain j'acceptai de nous payer à tous les deux le voyage, mais tout à coup, avant même que je me demande si cela n'aurait pas été mieux que chacun fasse son truc dans son coin tout en prenant le temps de réfléchir à nos déchirements et à ces engueulades qui n'en finissaient pas et qui nous rongeaient, comme s'ils avaient été avertis par le Saint-Esprit, des amis de Makenzy que je n'avais jamais rencontrés avaient trouvé géniale notre idée de passer le nouvel an à l'extérieur de Paris, Makenzy me l'annonça comme une bonne nouvelle et je devais le prendre ainsi pour ne pas tout gâcher, il n'y avait pas moyen de me retrouver seule avec lui, ou se retrouver simplement, il y avait toujours un ou deux de ses potes qui finissaient par savoir où on était, ce qu'on faisait, et par débouler sans prévenir… je n'avais pas envie de m'engueuler avec Makenzy, j'étais trop épuisée pour ça, aussi loin que je puisse remonter dans notre relation, je n'avais jamais osé le mettre mal à l'aise en présence de ses amis en sortant un truc du genre je suis plutôt surprise de vous voir ici, ou si vous avez quelqu'un dans votre vie, prévenez-moi quand vous faites un truc en amoureux, je viendrai avec vous, jamais une réflexion…

finalement, les amis de Makenzy et moi avions loué ensemble une maison à Calais, à environ cinq minutes de la plage, avec un immense salon et une magnifique cheminée, un escalier en bois massif menant aux chambres à l'étage, trois grandes et une petite qui faisait office de débarras où l'on trouvait un petit lit avec un oreiller en plume, on avait prémonitoirement nommé cette pièce *le nid des infidèles*, le coucher de soleil de fin d'année fut magique, le paysage mélancolique, la nuit froide, tous assis au bord de la cheminée, on était six, les salutations faites, Christian et sa blonde danoise, Alia, Armand et Louis, Makenzy et moi, Armand était écrivain essayiste, son dernier livre parlait de l'exil et la littérature, ou l'exil en littérature, ou la littérature de l'exil, je ne sais plus, pourtant il nous avait rebattu les oreilles avec ça pendant plus d'une heure, comme si publier un livre, donner son avis sur un sujet était quelque chose d'exceptionnel, grosso modo, il soutenait que le mot exil est souvent mal utilisé et crée par conséquent un malaise, plus, une imprudence, celle de faire cuire tout ce qui bouge à la même poêle : ceux qui sont expulsés ou déclarés apatrides par un régime fasciste comme ceux qui sont partis de leur plein gré, qui ne sont chez eux nulle part, qui ne connaissent pas la douleur d'Ulysse pendant ces longues années passées loin d'Ithaque, qui n'ont jamais ressenti de distance entre eux et leur pays d'origine, sans parler de ceux qui ne trouvent jamais le lieu d'arrivée de leur voyage, donnée spatio-temporelle, sentiment ou les deux, j'ai vécu dix ans à Montreuil, expliqua-t-il, une semaine dans le 16e arrondissement de Paris a suffi à m'éloigner de tout ce que je connaissais avant, c'était comme si je venais d'arriver dans un autre pays, alors que j'étais resté dans la même ville, les expériences ne sont pas les mêmes, mais presque partout, il y a toujours une partie de la population qui vit dans une forme d'exil sur son propre territoire, du fait de son statut et de sa déplorable position sociale, et une autre, de plus en plus évidente, à travers l'ignorance, la méconnaissance des individus ou des groupes d'individus, de qui ils sont, d'où ils viennent, de là où ils sont et des mécanismes primaires du rapport à l'autre, ce mot (exil) renvoie – c'était toujours Armand qui parlait, gonflé de tout son génie –, pour poser la question littérairement, au processus de création, au contexte dans lequel l'œuvre est produite et les résonances de celle-ci qui sont parfois néfastes pour l'auteur, l'illustrent parfaitement ces vers d'Ovide, *Mon livre, vous irez à Rome, et vous irez à Rome sans moi*, ou Darwich, *j'appartiens à la route, d'autres pas ont précédé mes pas*, il renvoie aux frontières territoriales humaines ou aux convulsions identitaires qui sont la plupart du temps des phantasmes politiques ostracisants et absurdes qu'on s'acharne à ériger, renforcer à tout prix, par le déni, le mépris, l'ingérence, la dissuasion nucléaire, mais, et c'est justement le point de vue de mon livre, poursuivit Armand, les imaginaires se communiquent, et ce depuis toujours, au-delà de ces prisons, ces perspectives territorialistes, le syndrome de la route est animal, la Terre tourne, nous sommes tous des passagers, et c'est encore plus vrai pour ceux qui viennent d'Afrique…

si Alia trouvait que tout ça était brillamment dit, Louis réagit en citant une phrase de Bourdieu sur le sujet, après laquelle j'avais mis un point d'interrogation, disons un doigt d'honneur que j'étais la seule à voir, parce que je l'avais brandi dans ma tête, je n'avais pas fait la route jusqu'à Calais pour écouter une conférence, Makenzy regardait son téléphone portable, Christian aussi, le seul qui ne connaissait pas mon copain, ils ne s'étaient jamais rencontrés avant cette soirée, je trouvais Christian un peu pâle, disons absent, quand Armand lui demanda si tout allait bien il répondit simplement, ouais ça va, en jetant un coup d'œil presque méchant à Alia, de temps à autre j'épiais les expressions parcourant le visage de Makenzy quand il recevait ou envoyait un message, ravivant le pitoyable souvenir de Montréal et tant d'autres similaires, des conneries pour lesquelles il s'excusait parfois, mais sans prendre en compte la profondeur de la blessure infligée, sans réfléchir à une nouvelle manière de considérer et de partager la vie de l'autre, bref...

Louis avait une histoire avec Armand, qui s'était gentiment plié à l'idée de son amoureux de faire le nouvel an en bande, et voulut nous en dire davantage sur leur relation, mais il fut interrompu par Armand qui éprouva soudainement le besoin de parler de sa première rencontre avec la mer, suivi d'Alia qui nous rappelait qu'elle venait d'un pays (le Danemark) où l'eau est omniprésente, où l'alcool est un symbole de la collectivité et de l'identité nationale, tandis qu'elle nous expliquait les raisons pour lesquelles elle avait choisi la France comme pays de résidence et que j'imaginais la Manche se métamorphoser en une vaste étendue de lucioles, Louis déclara la mer est une vaste vision, c'était comme s'il avait lu dans mes pensées, en bisoutant le dos de la main d'Armand qui en retour lui caressait les cheveux, sa moustache était parfaitement celle de Dupond dans la série Tintin, mais lui, à défaut d'être un policier naïf, est un photographe d'une grande générosité, c'est Makenzy qui me l'avait expliqué, entre autres pour justifier son idée et me convaincre qu'on allait être en bonne compagnie, en témoigne *Le temps stagne*, une exposition de photos à travers laquelle il propose une rencontre, une intimité entre l'espace et ses habitants, à travers une dizaine de villes, des grandes, des petites, des inconnues… Louis n'aime pas parler de son travail, dit Armand, il n'y a rien à en dire, réagit l'artiste, il faut juste ouvrir l'œil, être là au bon moment, avec la bonne lumière, il était humble, respectueux, modestement habillé, le contraire d'Armand à tous points de vue, un miroir à deux faces, Makenzy ne sortait de son téléphone portable (son maître et seigneur) que pour se resservir du vin, ou dire une chose sans importance, réitérer sa présence, Christian aussi, le fiancé d'Alia, était étrangement taciturne, limite amer, à leur arrivée il avait posé son sac, puis s'était jeté dans le premier fauteuil – où il avait passé toute la soirée – pendant que nous autres on visitait, appréciait le charme de cette maison, attribuait les chambres, buvait du champagne ou du vin, Christian, lui, buvait du rhum sec, et à un rythme fulgurant, Alia et lui s'évitaient en permanence, deux gamins, c'était gênant, on sentait que l'un et l'autre, Christian surtout, faisaient attention à ne pas aborder le moindre sujet concernant leur couple, l'abcès crevé qui pourrait tout gâcher, et il était évident qu'il était très amoureux d'elle, il n'avait pas envie de faire une chose qu'il pourrait regretter plus tard, pourquoi sont-ils venus ensemble, si c'est pour s'ignorer, pensai-je, si elle n'a aucun intérêt particulier à être là, sachant qu'elle aurait pu être ailleurs avec d'autres gens tout aussi distingués que Louis et Armand, peut-être se posaient-ils secrètement les mêmes questions, vu que la situation ne paraissait pas moins tendue entre Makenzy et moi… quoi qu'il en soit, mes interrogations à propos de la présence de la Danoise, injustifiée selon moi, n'étaient pas le fruit d'une simple méfiance, à force d'avoir été victime de mensonges et de tromperies, les sens aiguisés, je pouvais sentir advenir un séisme…

et tout à coup, tandis que Louis et Armand se lançaient dans une discussion sur le mode de vie de certains oiseaux en rigolant enfantinement, j'aperçus Alia en train de lorgner Makenzy discrètement avec un sourire, à peu près toutes les cinq minutes, mais celui-ci ne la considérait pas plus que nous autres, disons avec une distance joliment feinte, oh l'enfoiré, serait-il capable d'aller jusqu'à réunir dans le même espace, autour de la même table, une de ses nombreuses conquêtes et moi, cette idée m'était insupportable, il fallait l'écarter et vite, pour ne pas péter un câble et offrir aux gens présents un spectacle pire que celui que j'avais offert à la terrasse du Saint-Sulpice à Montréal, après avoir lu le message de cette Julia, j'avais juré de ne plus me mettre dans un état pareil à cause d'un être pitoyable et petit, j'abandonnai le vin pour passer au rhum, et Christian, qui ne m'avait presque pas adressé la parole jusqu'à présent, à personne d'autre d'ailleurs, s'approcha et trinqua avec moi, bienvenue au club, dit-il avant de plonger à nouveau dans son téléphone portable, je ne m'étais pas trompée, Christian était réellement un homme triste, qui acceptait toutes les conneries de sa copine parce qu'il n'avait pas encore le courage de la quitter, on se ressemblait sur ce point, lui et moi, son verre contre le mien était la partie visible d'un message immergé que j'aurais dû lui demander de préciser, d'approfondir, et surtout ma réaction, au lieu d'affronter Alia, lui demander de m'expliquer ces petits sourires en coin, ce qui se passait entre Makenzy et elle, etc., je me bourrai la gueule comme une idiote, je fuyais, j'avais pourtant toutes les raisons de péter un câble et personne n'aurait pu m'en vouloir... en une heure j'avais bu ce que je buvais d'habitude en une soirée, l'alcool m'avait plongée dans une sorte de rêverie où tout était calme et sans-façon, je ne ressentais plus sur ma tête ni sur mon corps cet indescriptible poids qui tentait de m'écraser, de me réduire en poudre, Louis avait roulé des joints et c'était parti dans des proportions complètement loufoques et inattendues, on entrait dans un autre espace-temps, Makenzy avait lâché son téléphone, Christian aussi, je n'avais plus envie d'étrangler sa copine, elle pouvait regarder Makenzy autant qu'elle voulait, le joint et l'alcool aidant, une étrange euphorie nous avait tous gagnés, ça parlait, hurlait presque en même temps...

en y repensant plus tard je trouvais que mon sentiment à l'égard d'Alia n'était pas juste, pourquoi voulais-je m'en prendre à elle, comme si en lui jetant mes frustrations cela aurait changé le sens des choses, pourtant la seule personne qui représentait une menace (oui c'est bien le mot) pour ma vie était Makenzy, je me demandais pourquoi sa suffisance, son orgueil, son insensibilité, sa distance me torturaient autant, ce sale sentiment d'avoir besoin de lui malgré tout, qu'il m'aime autant que je l'aime... Louis se mit à raconter en s'esclaffant son dernier voyage à Copenhague, il y était pour un reportage, il rentrait d'une beuverie quand il s'était rendu compte que son sac à dos avait disparu, ses papiers, son portefeuille, son appareil photo, il avait tout perdu, paniqué, il était retourné au bar, avait cherché partout, le sac n'était nulle part, il essayait de se rappeler les endroits qu'il avait visités, où il aurait pu l'oublier ou se le faire voler, les Jardins de Tivoli, du Roi, le havre hippie de Christiania, le port de Nyhavn avec ses bateaux traditionnels en bois et les maisons joliment colorées, enfin le vieux port où il avait bu des Carlsberg en terrasse, mais il ne se rappelait pas s'être séparé de son sac, il ne s'en séparait jamais, vous cherchez quelque chose, monsieur, lui demanda un serveur, oui, mon sac à dos dans lequel j'ai toute ma vie, vous êtes sûr, fit le monsieur, à la fois confus et amusé, parce que regardez monsieur – il tendit la main et souleva délicatement le sac de sorte qu'en le relâchant Louis en sente le poids – vous l'avez là sur le dos… puis ce fut le tour d'Armand de raconter son périple en Algérie pour l'écriture de son livre, puis celui de Christian, une curieuse histoire, j'en ris encore, un jour, une famille bourgeoise invite un grand buveur et connaisseur d'alcool à la dégustation d'un nouveau rhum destiné à la vente, tout le monde est là, on l'attend, on veut absolument avoir son avis, enfin il arrive, s'installe, on lui apporte un verre et une bouteille du rhum en question, sous le regard attentionné de tous, il considère gravement le liquide en penchant le verre légèrement sur le côté, puis en le faisant tourner, étudie les traces laissées sur les parois, le hume, et enfin en boit une gorgée, remue ses lèvres en fermant les yeux, il réfléchit, il n'est pas sûr, il en boit une deuxième gorgée et conclut : vous savez, si ce rhum n'est pas de la térébenthine, il est bon pour faire de la térébenthine, putain, on était tous soulevés par des éclats de rire, sauf Alia dont l'attitude renfrognée portait à croire que Christian, en racontant cette histoire, venait de trahir délibérément un secret de famille

on continua à boire, fumer, rire sans raison, tout était devenu plus simple, plus humain, à minuit on se prit dans les bras en se souhaitant plein de belles choses, Louis a pleuré dans ceux d'Armand en lui disant merci, Christian avait soulevé Alia qui criait non non pas ça je suis soûle, Makenzy nous promit, à lui et moi, un avenir meilleur, à ce moment précis, si quelqu'un nous avait regardés de l'extérieur il n'aurait pu s'empêcher de tirer la conclusion que nous étions en train de passer le plus beau nouvel an de notre vie, ce qui serait un peu excessif, mais il n'aurait pas complètement tort, car ce qu'on voit compte aussi, et peut-être autant que ce qui reste caché, un bonheur qui, sans joint et sans alcool, n'aurait pas été possible… c'est en me réveillant, un peu avant le lever du jour, que je me rendis compte que je m'étais endormie dans le canapé avec mon verre, Christian dormait profondément, plié sur le fauteuil, les pieds pendant à quelques centimètres du sol, les autres n'étaient plus là, il n'y avait plus de feu dans la cheminée, une odeur humide et lourde flottait dans l'air, le ciel crépusculaire était à portée de main à travers la fenêtre, un marteau se déchaînait dans ma tête, quelqu'un avait eu la gentillesse de jeter une couverture sur moi mais j'avais quand même un peu froid, je serais mieux dans le lit, me dis-je, je montai donc dans la chambre qui nous avait été réservée, et je constatai que le lit était vide, exactement comme il était à notre arrivée, c'est-à-dire que Makenzy avait dormi ailleurs, je réfléchis une seconde, et tout à coup me vint à l'esprit *le nid des infidèles*, car les deux autres chambres étaient censées être occupées par les couples, Armand et Louis, Christian (que je venais de laisser au salon) et Alia, mon sang bouillonnait à l'idée de ce que je venais de deviner, je me dirigeai vers le fond du couloir, poussai précautionneusement la porte… Makenzy et Alia dormaient à poings fermés, enlacés

Coup de grâce

j'avais trouvé un reçu dans le portefeuille de Makenzy, il avait pris une chambre dans un hôtel à Châtelet, qu'il avait réglée à minuit exactement, 110 euros, ce nombre n'avait l'air de rien sur ce bout de papier, mais c'était énorme si on considère qu'elle venait de l'homme que je maternais, pour ainsi dire, qui n'avait jamais dépensé la moitié de cette somme, ni de son temps, pour nous offrir à tous les deux rien qu'un moment de détente… j'avais découvert que la nana était une prostituée rebondie, avec une gueule d'ornithorynque et des cheveux longs et bouclés qu'elle exhibait comme un succès, le genre de plaie qui saute sur tout ce qui bande, et qui bavasse à longueur de temps, le seul moyen de s'assurer qu'elle existe ou qu'on ne va pas lui voler son existence, ma colère et le sentiment d'être insignifiante étaient incommensurables… j'y avais réfléchi plus tard (pas de la manière la plus rationnelle, l'emportement dans ce genre de situation est le seul maître, il nous tient en laisse, on devient sa girouette, son chien, les yeux rivés sur ses vacillements lunatiques et mystérieux), une pauvre petite Blanche, voilà ce qu'elle a dû se dire, cette pute, en se tapant mon mec, oui, c'était mon Makenzy, elle n'avait qu'à aller voir ailleurs, ce n'est pas ce qui manque à Paris, des bites chauffées à blanc, suffit d'aller s'asseoir dans un parc ou au comptoir d'un bar, de faire semblant d'oublier son chemin et de le demander à un inconnu, je ne sais pas moi, je ne vois pas pourquoi je me garderais d'être horrible avec elle, quoi qu'il en soit, aux yeux de Makenzy nous étions deux paires de fesses, ni plus ni moins, une femme peut-elle aimer un homme, vouloir fonder une famille avec lui, alors même que leur rencontre était le fruit d'une infidélité, d'une trahison, si vous lisez ce cahier, mademoiselle, sachez que Makenzy n'a jamais aimé, vécu avec personne, c'est une ombre solitaire, hantée par la nuit, quand je suis tombée sur cette facture d'hôtel et ai appris votre aventure, je vous ai détestée, je vous ai enviée, d'avoir réussi à capter son regard, son corps, j'ai souvent pensé à vous écrire, pour vous prévenir, par solidarité féminine, que vous faisiez fausse route, que tôt ou tard, il vous fera ce qu'il m'a fait à moi, vous écraser, vous mettre en pièces, je ne vous en dis pas plus, j'espère que vous ne voyez plus cet animal, sinon vous regretterez le jour où vous l'avez croisé…

… je devenais de plus en plus amère vis-à-vis de Makenzy, cette étrange bête, je ne me sentais pas du tout en sécurité, physiquement et affectivement, j'avais très peur en me rendant compte à quel point il scotomisait tout, jusqu'où il était capable d'aller pour ne pas reconnaître les contenus, les images et les souvenirs de ses actes (que je restitue à peine ici), il s'en défendait à cor et à cri en sélectionnant les parties les moins déshonorantes, les moins rabaissantes pour son ego, et en rejetant tout le reste, en tronquant sa conscience ou en simulant une amnésie bien délimitée dans le temps et, comme toujours, je devais fermer ma putain de gueule et avaler l'insincérité de ses propos… et ces mots que je répétais parfois presque à mon insu, les yeux lointains, pleins de colère, PAUVRE TYPE, PAUVRE TYPE, à peine s'approche-t-il de vous qu'il fuit déjà à toute vitesse, comme une sorte de mécanisme de défense, un gosse abandonné dans le passé qui ne trouve pas meilleure ruse afin que cela ne lui arrive plus, ou une âme faisant volontairement du mal partout où elle passe, quoi qu'il en soit, rien ne justifiait son comportement déloyal et égocentrique…

tiraillée entre le sentiment d'être prête à quitter Makenzy et l'envie de croire que tout n'était pas perdu, je me posais sérieusement la question : un certain bonheur était-il possible là, dans ce lieu pervers entre l'amour et l'inconnu, le sacrifice et l'indifférence, l'idée que Makenzy se faisait de moi et mon véritable moi, si oui, quel nom pourrait-on donner à ce type de bonheur… mais il n'y avait rien à sauver, je pourrais même dire qu'il n'y avait jamais eu quelque chose à sauver, depuis un bon moment c'était loin d'être le minimum syndical, ça nous arrivait encore de baiser, sans ardeur particulière, rien de comparable avec la première semaine de notre relation, et à mes questions il continuait de répondre par des faux-fuyants et des emportements gratuits, il fallait que je me tire de là une fois pour toutes, je dois avouer que non seulement l'idée que Makenzy n'en aurait rien à foutre, ne ferait rien pour me retenir et regagner ma confiance m'était insupportable, mais je craignais d'être ravagée plus tard par un sentiment de perte, de regret d'avoir décidé trop vite, d'avoir été trop radicale, ou, si je ne m'écoutais pas, d'arriver à un point où je ne pourrais plus bouger, enfermée pour toujours dans cette prison émotionnelle, je repensais constamment à ces mots si douloureux de Daisy, dans *Gatsby le magnifique*, au sujet de son nouveau-né, *je suis heureuse que ce soit une fille, et j'espère qu'elle sera idiote, une ravissante petite idiote, on ne peut pas souhaiter plus beau destin pour une fille ici-bas*, quel est le nom de ce juge intérieur, me demandais-je, qui contrôle, punit mes moindres velléités, mes moindres espérances émancipatrices, certains jours, cela me paraissait si simple, animée par cette volonté frénétique, tire-toi avant que cet enfoiré te réduise en peau de chagrin, avant qu'il te re-pousse au suicide, tu finis ton café et tes brioches, tu vas le voir et tu lui dis prends tes affaires et barre-toi de chez moi, CASSE-TOI PAUVRE TYPE

oh freedom
oh freedom
hey! think about it
you! think about it

le coup de grâce… un lundi soir, Makenzy m'avait dit qu'il allait à l'anniversaire d'un pote, mais il était parti me tromper, j'en étais plus que persuadée, n'en pouvant plus, furieuse, je décidai cette fois de tout savoir, alors j'ai fouillé dans ses affaires, qu'espérais-je trouver, sinon de nouvelles preuves que j'étais une conne, *une ravissante petite idiote*, ou le prolongement de ce monde obscur dont l'épouvantable comportement de Makenzy n'était que la partie émergée, pendant longtemps je l'avais sentie cette présence transfuge, antagoniste, protégée, Makenzy portait son odeur, une odeur à la fois inévitable, fluctuante, et insupportablement imprévisible, parfois j'avais l'impression qu'elle se substituait à la mienne et ça me rendait dingue, il fallait que j'arrête de céder à la peur et de fermer les yeux, je n'avais aucune raison d'avoir une attitude morale en tournant le dos à la vérité, ce n'était pas moi le problème, la chieuse, l'infidèle, j'avais tout mon temps, Makenzy ne rentrait jamais avant trois, quatre heures du matin, complètement bourré et violent… putain, pourquoi ai-je laissé cette fiente entrer dans ma vie, pourquoi, pestai-je contre moi-même en retournant tout, sacs, vêtements, classeurs, et soudain, comme une gifle, gicla la lumière, l'ultime trahison, dans un premier temps elle était immonde, incroyablement pourrie, puis à force de la fixer, elle devint prodigieuse, renversante, suprême, j'éclatai de rire, je riais en tapant le plancher des mains, de plus en plus fort, puis en versant des larmes atroces, des larmes qui me firent si mal que je ne sentais plus mon corps, que mon corps était devenu l'essence même de ma douleur, à la fois son point de départ et ses confins, dans une poche zippée dans la doublure d'un sac j'avais trouvé une vingtaine de photos de Makenzy et Colombe dans le train, en montagne, sur la plage, en train de boire, rire, se regarder intensément... ce qui m'avait bouleversée ce n'était pas tant les photos – elles auraient pu être plus charnelles et excessives – mais tous ces secrets, ces énigmes, j'en avais marre, j'étais fatiguée

perdue
je cherche dans la litanie des pluies
une ligne contraire à la déchéance du ciel
un chemin de traverse

l'amour n'existe pas, il faut se faire respecter
... il le regrettera amèrement
car il saura un jour combien je l'aimais
combien j'étais prête à tout pour lui
pour nous
ça prendra le temps que ça prendra
mais il saura
ses nuits seront blanches
ses larmes affadiront son vin... bla-bla-bla, sanglotai-je comme une débile en broyant du noir, Makenzy ne répondant pas à mes appels – j'ai été renvoyée à la messagerie après une sonnerie –, il est rentré à dix heures le lendemain...

oui, la même chose... c'est lui, ton frère, qui t'a toujours ignorée, rabaissée, parce qu'il considère que ton cerveau de femme est vide, et aussi parce que tu t'es mariée avec un type insipide, un sacripant payé au Smic pour un boulot en conformité avec tous les facteurs générateurs de *burn-out*, qui t'invite à manger dans des restaurants ordinaires, qui prend le métro, que tu entretiens financièrement à moitié... Martha éclata en sanglots, elle était épuisée, elle n'en pouvait plus, m'avoua qu'elle n'était pas très fière de son attitude face au sale comportement de son frère, qu'en fait elle n'y comprenait rien du tout, et m'apprit dans la foulée que celui-ci avait eu l'idée d'investir dans la culture, dans la quoi, oui, il achetait des dizaines de bouquins, romans, essais, beaux livres, poésie, contes, revues littéraires et scientifiques, des guides de voyage qui tapissaient les murs de son immense appartement à Montmartre, j'ai rigolé et j'ai dit ton frangin n'investit pas dans rien du tout, il essaie d'acheter le savoir dont il ne dispose pas intellectuellement, pour la symbolique, se distinguer, se rapprocher le plus possible du milieu auquel il croit ou voudrait appartenir, ou pour des raisons purement techniques et de jugement, il s'automanipule, c'est tout, lire pour lui c'est une *fausse activité*, il n'a jamais aimé ça, tu m'en as parlé, aie au moins le courage de lui dire à ce grand lardon tout plein de sa suffisance que c'est insensé de dépenser l'argent de votre héritage dans des livres qu'il n'ouvrira pas, et qui plus est demeureront inaccessibles aux autres... mon ex-femme m'a répondu avec une criante malhonnêteté dont je ne la croyais pas capable, *au moins lui il fait vivre les écrivains...* et cette fois où le frère avait fait pleurer sa sœur pour une histoire de fleurs qu'il ne voyait pas l'intérêt d'aller déposer sur la tombe de leur mère, ou ces fleurs n'étaient pas celles qu'ils déposaient d'habitude, ou ces fleurs n'étaient pas commandées à temps, ou ces fleurs sentaient trop ou rien du tout... tout tournait dans notre couple autour de cette vermine qui envahissait notre maison, commentait notre vie, et c'était à moi de m'adapter, de faire un effort, c'est-à-dire, pour reprendre les mots de Martha, d'écouter et d'essayer de comprendre, j'avais lu quelque part que le mariage finit toujours par se transformer en un lieu hostile et tyrannique, j'avais lu aussi ailleurs que, dans une tribu amazonienne, ils utilisaient l'humour et les chatouilles pour résoudre les conflits et dissiper les tensions, une méthode pour le moins touchante, lumineuse, mais impossible à concrétiser sans l'humilité et l'ouverture d'esprit des protagonistes, je me couvrirais de ridicule en essayant cette méthode avec elle – *mais qu'est-ce que tu fais putain, lâche-moi, t'es lourd* –, risquerait au contraire d'aggraver la situation en l'énervant encore plus, le genre de truc qu'elle aurait bien pris au début, encouragé même – ris, mon chéri, me disait-elle parfois en enfonçant doucement et simultanément son pouce et son index dans mes deux joues pour m'y forcer, et j'avais fini par rire –, là non, le voyage était terminé pour elle et moi, on ne se regardait plus, je l'ai dit, mais le tyran c'était son frère, spécialiste du sentimentalisme et de la manipulation, très jeune déjà il faisait la misère à leur mère, jusqu'à lever la main sur elle, il n'avait pas de femme attitrée, il les virait au bout d'une semaine, un mois pour les plus chanceuses, car aucune ne lui semblait à la hauteur de son prestige, de sa valeur, c'est à peine s'il parlait de la nature réelle de ces relations, se mettre avec une femme, répétait-il, c'est pire que d'aller en prison, où parfois on connaît la date de sortie et bénéficie d'un soutien après… il n'y avait jamais eu la moindre désapprobation de la part de sa sœur, on aurait dit que ce qu'elle réprouvait par-dessus tout chez moi, ou chez n'importe quel homme, elle n'était appelée qu'à l'admirer chez son frangin… Dieu que tout cela était dur et épuisant… bah, du coup le soir où, quelques mois après notre divorce, j'ai appris la nouvelle du décès de ce chenapan dans un accident de voiture, honnêtement, je n'ai ressenti aucune tristesse…

pour revenir à Julie, elle avait ramassé un cadavre qu'elle n'avait pas su faire revenir à la vie, du moins à l'avenir commun dont elle avait rêvé (le temps, rien, personne ne peut me réparer, sur un quai désert au fond de ma tête j'entends encore gueuler le poète, *QUI DONC RÉPARERA L'ÂME DES AMANTS, QUI DONC RÉPARERA L'ÂME DES AMANTS TRISTES, QUI DONC…* sa voix semble être mon seul espoir, un parti pris de l'advenu), ses parents avaient raison, les types comme moi l'alcool les rend complètement cons, et ils y laissent leur peau... l'amitié, la famille, tout se construit, moi je n'ai rien eu le temps de construire, je vis au jour le jour, de temps à autre je regarde les nuages, comme si j'attendais un signe, une foudroyante révélation qui me ferait renaître, agir, et commencer à combler ces vides laissés vacants depuis je ne sais combien d'années, panser ma vie, rempli d'une lumière neuve... seulement les verres de trop me laissent cette sensation, et celle quelquefois provoquée par le bonheur des autres, de n'avoir pas mal vécu, mal exprimé les choses, de n'être pas mal dans ma peau, le cœur à la ramasse... certes, les sentiments évoluent et épousent parfois des contours qui échappent à la raison, mais si on pouvait réduire l'amour au désir d'un homme pour une femme, ou l'inverse, j'aurais tout réussi...

Second crash
ou le monologue du miroir

je n'avais jamais rencontré un être ayant autant besoin d'être irremplaçable, unique, mis sur un piédestal, de se tremper dans toutes les chattes, et ces photos n'en étaient pas la preuve incontestable, elles étaient la confirmation que j'étais le plus aveugle des gobe-mouches, vous savez, ces étranges bêtes que le désespoir enfonce dans la boue de la honte, putain, pourquoi on ne quitte les hommes qu'après les ravages, qu'après qu'ils ont fini de tuer, déraciner le peu qu'il restait de solaire en nous… non, je n'avais pas le courage de quitter Makenzy, de me libérer de son emprise, et pour pallier cette faiblesse qui écrase la plupart des femmes prises en étau entre partir, être respectées et rester croupir au fond d'une relation sans lendemain par peur d'être seules, je continuais à présumer de ma capacité à le changer, à me mentir, je lui proposai alors qu'on fasse une pause, c'est-à-dire mettre notre relation entre parenthèses pendant un temps et réfléchir chacun de son côté, pourquoi pas, ça pourrait marcher, une pause, plein de gens le font et finissent par offrir un nouveau départ à leur couple, mais en y réfléchissant bien, dans notre cas c'était du vent, comme se laver les mains pour ensuite les essuyer dans la merde, une pause confirme un ras-le-bol, sous-entend aussi qu'il y a une chance de sauver la relation, que quelque chose est encore possible (quelle était cette chose entre Makenzy et moi, je l'ignorais), elle suppose la possibilité d'une reprise, d'un retour à la normale (mais dans quelles conditions), autant de questions à se poser et auxquelles trouver des réponses, ma décision n'était pas celle de quelqu'un qui tenait à briser les chaînes et aller de l'avant, car cette pause voulait dire aussi que je serais prête à reprendre cette bite publique, ce porc dans ma vie après tout ce qu'il m'avait fait endurer, en dépit du fait que j'étais convaincue qu'il avait le sida ou une quelconque autre maladie incurable liée au sexe, et qu'il voulait m'entraîner, moi, et le plus de femmes dans sa chute, et qu'il avait déjà tué quelqu'un (si je vous disais tout ce qui me passait par la tête je ne terminerais pas ce cahier), avec un tel comportement c'était tout à fait possible, les chiens comme lui ne devraient jamais venir au monde, jamais…

j'étais triste, psychologiquement effondrée, je ne voulais plus voir la clarté du jour, Paris, ses rues, la vie, mis à part le bout de ciel nuageux ou vide, sans étoiles, que je voyais depuis mon canapé, tout me paraissait insipide et sans raison d'être, j'avais pu obtenir un arrêt maladie pour pouvoir m'enfermer, boire, prendre du poids, penser à la mort, le canapé fut mon sarcophage, j'y dormais, me réveillais avec des larmes aux yeux et des idées sombres à ruminer jusqu'à la tombée de la nuit, j'étais devenue un tas de gras piégé dans un pyjama taché de vin, de larmes, de sueur et de sang,

la vieillesse n'a pas d'âge…

j'étais plongée dans une fosse effroyable et pathétique, ma vie-avalanche me perdait de vue, une feuille détachée de la branche, je n'aurais pas dû exister, au moins je n'aurais aucun moyen de savoir que j'étais seule, si seule, un monolithe de cauchemars au milieu de rien, une mort en veille, recroquevillée… je me débattais dans un tourbillon de fièvre mêlée de folie, je courais de toutes mes forces dans ma tête pour essayer de me rattraper, mais en vrai je n'étais qu'un corps en chute libre au milieu des coussins, quelquefois je me surprenais à espérer que quelqu'un vienne frapper à la porte pour prendre de mes nouvelles et en profiter pour me raconter sa vie, son boulot, ses projets de voyage, ses soirées, ses expériences sexuelles, les rues de Paris, n'importe quoi, *raconte-moi davantage, tout ce que tu veux, tout ce qui te vient à l'esprit…*

brusquement s'ouvrit une porte fluorescente par laquelle surgirent des mirages, des fantômes, ils étaient partout dans le miroir, à distance raisonnable l'un de l'autre, vifs et mélancoliques même dans mes souvenirs lointains, comme les vieux sons de cette guitare oubliée dans sa housse, relique de ma brève expérience en tant que poète-slameuse, j'avais un tas de raisons de croire qu'ils étaient là pour moi, et je n'avais rien d'autre à faire que pleurer dans leurs bras, me plaindre, j'étais leur petite fille, leur protégée, admirative, j'applaudissais leur chance, rêvais d'eux la nuit, ils m'invitaient à leurs soirées, leurs projets, leur succès, ils régissaient ma vie à ma place parce que j'en étais incapable, je les appelais à la rescousse, j'avais plus que jamais besoin qu'ils m'aiment, me protègent, s'inquiètent pour ma santé, mes peurs, mes cris, sans leur assentiment je n'osais pas m'autoriser à décider quoi que ce soit, que telle robe, telle coiffure, ou telles chaussures m'allaient bien ou pas, que j'étais belle, jeune, à le croire, tels qu'ils étaient, rassemblés dans le miroir, les yeux rivés sur moi, ça me rendait folle de joie, et j'étais à la fois terrifiée de ne pas pouvoir me prouver que tout ça était vrai, que je ne délirais pas, puis, les ayant tenus pour responsables de tous les maux de ma vie, je me mis à les détester, mes chers revenants, ils étaient devenus très parisiens, très mesquins, car je venais de m'en rendre compte, il n'y avait plus de place dans ce miroir qui recouvrait pourtant tout un pan de mur, ne serait-ce que pour voir une partie de mon visage, ils occupaient tout l'espace, la profondeur de ma vie et de mes pensées, il y avait cette hippie anormalement maigre qui n'arrêtait pas d'exhiber ses hanches de guêpe et ses seins fermes en se moquant discrètement de moi, et son mec qui vendait sa passion pour tout ce qui est vegan, son festival de mode à la con réunissant tous les bras cassés de Paris, de leurs voyages au Portugal, en Corse, en Espagne, leurs plans cul à plusieurs, en se tournant vers moi entre deux *j'adore trop mon nombril*, et de manière calculée, en disant, par exemple, que j'étais une fille intelligente, courageuse, et quoi encore, un tas de choses qu'ils ne pensaient pas vraiment, il y en a un qui est allé jusqu'à me dire, en parlant de mon corps, il ne faut pas cacher, mais montrer, assumer, tu as raison, confirmai-je en secouant la tête alors que j'étais tout, sauf montrable, baisable, ça canardait encore sur les secrets du bien-être ou du bien-vivre, c'était mieux que le silence, mes efforts vains pour accéder à une lumière propre, le silence nous dépasse, autant que certaines guerres, les fantômes monopolisaient la parole autant qu'ils pouvaient, comme un moulin, comme l'autre victime (je m'étais encore renseignée sur elle) de Makenzy qui confond son cerveau avec ses cheveux, c'était plus fort qu'eux, et je vivais pour les écouter, ma voix s'était noyée dans cette avalanche tintamarresque, cette vision hilare et agressive…

la fièvre tomba mais j'avais encore des frémissements, des hallucinations qui avaient l'air si réelles… ensuite venait, presque de façon miraculeuse, le moment de briser la glace, changer de vie, devenir une autre, me radicaliser, me coiffer autrement, suivre un régime alimentaire strict pour perdre du poids, m'acheter des baskets et des vêtements pour paraître plus légère, plus confiante, avec lesquels je me sentais vraiment en phase, un malvoyant pouvait facilement me voir arriver à des kilomètres à cause de mon rouge à lèvres vif, je traînais plus que d'habitude dans la rue, dans les parcs, dans les bars, pour voir si quelqu'un allait se mettre tout à coup à s'intéresser à moi, le sifflement de n'importe quel mec posté devant un PMU, ou je ne sais quoi, n'aurait pas été pour me déplaire, je l'aurais invité volontiers cet étranger chez moi, ou l'aurais suivi n'importe où, et s'il voulait que je fasse aussi des gâteries à ses amis j'étais partante, comme avec cette nana que j'avais suivie dans son appartement aux Buttes-Chaumont, elle était complètement bourrée, moi aussi, dans l'ascenseur elle avait commencé à m'empoigner les seins, la chatte, les lèvres, comme un avocat ou une mangue dont on vérifie la maturité, non, qu'on veut écraser, ses doigts se seraient enfoncés jusqu'à la limite de mon âme, elle n'en aurait rien eu à cirer, ce qui arrive souvent avec un fruit mûr,

coupez
s'écria la réalisatrice militante,
c'est top, mais j'aimerais, à ce moment précis où sa main se balade sur tes intimités, que tu formules à demi-voix les phrases suivantes : « Orcel c'était peut-être l'amour de ma vie, mais il y a, j'en suis persuadée, deux types de mecs, les salauds et les salauds, il faut tomber sur celui qui te baisera le plus longtemps possible dans le sens qui te conviendra le mieux », et la partenaire de réagir : « si tu penses vraiment ce que tu viens de dire, alors t'es grave sexy, *baby* »

trop mûr, il aurait fallu me replonger la tête froide dans le souvenir de ce qui va suivre pour réaliser qu'en fait il était simplement question d'humilier, couvrir l'autre de sa merde, ses caresses devenaient de plus en plus intenses, appuyées, je ne savais pas trop comment réagir, c'était ma première fois avec une fille, et pas n'importe laquelle, une que j'avais croisée dans un bar, une fois arrivée chez elle, un immense appartement avec vue imprenable sur une partie du parc, elle se mit tout à coup à parler de la place des femmes dans l'espace public, et d'un en particulier, puis se jeta dans son canapé et me demanda de lui sucer les orteils, elle disait que c'était son truc, je m'exécutai, mais ce n'était pas tout, elle voulait que je fasse comme si son *hallux* était une bite et que je le traite comme tel, pourquoi hésites-tu, une vraie bite te ferait plus d'effet, c'est ça, quelle salope, vas-y, suce-moi l'orteil, elle me tirait par les cheveux tout en dirigeant ma tête vers son pied, tandis que je le lui suçais, elle plongeait sa main dans sa petite culotte et se caressait en gémissant, mon libre arbitre écrasé, blessé, je me mis à penser – c'est sans doute grâce à ce bond hors de mon corps physique que je ne peux affirmer aujourd'hui, de façon claire et nette, quel goût avait l'orteil de l'inconnue ou celui qu'il m'avait laissé dans la bouche – me déprendre de moi-même, ces pensées n'avaient pas vocation à me retenir, m'empêcher d'anéantir mon abrutissement né du simple vouloir de cette inconnue, de l'indescriptible envie que cette partie de son corps soit léchée, maintenant et bien, mais m'enlever l'image de moi à la tâche, pliée en deux comme un boy ayant commis le pire des péchés, je pensais au corps d'Orcel sur le mien, à son membre qu'il fallait à peine effleurer pour qu'il soit prêt, impétueux, et le plaisir que je prenais en m'écartant, en le laissant me remplir de son irréductible dureté, aux rythmes inconnus et irrévocables que son corps imposait agréablement au mien, surpris, reconnaissant du somptueux voyage offert par mon bel amant, de l'excitation recommencée, amplifiée par son regard cherchant à me lire, s'immiscer dans mes veines, mon sang, mes os, y allumer un grand feu, consumer des cadavres de vieux silences, de vieux fantômes, du macabre faire émerger une nouvelle apocalypse, le bleu de moi-même, je pensais à l'éternité, puis me vint l'idée de la mordre, serrer de toutes mes forces, jusqu'au sang, imprimer dans sa chair une douleur qui mettrait des jours à disparaître, la cicatrice de l'amour-propre blessé, petits trous de rappel chaque fois que l'envie lui reprendrait d'humilier une autre… sous aucun prétexte on ne devrait se laisser prendre au piège de la bêtise qui veut faire croire que les femmes sont les pires phallocrates, qu'elles se dévorent entre elles, se mettent des bâtons dans les roues, qu'elles sont jalouses d'autres plus belles qu'elles et voudraient les voir crever, que celles qui ne sont pas mères, qui n'ont jamais porté, donné la vie, ne sont pas accomplies, qu'elles ne peuvent pas comprendre, qu'elles se serrent les coudes pour mieux s'entre-tuer, que la France est devenue un pays médiocre, distant, parce qu'il y en a trop dans l'administration, qu'une artiste est une imposture, une paresseuse qui raconte son nombril, sa petite amertume, comme ces mecs (des gonzesses aussi malheureusement) qui pensent qu'une militante est forcément moche, une célibataire endurcie, une rabat-joie, une disgracieuse, une cabossée, une poilue, une erreur, une chieuse, une extrémiste, une hargneuse, une vengeresse, une inquisitrice, une mytho, une misandre ou anti-homme, une malade mentale incapable de comprendre, d'apprécier le bonheur des autres, et pléthore d'hameçons dans lesquels croquent souvent mêmes les plus éclairées d'entre nous, les rues sont remplies de fumées d'expérience personnelle qui cherchent à remplacer l'air, je ne suis la mère, la sœur, l'amie, la bonne de personne, je suis ce que je suis, que devrais-je savoir du regard des autres femmes sur moi, qu'est-ce que c'est, que cache-t-il réellement, n'est-il pas aussi simple et beau qu'on ne le croit, quoi qu'il en soit, rien ne me ferait croire que les femmes sont à la fois elles-mêmes, dans leur humanité, leur complexité, leurs pulsions, et les loups qui dévorent leur chair, ou qu'elles sont les causes profondes et premières de leur systémique ensevelissement, en même temps, l'idée que le patriarcat serait responsable de tous leurs malheurs me semble pour le moins puérile, la nature humaine est bien plus compliquée que ça... la méchanceté n'est pas un argument, mais cette fille-là plus particulièrement avait besoin qu'on lui donne une bonne leçon, qu'on lui remette le cerveau à sa place, mais au lieu de me concentrer, serrer les dents et lui arracher un cri, je mordillai, ma langue savourait son orteil comme on savoure une bonne glace, après avoir joui – au bout de cinq minutes –, l'inconnue laissa entendre qu'elle avait du taf tôt le lendemain, en gros elle me foutait à la porte, une semaine plus tard, je l'ai recroisée par hasard rue Saint-Martin devant le bar La Butinerie, je me souvenais de ses tatouages au cou, de sa crête bleue, mais c'est la suceuse hors pair, s'exclama-t-elle en avançant vers moi, d'une voix presque masculine, dégagée, et volontairement inconvenante, oh putain c'était un truc, alors je te dis pas ma belle ha ha ha, le plus frappant, c'est que j'aurais pu être n'importe quelle autre nana, et que visiblement elle n'en avait rien à foutre de savoir qui j'étais, si j'étais bien rentrée ou pas la dernière fois après avoir claqué la porte derrière moi, *au revoir*, en tout cas elle ne m'avait pas demandé, elle m'avait imposé sa volonté, c'était tout, j'ai appris dans la foulée qu'elle était féministe, c'est-à-dire qu'elle militait pour le droit des femmes, organisait des meetings dans ce lieu de résistance ultraparisien (La Butinerie, cet espace dont elle parlait dans son salon avant de me confondre avec une serpillère), *reste*, elle voulait me présenter à *tout le monde*, une autorité pleine irradiait dans la moindre parole, le moindre geste de cette femme, cette caractéristique semblait s'imposer comme un rythme de vie, j'étais sous son emprise (ça n'aura duré que le temps d'un soupir, mais si j'étais restée ç'aurait été suffisant pour me projeter dans une impasse où je n'aurais été une fois de plus qu'une misérable girouette en proie aux exaltations fantasques de la féministe), à tel point que j'aurais répondu positivement à son invitation si je ne devais pas revoir ce mec qui m'avait accrochée en sortant de chez elle et avec qui j'avais passé le reste de la nuit,

lequel des moi
mime la danse des confluents
s'évertue à remplir un corps flou
en devenir
échapper aux aveuglements des prismes
ô chant des limites

jours
tournant le dos à la mer

bref, je couchais avec tout ce qui respire, sans conditions ni limites ni critères de sélection, des Blancs, des Noirs, des Arabes, des Chinois, des SDF, des dealers de *weed*, des livreurs de pizza, des minces, des gros, des anormalement musclés, des godelureaux des sordides soubassements de la ville, parfois de bonne famille, mais en proie à toutes sortes de vices, sexe, sexe, sexe, je ne pensais qu'à ça, c'est comme si toute l'énergie qui me restait ne servait qu'à me pousser vers cet unique but, j'épluchais tous les baisodromes de Paris, j'étais active sur plusieurs sites de rencontres, je strip-teasais, me masturbais en ligne pour des inconnus, je participais à des partouzes où parfois ils étaient cinq ou six à s'occuper de moi, en même temps ou à tour de rôle, je ne peux pas dire que j'aimais ça, mais au moins je sortais de là avec la certitude d'avoir laissé derrière moi mon histoire avec Makenzy, d'être comblée, je lâchais prise avec ces mecs pour lesquels je n'aurais peut-être jamais eu de désir si je n'avais pas su que Makenzy m'avait menti, trompée, par sa faute j'étais devenue une étrange créature, une poule punk, une vraie cynique, j'étais partout où il était possible de choper au moins une bite, je faisais les manifs contre la maltraitance animale, les chiens abandonnés au bord des routes françaises, les abattages des vaches, pour le climat, pour la cause des Noirs, des sans-papiers, etc., j'allais jusqu'à me porter volontaire pour donner des cours de français à des migrants africains, sur ma demande et mon insistance, ils me dominaient sexuellement, me maltraitaient, me crachaient dessus, *oui s'il te plaît, crache-moi dans le cul*, oui, ça m'est sorti de la bouche comme ça, des scènes dignes de ces horribles films où le corps de la femme n'est autre qu'un paillasson sur lequel on s'essuie les pieds encrottés de toute la merde d'une vie, et le pire c'est que cet excessif abandon à la débauche, j'en avais pleinement conscience, n'était pas pur, transcendantal, la révolte de l'esprit contre la douleur, il visait ma perversion, et ces moments où j'avais eu l'impression d'avoir été frappée par la foudre en tronche-tringlant ces inconnus, c'est-à-dire en voyant, volontairement ou du fait d'une ruse de l'imagination, un autre visage à la place du leur, mon corps entrait aussitôt dans une nouvelle phase de la lumière, je jouissais en m'agrippant à ces corps éphémères avec la certitude qu'ils m'appartenaient, parce qu'ils étaient tous Orcel, ses muscles, son souffle, ses mains enserrant mes hanches, le va-et-vient de ses reins, son feu en moi, son jus, sa nature profonde éclaboussant l'intérieur de ma bouche, de mon ventre… une sacrée pute, une belle salope, voilà ce que j'étais devenue, pour combler les vides creusés par la pauvreté d'esprit d'un homme, sa toxicité (à un moment donné j'avais même pensé à déposer une main courante afin que soit consignée quelque part l'existence de ce gouffre dans lequel sa manipulation et ses mensonges m'avaient plongée…), j'avais pourtant l'impression de renaître, tandis que ce processus mental me conduisait silencieusement à ma déchéance, je m'occupais à me convaincre que j'étais une nouvelle femme, libre et épanouie, le sentiment d'abandon, si on n'y prend pas garde, peut très vite se remplir de n'importe quoi, disait grand-mère, saura-t-on jusqu'où peut mener le désenchantement, la perte d'une illusion, peut-on regretter, faire le deuil de ce qu'on n'a jamais eu, de ce qui n'a jamais été…

et ce rêve qui, au milieu d'une ribambelle de pensées contradictoires, se poursuivait, inextinguible, telle la flamme éternelle…

… *la même chose, si vous le voulez bien…* bien sûr qu'il veut bien, c'est son travail, qui ne veut pas faire son travail, à moins que quelque chose l'en empêche, comme un insurmontable désagrément, il n'y en a jamais eu ici à ma connaissance, disons depuis que je fréquente ce bar, au point de tout arrêter, mais parfois, surtout en ce qui me concerne, l'impatience du client a la taille d'une hystérie, j'ai commandé cette pinte il y a environ dix minutes, il a dû oublier, ça arrive, c'est pas grave, je ne vais pas jusqu'à lui en vouloir pour ça, surtout qu'il est nouveau, mais il existe de beaux enfoirés qui profitent d'une ridicule imperfection pour expliquer à l'autre qu'il n'est pas à sa vraie place, ça va même se plaindre auprès du gérant et autour de lui, comme j'en ai vu des serveurs malpolis et arrogants qui font comme chez eux, on dirait que ta présence, ta commande, tout les agace, ah il arrive sans ma pinte – je m'éloigne dans ma tête depuis tout à l'heure, dans les souterrains de vieux vécus, fuyant ce que je vois ou crois voir dans son regard, et son charisme, son visage, sa voix, sa peau très noire, je me rends compte aujourd'hui que je n'avais jamais pris le temps de regarder un homme, le regarder vraiment, lui trouver une certaine grâce, le genre dont on ne se détourne pas, un songe, c'est pas possible qu'il soit aussi beau, je suis bouleversé, mon cœur est en feu, je fonds, flotte dans l'espace, des oiseaux s'agitent dans mon ventre, l'homme me plaît, m'enlève à moi-même, je lui dis quoi, je réfléchis, je cherche mes mots, les bons mots, je lis ses faits et gestes – il s'arrête, s'adresse à un client, griffonne dans son calepin, puis à un autre, il est là, devant moi, me dit il n'y a plus de Stella, mais si ça vous dit à la place je vous fais découvrir mon meilleur cocktail, je dis oui je veux bien, excité, il retourne au bar, un peu de ci, un peu de ça, du sucre, des feuilles, des glaçons, du rhum, le tout dosé avec maestria, il remue, remue encore, verse le contenu dans un grand verre, touille avec une fine et longue cuillère, accroche un morceau d'ananas au rebord du verre, y plonge une ombrelle et une paille, une vraie performance, il est incroyablement sexy, pour l'instant cette pensée se produit loin de mon corps, mais pendant combien de temps va-t-elle continuer à rester à distance, à se conformer à ces interdits, à ces murs judéo-chrétiens contre lesquels le moindre élan d'émancipation déchaîne parfois des ardeurs puantes et mortelles... d'autres pensées me démangent... il faut se lancer, mais comment, quand on a vécu toute sa vie agrippé à ses certitudes sexuelles, à ses appréhensions engourdies, dans le mépris des autres possibles, qu'est-ce que t'attends, parle-lui, dis-lui un truc simple, sans ambiguïté, je me lance, non, il veut que je goûte d'abord son breuvage, putain, c'est très bon, vous devriez penser à boire autre chose que de la bière, je dis vous avez raison, mais vous ne m'avez pas dit comment vous vous appelez, voilà, tu vois, tu y es arrivé, en plus c'était parfait, tu sais, tu es juste un homme touché par un autre homme, ce n'est ni rationnel ni prodigieux, ni idéal ni singulier, ni bien ni mauvais, c'est ton histoire, c'est tout, très beau prénom, le complimenté-je, il me remercie, sans plus, je vous... on peut se tutoyer, lui dis-je, très bien, il sourit, je l'ai déjà vu sourire avec d'autres clients, mais pas avec cette lumière qui attendrit davantage les traits de son visage, ce sourire m'a plu, comme tout ce qu'il est, porte, fait, et toi comment tu t'appelles, il trouve que mon prénom n'est pas mal non plus, je le remercie à mon tour, je pâlis, transpire, il a une minute pour se raconter un peu pour mon plus grand plaisir, avant d'arriver dans le 18e arrondissement de Paris, il vivait à Montpellier, rue du Faubourg Figuerolles, non loin de la cité Gély, haut lieu de la défonce, il en avait vu des âmes passer, se déliter du jour au lendemain, des femmes abandonnant leur gosse à des inconnus pour aller se shooter, mourir, des jeunes se tapant la tête contre les murs, une fin du monde incessante et glauque, et ça fait trois mois qu'il est en colocation avec des amis, ça se passe très bien, en plus il a toujours rêvé de vivre à Paris, il est très content, je m'entends dire moi aussi en lui coupant la parole, de quoi, me demande-t-il, de faire ta connaissance, il sourit à nouveau, arrive un client, et si on dînait ensemble un soir, lui dis-je, enfin dîner, une façon de parler, ça peut être un verre ou deux quoi, et pourquoi pas ce soir, il me dit qu'il finit tard mais c'est jouable, il connaît un endroit hyper sympa, ma tête vacille, cette fois en proie à des images emmêlées, vénériennes et inconnues, mon corps, lentement débuché, emplit le présent, mon désir se délie, se durcit, ça fourmille, de mon coccyx à ma nuque, une marée brûlante, on a besoin de rêver à tout prix quoi qu'il arrive, ce soir après son boulot il m'emmènera dans un magnifique endroit, je vois une *House américaine*, un des bastions du *voguing* à Paris, on va boire, boire, danser au milieu de la piste, au milieu d'autres corps, des gays, des travestis, des trans, des divas légendaires, des drag-queens blanches, noires, latinos en pagne, en boubou, en costume hawaïen et queue-de-pie, s'exhibant, gesticulant dans des habits aguicheurs, sur des talons aiguilles, et artistiquement coiffés, interstellaires, libres, débordant des limites de la masculinité ou de la féminité... il me prendra dans ses bras, je serai son homme, il sera le mien

Théâtre miroir

je paressais dans le canapé, plus ou moins apaisée, commençaient à s'estomper ces pensées noires qui m'entraînaient dans leurs méandres depuis quelques semaines, je ne m'étais jamais sentie aussi bien et libre que lorsque je lançais mes mots comme des flèches enflammées tous les mercredis au bar du Jeune-homme-d'Europe-de-l'Est à Ménilmontant… un moment d'une rare douceur, quand soudain j'entendis des éclats de voix, des bruits de porte claquée très fort, ça venait de derrière la fenêtre d'en face, une tempête venait d'éclater chez le couple – à force de les observer pendant toutes ces années, j'avais fini par les connaître, j'ai envie de dire que c'était plus que des vis-à-vis, et jamais je ne les avais vus se chamailler comme cette fois-là, rien qui pouvait faire croire qu'ils avaient tous les deux des choses à régler –, ils s'agitaient comme des voiles déchirées en se criant dessus, en se suivant du séjour à la cuisine, et l'inverse, les deux pièces étaient séparées par une porte mais depuis là où j'étais je pouvais voir ce qui se passait simultanément dans l'une et dans l'autre, comme devenu fou, le copain leva la main, la copine, intimidée, se plia en levant son bras pour se protéger, mais l'ouragan alla s'abattre ailleurs en renversant tout sur la table et les étagères…

moins de deux heures après ces échanges houleux, les amoureux semblaient avoir surmonté leur bestialité, en se remettant à se parler à peu près normalement, bon c'est réglé, il n'y a plus rien à voir, le film est terminé, me dis-je en quittant le canapé pour aller aux toilettes et ensuite me servir un autre verre de vin en prenant la bouteille avec moi, mais j'avais tort, en revenant, à peine cinq minutes après, je remarquai qu'il y avait d'autres gens chez eux, un événement entre potes était apparemment prévu, parmi les invités (six ou sept), il y avait trois nanas, deux brunes et une rousse, elles étaient toutes osseuses, avec deux points à peine perceptibles à la place des seins, très peu de hanches et de fesses, rapidement séduisantes, les brunes paraissaient sereines, pleines d'assurance, contrairement à la rousse qui, elle, était enveloppée d'une agressive ambiguïté, un satellite tournant autour d'un point obscur, inavoué, quant aux mecs, c'était une bande (à part) de grands gamins qui exagéraient leur présence à qui mieux mieux par des manières sinueuses et des rires forcés, naturellement le jeune couple, n'ayant pas eu le courage d'annuler (à cause de leur dispute) à la dernière minute, se mettait au service de leurs invités, c'est le copain qui cuisinait, la copine se chargeait du reste, elle semblait ne pas connaître tout le monde, elle discutait un peu avec les trois nanas, ça rigolait vite fait, sans échos, la rousse la considérait avec un imperceptible mépris tout en se conformant à l'ambiance, en donnant ses yeux à l'ombre, on aurait dit qu'elle faisait en sorte que je ne sache pas qui elle était, ça se sentait, c'était évident, qu'un torchon brûlait entre les filles, il y a toujours un torchon qui brûle entre les filles, disait grand-mère, derrière leur sourire, leur mignonnerie, j'espérais en connaître la raison avant la fin de la soirée, je me suis resservi un autre verre, après avoir essayé de s'immiscer sans succès dans la conversion des mecs la copine se dirigea vers la cuisine, le copain y était, debout face au mur, les deux mains posées à plat sur la table, plongé dans ses pensées, elle passa ses deux bras autour de lui en appuyant sa tête contre son dos, il ne réagit pas, se tourna au bout d'un instant, elle lui caressa le visage, le torse, défronça les sourcils, tenta de l'embrasser, en se détournant pour refuser le baiser de sa copine il aurait pu croiser mon regard à travers la fenêtre, elle aussi fatalement, en cherchant à savoir pourquoi tout à coup il avait cet air perplexe, mais le copain s'était juste penché en arrière, et à partir de là tout est allé si vite, les deux brunes balayaient l'écran de leur téléphone portable avec une attention soutenue, les mecs continuaient à ne s'intéresser qu'à eux-mêmes, adorer leur nombril, mis à part la rousse qui visiblement n'y accordait pas la moindre importance, aucun d'eux ne vit la copine sortir en coup de vent de la cuisine, traverser le séjour et disparaître dans une autre pièce à laquelle, bien entendu, ma curiosité indiscrète ne put accéder les invités avaient dû lui faire plein de compliments en arrivant, les hypocrites, qu'est-ce que t'es belle, tu brilles, t'es classe, sexy, alors que depuis mon salon moi je voyais une femme désillusionnée, brisée, il suffisait de regarder ses yeux écroulés dans leurs orbites, son ennui qu'elle cachait mal, la diligence époumonée douteuse qu'elle mettait dans l'accomplissement de chaque petite chose, pour comprendre qu'elle n'allait pas bien, que ça n'allait sans doute pas depuis un moment, la récente dispute avec son copain était la goutte d'eau en trop dans le vase et signait peut-être la fin de leur histoire, leurs échanges en tout cas m'avaient semblé être d'une violence inouïe, une vague spontanée recrachant tout, le copain a ouvert le placard au-dessus des plaques de cuisson, a sorti une bouteille de whisky, s'est servi un fond qu'il a avalé d'une traite, puis un autre, avant de passer au salon, aaaah, criaient les mecs, on croyait t'avoir perdu, en le voyant la rousse s'est dressée aussitôt comme une biche, fébrile, excitée à la fois, elle ne le quittait pas des yeux, c'était incroyable tout ce qu'on pouvait lire à travers son attitude, pourquoi elle était là, elle s'est approchée de la bande de mecs, le copain lui a souri, puis a raconté une histoire qui les a tous fait rire, la copine ne refaisait toujours pas surface, elle n'allait quand même pas s'enfermer là-dedans pour le reste de la soirée, me suis-je dit, au bout d'un moment le copain est repassé dans la cuisine, la rousse, enflammée, culottée, l'a suivi, tiré violemment vers elle et l'a l'embrassé follement, putain, devinez quoi, c'était ma voisine, oui, la comédienne frustrée, l'homme répondit à son baiser en coinçant la porte avec son pied, au même moment, la copine réapparaissait en s'essuyant les yeux – les invités n'avaient toujours rien pigé, perdus dans leurs préoccupations personnelles, leurs ennuyeuses ritournelles –, elle avait l'air de demander aux deux brunes si la rousse était partie, puis elle bondit dans la cuisine… quel gâchis

rhoo, c'est trop, elle exagère, elle voit tout depuis sa blessure, depuis sa chute, le monde n'est pas partout pareil, les hommes, tous des enfoirés, des infidèles, et l'amour je ne pense pas que ça soit un piège ou voué à l'échec, *haan*… vos commentaires résonnent jusqu'ici, dans le lieu de la mort, dois-je vous rappeler que ce cahier n'est pas un roman, une fiction, tout y est vrai, je n'ai absolument rien inventé, et puis qu'est-ce que ça peut vous faire, vous avez déjà votre petite idée à propos de tout, rien ne vous empêche de continuer à vous y dévouer, libre à vous…

Boomerang

le juge intérieur réhabilité, mes idées revinrent au temps perdu, à ma jeunesse engloutie, je pensai à nouveau à me suicider, disparaître, je n'aimais plus cette femme qui se réveillait presque tous les matins avec un inconnu, plusieurs parfois, dans son lit, j'y avais longuement réfléchi et j'avais décidé que ce n'était plus possible, ça ne pouvait pas continuer, j'étais salariée, dans l'antichambre de la quarantaine, mais comment empêcher de faner une fleur abandonnée au soleil, j'en étais à un stade de ma vie où, en plus de tendresse et de reconnaissance, j'avais besoin de me sentir en sécurité avec quelqu'un, de pouvoir compter sur lui, faire des projets ensemble, voyager, etc., j'aurais dû me protéger de cette idée, la dévier de sa trajectoire, aussitôt que je m'aperçus qu'elle était en train d'échapper à mon contrôle, à un point tel que je me remis à m'imaginer avec Makenzy au lieu de m'évader, de m'ouvrir à d'autres possibilités, qu'est-ce qui ne va pas chez toi, oublie-le, me disais-je à moi-même en feuilletant nos premiers souvenirs, nos premiers fous rires, nos premiers baisers, nos belles folies, pourquoi avais-je eu autant de mal à accepter que c'était fini, tourner le dos à cette époque, passer à autre chose une bonne fois pour toutes, je me surprenais une fois de plus à croire que je pouvais aider Makenzy à être meilleur, moins horrible et déméritant, à se désempêtrer de ses ombres et devenir un autre homme, aimant et responsable, j'avais beau essayer de me raisonner, je délirais encore, si on se mariait, pensai-je, je serais sa femme devant Dieu et devant les hommes, il serait obligé de m'aimer, de construire avec moi un espace intime, sacré et inviolable, il n'y aurait que lui et moi, unis par un lien indéfectible, je nous imaginais dans la maison de mes rêves, avec un enfant, un jardin où je ferais pousser des légumes, et un chien…

aux dernières nouvelles, Colombe était enceinte d'une petite fille, elle était heureuse comme tout, pour la féliciter j'avais pensé à lui envoyer les photos compromettantes que j'avais trouvées dans le sac de Makenzy, mais je m'étais abstenue, ç'aurait été une énorme connerie, c'était mon amie, elle ne m'avait rien fait, j'étais au bord de l'abîme à ce moment-là, j'aurais préféré ne rien savoir de leur histoire, c'est tout…

j'avais fini par appeler Makenzy pour lui proposer qu'on fasse le point sur nous et j'avais hâte de voir ce qu'il était devenu après ces quelques mois de pause… la semaine d'avant, j'avais rêvé de lui, il était assis derrière un énorme pot de fleurs à l'entrée de mon immeuble, il n'avait rien perdu de son allure, il s'était levé aussitôt en me voyant, manquant de renverser le pot, et avait commencé à me supplier, reprends-moi s'il te plaît, reprends-moi, j'ai changé, je lui avais dit OK, mais à une condition (je ne me rappelle plus laquelle), puis on était allés chez moi, il avait scruté le moindre détail dans l'appartement, comme s'il n'y avait jamais été auparavant et qu'il se trouvait dans un étrange musée, ensuite son corps s'était volatilisé par la fenêtre… comme convenu au téléphone on se vit dans un café, place Martin-Nadaud, je lui dis des choses sans importance, d'une voix monocorde, pressée de savoir de quelle vie il revenait, il m'annonça qu'il était en train d'écrire son premier roman, c'était sérieux, on en parla un peu, l'écriture est désormais cette poubelle dans laquelle je veux jeter mes frustrations, m'expliqua-t-il, ma colère, tu t'es trouvé une passion, c'est bien, mais je me disais intérieurement que c'était un nouvel homme qui non seulement parlait, mais qui me regardait en parlant, bref, on est rentrés ensemble, chez moi, vous ne pouvez pas imaginer ma joie, j'étais redevenue belle, souriante, je mis de la musique et je dansai devant le miroir qui me renvoyait une image on ne peut plus juste de moi-même, de mon visage, mes seins, mes fesses, mes jambes, tout se distinguait et convenait à ma vision de la femme parfaite, c'est-à-dire belle et souriante…

Arrière-saison

Makenzy travaillait beaucoup sur son texte, parfois il était tellement dedans qu'il ne savait pas quand je sortais ou rentrais, j'avais l'impression de vouloir attraper de la fumée en essayant de capter son attention, par contre, quand il revenait à la surface, il était avec moi, il continuait de me regarder, du moins c'est ce qu'il me semblait, on discutait, faisait des choses ensemble, pour mon anniversaire il voulait vraiment me faire plaisir, mais il n'avait pas d'argent, il avait l'air si navré, et c'était sincère, bon, je nous ai payé le restaurant et quelques verres dans un bar, dans ma rue parce que je travaillais le lendemain, une magnifique soirée franchement, j'avais oublié qu'il pouvait aussi être cet homme-là, affectueux, attentionné, rieur, bon vivant, tout ce qui m'avait plu chez lui au début, je venais de jouir comme ça ne m'était pas arrivé depuis un moment, plus précisément depuis le début de notre relation, assise à califourchon sur son corps nu, je ne sais pas ce qui s'est passé en moi, je l'ai regardé et je lui ai dit, tu sais il n'y a pas que les cadeaux matériels, il y a un cadeau que tu pourrais me donner qui ne te coûterait rien, et que je considérerais comme le plus beau de tous… deux semaines plus tard, Makenzy m'avait demandée en mariage, j'ai dit oui, tu as bien fait d'avoir accepté sa demande, me disais-je plus tard devant le miroir, sans me donner aucune explication susceptible de justifier cette affirmation, Makenzy avait changé, c'était évident, j'en étais convaincue, et pour moi c'était une grande victoire, un nouveau départ, j'avais décidé de laisser le passé au passé, d'oublier aussi les messages, les photos, ce reçu d'hôtel, toutes les preuves d'infidélités, ses mensonges, sa malveillance envers moi, il a vraiment changé, racontais-je à mes collègues de bureau, il me fait plein de câlins, m'apporte mon petit déjeuner au lit, *woaw, bravo, chouette*, ils étaient tous très contents pour moi, parce qu'ils voyaient que j'étais contente, *franchement c'est cool…*

j'ai proposé à Makenzy qu'on se marie sur une plage, je nous imaginais déjà sous une arche nuptiale en bambou décorée de tissus blancs et de fleurs, avec des confettis de roses dans l'allée, dans ce rêve je me voyais pimpante dans ma robe de mariée, longue, décolleté en V, sans manches, avançant toute seule vers mon futur mari, mais il avait insisté pour que ce soit mon père ou un oncle qui me conduise vers lui, comme cela se fait d'habitude, il ne se rendait pas compte de ce qu'il exigeait, j'ai dit non pas question, et c'était mon dernier mot, la famille c'est important quand même, c'est le point de départ du monde, pérorait celui qui ne m'avait jamais présentée à un seul membre de la sienne, n'en parlait jamais, le rescapé de la poubelle, cela dit, j'avais moi-même renié la mienne, je n'avais pas revu mes géniteurs depuis une bonne éternité, et m'étais enfermée dans l'idée qu'ils étaient morts pour moi, car j'avais juré de ne jamais leur pardonner – de m'avoir mise au monde et n'avoir pas été capables d'assumer leurs responsabilités –, après les attentats au Bataclan, ils m'avaient appelée (je rappelle que père avait eu mon numéro par son vieil ami du Congo-Brazzaville) et laissé plein de messages que j'avais effacés sans avoir pris la peine de les lire, ils s'inquiétaient sans doute, comme tous ceux qui avaient un proche à Paris au moment de la tragédie, pour moi, ils cherchaient surtout un moyen de s'immiscer, revenir sur scène, imprimer leur mauvaise odeur partout, oui, les géniteurs sont tous des fouille-merdes, ce sont les petits bisous gênants devant l'école et les camarades, c'est le langage à adopter, le choix de nos vêtements, c'est la chambre qui n'est jamais tout à fait bien rangée, et d'autres excuses pour s'approcher, violer notre intimité, en savoir plus sur nos silences, nos désirs, nos secrets… notre fertilité

Colombe m'avait écrit une longue lettre, qu'elle avait envoyée par la poste, pour me dire combien elle était heureuse pour moi – pourtant, je ne lui avais rien dit à propos de mon mariage, ce qui me laissait supposer que Makenzy était toujours en contact avec elle, allez savoir quelle était la nature réelle du sentiment qui les attirait l'un à l'autre, mais j'avais décidé de tirer un trait sur cette histoire, que rien n'allait gâcher mon bonheur –, oui la grosse allait enfin sourire, elle m'avait dit plein de belles choses mal écrites, elle était jolie Colombe, incroyablement jolie, mais en ce qui concerne l'orthographe, elle lui sortait par les trous de nez, il y a lieu de se demander par quelle porte était-elle entrée à la Sorbonne (il faut le dire, dans cette institution les histoires de fraude à l'inscription étaient monnaie courante, surtout dans les filières littéraires), la phrase la plus simple lui paraissait être une mer à traverser sans se mouiller les pieds, tout ce qu'elle me disait me touchait beaucoup, je me sentais honorée de son attention, mais jamais je n'aurais un mariage aussi magnifique que celui qu'elle avait eu avec son gamin de mec, et elle n'avait pas mentionné s'il y avait une possibilité qu'elle vienne ou pas, je déchirai la lettre après l'avoir lue…

les jours suivants avaient été marqués par des étapes à définir et acter, Makenzy était toujours un nouvel homme, il avait terminé son roman et envoyé le manuscrit à plusieurs éditeurs, il voulait absolument que je le lise, j'alléguais que j'étais trop prise par les préparatifs de notre mariage, ce qui n'était pas totalement faux, et lui promettais de le faire plus tard, c'est que, il était évident, je n'aurais pas été capable d'avoir un avis objectif, de lui dire en face que c'était de la soupe si c'était le cas, en renvoyant cette lecture aux calendes grecques je laissais aux éditeurs le temps de se manifester, et en cas de refus de leur part la question était réglée, qu'est-ce qu'une créature, comme lui, vide et spirituellement étriquée pouvait bien raconter d'intéressant…

les mensonges qui nous arrangent passent toujours mieux, et lorsque notre conscience se réveille et qu'on se rend compte de la vitesse à laquelle on a chuté, il est trop tard, c'est le black-out total… il était évident que je vivais une profonde crise existentielle, quelle nana normalement constituée voudrait fonder une famille avec quelqu'un qui l'avait tant fait souffrir et qu'elle assassine continuellement dans sa tête, dans son corps, dans son journal intime, et le pire c'est que même si, par exemple, j'avais couché avec un de ses amis et qu'il l'avait su (la pire chose, j'imagine, qu'on puisse infliger à son mec), je suis sûre que j'aurais quand même voulu l'épouser, j'aurais tout fait pour qu'il m'aime, pour obtenir sa confiance, me persuader de ne pas être à ses yeux qu'une salope, une plaie, un reliquat d'une sale enfance et arrêter, de manière définitive, de (me) donner mes obsessions pour vraies, mes chimères dont les relents fétides seraient l'œuvre de tous les hommes connus et fantasmés… de programmer mon pourrissement où chacun de tes gestes compte, Makenzy, chacune de tes paroles, tes absences, tes non-dits, tes lapsus, tes actes manqués, et même ces petites choses qui n'ont rien à voir avec la réalité de ce qu'on vit… bref, je ne sais pas par quel sentiment d'orgueil et d'insécurité, il fallait que je dévie les événements de leur cours normal, je désirais ce mariage autant que le privilège de ne plus être ballottée, torturée par cette obsession, cette malheureuse urgence au fond de moi je flippais, je savais que tout ce que je faisais c'était m'épuiser à tirer le rêve, la fiction vers la réalité, en scrutant son regard j'avais presque parfois l'impression d'y voir défiler ces silhouettes obscures ayant chuté dans mon corps après notre rupture… je flippais parce qu'on ne revient pas de la mort, notre histoire était terminée depuis longtemps, il ne restait plus rien, pourquoi persister… je flippais parce que j'aurais voulu savoir ce qu'il pensait de tout ça, de toute cette précipitation vers le bonheur, vers l'impossible, vers ce soleil que je cherchais au fond de la nuit… je flippais parce que j'étais morte… d'un revers de main je balayai ces pensées pour revenir à notre amour, au projet de notre mariage…

j'étais excitée, pressée, comme si c'était ma dernière chance, comme si j'étais un vulgaire produit avec une date de péremption, et qu'au-delà ce serait fini, je ne mériterais plus Makenzy, plus personne… ça impliquait des dépenses considérables, même en suivant à la lettre des conseils de gens qui s'y connaissaient, en mettant entre parenthèses un certain nombre de choses, en gardant les plus impératives, c'était quand même lourd financièrement, Makenzy n'avait toujours pas de salaire, c'était à moi de tout gérer, le budget pour la fête n'était pas le seul hic, il fallait aussi quitter cet appartement pour un autre plus grand, car je projetais de tomber enceinte tout de suite, notre bébé aurait ainsi sa chambre, j'avais hâte, lu sur Internet des conseils de puéricultrices, j'avais même acheté un dictionnaire des prénoms et un tas d'autres ouvrages pratiques et utiles pour les futures mamans… tandis que je planais au fond de ce beau rêve, la petite voix d'un souvenir, formelle, immarcescible, venait subitement me rappeler que Makenzy ne voulait pas avoir d'enfant, il l'avait dit plus d'une fois en soutenant mon regard tendu, mais c'était un nouvel homme maintenant, un écrivain, avec une nouvelle façon de penser, de faire les choses, il serait un bon père, remarquez, après seulement trois mois de pause il m'avait demandée en mariage, il voulait quelque chose de sérieux avec moi, cette fois, tous les signes me paraissaient favorables pour

Une vie de Seine

ces rêves qui font si mal… j'étais belle, radieuse, fière, Makenzy était très beau dans son costume bleu, la salle des mariages de la mairie n'était pas remplie, seulement les quatre premières rangées étaient occupées, ce n'était pas négligeable, il y avait mes collègues de bureau, j'avais aperçu quelques-uns des amis de Makenzy, parmi lesquels Armand (la machine à théories) et Louis (l'artiste), il y en avait d'autres que je ne connaissais pas, Colombe n'était pas venue, je respirais un indescriptible bonheur, j'étais sur un nuage, tout était d'une splendeur inconnue, le plus beau jour que j'ai jamais vécu, mais vous comprenez bien que je me dirigeais vers ce trou que j'avais creusé, c'était un mensonge parfait, tout se passait très bien, jusqu'au moment de vérité, le plus important, l'échange des consentements devant l'assistance et la société, enflammée, avant même que le maire termine le fameux *voulez-vous prendre pour…*, j'ai dit « oui, je le veux », il se tourna alors vers Makenzy, et lui posa la même question ayant l'affreuse particularité de se terminer par « jusqu'à ce que la mort vous sépare », PAUVRE TYPE, PAUVRE TYPE, Makenzy baissa la tête en soupirant, il sembla réfléchir profondément, cinq secondes pendant lesquelles je ne sentais plus le sol sous mes pieds, je retenais mon souffle, dis oui, dis oui, putain dis oui, mais quel fils de pute, hurlai-je de toutes mes forces dans ma tête, tout en me retenant de chialer, encore une fois j'étais à sa merci, rien qu'un seul petit mot, ou un simple hochement de tête approbatif, s'il te plaît, ne me fais pas ça, je n'y survivrai pas, ça y est, il regarde ailleurs, irais-tu jusqu'à calculer un coup pareil : regagner la confiance de l'autre pour mieux le rejeter, afin que les conséquences soient encore plus désastreuses… mon visage irradiait de sérénité et d'optimisme, mais j'étais morte à l'intérieur, l'angoisse me tailladait les entrailles… je suis désolé, répondit Makenzy, c'est non, je ne le veux pas, je ne peux pas… le ciel me tomba sur la tête

… même s'il avait dit oui ça n'aurait rien changé, ça n'aurait pas été un vrai oui, ce non avait toujours été présent et insurmontable dans chacun de ses actes, chacune de ses absences, je ne me pardonnais pas de m'être efforcée d'oublier, de croire le contraire, de me persuader qu'il avait changé et qu'un nouveau départ était possible, comme les premiers jours de notre rencontre, or même ces moments-là ne signifiaient rien finalement, n'étant qu'un fragment du vide qu'était notre histoire…

la culpabilité, la vengeance, la haine, l'amour, la honte, brisée, foudroyée, j'étais ravagée par tous ces sentiments à la fois, une âme en proie à tout ça peut soulever une montagne et aller la jeter sur la gueule du *sadique*, comme elle peut se laisser choir vers les limites les plus basses de sa pauvre existence… Makenzy sortit calmement de la salle, tandis que des millions d'animaux cavalaient dans ma tête, j'entendais vaguement vrombir les réactions de l'assistance, choquée, embarrassée, dépitée, il fallait que je quitte ce lieu sur-le-champ, mais comment, quel pied mettre avant l'autre, je ne savais plus marcher, il est facile, puéril, de jauger le passé par rapport à la somme de souffrances qu'on endure au présent et contre lesquelles on n'a plus la force de lutter, comme le voudrait une grande partie des gens qui vivent sur cette terre, si je pouvais revenir dans le passé, je n'hésiterais pas à tout envoyer chier, j'avais tellement regretté d'avoir rencontré ce connard, mais j'étais d'autant plus déçue par mon propre manque de courage… j'avais bu le calice jusqu'à la lie, je ne savais pas résumer autrement ce qui m'était arrivé…

pendant la semaine qui suivit la prodigieuse humiliation que je m'étais fait infliger à la mairie, si j'avais pu assassiner Makenzy et faire en sorte que ça passe inaperçu je l'aurais fait, et rien ni personne n'aurait pu me faire regretter cet acte, j'avais imaginé un tas de moyens d'y arriver, mais n'en mettais aucun à l'œuvre, uniquement par peur d'échouer, de compromettre ma vie et peut-être finir en prison, pour avoir empêché un chien de mordre à l'avenir… par ailleurs je ne faisais que pleurer, je dormais peu, en proie à des sentiments mystérieux, mes yeux s'enflammaient et mon estomac se resserrait davantage, plus grand-chose ne passait, je pataugeais dans un trou noir, mes nuits, un immense marécage, un étouffoir, et le seul moyen de respirer, d'entrer plus ou moins en possession de moi-même c'était d'écrire, un tas de monstruosités que je froissais puis balançais à la poubelle aussitôt après les avoir extériorisées, a-t-on le droit d'écrire de telles choses sur soi-même, sur l'autre, me demandai-je, mais qu'est-ce que j'en avais à foutre des limites de la fiction, des indiscrétions du réel… pour ne jamais retourner au travail j'aurais donné ma vie, je sentais mon corps flotter – bois fouillé sur une mer sombre – alors que je ne bougeais pas, je vomissais alors que je n'avais rien mangé, au bureau je m'étais évanouie deux fois en une semaine, en cherchant les éventuelles causes, PUTAIN DE MERDE, me suis-je écrié, oh putain, non mais calme-toi, si ça se trouve c'est autre chose, me rassura une collègue, tu n'es pas enceinte, nos émotions affectent notre santé, c'est avéré, va voir un médecin et essaie d'obtenir un arrêt maladie, tu vas te reposer, bien te nourrir, et ne surtout penser à rien qui puisse déranger ta tranquillité d'esprit…

je passai une partie de la première semaine de mon congé maladie entre le lit et le canapé à écrire, le reste du temps je diluais mes angoisses en discutant avec moi-même, ou attirais ma solitude dehors, sans cesse ravagée par le sentiment de m'être trompée de vie, silhouette se lançant dans le vaste monde avec pour seule boussole son regard impressionniste, ses fluctuations, comme dans un jeu de tir à la première personne, pendant des heures nous marchions sans but, ma solitude et moi, de l'avenue Gambetta en longeant la rue du Chemin-Vert jusqu'au boulevard Beaumarchais, puis place de la Bastille, par le boulevard Bourdon vers le canal Saint-Martin, puis la Seine, auriez-vous du feu, me demanda soudain un jeune homme clope au bec portant un costume noir, un chapeau noir, avec une mèche de cheveux de chaque côté du visage, oui bien sûr, vous voulez bien me l'allumer s'il vous plaît, ce soir c'est la fête, on a le droit de fumer mais on n'a pas le droit d'allumer nos clopes nous-mêmes, c'est un truc de fou… le jeune homme me remercia avant de disparaître dans une brume lumineuse, comme le personnage d'un rêve, une chimère… je continuai donc ma promenade, frémis, m'émerveillai, comme la toute première fois, devant l'immense charme de la nuit parisienne… je marchais dans cette nuit-là, tout en marchant à la fois dans d'autres, lointaines, exaltantes, où je fus à la fois actrice et spectatrice, à la fois le miroir et ses peuples invisibles, ses multiples romans, et d'autres vies connues, entraperçues, inconnues, unies dans le même chaos, le même rêve

tandis que je regardais silencieusement s'en aller l'eau, cette étrange et infatigable bête sans âge sans queue ni tête qui patauge en bas sous les ponts, dans le cul des immeubles, mêlée au plus crade de la ville, qui fait la fière, la Manche, dans la même robe, à la même place, monte, agite ses rumeurs pluvieuses et étouffées arrachant des rires aux nuages, contraste avec des clignements d'étoiles, des fuites alternées, des lumières ballerines, déployées, vrilleuses, ramassées par endroits, la Seine méprise les humains, c'est pour ça qu'elle est non seulement belle mais aussi éternelle… on aura toujours raté une occasion de la voir sous un autre jour… en face, sur le nez des bars, scintillaient d'énormes coquilles de feu qui, en s'ouvrant toujours un peu plus, débordaient sur les trottoirs en douces laves, petites foules par-ci, par-là, buvant, fumant, criant, chanceuses, libres, leurs joies si immenses semblaient rivaliser avec l'eau du fleuve qui coulait sans façon, depuis les péniches amarrées et les croisières montaient aussi des liesses dont les échos se prolongeaient dans l'air, mais surtout dans ma tête déchirée, presque comme un défi, une offense… ces îles flottantes ne manquaient pas de me rappeler la jeune étudiante que je fus, mes promenades sur le quai en compagnie des autres membres du LAC, autant qu'elles ressemblaient le jour à de simples navettes, d'inutiles mastodontes dans un décor déjà trop chargé, la nuit elles gagnaient en prestance, momies le jour, déesses la nuit, j'aurais voulu que ma vie soit un de ces objets à peine identifiables glissant sur l'eau, sans la moindre difficulté, vers un but plus ou moins précis, vers quelqu'un, un pays qui était sans doute plus qu'un espoir, une insignifiante tache sur le mur du temps, quand tu ne sais pas où aller va voir la mer, me disait grand-mère, n'importe quel plan d'eau…

la tour Eiffel venait de prendre feu, la sublime dame, maîtresse des minuits, je l'imaginais souvent traversant la ville, mon village perdu, en long et en large, scrutant aux fenêtres, pour s'assurer que les enfants dorment à poings fermés et font de beaux rêves… non loin, deux hommes assis sur des chaises basses en tissu, les yeux rivés sur le fleuve et concentrés sur leur canne à pêche, avaient l'air terriblement tranquilles et seuls… soudain, traversée par un frisson, mon enfance me prit la main, la pressa tendrement, se mit à pleurer, la tour s'éteignit, puis dans le même sens d'autres quartiers de lumières, je mesurai l'abondante singularité de ce songe, quelle ville s'éteint en solidarité avec une enfance qui pleure, juste devant moi il y avait un banc, très seul lui aussi, je m'assis, la tête baissée, berçai là ma solitude…

mon bébé
mon horizon noyé dans l'angoisse des arcs-en-ciel
déportés de leurs chatoiements
de rien qui vaille
le corps mutilé de l'aube

– mère, que fais-tu,
pourquoi me cherches-tu sous cette lune éblouie
par les besoins de briller des hommes
revenir à ce néant
dont ni toi ni moi ne pourrons fausser les angles

mère, laisse-moi ne pas être
comme toute éternité…

le haut du corps de la Seine,

la tour Eiffel s'embrasa à nouveau, en même temps que le reste de la ville émergée du songe, *l'amour s'en va comme cette eau courante, l'amour s'en va comme la vie est lente, et comme l'espérance est violente*, les vers du poète prenaient vie sous mes yeux, se désagrégeaient, amuïs, puis recommençaient, c'est le temps qui passe, l'unique autre nom de l'indifférence et de la mort… je berçais l'idée que je finirais peut-être ma vie seule, et tandis que mes larmes s'égouttaient sur mes bras, apparaissait dans une bulle au milieu du ciel une foule de souvenirs, d'images en noir et blanc que j'aurais voulu balancer dans le fleuve, pour m'en séparer à jamais, ces visages aussi froids que l'été, ces jours de pluie, ces chemins vides, la maison seule au fond du jardin, ces jeux auxquels je ne m'adonnais pas, ces rires qui désertaient mon visage… *on ne se débarrasse pas de son enfance*, même la voix de grand-mère devenait pour moi une source de contrainte, sa majesté, son omniprésence, nous avons grandi, grand-mère, et sommes devenues vieilles de la même blessure, du même chant, du même exil intérieur, je voulais qu'elle arrête, qu'elle m'oublie et s'occupe pour une fois de la part d'éternité qui lui revenait, *va voir la mer*, mais toi, Seine, où vas-tu depuis tout ce temps…

je m'essuyai les yeux en murmurant quelques mots de réconfort à l'oreille de mon enfance, et me prit soudain l'envie de retourner à La Butinerie – le QG de la féministe qui m'avait forcée à lui sucer le gros orteil dans son salon aux Buttes-Chaumont –, comme ça, pour boire un verre, me changer les idées, mais j'étais bloquée par un étrange mélange de sexes opposés debout devant l'entrée du bar, vous connaissez le lieu, me demanda-t-elle-t-il, j'ai dit pas vraiment, vous êtes homo, non, trans, non, Ace, quoi, apôlaire, non, vous ne pouvez pas entrer, ce n'est pas possible, pas ce soir en tout cas, c'est le soir des *sex parties, chattes et chiennes*, on ne contrôle rien, on se lâche, on mutine à fond, si vous voyez bien ce que je veux dire, pour boire un verre dans votre bar, dis-je sans faire l'effort de comprendre ce que celle-celui-ci essayait de me dire, il y a vraiment besoin d'être quelque chose en particulier, mais c'est hyper clivant votre truc en fait, l'accro du gros orteil féminin m'avait vue depuis l'intérieur, accourut sans attendre, je la connais, laisse-la entrer, intima-t-elle à la créature hybride qui aussitôt s'écarta, la féministe me tendit la main en souriant, viens ma chérie, tu es mon invitée, OK dans ce cas, agréa l'autre avec un sourire forcé, tout en inclinant sa tête vers la salle, vas-y ma belle, *enjoy*, et là, alors que je les regardais toutes les deux, m'envahissait un sentiment d'incompréhension, je ne voyais pas s'effacer la distance entre la fille à qui on a refusé l'accès à cause de sa soi-disant non-appartenance aux tendances admises, valorisées dans ce lieu, et celle qui finalement – parce qu'elle connaît quelqu'un, ou parce que quelqu'un la connaît et décide de son plein gré de l'introduire dans le sein de cette *famille spéciale* – peut y accéder, bénéficier par conséquent du même accueil, du même regard que les autres… confuse, gênée, je dis non merci, ça va aller, je n'ai plus envie… je pris la ligne 11 à Rambuteau (voilà qui serait un geste artistique d'une grande portée symbolique, pensai-je en passant à côté du Centre Pompidou, le monstre décapité, démonté pièce par pièce, à plat ventre, et d'autres animaux comme la tour Montparnasse, la Philharmonie de Paris, la Fondation Louis Vuitton, le siège du Parti communiste français, la tour Eiffel pourquoi pas, pour ne citer que les plus décalés, les plus imposants), j'aurais pu marcher jusqu'à Arts-et-Métiers pour aller prendre la ligne 3 jusqu'à Gambetta ou rentrer à pied, mais j'étais trop épuisée… chemin faisant je repensai à ce que la féministe m'avait dit à propos de ce bar : « c'est un lieu collaboratif, militant, lesbien, les difficultés sont énormes et variées mais on tient bon, c'est important, il est impossible d'exister autrement que par la lutte »…

je me jetai sur le canapé (mon île) en rentrant avec une bouteille de vin, au bout d'une heure ou deux, brutalement réveillée par le détecteur de fumée, je renversai la bouteille, une chaleur atroce me saisit, l'air dans l'appartement était irrespirable, *oh merde*, je fonçai dans la cuisine devenue un vrai fourneau, je m'apprêtais à me faire à manger, puis j'avais abandonné l'idée en oubliant d'éteindre la gazinière, deux jours avant, j'avais oublié de fermer le robinet de l'évier, si ça n'avait pas été la voix de grand-mère, *lève-toi, ma fille*, mon appartement et celui du dessous auraient été inondés…

Il n'y a pas une fin à tout

qu'ai-je bien pu partager avec les vivants
quel voyage nous a rapprochés
sinon les fracas d'une mémoire sanglante

ma voix est mon tombeau ouvert sur la ville
au bord d'un jardin perdu
sur une colline... ou un chemin vers la mer...

ô mon enfant, mon dernier soupir
ô mer, mon épitaphe...
heureux les morts
que les tombeaux
achèvent nos peines...

je m'imaginais souvent rendre mon dernier souffle ici sur ce canapé, face au ciel limpide d'un beau début d'été, la clarté lente et chaude du soleil abordant mon corps affadi, le plus beau jour pour ma dernière heure, celle à laquelle nous conduit aveuglément la vie, un film macabre qui se déroulait comme suit : le temps passerait, ma boîte aux lettres déborderait, ma voisine rousse aurait sous-loué son appartement pour partir en tournée en Afrique de l'Ouest avec une troupe congolaise, un nouveau locataire se serait installé dans celui de la vieille juive enterrée dans la division 7 au cimetière du Père-Lachaise, mon corps continuerait de se décomposer, de se vider de son jus, jusqu'à ce qu'un jour mes effluves finissent par rendre dingue le doberman du nouveau voisin qui s'approcherait pour comprendre lui aussi que quelque chose n'allait pas derrière ces murs et appellerait illico la police et les pompiers, ça ne tarderait pas, la nouvelle valait le détour, et la porte aussitôt défoncée, c'était l'apothéose, le sublime à portée de nez, le spectacle impossible à regarder, l'air acéré, les mouches fumant la pièce – pendant mon agonie déjà des factions tournoyaient autour de moi, nerveuses, haletantes, ou montaient la garde sur la bouteille de vin, sur le plancher, les murs, les meubles, se frottaient soigneusement les pattes, avant de les replonger dans la charogne –, bourdonnant au fond de ma gorge, de mes orbites creuses, de mon ventre explosé, de mon anus béant, recouvertes du liquide marron et graisseux suintant de mes alvéoles rouge sale où fourmillaient des vers… c'est étrange comme un corps qui, il y a peu, aimait, était aimé, vibrait, pourvu de toute sa conscience d'être et de ses possibilités, s'affaisse, se contracte, puis s'éteint complètement, abandonné à la merci de l'irrémissible et du pourrissement, se refroidit complètement, le visage tourné vers le ciel, le pied vers l'extérieur, le pouce vers la paume… la police et les pompiers réussiraient à identifier le sexe du cadavre grâce à ma carte d'identité, n'était-ce le fameux odorat de l'animal, la curiosité de son maître, je serais restée longtemps à pourrir dans ce canapé, en plein Paris… une mort triste et ennuyeuse que je ne voudrais pour rien au monde, je poursuivais quelque chose de beau, de radical… et je ne pouvais pas trouver meilleure idée que de sauter sur un train en marche

Lettre aux deux moi

j'avais lu quelque part que plein de choses se remettent en ordre dans sa tête quand on écrit à soi-même, à son enfance ou à la personne qu'on sera plus tard, apparemment ça nous permet de prendre du recul, de s'échapper d'une souffrance psychologique, de quitter la tempête qui nous dévaste pour approcher en nous des horizons plus ou moins stables…

`mes chères moi,`

`je vous écris à vous deux en même temps, car il est question ici de rassembler dans un espace poétique, vivant, la petite fille que j'ai été et l'adulte que je suis aujourd'hui, elles sont liées, une vie c'est le même fil, parfois tendu, souvent méandrique, poursuivant la même quête dont parlait grand-mère (une impossible éternité), la même petite note obsédante contre l'oubli, la mort… vous savez, j'y ai longuement réfléchi, mais je` ne vous ai pas écrit plus tôt pour des raisons que je ne peux pas justifier et qui sont peut-être injustifiables…

au cours de ces vingt dernières années, vous avez bien changé, cela ne s'est pas fait sans souffrances, toute une série de crashs qui nous ont permis de mieux comprendre et d'assumer notre regard vis-à-vis du monde, je regrette de n'avoir pas pu trouver assez de force en moi pour me relever lorsque vous avez voulu que je sois forte, nous nous sommes perdues de vue, oubliées entre le jour où l'oncle pédophile et incestueux m'a inoculé son venin, mon départ pour Paris, le bref bonheur que j'ai connu avec Orcel, ma défenestration ratée, la lutte infructueuse pour m'affranchir de l'emprise de Makenzy, etc., on aurait dit que tout ça avait été écrit et devait s'accomplir coûte que coûte… vos silences, vos peurs ont hanté mes nuits, vos yeux d'où se déverse la jungle intérieure, vos forteresses inviolables, vos amours vertes tel le mythe des Aras, des poèmes ailés, vos mots, étrangers à l'errance du monde, dont le cœur comme leurs rives alimentent la mort, l'avenir… vous m'avez appris qu'aucune femme n'est plus grande que la petite fille qu'elle a été…

nous n'avons pas su reconnaître nos démons au moment où il le fallait et les empêcher de prendre notre vie en main à notre place, nous en avons beaucoup souffert, j'avais l'impression de vivre une transition existentielle en continu et sans précédent, les distances ont été aussi profondes que violentes… la solitude, l'abandon, l'impuissance face à ma périssabilité, tout ça a fait surgir ou s'intensifier à notre insu le sentiment de s'être trompée de réel, immiscée dans la mauvaise existence, je l'ai dit, mais les larmes et l'autoflagellation ne sont pas un but en soi, toutes les femmes ont connu cette période où elles commencent à s'éloigner des joies crasseuses du monde, pour s'installer dans leur propre vie, se questionner sur leur corps, sur la valeur sensible, sexuelle de celui-ci, le corps est une fulgurance, un advenu qui devrait être pressenti, narré, aimé par celle ou celui qui l'habite, avant que les autres ne s'y intéressent, l'extorquent, l'écrasent, puis le traînent dans un ravin où d'autres pourrissent depuis la nuit des temps…

mais une femme a et est plus que son corps qui n'est pas fait pour être livré mais pour répondre à un besoin conscient et assumé, c'est son unique nid, son unique horizon, ces questions, tant cruciales qu'insalissables, m'ont longtemps préoccupée, parfois j'y pense comme au plus nécessaire des mensonges, depuis l'adolescence je crois, dès lors que le miroir se mit à vous opposer l'une à l'autre, tels deux extrêmes psychiques, deux boxeurs sur le ring, chacun vers son destin, son besoin de grandir, respirer, nommer les rêves avant même qu'ils ne se désintéressent de naître, d'atteindre leur somme humaine… j'aurais beau tout raconter, remplir mille cahiers, cela ne me rapprochera pas de ces terres dont l'obscurité m'a éloignée, ces terres rapetissées, proches de l'effacement…

désormais le temps fait songe à part, recroquevillé derrière l'horizon, vidé, lui non plus n'a pas eu d'enfance… au-delà des lumières défigurées, de la dictature des codes, des effluves des saints, des portes muselées, que la grande Vague m'emporte, à partir de la mort tout recommence

Des remerciements et clins d'œil à Émilie Colombani, Clarisse Gourdon, Bénédicte Alliot, Audrey Daragon, Rachel Vincent, Guillaume Johannès, Clara Petazzoni, Gisèle Sapiro, Kévens Prévaris, Marie-Alice Mouchart, Fanny Saintenoy…

pca
cmb
édition pre-presse
livres numériques

44400 Rezé

Achevé d'imprimer en octobre 2022
sur les presses de Normandie Roto Impression s.a.s.
61250 Lonrai (Orne)
pour le compte des Éditions Payot & Rivages
60/62, avenue de Saxe - 75015 Paris
N° d'imprimeur : 2205402
Dépôt légal : juin 2022

Imprimé en France

IMPRIM'VERT